U0571010

落月迷香

LUOYUE
MIXIANG

【上册】

【SIYELINGLAN】
四叶铃兰 著

百花洲文艺出版社
BAIHUAZHOU LITERATURE AND ART PRESS

落月迷香

目录

第一卷

武林大会

第一章

再次穿越

她醒来的时候，眼前的场景不禁令她瞠目结舌。

死人，周围都是死尸……不！确切地说是残尸，几乎没有一具是完整的。扑鼻而来的血腥气让她急忙用手捂住了鼻子和嘴，却仍然想吐。一人持刀立在她前面，深红的血液顺着他的刀一滴滴落在泥土中，背影肃杀。

那人面前立着三人，一人面色苍白，手使双刀的人正凶狠又畏怯地看着他，另外二人一高一矮，高的偏瘦，矮的又太胖，形成了十分鲜明的对比。只是此二人的眼睛，圆鼓鼓的似要突出来一般，令人一看便觉不舒服，此刻亦面露畏惧。

三人身上多是血，分不清是自己的还是别人的，当下互看一眼，正欲四下飞去，未料，她身前的男子比他们的动作还要快，眨眼间，便见残肢断臂横空四散。

见此情景，她蓦地瞪大了眼睛，再次昏死过去。

醒来时，恍如隔世。温软的丝被覆在身上，幽幽的淡香令人昏昏欲睡不想起身，粉色的帷帐氤氲着黄色的烛光，隐约有种迷离的梦幻。

她尚有些梦寐，复闭上了微微睁开的眼睛随后轻轻翻了个身，忽觉不对，掀开被子一看……身上穿的是什么衣服？还有伤口？！

她解开胸口结扣往里一瞧，呆了。

胸口的箭伤怎么没了？她抬头看了看粉色的纱帐，翻身起来掀开帷幔就着烛光看清屋内陈设，面色大变，穿上鞋子冲出房门。就在房门打开的那一刻，她看到了他。

房外，月光犹如珠玉般散落在身上，他抱着一把刀，坐在二楼的扶手上，微微偏着头看着突然冲出房间的她。

他……他是谁？怎么……怎么那么……像……噩梦中那个杀人狂？！她吓得牙齿直打战，猛地关紧了房门。

拍着胸口顺了几口气，她方才发觉不对，又看了看自己没任何伤的胸口，暗道：

难道自己在梦里？不由得狠狠掐了自己一把，“啊！”她险些疼得跳了起来，门突然被他自外推开，目光警惕地看来。

她蓦地退后一步，想起梦中那一幕，鼻端似闻到了血腥味，咽了口口水小声道：“大侠，你要多少钱？我家人都会给……”这句话出口后不只男子微怔，她亦惊怔，这声音……

她惊慌失措地冲到桌旁，抓起桌上摆着的一面铜镜，只见里面之人……我的妈呀，这……这……这是谁？怎么这么美……还是人吗？不会是妖精吧？她正带着惊讶带着喜悦亦带着几分惊恐左照右照，便照到了身后走过来的男子容貌，长发束冠，双眸深邃漆黑如墨。

她呆呆地转身望去，嘴几张几合，硬生生将那句“你的半秃瓢头呢”咽进了肚子里。她只是颤颤巍巍地问道：“你是谁？我……又是谁？”

他微微蹙眉，看她像看一个白痴，这多少令她有些抑郁难平，可一看到他手中那把刀，立刻笑容谄媚。“大侠”二字尚未出口，便听他道：“你好好休息。”言罢，他便转身离去。

她偷偷从门缝里向外瞧，见他依旧坐在门口，望着夜空不知在想着什么，侧脸被月色掩映，朦朦胧胧中极为俊美，不禁心下惴惴，暗忖：这是什么情况？难道自己又穿越了？

答案就是她又穿越了。

什么叫又穿越了？此事说来话长，她本是2012年的现代人，却因一念之差，跑到了清朝，原以为也就这样了，大不了被清穿雷个半死不活，没想到，竟然又穿越了！

好吧，她不得不悲剧地承认，自己又穿越附体了。天哪！这究竟是倒霉还是幸运啊？清朝那边还没理清楚，这老天爷怎么又把她送到这儿来了？！

她坐在床上，一会儿望天，一会儿看地，想起阿玛不由得暗自神伤了一会儿，而后突然想起一事，噌地一下使力自床上跳了起来，不知是不是用力过猛……不，不是用力过猛，而是用力太猛太猛了，她竟然一口气冲破了房顶，直直飞上了天去！

她哪里想得到会发生这等灵异事件，而后只听一阵杀猪般的狂喊乱叫，她挥舞着四肢毫无形象可言地直直向地上坠去。当她安然无恙被他接住时，她面色惨白，一把抓住他的袖子，惊喜交加地问道：“我死后升仙了？”

他蹙了蹙眉，将她放在地上，冷漠地道：“你不过是失了记忆，忘了自己的武功。”

她再问："我是谁，你是谁？"

他答："你是九幽教的左护法暗香依依，我是右护法汤斩。"

她茫然，道："暗香依依，还有姓暗香的？"

他眉头蹙得越发紧了，道："暗香是江湖中人给你的绰号，你的名字叫依依，至于你姓什么，不重要。"他拂去了她紧抓不放的手，看了看破了个大洞能看到月亮的屋顶，说，"我们离开。"

他转身就走，却见她仍傻呆呆地立在原地，冷冷道："如果你想死，就留在这里。"

她张大嘴，惊讶地问道："为什么我会死？"

"如今你失了记忆之事已传遍武林，江湖中想杀你的人均闻风而至，现下方圆百里搜寻你的人不少于三十个。原本躲在无望阁至少能暂避一宿，但是你方才的大呼小叫，已经泄露了你我的行藏！"他一句话说完，已然大步离去。

睁眼前还叫花舞，而今却已叫暗香依依，她犹豫了一下，随后跟出屋去。刚出了门，汤斩一伸手便将她夹在了腋下，脚步一点，如惊鸿般掠去。

暗香依依虽然以极其不雅的姿势被人夹着，但此刻这并不是她关心的重点。

此刻，她头朝下目瞪口呆地看着四周景物飞快地自眼前掠过，耳边只闻风声，心情再也无法平复。飞啊，飞啊！武侠小说中的轻功，原来真的有啊！她刚兴奋到这儿，便觉汤斩停下了脚步，而他们此刻正站在一个树干上。她刚站稳，便觉他松开了扶住自己的手，不由得一慌，忙死死地抱住身边的树干。他瞥了一眼，眉头蹙得似山峰，而后向暗夜中毫无声息的树林道："既然来了，何必躲躲藏藏！"他自后背抽出一柄长刀，瞬间，暗香依依便听到了林中似树叶刷刷落下的刺耳声响。

来者数人，以惊人的速度向他们飞掠而来，她只听到他说"躲起来"，便不见了踪影。

"躲起来？躲哪儿啊？"她抱着树干吓得直哆嗦，喃喃自语。

当下审时度势，觉得树干虽高，却无甚遮蔽，如果谁这个时候飞过来砍她一刀，她连躲都躲不开，对她极其不利。耳边听到兵器相交的声响，她一咬牙，开始爬树。

她以极难看的姿势费了九牛二虎之力从树干上爬了下来，其实她想跳下来的，只是有些怯懦。以她目测的距离来算，如果此番跳下去，死倒不至于，但是少不了会摔断胳膊腿什么的，这可不行。

脚丫子刚着地，她便听到身后传来一个尖细的嗤笑声，回头去看，蓦地看见一支明晃晃的剑向她刺来。或许是这身体本能的驱使，她下意识地一躲，堪堪避过了剑锋。而后再闻剑声，她再也不管不顾，抱着脑袋慌不择路地开始狂跑，岂料越跑越快越跑越快，最后竟然双脚离地飞了起来。

那种感觉……当真是从未有过的畅快！

跑到小溪边，前方已无路可走，她便停了脚步。跑了这么久，发髻已乱可气息竟丝毫不乱，这种感觉非常奇妙，令她怔忪，令她欣喜，又令她有些说不出的茫然。

此刻，天边露出一丝光亮，天快亮了。

她恍然伫立在溪水边，透过天边的一抹亮光，怔怔地望着溪水中隐隐约约映出的那张脸，出了会儿神。

天边朝阳缓缓升起，调皮地将暖暖的橙红色布满天空，春天的气息随着晨风扑面而来，她蓦地为之一震，仰头深吸一口气，忽然觉得这一刻竟然如此美好。

待天光大亮，她这才发现已寻不到来时路了，等了许久也不见汤斩寻来，忽然有了些惧意。

她不知道这里是哪里，也不清楚自己究竟是谁，只知道有很多人想要杀她，甚至不知道那些人为什么要杀她。现下武功时有时无，又长了一张祸水脸，还有她很饿了，这一切对她来说都很不妙。

溪水清澈，她掬了一捧水喝了几口。溪水清凉甘甜，令她再次微笑，不经意间又看见自己的脸，再次呆了呆。她恍然想，这一生实在奇妙，好似前一刻还是那个养在深闺不知人世疾苦的千金小姐，转眼间，却成了身怀武功拥有倾城之貌却随时被人追杀的江湖中人。她抬手摸了摸胸口，好似自己刺下的箭伤还在，不由得怅然一笑，叹了声，“万事皆由命，半点不由人。”而今既然还活着，就好好地活着吧，这世间没有什么人什么事是永恒的，最终徒然都是自己一人。

她伸出手，看着长了茧子的右手，便知这身体的主人也是个惯用兵器的，只是不知她曾经用的是什么兵器。

她站起身来，望向远方，初升的朝阳映在脸上微微有些暖意，垂眸便见晨光荡漾在水面上，仿佛被风吹拂的轻纱，柔软娇媚。收起怅然的神色，她指着对面的群山，放声道：“暗香依依，记住了！无论你身在何处，都要过得快乐！都要过得好！”风过，她的朗朗声音被传出极远，空明的群山仿佛为她见证，树叶纷纷飘落，百鸟齐齐高飞。

当然，这根本不是什么见证，而是一群会武功的人闻声向她所在之地快速围聚过来。

最先到的，是一个手拿折扇的白衣公子，当他飞过溪水轻飘飘地落在她面前时，面上的笑容似早春的桃花般灿烂夺目。而他所说的第一句话，令她毕生难忘。

他用折扇挑起了她的下巴，目光柔如春风，用低哑诱惑般的嗓音对她说："做我的女人，我保护你，如何？"

看着随后而来的巨斧，她当下瞪大眼睛握紧双拳毫无选择地仓皇道："好！"

他目光骤然一亮。

眼见那把巨斧砍到了他的后脑勺他还在傻笑，她不由得慌忙捂住眼睛不敢看他被劈成两半的惨样，可当她放下手来，却见四周只有一个白影，移动的速度快得令她头晕。而后一个个惨跌出去的人中没有他。

当一切归于平静，他立在她面前，向她伸出手来，笑道："走吧。"

"去哪儿？"她问。

他依旧笑意浅浅，道："咱们去洛阳。"

她问："你是谁？"

他一挑眉，有些哀怨地道："我恨顾不迷。"

她顿感茫然，又问："顾不迷是谁？"

"你中了他的毒，忘了一切，竟然连我也忘了。"他微咬下唇，有种说不出的我见犹怜。

"我们是什么关系？"她呆呆地问。

闻言，他眼中闪着不知名的光亮，眨了眨眼，柔声道："唉，你竟然忘了，我们曾经海誓山盟互许终身。"

真的吗？暗香依依总觉得哪里不太对，却又说不出来，便问："那你究竟是谁？"

他刷的一声展开折扇，将鬓边发丝扇得飘飘欲飞，目光朗朗，神采飞扬地道："在下正是那玉树临风一表人才英俊潇洒风流倜傥气宇轩昂温文尔雅清新俊逸品貌非凡惊才绝世顶天立地的叶落宫少宫主。"谢天谢地他终于停顿了一下，而后继续道，"慕容逸是也。"

暗香依依的下巴已然掉了。

他笑眯眯地望着她，对她此刻的神情甚是满意，带着一丝哀婉幽幽叹息着道："我又不恨顾不迷了。"

"为……为什么？"她收起了掉得太久的下巴，竟有点儿不能归位的感觉。

他上前一步，越发靠近她，见她瞪大眼睛目光清澈地看着自己，用折扇怜爱般轻敲了下她的头。听她惊呼，见她瞪他，他满意地露齿一笑，方道："你现在的样子，比以前可爱多了。就这样吧，我甚是喜欢。"

他牵起她的手，指尖的凉意令她微有挣扎。他皱眉哀婉地看着她，她受不了他那种眼神，便停止了挣扎，任由他牵着自己慢慢走进了树林。

她环视四周，见远远近近横卧在地上的那些人身上没有任何血迹，良久却一动不动，便问："你把他们怎么了？"

他侧目朝她笑笑，轻松地道："都杀了呀。"

她当场呆掉，指着最近的一具尸体，颤抖地问："怎么……像是睡着了？"

他靠近她，附耳轻言密语地道："我不过是点了他们的穴道，让他们一直睡一直睡，直睡到成为一具尸体为止。"

她狠狠打了个激灵，看他的目光像是看见了鬼，追问道："他们究竟为什么追杀我？"

他玩味地看着她，一笑，继续牵着她走，边走边告诉了她想知道的一切。

暗香依依是九幽教的左护法，九幽教是魔教，暗香依依是魔教妖女，还是个杀人不眨眼的女魔头。她擅使长鞭，武功在江湖中排行第二十九位，轻功更是出神入化。而这些都算不上什么，提起暗香依依，首先让人想到的便是她妖艳的美貌，排行天下第二。

说到此处，她必然追问一句谁是天下第一？

慕容逸神情有些凄婉，轻轻吐出了一个陌生的名字，"莫七彩。"而后又靠近她的耳畔，轻怜蜜意般加了一句，"那是世人俗气的眼光，在我眼中，依依是最美的。"

她蓦地起了一身鸡皮疙瘩。

莫七彩是谁？莫七彩是江湖第一大庄红枫山庄的大小姐，年约十九，长得……据慕容逸形容，就是一盘子他甚是不喜的清粥小菜。

而此番追杀她的人中，便有红枫山庄的人。之所以追杀她，只因她一来是魔教妖女，而红枫山庄是名门正派，自古正邪不两立，所以九幽教与红枫山庄之间素有争斗；二来是她抢了一样东西，而这样东西，正是她此番惹来江湖名门正派疯狂追杀的主因。

她究竟抢了什么东西？

她追问了半天，慕容逸才哀婉地道，她抢了一个男人。

她抢了一个男人？

这答案令她再次目瞪口呆。

原来她抢的男人，正是红枫山庄庄主座下十七弟子，莫十七。

她不敢相信地质问慕容逸："我为什么会去抢一个男人？"

慕容逸又哀怨地看了她一眼，说："你抢男人还需要理由吗？"

她刹那明白过来，那想法如惊雷一般直劈脑海，战战兢兢地说："采阳补阴？"

慕容逸扑哧一声笑了出来，用扇子敲了一下她的头，嗔道："想什么呢，你又不是妖怪。”

她终于面色和缓了些，良久又问：“那我抢的那个人呢？”自她醒来就没看到什么莫十七，只看到手拿大刀乱砍人的汤斩。

慕容逸眼中闪过一抹诡异的笑，轻快地道：“死啦。”

啊？死了？

“怎么死的？”她急急问道。

慕容逸皱了皱眉，说：“这个就要问你了，我只知道他死的时候衣衫凌乱……”

“别说了！”她蓦地捂住脸，痛心疾首地吼道，脑海中都是不纯洁的画面。

慕容逸果然不说了，只是笑眯眯地自腰间掏出一个瓷瓶，从里面倒出些药水来，欲为她涂在脸上。

她原本想躲，却听他像哄小孩一样哄着她，“这是易容的药水，擦了它，便没人能认出你来。”

她偏头躲过他的手，说：“我自己涂吧。”

他摇了摇头，“涂这个需要些技巧，还是我来吧。”

她以为这药水或许另有文章，便不再躲了，任由他为自己涂抹。看到他专注地望着自己，鼻息恰好喷在自己面颊上，这让她觉得微微发痒，双颊顿时如火在烧。再加上他那双手在脸上时而按压时而轻抚，令她浑身不舒服，梗着脖子问：“好了吧？！”

他似偷吃了蜜糖般笑意甜甜，轻怜蜜意地说：“就快好了。”她不自在地动了动，听到了他的轻笑，不由得脸越发红了几分。

当他终于放下手告诉她弄好了时，她已经闭着眼睛在心里默数了 8089 只羊。

他自怀里掏出一面小铜镜给她看当下的模样，她顿时大吃一惊。

她以为这药水顶多能改变肤色罢了，没想到而今的面貌已全然不同。她瞬间明白过来，这是江湖上鼎鼎有名的秘术——易容术。原本因他一个男人身上竟带着铜镜还暗中耻笑他很可能是 gay，却因这一照，变成了对他无以名状的崇拜。

暗香依依忍不住问他怎么做到的？他笑得一脸灿烂，却没告诉她。

她也不强求，只是耸了耸肩膀。

而后，他又牵起了她的手，缓缓行走在林间。

想起方才慕容逸说她抢了个男人还把人家……她神色恹恹地看着自己的身体，这身体原先的主人究竟是个什么样的女人啊？！难道真的放浪形骸到抢男人先那啥了然后再杀的程度？想到此便觉浑身不自在。

她不由得唉声叹气，一低头，忽见自己正双脚离地行走，一瞬间激动得不知该如何是好。

草上飞，这就是传说中的草上飞！这又是怎么做到的？

她原本以为自己只是和慕容逸在慢慢地走，可现下才发觉自己竟被他牵着在飞！双脚离地不高，刚好站在草尖上，速度不快，却令她有种我欲乘风归去的错觉，如此俊逸的轻功，不张扬又舒服。她一下子烦恼尽散，眼睛骤然亮了起来，这种新奇的感受，实在喜欢。

“教我轻功吧，求求你。”她忍不住哀声求他。

慕容逸转头看着她，笑道：“好啊，我这就教你。来，先试着提气，缓缓呼吸，跟我学。吸气……别吸得太重，轻轻地，长长地，对……就是这样，呼气……吸气……”

他耐心地教她呼吸之法，而后放开她的手，见她一会儿能小心翼翼地在空中轻跃几步，一会儿又跌落下去，挫败之情写满全脸，便笑着伸手再拽她上来，重新教她……

一路行去，他似心情极好，不厌其烦地一边带着她向前飞，一边耐心地教她呼吸之法。

暗香依依在江湖中也算一等一的高手，如今这具身体的内功犹存，只是主人忘了使用之法，而此刻慕容逸教授她的是最基础的呼吸运用，并不难学，只是较难掌握节奏控制。

起初，她须凝神注意呼吸才能掌握节奏，而在他带着她飞了很长一段之后，她一点点放了开来，逐渐习惯了这种吐气方式，一点点飞得更远，更远……

这种轻轻踩在草木上飞跃的感觉，是那么的好。令她几乎欣喜到忘乎所以，连饿得狂叫的肚子都全然抛诸脑后。直到日暮西斜时，慕容逸带她来到山下的一个小城镇，闻到了肉包子的香味，她方才想起自己已经一整天没吃东西了。

看着肉包子，她忍不住吞咽起了口水。慕容逸却打开了扇子，有意无意地将包子的味道扇远了些，说：“我们不吃这个。”而后带着她问了镇上最大的酒楼所在，便带着她去了。

饭后，慕容逸又带着她在镇子上逛了逛，小镇不大，却因在山中，临近暮霭之时，倒有几分世外桃源般的清幽闲适。

他们先进了一个布庄，慕容逸挑来捡去依旧不甚满意。布庄的老板和伙计都被他折腾出汗了，他才用扇子从一堆衣服中挑出来一套，有些嫌弃地皱着眉说：“先凑合着穿吧。”她站在旁边等得都快睡着了。

而后又带着她去了首饰店，首饰店老板将看家老底都拿出来给他挑了，他仍皱着眉，而后似很不满意地选了一个珠钗，一对珍珠耳环。将她叫到身边三两下便为她一直披着的长发绾了个髻，他又随手插上了珠钗，戴上了那对耳环。她看着镜中自己的模样发了呆，他却在旁边扁着嘴说："凑合着先戴吧。"

她只好边打着哈欠边跟着他走出了首饰店。

住店时，他要了一间上房，而后心满意足地拉着哈欠连天眼睛半闭的她上了楼。当听到关门声，两人并肩而立面对一张床时，她方才惊醒，尖声问道："你怎么只要了一间房？！"

他牵着她的手，望着她的目光似能滴出水来，俯首靠近了她几分，气息隐隐喷在她的耳侧，轻声带着诱惑，对她说："依依，我们以前都是睡一间房一张床的。"

她霎时不知所措，早先对他那点崇拜，刹那烟消云散。

见她一副惊吓过度的模样，他扑哧一声笑了出来，用扇子敲了下她的头，道："你实在可爱。"

她一撇嘴，双手握拳十分坚定地道："不管以前如何，现在我们不能睡在一起。"

他越发靠近了她，额头几乎贴靠在了她的额际，轻声问："你忘了？你已答应做我的女人？"

她脸一红，她的确答应过，但当时他摆明了是乘人之危，她也不过是情非得已权且应下，岂能作数。

她沉下脸来，道："不行，就算以前你我相识，可现在你对我来说就是一个陌生人，我接受不了。"

他目光幽幽暗暗，看得她心下惴惴。

他突然在她颊边蜻蜓点水般亲了一下，眨眼便见她如惊了的兔子一样一纵跳出老远，因没控制好力道，这一跳跳得有些过头，竟一头撞在房顶横梁上。见她捂着脑袋疼得眼泪汪汪的模样，他不由得笑得前仰后合，边笑边道："不急不急，我们来日方长。"

目送他开门离去，她揉着额头全身无力地倒在了床上。

明明很累很困了，可一时却又睡不着，迷迷糊糊地将所有事情想了一遍，最终换来长长一叹。而今别无他法，也只有先抓着慕容逸这根救命稻草走一步看一步了。不过，她应该先问清楚慕容逸这易容如何除去，再问问叶落宫是不是也和九幽教一样是魔教。如果是同道中人，他保护她倒也好说，若是一正一邪，慕容逸的做法便着实令人费解。许是太累了，事情还没有想清楚，她便沉沉睡了过去，还做了一个十分古怪的梦。

梦中有一个女人的手，反复抚摸着一根长鞭的手柄，忽而向左转转，忽而向右转转，不知道在干什么。对于这个她并不关心，只想看到那女人的脸，可是无论如何，直到突然自梦中惊醒也没能如愿。

她一睁眼便看到另一双黑白分明的大眼近在咫尺地眨呀眨，那一刻心跳几乎都被吓停了。当看清站在床边的是慕容逸，她不禁连拍胸口安慰自己，“不是鬼不是鬼。”

慕容逸的目光甚是受伤，悲切地说：“依依，我多想每天一睁开眼就能看到你啊。”

她掀开被子坐起身来，昨晚是和衣睡下的，当下衣服已然被她睡得皱皱巴巴。她穿上鞋子，起身扯着衣服试图将褶皱扯平些，却发现如何扯都是徒劳，索性放弃。看了一眼不请自来悠然自得坐在她床边的慕容逸，她目光一亮，道：“慕容公子，我们继续学轻功吧。”

“好啊，不过……”慕容逸站起身来，抬手轻抚她的长发，一面小铜镜出现在她眼前，映出了她此刻张牙舞爪形如鬼魅般的头发，听他道，“依依应该先行梳洗打扮一下才是。”

瞧着镜中自己的光辉形象，她急忙想找木梳梳头，一时却难找到。没想到慕容逸竟随身带着，她看着慕容逸的长发梳得一丝不乱，便知道此人有多注意自己的形象。

她不是不爱美，只是面貌变来变去的，多少有点儿排斥照镜子。

慕容逸倚在床边，嘴角挂着若有似无的笑，半眯着眼睛看着暗香依依在镜子前捣鼓头发，似看得颇为赏心悦目。

梳了半天，好不容易梳出个发髻，一插珠钗就散了，她挫败地扔了梳子，干脆不梳了。忽然从镜中看见慕容逸悄无声息地出现在了自己身后，她吓了一跳，便见他伸手绾起了头发，很轻松地梳好了，而后拿起珠钗，插入云鬓之中。

她在镜子里照了照，发觉竟与昨日的不一样，不由得回头斜睨着他说：“看来是个老手。”

他用折扇敲了下她的头，见她瞪他，翩然一笑，刷地打开折扇，扇了起来，说道：“绾发这么简单的事情，我不用学也会的。”

她自撇嘴不信。

第二章

公子真容

二人离开小镇，一路向洛阳行去。

沿路，慕容逸都在教她呼吸之法。三日后，她已能独自用轻功行走如飞，只是很累，不似慕容逸那么轻松，还不能说话，一说话就掉下来了。她以为是自己不习惯所致，所以没有深究，见慕容逸如此轻松自在，不禁越发刻苦练习。

途中未遇任何阻碍，再也没人来追杀她了，一路虽是风餐露宿但日子过得逍遥自在，倒似游山玩水一般。

转眼又是两日过去，二人已进入荆州地界。

荆州地处江汉平原腹地，气候温热潮湿，而今尚属春末，已然热得不行。一路行去，暗香依依汗流浃背，而慕容逸却是一身的清爽自在，不禁令人羡慕。

她问："此去洛阳还有多少天的路程？"

他答："就快到了。"

她显然不太相信，因为三天前他就说过同样的话。

她又问："这易容术如何除去？"

他答："用药水洗去或等半月之后自然干裂脱落。"听到干裂脱落四字不由得令她想起了石膏……想着脱落前的样子肯定极为恐怖，许是她的表情泄露了心事，他目光柔柔地看着她，笑容却满是戏谑。

她再问他是正道还是邪魔歪道，他忍不住又用扇子敲她脑袋。她明明躲了却还是被他敲中，不仅有些气闷，心下痛恨他有武功，便听他笑着说："哪有自己说自己是邪魔歪道的。"如此便以为他也是邪魔歪道，算起来也算是同道中人，便隐隐与他亲近了几分。

其实她也想过回九幽教，只是九幽教如今除了那个对她爱理不理的汤斩外全然陌生，现下她又忘了武功，哪还有什么资格当人家的左护法，不如暂时留在慕容逸身边，便没多问九幽教的事。

二人一路往洛阳赶，途中却碰到了一男一女来给慕容逸送武林大会的帖子，这一男一女，乃叶落宫中人。男的清朗，女的雅致，二人立在面前，暗香依依顿觉眼前一亮。

二人先是一拜，同时叫了声："少主。"慕容逸应了。女子方才上前恭敬地递上一个金漆帖子，并与慕容逸说："宫主飞鸽传书命少主代宫主前去参加武林大会。"

暗香依依一听武林大会立刻兴奋得无以言表，抓着他的衣袖说："带我去！带我去！"

见她如此雀跃开心，他眸中闪过一抹亮光，柔声说："那我们就去。"

一男一女走后，慕容逸对她说："我带你去武林大会可以，可是你现在身份敏感，虽然我帮你易容，但是你的声音和身形仍有可能被熟悉的人认出，尤其是你的声音……不如这样吧。"慕容逸从腰间掏出一个手指大小的瓷瓶，对她说，"你先喝了这瓶药，变了声音，以免被熟悉的人认出来。"

"这药对身体没害吧？"她接过瓷瓶闻了闻，闻到一股奇怪的味道。

"无害，只是会暂时改变你的声音。"他蹙了眉头，似乎颇为不喜，"可能会有点儿难听。"

这倒没什么，她又问："这东西也有期限的吗？"

他摇了摇头又拿出一个小瓶递给她，说："这是解药。"

她接过解药装入怀里，仰头喝下了药水。入口只有几滴，吞咽下去，起初感觉喉咙微凉，而后有些痒，随后又有些麻，待她再开口时已然变了声音，声音细细的，多了几分阴柔。慕容逸听后大皱眉头，带着些许不开心。而暗香依依却想，这声音听着真肉麻，一开口说什么都像是在发嗲。

她试着拖着尾音叫了声："慕容公子……"眼瞅着慕容逸在她面前抖了下，脖子上明显起了鸡皮疙瘩。她顿时哈哈大笑起来。他一扇柄过来砸到她脑门上，不理她的龇牙咧嘴，笑着转身向东而去。

武林大会将于一个月后在襄阳召开。她的易容须每隔十日重新涂抹药水才能保持不变。她原本还担心皮肤会不会变坏，慕容逸却说，待药水自动干裂脱落，皮肤会变得更白更细，一如新生。她这才心甘情愿地擦上药水，安慰自己这是面膜。

由荆州去往襄阳，沿长江顺流而下，多行水路。

慕容逸包了一艘大船，除了船夫艄公，就只有他二人。

船上日子枯燥，二人几乎整日腻在一起，慕容逸喜欢静静地看她，而她最喜欢听慕容逸谈论当今武林，一看一听便是一日。都说日久会生情，如此十日过去。

二人偶尔也会一起品酒赏月，他耐心地教她这是什么酒，是何来历，如何品出其中味道来。她听得很认真，却一点儿也记不住。他笑她太笨。她却说："难得糊涂。"他忽而有些怅然，望着她的目光令她读不懂。

一日他们并肩立在船尾看长河落日圆，便见后面追上一条大船来。船头立着一男一女，男子腰悬长剑青衫如风，女子长发如墨白衫秀逸。

远远望去，落日在后，他二人似从画中走出的人物一般。

暗香依依正看得兴起，便听慕容逸扁着嘴，甚不高兴地说："天下第一来了。"

当船接近时，彼此都看到了对方的容貌。

暗香依依便这么看呆了，很久很久以后，当慕容逸不耐烦再叫她，直接用扇子敲她脑袋，她方才惊醒过来。

慕容逸逼问道："你看谁看呆了？"

"当然是……"她正想说，便被慕容逸无情打断，"依依，你可知他们是谁？"

暗香依依想了下，说："你方才说天下第一，我猜那女子应该是莫七彩，那个排名在我前面的第一美人。男的我不认识，不过真的真的好帅啊。"她双手成拳握在胸口目光灼灼，看得慕容逸又用扇子狠狠敲了她两下，方才敲碎了她眼中的无限神往，恨恨道，"你猜得没错，那女子就是莫七彩，那男人不是别人正是她的亲哥哥，红枫山庄的少庄主莫七落，也正是此次对你下武林追杀令的人。"

暗香依依眼中的梦幻一下子便碎了，一想到那男人要杀自己，不禁咬牙切齿阴森森地说："别叫他落在我手里！"

闻言，慕容逸的气一下子便消了，笑容重又爬回脸上。

又过了两日，慕容逸在船上待烦了，便命船靠在了江州码头，他二人上岸闲逛。

酒楼中，他靠窗而坐，阳光半洒在身上，越发衬得他姿色风流。扇子在他手中有一下没一下地扇着，他唇边含笑望着窗下人来人往的街道。

暗香依依手中也拿着一面扇子，天气越发热了，刚才逛街便随手买了一把美人扇。她扇得可不像慕容逸那么悠闲，呼哧呼哧地狂扇，还一个劲儿地喊热。喊到第五声时，一个扇柄迎头飞来，她随手用美人扇一拦，竟意外地挡住了，不由得哈哈大笑道："哪能每次都让你得逞！"

慕容逸一笑，却不理她。

酒菜陆续上来，暗香依依不等慕容逸开口礼让便自己吃了起来。早先与他在一起时因是他出钱，她还会矫揉造作一下，最近和他混熟了，再也不用故作姿态，饿了就是饿了，想吃什么便吃什么，钱他照出。

慕容逸笑话她这是原形毕露，她却说这是没拿他当外人。

慕容逸笑她的吃法是狼吞虎咽，她却说这是因为他总是不厚道地让她饿着。

慕容逸叹息她脑袋太笨嘴又太灵，她却笑话他脑袋太灵嘴又太笨。

慕容逸说不过她的时候就拿扇子敲她的头，她多数躲不开，今日纯属特例，这让她笑得开怀。慕容逸见她一副小人得志的模样，目光幽幽地望着她，唇边笑意浅浅，不知心里在想着什么。

这人她看不懂，但是心里明白，这人善于伪装自己，一如他会易容术，但他至少能让她平安无事，过得舒服自在，所以她乐得跟着他。二人各怀心事却也相处融洽。

二人正吃着，便听二楼传来小二结结巴巴的讨好声，“姑……姑娘、公子，请这边……这边请。”原本伶俐的小二怎么转眼变成结巴了？

暗香依依手里拿着骨头嘴里嚼着肉侧目瞧去，只见转角的楼梯口上来两个人。当先上来的男子只一个侧面便令她一怔，不由得看向对面的慕容逸，见他也正望着，嘴角挂着笑目光却透着清冷。

来者不是别人，正是前两日遇到的莫氏兄妹。这次不仅他二人，后面呼啦啦还跟着许多人，原本清净的二楼一下子便被这些人坐满了。随后便见桌子上摆放上各种各样的兵器，暗香依依看得双眼冒光，这就是江湖，这就是江湖啊！

或许是她的表情太过明显，慕容逸哧地笑了一声，折扇半遮面偷偷与她说：“你若惹事，挨揍我可不管你。”

她撇嘴唾了一句，“没义气。”见他笑得一脸春风，瞪了一眼，而后埋头继续吃肉。

自从知道莫七落是追杀自己的主谋，她便对他没了兴趣，一个想要杀自己的人，如何好看也喜欢不起来。尤其她妹妹还是压在自己头顶的天下第一美人。虽然她不在乎第一还是第二，可头上有个人总觉得碍眼，再加上她是红枫山庄的人，原本纯欣赏美人的心思也变成了不待见，越发觉得慕容逸当初形容她是清粥小菜说得很有道理。

正吃着，便见小二带着莫氏兄妹向他们所坐方向走来，想来是要坐他们后方那个同样靠窗的位置。

暗香依依埋头啃骨头，慕容逸依旧优雅地吃着饭，二人连眼皮都没抬一下。原本相安无事，可不知怎么忽然听到扑通一声，暗香依依一抬头便惊见小二正狼狈地跪在她面前，不由得瞪大了眼睛道：“小二哥，我没钱打赏的！”

莫七彩忍不住笑了出来。

小二当场闹了个大红脸，忙自地上爬了起来，指了指身后脚下的一个木坎讷讷道：“姑娘，我是不小心磕了下，磕了下。”

"哦……"暗香依依正欲继续埋头啃骨头，便见一锭银子飞到了面前，与此同时对面的慕容逸凉凉地开口道，"别总在我面前唠叨自己没钱。"

她忙收起来，笑得极谄媚，道："多谢公子。"

慕容逸没好气地笑道："快些吃，吃完了给你换身行头去，你这身我都看腻了。"

"是！"暗香依依放下骨头开始扒米饭，兴许扒得太快了，竟噎着了，猛捶自己胸口也顺不过气来。那模样不禁吓到了正等莫氏兄妹点菜的小二，也惊到了慕容逸。他起身到了她身后，为她推了几下方才将她这口气顺了过来。她面色惨白地接过慕容逸递过来的茶水，一口灌下去，便听慕容逸道："吃慢点儿。"

她放下茶杯，口气相当的不好，"你真是麻烦，到底让我快点吃还是慢点吃，给个准话！"话音刚落，便听对面坐着的莫七彩又忍不住笑出声来。

而后便听"哎呀"一声，暗香依依捂着被敲了的脑袋，瞪着摆明了你奈我何的慕容逸，很是不忿地重重哼了两声。

莫氏兄妹就坐在他们邻桌，莫七彩背对着他们，莫七落恰对着他们。她一抬头便看到了莫七落，他目光落在小二斟满的茶水上微微蹙眉，阳光透过窗子半落在他身上，悄然黯淡。似察觉了她望过来的目光，莫七落亦抬眸望了过来。暗香依依忽觉胸口一窒，可随即想到此人要杀她，顿时不服输地瞪了回去，而后一撇嘴，很不屑地移开了目光，之后再没望他一眼。

因方才吃东西噎到了，她再没有食欲。慕容逸一向点菜多吃的却少，多数都是她打扫战场，见她放下了筷子，便知她不吃了，他当下一笑，起身翩然离去。不用他催促，她自然会紧随其后寸步不离。

由始至终，分坐其他桌的那些人都没出声，有的偶尔瞟他们一眼，有的望向别处，亦有的漠然喝着茶，还有的擦拭着自己的兵器。这些人看起来差不多都在二十岁左右，原本应是飞扬跳脱的年纪，可不知怎么性格似都颇为沉稳，不仅如此，还着装一致，一看就知道是红枫山庄出来混的。

暗香依依心道，一看这些人就知道红枫山庄是个没什么意思的地方。抬头，正见前方慕容逸敛衣下楼的优雅模样，她便觉慕容逸看着十分顺眼，不禁快走了几步，靠近了些。

他似听到身后急切的脚步声，停步对她回眸一笑，她立刻扯开嘴角回了他一个极为灿烂的笑容，而后看到他的目光似含了情的秋波般盈盈醉人，心下一悸，不由得暗道：他有一双电眼，还是高压电的。

她随慕容逸下楼结了账，而后漫步在人来人往的江州大街上。

江州城很是繁华，慕容逸似不是第一次来了，信步而去，便能寻到最大的珠宝店和布庄。慕容逸仍然亲自为她挑选衣服首饰，原本她也想挑的，可他用扇子一拦，一句“女为悦己者容”，便将她打发了。暗香依依想着是他付钱，溜到嘴边的抵抗便生生吞了回去。

慕容逸为她一连挑了三套昂贵的首饰和衣服，见她一双手实在抱不过来不停地叫苦连天，这才打消继续买下去的念头。回去的路上，见他两手空空在一旁走得甚是从容，而她却抱着一堆东西几乎挡住了看路的眼睛，不禁腹诽了一路，而他偶尔瞥过来的眼神则更令她气闷！他竟然觉得她这个样子很赏心悦目？！

慕容逸带着她寻了处依山的客栈要了两间比邻的上房，而后各自回屋休息。

熟悉慕容逸下午会小睡一会儿，暗香依依自觉无事，可又不想睡觉，便打算沐浴一下换套新衣服穿穿。向店小二问了下，方知可以让他们备水在屋中洗。让店小二备了水送到自己屋中，交代好后原已上楼走过转角，她便听楼下一人问道：“听说这后山有处温泉，不知是也不是？”

小二道：“回客官，小的的确听人说过，后山确有一处温泉，不过地处山中腹地，路途险奇，平常人实难到达。不过小的听去过的客人说，景色倒是极美的。”

她转身望过去时只见楼下一个紫衣负琴的身影已然消失在门口。倒没见到问话的人是何模样，只觉得此人说话的声音低沉得恰到好处，耳朵很是受用。

沐浴过后，见时间尚早，她便去敲慕容逸的门。门开了，却没看到开门的人，只听屋中传来慕容逸慵懒的声音，“进来吧。”

她信步走进去，见慕容逸一臂支头侧躺在床上，目光正望着她。

他似乎刚睡醒，发丝散在身后，如丝缎般妩媚，媚眼如丝地望着她，隐隐透着一股子令人怦然心动的诱惑。这一幕若在半月前看到，定然会令她面红耳热，而今却已见怪不怪，她目光亮亮地提议，“我们去后山溜达溜达吧，听说景色极美还有温泉。”

慕容逸起了身，穿好衣衫束好了头发戴上玉冠，直到觉得自己已经翩翩不凡，这才转身看向坐在一旁望着他的暗香依依。上前几步，他用折扇挑起她的下颌，暧昧地说：“我们今夜就在有温泉的地方夜宿如何？”

她一巴掌打掉他的折扇，似突然想起一事，一拍脑袋道：“哎呀，我的扇子忘了拿。”一溜烟跑回了房。

二人出了客栈后门，向后山行去，起初有路，而后便只剩蜿蜒曲折的山中小路了。幸好她学了些轻功，又有慕容逸为她开道，此去倒也不难。

二人一路攀爬，越走越陡，越走越险，到最后几乎完全用轻功方能攀爬上去。慕容逸本要带着她往上爬，她却想试试这段时间轻功的练习结果，便坚持自己来。

直到抵达山中间一处狭小平地，眼看便要到山顶了，慕容逸好笑地见她满头大汗地坐在地上呼哧气喘，便提议带她直接飞上去，她却摇摇头说："等我歇会儿，我要试着自己飞上去。"慕容逸看着尚有一丈多高的山顶，也不强求，只轻轻一纵便先到了山顶。

站在峰顶，他白衣飘飘，美若圣仙。

居高临下，山间美色尽收眼底。他望得出了神，半晌，待回过神来，转身想催促她赶紧上来，入眼便见到极为古怪的一幕。

慕容逸越看眼睛瞪得越圆，暗香依依此刻已然飘在半空，而且正全神贯注地努力向上飞着。只见暗香依依以极为古怪的姿势，双腿向下一蹬，两手臂上下一扇，脖子一伸，便直直向上挪移了寸许，而后又两腿一蹬双臂一扇脖子一伸，又向上挪移了寸许，如此反复，竟然真的一点点飞了上来。他实在惊讶，眼下情景不由得令他想到了在水里竖着游的蛤蟆。

待她飞到与他平行，见她有些泄气地看着尚有段距离的自己，他便想，不知她会怎么过来。见她现在飘在半空的古怪模样，想她万一就这么掉下去……不忍再看，便用扇子遮了半边脸，好似不忍再看，实则露在外面的一双眼却一丝不漏地笑看着她。虽然笑着，可心底却心惊不已，如此长时间的滞空，便是他也实难办到，而她如果真的失了记忆忘了武功，又是如何做到的？尤其她曾自断经脉，虽然在渐渐恢复，可是他所授的呼吸之法实难达到这种程度，难道……

只见她一点点试着在空中调整身形，竟然真的在半空中调整了姿态，之后，慢慢地用与方才同样难看的姿势向他飞了过来。

当她到达峰顶，平稳地落在他身边时，兴奋完全取代了疲惫。暗香依依忘乎所以地围着他跳了起来，欢呼雀跃地围着他大喊大叫，满山满谷都是她的欢笑声。

他似被她的欢乐感染，趁着她兴奋得忘乎所以之际，忽然伸出手来将她搂入怀中，入怀的温香令他满足地眯起了眼。察觉到她欲挣脱，他微微扬起嘴角，一提气便抱着她急速向另一座比邻的山头飞去，在她的连连尖叫中越发将她抱得紧了。

翻过两座山后，眼前景色奇美，他二人虽没寻到温泉所在，却意外地走进了一片花海。

绿草茵茵上满是各色的花朵，有高有矮，红、黄、橙、粉、紫，争奇斗艳。谷中风很大，风过，便见漫天飞舞的花瓣。

他牵着她的手步入花海中，周身被香气围绕。

慕容逸喃喃道："实在想不到，这山中竟有这般景色。"

暗香依依伸出手来，几个花瓣轻柔地落在掌心，亦道："便是在这儿住上一辈子我也愿意。”

慕容逸目光有些迷离，轻笑道：“景色再美，若只有一种，终究也会厌倦。”

“你是个不知满足且善变的人。”

“这是人之本性。”

她想到了从前，怅然道：“或许吧。”

见她神色黯淡，他牵起了她的手，轻言细语道：“但我对依依的心，一直不变。”

她多想相信他的话。

花海中，二人或站或坐，直到暮色沉沉。

不知不觉中她竟睡着了，醒来时发现在他怀里，落了一身的花瓣，抬头便与他柔情似水的双眸相对，恍在梦中。

推开他，起身伸了个懒腰，动动胳膊动动腿说：“我们回去吧，天快黑了。”

他没有起身，手中盘旋着数个不同颜色的花瓣戏玩，目露一丝凄婉，叹道：“依依，为什么你现在都不会脸红一下？”

她好笑地望着他，摇起了手中的美人扇，摇头晃脑地道：“是你说的啊，景色再美，若只有一种也终会厌倦的，这是人之本性。”

慕容逸的笑容顿时僵在脸上，而后悲切地道：“我看着依依，一生一世也不会倦的。”

她淡笑不语。

回去的路上，她仍旧坚持自己用轻功爬上山顶，这次比来时顺利了许多。

等她再次用古怪的轻功飞上山顶，他笑问她使的是什么轻功？

她说那是她临时起意自创的，他毫不客气地说她飞起来像蛤蟆，她竟丝毫不在意地哈哈大笑，玩笑般对他说：“那不如就叫它蛤蟆纵吧！”

他听后，笑不可支地连声称妙。

她使蛤蟆纵使上了瘾，无论上山还是下山，连续两座山都坚持使用蛤蟆纵。一点儿一点儿，向下挪移。慕容逸嘴上没说，心中却吃惊不小。放眼天下，没有人有这么久的滞空能力。

她似越用越熟练，不仅先前可以上，现在还可以下。就是在空中转身有点儿费劲，还不能说话，而且还在途中发生了意外。

出山时，天色已彻底黑了下去，月牙初升，恰如镰刀一般高挂在她背后。

或许是背光，或许是她的蛤蟆纵实在不怎么样，先下山等她的慕容逸只听空中传来刺啦……一声响似衣服被刮破，又听她低低呀了一声，便见她内息突然泄了，自半空坠下，眼瞅着她好巧不巧地挂在了斜坡的一棵大树上。眼见她如蝙蝠一样挂在树枝上，越挣扎越上飘下荡，慕容逸已然在山下笑得失了常态。

她挣扎半晌也没能扯出被刮住的衣服，只得高呼："救命啊！慕容公子。"

回到客栈时天色已晚，她早饿得前胸贴后背，第一件事当然是吃饭，顾不得被树枝刮烂的衣服和慕容逸目光中的挑剔嫌弃，坐在客栈楼下大堂，猛催小二上菜。

饭后回屋又让慕容逸给她点意见，如何提高轻功。慕容逸想了想，便让她试着运气。当慕容逸说气聚下丹田时，她茫然地问："下丹田在哪儿？"慕容逸似笑非笑地暧昧答道，"肚脐眼下面。"

暗香依依正有模有样地盘腿坐在床上，顺着他的目光低头一看，脸一下就红了。她连忙扯了扯衣襟，似乎这样便能挡住他的暧昧目光。

慕容逸说："脑为髓海，上丹田。"他指了指眉间，"心为绛火，中丹田。"他指了指胸口。"脐下三寸为下丹田。"他指了指腹部，又道，"下丹田，藏精之府也；中丹田，藏气之府也；上丹田，藏神之府也。"

慕容逸好笑地看着她抓乱了头发，一脸茫然，不禁叹道："唉……为师怎么收了这么一个笨徒儿。"

按照慕容逸所教吐纳之法，一夜小有收获，可还是有许多地方不甚了解。辗转一夜，次日一大早便想去找慕容逸问询。怎料一开门，便看到一个陌生男子立在自己门口，她有点儿迷惑，更多的却是控制不住的心跳加速，不由得捂住了滚烫的脸，企图安慰自己，"色即是空……空即是色……到底是空还是不空，色还是不色……"说着说着就乱套了，实是意志不坚。

当折扇敲在她脑袋上，眼见对方目光和神情都有几分熟悉，她有些不敢相信地惊声道："是你？"

她惊疑不定地问道："你易容了吗？"

他答："早先易容了，现在是真容。"

她捂住眼睛，似不能再看下去，不敢相信地道："原来你长这样。"

他眨了眨眼，哀婉地道："这容貌也甚是令我烦恼呢。"

"靠！不带这么自恋的。"她眼中闪烁着悲愤的泪花。

他笑了起来，霎时，暗香依依只觉眼前都是炫目的色彩。

距离武林大会还有半个月，因暗香依依喜欢后山的花海，慕容逸便依她的意在江州多逗留了几日。

自创蛤蟆纵后，暗香依依迷上了轻功，每天天不亮，便起床用轻功爬客栈的后山，直到进入花海。在慕容逸的指点下，她觉得自己的身体每天都似有新变化，那种变化令她欣喜若狂。原本是个再平凡不过的女孩，而今竟然有了武功，虽然不会用，但当她按照慕容逸的指导察觉到游走在体内的气息时，她几乎兴奋得要疯了。忽然觉得活着是多么美好的事情。她不禁开始幻想，是不是自己有一天也会成为江湖侠女，锄强扶弱，劫富济贫，正想得乐不可支，便觉不对，自己好像是魔教妖女……不由得一阵挫败。

如此连续五日，体内气息运行越来越顺，草上飞已不是什么难事，就算是蛤蟆纵也一日比一日纵得高。刚开始一纵费劲不说顶多只能移动寸许，而现在一纵至少半丈。

那晚，她又练了一天的功，肚子特别的饿，一边被慕容逸笑话说成了武痴，一边大口吃着东西，正吃着，便进来了几个人。

当先一位老者，身后跟着两男两女。其中一男一女她认识，正是给慕容逸送武林大会请帖的那二人。如此便知来者是叶落宫中人。

慕容逸仍旧不紧不慢地吃着，那群人便悄无声息地立在旁边等。

被五双眼睛盯着吃饭，可想而知，再好的胃口也没了。尤其当中老者的眼神甚是严厉，看得她很不自在。她快速地扒了几口，放下碗筷对慕容逸说："我回屋了，你慢用。"

也不待慕容逸回应，她已走远。

回屋后，又按照这几日慕容逸教授的方法打坐运气。她感觉比前两日还要浓厚的气息在下腹缓缓汇聚，而后一点点游走在四肢百穴，游走一周后，只觉通体舒畅。

一直没听到隔壁有动静，慕容逸想必还没回来，她倒在床上打算睡觉，可翻来覆去如何都睡不着。想起白日自己上山下山已全然自如了，她忍不住又是一阵高兴，忽又想起客栈小二曾说后山有温泉，自己却一直都没能找到，便精神抖擞地翻身坐起，目光一转，决定再去找找。

出了客栈，她悄无声息地来到后山，而后熟练地运轻功飞向了山顶，进入谷中花海。

朗月中，花儿朵朵虽无白日里的娇艳却也别有风情，她提气，纵身飞过花海，一直飞一直飞，直飞到了花海的尽头，终于在高处看到远方真的有一汪泉水。

到了近处，只见泉水倒影着落月，波光粼粼，宁静优美。

她伸手试了试，果然温热，不由得一喜。

山中，夜幕低垂，似铺展着繁星的画卷，轻灵飘逸。

莫七落独自坐在山顶，仰望远方的夜空，风过，吹动山中树木浮动阴影横斜。他深深吸了口气，仿佛荡涤了心中无数污浊，静静的一丝杂念也无。

可就在这时，他忽听扑通一声，自山下传来。

山中腹地有一池清泉，若不是轻功极高者，根本无法抵达。仿佛被打扰了，他微微蹙起了眉。

垂目望去，月光柔和地映入泉水，泉水中央漾出一圈圈涟漪，许久都没有动静。忽然，一人自水里跃出，伴着一阵女子的欢笑声，令他微微一怔。

月色虽明，却有树木掩映，又相隔甚远，他并没有看清水中女子的模样，但水中若隐若现白皙妖娆的体态仍令他微感不妥，又觉清幽被人打扰，当即起身毫无留恋地飞身离开了。

第二日，暗香依依睡醒一开门，便见比邻的慕容逸门口站着一男一女警惕地看着她。慕容逸屋门紧闭，毫无声息，见那一男一女如此看着自己，她也不好意思去敲慕容逸的门了，便有意大声道："麻烦告诉你们家少主，我去后山了。"

声音刚毕，便听慕容逸的声音自屋内传来，"早些回来。"

她不耐烦地应了声，"知道啦。"

中午时分，待她自后山练功回来，刚巧遇到欲离开的叶落宫等人。

当中老者似乎身份不低，离去时盯了一眼正坐在楼下饭桌旁等饭吃的她，目光难掩嫌恶。

她以为老者走了一时半会儿不会来了，没想到才吃过午饭，老者又来了，这次身后不是带了四个俊男靓女，而是带了三十多个俊男靓女。清一色的白衣，就没一个长得难看的。易容后的暗香依依若往他们中间一站，立刻便被忽略不计。

客栈掌柜躲在一旁又喜又忧，喃喃自语："这么多客官，小店实在住不下啊！"

慕容逸有这么多人要招呼自然又不能陪着她练功了。午后，她回屋整理了一下，便又高高兴兴地自己去了后山。刚使轻功翻过山去，她便是一怔，原本美丽的花海已然不见，入眼的是一片残花，不知短短一个时辰这里经历了什么劫难，竟被人蹂躏成这样。她不敢相信地一步步行去，心中有些不悦。虽说好花不常在，可也不该这般糟蹋，一路行去，暗香依依看着秃了头的花枝，心里说不出的难受。正走着，不小心被一物绊了一下，她险些跌趴下去，低头一看，便见一个死人横卧在脚下。

她吓得半死，惊叫着向前跑去，可跑出去数十步后，突然又顿住脚步。只见不远处还躺着一个人，那人伏在琴案上，一身紫衣，看不见样貌，好像也死了！她又尖叫一声，又转回身跑去，慌不择路更忘了用轻功，直到又被一物绊倒在了地上，回头一看，不就是方才地上那具死尸吗？哇呀……一声，吓得她连滚带爬起身欲逃，可刚爬起来摆出逃跑的姿势便停在了那里，这个死人……看着怎么那么面熟？

有些犹豫地回过头去，她心惊肉跳地再次偷眼看向地上躺着的那个人。是莫七落，真的是莫七落，红枫山庄的少庄主，那个下追杀令要取她性命的人！他死了？暗香依依有些不敢相信地去探了探他的鼻息，原来只是昏了过去，不禁轻轻出了一口气，不是死人就不怕了。

她看着倒在地上毫无知觉的莫七落，发了会儿呆，而后抱起手连连奸笑起来，不由得想到了一句话：出来混，迟早是要还的。

想到自己被追杀的惨状，想到他是自己的敌人，暗香依依心里起了一丝恶念。

杀死他？她胆子小，不敢杀人。

打一顿？面对一个毫无知觉的人，对她来说还真有点儿下不去手。

她以手支额，看着昏迷不醒毫无知觉的莫七落左思右想，终于决定——羞辱他！

看了看四周，除了残花外就是一株株光秃秃的矮树，还有一些被利刃斩断的芭蕉叶，看来方才他与紫衣人一战定然十分壮观，可惜自己来迟一步，不过也幸好来迟了。

目光触及他手中握着的那柄剑，暗想，都说江湖中人爱惜自己的兵器如珍惜自己的性命，武侠小说不是常有写吗？什么剑在人在，剑亡人亡！她拿起那把剑在手中掂了掂，有点儿沉，并不称手，暂时丢在一旁。

三下五除二卸了他的发冠，暗香依依扒开他的衣服，当看到他的胸肌时，一时忍不住用手指戳了戳，暗道：靠，身材还真不错。

又将他拖到一株同样"裸了体"的矮树旁，暗香依依撕了他的衣物将他双手吊起绑在了矮树上，绑好之后，拿起剑，来到他身后，摸了摸他的长发，触手如丝缎，不由得暗道：可惜了。她却没有犹豫，三两下便为他切了个短发，此剑单看外表并不华丽，没想到使起来却十分锋利，只轻轻切下，莫七落的长发立刻变成了参差不齐的短发，实在是有些惨不忍睹。

干完这一切，她走到正面仔细端详了一番他的模样，不由得想到了被绑在十字架上的耶稣，忍不住笑出声来。又见绑着他的是两根普通布条，想着他醒来后很容易挣脱，她便觉不太满意。

左思右想，暗香依依又用他的宝剑毫不怜惜地在地上掘起了坑。

要在以前，她手无缚鸡之力，根本拖不动一个成年男子，更别提用一柄长剑挖坑了。但如今却不同了，她很轻松便能将莫七落拖绑在树上，也很轻松地用剑挖了个坑，身体上种种改变，每发现一件都令她心情雀跃，心情一好，干起活来也十分爽利，不由得哼起了歌。

山谷空旷，她开口一唱，声音便传遍了整个山谷。掘坑的节奏也自然随着歌声带着节奏感，“爱我，恨我，随便你！爱我，恨我，随便你！爱我，恨我，随便你！不要活的不像我自己。爱我，恨我，随便你！”

待坑挖好，自树上放下莫七落，拖到深坑旁，将他埋进了坑中，只露出一颗头来方才开始填土。待一切完成，她踩实了泥土，拍着双手，仔细瞧了他一会儿。见他如此模样，她不由得想到了一个萝卜一个坑，摇头叹息，如此俊美无双的帅哥，竟然是她的冤家死对头，着实可惜了。

伸手探了探他的鼻息，暗香依依发现还有出气，便收拾了早先扔在一旁的衣物，随手翻了翻，翻出数张银票和碎银，一看银票的数目不由得大喜过望，赶忙收入怀中。除此之外，还有一张武林大会的请帖、几个不知名的药瓶、一枚令牌及一个女人用的丝质手帕。药瓶不知道做什么用的，丢在一旁。武林大会请帖和手帕对她来说没用，也丢在地上。令牌？上有篆刻的“红枫”二字，或许有用，收入怀中。将他可以穿的衣物收拾了一番，暗香依依便拾起了扔在地上沾满泥土的剑，拖过来不远处的一个芭蕉叶放在一旁，又用剑在地上写下几个字，这才甚是满意地提气飞掠而去。

她先寻至山中的泉水中央，将他的衣物和剑一并扔了下去，眼见衣服与剑都沉到了水底，方才折返回客栈。

而不远处尚趴在琴上的紫衣男子，则被她抛于脑后忘了个干净。

莫七落很喜欢江州的百花山谷，途径江州城必会来此小坐。明日便要离开江州去襄阳参加武林大会了，今日午时方巧得空，便入得谷来，可他没想到竟在此遇到了九幽教少主顾不迷。

他们几乎同时发现了对方，去年的武林大会莫七落险胜顾不迷，他从顾不迷离去的目光中读懂了他的战意，而今偶遇，又岂能轻易放过彼此。

顾不迷的魔琴之音比去年更胜一筹，而他的剑术亦大有精进，百花谷一战，他们最终彼此互伤同时倒了下去。

随后，暗香依依便来了。

莫七落与顾不迷几乎同时醒来。

可一睁开眼，莫七落发现自己当下处境，内心的起伏实非言语所能描述。出坑对他来说并不难，只是需要些时间，可是他却没有这样的时间，因为顾不迷已在这时醒来。他听到了声音。

自己此番境遇必是有人故意所为，只是那人必不是顾不迷，否则此刻他不会还活着。

现下被埋入土中，四周茂密的花枝说高不高说矮也不矮，他屏住了呼吸，没有发出任何声音，半晌，他终于听到了顾不迷远去的脚步声，这才暗暗出了口气。

自坑中出来，半身赤裸，鞋子也没了，他向四下望去，不见自己的衣物亦不见了无枫剑，只见一个芭蕉叶横卧在前，旁边七歪八扭地写着五个大字：可以此蔽体。

他只觉太阳穴突突直跳，一股从未有过的怒气充斥在胸口，忽觉脖颈有些微凉，摸向颈后惊觉自己头发诡异，一掌向那五个字劈去，狂风乍起竟生生将那几个字劈成了一个大坑。尘土飞扬中，他目眦欲裂，将此记为平生最大的耻辱！

当顾不迷醒来，他环顾四周并没看到莫七落的身影，不禁讥讽一笑，暗道：没想到，他竟比自己先醒。

既然他已走，他也无须停留，起身抱琴离去。自始至终也未曾想过，那个距他不到五丈，远远看着黑乎乎乱乱的一团物体，根本不是谷中某种不知名的植物，而是天下第一名门公子莫七落露在地表外面的头发！也正因如此，顾不迷错失了一次杀莫七落的良机。

回到客栈后，暗香依依没有与慕容逸提及百花谷中发生的事。如常同他一起用过晚膳。

此刻的客栈一楼坐满了叶落宫的人，虽然明摆着都在用膳，但她总觉得自己被无数双眼睛有意无意地打量着，这顿饭便吃得不甚如意。她早早言明自己吃饱了，便听慕容逸柔声对她说："明天我们就起程去襄阳，你今晚好好休息一下，切勿再贪心练功，欲速则不达。"

她笑了笑，说："好。"

慕容逸笑得越发温柔，又说："晚些时候我过来找你。"

此话一出，四下里便是一片古怪的静默，有人筷子上还夹着肉就那么停滞在半空。与他们同桌而坐的老者紧紧蹙起了眉头，甚是不悦地冷哼了一声。

她却一本正经地回道："我等你来。"瞬间，四下气氛更加不同，筷子上夹肉的那位手一抖，肉片啪嗒掉回了盘子里。老者凌厉地盯了她一眼，重重地放下碗筷。

慕容逸眸中似有波光，她向他眨了眨眼，他亦向她眨了眨眼，她咧嘴无声一笑，方才起身离座而去。

夜幕降临时，下起了雨，淅淅沥沥，不眠不休。

雨滴滑落房檐，如珠帘般滴落，碎了一地。

她以手支额，靠在窗口，望着窗外，懒洋洋地不想动弹。

夜风自窗口吹入，扬起了她的发丝，微凉。屋内烛光摇曳，半明半暗，模糊了她的容颜。

或许雨夜易令人想起伤心往事，她忽觉心意沉沉，脑中纷纷乱乱，想到了很多人很多事。蓝枫将她按在怀里印上一纸契约；舒什兰执意背着她不放手；赫月一脸的包子汁仍笑得温柔；阿玛坐在床前担忧的目光；还有付雅那毕生难忘的一箭。一切犹似昨日发生的事，却已然触不可及。

她轻轻一叹，便听一人道："在想什么？"

抬眼看到慕容逸，暗香依依并未吃惊，只是淡淡问道："你什么时候进来的？"

慕容逸坐在了对面，也学她以手支额，幽幽地望了过来，"刚刚敲了两下门，见无人应，看到屋内有亮光，便想着你应该没睡，就推门进来了。"

她一笑，垂眸见他自己倒了杯茶，便道："白长老此刻估计正在房里气闷呢。"

他轻轻一笑，抿了口茶水，说："气性太大的人，容易生病。"

她扑哧一笑，说："今天吃饭时众人的眼神很古怪。"

他放下茶杯，点点头，说："可以理解。"

"此话何解？"她问。

他眨了眨眼，方道："因为他们的少主从来不近女色啊。"

"哦——"她似了然，而后露出十分可爱的笑，道，"是喜近男色啊，断袖兄。"

啪——他从不离手的折扇敲在了她的脑门上。她气闷地瞪了他一眼，却又无可奈何，只好捂着额头揉了揉，没好气地问："你找我有什么事？"

他笑说："和你讨论一下，你的名字。"

"名字？"她微感不解。

他道："此去襄阳必会遇到与你熟识的人，依依这个名字太敏感，即便容貌不同也容易被人误解。你看我家白长老，一听到你叫依依，两条白眉毛都会抖三下。"

她笑道："此言有理，那就改个名字。"

"还有姓氏。"慕容逸补充道。

"我究竟姓什么？"她问，自她出现在这个时空，就不知道自己姓什么。

慕容逸摇了摇头，说："自你出道以来，武林中人只知你叫依依，没人知道你的姓氏、来历。"

"看来我还很神秘。"她笑道。

慕容逸说："不，你不神秘，不仅不神秘还十分张扬，性喜抛头露面，更喜所有人的目光都围着你转，恨不得一朝天下皆知你是谁。"

有那么夸张吗？

慕容逸浅笑道："九幽教左护法暗香依依，十九岁，手使紫鞭，容貌妖艳，如一缕黑暗中魔魅的毒香，人送绰号：暗香。江湖中无人不知，无人不晓。只是，唯独对你的来历九幽教讳莫如深，从来无人提及。连我……也不知道呢。”他以扇半遮面幽怨地看着她。

她双手一摊，说：“我自己也不知道。”

他轻笑，道：“罢了罢了，此事暂且不提，我们言归正传，来给你起个好听的名字。”

“现起啊，我还以为你早想好了呢。”

“我的确想了一个，只是怕你不喜欢。”

“叫什么？”她问。

“慕容凤依。”他答。

“冒充你妹？”她扬眉问。

“不是，做我的女人，冠我的姓氏。”他羞涩地回答。

她撇了撇嘴，不容拒绝地拍桌子道：“慕容去掉，只叫凤依。”

他目光凄婉，悲切地道：“我恨顾不迷。”

又来了……

顾不迷是九幽教教主顾天穹的独子，这事早在船上慕容逸无聊地为她讲述武林中事时便有提及。她也曾问，顾不迷为何对她下毒，慕容逸当时的回答是顾不迷讨厌她，再问慕容逸却也问不出个所以然来，便私下里猜想很可能是九幽教内部矛盾譬如争权夺位排除异己，顾不迷才会对她下毒，只是为什么不直接杀了她？反而给她下了这么个奇怪的毒？还是他的确杀了她，她又复活了？这其中细节慕容逸不清楚，不过她想汤斩或许知道一二，便问慕容逸：“此去襄阳参加武林大会，会见到汤斩吗？”

慕容逸闻言顿时大惊失色，颤抖的指尖指着她像是指着一个负心人，道：“依依，你失忆了竟然还想着你的老情人！？”而后捶胸顿足，带着哭腔道，“我真是命苦啊……”

“……”她总共才看过汤斩两眼……

无视慕容逸的装腔作势，令她惊讶的是汤斩竟然是暗香依依的老情人？！不是吧……

慕容逸又磨蹭了一会儿方走，开门的时候，暗香依依看到外面站着两个叶落宫的人，慕容逸对她说：“白老头安排的。”

她点点头，表示了解，不怀好意地说：“白老头难道怕你被我染指？”

他一扇子敲向她头顶，她竟侧身避过，慕容逸目光一凝，她却全然没注意到，只是惊讶着不敢相信地喃喃道：“我竟然躲过了……”而后反应过来，不禁心花怒放、欢呼雀跃地对他道，“你看到了吗？我躲过了，我躲过了呀！”

刚说完，啪！扇柄便落在脑壳上，慕容逸笑意盎然地看着她的兴奋瞬间变成挫败，志得意满地进了隔壁屋。正欲关上房门，慕容逸便听她扬声高唱道：“谁说哥喜欢女人哟，哥喜欢的是哥哥哟，谁说龙阳不许哟，哥偏是个断袖哟……”顿时哭笑不得。慕容逸手中折扇随手扔出，听到来不及关门的她哎哟一声，折扇飞归手中时，顿觉心情舒畅了不少。

第三章 我的女人

一群人浩浩荡荡起程赶往襄阳。

这一次不走水路走陆路，所有人都会骑马，唯独暗香依依不会，慕容逸原本清楚却仍没为她备车。不得已，暗香依依便在一群人的虎视眈眈下坐在了慕容逸的马前。

慕容逸一路上笑得春风得意，暗香依依一路上过得如履薄冰。

无论走到哪里，都会出现成群的女子，或远观、或近身攀谈、或丢花与他留念、或一笑嫣然留下余香。一路上，实是艳遇无数。

而她由始至终摆脱不了他的牵扯。

骑马时，她坐在身前，行路时，他牵着她的手，介绍她是何人时……别提了，慕容逸不负责任的一句，“我的女人。”立刻让她成为在场女性同胞的共同敌人，被目光盯得千疮百孔是小事，暗香依依直接怀疑自己能不能活着到襄阳。

出门遭堵截，练功遭挑衅，她忍。可直到睡在床上有暗箭射在后背，距离自己不到一毫米时，她顿时崩溃了。由于过分担忧自己的人生安危，慕容逸的绝色姿容也黯然失色了。在她强烈要求易容成男人无果后，慕容逸大灰狼般提出与她同屋住，她断然拒绝。而后想想气怒交加，她便不顾场合地指着他的鼻子骂：“长得有几分姿色就想勾引良家少女与你同居，狐狸精！”慕容逸尚未说话，无数带着针的金钗步摇已向她飞来。

如果上天再给她一次选择的机会，她绝不要遇到慕容逸！

谁知千钧一发之际，慕容逸竟将她揽在怀中，带她避过了所有的金钗步摇，而后在她的惊悸中似吃了蜜糖一样抱着她亲密安抚，此举自然又为她惹来无数嫉恨的目光。她直觉上就知道他如此做法并非出手搭救，而是根本没安好心！

当她晚上将所有捡来的金钗步摇全部插在头上像刺猬一样出现在慕容逸饭桌前大嚼米饭时，慕容逸惊讶过后便开始笑，笑了好一会儿，自觉笑得差不多了便忍住笑意开始吃饭。可刚吃了一小口米饭，他便不小心看了她一眼，当场喷饭，忙喝茶润润喉咙，可又不小心看了她一眼，茶也喷出来了。

而后便听快速扒完饭，重重放下碗筷，怒视他的暗香依依愤愤道："叫你害我，我就不信你还吃得下去饭！"

慕容逸当即很给面子地笑得前仰后合，所有人都忍不住笑了起来，就连白长老的眼中也有了若有似无的异样。

叶落宫的人其实不难相处，时间长了便也看出她的与众不同与可爱之处，有些人便渐渐不那么排斥她了。尤其这段时日，每当她被慕容逸的扇子敲中，众人一见她扁着嘴恨恨地看着慕容逸的样子便忍不住有了几分笑意。这次因为有她同行，路上便发生了许多趣事，让人越发觉得她并不讨人厌。

一路上还是麻烦不断，她好不容易撑到了襄阳城，已觉精疲力竭。

幸好到了襄阳后，叶落宫大手笔地包下了整个天一客栈，门口派了宫人把守，不许外人进入。这下子倒清净了不少，她便整天躲在客栈里不出屋。

闲了两天鞋底都长霉了，明天就是武林大会召开的日子，可算让她盼到了。

这几日没有麻烦找上门，心情渐渐由阴转晴。慕容逸这次住三楼，为远离麻烦，她坚决不再住他隔壁，便住在了二楼。事实证明她的选择是明智的，因为这两晚时常听到三楼有异响，偶尔更能惊见有人影自窗口掠过。

她摇头叹息，终于明白慕容逸为什么行走江湖也要易容了，那副尊荣实在是个麻烦事。

这两日除打坐运功外，暗香依依也不敢去找慕容逸，日子便过得甚是无聊。偶尔靠在窗口向下张望，她见襄阳城的街道人来人往异常热闹，街对面恰是一间布庄，这两天生意异常火暴，天天可见许多妙龄女子进进出出，面有喜色似买到了什么宝贝。想着这家店肯定物美价廉，女子爱美的天性作祟，看得她心痒难耐。

明天是个大日子，暗香依依想着自己手里除了慕容逸给的一些钱财还有自莫七落身上收刮来的一大笔银票，不由得起了花钱的欲望，便再也坐不住了，戴上前两日所买可遮面的帽子出了门去。

布庄在客栈后街，她绕了个大弯方才找到，入内果见许多妙龄女子，细看这些人多有武器傍身，看来这里是江湖女子常逛的地方啊。

这布庄十分大，布料齐全琳琅满目，但人最多的地方，却是中间那间屋子。她挤了进去，便见许多女子在挑选束衣腰带，她心中有些纳闷，为什么大家都抢腰带？刚想问问怎么回事，便见一女子拿着腰带，面带喜色地对腰带念咒般说："腰带腰带，这次你一定要带给我幸运！"她蓦地明白过来原来是幸运腰带啊。仔细看那腰带，有红色、粉色、黄色及紫色，其上绣着各种姿态的枫叶，做工精致，的确漂亮。有的女子刚买来便系在了腰间，更显得蛮腰纤细，身姿挺秀，她越看越喜欢便也喜滋滋地买了一条。而后又选了些看上的东西，一并买了，方才回到客栈。

刚摘了帽子推门进屋，暗香依依便见慕容逸正歪在她屋中临窗的软榻上闭目养神。

夕阳西落，恰好透过窗子照在他的面容上，仿佛春日桃花，三分柔媚七分风流。她只觉此刻双腿有些发软，心若擂鼓，不由得暗暗咬住下唇，暗想，男人美成这样实在是罪过。不禁想到了耽美中的小受哥哥们，她在心中暗忖：极品小受大抵如此吧。想起小受。一时便想得有些远了……

慕容逸睁开双眼时，便见她抱着一堆东西站在门口发呆。不知当下想着什么，目光迷离，面色微红。自己起身已走到面前，她也毫无所觉，还紧咬着下唇笑得古里古怪。很想用扇子敲醒她，可慕容逸目光一转，俯身迅速在她颊边轻啄了一下。眼见她蓦地惊醒过来捂着被他亲了的地方，似被雷击了一样瞪圆了眼睛惊讶地看着自己，忽觉心情巨爽。慕容逸刷地打开手中折扇，扇了起来，发丝轻扬，恰似他此刻的心情。

在她的怒视下，他翩然离去。走在廊间便听到身后摔东西及她的怒吼声，“你没事别来！”他哈哈大笑，扬声道：“我想来就来。”听到重重的关门声，他笑得越发恣意。

第二日，她早早起来打扮，兴奋无以言表，武林大会可让她盼来了。

与慕容逸等叶落宫人一同用过早膳，便早早上路了。依旧还是骑马，她这次坚决不与慕容逸同骑，便睁着一双水汪汪的大眼看着白长老。白长老不看她，连胡子都很不给面子地撇到了一边。无奈，她又水汪汪地看向其他人……有人当没看见，有人干脆摇头拒绝，她便知道，只要慕容逸在，别想让别人带着她，不得已还是上了慕容逸的马。

她尚未坐好，慕容逸毫无预警地突然扬鞭策马一骑当先飞出，察觉她重重地跌进他怀里与他紧紧相依时，慕容逸只觉今天心情出奇的好。

第四章

初次交手

武林大会的地点在荒郊野外，场地甚是宽广，四周树木林立鸟鸣清幽，场中搭建着数处高台，四周均有高手把守。

入场前，暗香依依已觉一双眼睛不够用了，她伸着脖子不停地向内张望。

远远便看到了少林和尚的光头、武当弟子的古朴发簪、落霞宫的凌波水袖、暗器门的柳叶飞刀……慕容逸曾与她提及过这些武林帮派，正看得兴起，便闻一人高声唱和："叶落宫到……"而后场内顿时一阵躁动……

暗香依依下意识地看向走在前方的慕容逸，只见他当先步入场中，举起扇子放在唇边示意了一下，四下顿时静了下来。

慕容逸走在叶落宫所有人前面，暗香依依跟在他身后，眼见他那身绣着白牡丹的白衣随着移动华丽地张扬开来，正在心中腹诽他是孔雀男，便见天空突然下起了花雨。

漫天的花朵飞入场中，一朵朵带着幽香准确无误地向慕容逸飞来。

她吃惊地看到，慕容逸抬手间曼妙地自数不清的花朵中择取了几朵。不仅如此，他似能分辨出来手中花是谁所掷，每接一朵，还向对方颔首微笑。偶尔他还会将花朵放在鼻端浅闻一下，动作优雅，媚眼如丝，当真风流入骨外加可恨之极！

暗香依依正看得嫉妒紧张，便见慕容逸忽然飞身而起，翩然落下时，嘴上不正经地叼了一朵白色牡丹花。顺着他的目光看去，只见一白衣女子立在人群中含羞带怯地望着他，脸红的样子令人想到天边的晚霞。

当慕容逸与白长老先后落座，叶落宫中的人全部站好，场内骚动方才渐渐淡了下来。

暗香依依正不厚道地在心中诋毁慕容逸是孔雀男、花孔雀，便听一声高唱响彻天际："红枫山庄到……"心中一颤，不由得想到了自己为莫七落理的发型，忙抬眼看去。

场中，一中年男子当先走了进来。男子衣饰朴素，身着月牙色长袍，腰悬长剑，此外再无他物，其人身材修长举止清逸，令人一见顿生敬仰之感。她用手指戳了戳慕容逸的脖子，问："这人是谁？"

慕容逸用折扇打掉了她的手，半遮面道："当今武林盟主、红枫山庄庄主莫见笙。"

"长得还不错。"暗香依依道，立刻惹来慕容逸嗔怪的一眼，小声嘟囔，"依依都没这么夸过我。"

她嘿嘿一笑，目光自莫见笙身上移开，便看到了随后而入的莫七落与莫七彩兄妹。

莫七落，武林盟主莫见笙之子，未及弱冠已是名动天下的少年剑客。微抬眸处，目光所及，只见他面容清俊，薄唇略显薄情，眸光沉稳有度，眉梢却微微上挑，有那么一丝难以捉摸的神秘，令人忍不住看了又看，看完再看，看完了还想看。

暗香依依也是一直看，可是她之所以看，完全是想看他的头发，可惜怎么也看不到！只因红枫山庄的人除庄主莫见笙外，其余人等全部外披红枫斗篷，帽檐盖了半张脸，别说头发，便是脸也看不真切。

暗香依依正心中郁结，便见各门派似起了骚动，不由向下首的落霞宫看去。

慕容逸与她提及过落霞宫，落霞宫的武功自成一脉，与蜀地峨眉一样只收女弟子，但地处江南。武器是凌波水袖，所以她们总是衣饰飘飘，仙姿轻逸，但与峨眉派不同，落霞宫并不是以武为尊，而是以美为尊。落霞宫的女弟子长得一个比一个水灵，一个比一个美，再加上衣饰讲究，宽大飘逸，更多了几分出尘之感，听说她们招收弟子的首要条件便是容貌，其次是家世出身。不仅如此，每年还要举行一个类似选美的比赛，先比容貌，再比才艺，然后才是比武，凡获得头筹者，在宫中地位尊崇，甚至可能成为下任宫主。

暗香依依目光所及便看到了现任落霞宫宫主，那是一位完全看不出年龄的绝色美人，美人此刻正紧蹙着眉头，看向身后那群弟子喜滋滋自怀里掏出绣着枫叶的束腰绑在身上。一见束腰，暗香依依蓦地想起自己也买了一条，也从怀里掏出来想要束在腰上，便被慕容逸的扇子打落在地。

"你干吗？"她有些恼怒，便听慕容逸悲切地说，"原来依依也心仪莫七落。"扇子一指台下缓步走来的莫七落。

她顺势望去，这才发现眨眼间几乎全场女性都行动起来，均戴上了同款腰带，暗香依依幡然醒悟这个束腰的真正含义！她不禁泄气，便决定不捡了。慕容逸脸上有了几分笑意，扇子指着地上束腰，道："看着真碍眼。"

不只慕容逸看着碍眼，她自己看着也碍眼，一脚踢了出去试图将腰带踢到看不见的角落。可不知是不是心情使然劲使得太大了，这一踢竟将束腰高高踢起，众目睽睽之下成抛物线在空中翻滚三周半以后，完美地落在了场中一人脚下。

那人停下脚步抬起头来看向了她，正是莫七落。

瞬间场中鸦雀无声，所有人的目光均看向了她，慕容逸折扇半遮面闷声低笑，便听身后暗香依依喃喃自语："我……我没使劲啊……"这下子不只慕容逸笑，其他听见此语熟悉她性格的叶落宫人也都低头闷笑起来。

虽然近些时日她已能控制自身力道，但偶尔因情绪发泄，力道还是难以控制好。像上次，她戴了满头金钗步摇吃完饭，因心中郁结难舒，重重地放下碗筷时起初不觉如何，可等她走后那些碗便瞬间碎裂成片。

再如昨天，慕容逸轻啄了她一下，她一生气便将门关得重了些，起初还没看出哪里不妥，片刻当两扇门轰然倒地吓了她一跳时，方才惊觉自己不知不觉竟使了内力。

再如现下，眼看着莫七落幽沉注视着她的目光，以及全武林人士各种各样探索的目光汇聚己身，她紧张地抓住了慕容逸的衣领，直抓得慕容逸喘不过气来，用扇子敲下了她肆虐的手，方才起身咳了咳，对场中红枫山庄庄主莫见笙一拜道："莫盟主。"而后笑着看向莫七落道，"七落兄息怒，这是在下内子的束腰，不小心落到七落兄脚下，还请七落兄帮个忙将束腰还与内子，慕容逸感激不尽。""内子"二字一出，四周抽泣声此起彼伏。暗香依依眼瞅着落霞宫一美女受不了刺激倒了下去，当下自然又是一阵骚乱。

慕容逸此番话虽说得中规中矩，亦没推脱否认，但也令红枫山庄众人面有怒色，而后只见莫七落敛下眸光俯身拾起束腰，拍了拍上面的灰尘，沉声道："慕容兄内子戴此束腰，在下甚感荣幸，便还与慕容兄吧。"一扬手，束腰破空而来。

慕容逸并未用手去接，只伸出扇子，便见束腰在扇子边缘转了数周方才停下。慕容逸拿起束腰，拉过身后躲着的暗香依依，当着众人的面亲昵地为她戴了上去，戴完了还一脸笑意地大赞，"凤依真是漂亮！"

红枫山庄众人见状，怒色方才缓了几分。

性命攸关，暗香依依丝毫也没有反抗，当下任由慕容逸摆布乱说。别说内子，此刻慕容逸就算说她是自己儿子，她都不会吭上一声。这不是没骨气没节气，这叫识时务者为俊杰！她如此在心里安慰自己。

红枫山庄庄主莫见笙微微一笑，继续向前走去，直至带着莫七落等人在左上方落座。

这时场内又一声高唱："九幽教到……"众人注意力便被转移。

九幽教虽是魔教，派头却比红枫山庄还要大，如此晚到。众人似已习惯，面上虽有不悦却也暗暗忍耐。

暗香依依不明白这些道理，只顾着瞧热闹。此刻伸长了脖子，只见九幽教当先走入的是一位老者，第一眼便被他的头发所吸引，而后是他的眉毛和胡子，竟然都是一半黑一半白。暗香依依乐了，想起了《射雕英雄传》中返老还童的老顽童。可仔细看去，笑意顿时消失在脸上，此人身材魁梧，目敛精光，周身散发的气势令人不寒而栗。

她正欲伸指戳慕容逸的脖子，慕容逸已先察觉用扇子挡住，不等她问就说："当先那个便是九幽教教主顾天穹，你看他头发、眉毛、胡须均为一半黑一半白，并非后天所致，生来便是如此，又因此人性情暴戾，所以人送绰号——黑白兕。"

慕容逸用折扇一点随后步入场中的紫衣男子道，"着紫衣负琴的便是其子顾不迷，你莫要当他是附庸风雅的骚人墨客，他的琴音可一次杀死上百人，而丝毫不见血。"慕容逸的声音低柔，听到最后五个字时，暗香依依不自禁地打了个冷战。

"其后两位老者是九幽教长老郑三步和闫阵，他们后面的是……"慕容逸没有说下去，因为那人暗香依依认识，九幽教长老身后跟着的便是九幽教右护法汤斩。慕容逸看向汤斩，便听身后暗香依依喃喃自语道："原来他就是顾不迷。"江州客栈中的紫衣身影，后山百花谷伏在琴上不动的人竟然是他。此刻想起，暗香依依不禁有些扼腕，当初那么好的报仇机会竟然错失了。

慕容逸低声问："你见过他？"

她赶忙摇头否认，"没见过。"

慕容逸折扇半遮面，媚眼如丝地回眸瞧着她，笑问："他好看还是我好看？"

暗香依依毫不犹豫地道："你！"

慕容逸笑得如三月桃花朵朵开，又问："那是莫七落好看，还是我好看？"

暗香依依面不改色地道："你！当然是你！"

慕容逸笑得眼睛都眯了起来，又问："那是汤斩好看，还是我好看？"

暗香依依挥挥手，道："不用问了，至今为止我还没见过比你好看的！"

哎呀，慕容逸那个乐啊，折扇背后的嘴都笑歪了。

九幽教教众来者少说也有四十人，着装各异，长相各异，手持刀枪棍棒，颇有气势。所在位置恰在叶落宫上首。呼啦啦一群人很是随意地跟着教主顾天穹来到指定位置站定。

暗香依依所站位置恰在顾不迷一侧。只见他敛衣坐下，紫漆木琴置于膝上，修长的手指抚摸着琴弦像是抚摸着珍宝，目光带着迷离的魅惑，仿佛天地间只剩下他与他的琴。

暗香依依看得有些发怔，目光一直没有收回。他似有所察觉，倏然向她看了过来，她一惊，便听身前慕容逸笑道：“不迷兄别来无恙啊。”

顾不迷的目光自她脸上移开，看向了慕容逸，道：“你今年还是不参加比试？”

慕容逸折扇轻摇，笑眯眯地道：“我最讨厌打架了。”

九幽教长老郑三步突然接口道：“如果我没记错的话，慕容公子去年的名次是第四十九名，武林榜之所以将你排在第四十九名，还是因为第四十九名上台时，你嫌弃人家身上的汗臭味，一扇子将他扇飞了才落得的名次。”

扑哧……暗香依依忍不住笑出声来，惹来慕容逸嗔怪的一眼。

郑三步和汤斩同时向她望来。

慕容逸借机用扇子指了指暗香依依，对所有看过来的九幽教众道：“我内子。”

“身形很像，就连眼睛也像，可惜……她不是。”不知为何，顾不迷说此话时，略带失望。

慕容逸笑着接口道：“我知道她不是。可是我喜欢她，真的喜欢。”

闻言，站在慕容逸身后的暗香依依心跳猛地加快了，手指不自然地摸到了他的发梢拾了一小缕，缠绕缠绕……慕容逸似感觉到了，回眸对她一笑，便觉头发被她狠狠一拽，当即捉住了她不安分的手，当着众人的面竟放进嘴里轻咬了一下，方才让她抽回。见她面红耳赤，似已尴尬得无地自容，慕容逸笑得一脸暧昧不明。

汤斩收回了目光。

顾不迷看着膝上的紫漆木琴，指腹摩挲着琴弦，目光幽幽暗暗不知在想着什么。

郑三步笑道：“慕容少主倒是个妙人。”

此时武林大会人已到齐，只见中央台上走出二人，一人手拿禅杖，正是少林止水大师，一人手拿拂尘却是武当和穆道长。二位都是德高望重的武林前辈，已经做了数年的武林评判，深得武林中人信任。

众人只听止水大师道：“各位英雄，老衲止水与武当和穆道长承蒙各位英雄信任再次担当武林大会评判，实感荣幸。在正式比试前，老衲照惯例先宣读一下武林大会的比武规矩，望在场英雄谨记遵循。”

武林大会已持续数百年，比武规矩众人早已熟悉，听得便不甚上心了。

暗香依依从没参加过武林大会，自然不知比武都有什么规矩，便听得比较仔细。去年比武大会的前五十名可以不参加首轮比试，自动进入第二轮，其余人等如果想挑战前五十名就必须先参加抽签仪式，而后捉对厮杀，从一百六十个人中选出二十人进入第二轮，以挑战的方式挑战前五十名的任何一人。除此之外，止水大师还宣读了十条武林大会比武戒律，其中规定比武中可用暗器可用毒，死亡或伤残一律自负，也就是说，比武双方可出尽阴毒招数，被打死也是白死。

而后，和穆道长高声道：“比武抽签仪式现在开始！”

和穆道长话音刚落便见四下飞出无数麻雀，场面一下子混乱起来，各帮各派纷纷有人飞出去抢夺麻雀。

暗香依依看得眼花缭乱，只见有人抢到了麻雀，便兴高采烈地取下麻雀腿上的纸条。却也看到有些小帮小派为争夺麻雀当场动手打了起来，场面虽混乱却也没人管，全凭本事说话，谁有本事谁就有参赛资格。尤其每年参赛人数只限定一百六十人，而实际想要参加比赛的却远远超过这个数字，所以每年的抽签仪式也是一种实力的较量。

暗香依依正看得兴起，便觉一物突然掉进自己怀里，当下吓了一跳，忙自怀里掏出来一看，竟是一只奄奄一息的麻雀，腿上还绑着纸条。她一时好奇外加手痒摘下了纸条，打开来只见上面写着两个字：一号。忽然头皮发麻有种极不好的预感，她一抬头，便见慕容逸用扇柄指着她颤抖地道：“你……你……难道也要去……”

慕容逸颤抖的声音尚未说完，已有一人飞至她面前抢过纸条看了一眼，扬声道：“一号，叶落宫慕容凤依！”入场时，慕容逸便将她的名字报为慕容凤依，此刻腰牌还挂在腰间。

同时，远处亦传来一声：“一号，飞马帮马天霸！”

话音刚落，便听台上武当和穆道长高声道：“比武开始！由叶落宫慕容凤依对飞马帮马天霸！”

此刻，暗香依依只觉脑袋一晕，便听慕容逸以手抚额，无力地道：“输了也没关系，不过……不要输得太难看了。”那样子摆明了对她没什么指望。

“我不……不能……不去吗？”暗香依依众目睽睽之下说话都结巴了。

慕容逸还没说话，白长老的胡子已然气直了。

白长老怒气腾腾地站起来当众呵斥道：“你如今是叶落宫的人，不会武功你也必须去，即便战死也不能临阵退缩，叶落宫没有贪生怕死之徒！”白长老一番慷慨激昂的话，在场众人全都听到了，心道这慕容凤依原来不会武功，倒便宜了飞马帮的马天霸了。

马天霸此刻已登上比武台，眼见要与他比武的叶落宫慕容凤依连比武台都不敢上，不由得暗喜。又听到白长老的一番话，他已然喜上眉梢，暗道今日自己运气实在是好。方才抢签时，天灭帮和黑豹帮抢得你死我活，他手疾眼快捡了个漏，不费吹灰之力便获得了比赛资格。而今第一个与他比试的又是个不会武功的女子，说不定今年运气好，他能挺进前五十，从此跻身高手之列。

眼见白长老气怒交加，叶落宫一众弟子虎视眈眈地盯着自己，暗香依依垂下头去，看见自己裙子里抖得如筛糠的两条腿，眼泪还没来得及落下面颊，就被白长老毫不怜惜地扔上了中央比武台。一阵夸张的尖叫后，她以极其难看的姿势趴在了比武台上，只听四下传来轰然笑声。

她刚爬起来，就见一柄亮晃晃的短刀骤然戳在她身边，当下脸都吓白了。白长老严厉的声音自看台上传来，“拿起来，那是你的武器！”

对面站着的飞马帮马天霸忍下心中得意，道：“小姑娘，莫怕莫怕，在下定然会手下留情的。”眼见对方的确是菜鸟中的雏鸟，马天霸心中喜悦，又知她是叶落宫慕容少主的内子，不想做绝了得罪叶落宫，便打定主意点到即止。

武林大会的规矩是适者生存，允许运气的存在，而今他运气无疑太好了。先是不费吹灰之力得到了比赛资格，再来第一个对手竟是个不会武功的黄毛丫头。心想若这么轻松赢了，在众英雄面前似乎没什么面子，马天霸想了想，当即决定将手中长刀换成大刀，先旁若无人地在台上将自己最厉害的刀法耍了一通。直到一套刀法虎虎生风地展示完，获得几声喝彩后，他方才看向对手。

只见对手正手握钢刀站在擂台边缘，手脚发抖，面有惧色。马天霸不由得既窃喜又不满意。想着此番赢得太过容易，事后定然被武林同行耻笑，他便打算用平生最有气势的一招赢了这丫头，也算让所有人知道他马天霸并非浪得虚名。如此打定主意，马天霸当即运气，足下一蹬高高腾空跃起，双臂举起大刀迎空向少女一斩。原打算将少女吓得倒退落台或吓晕即可，没想到，忽见少女尖叫一声弃了钢刀抱头就跑，而他因用力过头跳得太高手中大刀又太长太重已然止不住去势，落地时恰好双脚踩在少女所弃钢刀之上，而后竟站立不稳，随着钢刀直直滑出了比武台。

暗香依依哪里会打架啊，见对方长得凶神恶煞一样手拿关公大刀早就吓得腿软脚软了，当下双手握刀没完没了地那个抖啊，想着等下弃刀投降认输算了。可眼见对方赛前热身实在太过投入，半天也不理她，暗香依依也不敢吭声，只想着他到底舞到什么时候是个头啊？

待对方耍完看向自己，知道他终于要对自己出手了，暗香依依心里头一紧张，哆哆嗦嗦地连话都说不出来了。之后更见对方高高跃起手中大刀直直向她劈来，当即吓得面无人色，惨叫一声，她扔了手中钢刀抱头就跑，哪还顾得什么比武什么输赢什么体面。可就在她刚冲出去几步，便听身后传来异响，而后只听“啊……”一声惨叫，似有重物跌落台下，回头一看，只见马天霸已四脚朝天地倒在台下。

四周哄笑声大起，看台上的慕容逸已然笑得失了常态，捂着肚子一副很难过的样子。

暗香依依正有些茫然，就见和穆道长飞上台来，高声宣布道：“叶落宫慕容凤依胜！”

啊？她就这么不明不白地胜了？！究竟怎么胜的？

暗香依依脚步虚浮一头雾水地下台往回走，却被一人拦下，那人手抬一块木板，木板上放着许多小包子。她哪儿来的胃口，挥了挥手说：“不饿不饿。”那人非让她拿一个，还说这是规矩，推辞不过，便随手拿了一个。

回到慕容逸身边，慕容逸先笑着接过包子，纤长的手指一掰，暗香依依只觉眼前一黑，包子里竟然藏了张纸条，上面赫然写着：三十九号。

暗香依依幡然醒悟，这正是她第二次比武的出场序号。

当天一百六十人共要比试八十场，分开两个场地比试，即便如此，看架势今天恐怕也难比试完，有的结束得比较快，有的刚好遇到劲敌便打了个天昏地暗。看了几场比赛后，慕容逸哈欠连连，正觉困倦便见一只白鸽向他飞来。他伸手抓住白鸽，解下鸽子腿上绑着的纸条，看了一眼，不禁用扇子遮住脸痴痴地笑了起来。暗香依依心中疑惑便偷瞄了一眼，见其上写道：“你那所谓的内子是现在的还是将来的？”

慕容逸让人取来笔墨，在纸条的背面写道：“你猜。”

鸽子飞走了，不一会儿又飞了回来，上面写着：“你告诉我。”

慕容逸在后面写道：“偏不告诉你。”

鸽子又飞了回来，“我猜是将来的。”

慕容逸写道：“你猜错了。”

鸽子飞了回来，上面写着：“我不信，除非你现在抱着亲她。”

当慕容逸摊开这张纸条时，站在他身后的暗香依依已然看到，当慕容逸回头看向暗香依依时，她已经挪到白长老身后去了。

白长老奇怪地回头看了她一眼，她当即对白长老深深鞠了一躬，道：“多谢白长老方才将我扔上台去，要不是你那决定性地一扔，我怎能在今日一战成名让天下英雄都记住我的名字。”白长老嘴角微微抽搐，她那也叫一战成名？

身后叶落宫的弟子低低笑出声来。

慕容逸对她笑着招了招手，说：“来我这儿。”

暗香依依突然抱住肚子，面容抽搐地说：“我内急！”言罢，闪身出了看台不见了踪影。

见她尿遁，慕容逸当即笑倒在了椅子上，只笑得周遭所有人都对其侧目。

以她对慕容逸的了解，这人脸皮已然厚到一定程度，心中根本没有什么礼义廉耻的界限，如果她不遁走，慕容逸绝对会当众抱着她亲。

既然都出来了，便去趟茅房吧。茅房？荒郊野外的哪有什么茅房，摆明了就是随地大小便罢了。

她正大步流星地往偏僻之地走去，忽听一人道："姑娘留步。"

她刚回头便觉一阵香气扑面而来，头一晕，便人事不知了。

丹凤眼，柳叶眉，朱红点点，来者却是一位男子。男子抱着她，指尖滑过她的面颊，轻启朱唇道："慕容逸的女人，我倒要看看有何特别之处。"正欲将她带走，便听一人道，"花门主对慕容少主的女人这么感兴趣，不知有没有承担后果的兴趣。"

百花门门主花香玉闻声目光陡然一变，凌厉地看向树后。只见一人正背对他站着，红枫斗篷在阳光下艳红生辉。花香玉顿生犹豫，原以为此地偏僻无人，劫了慕容逸的女人神不知鬼不觉，就算杀了也没人知道，可没想到，这附近竟有红枫山庄的人在。当下一笑，他想着不如一起杀了，却见那人转过身来。当看清那人面容时，花香玉暗暗心惊，竟然是他！他当即放下暗香依依，抱拳笑道："莫公子误会在下了，在下也是途经此地，见这位姑娘突然昏倒扶了一把而已。既然莫公子在，那在下便将她交与公子，在下告退。"言罢，转身便走了。

莫七落没有阻止花香玉离去，待花香玉走远，方才走到暗香依依身边，垂眸看了一眼，自怀中掏出一颗药丸，俯身喂入她口中，方才举步远去。

片刻，暗香依依醒了过来，只觉头痛欲裂像是喝醉了一般，眼前一片模糊好半天目光焦距都对不准。她知道自己不太对劲，便趁着清醒之际挣扎着往回走。

有叶落宫的人远远瞧见，忙跑过来扶住了她，有人赶去通报慕容逸，当鼻端闻到慕容逸熟悉的味道时，她才放松下来任由自己跌入黑暗。

当日下午，第一轮比试尚未结束，慕容逸已然带她回了襄阳城，只留白长老等余下门众在武林大会现场。叶落宫此次有六名弟子参赛，慕容逸作为少主还没等门下之人全部上场便先走了，此举顿时惹来不少非议。武林大会现场人多眼杂，自有人看见慕容凤依的异样，当下便将事情传得风风雨雨。

女子们见她与慕容逸亲近，又得知她是慕容逸的内子，便对这个叫凤依的女人十分反感，众人都说此女要武功没武功，要容貌没容貌，要气质没气质，总之要什么没什么，为什么慕容逸会喜欢这样一个女人？！

有人花了千两白银从江湖百事通姜言那里得来消息，说慕容逸还没有成亲，有人又花了千两问姜言慕容凤依是什么来路，百事通姜言将千两银子退了回去。

众人得知慕容逸没有成亲，便猜这个叫凤依的女子或许只是慕容逸的女人罢了，充其量是他纳的小妾，至少没明媒正娶，这又让许多女子燃起了希望。之后，武林大会一传十十传百，传到后来便人人以为那个叫凤依的女子只是慕容逸的小妾。当下，慕容凤依便有了一个绰号叫：慕容小妾。

慕容逸抱着暗香依依离开武林大会，快到襄阳城时，暗香依依醒了过来，这次感觉好了很多，眼不花头不晕了。

慕容逸揽着她正策马徐徐前行，察觉她醒来，问道："依依，你怎么被人下了迷香？"

迷香？她揉着太阳穴，仔细回忆，"我原本想去如厕，可走着走着听到有一个人在叫我，刚一回头就闻到了一股香味，然后就晕倒了，都没看清对方是谁。"

慕容逸叹息一声说："我就没指望你能看清。"

嗯？她侧目斜睨他。只见他目露坚定神采飞扬地道："我决定了！"

"你决定什么了？"

慕容逸忽然手臂使力紧紧将她圈住，下颌搁在她肩头，脑袋一偏脸便贴到了她的脸上，不理会她的挣扎硬是蹭了蹭，满足地道："依依，从今往后你我形影不离，就算去茅厕也不分开，好不好？"

她一掌打偏他的脸，大声道："不好！"

只见慕容逸捂着脸扁着嘴眼中闪着泪花，说："我恨顾不迷！"

暗香依依斜睨着他，心道：你今天见到人家还一副兄弟情深的模样，哪里有恨的样子。她便不怀好意地说："那你再见到他，打他呀！"

慕容逸眼睛一亮道："好主意啊！"

暗香依依刚露出一丝得意便见他愁容满面，幽怨地说："可是我打不过他啊。"

她刚想藐视他，便听他又说："我恨顾不迷！"

又来了……

按惯例，武林大会第一轮晋级者均会受邀出席武林榜百名宴，在如今人才济济的江湖，能排名在前一百三十名者已属一流高手。当然这是按常理来说，总是有例外的。譬如今年暂排在第一百三十名，人送绰号慕容小妾的慕容凤依，就是个人尽皆知的特例。大家心照不宣，不过总得给叶落宫慕容少主几分薄面。所以，当慕容逸牵着慕容凤依的手，在众目睽睽下款款走入武林榜百名宴会时，除了一些轻视的目光与背后的指指点点，总体来说还算过得去。

每年的武林大会都由姜家一手操办，从布置会场再到招待各方来客，如此已有数十年。

提起姜家，武林中人都会略带几分敬畏，姜家在武林已有百年历史，自二十年前那场武林浩劫之后，姜家人便渐渐淡出武林世家，虽依旧担任每年武林大会的举办方，却已退出武林大会的比试。原本从事的锻造、走镖、武馆等行业也陆续关闭，着力转向开设酒楼、妓院及钱庄，近些年，更以收集情报为主。

闻名江湖的百事通姜言便是姜家人，但这姜言却是个妙人，他不是什么事你给钱就说，而是无论大小情报，都要一千两白银。如果他想说他就收下银子，如果他不想说自然不收。

武林中人对姜家敬畏，敬是因姜家在武林中的地位，畏则是因姜家的情报。这情报有的价值连城有的可令人身败名裂。

武林榜百名宴自武林大会召开起，每晚都有，能够出席的只有胜者，能来参加的都觉荣耀。

暗香依依是第一次参加如此盛会，来之前慕容逸什么都没跟她说，只是拿着帖子道："今晚有人请客吃饭，他家的饭挺好吃的，咱们去吧。"

既然饭好吃，就没理由不去，暗香依依换了身衣服便与他去了。

月上柳梢时，慕容逸、白长老、暗香依依与五名晋级的叶落宫弟子来到城郊一处大宅门口。门口异常冷清，昏黄的灯光下只有两个汉子把守，慕容逸递上帖子，汉子仔细看了看，方才放他们进去。

入内，走过一进又一进的院落，直到一扇丈高的红漆大门打开后，暗香依依只觉眼前一亮。

里面灯火通明，人声鼎沸，好不热闹，游廊呈拱形建于水上，水中睡莲浮光摇曳，灯火阑珊中，人面相映语声不断，菜香酒意散于鼻端，游廊内早已坐满了人。

慕容逸牵着她当先走上了游廊，一个个熟人笑着点头寒暄过去，每个人的目光都若有似无地自她面上滑过，她全然不在乎，只远眺水池中央。池中有个方形高台，四周点着火把亮如白昼，见那高台居中空空无物，她随口问道："那台子做什么用的？"

慕容逸扇着扇子，翩翩儒雅地说："打架用的。"

行至为叶落宫几人所留的空位，几人依次落座。

不巧，慕容逸身边坐着的恰是九幽教的顾不迷，慕容逸笑得眉眼弯弯与顾不迷亲切地寒暄了几句，称兄道弟的模样令暗香依依忍不住一再侧目。

酒菜陆续摆了上来，等了半天仍不见众人动筷。暗香依依早已饥肠辘辘，实在忍不住便伸手夹了片肉，正打算放入嘴里，便被一旁的慕容逸用扇子敲落。她瞪了他一眼，又去夹肉，又被他阻止，便当场用筷子与他打了起来，结果自然败落。暗香依依心中一坏，便道："公子，如果我没记错，你今天下午还和我说你恨顾不迷，再见到他时一定要打他一顿，既然……”

不等她说完，慕容逸便以扇遮面叹息道：“唉，今儿中午回去，时间充裕，我们便……她似不太满意我的表现，不迷兄莫怪莫怪啊。”

白长老的脸更白了，胡子重重地抖了一下。暗香依依的脚已经踩到了慕容逸的脚面上，死死不放开。其余叶落宫人已然面红耳赤，只盯着陆续上菜的小厮们，仿佛这些小厮的手有多好看一般，看得炯炯有神。

顾不迷看都没看慕容逸一眼，由始至终当他是空气。他对面的汤斩却望了暗香依依一眼。

慕容逸的话音刚落，便听一人道：“慕容少主……我千盼万盼总算盼到你来了。”

那种不依不饶又爱又恨的语气令暗香依依猛地抬起头，看清来者心头不由得一震。她脚下一松，慕容逸的脚丫子总算得救了。

只见来者衣着艳丽，手中亦拿着一柄折扇，皮肤白皙，柳叶眉、丹凤眼，长得媚态十足，尚未走近已闻一阵香风，不由得令人鼻端发痒。偏偏如此华丽招摇的竟是个男人！暗香依依眼前飞过两个大字：伪娘……

慕容逸对面刚好空了个座位，男子不客气地坐了下来，不巧坐在白长老与汤斩之间，白长老嫌恶地挪远了些，汤斩直接起身走了，边走边打了两个喷嚏。

暗香依依忍不住笑了出来，顿时被男子狠狠盯了一眼。

慕容逸笑道：“哎呀，这不是百花门门主花香玉花门主吗，好久不见，近来可好？”

“不好！一点儿也不好！”花香玉幽怨地扁着嘴，看着慕容逸的目光带着难以掩饰的倾慕。

慕容逸笑道：“莫非花门主又看上了哪家如花似玉的少年郎？”

刚喝下茶水的暗香依依闻言一口水毫不客气地喷了出来，恰好喷到面前的几碟菜里，当即咳了起来。慕容逸忙帮她拍着背，目光温柔，嘴里还念叨着：“叫你慢点喝，你偏偏每次都喝这么快。”她无从辩驳，并非她喝得快，实在是因突然见到一个真正的断袖坐在面前而被惊到了。

对面的白长老嫌恶地看了一眼被她喷了口水的饭菜。

花香玉见慕容逸对她这般在乎，眸中闪过一丝嫉妒，语带讥讽地道：“你这内子没规没矩的，看了就让人生厌。”

暗香依依本来就饿得有些浮躁，一听这话火气跟着就上来了，边咳边道：“你这不男不女的偏坐在我对面……咳……咳……我看了也生厌。”

花香玉目光一冷，当即起身大声道：“慕容凤依，有胆量我们中央台子上见真招！”

暗香依依立刻瞪大眼睛回道：“你明知我不会武功，摆明了想欺负我，咳……咳……没门！我偏不去！”

慕容逸低低一笑，忽觉脚面又被她踩住，只听她道：“你还笑，难道你想明日天下尽传，今日晚宴有二女为你争风吃醋、大打出手不成？”

二女……那花香玉岂不是，叶落宫其余人等低低笑出声来。

花香玉自然也听出她语中带刺，气得面红耳赤，大声骂道：“你这个不要脸的……”他的话尚未说完，忽觉脖颈一凉，一把刀已放在他脖子上，一人道，“滚！”

众人一怔，不知汤斩什么时候折返回来，只见他目光幽暗地看着花香玉，花香玉面色顿时惨白，一咬下唇，再不敢多言，转身离去。

花香玉尚未走远，众人便惊见他曾坐过的凳子被汤斩一脚踢飞进了水池里。花香玉闻声回头看到此番情景不由得目露恨意。顾不迷轻蔑地哼了一声，花香玉心生惧意，疾步远去。

慕容逸看向暗香依依，只见她望了一眼汤斩，而后收回目光，心不在焉地想着什么。可踩着他的脚依然踩着，虽然早可以移开，她却没有，只得附于她耳边道：“不要为了个不男不女坏了吃饭的心情。还有，我的脚都被你踩扁了……”

闻言，她顿时笑了出来，嗔了他一眼，挪开了脚，问道：“究竟什么时候能吃饭啊。肚子都饿扁了。”

慕容逸尚未回答，这时便听游廊中央有人高声道：“各位英雄，在下今日有事耽搁，来迟一步，让各位英雄久候了。”

众人闻声望去，只见盟主莫见笙长身玉立于廊下，双手抱拳向四方英雄赔罪。有人朗声笑道：“盟主既然来了，这筷子总该能动了吧！”众人大笑起来。

莫见笙笑道：“让各位英雄久候，在下理应自罚三杯以谢罪。不过在此之前，各位英雄请起，老规矩，同饮此杯水酒！”

所有人同时起身拿起杯盏，只听莫见笙道：“第一杯敬天地！”莫见笙将酒洒在地上。

众位英雄亦将酒洒在地上。

“第二杯敬各位英雄。”莫见笙高声道，声音洪亮似在近旁，而后将杯中酒一饮而尽。

“谢盟主！”众人齐声道，举杯同饮。

见众人饮完杯中酒，莫见笙朗声笑道："饿肚子的岂是英雄，举筷吧！"众人哄笑，宴席这才正式开始。

众人推杯换盏开怀畅饮，喝到中途，便有人跃至中央台上与人比试起拳脚。慕容逸口中的打架，倒成了助兴的节目。

今晚九幽教的教主与长老都没来，只有顾不迷与汤斩带了几个教众来此，这二人一个抱着琴好像抱着个情人由始至终一言不发，另一个黑着张脸额头上面像是刻着"烦我者死"四个大字让人望而生畏。又因九幽教是魔教，名门正派少与之来往，只一些小门小派存了逢迎巴结的心思，可一看这二人的脸色，原本是要走上前的，中途也转了方向，纷纷向旁边这个一看就很好说话的慕容逸敬起了酒。

来给慕容逸敬酒的人非常多，其中以女人居多。暗香依依被挤到了一旁，正觉无趣，索性起身给众人让了位置，独自向外走去。

来到游廊尽头，夜风吹过面颊散了些许燥热，她靠在游廊上，望着水面倒映的琉璃灯火，听着不远处的人声笑闹，伸出手来恍然触碰，目光迷离地喃喃自语道："真像是一场梦……"

忽听一人道："我可是真实的。"

她闻声抬头，便见一男子含笑立于眼前。

恍然间她似看见了雨后的天空，碧空如洗，光风霁月。

只听男子微笑着对她说："我叫姜言。"

她并不清楚他是谁，只觉得此人看着面善，令人易产生亲近之感，又听他肯定地道："你不是武林中人。"

她笑笑说："的确不是。"

"知道我为何如此肯定吗？"他问。

"大概我长得不像。"

他笑着摇了摇头，带了些飞扬的神色，道："因为你听到我的名字一点儿惊讶也没有。"

"哦？"她笑了。

他亦轻轻笑了起来，周围的夜色似乎也随之柔和了几分，似朋友般温声道："你今日的比试我看了，说实话，赢得着实取巧了些。"

她轻扬嘴角，道："我都不知道自己是怎么赢的。"

他看向远处一隅，道："慕容逸看起来对你很好。"

顺着他的目光遥遥望去，只见慕容逸此刻仍被一群女子围着劝酒，即便相隔如此远，似也能听到那方的嬉闹声，她笑了笑，说："看起来是很好。"

“言下之意，似乎并不好？”他微微挑眉。

她直起身来，收回了目光，淡淡道：“这世间，有些人明明在你身边，在对你笑，可你根本看不透他究竟在想什么。”姜言闻言笑意不变，她举步，与他擦肩而过时，轻声对他说，“譬如，姜公子你。”

姜言眸中闪过一抹微光，但笑不语，却见她已抬步走远。

回去的路上，每隔一会儿便有一批人马自后追来，与他们擦肩而过时，偶尔便有一两朵花像暗器一样丢掷过来，心知那是丢给慕容逸的，可惜她恰好坐在慕容逸的身前！

几次惊心动魄地瞅着那如利刃的花朵堪堪在近前被慕容逸截住，所带劲力甚至割断了她的发丝，心中惊骇再难平复。

期间有一次最为过分，落霞宫的几个美女骑马过去，不知是谁突然回眸一笑丢出了一朵花，快如闪电，无声无息倏然袭来，几乎碰到了她鼻尖。她当即吓成了斗鸡眼，眼瞅着鼻端那朵花被慕容逸双指堪堪夹住，静默片刻，当即抱头尖叫：“我要与白长老同骑！”

闻声，白长老瞬间骑没了影，速度快得好像坐下的马也练过轻功。

好不容易挨到了天一客栈，跳下马不顾慕容逸在后面呼唤，她风一样回屋关门落上闩。

暗香依依靠着门心有余悸地猛拍胸口……终于活着回来了。她刚要移步找床安慰舒缓一下疲惫的身心，便听门外传来慕容逸的声音，“谁在我屋里呢？”一看屋内摆设……心一下子提到了嗓子眼，自己不知不觉中竟然多爬了一层楼……

门外的慕容逸只觉房门突然被人打开，而后一阵风自面颊拂过，眼前再无人影。他眨了眨眼，听到楼下传来重重的关门声，蓦地笑了起来。想了想，他没有进屋，站在走廊向下望去，果然，不一会儿便听到“砰——砰——”两声和一声尖叫，楼下她所住的两扇门已然倒塌在地。他刚想笑，便听身后也传来“砰——砰——”两声……便再也笑不出来了。

第二日，众人如常到了武林大会现场。暗香依依又一次在无数双目光的注视下，随慕容逸走进了大会现场。与慕容逸来到指定的位置上，一如昨日，慕容逸坐，她站。慕容逸一身白衣，她则一身红衣，二人一前一后，相得益彰也扎眼得很。

昨晚在宴席上暗香依依方才知道，只有武林榜前五十名或登记在册的一门一派的掌门人方有座位，其余人等均只能站着看。可即便是站着，来武林大会的人数仍旧一年比一年多，因武林帖数量有限，一些小帮小派每年争夺都甚是激烈。

今日，九幽教依旧来得很迟，比武已经开始，他们才到。九幽教教主顾天穹照例坐在最前方，那一半黑一半白的头发甚是醒目，身侧坐着九幽教长老郑三步和闫阵。顾不迷依旧坐在慕容逸一侧，汤斩则坐在不远处。

她忍不住看了一眼汤斩，一直想问汤斩些问题，可又不敢轻易去问。而今易容在慕容逸身边至少平安无事，暗香依依以前种种，她想知道，却又不想承担，如今见九幽教教主顾天穹神色严厉似很难相处便更不想回九幽教去了，所以一直隐而未问。

这一次，她的出场顺序在倒数第二位。今日比赛开始时，她便知道了要与她比试人的名字，长青门刘辰。慕容逸看了一眼名字，当即说："你输定了。"

暗香依依听后完全不见反应，慕容逸瞥了她一眼，道："不战而逃，会被天下英雄耻笑，上次白长老将你扔到台上，如果这次一怒之下从场地里把你扔到外面……"慕容逸扇柄一指远方，恰见一只乌鸦呱呱地飞向了远方，直至成为一个黑点……他方以扇遮面无限神往双眸锃亮地道，"不知会被摔成什么样？"

暗香依依忍不住身体一抖。

今日的比赛远比昨日的精彩，依旧是两组同时进行。此刻看台前左侧擂台上，九幽教的张海与红枫山庄的魏西临正打得难解难分。那张海眼看似拼了命了，魏西临则应对自如，明眼人一看就知高下已分，可那张海发起狠来，魏西临一时也讨不到便宜，二人暂时打成了平手。

慕容逸甚为惋惜地道："何必呢，拼死拼活的。"

暗香依依虽看不懂，却也看出了几分张海的执着，想起奥林匹克运动员有时候明知与对手实力悬殊却依旧勇往直前不到最后一刻绝不放弃认输，这种精神也很值得钦佩，便暗暗握紧了拳头，低声道："张海好样的！加油！"

原以为这么低的声音应只有慕容逸听到，哪里知道她前后左右全是些高手，耳目自然不能与常人同日而语，当下之言，不只令慕容逸回头望了她一眼，白长老以及九幽教所有人都转头看了她一眼。暗香依依原以为自己说错了话，便听慕容逸问道："加油是何意？"

"这个……"暗香依依这才反应过来，古代没有加油站，只有柴火卖，想到了这两样都是能源，便道，"就是加柴火的意思。"

"你为什么要让张海加柴火？"慕容逸不耻下问。

暗香依依咬了咬下唇，不得已胡编道："只有烈火才能让热血沸腾！"

"好！"慕容逸轻轻赞了一声。

生死大战

直等到下午，方才轮到她上场比试。有了第一次的比试经验，其后又看了那么多场比试，暗香依依这次上台已然好多了，至少没逼得白长老出手。

其实她还是不想上去，只是怕被白长老扔上去在众目睽睽之下摔得太难看，所以她决定自己走上去，走到比武台下时，只见台上早已站定一人。她仔细整了整衣裙，磨蹭了一会儿，试图镇定心神，可无论如何也没用，只得心若擂鼓不急不缓地走上台去。

暗香依依自走上台，便觉看场内所有人的目光都凝聚在了自己身上，这让她顿感压力。

抬眼瞧见对手是个细眉细眼的青年男子，看着像个文化人，便想着这回不如先与他好说好商量，最好大家动口不动手，她认输他得胜，大家欢欢喜喜各取所需而后和和气气一拍两散，如此不是甚好？暗香依依心中做好打算，便调整了一下众目睽睽下自己紧张的心情，正欲开口当先客套一句，便听看台下慕容逸高喊道："凤依好样的，加柴火！"

暗香依依只觉眼前一黑，下定决心打算上来就认输的话便有些说不出口了，生生改成了，"久仰久仰……"

长青门刘辰见她上台，眼中闪过轻蔑之色，想起上台前师兄师弟明着恭喜他对手是毫无反击之力的慕容小妾，此局必赢无疑，实则暗讽他与慕容小妾对阵，赢了也无甚光彩。想起马天霸的前车之鉴，刘辰更想速战速决。于是先将手中剑当众丢到了台下，一方面不想用利器伤了她而得罪叶落宫，一方面弃剑之举也表现出他并不想以强凌弱的侠义之态。当下他早已有些不耐，只想快些结束这场无意义的战斗取得晋级下场比赛的资格，眼见对方磨磨蹭蹭废话连连，他只是一哼，而后敷衍地回了一礼，迫不及待地挥出一掌，蓄了三分力，直击对方肩胛骨。

眼见他一掌击来，她当场吓得花容失色，惊呼一声慌张后退。慌乱间，她左臂胡乱一挡，右手下意识向前一推，令她万万没想到的是，在自己右掌与刘辰的掌心相抵时，电光石火间，只听砰的一声，而后便听见：“啊——”连声惨叫，刘辰竟生生被她一掌打飞了出去。

只见刘辰惊慌中双手无助地乱挥仍止不住后跌的去势，在一片惊呼声中，跌倒在看台上。

一抬眸看到一双眼睛。

那是百花门门主花香玉的眼睛，他低头看着刘辰，起初有些惊讶而后变成了惊艳，微张的嘴缓缓变成了笑意，手指触及怀中刘辰的面颊，往返流连，喃喃道：“好紧致的皮肤啊。”

刘辰顿觉羞愤交加，气急攻心，当场口吐白沫，白眼一翻昏死过去。

见刘辰昏死过去，花香玉语不惊人死不休地道：“哎哟，这难道就死了？！”

现场随即炸开了锅！

众人看向白长老，有质疑有责问，指指点点说什么的都有，却见白长老也目露惊怔，侧目看向身旁正掩扇遮笑的慕容逸，却见慕容逸的眼中只有暗香依依。

台上的暗香依依自将刘辰打飞出去，便像是被人点了穴道，保持着那个姿态良久不动。她无视所有惊疑不定的目光和指指点点，亦没有听到跳上台来大声宣布“叶落宫慕容凤依胜！”的和穆道长的声音。只在听到那句“哎哟，这难道就死了？！”时，暗香依依只觉脑袋里轰的一声，一个惊惧的声音不停在脑海里重复，死了？她杀人了……她杀人了……而后白眼一翻，倒在了台上。

和穆道长俯身探了下暗香依依的脉搏，翻了翻她的眼皮，当场与众人道：“无碍，只是惊吓过度，昏厥过去。”

这下子又轮到慕容逸快马加鞭带着他的小妾离开武林大会回襄阳城休息去了。

临走前，他帮昏迷不醒的暗香依依抽了下场比武出场的序号：十一号，想到依依的名字，想到前面花香玉抽到的序号，慕容逸失笑，有些事情，远比他想象中要有趣得多。

回到客栈，待暗香依依醒后得知刘辰没死，当即生龙活虎起来，完全没想过自己一掌将一位武林高手打落下台是多么令人震惊的大事。

慕容逸瞧着她神采奕奕的模样，眯着眼笑道：“我帮你抽了个号。”

暗香依依不以为意地耸了耸肩便听慕容逸笑眯眯地说：“十一号，和你的名字一样，一一，着实是个好兆头。”暗香依依随意挥了挥手，表示无所谓，便又听慕容逸道，“据我所知，花香玉抽到的也是十一号。”

暗香依依一听这话倒是一惊，当即脱口而出，“我靠！这么倒霉！”

慕容逸闻言当下眨了眨眼，带着十二分的兴趣问道：“什么叫我靠？”

"……"她的嘴瞬间抿成了一条线。

慕容逸见她不答，便自行思考了一会儿，而后点点头自言自语道："我懂了。"

真的懂了吗？她疑惑地看着他，怕他追问答案便没敢问，那个"加柴火"至今还没完全消化呢。

当晚原该再去武林榜百名宴混吃混喝，可暗香依依一想到昨晚回来那一路的惊险刺激，宁可在客栈吃面条也不去了。慕容逸也不勉强，便让白长老带着几个晋级的叶落宫弟子去了。自己则与暗香依依窝在客栈。

慕容逸歪在榻上透着烛光看着对面亦同样歪着的暗香依依。暗香依依没有说话，只看着自己的手掌，似难以明白自己那种爆发力到底从何而来，蓦地劈出一掌打向火烛，却见火苗一晃仍旧顽强地燃烧。她又冲着火苗劈出一掌，还亮着，她又狠劲劈出一掌，还亮着。她不信邪了，直直地坐起身来，呼出一口气又吐出一口气，好像有感觉了，而后一掌劈出，火苗微微一晃，还亮着。她蓦地泄气倒在榻上，烦躁地蹬腿甩胳膊。

慕容逸笑道："下去要两壶酒来。"

她横了他一眼，不怎么乐意地下榻出了门。

昨晚坏掉的门都修好了，暗香依依轻掩上门下楼要酒，尚未走到柜台前，便听柜台后两个店小二闲着没事坐着磕牙，店小二甲说："昨晚三楼那个慕容公子的房门和二楼那个女客官的房门都坏了，这些江湖人就知道破坏东西显摆自己孔武有力。"

店小二乙闻言窃窃笑道："你知道什么，你没见三楼那位慕容公子长得有多美，二楼的女客官定是因为近水楼台得不着月，所以直接将门砸坏以便晚上入内……嘿嘿……"

二人猥琐一笑，忽听砰的一声，只觉耳中嗡嗡作响，一抬头看到一张铁青的脸，当即吓了一跳，便听暗香依依咬牙切齿猛地一拍柜台桌面恨声道："两壶酒，送到我房间！"

她转身刚上楼不久，柜台便裂了一个大口子，两个店小二顿时吓得面无人色。

当晚白长老刚回来，客栈掌柜与店小二便找上门来哭诉，说那柜台是自南方深山寻来的什么神木，有招财进宝的功效，天下间再难寻觅，如今被女侠一掌劈成了两半……

白长老最终赔笑赔不是又赔了银子。

第二天一大早吃早点时，白长老与她面对面地坐着，面色那个白啊，白得都瘆人。

暗香依依瞧见，关切地问道："白长老，昨晚没睡好吗？"

白长老一口喝完了剩下的粥，重重地放下碗筷，不理她。

见自己的小小关心碰了钉子，她不再说话。

临走前被慕容逸拉上马时，她低声对慕容逸说："白长老不知道又抽什么疯了，一大早就脸煞白，瞪我的样子像是我欠了他很多银子。"

知道前因后果的慕容逸闻言笑出声来。

这一天的比试比昨日更加精彩。能进入这一轮的已然是江湖一流高手，当然，有一人尚需留待观察，此人就是慕容小妾（慕容凤依），虽然她一掌打飞长青门刘辰震惊了全场，却落得个扮猪吃老虎的不良名声，依旧排在晋级四十人中的末位。

武林大会进入第三天时，慕容小妾的名声已然如日中天，暂时成为百事通姜言今年所撰的武林风云榜榜首人物，可即便只是暂时的榜首也已是闻名天下的人物了。说起慕容小妾，那真是无人不知、无人不晓，可你若说慕容凤依……十个里面有六七个茫然。

武林大会第三日，四十名高手对招比昨日更加干净利落，上午便轮到了暗香依依上场。

临上台前，慕容逸很郑重地为她整了整衣衫和头发，神情像是为烈士送行，嘴上还念叨着打不过就跑别输得太难看之类的话。白长老却依旧是一副你不赢就别回来的样子。其余叶落宫门众有的听到他们少主说的话低低在笑，有的面带鼓励地看着暗香依依。

原本这一仗她就不乐意打，又因为慕容逸一会儿为她拍衣服上的灰，一会儿给她弄头发，一再唉声叹气的样子搞得她心理压力有点大。在转身欲走时，她突然大声对自己道："重在参与！"在吓了身边所有人一跳后，她壮士断腕般毅然向场上走去。

两个比武台同时进行着比试，但显然自暗香依依走向比武台时，所有人的目光便一直跟着她了。众人都想知道，她还能不能继续取胜。

此刻，花香玉已然立在台上，一身束腰的白衣凸显了他的纤腰，腰上还特意系了一条粉红色丝带，今日用玉冠束发，玉冠两侧垂了几缕串珠倒似女子所戴的金步摇。此刻站在台上很有耐心地眯着眼睛瞧着暗香依依一步步走上台来，手中折扇轻摇，便是动作也有几分模仿慕容逸，直至看到暗香依依在自己对面站定，方才语带轻蔑地道："看在慕容少主的面上，我给你两个选择，一个是自行滚下台去，一个是死在台上。"

暗香依依微微一怔，原本她是想打退堂鼓的，可被花香玉这么一说，倒让她有些进退两难。如此下去实在难看，可她又怕死，当下稍一犹豫，便见花香玉仰头大笑道："你不走，我求之不得！"话音刚落便是一扇挥来，暗香依依见此情形急忙向后退去，再不管什么难看不难看，一心想跳下台认输。

可没想到花香玉来得实在太快，眨眼间便到得近前，一扇子将她打回了台上。她只觉一股莫大的劲力将自己打得晕头转向险些站立不稳，却见他再次移到自己面前，一扇子砸向了自己的天灵盖。

她大惊失色，骤然向后急挪，可惜动作却没他快，只堪堪躲过了他的扇子，衣领却被他伸手抓住，而后只觉一巴掌重重地打在了右脸上，口中泛起血腥嘴角渗出血来，眼前已然模糊，双耳嗡嗡作响。隐约听到花香玉冷冷一笑，以极低的声音道："你凭什么让慕容逸喜爱！"而后又一巴掌狠狠扇来，将她打飞出去重重地跌在台上。

从没有人这么打过她，此刻花香玉当众掌掴她，眼中的厌憎与嫉恨令她觉得既委屈又愤怒，只觉两颊火辣辣地疼，趴在台上良久都没动一下。

这时在看台上，慕容逸扬声道："凤依，认输吧。"

花香玉闻言看向了慕容逸，目光胶着复杂，缓缓变成了又恨又爱的幽怨，心中越发对暗香依依恨了几分。

此时，暗香依依已挣扎着站起，双颊红肿不堪，吐了两口血，有些含糊却执拗地道："我不认输！"

她是怕死，那是因为曾经经历过不珍惜生命的死亡，走得太过匆匆，伤了最疼爱她的人的心，追忆时已然无法挽回唯剩悔恨，所以这一世她早已下定决心无论未来的路有多难，她都要爱惜自己的生命并坚强地活下去。

她原本就是个容易冲动的人，尤其此时此刻，多日来积压在心底的担忧、彷徨与恐惧通通因这两巴掌变成了愤怒。这种愤怒令她再顾不得什么后果，只想着这个不男不女当众打了她，就算与他拼命，也要将此番所受屈辱讨回来！

白长老也不知又从哪儿摸出把刀来，扔到台上恰好戳在了她的脚边，大声道："拿起来，砍了他！"

白长老无疑是在火上浇油，暗香依依已然点燃的怒火一下子蹿起万丈高，一把拔出刀来，紧紧地握在手中，咬牙切齿地看向了花香玉。可她那握刀的姿势凡是练武之人一看便知此人实乃外行，有人不由得一叹道："唉，慕容小妾这回输定了，希望别丢了性命。"言下竟有些惋惜之意。

花香玉此刻的心情也有些复杂，他暗想，若公然在武林大会上杀了慕容凤依必然与慕容逸及叶落宫结仇，可不杀她又怎能解了自己心头之恨。权衡利弊之后，他蓦地笑了起来，骤然趋向暗香依依，直取她双眼。可当他快接近暗香依依时，却发现她竟然不见了。

一抬头便见她以极为古怪的姿势立在自己头顶一丈左右的地方，垂目看着自己。而后伸出食指，向他挑衅地勾了勾。

花香玉一提气纵身一跃，却在眼看抓住她的时候，蓦地见她又自眼前消失了。花香玉当下再一提气，一瞬间高纵到她头顶，一扇子向下打了下来。可他没想到，她竟当空一转身，横着向旁边挪出了一丈，不仅如此，还顺势刺出了一刀。他虽然躲开了，衣服却被刀划出个大口子。

这时的看台再不平静。

这是什么功夫？如此古怪。

她竟然能滞空这么久？甚至不用借力便能随意在半空移动？

花香玉落在地上时，心中亦是一惊，看到自己衣服上的裂口，又惊又怒。花香玉再看头顶上方的暗香依依，却见她伸出食指，指了他一下而后左右摆了摆，似在讥讽他不行，他看出她的轻蔑之意，顿时气怒非常，脸一阵红一阵白。

就在众人七嘴八舌大为惊奇之时，花香玉却只是哼了一声，仰头看着暗香依依，再无动作。

按照自然规律，即便是轻功绝顶的武林高手也不会在半空中停留过多时间，暗香依依此番所展现的滞空能力已是罕见到诡异，可再诡异她终究也是个人，不是神，她迟早会掉下来，花香玉等的就是她掉下来。

在场所有人与花香玉一样都在等她掉下来，可当下却见慕容小妾一纵一纵竟然再次跃了上去，眼看着越来越高越来越惊人。全场高手无不动容，包括一直面无表情无声观看比试的九幽教教主顾天穹和武林盟主莫见笙都面色微变。

九幽教长老赵三步忍不住问道："慕容少主，不知尊夫人使的是什么招数，如此厉害。"

慕容逸扬声道："赵长老听了莫要笑，这是内子独创的轻功，叫蛤蟆纵。"慕容逸的声音贯穿全场，所有人都听得清清楚楚。

众人当下再看场上慕容小妾的姿态，一些女侠忍不住笑出声来。

花香玉原本正在目不转睛地看着头顶的暗香依依，眼见她越纵越高已然心惊不已，当下听到慕容逸说话，便闪了神看向了慕容逸。听见慕容逸之语，他心中又怨又堵，不想却在这时忽觉一阵厉风在头顶呼啸，再抬头惊见慕容小妾手握钢刀自天上直奔自己劈了下来。大惊之下，他急忙向后纵去，千钧一发之际堪堪躲开了她的刀气，狼狈地落在台上。而后却听咔嚓一声，落脚之处突然裂开了一条缝隙，他的腿骤然卡在了裂缝当中，心急之下想要拔出腿来，却觉脚踝一痛再不敢用蛮力。花香玉正在挣扎时，便觉一个人影当头扑了过来，慌乱中他用扇子一挡，扇子却被一股劲力震飞了出去，而后双眼各挨了一拳，顿觉头晕眼花耳鸣不已。

众人眼见暗香依依突然从天而降，手握钢刀劈下来的姿态甚像她第一战时飞马帮马天霸那长刀一斩，只是她更快更高更具威力。当下只见她一刀劈在台上竟生生将擂台劈裂了开来，看台上胆小的当即惊呼一声。而后却见花香玉的左腿很不幸地卡在了其中，还没等他抽出腿来，慕容小妾便已骑在了他的身上，二人当下那姿态，实在……惨不忍睹。

而后只听，"砰——砰——砰——砰——"

"啊——啊——啊——啊——"

台上的慕容逸以扇遮面，怯怯地道："真是血腥，真是血腥啊。"

比武台原本有两个，此刻另一侧正在比试的两位高手都打得有些心不在焉，他们的比试不仅没人看，还因为隔壁发出来的声音实在令他们想看，便在对了一招后，心有灵犀地各自站到了比武台的两侧，同时偷偷偏头向旁边的比武台看去。

只见此刻另一侧的比武台上，慕容小妾正骑在花香玉的身上，一边恨声道："你竟然敢打我，从小到大都没人敢打我！你竟然敢打我！"一边拳拳打在花香玉一贯爱惜如命的脸上，花香玉双鼻流血眼眶发青早无还手之力。二人看完说不出是什么心情，只有默契地看向对手，用眼神交流着：宁可杀，不可辱！一挥手中兵刃再次战在一起。

当晚的武林百名宴，所有人都期待慕容逸带着他的小妾出现，可惜他们又一次令大家失望了。

当晚，夜色朦胧，烛光浮动。慕容逸与暗香依依对面坐了，慕容逸柔声问道："还疼吗？"

暗香依依说："上药时疼，现在不疼了。"

慕容逸皱着眉叹息道："依依，你今日留了花香玉一命，他定不会感恩，日后对你来说恐是一大祸患。"

暗香依依黯然道："伤人者亦自伤，我不会杀人的。"垂目看着被包成粽子的双手，今日打了花香玉，自己的手也受了伤，这还是她有生以来第一次真正与人打架，毫无章法，即便最后赢了，却仍难以释怀。

慕容逸闻言微微一笑，温柔地将她的粽子手握在手中，笑道："人在江湖，身不由己。依依，今后若是遇到非要杀你而后快的人，你会如何？"

暗香依依沉默良久，方道："那我只好……以德服人。"

慕容逸一怔，细细品味了一会儿，蓦地大笑起来，而后擦着眼角笑出的眼泪道：

“好一个以德服人！”

暗香依依斜睨着他，暗道：雷老虎这句话竟然也能糊弄人？！

待慕容逸笑够了，一开心，便自怀里掏出了一面小镜子，放在了她面前。她只看了一眼，便觉头晕眼花，自己受伤的脸竟被他包成了一个包子！

她狠狠地瞪着慕容逸。

慕容逸见状以扇遮面，怯怯地站起身来，不小心碰翻了凳子，夸张地一哆嗦，而后眯着眼睛笑道：“要以德服人！以德服人！”

“去死！”暗香依依这才真正明白，原来雷老虎糊弄的是自己，以德服人……屁啊。

由于昨日脸受了伤，想要治疗就必须先去了易容，所以当第二日早上，慕容逸在镜前为她解开“包子”与“粽子”，她便有些不适应地看到了暗香依依原本的脸，这张脸，长得……唉，不看也罢。

慕容逸望着她，幽幽叹道：“依依长得实在是美。”

她敛下眸光，望着他那双手，似笑非笑道：“以你这双手，应该很轻易便易容出一个我吧。”

慕容逸闻言浅笑，柔情万千地道：“可没有一个是真正的依依。”

她夸张地一哆嗦，抱着胳膊说：“你可真肉麻。”

慕容逸明明已摆出一副受伤的模样，可一对上她的眼神，便扑哧笑出声来，目光在她脸上流转。慕容逸自怀里取出一个瓷瓶，倒了些药水在手上，摸上了她的脸，一边为她易容一边若无其事地道：“我想，应该把你昨天受的伤……夸大一点儿。”

原本无所谓地任他折腾，可当自己的目光与他相对，忽然有了一种很不好的预感。

果然，出门后，在见到早已候在门外的白长老等人，但凡看了她一眼的人，都有点儿惊讶，或多或少神情中都略带怜悯。

暗香依依心想，他到底把自己夸大成啥样了？

去武林大会的路上，慕容逸为暗香依依解释今日比试的内容。今日，进入第三轮比试的二十人要依次上台挑战上任武林大会的前五十名高手。期间，不似前三场那样两个擂台同时进行，而是按照次序一个个登台挑战，如果赢了，或者对手主动放弃，排名便可替代对方当前排名名次，并可以继续挑战下一人，如果输了，便再没有机会。

由于这个比试规矩，按往年惯例，比试过程相对较慢，有些人会先挑战有把握取胜的对手，先取得名次，再继续挑战下一个对手。有些人想挑战旗鼓相当的对手，便会与对手比试很久，酣畅淋漓地打一场。有些人想展示实力扬名于江湖，挑选的对手便是针锋相对的高手，这种比试通常最为精彩。

而原本排在前五十名接受挑战后比试输了的，名次将自动向后顺延，像慕容逸这样排在第四十九名的，很可能被顺延出前五十名。虽然出了前五十，但依然有机会。当这二十位选手依次挑战完后，就会产生新的武林榜前五十名，这时，武林大会将进行最后一轮比试，前任五十名高手与新产生的五十名高手可以上场自由挑战对手，最终角逐出本届武林大会武林榜前五十名。

慕容逸一路讲得神采飞扬，便觉身前暗香依依的头已经点在了自己的胸口，竟然听得睡着了。他原本有些不乐意，可一看她那张脸，心情顿时好了起来。

一路颠簸，终于到了武林大会会场，众人入场依次坐定。暗香依依正张嘴打着哈欠，便无意中自白长老戳在座位旁的钢刀看到了自己的脸，哈欠打到一半便打不下去了，她摸了摸自己的脸，这还是脸吗？整个一猪头！难怪入场时，她瞄见看台上花香玉等百花门门人一脸猥琐的笑，敢情心里在暗爽呢。靠！

她在慕容逸后面咬牙切齿，对着他的影子狠狠地踩了几脚。

慕容逸以扇指着她在地上的倒影，优哉游哉地说：“看看，这就叫面目狰狞。”

四周众人大笑起来。白长老忍不住咳了咳。就连目光有些迷离的顾不迷亦抬头看了她一眼，赵三步笑道：“你这小娘子倒有趣得紧，只是这脸怎么也不好生上药？”

慕容逸道：“谁说没上药？上了的。”

“那为何……”

“上错了。”

众人又是一阵狂笑。

这时，要进行第一场比试的红枫山庄魏西临已登上了比武台。魏西临，江湖人称魏十四，是红枫山庄庄主的第十四名入室弟子。在第二战中，曾遇九幽教张海，后战胜张海，又打败峨眉庄文秀，凭实力与红枫山庄的声望，排在进入此轮比试二十人中的第一位，倒也实至名归。

此人二十出头，后背长剑，一身红枫山庄招牌红斗篷，帽檐压下，遮了半张脸，站在场中微微抬头扫视了一圈看台，目光定在了武当派所在位置，而后大声道：“在下斗胆讨教瞿清前辈几招。”他话音刚落，便见一三十出头的中年男子自看台上站了起来，几个起落到了看台之上。男子一身青衣，亦身背长剑，头戴雕刻古怪的木发簪标志了自己武当道人身份。二人虚礼几句便动起手来。

打来打去暗香依依也看不出什么门道，便问慕容逸："这个瞿清排在第几位？"

慕容逸用扇子敲着她的手指没好气地说："你若放开扯着我的头发，我就告诉你。"

她有些不情愿地放开了，对方才那句"上错药"还有点儿耿耿于怀。

他微微挑起了嘴角，扇子指向场下瞿清，道："他排在武林榜第三十五位。"

暗香依依一听，目光一亮。"哇，这个魏西临好厉害，一上来就敢挑战瞿三十五！"

慕容逸笑道："我说慕容七十，等下你打算上去挑战谁？"

暗香依依沉吟了一会儿，回道："前五十名，我只认识你和白长老。"

慕容逸一听，摇头叹息道："恐怕等你上场的时候，我已被挤出前五十了。"

"这……"难道只剩白长老了？慕容逸与暗香依依同时偏头看向了一侧的白长老，白长老似有所觉，也转头看了他们一眼，尤其盯了暗香依依一眼，看得暗香依依全身一抖，便见白长老不屑地哼了一声。

暗香依依低下了头，小声对着慕容逸的后脑勺说："可是，可是，我打不过他……"

慕容逸轻摇折扇，目不转睛地看着场下比试，云淡风轻地道："你能打过谁啊？"

"……"实话总是很伤人。

此时，场上剑气激荡二人已战到酣处。魏西临的帽子被瞿清的剑气掀开，露出他的脸来，只见他剑眉星目，气度沉稳，丝毫不像一个方才二十出头的毛头小子。此前，在魏西临与张海那一战中，暗香依依已从慕容逸那里得知，红枫山庄庄主莫见笙一共收了十七位入室弟子，目前武林榜排行前五十当中，红枫山庄共有七人，他的弟子就有三位。而这个魏西临此前极少在江湖中走动，亦是第一次在武林大会中崭露头角，无人知道他武功深浅。但自他一战接着一战地胜出之后，所有人都觉得此人的武功深不可测，眼下便是瞿清似也不敌魏西临。

瞿清刚开始剑露锋芒，可久战之后，明眼人都瞧得出来，他已处处受制于魏西临。

当然，这些以暗香依依这样的菜鸟自是看不出来的，直到瞿清突然跳出圈外，拱手对魏西临道："在下输了。"而后负剑几个起落回到了看台之上。

暗香依依一头雾水，"明明打得好好的，怎么就认输了？"

慕容逸目光流转，笑道："这回瞿三十五变成瞿三十六了。"

暗香依依郑重其事地点了点头，严肃地道："新的慕容五十诞生了！"话音刚落，哎呀一声，额头又挨了一记闷扇。

这时，比试台上的魏西临再次抬起了目光，望向看台上九幽教所在位置，扬声道："九幽教右护法汤斩！"

汤斩自阴影处骤然起身，暗香依依身体一抖，讷讷道："难道这就是传说中的杀气……"

慕容逸笑道："汤十八最喜欢拿刀砍人了。"原来汤斩排名十八。

汤斩跃下看台时，刀光恰好晃在暗香依依的眼睛上，惊得暗香依依又是一抖。

魏西临与汤斩年纪相仿，但与魏西临相比，汤斩无疑更令人畏惧，更引人注目。

魏西临与汤斩立在台上，没有任何虚礼，却也没立即动手。

魏西临拿起了手中长剑剑尖直指汤斩，而汤斩的刀尖却仍指着地面，四周骤然起了大风，刮起尘土阵阵，迷了人眼。

慕容逸忽听身后暗香依依喃喃自语道："他好帅啊……"一偏头，便看见暗香依依捂着自己肿胖的脸，目光痴痴地望着台上，那副模样着实好笑，正欲用扇子敲她，却见她突然瞪大眼睛惊声道："好快的剑！"一转头，便看到台上魏西临的剑已在汤斩的眉间。

暗香依依起初只看到光，闪过来闪过去，根本分不清是刀光还是剑影。她揉了揉眼睛试图分辨清楚，不知道是不是自己比较使劲的原因，竟真的让她分清了。她再接再厉，继续使劲，而后竟然能看清楚他们二人的动作了，暗想：怎么越打越慢了？难道是用力过度？虚了……

其实不然，汤斩与魏西临的速度不仅没慢反而越来越快，只是暗香依依并不知道，是自身的原因让她能看清楚他们的动作。

二人又一次擦身而过时，暗香依依甚至看清了汤斩嘴角若有似无的冷笑，便见魏西临的红斗篷被切去大半，魏西临当下躲得有些狼狈，骤然向前飞出，跌落到了台下，当场吐出口血来。他以剑支撑，不令自己倒下，抬头望向台上汤斩，不仅不惧，竟也微微冷笑，后有红枫山庄弟子进入场内将他搀扶下去。

汤斩回到了看台上，无声无息地坐下，刀已入鞘。

"帅……"暗香依依由衷地低声赞叹。

"他帅还是我帅？"慕容逸扁着嘴偏头问她。

她眨了眨眼，看向对面看台，反问道："我漂亮还是莫七彩漂亮？"

"你。"慕容逸毫不犹豫地回答。

暗香依依摸着自己今早被他"夸大"了一下的脸，叹道："我漂亮得多么与众不同啊。"

一旁不想听也被迫听到的白长老嘴角隐隐在抽搐。

慕容逸却说出了让所有人都想把耳朵堵死的话，“你在我眼中永远都是最漂亮的。”

“幸好今早吃得少……”暗香依依干呕了一下，顺着胸口道。

慕容逸摆出一副幽怨的表情。

暗香依依视而不见。

这时轮到第二人上场，却是一位婀娜多姿的白衣女子，名曰苏璇莹。

苏璇莹是落霞宫宫主的嫡传弟子，一身武功深得宫主真传，亦很可能是未来落霞宫的宫主，此女姿色若与暗香依依、莫七彩相比，各有千秋，毫不逊色。暗香依依记得清楚，那天在武林大会入场时，慕容逸嘴里叼着的那朵牡丹花，就是苏璇莹扔的。

此时，她盈盈立在台上，场内众人似也被她的风采所慑，顿时鸦雀无声。暗香依依偏头看向身后叶落宫弟子何云端，只见何云端目光炯炯地看着台上，眸中极力掩饰着澎湃的爱慕之意。

何云端是今年叶落宫除暗香依依外唯一一个进入这轮比试的弟子。当苏璇莹第一次登台比试时暗香依依便曾惊叹过她的美貌，只是当时惊叹的比较俗气，这也不能怪暗香依依，当时初见苏璇莹登场，话未经脑子便脱口而出了，她说：“这人是吃五谷杂粮长大的吗？”

慕容逸闻言笑得前仰后合，未料她身后的何云端却痴痴地回了她一句，“苏姑娘的确似不食人间烟火的仙子。”所以，暗香依依当时便注意到了何云端的异色，所以此番又回头看了他一眼。果见他又是这样一副明明拼命想掩饰却越加适得其反的露骨神色。暗香依依下意识地摸上了自己的脸，如果暗香依依活着，立在台上不知是何风采？而自己……定然相差甚远。

这时，忽听台上美人扬声道：“苏璇莹向叶落宫慕容少主讨教几招。”

此言一出，所有人的目光都看向了慕容逸，嘈杂声顿起。

按道理没人愿意挑战排名第五十的，因为即便赢了也很可能是白赢，毕竟第五十很容易被顺延出前五十名而失去下轮比试的资格。与他比试基本等于浪费力气。但没想到，苏璇莹却选择挑战了慕容逸。此中寓意颇耐人寻味。

慕容逸微一扬眉，含笑起了身，正欲下看台接受挑战，便被暗香依依拦住。

慕容逸只见暗香依依挡在自己面前，皱着眉头面色严肃，边为他整理衣襟和头发，边念叨着：“别输得太难看了，打不过就跑吧……”

慕容逸凝视着她，只见阳光照在她鬓边细碎的发上，暖洋洋中又隐隐带着些许调皮的愉悦，令他微眯起了双眼，唇边微微扬起笑意，瞬间俯身贴近她的颊边，在她耳边喷着热气，低低柔柔地道："就听你的。"而后便见暗香依依瞪大双眼瞬间跳到了一边，防备地看着他，他笑意加深，心情顿好，扇着扇子悠然下了看台。

他没用轻功，直至走到比武台下，方才轻轻一跃落在台上，白衣上的牡丹暗纹随着这一跃亦顺势展开，风姿俊逸。众人不由得想起此前无论衣着或姿态都极力模仿慕容逸的花香玉，暗叹这般风采却是如何能模仿得来的？

面对慕容逸，苏璇莹的脸微微一红。

慕容逸收起折扇，温文有礼地对苏璇莹一鞠道："还请苏姑娘手下留情。"

苏璇莹悠悠望着他，眸中似有水波荡漾，还了一礼，柔声道："慕容少主，得罪了。"

落霞宫的凌波水袖本就飘逸好看，此番被苏璇莹这等美女舞动起来则更为赏心悦目。慕容逸的武功暗香依依曾见过一次，便是初遇慕容逸时。可当时命悬一线，哪有心情仔细看他武功如何，而今细细看来虽看不出他武功是高是低，却也为他的风采叹服。眼见场上男俊女美，她不禁感叹，二人倒真似郎才女貌……很适合练郎情妾意剑呀，想起电影中男女主角练郎情妾意剑时眉来眼去的模样，不禁笑出声来。顿时惹来白长老的白眼，暗香依依急忙憋住，摆出严肃正经的表情继续看他们比试。

看了一会儿，她又开始神游太虚了。记得曾听慕容逸提过，落霞宫是名副其实的美人帮，人数不多，上至宫主下至打扫丫鬟也不过五六十人，但武林地位却不容小视。自立门户数十年来，所出弟子与武林中人结缘不浅。

落霞宫弟子大多出身名门，嫁的也都是武林世家，关系盘根错节十分复杂，便是当今红枫山庄庄主莫见笙的夫人也出自落霞宫。当慕容逸说到此处时，暗香依依心生感慨，"有句话说得好啊，男人征服天下，女人征服男人。"

慕容逸细细品味了这句话，摇了摇头，笑道："歪理，这句话是谁说的？"

暗香依依想了想垂下了头，心虚地道："我。"结果自然又被他的扇子打了。

暗香依依收回胡思乱想的思绪，看向比武台。只见此刻苏璇莹的水袖已经缠住了慕容逸的腰，她面色微红似不敢看他，他含情脉脉地对她笑着，目光幽幽不离，她拉住水袖的一端似在犹豫，他丝毫没有被束缚住想要挣扎的迹象。暗香依依打了个哈欠，暗道：这"郎情妾意剑"不知要练到何时……

却在这时，忽听隔壁落霞宫宫主重重哼了一声，苏璇莹面色一紧，使力一拉水袖，慕容逸便被她扯得悬空飞了起来。只见慕容逸在空中旋身，衣衫所绣的白牡丹似在瞬间盛开，炫人眼目，在阵阵叫好声中，在暗香依依的"哇哦"声中，慕容逸稳稳落在了地上。

只是……

不巧落在了台下。

暗香依依当场笑喷，直笑得眼泪都出来了，白长老的白眼也彻底失去了震慑作用。

众人哗然……这就完了？！

苏璇莹微微一怔，关切地看向慕容逸。

慕容逸低头一看，露出些许懊恼，当即叹息一声，向台上的苏璇莹抱拳施礼道："苏姑娘武艺超群，在下认输。"

苏璇莹盈盈一拜道："谢慕容少主承让。"

和穆道长适时跳上台来高声宣布："落霞宫苏璇莹胜！"

慕容逸回到看台，暗香依依当即贺道："恭喜公子顺利被挤出前五十。"

慕容逸一脸笑意，道："知我者，凤依也。"

慕容逸翩然坐下，与此同时，台下苏璇莹已与另一人动起手来。慕容逸看了一会儿似突然想起一事，偏头看向身后一声不吭的暗香依依，道："我不帅吗？"

暗香依依一怔，而后面露为难，踌躇道："这……"

"嗯？"他微微挑眉，扇子有一搭没一搭地敲着手心。

暗香依依垂下了头去，道："帅……"

慕容逸以扇遮面低低轻笑了起来，又问道："我究竟有多帅？"

暗香依依微微沉吟，而后咬着下唇，恨声道："你已经帅到人神共愤惨绝人寰天怒人怨天地变色天理不容……"

慕容逸笑得前仰后合捶胸顿足。

白长老似再也忍受不了，拂袖骤然起身，本意是想离开，可未料却一头撞上了一只飞来的鸽子，生生将信鸽撞晕在地上！

白长老一怔有些尴尬地看着地上的信鸽，走也不是，不走也不是。这一突发状况，顿时让众人低笑起来，慕容逸与暗香依依笑得最没节制，只笑得白长老脸色发青愤愤而去。

却在这时忽闻一声琴音，而后再无声息。众人面色微变，目光倏然全看向了顾不迷及他琴上的指尖，场上一时静得诡异。

慕容逸瞥了一眼顾不迷，道："参加了数年武林大会，就属今年最有意思。"

他俯身拾起信鸽，放在腿上，拿下鸽子腿上绑着的纸条，打开来只见上面写道："我喜欢你的小妾，送我。"

今日他身边备有笔墨，他拿起笔润了润墨汁，写道："不给。"

而后用手抚摸了几下鸽子，鸽子转醒过来，带着纸条飞去。

暗香依依忍了一会儿，终究没忍住好奇心，问道："此人是谁？"

慕容逸目光流转，道："是个满口黄牙，一胳膊长一条腿短，头发掉得只剩五六十根，妻妾成群的糟老头。"

慕容逸话音刚落，便听身后一人朗声道："慕容少主，你方才说的人是我吗？"

暗香依依转头一看，便看到了手抓信鸽的姜言。

姜言对她笑了一下，恍惚春风拂面。她怔了怔，不由得将姜言与慕容逸形容的糟老头比较了一下，那对比……当真惨绝人寰。

慕容逸起身相迎，笑道："姜兄别来无恙乎？"

姜言笑意不减，回道："托慕容兄的福，在下头发还没掉到只剩五六十根。"

慕容逸吃了瘪。

暗香依依很不给面子地笑出声来，随口问姜言："你说他有小妾？不知是哪一位啊？"

姜言望着暗香依依眨了眨眼，没有回答她的问题，又望向慕容逸，微笑道："慕容兄借一步说话。"

他二人先后出了看台。

暗香依依琢磨了一会儿，回头问犹自看得出神的何云端："你家少主的小妾是谁啊？"

何云端闻言收回了目光，给了她一记白眼。

一旁的叶落宫弟子丁秀秀捂嘴咯咯笑了起来，道："自然是你啊。"

啊？她什么时候从慕容逸的假娘子降到假小妾的？挠挠头，反正都是假的，管他呢。

等了半天不见慕容逸回来，暗香依依自觉无趣，便悄悄退至后面溜出了看台。刚出了看台，她便远远地看到了慕容逸。

姜言已走，慕容逸看到她便招了招手，她快走几步到了他面前，便听他道："正要回去叫你，这附近山清水秀，我们不如四处走走。"

见他笑得温暖和煦，暗香依依点了点头，他牵起了她的手。

指尖被他轻轻握着，彼此都是暖的。或许是相处日久的缘故，她越发不排斥与慕容逸亲近。虽然明知他与自己未必是同路人，但在这全然陌生的世界，唯有他至今为止护了自己周全。

他牵着她的手走在鸟鸣清幽的山野林间，越走越远离了武林大会的喧嚣，偶尔有人路过，或多或少都要看上二人一眼。

暗香依依想起一事，问道："我怎么成了你的小妾？"

慕容逸道："因为我还没成亲，他们便猜你只是我的小妾。"

暗香依依本不在乎是妻子还是小妾，只是突然想到一个问题，幽幽问道："那你将来会娶妾吗？"

慕容逸温柔笑道："我有依依一人便足够。"

暗香依依笑了笑，垂头不语，不由得想起同样的问题，舒什兰与付雅的回答，胸口似被针一刺，可她不露声色依然笑着，往事成追忆，只追忆。

越深入林中腹地，路越泥泞，他牵着她的手一路往前走，幸好二人都有轻功，鞋底只微微沾了些泥渍。昨夜林间似下过雨，雨后阳光下的清新之气扑面而来，地上时有坑洼的小水沟，不小心自水中看到二人倒影，乍一看不觉有异可仔细一看，顿觉好笑。

她停下脚步站在水边，看着水中自己与慕容逸的倒影……此刻她面容的粗鄙越发凸显了慕容逸的俊美，正觉有趣，便听慕容逸道："还记得这里吗？"

她摇了摇头，看向四周，除了空阔些别无特别，道："这里我应该没来过。"

慕容逸眸光暗敛，似笑非笑道："十年前，你我就是在这里初次相遇。"

十年前？那时的暗香依依才九岁，慕容逸十一岁，原来他们那么早便相识了。他们的故事暗香依依并不十分清楚，曾经问过，却换来慕容逸不太正经的回答，从此不曾再问起过。

慕容逸似想起了什么，突然问道："你知道自己为什么会排名在二十九吗？"

她并没多想便道："我武功高呗！"她觉得二十九很厉害。

他却摇了摇头，道："你本应排在汤斩之前。"

她微微吃惊，便问："那为何差了这么多？"

慕容逸叹息道："就因为你总死心眼地一上场就挑战莫七落，屡战屡败，屡败屡战。所以名次不进反退。"

"我为什么要次次挑战莫七落？"

慕容逸哧哧一笑，道："你傻呗。"

"……"她是傻，她就不应该问他！她重重哼了一声。

他高高兴兴地牵起她的手，道："回去吧，也快轮到何云端上场了。"

回到看台坐定，便见台下好死不死地恰是莫七落与峨眉派女侠魏奇缘在比武。只见峨眉女侠魏奇缘腰系红枫腰带，一身红衣飒爽利落，虽非苏璇莹那等绝色佳人，却也是极其吸引人的女子。

莫七落仍旧是帽檐遮着半张脸，想起他的头发，暗香依依便开始暗暗祈祷：神啊，佛啊，祖啊，上帝啊，所有的神啊，麻烦来阵大风把他的帽子吹落吧。

暗香依依尚未祈祷完，场下比试已然结束，峨眉女侠魏奇缘的剑在三招内便脱手而出。看着脱手而出的剑，三招便落败的魏奇缘不仅未起半分怨恨，反而望着莫七落即将下台的背影，脸微微红了。暗香依依有些惊讶地问慕容逸：“莫七落排名第几？”

慕容逸扁着嘴回道：“第九。”末了指着台上莫七落离去的身影问，“你觉得他帅吗？”

暗香依依顿时摇头，慕容逸脸上有了笑意。

又看了几场比试，才轮到叶落宫弟子何云端上场。

何云端也不知早上吃了什么违禁药品，竟然一上台就将人家第四十名踹下台去，如有神助。现场一阵躁动，暗香依依也是一阵兴奋，问慕容逸：“我可以上去挑战何云端不？”

慕容逸道：“不能，武林规矩同门不能挑战，以防同门刻意相让。”暗香依依的兴奋顿时不见，看来不只何云端不能挑战，白长老也是不行的。那她一会儿该怎么办？

何云端欲保留实力到最后一轮，未再挑战便下了比武台。

其后又是几番比试，以飞刀门石琅的暗器最为精彩，满场暗器齐飞，吓得暗香依依躲在慕容逸后面用他做人肉盾；以红枫山庄秋末秋十五的内功最令人惊叹，可御叶飞沙制敌之刃；以九幽教霍双的镰刀武器最为奇特刚猛，继暗香依依之后再一次将擂台劈出一道裂痕，满场惊呼。

暗香依依对比霍双不由得想到自己昨日劈坏擂台时的靓丽英姿，暗道昨天惊呼声比这大多了，正觉有几分得意，便听慕容逸道：“你看看人家霍双，唉，偏偏你昨天劈下来时像个蛤蟆。”

她紧紧地盯着他的脖子，手指几番按捺不住险些掐了上去，忽觉一只白鸽落在自己肩头，不由得吓了一跳。

她以为鸽子落错了地方，便抓下来递给了慕容逸。慕容逸也不客气，当即打开纸条，只见上面写道：“你喜欢什么？”

暗香依依正在奇怪，便听慕容逸甚是不耻地道：“攻心之计。”

暗香依依一时未反应过来，便见他拿起笔，换了只手写道：“喜欢慕容逸。”随即放飞了鸽子。

暗香依依这才想明白姜言是在问她。

不一会儿，鸽子又飞了回来，又落在了她的肩头。这次她没有给慕容逸，自己拆下了鸽子腿上的纸条，只见上面写道：“一朵鲜花插在了牛粪上。”顿时笑喷。

慕容逸抢过纸条看过，当即哼了一声，便提笔在后面写道："你我无缘，莫再纠缠。"鸽子远去，不一会儿又飞了回来，上写："慕容逸，我不喜欢你的。"

暗香依依偷笑，显然慕容逸的戏码已被姜言看穿。

慕容逸也不客气，随即换回笔迹，回道："我对你也没兴趣。"

虽然看了一整天的比试，众人都已有些疲累，却无一人离场，仿佛都在等待最后一人慕容小妾的上场。

当夕阳柔和的光晕落在比武台上时，慕容小妾不负众望，一步步安安稳稳地在众目睽睽之下走向了比武台，看台观众顿时交头接耳对她指指点点起来。

暗想依依在台上站定，先清了清嗓子，而后大声宣布："我放弃挑战。"

和穆道长一怔，沉声问道："你确定真的要放弃？"

暗香依依郑重地点头道："我确定。"她才不想继续打下去，虽然对看台上的白长老听到此言却没怒极将刀戳上来感到很意外。

和穆道长点了点头道："好。"而后对看台上所有人道，"叶落宫慕容凤依放弃挑战，天下英雄谁愿取而代之？"

什么叫取而代之？暗香依依正有些惊怔，便见一群人自四面八方飞上了台子，将她挤到了正中央，吵嚷着："我来挑战她！"

原来规则是这样的，如果她顺利打进前二十，获得了挑战前五十名的资格，而她若没勇气挑战前五十名高手中的任何一个，那么在场英雄便有机会挑战她，如果将她打败就可获得她的名次及挑战资格从而有机会晋级前五十。由于前三场她在众人眼中赢得着实不那么光彩，就算后来令人惊讶的轻功蛤蟆纵也有许多破绽，譬如暗器便可轻易将她击落，此番众人见有此机会又岂能放弃？

若在以往，敢于挑战第七十名者不会有这么多人，顶多也就几个，可这次着实太让人出乎意料，挑战的人挤满了比武台。众人你推我挤互不相让，又都是江湖中人，一时言语不和便大打出手。和穆道长看着闹哄哄的比武台正无计可施，便见慕容小妾自人群中以蛤蟆纵飞了起来，每向上一纵便有丈高，只见她向上跃了好几丈，正欲在空中调整姿态逃下台去，便惊见一把钢刀自看台上向她投掷过来，吓得她当即大喊："白长老？！不要啊！"一说话气便卸了，当即掉到了人堆里。

擂台上众人正打得不可开交，忽见一人从天而降摔在台上不禁一怔，当下一见是她，竟全不打了，面面相觑心有灵犀般将手中武器同时砍向了她。她还没爬起来一见这态势便吓得三魂丢了七魄，惊骇地抱头大喊："公子救我！"

千钧一发之际，一把折扇自看台飞来，将所有武器震了开去。而后便见一人落在台上。

来者一身白衣上绣白色牡丹，姿态风流笑若春风，只一招，便引来场中数声惊呼，来者正是慕容逸。他不慌不忙地扶起狼狈摔在台上的暗香依依，细心地为她整了整衣衫和发髻，一边整理一边说："下次人多时不许用蛤蟆纵，每次摔下来都这么难看。"

暗香依依任由他为自己整理，因他方才救了自己而心中微暖，不再顶嘴，只"哦"了一声。

台上和穆道长质问道："慕容逸，你应知破坏武林大会的规矩会有何种惩戒！"

慕容逸笑道："在下自然清楚武林规矩，道长方才也说了，她主动放弃了挑战，天下英雄谁愿取而代之，天下英雄，也就是说，在场所有武林中人均可挑战她。既然是所有人那么自然包括区区在下。"

和穆道长正欲驳斥他的强辩，便听另一人道："那自然也包括我了。"声音落，人亦到。

台上突然多出了个紫衣身影，擂台再次乱了起来，与此同时，看台上惊讶声不断。

顾不迷突然飞上台来目光幽幽地看向了慕容逸，台上杵着的众人纷纷惊得后退，仿佛顾不迷是瘟疫，余下众人彼此看了一眼，瞬间各奔东西，跑了个干净。

暗香依依看得一愣一愣的，突然想到一句话：来也匆匆，去也匆匆。这句话好像总能在哪里见到……

顾不迷旁若无人地将琴置于身前抚弄，夕阳的光晕照在他身上，恍惚晕开了几分妖娆。手指轻抚琴弦，一阵乐音幽幽飘出，他并未抬头，只缓缓对擂台上的慕容逸道："我早想与你一战。"

突然，看台上有人大喊了一嗓子："顾不迷要弹琴了！"而后只见看台上一阵大乱，众人惊慌奔走，竟纷纷离开了原地。片刻，再看现场已经没几个人了，看台上也几乎空了。

暗香依依站在擂台上，原本还想看场好戏，可一看这架势，惊讶之余心里顿时有种不祥的预感。目光自看台上收回后赫然发现原本站在擂台上的慕容逸竟然也不见了！……她忙四下寻找，看遍了全场也没寻到慕容逸的身影，只看到面色凝重的白长老。暗香依依不由得气得直跺脚，这人太没良心了……

和穆道长道："既然慕容逸主动放弃了比试，那只好你与慕容凤依一战了。"顾不迷轻蔑地一笑。这个时候他即便再不屑，也必须一战，如果他不战，将被自动视作慕容凤依胜，慕容凤依的名次将顿时排在他之前，这便是武林大会的规矩。

暗香依依闻言下巴差点砸在自己的脚面上，不是吧……

眼见顾不迷露出嘲讽的笑，似连看都不想看她一眼，便是连空中飘荡的乐音都似在诉说着对她的轻蔑，那副姿态仿佛他轻轻一挥手，她便能灰飞烟灭。

她惧怕地后退了几步，不知不觉竟已汗流浃背，还来不及逃跑，便听顾不迷冷哼一声，手指在琴弦上一划，蓦地一道离音骤然响起，划破天际。

瞬间暗香依依只觉自己的头发都惊得竖了起来。而后再听不见其他，只觉自己浑身上下忽冷忽热，一会儿像是置身冰天雪地之中，一会儿像是到了森林大火里，久而久之脑海中产生了一个幻象，她看到自己穿上了费翔的衣服，站在春晚的舞台上，手拿麦克风，掌声雷动，音乐响起，闪光灯下她载歌载舞地高唱："你就像那冬天里的一把火，熊熊火焰温暖了我的心窝，每次当你悄悄走进我身边，火光照亮了我，你的大眼睛，明亮又闪烁，仿佛天上星，最亮的一颗，我虽然欢喜却没对你说，我也知道你是真心喜欢我！你就像那一把火！温暖了我的心窝——"

当她清醒过来时，比武台上只剩下她一人。顾不迷的背影消失在远处，琴音已然不在，目光所及唯剩满场目瞪口呆的群侠，暗香依依正有些茫然，便听看台上有人惊道："我的娘呀，原来慕容小妾喜欢顾不迷！"

不知何时重回看台的慕容逸望着抱琴远去的顾不迷，早已笑得东倒西歪了。

事后几番不耻下问，暗香依依才大略得知了当时的情形。

当时，自己中了顾不迷的迷心叠曲，按道理，凡中了迷心叠曲的人，会产生幻象，幻象因人而异结果也不尽相同。据慕容逸说，顾不迷的琴音只要声音到得了的地方，皆具杀伤力，越近杀伤力越大。这也是为什么现场群侠跑掉的原因，没几个能抵抗武林榜排行第十二位顾不迷的琴音。

当远远躲避的众侠不闻琴音后，以为比试结束，便又跑了回来。岂知众人却见顾不迷还坐在台上，面上带着惊疑，面色越来越差，越来越差，而对手慕容小妾却正在台上忘乎所以地载歌载舞，纵声高歌那模样好像甚是开心。

当时的情形着实诡异，慕容小妾当场那两句，"我虽然欢喜却没对你说，我也知道你是真心喜欢我！"彻底让在场的所有人都误解了，顾不迷再也待不下去，在强忍着和穆道长板着脸嘴角抽搐地推开那个忘形的"冬天里的一把火"，颤声宣布："九幽教顾不迷胜！"之后，他立马起身跃下台去，抱着琴铁青着脸走了，而台上的暗香依依还在那里对着他的背影高唤："你就像那一把火！温暖了我的心窝——"顾不迷此刻倒像是屁股后面着了一把火，双脚安了风火轮，瞬间消失得无影无踪。

在听到慕容逸形容她的鬼哭狼嚎令在场群侠目瞪口呆永生难忘，令他当场险些笑得背过气去，令顾不迷夹着魔琴逃之夭夭……暗香依依已然崩溃，又羞又恼地捂着脸道："为什么会这样……"

慕容逸轻摇折扇，没有回答她的问题。

她根本也不指望他能回答，只一头扎到床上，捶着床道："我恨顾不迷！我恨不顾迷——"忽然想起一事，蓦地坐起，她指尖颤抖地指着慕容逸的鼻尖咬牙切齿地质问，"当时你为什么要跑！"

慕容逸脸上的笑意一下子变成了委屈，扁着嘴道："我打不过他啊……"

"我更打不过！"她愤愤然道，"万一他杀了我怎么办？！"

"他不会杀你。"

"你怎么敢肯定？！"

慕容逸笑意盈然，幽幽道："因为你不配。"

她心中咯噔一下，顿觉酸涩难辨。而后目露凶光，吓得慕容逸以扇遮面，以为她要吃了自己，却见她握紧双拳，恶狠狠地道："顾不迷！只要你在江湖飘，迟早要挨我一刀！"而后在脖子处比画了一下，把慕容逸吓得夸张地一抖。

当晚的武林榜百名宴由白长老带着叶落宫唯一晋级成功的何云端去了。

慕容逸则陪着暗香依依窝在客栈，先为她洗去了今早故意夸大的易容装扮，又帮她上了些药，便陪着她发呆。

屋外又下起了雨，淅淅沥沥不眠不休，静静的屋中很清晰地听到了雨滴落下房檐的声响，清脆扰人。她推开窗望向远处，微凉的风一下吹了进来，便听身后慕容逸道："依依的心事可否说与我听？"

暗香依依道："我只是在想，何时我才能正大光明地行走江湖，而不再是躲躲藏藏。"

慕容逸道："依依若是恢复武功，别说行走江湖，便是横行江湖也是可以的。"

暗香依依暗忖，自己终究不是原本的暗香依依，如何恢复武功？只能重新练了，便问："我能不能重新学武？"

慕容逸道："当然能。"

暗香依依闻言大喜，道："那你教我。"

慕容逸站在她身侧，温柔地望着她，轻声细语地道："依依的内功与常人不同，我修习的方法对你来说却不合适。"

"那怎么办？"

"据我所知，依依的武功并非他人所授，而是源自一本书。"

"什么书？"

"《落月迷香》。"慕容逸温柔地道。

慕容逸离开的时候，外面的雨停了，月儿在云层中害羞地露出头来。暗香依依推开窗，望向窗外的月光，发起了呆。

夜色沉沉，偶有几声狗叫，在暗夜中听来极为清晰。对面的铺子早已打了烊，漆黑一片。雨后清新的气息扑面而来，令她微微眯起了眼。洗去易容，她抬手摸了摸，这副容貌仍旧陌生，仍旧不习惯，可不得不承认，这一世上天给了她一副过于出色的容貌，令人过目难忘，可这副容貌对原本武功高强的暗香依依是福，对她这个菜鸟却是祸。如果离开慕容逸，很可能不到一天就……她不敢去深想。

《落月迷香》……慕容逸说是她修习的内功心法秘籍，可这秘籍在哪儿？她方才也曾心下起疑，试探慕容逸，“莫非我身怀绝世武功秘籍，所以他们才四处追杀我？”话音刚落，脑门便挨了一扇子，慕容逸随即耻笑她道：“如果是这样，你早当上武林盟主了。”

或许真是自己多想了。

她长出口气，不由得又是一叹，想不通还想那叫庸人自扰，既来之则安之吧，一切顺其自然。

熄了烛火，她爬上了床，昏昏睡去。梦中又梦到了那双手，还有那只长鞭……她突然惊醒过来，有些头晕口干，便掀起床幔想下床为自己倒杯水喝，刚起身便惊见窗口闪过一只牡丹绣花鞋，顿时吓得心跳停滞，可稍后反应过来又觉自己反应过度，又不是不清楚这慕容逸一晚上总要接见数名不走寻常路的女侠……

暗香依依原本住在二楼，头顶那间便是慕容逸所住，想必方才又是哪位女侠夜访慕容逸来了。她为自己倒了杯水，刚喝了一口，便想起了一件事，那双绣花鞋看着似乎有些眼熟，左思右想……难道是她？苏璇莹？

喝完了整杯水，她越发有了精神。暗香依依推开窗，奇怪为何苏璇莹会留在慕容逸屋中这么久？凝神静听听不见任何声音，她心中一动，便跃出窗外，提了一口气，运蛤蟆纵直直向上一蹿飞到了三楼窗口，于窗外上下飘忽，无声无息……

此刻，慕容逸的窗口虚掩着，里面有人影和烛光。

烛光下，两个身影相依相偎，隐隐传来低低的谈话声。她竖起了耳朵，缓缓靠近了窗口，屋中谈话的声音仍不能听真切，本打算放弃飞回自己屋去，却在这时忽闻下方传来一阵急促的马蹄声，低头一看，便看到了莫七落和汤斩。她心中一紧，正在犹豫，面前窗户突然被人推开，来不及闪躲，窗框生生撞在鼻梁上，忍不住闷哼一声，顿觉胸口提着的气泄了，瞬间掉了下去。

月上中天时，武林百名宴方才结束，各帮派先后离去。莫七落与红枫山庄的三名师兄弟一起回红枫山庄在襄阳的别院，一路打马而飞，不承想却遇到了早一步离开宴席的九幽教右护法汤斩。

汤斩没有骑马，只一人徐徐在黑夜中走着，黑衣长刀带着浓浓的暗沉与孤绝。他听到了马蹄声，未曾回头，仍不紧不慢地前行。

红枫山庄与九幽教向来不和，多年来结怨颇深，即便是两派人马在街上偶遇也常常斗得你死我活。尤其白日里汤斩又伤了红枫山庄一向人缘极好的魏西临，红枫山庄众弟子早已怀恨在心，而今深夜在此遇到他一个人又岂能轻易放过，当即围了上去。莫七落亦勒停了马，在丈外瞧着。

汤斩停住了脚步，扫了一眼围住他的三人，神色清冷地自身后抽出了魄月刀，刀光在月色下幽冷地发出嗜血的青光。

魄月刀，兵器谱排名第五位，相传是百年前一位战无不胜的将军所用，刀下亡魂无数，以杀人为趣喝血为乐。汤斩原本就武功高强，又拥有这样一把魔刀越发令人畏惧，可当下围住他的人也不是好惹的人物，尤其在一旁看着的莫七落。

夜很静，风过，微扬起鬓边发丝，无声无息。

汤斩突然出刀，却没想到，头顶突然有一人从天而降，伴随着尖叫声好巧不巧地直直砸向了自己。他来不及收刀，只得一掌向上击出打向此人。

在场这么多高手就没有一人发现暗香依依的存在，实非巧合，一来因为暗香依依早他们一步出现在此，二来她在运蛤蟆纵，在半空中不上不下没有借任何外物地飘着，仿佛融进了夜色也融进了天地之间，自然而然谁也没想到头顶竟还有个人。

而暗香依依的确很倒霉，慕容逸的窗户突然被苏璇莹推开，其实并非慕容逸或者苏璇莹发现了她在窗外偷听，而是苏璇莹要走了。苏璇莹当晚自武林百名宴上早早离席来找慕容逸，以送落霞帖为由私心地想与慕容逸单独相处一会儿。当下她与慕容逸说了些话，言下隐隐提及了宫主想把她许给他的意思，眼见慕容逸始终微笑，对她温言细语，心中喜悦，虽忐忑却仍大着胆子靠在了慕容逸肩头。而慕容逸没有推开她，任由她靠着，这些都令她有些魂不守舍，舍不得离开，便逗留得有些晚了。眼见时间已晚，她一来怕回去太迟被宫主责备，二来心思还留在慕容逸身上，推窗时便没注意窗外有异样。她利落地推开窗户，正欲离开，哪里想到窗外突然传来尖叫。她吓了一跳，微微探头发现窗下有许多人，来不及看是何人掉了下去，便赶忙关紧了窗户。

骑在马上的莫七落原本凝神看着刀已出鞘的汤斩，却未料一人突然从天而降砸向了汤斩，当下只见汤斩看都没看便一掌挥出将那人打向了自己。他不慌不忙地伸手一抓，恰抓在那人的衣领，月色下，他看清了手中人的样貌……刹那惊怔。是她！

却在这时，坐下之马受惊嘶鸣着高高扬起了前蹄，慌乱间，女子身体前倾，嘴竟撞在了他的唇上。事出突然，他只一怔便极快地控制住了惊马，随手亦点了她的穴道，将她搂在身前，脸压向了自己的胸口不让任何人看见。

莫七落心思转得极快，当下提缰纵马而去。

红枫山庄其他三人与汤斩过了数招，没讨到什么便宜，见莫七落抱着女子已经打马走远，便也不再恋战，随着莫七落远去。

望着红枫山庄众人离去的背影，汤斩冷冷扯起了嘴角，当头顶有人突然袭击他时，他以为是早已埋伏在此红枫山庄的人，便一掌狠狠地打在了那人身上，却没想到是个女人，看莫七落紧张的模样，莫非那女子是莫七彩？他将魄月刀放入刀鞘，继续向前走去，走了一段，突然想起那女子所穿衣物似乎有些眼熟，猛地想到一人，慕容小妾？！……莫七落抱着慕容小妾？！……汤斩眉头微蹙，又想起白日里顾不迷与慕容小妾那一战，慕容小妾围着顾不迷深情款款唱情歌的模样，这都什么跟什么！

三楼的慕容逸与苏璇莹均看到了莫七落将女子护在胸口匆忙离去的情景。

慕容逸面无表情地听屋中苏璇莹疑惑地问道："那女子是谁？莫七落竟会那么紧张，莫非是七彩？"

慕容逸闻言只淡淡地道："天色已晚，苏姑娘，你该走了。"

苏璇莹未觉他话中有异，反而羞涩地点了点头，不再犹豫，推开窗瞬间跃了出去。

月光顺着窗子照进了屋里，慕容逸面无表情地站着，下一刻也消失在了夜色中。

第二卷

凤凰谷习武

莫名之吻

汤斩那一掌明明打得极重，可不知为何，暗香依依并没觉得十分难受，反而气血在体内奔腾叫嚣着，像是打了鸡血般兴奋莫名。她还没来得及细想这种诡异的感觉，便阴差阳错地与莫七落来了个亲密接触，当唇与唇接触的刹那，她触电般头发根根直竖，体内每一个细胞都在那一刻停止了有氧活动。可是她尚未来得及恢复便被莫七落点了穴道，奔腾的气血顿时受到阻滞，随即在体内乱蹿，一时竟痛晕了过去。

莫七落带着暗香依依策马狂奔了一段，到了一处岔路口，不得已勒马停步。他望着左侧的路，如果决定带她走，便要即刻离开襄阳城，或许，从此再难回红枫山庄，虽然早想离开，可真要离开时却又……他想到自己的父亲莫见笙，神色一暗，又想到那个从小到大与他形影不离的十七弟，想到他的惨死，心中蓦地一痛。他低头看了看怀中女子，这个十七弟用生命守护的女子，再不犹豫，正欲打马向左而去，忽听身后有人高唤："七师兄——"

他回头望去，远远便见九弟王剑飞一马当先追了上来，身后跟着三哥秦楠与六哥李维。

他眸光一暗，心中微有挣扎，可终究还是转过头去。莫七落大力挥动马鞭，就此决绝而去。

暗夜中，秦楠、李维、王剑飞三人清楚地听到了莫七落渐渐远去之语："从今往后，莫七落不再是红枫山庄之人。"

秦楠等人蓦地一怔，王剑飞更以为自己听错了，勒马转头看向随后跟上来的秦楠与李维，见他二人亦是同样惊怔的神情。三人尚未反应过来莫七落为何突然这么说，便见一个白影自头顶飞过，看衣着不似汤斩。李维最先反应过来，大声喝道："什么人！"却见那人直追莫七落而去。三人互视一眼，秦楠当机立断道："追！"三人打马随后追去。

襄阳城下，莫七落弃了马，抱着昏迷不醒的暗香依依跃出了城墙。慕容逸一路尾随，而秦楠、李维、王剑飞三人亦随后追出。

城外荒郊，莫七落察觉有人渐渐逼近，既然甩不掉，索性停下脚步。

他立在几乎近人高的杂草中，风过，杂草发出簌簌的响声。他放下了手中女子，掀起她的衣襟遮住了她的脸，方才看向随后追来的慕容逸。

慕容逸见莫七落突然停步，亦停了下来，远远注视着莫七落。他双足点在杂草之上，随风上下飘荡，白衣在夜色下卓然醒目，似笑非笑的神情仿若往常一样令人觉得可亲可爱。他眯着眼睛笑道："七落兄，你掳了在下的小妾，不知意欲何为啊？"

莫七落神情冷漠，道："慕容逸，我早就想知道你的武功究竟有多高！"

慕容逸折扇半掩，悄无声息地向前飞了几丈，似笑非笑道："我最不喜欢打架了。"话音未落，一掌已向莫七落袭来，这一掌看似无力，莫七落却不敢轻忽怠慢。他当下化掌为拳用了七分力接了这一掌以试慕容逸武功深浅。

掌拳相接时无声无息，慕容逸面不改色，莫七落却身形微晃，只觉胸口气血翻腾，不由得暗暗惊骇慕容逸内功的深厚。忽觉手指微痛，似被什么扎了一下，他当下收拳倒退数步，露出了身后的暗香依依，低头一看已然发黑的手指，暗道一声不好！

慕容逸不欲恋战一掌抓向暗香依依，莫七落拔剑刺了过来，迫得慕容逸中途收手。慕容逸嘴角微不可察地一挑，侧身躲过剑锋的同时三枚钢针自扇中射出，直取莫七落天突、中庭、灵墟三处大穴。趁莫七落震飞钢针的瞬间，他的手已触及暗香依依的衣襟，堪堪抓起时，莫七落的剑又到了近前，逼得他再次收手。

这时，秦楠等人先后赶到，见状挡在了莫七落身前拦住了慕容逸。

慕容逸扫视了众人一眼，对莫七落笑道："七落兄，我的小妾还是还给我的好，至于你身上的毒并不难解，但此刻若强行运功，轻者经脉自断，重者七窍流血而亡。七落兄年纪轻轻，又何须为了个女人枉送了性命。"

秦楠等人一听这话面上略显尴尬，瞟了眼莫七落，只见莫七落自怀中拿出一个瓷瓶倒出一颗药丸来吞咽了下去，暂时压住毒性。

王剑飞回头看了一眼躺在地上的女子，虽然脸被遮住了可看那衣着可不就是今日在武林大会上对着顾不迷唱情歌的慕容小妾吗？他心下暗道，这究竟是怎么回事？七师兄怎么掳了慕容小妾？谁不知道七师兄心怀坦荡光明磊落，怎么会做这等龌龊下流之事？再说了，武林中喜欢七师兄的女子站成圈都能把襄阳城围起来，随便抓出来一个也比慕容小妾强啊，可当下这……这……王剑飞心生疑惑便想用剑挑起暗香依依脸上蒙着的衣襟，非要瞧瞧这是不是那个相貌平平武功差劲行为放荡的慕容小妾。

莫七落眼见王剑飞剑指暗香依依，心下一惊，因一直站在暗香依依身侧，急切间便抬手将她拽入了怀中，王剑飞心中惊讶手中剑随之一滞。与此同时，慕容逸的折扇恰打在了他的剑上，王剑飞只觉虎口一震，剑险些脱手而出。

此刻慕容逸与莫七落有着同样的心思，就是不能让其他人知道地上躺着的女子是谁。

看到七师兄对慕容小妾如此紧张，王剑飞心里说不出是什么滋味，面容惊讶得有些扭曲。

慕容逸一击之后折扇转了个方向又向王剑飞脖颈袭来，王剑飞仓促间躲得有些狼狈，脖子竟被慕容逸的折扇划出了一道血痕，秦楠、李维见状齐齐惊呼。王剑飞摸了摸脖颈上的血迹，恼怒地看向武林排行榜在自己数十位之后的慕容逸，提剑便刺了过去。哪知竟不敌慕容逸，而秦楠、李维眼见王剑飞不敌慕容逸，自不能袖手旁观，顿时与慕容逸战在一处。

莫七落却借机带着暗香依依悄无声息地离开了。慕容逸原本占了上风，想早些解决三人去追莫七落，可眼望二人远去，不由得有些分神，竟被三人死死缠住，待与三人纠缠许久脱身追去时，莫七落已然走远。

他四处寻找，终于在草尖上发现了莫七落身上所穿斗篷的一丝布条，可循着方向追去，却没了莫七落的踪迹，方知中了莫七落金蝉脱壳之计。

此时天已快亮了，天边暮霭中的苍白略带几分萧瑟。慕容逸一身白衣，鬼魅般站在荒郊古树的最高点。他望着远处，脸上惯有的笑容早已荡然无存，想到因自己一时大意竟让莫七落带走了暗香依依，心中有些怒有些烦还有着一股说不清的情绪。

初升的旭日之光刺得慕容逸微微蹙起了眉，似不喜地怅然轻叹了一声，目光望向他处，暗暗思忖：昨晚莫七落为何不当众揭穿暗香依依的身份？暗香依依身上究竟有什么东西能令莫七落宁愿背上抢夺人妻的罪名也在所不惜？而今弄丢了暗香依依……自己回去又要如何交代？

此时的慕容逸哪里知道，莫七落岂是只落下个抢夺人妻的罪名，他早已不顾一切地决定带着暗香依依背离家门浪迹江湖了。

莫七落带着暗香依依登上了离开襄阳的船。船顺流而下，天蒙蒙亮时已看不见襄阳城了。艄公是个老翁，年约五旬身体硬朗，无儿无女老伴年前也没了，一直是一个人住在船上以船为家也以船为生。昨儿半夜里被莫七落叫起开船也没二话，一来莫七落给的银两丰厚，二来见莫七落抱着个小女子，以为是小两口赶路，只是男子的头发着实短了些还参差不齐，像是刚自少林还俗的和尚。见男子目正容清，又是和尚出身，老翁顿时多了几分好感，听说小女子生了病急着要去洛阳求医便二话不说渡了船，一路往北行去。

路上，老翁热情地询问莫七落是在襄阳城的南山佛寺出家还是禅悟佛寺？又是何时还俗的？见莫七落面露惊讶，以为自己猜对了，便又得意洋洋地说自己活到这把岁数看过的人多了去了这点眼界还是有的。

一路上，老翁边划船边自得其乐地唠叨着，说莫七落这副相貌早应还俗留了长发，何苦去当什么和尚。又看了看他身边侧卧的女子，虽没看到脸却也知道定是个美貌姑娘，老翁便打趣说他肯定是因为六根未净对这小女子动了情才还了俗。见莫七落闷声不答，老翁以为他不好意思便当场哈哈大笑起来，直笑得莫七落越发地闷闷无语。

夜晚水上风大，风吹乱了莫七落参差不齐的短发，只觉后脑勺凉飕飕的。

莫七落中的毒并不难解，到城中抓几服药喝了便能彻底清除，只是中毒期间最忌使用内力，便是用内力抵御毒气也不能。越运功，毒越深，毒发越快，江湖人没有武功傍身就像是女人衣不蔽体在大街上行走一样，所以莫七落当务之急便是就近登岸先抓几服药解了身上的毒。莫七落一边听着老翁唠叨，一边暗自打算到庐陵登岸抓几服药先行喝下。

他以为暗香依依中途会醒，未料暗香依依一直昏迷，探了探她的脉息，并无大碍，只是体内真气有些乱。想到她曾自断心脉，当时明明已经气绝身亡，可不知何故，事后汤斩赶到欲带走她尸身时却突然醒了过来……而十七弟……

后来听说她没了记忆武功，又失了踪迹，没想到竟落在了慕容逸的手中，更没想到慕容逸竟精通易容术，将她扮作小妾公然留在身边瞒住了天下人的耳目。想起方才与慕容逸交手自己落了下风，莫七落心中不由得一沉，没想到十年前武林大会上被暗香依依打得鼻青脸肿的慕容逸如今武功已在自己之上，若非急于抢回暗香依依，他着实用不着使毒。

看着身边昏睡的女子，想起惨死的十七弟，想起了父亲莫见笙及妹妹莫七彩，以及庄中众师兄弟，他眉间浮上一缕暗色。

天蒙蒙亮时，熟悉水路的老翁便将船划到了庐陵，莫七落与老翁说好在此候他三日，他将带着内子去庐陵求医如果看不好再搭船赶往京都洛阳。

老翁收了他的定钱便候在船坞。三日后老翁自然没有候来早已取陆路赶往他处的莫七落。老翁是个老实人，以为莫七落或许有事耽搁了，便又等了几日，可还是不见莫七落的身影。他不得已上岸去城内医馆挨家打听，都说没见过莫七落，无奈之下这才折返回了襄阳。

彼时，莫七落带着暗香依依早已不知去向。

暗香依依整整昏迷了一天两夜，醒来时，却在一辆马车里。

马车飞快地在林间疾驰，暗香依依掀开车帘看到莫七落时，先是呆了呆，随后便是心虚和害怕。

她想到了百花谷她脱光了他的衣服将他埋在地里还切了他的头发，她想到自己被汤斩一掌打飞到他怀里与他亲了嘴，她想了太多……还摸了摸怀里的红枫山庄令牌和那几张自他身上收刮来的银票，着实忐忑不安……她在后面掀了几次车帘想要问他些话，最终却都作罢。一来她有自知之明，莫七落要真想对她做什么，反抗挣扎是没用的；二来，她还记得昏倒前他将自己按在胸口的那一刻，说不出是何感觉，总之并无恶意。再说了，他若想杀她，早就可以动手了，岂会等她醒来。

莫七落在她第五次掀开车帘后，于树荫下停了马车，先自怀中掏出一直焐在胸口的油饼扔给了身后的她。

暗香依依当下接住，一看是饼，再反应过来是从莫七落胸口拿出来的，还带着他胸口的温度，想到自己胸口藏着的令牌和银票不由得有些汗颜。

莫七落侧过身来，阳光透过树叶阴影横斜地落在他戴着斗笠的脸上，有些不真切。暗香依依怔怔地听他说道："从今往后，我会待你如自己的亲妹妹。"

啥？暗香依依以为自己幻听了，试图将眼睛瞪到最大，暗道自己难道在做梦？

莫七落道："这是我唯一能为十七弟做的。"

暗香依依一想到莫十七，就想到慕容逸早先说过的话。据慕容逸说，莫十七被她所杀，死前衣衫凌乱，而自己一向喜好，呃……

莫七落道："我早先以为你也死了。"

其实暗香依依真的已经死了，她根本不是她。

莫七落道："我知道你失去了所有记忆，如果有疑问，你可以问我。"

其实她没失去记忆，还清楚地记得百花谷剃掉了他的头发扔了他的宝剑摸走了他的银票……不由得暗暗握拳，其实咱俩仇深似海啊……大哥……

莫七落沉默。

暗香依依也沉默，实在沉默不下去了，便啃了口饼，当下惊奇道："竟然还是热的。"

莫七落明显没料到暗香依依一开口会说这个，低低咳了一声，回道："饼若凉了既干且硬，难以下咽，我不知道你什么时候醒来，便一直放在胸口用内功焐着。"

暗香依依怔了怔，讷讷问道："这饼你焐了多久？"

莫七落道："一整夜。"

难道他是怕自己醒来饿了，便用内功一直焐着……焐了一整夜？暗香依依心中一悸……原想表达一下内心的感激之情，可一想到慕容逸曾经告诉过她，莫十七是她所杀并且死前衣衫凌乱，便有些犹豫且小心地问道："我与你的十七弟是何关系？"

莫七落目视远方，淡淡道："他为你而死……你为他也不愿独活。"

难道他们竟然是相爱的？暗香依依微微吃惊，究竟是慕容逸说得对，还是莫七落说得对？她咬了口饼，食不知味地道："听说莫十七死前衣衫凌乱……是我所杀。"

莫七落道："不，事实并非如此，十七弟非你所杀，否则即便你死而复活，也早已是我剑下亡魂。"

直觉上她相信莫七落的话，虽然此人与她实不相熟，甚至……看了看莫七落的头发，入口的饼便哽在了喉咙里……莫七落见她吃得噎住忙递过来一个水壶，暗香依依接过水壶喝了口水，眼睛瞟上瞟下就是不看他的头发，又问："那是谁杀了他？"

莫七落目视远方，暗香依依看不真切，只见他摇了摇头，再没说话，猛地扯起手中缰绳，正在吃草的马儿当下吃痛嘶鸣一声再次飞奔起来。

暗香依依反应慢了一拍，脑袋顿时撞到了车上，哎哟一声，来不及摸被撞疼的脑袋，便下意识地护住了手中吃剩的半张饼。

无论是谁杀了莫十七，都与她无关。思及此心中一松，她又在摇晃的车中啃起了饼，边吃边对莫七落道："既然莫十七不是我所杀，你大可为我正名，我就不用再四处躲避了。"

莫七落道："我即便为你正名，你依旧会被人追杀。你以前仇家太多积怨颇深，而今没了武功，想杀你之人比比皆是。"

她就知道自己人缘不好，早没抱什么希望，便也没怎么失望，又问道："那你打算带我去哪儿？"

莫七落毫不犹豫地回了她四个字，"浪迹天涯。"

暗香依依闻言瞪大了眼睛，浪迹天涯？他和她？莫七落突如其来的回答令她惊诧莫名，好似一个陌生男子突然宣告要带她私奔一样令她有些发懵，正有些稀里糊涂，马车再次将她摔歪在了车厢内，也摔得她清醒了几分，忙大声道："莫大侠，你停停，有些事情我们还得说清楚！"

莫七落再次停了马车，转身与她道："你说。"

暗香依依望着莫七落的侧脸，见他不急不躁好似早已料到自己会有此反应，不禁也懒得再拐弯抹角直接坦言道："莫大侠，或许莫十七曾经与我有过不一样的情谊，但自我醒来，与他那些事我已全然不记得了。我想，不是一时的记不起来，很可能是一辈子也记不起来了。即便听你说起我与他的事，也只是像听故事一样无法感同身受。"不是可能是一定记不起来了，她心里清楚，她不是她，即使莫七落此刻将暗香依依与莫十七的过往变成电影回放给她看，也只能博得她一时感动而已，何况她内心还有些排斥。

或许是她说得有些直白，莫七落难掩落寞。她心中一动，想到了为她而死的莫十七，心下也有几分不忍，却仍轻声坚定地继续道："莫大侠，往事已矣，或许我说的话伤了你，可我说的是实话，也希望你能体谅。而今我对莫十七毫无印象，若是还要我纠葛着过往不放，着实有些强人所难。我一不想活在过去，二不想背负着过往沉重地活着，既然已经忘了，不如开始新的生活。虽然现在的处境尚不容我随心所欲，不过这段时日我一直跟在慕容逸身边，他为我易容变声，让我有了不同的面貌，可以不再被人追杀，也不用提心吊胆的过日子，我觉得或许可以一直这样下去。"

莫七落不以为然地哼了一声。她微微一顿，留心他的神情，只见他并无不耐，便继续说道："我知道莫大侠是个重情义的人，为了莫十七，甚至愿意带着我这个敌教中人浪迹江湖。莫大侠的情，我心领，但我一来不想拖累莫大侠，二来，我还想回到慕容逸身边，依托他的易容术过些安稳日子，所以还请莫大侠送我回去吧。"

暗香依依的话终于说完，莫七落看着她平静地道："你有选择的权利，我并不强求，你且听我一番话，是去是留，你可自行决断。"

"莫大侠请说。"她道。

莫七落道："回想武林大会上你的举动，你的确不似从前我所认识的暗香依依。我也知道，你已经忘了以前种种，忘了十七弟。你说得对，或许这辈子你也无法再记起来，过往一切对你来说都已变成了旁人的故事。你忘了，你不记得了，我无法怪你，也无法强求你承受起过往的一切。"他微微一顿，继续道，"虽然你忘了，但你就是你，你是十七弟此生最在乎的人，他临死前仍唤着你的名字不肯瞑目……他就死在我眼前，而我不仅救不了他，也无法为他报仇，我对不起十七弟，我亏欠他太多……"话及此，他神色黯淡难掩悲痛，目光再次看向她时，带着难以言喻的执著，"但你还活着，当我看到你的那一刻，我就已下定决心，只要我还活着，便尽我所能不再让任何人伤害你。"

他眼中没有深情，却字字清楚坚定。她望着他的双眼，其中坦坦荡荡令她心中一悸。

他继续道："我离开红枫山庄并非为你，即便没有你，我也早就打算离开红枫山庄只身行走天涯，惩奸除恶做个游侠儿。你说你想回到慕容逸身边，依靠他的易容术开始新的生活，如果你当真决定了，我也不反对。只是你依靠易容术活着，一来受制于慕容逸，今后实难如你所愿随心所欲地生活，二来，长期使用易容术终究有所不便。而且慕容逸居心叵测，将你留在身边或许是因为你……"他紧蹙眉头，似有难言之隐，没有再说下去。

见暗香依依蹙起了眉，知她也有同样的顾虑，便继续劝道："在你昏睡的时候，我探了你的脉息，虽然内力还有些紊乱，但经脉已在恢复。如果我助你恢复武功，到时候你就不用再担心被人追杀，可以有自己的生活了。"

"我的武功真的可以恢复吗？"她大声问道，眼睛一时睁得大大的，毫无掩饰地袒露了自己想要恢复武功的迫切。

莫七落淡淡一笑，望着透过阴影横斜射落的阳光，道："你所修习的内功与常人不同，又因你当初曾自断经脉，虽奇迹般有所修复可仍有多处经脉不通，以至于你内力通常难以持续，会变得忽有忽无。"

闻言，暗香依依重重地点头。她也发现了，自己的内力时有时无，常常是该有的时候没有，不该有的时候又突然爆发。

莫七落见她点头，微微一笑，继续道："我想，有两种方法可以帮你恢复内功。"

"哪两种方法？"

莫七落并不着急说清楚是哪两种方法，似忽然想到了什么，怅然地靠在了车边，缓缓道："你的内功源自一本叫《落月迷香》的书，这本书很特别。"话说到这里，他似颇为犹豫一时没说下去。

暗香依依微微有些疑惑，便问道："这本书慕容逸也曾提过，只是，这本书特别在哪儿呢？"她心中暗忖，这本书不会真的是什么盖世神功吧？却听莫七落叹息道："《落月迷香》原本是九幽教世代相传的一本适合女子修炼的内功心法，此书有些霸道，一来要求修习者必是女子，二来凡修习此书者，决不能再修习其他内功，否则便会走火入魔。因此，这本书自创立起数百年来，少有人修习。据我所知，只有三人曾修习过此书，第一个是雀羽夫人，第二个便是二十年前天下第一的美人岑遥，再来就是你。"

暗香依依忍不住问道："这本书不厉害吗？"

莫七落道："此书在众多内功心法中虽属上乘，却也并非什么独步天下的绝世内功，只是有些特别。"

暗香依依道："它究竟特别在哪儿？"

莫七落目光有些幽暗，缓缓道："《落月迷香》这本书原本并不出名，它的始创者雀羽夫人是九幽教开山教主赵剑的夫人。赵剑乃武林第一奇人，武功独步天下罕逢敌手，他的娘子雀羽夫人也是颇具传奇色彩的一位奇女子，不仅帮助赵剑创立了九幽教，也是个值得后人敬仰的女中豪杰。可惜她早年身故，所创秘籍也因此被九幽教保留下来成为圣物。九幽教多年来只收男弟子，因此书修习的首要条件必是女子，所以此书便一直被收藏在书阁中少有人问津。直至二十年前，当时的新任教主秦勿为讨天下第一美人岑遥的欢心，将九幽教圣物《落月迷香》拿出任由岑遥看玩，岑遥因此书书名雅致又仰慕当年雀羽夫人的风采便开始修习，没想到因她原本有内功又强行修习此书竟练至走火入魔而亡。秦勿也因此在两年后抑郁而终，此书因此闻名天下，却也因此被天下人称为无用且不祥的武功秘籍。"

暗香依依听到此处，额头上流下细密的汗，暗道：那我怎么那么傻偏偏练了这么一本没多大用处又不祥的秘籍？

莫七落扫了她一眼，继续道："当今武林人士都以为落月迷香是个无大用处的内功心法，其威力还不如修行落霞宫的凌波水袖，却极少有人知道它的真正用途。我原本也是不知道的，若不是十七弟……"

莫七落静默了片刻，暗香依依见他神色黯然也不忍催促，只按捺住心中诸多疑惑等他解惑。幸好，他只是神色黯淡了片刻，便又继续道："其实此书颇有来历，此书乃雀羽夫人所创，当初其夫君赵剑并非武林第一人，武功虽不弱却也算不得是绝顶高手，雀羽夫人帮助夫君创立了九幽教，可当时的九幽教也不是什么大教派，总是受其他教派欺压。雀羽夫人心高气傲，一心想助自己的丈夫成为武林第一人，便创出了这样特殊的武功心法。这种武功心法要求修习者必是女子，而且一生只能修习这一本书，并且可以反复修习，修习得小成者，自身修为精进，修习得大成者，若与男子……"说到此处，莫七落侧过了脸去，微微一顿方道，"事后，男子可以增加一甲子以上的功力，只是女子会内力尽失又要重新修炼，如此往复，当修炼大成时，又可为男子增加功力。"

暗香依依听得一下怔住，这落月迷香竟然是为他人作嫁衣的功夫？！她原来是傻的吗？竟然修习这样的内功心法？她心有所想便话从口出，"这心法修习完全是为了别人，我为什么要练啊？"

莫七落微微一笑道："你缘何而练我并不清楚，只是这种内功一旦练了，便无回头路。是误练也好是有心也罢，你从今往后都只能练这一种内功，决不能贪心再去修炼其他功夫，甚至外界内力导入你体内也会致你走火入魔而亡。”

暗香依依沉默少许，方道：“我有两个疑问。”

“你问。”莫七落道。

“第一，当初岑遥为何会冒着走火入魔的风险也要练落月迷香；第二，听你所言，莫非莫十七就是因此而死？”

莫七落缓缓道：“当年，秦勿一心想成为武林霸主，但当时武林高手如云，红枫山庄有我爹，叶落宫有慕容秀林，武当、峨眉亦多有好手。秦勿武功虽高却也难成一代霸主，秦勿一心想重振九幽教再次开创先辈霸业，可惜终究被多方压制梦想难成。岑遥知道他的梦想，便想助他一臂之力，外人只道她因落月迷香之名雅致而修炼此心法，实则她是得知了落月迷香的秘密才冒险修习。只是没想到，她虽自废武功重新修炼落月迷香，可依旧走火入魔以致最后身亡。”

暗香依依闻言心下恻然，想到秦勿因痛失所爱不过两年便抑郁而终，轻声道：“可惜了，其实，武林霸业又怎抵得上她一直在他身边。”

莫七落没有回应她的感叹，继续道：“落月迷香的真正用途原本无人知道，或许就连现今九幽教教主顾天穹也未必清楚。因为落月迷香书中言及此用途的几段被人涂抹了。”

“书被谁涂抹了？”她追问道。

莫七落摇了摇头，道：“书被谁涂抹了我并不知道，只是猜测极有可能是雀羽夫人的夫君，九幽教的第一任教主赵剑所为。”

“为什么是他？”

莫七落道：“我也只是猜测，一来，此书乃他夫人所创，他后来武功天下第一，或许正是因为这本书和她夫人的帮助，这对一个武林霸主来说着实不怎么光彩。按常理来说，若真想不被人知道他应毁了这本书，可《落月迷香》毕竟熔铸了雀羽夫人的毕生心血，夫人又早逝，他或许感念夫人不忍强毁此书便索性将书中敏感字句涂抹了也未可知。二来，百年来虽然九幽教多收男弟子，但我想，若是有人知道此书用途未必不会找女子修习从而为自己提升功力。可是这许多年来，九幽教除了岑遥与你之外再无她人修习此书，这说明这本书的主要用途早已被人毁掉，根本无人知晓，所以才会乏人问津。”

“不对呀，既然早就被毁了，岑遥又怎么知道其中秘密的？”

莫七落回道：“岑遥博览群书，聪慧之极，其中奥妙极很有可能是自己悟出来的。”

“既然大家都不知道，你又是怎么知道的？”暗香依依又问。

莫七落黯然道：“十七弟其实是岑遥与秦勿的儿子，而我也是从十七弟口中得知了一些书中关键，后来经多方调查方知此书来历。”

暗香依依微微惊讶，而后又问：“莫十七既然是九幽教的人怎么会被养在红枫山庄？他究竟是怎么死的？”

莫七落神色晦暗难明，目视远方，淡淡回道：“我不知道。”

暗香依依以为他又想起了莫十七，不好再问，便道：“如今我的内功仍在，这说明我没有与莫十七……”下面的话有些说不出口，可既然说到此处，她想莫七落应能明白。

莫七落点了点头。

暗香依依不由得叹息一声，看来莫十七是真心喜欢暗香依依的，否则不会明知暗香依依有这样的特殊性还不越雷池一步，不过他二人虽不能同生却能同死，也算安慰。既然《落月迷香》这本书找不到了，她也不知道修习之法，那这种特殊的作用自然也无法发挥了，既然无法发挥她又何须担心，只是……她又问道：“既然我只能修习落月迷香，那你又如何帮我恢复武功呢？”

莫七落道：“这也正是我想说的第二种方法。”

“除了落月迷香还会有第二种方法？”

莫七落点点头，道：“此种方法虽然不能让你恢复到从前的功力，但至少自保无虞。”

“你快说说。”

“落月迷香本是内功心法，但武功一途有深厚的内功固然好，但若招数精妙也未尝不能独当一面，多年来我常与你交手，你的武功招数我基本了如指掌，你内功虽高但鞭法也颇霸道，即便你内力时有时无，若是重新习会鞭法，等闲人等也难近你身，至少自保无虞。”

“那太好了！”她高兴地在车中直起了上半身，暗自喜道，如此一来既没有了为他人作嫁衣的隐忧，又有了自保的能力，岂非两全其美，不禁急切道：“那你什么时候教我？”

莫七落见她如此急切，淡淡一笑，重新驾起了马车，道：“来日方长，只要有空闲，我自会教你。”

暗香依依心情非常好，爬到了车前与他并肩而坐，这才发现，不知不觉二人已聊到了日落西斜。

夕阳很美，透过枝丫射落下来落在林间每一处角落，金色的光辉懒洋洋地映得世间万物都似多了几分柔和。风儿温柔地迎面吹来，她觉得心情极好，偏头瞧去，只见身边的莫七落面容清俊，一头散乱的短发已被风吹乱，越发清朗了几分。

他不似慕容逸那般华丽耀眼，也不似顾不迷那般难以捉摸，亦没有汤斩的霸气外露，更不像姜言天生长了一张亲切随和的脸……忽然看到他偏转过来的目光，她忙收回了一直审视的视线，心知自己看他看得时间太长，不禁有些不好意思，可因方才目光收得太过急迫，反而落了心虚之嫌，不由得脸微微红了。

马儿依旧奔驰在林间，时有颠簸，她望向远处，心却有些恍惚。莫七落今日能坦言告知落月迷香的秘密，说明莫七落是以真心待她。她恍惚地想，自来到这个未知的世界，虽前有汤斩守护后有慕容逸相伴，可依旧时常感到孤单和害怕，唯有此刻莫七落在身边，明明彼此尚不熟悉，却莫名地令她心安放松。那是一种难以言喻的感觉，仿佛这世上终于有了个人可以真心相信，可以放心去依靠。暗香依依心中正有些惊诧这种突如其来的感觉，便听莫七落忽然道："你似乎对我的头发并不感到奇怪。"

她心里突地一跳，许是心虚作祟笑容十分不自然，连忙回道："奇怪，着实奇怪，谁说不奇怪？嘿嘿，只是没好意思问。"

莫七落不疑有他，道："若你真问，我也无法回答。"言辞间颇有几分自嘲。

她抓了抓脑袋尴尬地笑了笑。暗暗计划找个隐蔽的地方，将身上的银票和那个红枫山庄令牌神不知鬼不觉地埋了。

虽然是自己做错了事，可还是埋怨起了慕容逸这个四处散播"江湖传言"的骗子……刚想到慕容逸，便想到一事，暗香依依又问莫七落："慕容逸知道落月迷香的秘密吗？"

莫七落摇了摇头道："这我并不清楚，不过你因自断经脉内力尚未恢复，他即便知道也无甚作用。不管他知不知道，今后这件事你自己知道就好，切勿告诉他人。"

"我又不傻，自然不会和别人说我练了这么邪门的功夫，要不然我还不成唐僧了？"

"唐僧是谁？"莫七落反问。

暗香依依摸摸鼻子，这才想起这时候《西游记》还没问世，便道："唐僧是一位得道高僧，相传吃了他的肉，可以长生不老，所以各种妖魔鬼怪都想抓住他吃他的肉。"她草草说了几句，便又问道，"你说我自断经脉，这么说我是自杀的？"

莫七落道："是。"

想到方才莫七落曾说，莫十七为她而死，而她亦不愿独活，暗香依依一怔。沉默稍许，便听莫七落道："我有个妹妹，与你一般年纪，从今往后，你如她一般唤我一声大哥吧。"

"嗯。"望着他温和的侧脸，她轻声应道，明知莫七落对她的好源自莫十七，可仍想亲近他几分。虽然怀里的令牌和银票让她心虚，暗香依依却依旧厚脸皮地吐出了两个字："大哥。"

闻言，莫七落眸中闪过一丝暖意。

第七章

旁门左道

马车不知驶向何方，天渐渐暗了下来，或因白日里的耽搁，他们没能赶到有人居住的村落，只得露宿荒野。

莫七落寻了一处空旷之处，将马儿下了鞍套，拴在一旁的树干上，便去附近寻柴火。

暗香依依躺在车上等他回来，有一下没一下地摆弄着手腕间慕容逸为她选的玉镯子，暗想自己突然消失，慕容逸察觉后会不会担心？想到这个问题，她唇边不由得露出了一丝讥讽。他或许会有些懊悔不小心弄丢了自己，却不会担心。是啊，他不会担心自己……即便寻找她，也不会是因为担心她，心中突然涌起莫名地失落。为什么她会这么清楚慕容逸所想，她自己也说不清楚，或许因为太过敏感，抑或慕容逸对她的好本就有几分虚幻。她更偏向于慕容逸知道落月迷香的秘密，可又觉得不对，若说慕容逸知道落月迷香的秘密，那定然早就劝说她恢复武功了。可是她在慕容逸身边多日，慕容逸不仅不急于让她恢复武功，而且若不是她主动相问，似乎他压根就没打算说。慕容逸究竟想从她身上得到什么好处？她一时猜不出，只是心中明白，慕容逸对她的好，并非出自真心，甚至似乎还存了戏耍之意，好像她只是他的玩具，或许还是一件他比较喜欢的玩具。

当柴火拢好点燃，莫七落自车上拿了瓦罐、白米、肉干和水下来做起了晚饭。暗香依依帮不上什么忙，便在旁边看着。只见莫七落有条不紊地忙着，她暗暗回想，第一次见到莫七落是在船上，那时夕阳映在他脸上，明明极暖的颜色却偏在他身上生出几分清冷。第二次见到他是在城中酒楼里，那一天他带着红枫山庄的诸多弟子突然出现，目光沉敛，不苟言笑，令人只觉难以亲近。可如今她望着火堆对面的他，黑色斗篷、黑色束腰、黑色劲装、外加黑色长靴，原本是沉闷的颜色却偏多了几分柔和。一头突兀的短发任由风吹，凌乱了亦不曾理会，他望着火上瓦罐，时而加些柴火，时而用木勺搅拌……忽然暗香依依突兀地想到了一句话：上得厅堂，入得厨房。她不由得暗暗好笑起来。

当瓦罐中飘出阵阵香味，暗香依依听到了自己肚子的叫声。

她从不知白米煮肉干这样的粗食也这般好吃，一口气吃了两碗，不吝赞美地说："你做的东西真好吃。"

莫七落依旧淡淡地笑着，原本神情柔和。可就在这时，他似突然察觉到了什么，正在收拾瓦罐的手顿住，抬头望向林中暗处，冷静严肃地对她道："进车里。"

暗香依依注意到了他的神色变化，二话不说立刻躲进了车厢里，透过车帘的缝隙偷偷向外看去。只见莫七落将斗篷的帽子拉起盖在头上，依旧不急不缓地收拾着煮饭工具。

好一会儿，四周别无他声，直至他不慌不忙地收拾好了一切，刚刚站起，便有四个锦衣人突然出现在了他的面前。

暗香依依瞪大了眼睛依旧想不明白自己方才明明连眼睛都没眨，怎么就凭空出现了四个人？

那四人并未出声，亦没有将莫七落围在中间，只是隔着一段距离死死地盯着他。不一会儿，一顶软轿出现在了林间，由远及近快速接近，暗香依依正感叹这轿子出现的速度还算正常，就惊见抬轿子的四个锦衣人竟然全是双脚离地，用轻功缓缓渡来。

帽檐遮住了莫七落的目光，不知此刻他在想什么，暗香依依见他一动不动却自有一番气势，想起他早有察觉，不由得对他的武功更加钦羡。

轿子飞到四个锦衣人中间方才停下，轿帘被一侧的锦衣人掀开，方巧正对着暗香依依所在的车窗口。

可惜夜晚虽有月光，却仍旧难以看清轿中之人是何面貌，只能看到一双穿着靴子的脚，那是双男人的脚。

暗香依依正好奇来者何人，便听到一个磁性的声音于夜风中略带几分慵懒地问道："你就是莫七落？"

"是。"莫七落沉声道，"你是何人？"

轿中人轻轻笑了一声，缓缓回道："襄阳王吴掷。"

襄阳王用他懒洋洋带着诱惑的声音说，前日有个武林狂徒放出狂言说三日后要到襄阳王府别院与他心肝宝贝的姬妾春风一度……

一听这话，不只躲在车里的暗香依依窘了，莫七落也越发沉默了。

襄阳王继续说，他的那个小妾长得国色天香，乃人间绝色，有狂徒浪子喜欢本也不是什么大事，只是他现下正宠那小妾，不愿轻易相让。所以他一听说有人要染指他的小妾，心里很不高兴。

暗香依依纳闷了，这襄阳王大老远跑来与莫七落说这些干吗？却见莫七落向火堆填了些柴火仍旧静静地听着，那种沉稳与处变不惊，暗香依依心想自己一辈子恐怕也学不会。

只听襄阳王继续道："原本本王还有些生气，可一听说那狂徒竟是红枫山庄的少主莫七落，忽然又不气了。"

暗香依依心下有些好笑，可又听得疑惑，不知这襄阳王葫芦里卖的什么药，可半晌襄阳王都未曾解惑，莫七落更是沉得住气，该干吗干吗。

好半天，暗香依依只觉半边腿都有些麻了，方听襄阳王继续道："本王听闻莫兄年纪轻轻便在江湖武林排行榜上排行第九，是当今罕见的奇才。本王一向有爱才惜才之心，不想因为这等风月小事而令武林有所损失。再说了，自古英雄爱美人，如果莫兄当真喜欢本王那小妾，本王也会割爱相送，也不用贸贸然下帖子到本王榻前那么见外。"

车厢中的暗香依依一时没忍住笑出声来，察觉自己竟出了声不由得一阵紧张，忙用手捂住了嘴，放开了扯着的车帘不敢向外再看。谁知却在这时，偏有一阵风吹过，车厢的车帘被风乍然吹起，她惊慌地看向车外，恰看到黑夜中那顶软轿。她手忙脚乱地盖住车帘，不敢再向外偷看丝毫，唯有竖着耳朵小心听着。只觉四下一阵静默，她正有些奇怪和不安，便听那襄阳王忽然道："这个女人，本王要了。"

莫七落冷哼了一声，暗香依依却在同一时间鬼使神差地在车里唾弃道："要个屁！"

襄阳王轻轻笑了起来，道："果然是江湖儿女，不拘小节。本王听说，莫大侠的妹妹是武林第一美女？"

暗香依依尚未说话，便听莫七落道："襄阳王不辞辛劳星夜屈尊到此与莫某一见，想必对你小妾被辱之事心中早有计量，既然如此，还请襄阳王明言。"

襄阳王扔出一张帖子，莫七落伸手接住，翻开来看了一眼，道："虽字迹相似，但此帖并非我写。"

襄阳王又道："下帖的人与你长得一模一样。"

莫七落问道："此帖何时所下？"

襄阳王道："前日子时。"

莫七落道："前日子时，我正在林中赶路。"

襄阳王道："本王别院近两百名侍卫都亲眼看见了你。你的帖子就扔在本王的榻前，试问，除了你红枫山庄少主莫七落，天下能有几人于本王府中来去自如？"

莫七落道："既然王爷已认定是莫某，莫某说什么都是多余的，请问王爷意欲何为？”

襄阳王没有回答莫七落的问题，沉吟半晌方道：“不知莫小姐可否下车与本王一见？”

听到此处，暗香依依在车里暗叹，人生总有那么几许不如意，原本是一个美女和一个帅哥孤男寡女浪迹江湖的风韵故事，却偏生有些个不识趣的人来添些麻烦。听到车外襄阳王要见她，暗香依依只觉又好气又好笑，心知襄阳王是把她当成了武林第一美女莫七彩。襄阳王此来本就突兀，方才说的那番话也有些荒唐，这其中有什么缘故还不好说，她心中计量，便幽幽道：“王爷既然要见民女，民女岂有不从之礼。”暗香依依话音刚落便听莫七落沉声道：“小妹。”

莫七落这声“小妹”无疑更坐实了襄阳王的猜测，岂知此妹非彼妹，这个小妹是今天才新鲜出炉的。不过再怎么说，暗香依依虽非天下第一，但总也是个天下第二不是，所以襄阳王方才的惊鸿一瞥早已认定了此绝色美人必定是莫七彩无疑。

暗香依依听出莫七落的阻拦之意，便道：“大哥，不只王爷想见见小妹，小妹也想见见王爷。”

下车的女子，风姿绰约，襄阳王一时痴迷，竟从轿中走出。顿时，八个护卫密密地护在他的身侧，莫七落亦仗剑立在了暗香依依身前，挡住了襄阳王露骨的目光。

剑拔弩张之际，暗香依依推开了身前的莫七落，垂首一步步走向襄阳王。莫七落扣住了她的肩头，暗香依依脚步一顿，回身对他一笑，戏谑地眨了眨眼，示意他莫管，方又转身低垂着头一步步走向襄阳王。

襄阳王迫不及待地又向前走了几步，直至二人相对而立。恍惚闻到佳人幽香，月色下，他伸出二指，挑起了暗香依依的下巴，忽地一怔。

只见面前女子面色姣好，可惜，可惜……竟然是个斗鸡眼。此时彼此相望，说有多别扭就有多别扭，襄阳王顿时心情大坏，忙收回了手指。只见对面斗鸡眼复又低垂下了头，一副羞答答的样子，不禁让他起了一身的鸡皮疙瘩，只觉夜风吹得他簌簌发冷，不由得想起了方才说“要个屁”的感觉。

襄阳王二话不说转身正欲上轿，便听身后女子羞答答地问道：“王爷，我长得美吗？”

襄阳王一个没注意绊倒在了轿沿上，哎哟一声跌进了轿子里。他正在为自己心不在焉下的失态而恼怒就听身后女子娇声道：“王爷你真坏，都不回答人家，人家不理你了。”

襄阳王抬头看见女子长袖一拂转身以极难看的姿势爬上了车去，不由得满目疮痍，隐隐还有些苍凉与悲壮。他暗道：武林传言果然不可尽信……

莫七落站在暗香依依后面，自然没看到方才暗香依依的斗鸡眼，当下只见襄阳王失态后索然无味的神情，不禁有些疑惑。待看到暗香依依带着笑意转身向他眨了眨眼睛，而后突然变成了斗鸡眼，他方才明白过来，眸中多了几分笑意。片刻，他又敛了那丝笑意，暗道，她与从前当真判若两人了。若是从前……

襄阳王重重地咳了咳，立在轿子周围的四个锦衣侍卫突然出手袭向了莫七落，四人悄无声息，动作极快。暗香依依在车厢中不禁一阵紧张，这些人都非泛泛之辈，而且还是四对一，不知道莫七落能否应付。当下只见莫七落并未拔剑，身形几个变换便一连接下了锦衣侍卫数招。

眼花缭乱中，莫七落身形几个起落，突然跳出圈外，而那四个锦衣侍卫就像是定格了一样定在了当场，其中一个还竖着中指指向天，头高高地昂着像是在对天上的月亮控诉，“我操！武功不带这么高的！”还有一个一手在上一手在下，影子投射在地上像个茶壶。

待暗香依依反应过来，心中不由得一阵激动，这就是传说中的点穴！她还是头一次见到。

莫七落看向了襄阳王。

襄阳王躲在轿子中，在暗夜中看不出是何神色，却听他依旧不慌不忙地道：“莫大侠，其实本王今晚亲自来见你也是觉得事有蹊跷，可前夜本王的确看到了你，本王并非不明事理之人，也想将事情查个水落石出，所以才星夜兼程来见莫大侠。”这番话说得冠冕堂皇，脸皮够厚。

襄阳王继续道：“此事不管是不是莫大侠所为，而今都与莫大侠脱不了干系，所以本王有个不情之请。”

莫七落道：“说。”

襄阳王干笑道：“本王想请莫大侠到本王别院小住两日，若是明晚子时那狂徒真的来别院，一来想请莫大侠出手制伏狂徒，二来也可为莫大侠自己洗清冤屈。不知莫大侠以为如何？”

莫七落沉吟片刻，道：“好。”

“本王相信莫大侠是言出必行之人，那本王就先行一步在别院恭候了。”襄阳王道，“你们四个留下给莫大侠带路。”

被点穴的四人闷声应是。

襄阳王的轿子飘然远去。

夜色渐浓，莫七落坐在车边打坐休息，四个锦衣侍卫按照个子高矮被莫七落排成一排背对着车厢站着，穴道依旧没有解开。

暗香依依在车中小睡了一会儿，便醒了过来，只觉车厢太硬，半边身子都被硌麻了。她龇牙咧嘴极不舒服地起了身，好一会儿麻木才稍稍减弱了几分，便打算起来动动手脚顺便解决一下内急。

刚下了车，她便看到守在车边的莫七落睁开了眼睛，不由得心中一暖。

她走到莫七落身边坐下，笑道："大哥，我睡不着，咱们说会儿话好吗？"

莫七落轻轻应了声，脱下了斗篷给她披上。

暗香依依扯着他的斗篷，看着他的短发再次被风吹乱，心中有种说不出的复杂滋味。

她轻声道："大哥，自从遇到你我就有种特别的感觉。"

莫七落看着她，等着她继续说。她挠了挠头，憨笑道："不知道为什么，我自己也说不清楚。虽然我和你不算熟悉，可打心眼里觉得你一点儿也不陌生。大哥，我也不知道怎么说，你知道吗？就是……譬如……有些人你认识了他很长时间，可你还是觉得他很陌生，可是有些人，你只认识他不到一天，却觉得很熟悉很亲近了。"她唠唠叨叨毫无章法地说着，就像个没有逻辑的孩子，莫七落静静地听着没有打断。

月色温柔。

"大哥？"她唤了声。

莫七落应了声。

"大哥。"她又唤了声。

莫七落又应了声。

她眼中有了笑意，莫七落亦有了笑意，"大哥，大哥，大哥……"她每低唤一声，眼睛便眯起几分，那笑意漾在她眸中也同时映在他心里。

莫七落微微弯起了唇角，轻声道："从今往后，只要我活着一天，便护你一天。"

暗香依依笑着，心中却在疑惑

，莫七落言辞中对她总有几分亏欠之意，按理说，就算他与莫十七兄弟情深，也不应该对她许下这么深的诺言。难道，莫十七的死与他有关？

她想归想，却不会深究这个问题。无论莫十七的死与他有没有关，都和她没什么关系，只要他真心对她好，照顾她，有吃有喝又可以游山玩水，嘿嘿，就成！她没心没肺地想着。

暗香依依十分不解，襄阳王让他们去别院明摆着是个陷阱，为什么他们还要去自投罗网？

莫七落却说，襄阳王与当今圣上是亲兄弟，又是当今皇太后的小儿子，最得皇宠，势力也不容小觑，尤其在封地襄阳一带可以说是只手遮天。如果真有人假扮他潜入襄阳王府行鸡鸣狗盗之事，一来于他名声不利，二来以襄阳王的势力，他们今后无论走到哪里都会有无尽的麻烦，所以不如亲自去将那人抓住，还自己一个清净。只是在此之前，他会送她到一个安全的地方。

暗香依依点了点头，没有吭声，不知不觉间想起了慕容逸……此时的她还不知道，普天之下只有慕容逸会易容术，并非人人都会这类“旁门左道”。

第二日晨，那四个锦衣侍卫还是被点着穴道杵在林中排成排地站着……日光下，从高到矮，一动不动，若非偶尔随风飘起的衣摆显露了几分人气，恐怕会被人误以为是森林里的雕塑。

弃了马车，莫七落背着暗香依依使轻功赶往了昨夜所说的安全地方。

原本还有些与他亲密接触的尴尬，可不知怎么，没过多久暗香依依便靠在他肩头睡着了。

当她再次醒来时，揉了半天眼睛都不敢相信自己身处何处。好像只是睡了一觉，却已物换星移。

第八章

苦修秘籍

山谷中，绿草依依，一面背山三面环水，岸边有个船坞却无船，几间竹屋屹立在群山翠碧中，四周种满了桃树与梨树，春天花儿盛开，粉白两色交相辉映，深吸口气，尽是花草香，置身此中恍若天上人间。

莫七落呢？四下寻找却已不在。谷中除了她还有一个哑巴，哑巴正在打扫房屋，问他什么都只是摇头，比比划划的完全看不明白。

莫七落没说什么时候来接她，她也弄不明白自己怎么到的这里，只是此地景色宜人，便也心平气和地住了下来。

这里共有六间竹屋，其中一间摆满了各种书籍，书籍涉及方方面面，全面得像是一个小型图书馆，其中有乐谱、琴谱、书法字帖、舞蹈图画、武功秘籍、诗词歌赋以及各种史书杂记。而另一间屋子里，放着文房四宝、琴瑟箫笛还有琵琶等乐器，更有十八般兵器及修习特殊武功所需的材料。当中最吸引她的便是一柄紫色长鞭，当下拿在手中仔细把玩，竟恍惚与梦中的情景一模一样。

起初闲来无事，除了看书便是四处溜达。没想到竟在山脚下发现了莫十七的墓。其上没有任何杂草，显然常常有人打理。虽然对他没有任何印象，但莫十七在她心目中却是个至情至性的男儿。不知出自什么心理，她把自莫七落那里得来的银票和红枫山庄的令牌拿了出来，埋在了此地。

如此七日已过，依旧没有莫七落的消息。唯有哑巴每日做好饭菜端到自己面前笑看着自己吃下，偶尔也会和他鸡同鸭讲地说上一会儿话，可多数时间她都是自己静静地看书。暗香依依在书屋中翻找到一本书名为《金手指》的书，发现竟是一本点穴的武功秘籍。因那日莫七落的点穴手法给她带来了极大的兴趣，便一直按照书中所说研究起了人体穴道，恰好隔壁房间有个粗劣的人体穴道模型，她便每日里拿着书和模型比比划划。她从书中得知，点穴这门功夫必须配合内力方可达到效果，但她自身内力时有时无很不靠谱，虽然如此，对点穴的热情却丝毫没有减弱。

闲极无聊时，她还曾试图游到湖对岸去，却在游了一段后发现尽头竟是逐渐落差的瀑布，水流湍急险些没能游回来，而今想起那日险境仍心有余悸，再不敢试。后来又试图用拙劣的蛤蟆纵攀爬上屋后山顶，此地山峰可不像百花谷，可以憋着一口气便能一纵一纵地到达山顶。此处重峦叠嶂高耸入云，她用了三天在数次失败后，才勉力到达山顶。这才发现山外还是山，一望无际，连绵不绝，似乎没有尽头。她不由得暗暗心惊，莫七落究竟是怎么把她送进来的？她所在之地，完全没有出路。

偶尔发呆时，她也将紫色长鞭拿在手中把玩，思索着早先的梦境，几番试着拧来拧去也没有什么反应。原本也不在意，可这一日，她再次顺时针拧了一下，逆时针又拧了一下，顺时针拧了两下，逆时针又拧了两下，如此反复，直至心不在焉地顺时针拧了八下，逆时针拧了八下，忽地使力向外一拔，鞭子的手柄竟被她拔了下来。鞭子的手柄是中空的，内藏一张纸，她小心翼翼地拿出来，在手中展开，仔细一瞧，只见右侧从上至下写着四个精细的楷体字——落月迷香。

一张纸，上面密密麻麻写着纤细的字，她一直以为落月迷香应该是一本书，岂料竟会是一张纸，而且上面没有任何涂抹的痕迹。她心潮有些起伏，似怕被人发现一样，急急忙忙收起了纸塞进手柄中拧好，握着手柄的手竟微微有些颤抖。

四下张望，哑巴仍在远处的竹屋中忙碌，炊烟袅袅，正在煮饭，四下里除了山上流下的泉水声就是鸟与虫鸣的浑然天成。她做贼心虚地捂住了跳动异常的胸口，额头上已经布满了细细的汗。

落月迷香，是练，还是不练？

一夜辗转难眠，她手里紧紧握着鞭子，脑海里天人交战，实在受不了猛地翻身坐起，如果自己像从前的暗香依依一样有很高的武功，有独当一面的自保能力，可以高来低去，肆意而为，那么她会怎么样？……想想都像是打了鸡血般兴奋。

还记得武侠小说中，长相又美武功又高如仙女般的女侠们，各种爱恨纠葛缠缠绵绵……怎能不令她无限神往。可是如果她练了落月迷香，就会变成名副其实的唐僧肉，可是如果她不练，就不是唐僧肉了吗？凡是知道落月迷香秘密的人，恐怕早已将她当成了唐僧肉，还是毫无抵抗力任其摆布的唐僧。既然如此……她一咬牙一跺脚，下定决心，练！

或许是因自己来自未来，对神秘的武侠世界太过憧憬，抑或是对现状的不满，希望自己足够强大有自保能力，甚或是太过渴望在这个世界获得真正意义上的自由，暗香依依完全忽略了落月迷香这本秘籍的最终目的，迫不及待地开始了练习。只是在兴奋及被压抑住的紧张彷徨中，她忘记了一件很重要的事，古代，字不应该从左往右读而是应该从右往左……如果细心些就会发现，落月迷香这四个字就是从上至下写在纸张的右边。可是她一来十分兴奋，二来又有些紧张和迫不及待，便完全忽略了这一点。她照例按照二十年来累积的阅读习惯，二话没说从左往右从上至下读了起来。而她之所以一直没发现这个错误，其中还有一个原因，纸张上的每一句话都是从上至下而写，而且每一句话都是独立的一句。再加上暗香依依对武功本就不熟悉，先后顺序自然看不出来，所以她竟然真的从左至右从上至下地一句一句背了下来，然后狂翻各种典籍，使劲琢磨，再加上慕容逸曾经教了她一些简单的呼吸运行之法和近些时日她研究人体穴道的心得，也不知道是老天庇佑还是她天资过人，或许是傻人有傻福，竟然就这么倒着，一点点一句句地练了下去，如此竟然过了一个月……

一个月，桃花落了，梨花也落了，嫩绿的叶子一点点出现在枝丫间，蒸蒸向荣地向世间吐露着自己的蓬勃与朝气。

一个月后，落月迷香虽然只练了一小部分，可暗香依依感觉自己已经完全不一样了，似脱胎换骨了一般。屋后的山，她可以轻松跃至山顶，屋前的水她可以埋在里面闭气很久很久。朝阳升起时，体内的气息运行起来奔腾如海，夕阳落下时，她似与天地万物浑然一体，心境越发平和，世间万物似都在呼吸之间掌控。

甚至，浑身上下都充满了朝气与活力，偶尔站在水边看着自己的倒影，似乎胸更挺了，屁股也更翘了……

当莫七落再次出现在她面前时，亦是一怔。她斜卧在竹榻上似乎睡着了，细碎的阳光透过梨树落在她身上，投射下片片落影，手中的一本书放在裙裾间，远远望去，竟有种动人心魄的美。

她原本就美的，以前的她美得盛气凌人，甚至骄傲到自负张狂，而失去记忆的她却变得平易近人了许多。可当下的她，便是这么睡着，似乎也有种说不出的动人。他怔怔地望着，想起一个月前，在林中那个唤他大哥，低眉浅笑，神情俏皮却又透着隐隐讨好的女子。因为看清了她的讨好，想起以前骄傲如她，莫七落心中亏欠更甚，便许下了一个诺言。可当下再看此刻的她，仿佛与一个月前又不一样了，可究竟哪里不一样了，莫七落一时却又说不出来。

一抬头，他看见了远处竹屋内的陈峰。陈峰手中拿着淘米用的盆子，亦和他一样怔怔地望着树荫下斜卧睡着的她，不知已望了多久……

莫七落回来了，她不知该开心还是不开心。这一个月自偷偷修习落月迷香起，她甚至不愿莫七落再回来了，可此刻看见他，她仍旧笑若春风，却没告诉他，她练了落月迷香。

莫七落与她说，那日在襄阳王别院，他等来了慕容逸。

听到此处，暗香依依心中一紧，想问却不知该问些什么。

莫七落说，当时的慕容逸易容成他的模样，襄阳王当下便明白过来是怎么回事，慕容逸也没有与他们纠缠。

她问："那为何你一个月后才回来？"

莫七落说，因为慕容逸一直跟着他，整整一个月。

她又问："他为何要如此做？"

莫七落说："因为确认你的确不在我身边了。"

她闻言淡笑，心中有种说不清道不明的情绪，那种情绪只是一闪而过，便被她用嘲讽的笑意遮掩。她调侃道："莫非他已知落月迷香的秘密？"

莫七落没有回答，问道："这些日子，在这里住得惯吗？"

她笑着回道："非常好，只是一直没能弄明白，出口在哪里呢？"

看出了她的懊恼，莫七落微微一笑，回身指着屋后高山道："在这山的中央。"

莫七落说，此地是他少年时无意中发现的，后来便带着莫十七来此，二人觉得此地甚好，便在这里盖了两间竹屋，剩下的四间竹屋是后来才盖起来的。这是他们秘密之地，后来，无论他们得了什么宝贝都会藏在这里，二人还经常来此小住。

哑巴叫陈峰，陈峰与他们不一样，并不是武林中人。陈峰出身贫寒，爹娘都是只会种地的农民。陈峰原本是会说话的，只是家里发生了变故才变成了哑巴。那时他们都还是少年，陈峰的姐姐被当地的富户看中想要纳为小妾，她姐姐不肯，却被富户强抢了去，后被侮辱失节悬梁而死。他爹娘伤心欲绝闹到了富户那里竟被富户的家丁活活打死。那时陈峰还年少，也被打得只剩下一口气，刚巧莫十七与他经过，救下了陈峰。二人合力治好了他的伤，一年后又帮他报了仇，可陈峰却从此变成了哑巴，他们怜惜他的身世便带他来了这里，如此一直在这里住了下来，距今已有多年。

山中有鱼有虾，秋天还有蘑菇，野生动物也多。陈峰手很巧，山上种满了各种蔬菜，这谷中的桃树与梨树也是陈峰所种。不仅如此，陈峰还会酿酒，莫十七生前最喜欢喝陈峰酿的桃花醉。

莫七落望着远处波光淋漓的水面，仿佛回到了往昔与莫十七在此一醉的美好时光。

莫七落看到了暗香依依腰间的长鞭，又说，这只鞭本就是她的。在她与莫十七出事之后，莫十七的尸身被他带回这里安葬，她遗下的长鞭也一并被带了回来，放在竹屋中。

此后三个月，莫七落与她都没离开过这里。莫七落教她鞭法，她一招一式地学，偶尔也会讨教他一些人体穴位的作用，明面上说是学习点穴，实际上却是因为落月迷香的内功运行。每次运行鞭法的时候她都尽力隐藏内力，偶尔没能控制好爆发的力道莫七落也不以为意，毕竟她的内力本就时有时无。

莫七落说她曾自断经脉，虽然断掉的经脉奇迹般续接恢复，但内力却大不如前，或许有朝一日，终能全部恢复。不过，内力完全恢复，也并非幸事……说到此处，他眉间难掩愁绪。她明白他所指何意，就是说，她内力尚未完全恢复前，落月迷香就无法渡人功力，她就算不上是合格的唐僧肉。

时间缓缓流淌，春天不知不觉地过去了，迎来了盛夏。

桃树和梨树上都结下了小小的果实，山谷鸟鸣虫鸣更胜往日，日子依旧单调，除了练功便是练功。偶尔也会和莫七落去山中采摘蘑菇，不过通常她采回来的都是毒蘑菇，被莫七落从篮子里一个一个挑出来放在一旁，可她依旧兴致不减。偶尔也会听他弹琴吹箫，莫七落似乎什么都有涉猎，至于好不好，她便不知道了。

日子便如此闲适地一天天过去……

莫七落的头发也一日日地长了起来。

似乎一切都很正常，除了暗香依依暗中修习落月迷香遇到了阻碍。

这一晚，她又在屋中偷偷修习落月迷香。这几日一直没有进展，她不禁有些急切，练着练着额头便出现了些许细汗。

窗外暗沉，刚下过一场雨，万物润无声……

夜色苍茫，刚下过雨的山谷雾气蒙蒙。星星似也被雾气遮住，看不真切。

莫七落已经醉了，迷蒙着双眼望向远处，湿润的气息随着呼吸渗入四肢百脉，也让他的双眼越发湿润了起来。

曾经，他与十七弟在这个山谷中切磋技艺，畅谈天下，常常一夜不眠。

而今，却已只剩他一人，如果知道会有这样一天，当初十七弟喜欢暗香依依时，他就不应该百般阻挠。

人生得意须尽欢……人生得意须尽欢……不懂的时候只觉此言任性自私，懂了却是深深的悔恨。

他仰头喝了一口桃花酿，又倒了一些在莫十七的墓碑前，抱着酒坛靠坐在他的墓旁，眼前所有景色都有些摇晃起来。

这是七年前，陈峰当年所酿桃花酿的最后一坛，彼时都还年少，他们为了这坛酒打了三天三夜也未能分出胜负，无奈只好一同将这坛酒埋在了山谷中。当时已经精疲力竭，走路都已摇摇晃晃，二人却还在埋了酒后笑说十年后再大比一场赢者方能独享这坛酒。可如今，尚未到十年，他却已……

夜静无人时，他眸中难掩痛苦，愧疚深深折磨着他，日日夜夜，是他对不起莫十七。若当时他挺身而出，或许十七弟就不会……他越想越痛苦，越想越自责，便将所有的自责、痛苦和着怀里的酒一口口灌了下去。

迷蒙间，他看到一个熟悉的身影自夜色中缓缓走来，心中暗暗奇怪，这么晚她怎么还没睡。

她只着一袭单裙，长发散在肩后，被风吹起时隐隐有种异样。细看，才发觉她此刻双脚离地正用轻功向他飞来，他眯起了双眼，直至她直直地立在自己面前，迷梦般望着莫十七的墓碑，似完全没看到他。

她神情落寞忧伤，喃喃道："莫十七，虽然我从来没见过你，可是你对暗香依依的爱令我羡慕，我的前世……也曾遇到过那样一个人，可是，终究错过了……"说到此处，她眼角已有泪光。莫七落望着她，察觉到一丝不对劲，她双眼毫无焦距，甚至有丝异样的暗红。

只听她继续自言自语地说道："从现在开始，蓝枫立誓只疼花舞一人，宠她爱她，不会骗她。答应她的每一件事情都会做到，对她讲的每一句话都是真话，不许欺负她骂她，要相信她。有人欺负她，会第一时间出来帮她。花舞开心的时候蓝枫陪着她开心，花舞不开心蓝枫哄她开心。永远觉得花舞最漂亮，做梦都会梦见她，在蓝枫的心里只有她。以此为据，一生一世绝不反悔……"

她捂住了胸口，一丝鲜血自嘴角流下，似想起了什么而痛到了极致。

细雨再次淅淅沥沥地下了起来，散在莫七落的面颊上，让他微微觉得有些冰凉。

莫七落始终未动，只凝视着暗香依依，好像在看另一个人，虽然这些日子他早已察觉无论习惯还是性情，如今的暗香依依已经再无从前的半丝影子，可今晚，他忽然有种错觉，她们根本不是一个人。

莫七落的理智令他瞬间分析出两种答案。

第一种，她只是与暗香依依长相极为相似的女子，根本不是暗香依依。相似有两种可能，与生俱来的长相相似，譬如双胞胎。再有就是易容术，但无论是哪种似乎都不可能，因为一个细节可以让他十分肯定面前的人就是暗香依依。这个细节便是暗香依依的左门牙。

七年前，他与十七弟刚及弱冠，便被派去长青门向刘青山大侠送红枫山庄的请柬。此行一则是为红枫山庄办事，二则也是借机游历和历练。在去长青门的路上他们遇到了暗香依依，那时三人都还年少，又都是初出江湖年轻气盛无甚经验的稚子。二人因暗香依依出身九幽教，印象中便不是什么好人，又是狭路相逢三人没几句话便打了起来。两人打一个莫七落觉得不光彩，便没动手，只是莫十七与暗香依依过招，两人打了个不分上下，都受了些伤。后来顾不迷和汤斩赶到，二人方才离去，也自此结下嫌隙。

后来到了洛阳，几人再次相遇，十七弟暗地里跟踪了她几日，发现她特别喜欢嗑瓜子，便暗中偷偷做了几个假瓜子，混在了瓜子盘里，将她的左侧门牙硌出了一个小齿。事后，十七弟每每提及此事都会面露笑意。当年旧事并无其他人知道，一般人也不会注意暗香依依牙齿上细微的变化，可他却记得十分清楚。这细微的差别，而今可以让他肯定面前的女子便是暗香依依。不是易容，也不是长相类似的人。

排除这种可能，莫七落还想到了离魂症。莫七落略通医理，离魂症也叫梦游，梦游中的人行动迟缓没有感觉，会喃喃自语些话，一般很难被叫醒。

莫七落无声地自墓旁站起，正欲走到她近前为她把脉，却见她目光陡然凝在他身上，好似突然看到了他被吓到了一般，向后倒退数步，瞬间便跑远了。

莫七落随后追去，发现她推开了自己的屋门进了屋去，而后再未出来。

他悄然来到她门外，附耳凝听，听到了屋内均匀的呼吸声。他闪身到了窗口，自缝隙处向内望去，见她伏在桌案上，脸朝着窗口，似乎已经熟睡。他推开门，走到她身边，伸出双指探向她的脉息。

她的脉息沉稳有力，令他惊讶的是，不过短短数月，她的经脉竟已完全恢复，体内气息运行顺畅，内力似比先前更甚。数月前初见她时，他便发现落月迷香这种内功似有自我修复能力，她当初自断的经脉已经修复大半，没想到，而今竟然完全好了。只是这脉象似乎又有些不对劲……

那一晚，对于暗香依依的反常行径，莫七落思考了各种可能，可理智如莫七落，再怎样也没想过另一种近乎荒谬的答案：借尸还魂。

第二日，正在用早膳的莫七落看到暗香依依自屋中出来，如往常一样走到餐桌旁坐下，添粥，吃饭。莫七落便问："昨晚睡得如何？"

她按了按自己的脖颈，道："别提了，我明明记得我上了床，可醒来时却发现自己趴睡在桌案旁，实在奇怪，而且我昨晚还做了一个奇怪的梦。"

"什么梦？"

"我梦见自己走到了莫十七的墓旁，正在对着墓碑说话，他突然自坟墓里跳了出来，吓死我了。"暗香依依拍着自己的胸口似仍心有余悸。

莫七落微微一怔，想到昨晚自己自墓碑旁站起时，她转身惊跑的那一幕……他不动声色地继续吃着早饭，暗道，很可能是离魂症，至于将自己误认为是莫十七，或许只是与她梦境的巧合。

他淡淡一笑，道："小妹你还记得梦里说过什么话吗？"

她记得，只是她怕他问，便笑道："不记得了，梦里的话又怎能当真。"

莫七落点了点头，没有再问。

又是一日苦练，三个多月来，从一招一式的学习，到如今的融会贯通，已经可以和莫七落对上数十招不败，她的鞭法已经越发熟练和得心应手。

太阳落山后，一如既往，陈峰熟练地在水边点起了篝火，放了一些不知名的草，四下里蚊虫便少了许多。暗香依依坐在旁边看着陈峰，或许是常年山中生活的缘故，陈峰的面色在火光映衬下越发显得健康，粗糙的大手灵巧地动着，身体健硕，眉目带着青山绿水般的清朗。

她有些无聊地怔怔望着，陈峰似察觉到了她的目光，忽然起身走了。

莫七落却在这时走了过来，手中拿着一柄长箫。

箫声总会让人觉得苍凉，莫七落常坐在水边或吹箫或弹琴，暗香依依便也时常在他吹奏时坐在一旁静听，而陈峰似也习惯了在这里点燃一堆篝火熏赶蚊虫。

数月来，莫七落的头发已经长长了许多，束起的长发令他多了几分尊贵之气。

时日久了，暗香依依发现莫七落其实是个少言的人。每日与她一样，除了练功还是练功，偶尔会对她温和地笑上一笑，多数时间，都喜欢一个人或看书，或吹箫，或打坐……

暗香依依想，像他们这样的俊男美女，若在任何武侠世界中，按正常发展路线，或温情、或激烈，总要发展出点儿什么来，可他俩都在一起三四个月了，说过的话也不少，可彼此之间依旧什么都没有。

暗香依依终于相信，莫七落待她只如小妹，并无其他杂念。这一刻她终于有所觉悟，慕容逸与她之间，虽然不见得有什么特殊感情，可至少发展方向还是令人神往的。

正闲着无聊地瞎惆怅，暗香依依便听莫七落放下了长箫，偏头对她道："小妹，你的内力似乎已经恢复了。"

暗香依依心里咯噔一声。

莫七落伸出手探向了她的脉息，他的指尖微凉，神情淡漠，她很想抽手，可终究忍住了。

她的脉息与昨夜不同，平缓顺畅无一丝异样。昨晚或许是因她梦游的缘故脉息才会有些混乱，莫七落心中暗道。他抽离了手指，道："落月迷香似乎自身就有修复能力，你的经脉断处如今已经完全修复，内力也恢复了五六层。只是……"

因为隐瞒了自己偷练落月迷香的内功，暗香依依闻言不知该笑还是不该笑，面色尴尬，问道：“只是什么？”

莫七落眸光敛了几分，有些担忧地道：“武功恢复，对你不知是喜还是忧。”

“大哥你不必担心，人的命，天注定，顺其自然就好。”暗香依依笑道，“大哥或许不知道，我人生的座右铭就是——人生得意须尽欢。只要现在开心，管它将来如何呢。”历经一世的生死，她还有什么想不开呢。

她笑望着他，他侧眸向她看来。这许多日子里，又一次近距离地端详她。他暗暗惊讶于她的不同，她本已妩媚到极致而今又多了几许素雅与风流。此时只是微垂着头，发丝不听话地垂在鬓边，笑容中多了几许纯真，却越发显得明媚。虽然是同一张脸，却与印象中的暗香依依完全是两个极端，他心中微微一悸，目光从她脸上收回。

他淡淡重复道：“人生得意须尽欢……”凡是会这样想的人，通常是经历过许多事情的人，否则又岂能懂得其中真意。

未曾忽略她刚知道自己内功恢复时没有喜悦的异样，却也不点破，他兀自沉默，便听她道：“大哥，此处虽好，可待久了也会腻烦，现今我武功已经恢复，等闲人再难伤我，我能不能出山了？不对，是我能不能重出江湖了？！”

他抬眸与她熠熠生辉的双眸相对。

人生无常，既然活着，何不活得快活，因为担忧害怕便畏缩一生又有何趣？！他浅笑道：“如果明日你能与我过上三十招不败，我便带你出去。”

三十招不败对她来说似乎不难，今天她就在他手下过了几十招。见她一副很有把握的样子，他又道：“明日，我将不会让你。”

原来他一直在让她啊，她顿时感到挫败。

他微笑。

第二日，她在他手下没能过上三招。数月来的苦练与成就感顿时烟消云散，她蹲在一旁画圈圈。

他在不远处看着她，笑意淡淡。

第三日，她堪堪过了四招，被他剑中的杀意逼退抵靠在树上，后背撞得发麻，哎哟哎哟地叫唤。

第七日，她顺利过了八招，就在她暗暗沾沾自喜时，第八天，她只过了六招。

如此，日复一日。

又一个月过去，她仍然只能保证自己十招不败，而目标三十招仿佛是那天边的浮云……

可她不仅没有气馁，反而越战越勇，晚上吃饭都和他讨教为什么自己会输。

武功一途对她是陌生的，她并非像暗香依依一样自幼生长于武林，耳濡目染有根基，又自幼开始习武，时间长达十几年。

对她来说，她真正习武不过半年，能有这等造诣已属不易，一方面依赖莫七落的悉心教导和她自己的刻苦练习，一方面便是她身体里已恢复的内功给了她很大助益。

日子如常，每天都在挑战、苦练、揣摩中度过，如此又是两个月，而她依旧挡不下莫七落的二十招。起初的进步似乎容易，而后便似停滞了一般，如此情形持续了两月有余，她终于有些不耐烦，变得焦躁起来。

当莫七落告诉她内力已恢复五六层时，也正是她练落月迷香毫无进展之时，练不过去索性不练，后来一心想在莫七落手下过三十招便将此事完全搁浅了。而今两月已过，武功好似没了进展，她百思不得其解。虽然莫七落说武功一途切勿焦躁急进，可她还是忍不住想要尽快让自己强大起来。这种迫切的心情让她开始胡思乱想，譬如埋怨落月迷香为什么是渡功力给别人而不是吸功力给自己呢？如果是，她可能早已将莫七落扑倒……想起落月迷香，她又在夜深人静之时偷偷开始修炼起来。

或许是多日没练了，早先卡住的地方竟然没几日便顺利练了过去。她心中暗喜，更是每晚一入夜便喊累进屋勤加修习。

因三个月来她再未出现当日离魂症的症状，莫七落亦渐渐放下心来。

这一晚，莫七落在屋中看书看到很晚，忽然记起今日是莫十七生辰，心中一沉。山中岁月恍惚，他险些忘了今日是十七弟的生辰，也是自己的生辰。他寻了些冥纸出来，一张张叠成元宝的形状，拿着扫把和些许酒菜趁着月色来到莫十七的坟前。

秋天的气息一日日逼近，落叶在莫十七的坟前堆积得一日比一日多，月光似也一日比一日清冷。

他一边烧着纸，一边喝着酒，有太多话想说，却又什么都没说。当所有纸钱都烧完，他方才道："我会照顾好她。"话音刚落便警觉后面有人。

他转头看去，只见暗香依依又一次双眼通红由远及近地出现在了自己面前，可当下，一看到他不仅没跑反而站在他面前哭了起来。看到她的眼泪，他不禁有些无措，刚想劝慰几句，便听她对他哭诉道："莫十七，虽然你是鬼，但我知道你不会伤害我。我心里有太多事压得喘不过气来，我无法对别人说，只能对你说。"

"我来自未来，根本不是这个时代的人，我也不是暗香依依，只是借尸还魂活了过来。莫七落对我特别好，可我曾经剪了他的头发拿了他的银票、令牌，还扔了他的剑，我好怕他知道以后会讨厌我。我还偷偷练落月迷香，不敢让他知道。问题是，我现在完全练不下去了，你说我该怎么办啊？啊？……我快疯了啊。你是鬼，有没有办法帮帮我？帮帮我？”她疯了一样摇晃着面前有形体冒热气的“鬼”。

一个沉沉的声音半晌似从天边传来，那声音问道：“你把剑扔到哪儿了？”

“就在百花谷那潭水里。”她呜咽着回答，突然察觉面前的“鬼”竟然开口说话了！她惊讶地看着“鬼”，“鬼”也正看着她。她“妈呀”一声大叫着转身撒腿就跑。

没跑几步，她便看到远处有一人站在树下怔怔地看着她。来者是哑巴陈峰，可在她眼中却成了另一个人，她奔跑过去，紧紧抓住陈峰，颤声道：“大哥，我看到莫十七了……”反身一指，刚好看到“莫十七”站在自己身后，关切地看着自己。

鬼，鬼……鬼竟然一直跟着她……她白眼一翻，倒了下去。

见她晕倒，莫七落急忙伸手抱住了她，陈峰也伸出了手，却又收回。

莫七落一探她的脉息不禁暗惊，她此刻脉息正常，只是内力竟然全部消失了。他低低唤了她几声，见她毫无反应，便当即抱起了她。

陈峰一直在旁边关切地看着，见莫七落抱起她向回走，也跟在后面。直看到莫七落将她送入房内，半晌出来，他方才走上前比画着问：“她怎么了？”

莫七落道：“或许是这几日练功太累的缘故。无碍，我照看她，你先去休息吧。”

陈峰似乎想说什么却又作罢，转身回了屋。

莫七落则又返回了暗香依依的寝房，再次探了探她的脉息，脉息平稳，只是，内力仍然全无。他检查她的眼睑，微微暗红，心中暗忖：这究竟是怎么回事？看症状不是走火入魔也不是离魂症。如此忐忑不安地过了一整晚，天蒙蒙亮时，他见她整晚熟睡再无异状便再一次探了探她的脉息，不禁又是一惊，脉息沉稳有力，内力又全回来了，而且比三月前更加深厚。他想起墓旁她曾说过的话，暗道：难道这就是落月迷香……

如果她昨晚说的都是真的，那么他的头发，他的剑，还有……借尸还魂？！

借尸还魂？想到这个词他微微一怔，从来不信鬼神之说的他实在难以接受这种说法。可这些时日数次怀疑她不是暗香依依的想法又令他矛盾不已。可仍然难以相信这种荒谬绝伦的说法，他起身出了房门，爬到了后山的山顶。

峰顶，朝阳初升，万籁俱寂，冷风扑面而来，吹散了脑中的焦灼，思绪清明了几分，或许，他应该先去百花谷潭水中看看那里是否有他的剑。

第二天一早，暗香依依自床上起身，挠着脑袋喃喃自语：“昨晚好像和莫十七通灵了……”想到这里，忍不住打了一个冷战，“都是梦都是梦都是梦……”

她走出房门去吃早饭，陈峰见她出来，便利落地将饭菜摆好。没看到莫七落，她问陈峰："大哥呢？"

陈峰因知道她看不懂手语便没有比划，只沾了些水在桌案上一个字一个字地写道：出山，数日便回。陈峰的字挺拔有力，一如他这个人。这半年来，他们彼此已经熟悉，偶尔也会聊上几句，她问他写，别看陈峰极少走出凤凰谷，可对武林大事却知晓甚多，至少比暗香依依这个横空出世的未来人要知道得多。又因一人长年居住在这渺无人烟的凤凰谷，陈峰闲暇时也常习武练字，虽不是江湖中人，却有一身好武功。恐怕这竹屋中的所有书籍，他都看完了，就连乐谱木匠活他也不陌生。平日里虽着粗布衣衫还时常摆弄锅碗瓢盆扫把抹布，但时日久了，暗香依依觉得陈峰其实是个十项全能，不仅什么都会，还都很精通，尤其精通厨艺，做的饭菜真是好吃到没话说。

闻言，她点了点头，没有多想自也没有多问。

三日后，莫七落自百花谷寻回丢失已久的无枫剑时，那种心情实难描述。断发之耻令他如有切肤之痛，虽已是半年多前的事，可至今想起仍令他愤懑不已。本想若是哪一天知道是谁干的，必让那人抱憾终身，可没想到竟然是暗香依依。

望着手中的无枫剑，他顿感无奈。此时此刻，不由得想起了她的那句话：我来自未来根本不是这个时代的人，我也不是暗香依依，只是借尸还魂活了过来……

借尸还魂？！他冷哼了一声，世上哪有什么借尸还魂！

莫七落离开这七日，暗香依依白日里与陈峰讨教功夫，晚上继续修习落月迷香，也不知什么原因，原本停滞不前的内功，突然有了进展。当莫七落回来时，她迫不及待地与他比试，竟然一下子便挡住了他三十招，虽然后面几招实是艰险，可她还是扛了下来。这一刻的喜悦令她整个人都轻飘飘地好似要飞到天上去追云逐月。在一再追问莫七落没有放水后，她兴奋地扑向了莫七落将他紧紧抱住，兴奋地在他怀中欢呼雀跃，又想转身去抱陈峰，却被陈峰一闪躲过。她也不在乎，刷地一甩手中长鞭，将地上的沙土打出深深的一条坑，猖狂大笑道："我终于可以出去践踏江湖一番啦，哇哈哈……"

她仰头欢畅地大笑，眼角无意中瞥见莫七落和陈峰惊讶的目光，忽然意识到自己的失态，忙收了声低下了头，却仍压抑不住心中的兴奋说："我去收拾行李，明日咱们就离开凤凰谷！"

见她如此高兴，莫七落怔了怔，原本对她再入江湖残存的些许隐忧也尽数抹去。他清楚地听到屋里的暗香依依高声喊："我！暗香依依！终于要重出江湖了！"一抹笑意浮上他的嘴角。身边的陈峰转身欲走，"疯子。"他望着陈峰的背影，唤道。

陈峰停下了脚步，回身看向他，“疯子”是莫十七给陈峰起的绰号。陈峰当年亲眼目睹父母被活活打死姐姐被凌辱致死时，整整有一年的时间，时常处于疯癫状态，直到亲手为家人报仇，才逐渐好转。又因陈峰的名字里有个“峰”字，所以莫七落和莫十七都唤陈峰“疯子”。

莫七落道：“疯子，我知你生性淡泊，不喜欢到热闹人多的地方去，但这次我和她或许很久都不会回来，不如，你与我们一起去江湖上转转吧。”

莫七落看着陈峰，等待他的回答，却见他摇了摇头。

莫七落望向远方，黯然道：“十七弟生前一直想将这凤凰山种满杜鹃花，我想，若这凤凰谷开满杜鹃，必然很美。”

陈峰望向了莫十七安葬的方向。

莫七落又道：“她是十七弟最珍视的人。”

陈峰收回了目光看向了莫七落，听他继续道：“而她尚不清楚，如果她重出江湖，将会有多少麻烦接踵而来，说不定还会有性命之忧。”

陈峰微微蹙起了眉。

第九章

重出江湖

第二天一早，陈峰与他们一同离开了凤凰山。

从竹屋后山中央一个不显眼的入口进入，里面别有洞天，竟是一个天然的大溶洞，其中怪石林立，就着火把乍一看甚是阴森恐怖。弯弯曲曲足足走了近两个时辰才看到明媚的阳光，入眼却也是层峦叠嶂，渺无人烟。

因已入秋，一阵风吹过，山中落叶漫天飞舞煞是好看，亦如当下暗香依依雀跃的心情。

或许是被她的好心情感染，三人都没有用轻功，只是步行。

约行了大半日，日头西斜时，方才看到一个小山村，半年的与世隔绝，即便是一个贫穷的小山村也令她开心不已。想到自己如今身负武功与正常人不一样了，可以一掌劈倒一棵树，可以隔空打灭蜡烛，可以挥挥衣袖便将数步远的木门关上，暗香依依实在有种说不出的喜悦与兴奋，好似脱胎换骨重新做了人……而今又重出江湖，即将用这张绝世的祸水脸叱咤武林翻云覆雨吞云吐雾，让她感觉非常酷。

她兀自兴奋，迈着轻快的步伐走在最前面，将周围村民异样的目光完全当成了崇拜，全然忽略了村庄中人惊艳后的异样。

起初，莫七落看到村民对暗香依依的惊艳之色亦没有放在心上。暗香依依本就长得极美，外人初见会有这种目光也属正常，可其后他发现时有村中老人用担忧的目光看着暗香依依，甚或有人想要上前却欲言又止，只与他打过招呼点头而过。这凤凰山村是出入凤凰谷的必经之路，对他来说并不陌生。山村虽然地处偏僻只有几十户人家，可民风淳朴与世无争，村中人几乎都与他相熟，而今晚，他便打算在此歇上一歇。

站在刘嫂家的篱笆墙外，看到刘嫂的五岁儿子小牛正在院子里玩耍便唤了一声。小牛一回头看到莫七落，露出了未长全的几颗小牙，可目光触及暗香依依时便是一怔，突然转身跑进屋去对正做饭的刘嫂说："娘，娘，恩公来了，还带了个很漂亮的姐姐。"

刘嫂赶忙迎了出来，看到暗香依依时亦是一怔，心道：这女娃长得可真漂亮，可来得却不是时候。

刘嫂热情地将几人迎进家门，一口一个“恩公”地叫着莫七落。

村子地处偏僻自没有茶水相奉却有一些山野人家晒干的果子干，泡在水中喝下去甜中略带些酸，亦有清热解渴的作用。刘嫂又去忙着为几人做饭，暗香依依便问起莫七落怎么成了人家的“恩公”。

原来三年前，莫七落与莫十七去凤凰谷途经此地，恰巧碰到痛哭流涕的刘嫂抱着摔伤的丈夫刘山。刘山上山砍柴不幸跌落山崖，性命岌岌可危。村里都是些穷苦人家，没人懂得真正的医术，距离最近的有大夫的集镇来回也要两三天，可当时的刘山已经挺不下去了。眼看刘山已经救不活了，刘嫂万念俱灰地抱着刚刚会走路的小牛只知道陪在夫君身边痛哭。

恰在这时，懂得医术的莫七落途经此地，当下便帮忙救治，救了刘山的性命。一家人感激涕零，不停向莫七落磕头道谢。可也才磕了一个头，一抬头便看不到莫七落和莫十七的身影了。而后这些年，莫七落和莫十七每次经过凤凰山村都会带一些药材给村中老少免费看病治病，久而久之彼此便都熟了。莫七落没有说明的是，虽然看病的是他，可真正和村中老幼友好相处亲如一家的却是莫十七，而他与村中人只是点头之交罢了。主要原因是村里人和他在一起不知道说什么，而他也不知道要和他们说什么。而莫十七却大不相同，莫十七天生为人亲切随和，心地善良，可这样的莫十七，偏偏喜欢性格乖张的暗香依依，曾经他一直想不通为什么，现在……他也没想通。

陈峰不会说话，便只有莫七落与暗香依依说着话。莫七落刚刚言简意赅地讲完他与刘嫂一家相识的过程，刘山便进了门。刘山一看到莫七落立刻笑了起来，憨实黝黑的脸上顿时出现了数个层峦叠嶂，可当他的目光看到暗香依依时，顿时一呆，不由得脸红了几分，有些手足无措地对莫七落道：“恩公，你吃了饭就赶紧带着这位姑娘走吧，迟了可就不得了了。”

刘嫂从隔壁厨房端着一篮子热腾腾的土豆走了进来，闻言也附和着道：“是啊恩公，我也正想和你说，这姑娘长得实在漂亮，看样子也没有成婚，还是赶紧走吧。”

“怎么了？”暗香依依问道。

刘山放下手中锄头，道：“你们可能还不知道，我们村子里闹鬼。”

“闹鬼？”想到前些时日自己在梦里和莫十七说话，暗香依依不禁瑟缩了一下，便听刘山继续道：“是啊，闹鬼，那鬼来无影去无踪，村子里未出阁的闺女几乎都被鬼抓了去！都一个多月了也没半点儿消息。唉，不知道是生是死，也不知道这些姑娘都被抓到哪里去了。”

“究竟怎么回事？”莫七落问道。

“大概在一个多月前，村西头老王家的姑娘突然不见了，我们全村人到处找也没找到，生不见人死不见尸。没过七天，村西头老李家的闺女也不见了。然后又过了几天，薛家的女儿也不在了。一个月来，村里陆陆续续消失了四个姑娘，都是未出嫁的闺女。大家觉得事情不对，便去找村长，村长安排村里的壮丁守在村东张水和村北王全的家里，说是啥守株待兔。我被村长派去守在王全家，可那天晚上，我们啥都没看见，只见一个影子在他家姑娘房里一晃，他家姑娘就活生生地就不见了，这除了鬼还能是什么？唉，现在只剩张水家那嫁不出去的老闺女之外……”

“就还有这位……”刘山看向了暗香依依。

莫七落还没说话，就见暗香依依似突然想通了什么，兴奋地道：“世上哪有什么鬼，肯定是有人装神弄鬼，或者是武林高手，专抓未出阁的黄花大闺女，肯定是采花贼！”

刘山闻言一呆，武林高手？采花贼？

莫七落微微蹙起了眉，陈峰眼中已有笑意。陈峰一边听众人说话，一边剥好了个土豆递到暗香依依手中。暗香依依接过土豆咬了一口，突然大声道：“我不走了，我要以身作饵，亲手抓住采花贼。”

莫七落道：“如果是采花贼，人怎么会凭空突然消失？这些姑娘又去了哪里？”

暗香依依无法回答。

莫七落又道：“即便是武林高手，也不可能带着个不会武功的人离开时不露半丝影迹。”

土豆哽在喉咙里，暗香依依口齿不清地道：“难道真的有鬼……”

莫七落道：“这世上没有鬼，只有比鬼更可怕的人。”

暗香依依闻言暗道：这话好生熟悉，好像在哪部电视剧里听到过……原来出处在这里。

莫七落看到她不受教的神情颇为无奈。这时，刘嫂又端了一大碗汤进来，后面跟着端着一摞碗的小牛。刘嫂笑着摆好了碗筷，刘山道：“山野人家粗茶淡饭，恩公和几位朋友莫要嫌弃。”

暗香依依正咬着土豆，闻言抢在莫七落前开心地说：“不嫌弃不嫌弃，很好吃，太好吃了。”一边说好吃一边还挥舞着手中的土豆，挥起的衣袖险些打到莫七落的鼻梁上。

陈峰笑意更深。

小牛有些害羞地躲在他爹后面偷偷地瞧着她。

吃完了一个土豆，陈峰适时又递过来一个，她接了过来，向小牛招了招手，小牛看到却将黝黑的小脸完全藏在了刘山的背后。刘山讪笑了一下，将小牛拖出来扯到暗香依依面前。见小牛低着头绞着手很不好意思的样子，暗香依依将手中土豆递到了他眼皮底下，笑道："给你吃。"

小牛抬头，羞怯地看着她的笑脸，见土豆在眼前晃来晃去，方才伸出沾了泥土的小手怯怯地接过了土豆。暗香依依笑眯眯地摸着小牛的头赞道："好可爱，好乖。"

闻言，小牛眼睛很亮很亮地看着暗香依依。

暗香依依正想再拿一个土豆，陈峰适时地又递过来一个给她。

莫七落忽然道："我们留下。"

饭后，莫七落与陈峰带着暗香依依特意在村中四处转了转，一群小孩嬉闹着跟在后面看热闹。三人一行还去拜访了村长，村长一见暗香依依便道："姑娘还是赶紧走吧。"

"不忙不忙，村长有所不知，在下学过几年道术，此番就是帮忙来抓鬼的。"暗香依依撒谎从不用打腹稿。

村长是个老实人，闻言道："原来是道姑，失敬失敬……"

暗香依依有模有样地回道："无量天尊，善哉善哉。"

村长目露茫然。这究竟是道姑还是尼姑?

莫七落在旁边咳了咳，陈峰已经弯起了嘴角。

第一晚毫无异样。

第二天，暗香依依在村子里带领一群小孩玩老鹰抓小鸡，引来一众村民围观。

第二天晚上，烛火摇曳，莫七落坐在门口的草凳上闭目养神，听到了些许异响，微微抬眸。只见床上打坐的暗香依依瞪着眼睛左看右看，不一会儿摸出一个手帕，捂住耳鼻，又似喘不过气来将手帕丢在了一边，而后长叹口气，一手支额打了个哈欠。而后她又接二连三地打了起来，随后扭扭胳膊扭扭脖子，方又盘起双腿，打起了坐。

虽然房顶有陈峰，屋内有莫七落，可暗香依依仍旧觉得自己应该十二分地提高警觉，不能睡着，万一她睡着了又通灵了和鬼打起交道来怎么办？所以她一直坚持着不睡觉，也不知道是不是以前电视剧看得太多，总想着会不会有人吹迷烟之类，便想着是不是应该捂住口鼻，可捂了好一会儿不仅没有迷烟还觉得呼吸不畅胸口发闷，索性丢了手帕。眼看天快亮了坏人也不见来，她只觉又累又困，连打了好几个哈欠，小小活动了一下方才开始闭目养神。

而今她又发觉自己一个不同常人之处，要在从前，一天不睡够七八个小时，白天总会困顿，可如今，只要打坐将真气运行一个周天，疲惫感便能减轻许多。现下，她就在又一次运气去乏。

可就在这时，屋内的桌子下面忽然传来轻微的异响。暗香依依如今身怀武功，耳目早已与常人不同，几乎同一时间与莫七落看向了桌下，只见桌子下方原本好好的土地，鼓起了小包，而后一物自土中破茧而出，是根细细的竹管。

暗香依依眼睛一亮，顿时想到了竹管吹迷香，还没等迷香吹出来已经捂住了口鼻，顺便闭了气。大概是常人做惯了，她一时忘了武林高手闭气后根本不用多此一举地捂住口鼻。

莫七落先是看了她一眼，而后缓缓起身，待看见竹管里吹出一缕白烟时，瞬间移动到桌旁，一俯身一指便轻轻按在了竹管口上。他没有向下按，也没有向外拔，只是按住，动作一气呵成悄无声息。

莫七落随即推开桌子，伸手向土下一探一提，一个昏迷的男子便被提出地面，竹管从他嘴里掉了出来。暗香依依急忙下床上下打量着莫七落手中的战利品，只见男子灰头土脸一时难辨模样，只觉身材矮小像个侏儒。

门打开时，陈峰正站在门外，莫七落将男子扔到院内，守在门外的刘山上前看了看，惊道："这人是怎么进去的？我刚刚明明没看到任何人进去啊！"

刘山丈二摸不着头脑，心里一时想到了鬼，可看地上明明是个人，还是个矬子，一时搞不清楚状况只是莫名地瞧着莫七落。

莫七落道："张大哥，麻烦你去请一下村长和村民。"

刘山当即点头跑了出去。

天亮时，村长和村民都到了刘山家，刘山家太小，莫七落索性提着昏迷不醒的矬子到了外面。陈峰端来一盆水，当着众人的面劈头盖脸地倒在了矬子的脸上，矬子顿时惊醒过来，甫一坐起便被莫七落点了穴道再不能动弹。

矬子瞪大眼睛看着莫七落及村民，毫无惧意，直到看到暗香依依，目光便定在了暗香依依身上，再不移动。暗香依依被他看得难受，狠狠地瞪了他一眼，恶狠狠地道："看什么看，再看挖了你的眼睛，矬子！"

"谁说我是矬子！"男子脸红脖子粗地大声辩驳，暗香依依的一句话似踩到了他的痛处。

暗香依依闻言走到他的近前，十分不屑地居高临下睥睨着他，凉凉地道："你站起来顶多到我这儿。”手比在胸口，又道，“一个大男人，才这么大的个儿，还不是矬子？”

男子气得眼睛瞪得更大，突然诡异地一笑，看向了莫七落，不屑地笑道：“你真以为你点中了我的穴道？”突然扭动起了脖颈，只听一阵骨骼响声，整个人竟慢慢开始变大。

村民们哪里见过这等秘术，当下便有人惊呼“妖怪”。而暗香依依却想到了一门独门秘技：缩骨功。莫七落眯起了眼睛，陈峰冷眼旁观。

片刻，男子便长大了一倍，身上的衣服都被撑裂几乎不能蔽体，翻身跃起时，竟比暗香依依还要高上半个头。暗香依依的惊怔令他很是满意，他居高临下地对暗香依依道：“美人，还满意你看到的吧？”伸手一撩鬓边发丝，一阵尘土四散飞扬……

暗香依依：“……”

莫七落道：“鬼盗的独门弟子未默，我早该想到是你。”莫七落提到鬼盗时神情尊敬，似乎鬼盗是个很了不起的人物。

未默见被人轻易道明来历，也不惊慌，却道：“我知道你们想要什么，很简单，只要她答应我一件事，那些姑娘现在就能回家。”他贪婪地看着暗香依依，像是乞丐看到了金元宝。

村民中立刻有人道：“我们凭什么信你！”

“快说你究竟把我家丫头藏在哪儿了？”

村民七嘴八舌，越说越气愤恨不得当下便上去将他围殴一顿。

莫七落看着未默，道：“你凭什么和我谈条件？”

未默道：“凭四条性命在我手上。”

“你的命在我手上。”莫七落道。

未默闻言哈哈大笑道：“你以为你真能抓得住我？”话音刚落，便见他身形一动，便到了数十丈外，陈峰甩出的银针亦同时打空。莫七落虽然事先挡在了他离去的方向，可没想到他身法着实诡异，瞬间像是无数个身影同时出现在眼前，只微微一顿，便发现他人已到了数丈外。

他得意地哈哈大笑，一指暗香依依，“我只要她答应一个条件，便将所有女子送回。”

村民长居山野，何曾见过什么轻功，暗想这常人哪会有这么快莫非这人真的是什么鬼的弟子？也是个鬼？村民中有丢了女儿的，思女心切当下不顾性命管他是人是鬼，一心只想救回女儿，猛地扑过去想要抓住未默，眼看已经很接近了，可眨眼间便见未默又移到了另一处。全体村民再次眼睁睁地看到他形如鬼魅的身法，均被吓得不敢吭声愣在当场。

村长求助般看向莫七落，莫七落蹙紧了眉，是他低估了未默的实力。

暗香依依却在这时咳了咳，向他走近了几步，问道："你抓那些姑娘去干吗？"

未默闻言，似乎有点儿不好意思起来，回道："我只想娶个娘子，生个儿子……"

所有人都当他在放屁，暗香依依更是恶毒，目光似在看一个屁。

他微感不悦，问暗香依依："你不信吗？"

暗香依依急忙变换了目光，摆出信得不得了的姿态，道："既然你只想娶一个，怎么抓了四个？"

"我起先抓了个最顺眼的，向她求亲，可她不愿意嫁给我，无奈之下我又抓了一个，可她还是不愿意嫁给我，然后我就又抓了一个，直至四个，她们都不愿意嫁给我。"说到此处，未默神情无比惆怅。

暗香依依道："怎么可能呢，你长得这么……有个性，武功又这么高，如果肯提着聘礼再带上个能说会道的媒婆，我相信这村里未出嫁的姑娘都乐意嫁给你。"

未默闻言，眼睛一亮，道："你觉得我长得很有个性吗？那我这样呢？你可喜欢？"言罢，他突然紧握双拳，面容一阵扭曲，骨骼再次咯咯作响，瞬间缩小了一倍。暗香依依看着远处大脑袋长胳膊短腿的未默，便听他道："我平常都喜欢这样，很有个性吧，你喜欢吗？"

"喜欢……"个屁，后面二字被暗香依依生生吞进肚子里自行消化，暗想，这副尊容难怪四个村姑都不想嫁给他。

"你真的喜欢我这个样子？"未默眼中闪烁着泪花，眨眼间便到了暗香依依面前，这么快的速度，当真如鬼魅，吓得暗香依依后退了一大步。他又跟进了一大步，握着拳头眼中含泪仰头无比期待地又问了一遍："你真的喜欢我这个样子吗？"

"喜——欢——"暗香依依说话的声音像是刚吃过苍蝇，在他惊喜无比的瞬间，突然出手扣住了他的脉门。

未默未曾料到暗香依依会突然出手而且速度非常之快，一时不察被她抓住，本欲使巧劲脱困，却忽觉浑身无力，当下心惊，她竟然会武功！

不幸的未默中了美人计被捆成了个粽子，一看莫七落那张包公脸，生怕受什么刑法，还没等人问他，他便主动交代了四个姑娘现下所在。当众村民押着他寻到四个姑娘时，一方面亲人团聚，另一方面惊讶地发现的确如未默所说，这几个姑娘都好好的，他没有对她们怎么样，只是被限制了自由，生活在他挖的地道里。那地道蜿蜒曲折，贯穿整个村子竟像是村子的地下倒影，宽敞得像个地下迷宫。

暗香依依与莫七落、陈峰走在地道里，不由得想起了抗日战争时的地道战也是挖通了一个村子，却绝不像未默挖得这么有规模和精致，不禁多看了几眼未默，暗想，这家伙太有才了。

据这几个姑娘后来细说，未默并没对她们怎么样，只是每天都会向她们求亲……说到这里，姑娘们都有些羞涩，均表示她们每次都拒绝了他。有个姑娘大胆些，说未默不是什么坏人，甚至向村长求情说："放了他吧，他的确没对我们怎么样，而且他这么矮，根本不像个男人，一直找不到媳妇也怪可怜的……"

听到此处，暗香依依看向一旁绑得像个粽子的未默，而未默正目不转睛地看着她，好像在说：我真的只想找个媳妇……而我现在看上你了……

暗香依依很不客气地对他做了个鬼脸。

他目光陡然一亮，痴痴地看着她，直看得暗香依依头皮发麻，忍无可忍之时，瞬间移到了他近前，抡起拳头一拳将他像球一样打飞了出去。

众村民目瞪口呆地看着未默像球一样消失在了天边，再看暗香依依时目光中已带有惊惧，这姑娘看着柔美娇弱可手上的力气实在是大啊！胆小的孩子都被吓得哇哇哭了。

而这时的暗香依依看看自己的拳头又看看消失在天边的未默，讷讷无语……原本只想打他一拳的，没想到竟将他打飞了出去，自己力气如今竟然这般大了啊……

由于暗香依依突如其来的爆发力，害得陈峰大哥千里迢迢奔波了一番又把粽子未默寻了回来，摆在村口示众。

粽子未默经此一游，更加灰头土脸，可那双眼睛却越发明亮了，在村口被一群孩童围着丢石头还乐呵呵地摇头晃脑哼着小曲，颇有几分疯子自得其乐的风采。

村里失踪的姑娘都找了回来，村民万分感谢莫七落等人，莫七落没怎么客套，当即向村民辞行。村长和刘婶一家再三挽留，莫七落只微微一笑便将所有热情来了个冷处理。令村长和刘婶同时怀念起了已故的莫十七。

未默留给村长处理，莫七落三人则继续上了路。

由于早上的耽搁现下午时已过，太阳高挂本有些炽烈却因被林中树木遮蔽，阴影横斜亦不失娇媚，反而相得益彰起来。山中空气极好，暗香依依深深吸了口气，十分开怀。刚刚帮助村民找回了失踪的女儿，自己的侠女之路有了个好的开端，令她对未来充满了期待。

出了村子，翻过一座山，眼前又是一座山，她高兴地问："大哥，我们还要多久才能走出这片山去？"

莫七落道："以我们现在的速度，明天傍晚方能到最近的集镇。"

"如果用轻功呢？"

"今天就能到。"

"那我们飞吧！哈哈！"她率先飞了起来，莫七落看了陈峰一眼，随后追上。

第十章

前尘往事

夕阳西斜时，三人到了最近的云堡镇，甫一进镇，迎面便走来几个熟悉的面孔。

来者两人，单看衣着便知是落霞宫的女弟子，其中一人暗香依依认识，此人便是苏璇莹。

苏璇莹一身洁白的衣裙纤尘不染，落霞宫的凌波水袖缠绕在她的腰间、臂弯，轻柔地随风舞动，越发显得她出尘高洁。她很美，美得不似凡间女子；她很美，美得有些拒人千里之外。这样的苏璇莹很难令人想到曾经小鸟依人般靠在慕容逸身侧。

暗香依依停下了脚步，莫七落随之停下。

苏璇莹看到莫七落与暗香依依走在一起，微露惊讶，身边的师妹程秀更是惊讶地看着暗香依依脱口而出，“她不是死了吗？”忽然意识到这句话的唐突，程秀微露尴尬。

这半年来，江湖中流传着各种版本的传言，有人说莫七落强抢了慕容逸的小妾带着佳人遁隐江湖了，有人说莫七落被红枫山庄驱逐出庄再无颜面混迹江湖，有人说莫七落已经死了，但无论哪种传言都实难令人信服。而暗香依依的传言则更多，多到不胜枚举，死了、活了、死了又复活了……各种版本不下数十种，但因武林大会上暗香依依始终未曾露面，许多人便相信暗香依依真的死了。

苏璇莹看向莫七落，见他此刻与暗香依依同进同退，惊诧之余难免疑惑，尚且不论江湖上那些传言，九幽教与红枫山庄素来不和，这是武林中人都知道的事实，两大帮派水火不容，见面不打架已经算是客气的，而今红枫山庄的少庄主竟公然与九幽教的左护法走在一起，着实令人费解。他们之间究竟发生了什么？

落霞宫一向属于中立门派，多出美女，与武林各大帮派颇有渊源，与九幽教、红枫山庄两大帮派亦有盘根错节的关系。红枫山庄现任庄主夫人便出身落霞宫，而前九幽教教主夫人岑遥亦是落霞宫的入室弟子，所以，不管红枫山庄与九幽教仇怨如何深，都与她们无关。当下苏璇莹二人心中虽有疑惑，却仍有礼地与莫七落和暗香依依先后打过招呼。

却在这时，远处忽然有人高声呼唤："苏姑娘，且慢走！本王有一件礼物要赠与姑娘，姑娘留步啊！"

苏璇莹闻声蹙紧了双眉，露出些许不耐来，同门的师妹程秀碰了碰她低笑道："师姐，那个襄阳王又追来了。"

苏璇莹转身看向了襄阳王。

而此刻的襄阳王原本带着一群锦衣侍卫大踏步向苏璇莹走去，却在见到苏璇莹身后的女子时陡然顿住了脚步，身后紧跟着的一名不长眼的侍卫一时不察撞在了他背后，竟然也没能将他撞醒。

不远处，神仙般的苏姑娘身后立着一位少女，那一身耀眼的红瞬间夺去了他所有的呼吸。他怔怔地看着那少女，一颗心突然开始乱跳。他看到了诱人的红唇，他看到了勾魂夺魄的凤目，他看到墨一样垂至腰间的长发，他看到长发随风荡起时露出的一对小巧耳朵，他看到了丰挺的胸部，看到缠着紫色长鞭的小蛮腰，以及蛮腰下挺翘的——臀部，脑中似有什么轰然炸开，令他仅存的思绪中陡然闪现四个大字：天生尤物。

自己的最爱！

襄阳王目瞪口呆地站在原地，那副模样像是被人隔空点了穴道，目光凝在前方一点上再也挪移不开。

顺着他的目光看去，苏璇莹看到了身后的暗香依依。

襄阳王一时没能认出暗香依依，主要原因还是因为那晚的斗鸡眼刺激有点儿大，便没注意暗香依依的容貌。其实那晚不仅他没看清楚暗香依依，暗香依依为了假扮斗鸡眼也没看清楚他的模样。当下暗香依依便将襄阳王上下打量了一番，只见他年纪似与自己相仿，竟也长得人模人样！一身锦衣玉带，额间还悬着一块美玉，脑瓜顶戴着一顶金闪闪的金冠上面还装饰着一个光灿灿的金元宝。暗香依依头一次看见有人头顶金元宝，一时看得无语凝咽，便忽略了襄阳王此刻异样的目光。

襄阳王见她一双美目死死地盯着自己的头顶，忍不住伸手摸了摸，入手金子的触感令他回了几分神。

当目光再次触及暗香依依的目光时，襄阳王却发现她正在对自己笑。

襄阳王见她对着自己笑，恍惚间好似看到身边到处飞舞着鲜花和蝴蝶，轻飘飘的感觉令他几乎欲仙欲死。他有些脚步虚浮地走向暗香依依，却忽见她那双原本美丽的双眸突然对在了一起，变成了斗鸡眼。

襄阳王恍若被雷劈中一般惊怔当地，脸一阵红一阵白，再次眼睁睁地看着暗香依依的眼睛从斗鸡眼变到了正常，突然惊醒过来，颤抖地指着暗香依依，声音带着难以掩饰的兴奋，略带颤抖地道："你！你是……"

"对，我就是。"她笑若春花。

襄阳王一颗心因这笑再次剧烈地跳个不停，一边道："那晚天色太暗，本王竟然都没瞧仔细姑娘的模样！一时没能认出，姑娘莫要见怪才是。"一边走近了几步欲与她亲近亲近，却突然看到了一柄剑横在自己眼前。抬眼便看到了莫七落，他这才意识到一旁还有个认识的男人，忙换上一本正经的模样与莫七落道："莫大侠，别来无恙啊。"待看到陈峰时，又问莫七落，"这位是……"

莫七落道："我义兄，陈峰。"

襄阳王见他们一身风尘，显然赶了些路，圆圆的眼睛一转，道："莫大侠兄妹三人初来云堡镇可有下榻之地？"

莫七落道："没有。"

听见莫七落如此简单直接的回答，暗香依依微感疑惑，这似乎不是莫七落的风格。陈峰亦看了一眼莫七落。

襄阳王一听立刻满脸诚意地道："莫大侠远来是客，云堡镇是本王的封地，本王在这里的别院地方宽敞着呢，莫大侠若不嫌弃，兄妹三人可以暂住在本王的别院。"

暗香依依本以为莫七落会拒绝，未料想莫七落竟然说："那就叨扰了。"

陈峰也微感意外。

襄阳王笑得像朵花，好似完全忘了此行目的和一旁立着的苏璇莹与程秀。程秀面色不悦地看了一眼苏璇莹，却见苏璇莹没什么表情，反而大方得体地向襄阳王和莫七落施了一礼，淡淡道："我等先行一步了。"

听见街口一人懒洋洋道："七落兄，别来无恙啊。"

闻声，苏璇莹顿时止住了脚步。

暗香依依抬头看去，便见一人白衣白扇恍若阳光下的虚幻，微靠在路边酒家的旗杆下含笑看着她，那人虽然在与莫七落打着招呼，可目光却只在看她。有那么一瞬间，仿佛天地间都只有她，心神忽然有些恍惚，便听那人道："依依，好久不见。"

可这种恍惚却只有开始的一瞬，当看清那再熟悉不过的目光及神情时，她唇边浮起了同样的笑。这笑，明明不是出自真心，却可以笑得十分真挚，除了彼此心知肚明这其中的虚与委蛇，在旁人眼中恐都会以为二人感情有多好。她笑意越深，与他道："慕容逸，好久不见。"

莫七落看到慕容逸，却没有丝毫惊讶。陈峰亦看向慕容逸又顺着慕容逸的目光看向了暗香依依。

苏璇莹乍看到慕容逸，眸中闪过难以抑制的喜悦，此番来云堡镇便是为他而来，可在此已停留多日也没看到他，以为消息有误正想离开，没想到却在这时见到了他。可当下看清慕容逸的目光，心中那丝喜悦瞬间荡然无存，她微微偏过头顺着慕容逸的目光看向了身后的暗香依依，看到她望着慕容逸笑意浅浅云淡风轻。方才初见暗香依依时，她便觉与从前不同，而今细细打量不禁也微感疑惑。对她来说，论容貌，暗香依依是除莫七彩外最强的对手，论武功她更是难敌，可除此两点，暗香依依则什么都不及她。她一直不觉得暗香依依对自己构成威胁，因为暗香依依外强中干性格暴戾根本不像个女人，所求也与她毫无冲突。可如今，暗香依依似与从前不一样了。遇到襄阳王这样的好色之徒，她笑意盈盈地攀为故友，面对她一向厌憎的慕容逸会温和以对，从前的骄横与暴戾全然不见，变成了如今的巧笑倩兮宁静温柔，除了相貌，几欲令她怀疑这是不是真的暗香依依。不只是她，身边的小师妹程秀亦小声怀疑道："她怎么会对着慕容逸笑？"

程秀的低声质疑完全被襄阳王夸张的笑声遮盖，他立在暗香依依面前，生生挡住了暗香依依看向慕容逸的目光。大笑数声吸引回了暗香依依的注意力后，他一挥手，身后随从立刻拱手将一个锦盒递上了前，襄阳王道："打开！"随从忙将手中锦盒在暗香依依面前打了开来，顿时一阵耀眼的光亮刺得暗香依依险些流下泪来。暗香依依瞠目结舌地看见锦盒中放着一整套纯金打造的首饰，项链、耳环、手镯、簪子、金钗、步摇、花钿都有，光灿灿的样子着实令人动容。

苏璇莹瞄了一眼那套首饰丝毫不为所动，只看向了慕容逸，慕容逸似察觉到她的目光亦向她看来，向她微微颔首，似对这边的热闹不太感兴趣，轻摇手中折扇缓缓离去。

莫七落松开了一直握紧的剑柄。

陈峰看向了莫七落，目露询问。

襄阳王一群人立在人来人往的街口本就引人侧目，此刻路人惊见襄阳王突然亮出来的大手笔，无不惊呼，人来人往的大街顿时有些拥堵，一时喧闹声越发大了。

看着周围热闹的场面，襄阳王觉得很有面子，献宝一样，将一支金步摇自盒中拿了出来，故意在人群面前招摇了一圈。金步摇一看便是用纯金打造，做工精致雕刻精美，通体雕刻金花，尾端亦缀着用金片雕刻的金兰花，华丽非常，普通人一看也知此物定然价值不菲。

暗香依依亦看得怔住，便听襄阳王道："这是本王的一点儿小小心意，还望小姐喜欢。"

苏璇莹神情淡漠，目光从慕容逸消失的方向收回。程秀的脸色却已变得难看，在旁冷冷哼了一声，这个襄阳王，明明带着礼物追着师姐而来，看到魔女暗香依依就变了副嘴脸。

暗香依依收回惊讶的神色，正欲婉拒，忽觉脚底一阵震动，四周众人均察觉有异，惊得纷纷倒退。襄阳王更是被一群侍卫团团围在了中间保护得密不透风，莫七落、陈峰下意识便将暗香依依护在中间，四周过路的百姓惊讶地看着地上的古怪，胆小些的已然远远避走。

众人只觉脚下的土地开始松动，一阵古怪的声响后，只见地上一方土开始下沉，突然，一只满是泥土的手自地下骤然伸了出来。人群在屏息凝滞片刻后，陡然有人失声惊呼："地底下有鬼啊！"顿时人群开始大乱，仓皇四散。

襄阳王等人面色亦大变，侍卫抽出腰刀护着襄阳王后退得更远了些。随从力劝襄阳王赶紧走，可襄阳王看暗香依依站在原地不动，对随从的话置之不理。苏璇莹与程秀提气一跃，落在了不远处一所酒家的屋顶。

这时，地面石土一阵龟裂，一只头颅突然破土而出！突如其来的变故令所有人险些窒息。众人只见，那头颅上是一团灰突突如稻草的头发，乱发中隐藏着一双光灿灿如琉璃般的眼睛，满是泥土的脸若非那只手抹了一下很难分辨出上面还有鼻子和嘴。

这人不人鬼不鬼的东西究竟是什么？苏璇莹、程秀二人虽是江湖中人却也从未见过这等场面，早已吓得面无人色，却在这时见那人不人鬼不鬼的东西双眼一抬恰望向了她们，二人惊得连连倒退，若不彼此相扶险些掉下房去。刚堪堪站稳，二人又见那头颅突然冲着她们吹了一声口哨，好像还向她们抛了个媚眼。就在二人以为眼花看错时忽又瞥见那头颅竟伸出舌头舔食了一圈嘴唇，也不知都吃进去了什么东西舔出了何种味道，随即露出了心满意足的笑容。二女顿觉腹中翻涌，偏过头去不敢再看。

襄阳王早已躲得远远的，唯有暗香依依、莫七落及陈峰毫无惧色地看着地下突然出现的东西。

那头颅在土里转了一圈终于对上了暗香依依的目光，突然龇牙咧嘴地笑了起来，露出一口洁白的牙齿与他本来面目形成了鲜明而诡异的对比。襄阳王顿时惊呼："姑娘小心啊！"

暗香依依却置若罔闻，只看着那头颅，低斥了一声，"笑起来比哭还难看！"一脚踩向了那坨东西，未承想，那东西反应极快，瞬间消失在地下。暗香依依踏了个空，随即侧耳倾听，片刻又挪到不远处，再次狠狠踩了下去，地上瞬间被踩踏出个浅坑，抬脚时却仍不见那头颅的半分影子，却突然在她脚边冒了出来，露出一口白牙挑衅般笑看着暗香依依。暗香依依斜目看去，又是一脚踩下！如此反复，好半天，头颅在地下穿来穿去，忽而冒出忽而缩回。暗香依依几番踩踏都踩了个空，越发踩得咬牙切齿。

襄阳王等人早已看得目瞪口呆，苏璇莹从最初的震惊到渐稳心神，直至听到身边程秀的感叹："不愧是魔女暗香依依。"

莫七落看着暗香依依没有劝阻，陈峰也立在一旁没有阻拦。

半晌，地下隐隐传来声音，"你踩不到我的！"

暗香依依道："未必！"

地下传来戏谑的笑声，道："你若能踩到我，我便以身相许！"

暗香依依陡然顿住了脚步，斥道："我才不上你的当！"

地下那人道："不好玩不好玩。"

莫七落道："未默，既然来了，就出来一见，何必在此装神弄鬼。"

莫七落话音刚落，便见一人自地下突然蹿了出来，一坨泥土还顶在头顶便鬼魅般立到了暗香依依的面前。忽然看到莫七落的剑，他骤然倒退数步，或许是退得太快了些，头顶那坨可笑的土轰然坍塌，哗啦啦一阵烟尘四起。暗香依依忍不住扑哧一笑，那人见她笑，也傻傻地笑了起来。

众人这时才看清来者竟是个半人高的矮子，身体比例严重失调，头大，脖子粗，胳膊长，腿短。此刻矮子正露出一口白牙没心没肺地笑看着暗香依依，瞥了一眼躲得远远的襄阳王，似突然想到一事，大手在胸口左摸右摸，动作猥琐得令苏璇莹、程秀不敢再看。暗香依依等人对其早已侧目。

未默摸了半天，似突然摸到一物，咯咯笑了数声，先从怀里掏出一方干净的布摊开放在地上，而后又从怀里掏出一支羊脂白玉簪来，簪子通体透白柔润无瑕，简单古朴，单是看着便生了想要摸上一摸的欲望。未默看了一眼襄阳王，说道："此乃汉高祖刘邦之后吕雉所戴，入手温润，摸着很舒服，你要不要摸摸？"未默递给襄阳王，襄阳王嗤之以鼻，不屑道："定是赝品！"

未默也不在意，将白玉簪放在布上，又探手向怀里摸了摸，忽又拿出一串颗颗珍珠都圆润大得出奇的项链。听到四下里的抽气声，得意爬上了未默的眼角眉梢，还故作深沉地摇着头道："拿错了拿错了，这东西不值钱。平日没钱使了我才随便摘下来一颗换点小钱用用。"暗香依依初见此物便想着是假的，可当听到四周人的抽气声，方才想到这个时代还没有假珍珠，那么这么大的珍珠必定是真的了。再看这串珍珠项链时，她也不禁动容了。襄阳王的面色也变了，"赝品"二字再出口时气势已有些弱了。

未默将珍珠放在布上，又向怀里摸去，不一会儿又掏出了一对镯子。镯子碧玉通透，未默有意将它高高举起透光看去，众人便见玉镯上似环绕着翠绿色的花纹，好似人画上去的一般，舒展而放纵。见众人目不转睛地瞧着此物，未默道："此物乃汉光武帝刘秀之后阴丽华所戴，其上天然形成的飘花，美丽舒展毫不做作，我甚是喜爱。"襄阳王似有些不敢相信地大喊了一声"赝品"，当下有些不懂行的譬如暗香依依就有些信了。

未默瞥了一眼襄阳王，好似在看一个"矬子"，襄阳王死撑的样子令莫七落眼中多了一丝笑意。

未默又从怀里掏出了一条翡翠玛瑙项链，项链做工十分繁琐精致，上面有红有绿镶嵌了很多翡翠玛瑙。暗香依依不懂首饰的好坏，只觉得这项链在阳光下熠熠生辉灼人眼目，看着有些太过华丽。这时却听屋顶上的程秀倒吸口气，失声道："真漂亮。"一抬眸便看到苏璇莹亦是满眼惊艳。便听未默道："的确非常漂亮，为了它我可险些丧了性命，这件珍宝是我费了九牛二虎之力才从杨贵妃身上取下来的。"言罢一叹，他看着地上这几样东西摇了摇头似乎还有些不满意，颇有些懊恼地对暗香依依说，"今天不晓得这些俗物会派上用场，带在身上的不多，姑且送你当玩物好了。"

未默前三句无从考证，这最后一句却露出了极大的破绽。程秀一时口快，斥道："鬼话连篇，杨贵妃早就死了，你这项链怎能从她身上取下？！"

未默尚未回答，便听襄阳王拨开人群指着他大声道："来人哪，将这个盗墓贼给本王拿下！"

襄阳王早先还有些忌惮害怕，可当下见未默只不过是个人，虽然样貌身高长得都有点儿异类，却也再无惧意。当下见他有意与自己争暗香依依，还故意压自己的威风，他方才拿出的东西，只看做工便知不是赝品，心里有气可嘴上却污蔑着未默。襄阳王见未默一件件道明珠宝来历，本还有些发蒙，可一听程秀的疑问顿时醍醐灌顶，当即喊道："来人哪，将这个盗墓贼给本王拿下！"

就在一众人等冲向未默时，未默却似全然不在乎地只盯着暗香依依，目光真挚地说："这些你若都不喜欢，下次我弄些更好的送你。"

暗香依依一时语塞，想说不用，可又觉得自己如果这么说好像很傻，眼看着他被襄阳王的众侍卫团团围住。

襄阳王见他不将自己当回事，一心只盯着暗香依依瞧心里很不是滋味，当即命令众人，"给本王打！"围住未默的人一阵拳打脚踢，可没一会儿，众人面面相觑地散了开来，发现原本被他们围住的人竟然消失不见了。忽听不远处一人唤道："我在这儿！”众人转头一看，便见他不知何时到了圈外，大大的脑袋，粗短的身材，正在搔首弄姿。

襄阳王推开人群一见是他，愤愤道：“谁抓住他！本王重重有赏！”

便见一人以迅雷不及掩耳之势向未默猛扑了过去，暗香依依眼睁睁地看着未默被那人仰面朝天地压在了身下，正担心他会不会被压扁了，便见又一人扑了上去，再一人，又是一人，眨眼间便已有七八人扑了上去，叠罗汉一样，将未默压在了最下面。

襄阳王以为未默已经成了被压扁的茄子，忘形地开怀大笑，正笑得痛快便觉有人拉自己的衣襟，一低头看见一个矮子正仰头看着他，襄阳王的笑声突兀地戛然而止。

未默望着他的头顶，目光闪闪地对襄阳王说：“你金冠上的那个元宝我很是喜欢，送我了！”襄阳王还来不及有所反应，金冠已被他拔走，三两下戴在了自己头上。

披头散发的襄阳王险些气得背过气去。

侍卫们见状也不等襄阳王吩咐，已然对未默下了狠手，举着大刀四下里追逐着未默将大街闹了个鸡飞狗跳。襄阳王更是气得团团转，可不知怎么，转着转着就转到了暗香依依身边，边呼喝着侍卫追逐未默，边试图去拉暗香依依的手。这时却听莫七落说：“王爷，我兄妹三人赶了一天的路，着实有些累了。”

襄阳王闻言顿时停止了小动作，看了眼表情严肃的莫七落，自然明白莫七落的言下之意，微微咳了咳，便道：“是本王怠慢了。”当下命随从在前面带路，再不管未默和一群侍卫，一行人先去了云堡镇的别院。

暗香依依偷眼瞧着走在前头与莫七落说话的襄阳王，暗忖：方才明明看到他还被未默气得要死要活，转眼间却又谈笑风生起来，明明披散着头发没了王者的威严，却依旧坦然自在，这个襄阳王倒有些意思。她忍不住回头再看还在躲来躲去戏耍一众侍卫的未默，暗叹，难道这就是传说中的武林异类？暗香依依心中正因此想法暗暗好笑，却与苏璇莹的目光相遇，她似一直在看着自己，目光中有探究有疑惑还有一丝她难以分辨的情绪。忽然想到了慕容逸，被未默一闹暂时忘记的不安再次升起。

暗香依依收回了目光，一转头这才发现自己已经落下了一大截。襄阳王与莫七落早已走远了，唯有陈峰站在不远处静静地等着自己。她朝陈峰一笑，加快了脚步。

刚与陈峰赶上襄阳王的脚步，便见襄阳王突然停了下来，转身望着她。暗香依依被他看得从莫名其妙直至不好意思，听襄阳王用温柔到几乎滴出水来的声音道："七彩姑娘，有没有腿酸脚乏，用不用本王背你？"

暗香依依看了一眼笑意藏在眼底的莫七落，想笑又不好意思笑，略略尴尬地道："王爷弄错了，我并非莫大哥的妹妹莫七彩。"

"我明明听见你叫他……"襄阳王眨了眨眼睛，问道，"那请问姑娘是……"

暗香依依想了想，直言道："暗香依依。"

闻言，襄阳王眼睛骤然瞪得大大的，惊声道："什么？你就是那个杀人不眨眼的魔教妖……"话一出口襄阳王立刻察觉出了不妥，生生顿住。

暗香依依不以为意地笑了笑，没承认也没否认。襄阳王从莫七落的眼中得到了答案，再看暗香依依时神色已有些变了。他略带尴尬地对莫七落笑了笑，再次举步前行，却不知在想着什么，不再说话。

自从知道她是暗香依依，襄阳王再没试图亲近过她。特意为他们举办的晚宴上，他也再无任何轻浮的举动。

少了那可笑的轻浮举止，高高在上的襄阳王举手投足间都有极大的变化，对莫七落、陈峰二人从原有的刻意亲近变成了礼贤下士，得知陈峰不会说话也并没有任何怠慢，反而更加以礼相待了。只是对暗香依依的态度大有不同，很客气，而客气的背后暗香依依清楚地感觉到了襄阳王的疏离。只是顾盼间，偶然又发现他在偷偷看她，目光有着不解和深深的思虑。

这一刻，她终于有些明白曾经的魔女暗香依依在世人眼中是什么样的人了。出于试探也带着戏谑，她吃饱喝足后，突然放下碗筷，不说一句话便毫无礼数地起身离座而去。离去的刹那，她眼角瞥见襄阳王想问又不敢问生生忍住的模样，忽觉曾经的暗香依依好像有点儿酷，忍不住微微挑起了嘴角。

走出大厅，寻了一位婢女为自己带路。

一路月光相伴，她缓缓走到襄阳王为自己安排的院落。甫一进院，便闻阵阵花香，暗香依依抬眼看去，只见院内墙角种着不知名的花草，开得峥嵘。花朵粉白相间，夜色下瞧着甚是娇柔。婢女见她瞧着那花，便道："王爷喜欢杜鹃花，府里各处多种此花。"

她忽然想起好友曾经说过，杜鹃花的花语是永远属于你，它代表爱的喜悦，据说喜欢此花的人纯真无邪。纯真无邪……襄阳王与纯真无邪……

婢女为她整理好了被褥，推开内室的窗时，她闻到了另外一种花香，婢女说："后院有一方开满睡莲的池塘，从姑娘所住的屋里望去很美。"

她顺着窗口看去，只见游廊上挂满了红灯笼，此刻正随着夜风不规则地摇曳，倒影在池塘里星火点点蜿蜒向前，直至池塘中间一座轻纱环绕的四角凉亭。轻纱飘起，朦胧中几分神秘几分飘逸，隐约可见亭内摆放着一把木琴，便道：“你家王爷倒是个会享受的人。”

婢女闻言笑道：“这池塘是王爷为白夫人所造，白夫人出身书香门第，长得可美了，只是……只是却没姑娘美。”

婢女退出房去。暗香依依趴在窗口望着池塘出神。来到这个世界已经大半年了，可每当望着这些本该出现在电影或电视剧里面的场景都令她有些如坠梦中的错觉。

今晚她并没有喝多少酒，只浅尝了一点儿，她本就不擅长喝酒，酒量也是当初工作时练了那么少许的度量，今晚喝一些也只是为了想知道古代王爷的酒会是什么味道。原来竟是清清淡淡的辛辣，她以为没什么度数，可没想到现下反而有些上头。

月色如波光，透过窗子倒影在屋内，烛火在烛台上摇曳偶尔爆出一丝火花，啪的一声轻响，令她回了几分神，索性起身出门，去池塘边小坐。

背靠柳树坐在池塘边，暗香依依手中摆弄着一枝方才折下的柳枝，静静地望着夜空。古代的夜空清澈如黑玛瑙，繁星闪烁依稀可辨各种图形，或许很美，却令她莫名地惆怅起来。

从没想过，此生会历经三世，最初的穿越是她一时兴起的意念而至，可第二世却是身不由己无疾而终。下意识，她摸上曾经刺下致命一箭的胸口。如今虽已物是人非伤口再无迹可寻，可那种痛却早已刻骨铭心，只要稍稍忆起便会隐隐作痛。

她轻叹一声，怅然一笑，却难缓心中郁卒。

前尘往事……为何这般难以忘记。可这般记得又能如何？

清冷的月光透过斑驳的树影映落在她身上，恍恍惚惚。她依旧望着夜空，一动不动。

莫七落悄无声息地望着这一幕。直到清楚地听到她低低念道：“思念是一种很玄的东西，如影随形。”

一阵风吹过，她闻到了池塘里睡莲的花香，忽然泪湿眼眶，再无力诉说下去。如果前尘不能重来，何不珍惜此生。她想给自己一个鼓励的笑，可泪水却已夺眶而出。遥不可及的前世，她连悔恨的资格都没有，而今，唯有活着，努力坚强地活着。即便这一生因落月迷香之故很可能会一个人孤独终老。

落月迷香，让她拥有了梦寐以求的武功，也正是这落月迷香让她只能在武功与爱情中择其一，武功永远是属于自己的，不会背叛，而爱情，对她来说两个人的长相厮守天长地久太遥不可及，所以，她会毫不犹豫地选择前者。

她怅然一笑，上一世，徘徊在三个人中间，分不清何为爱，当终于知道何为爱时，却已来不及去抓住那份爱。而这一世，情之一字对她来说倒变得简单了。无论什么感情，都不会是爱情。

透过层层夜色，莫七落听到了几不可察的低泣声。她在哭吗？尚未分辨清楚便觉有脚步声向此而来，他微一沉吟，迎着声音走去。

沿着鹅卵石铺成的小路行去，没过多久，他便看见了襄阳王与陈峰的身影。

襄阳王的小妾白夫人正为二人提灯照路，随侍奴才一人也无。

襄阳王脚步不稳，一臂伏在陈峰肩头，摇头晃脑地嘟囔着："陈兄一定要劝说莫兄在此多留几日，省得江湖朋友说本王不好客。本王好客，好客！"

襄阳王在晚宴前还一口一个大侠，晚宴后就已经和好脾气的陈峰称兄道弟了，顺带莫七落也自然成了兄弟。

襄阳王脚步踉跄险些跌倒，幸好陈峰一臂相扶这才站稳，一抬头看到了对面的莫七落，襄阳王神情大恸。推开陈峰他便向莫七落扑去，可脚下一滑，扑顿时变成了扎，眼看便要直直地扎进莫七落怀里，只见莫七落轻轻一提一扶，襄阳王便完好如初地立在了他面前。

襄阳王怔了怔，一时有点儿反应不过来，待反应过来后双手齐抓莫七落的胳膊，酒气熏天地对莫七落说："莫兄，你若不在此多住两日就是看不起本王！"指着莫七落的鼻子吼道，"你看不起本王！"说完便要软倒在莫七落身上，莫七落无奈只得又将他扶好。岂料襄阳王突然来了精神一挥手拒绝了他的搀扶，挥着衣袖大声地说："你们这些江湖人都有些古里古怪，那暗香依依，外表看着挺温柔，实则杀人不眨眼，长得妖里妖气的，妖里妖气的……"不知怎么襄阳王说到这里声音越说越小，到最后几乎变成了呢喃。就在莫七落以为他很可能软倒在地时，他又突然大声道："还有那个未默，长得人模鬼样，本王一直没想明白，他怎么会是个人？怎么会是个人呢？！……"

"嗤……"林中突然有人轻笑。

襄阳王顺着声音望去，恰好看到立在柳树下的暗香依依，目光顿时变直了。

白夫人不禁有些幽怨地看向了暗香依依。

见襄阳王直勾勾地看着自己，想到方才他说自己长得妖里妖气，暗香依依忽然生出一股恶意。她从腰间拔出一把明晃晃的匕首，状似不经意地将月光反射到了襄阳王的眼睛上。襄阳王顿时惊醒过来，当下再不敢看暗香依依，与莫七落、陈峰客套了一句，转头便走，步伐竟然丝毫不乱，好似眨眼间醉意全消。

白夫人匆匆向莫七落、陈峰请辞，亦跟着襄阳王走了。

陈峰笑望着暗香依依摇了摇头，暗香依依收起了匕首。

莫七落看着襄阳王离去的背影，道："襄阳王酒量不错。"

陈峰点了点头。

莫七落偏头与暗香依依道："早些休息吧。"

暗香依依含笑道："是，大哥。"

莫七落便与陈峰走了。

暗香依依回到屋中，脱了外衣坐在床上，可还是觉得热，试图运气散了体内残留的酒劲，岂料气运一周后热力更胜方才。体内隐隐似有两股内力不受控制地开始互相冲撞，心跳越来越快，直至有股陌生的燥热缓缓弥漫入四肢百脉。

她的脸微微红了几分，忍不住娇喘一声，心中一悸，顿时睁开了眼睛，方才那陌生的声音是自己发出来的吗？她怔了怔，意识到自己竟然发出那种令人脸红心跳的声音，虽然当下没人听见可也忍不住窘迫了几分。她暗道：怎么会这样？

不知为何，随着时间的推移，她越运功身体越燥热，手心痒痒的，甚至还有些控制不住地脸红心跳，身体因这陌生的感觉竟开始微微地颤抖。她不敢再运功，蜷缩至床内休息，不知不觉间昏昏沉沉地睡了过去。

仿佛再次进入了奇怪的梦境，梦境中的感觉好真，好真……

她梦到自己来到一处开满睡莲的池塘边，一路的鹅卵石微微刺痛着没穿鞋的脚丫。她伸手拂开池塘边的柳枝，便看见了浮在水面上静静的月影，也不知怎么觉得此情此景很是熟悉，好似曾经来过这里，只是怎么想也想不起来。

她闭上眼睛，伸出一只脚放在水面上，微凉。她微微蜷缩了一下脚趾，小小地笑了一下，又将另一只脚放在了上面，方才睁开了眼睛，低头，清楚地看到自己站在水面上，像浮莲一般，这是武侠世界才会有的轻功——水上漂。

暗香依依抬步缓缓走到池塘中央，弯身拾起一朵浮莲，放在鼻端轻嗅，一股淡淡的甜香萦绕在鼻端。她微微笑了起来，仰起头闭上了眼睛，静夜里，只有夜风轻轻拂过面颊，似情人温柔的抚摸。

良久……

今日的月色很美，他却心绪难宁。据他所知，暗香依依早已不记得莫十七，甚至在莫十七的墓前也未曾有过半丝哀恸。那么方才她在思念谁？竟会如此伤悲？

看了一眼桌上的无枫剑，此剑自百花谷取回后自己曾多次在她面前拔出，她也未能认出，如果当日的确是她亲手将此剑扔入深潭，为何看到此剑竟会毫无反应？是她心思埋得太深，掩饰得太好，还是另有原因？

莫七落自桌上拿起无枫剑，自剑鞘中拔出，剑身在月光下折射出淡淡的幽光，想起白日里与慕容逸相遇的那一幕……慕容逸会出现在这里似乎太巧了，以他的性格绝不会如此轻易善罢甘休。还有红枫山庄在此地的暗哨，恐怕早已将他们三人的行踪飞鸽传书至庄内，父亲现下定然已经知道暗香依依没有死，还有九幽教。如果不是住进了襄阳王的别院，此刻恐怕早生事端。

思来想去终究有些放心不下，他索性出了房门，避过府中的巡夜侍卫，悄无声息地来到暗香依依所住的院落。

屏息静听，屋中无人？

他推开屋门走进内室，见只有外衣扔在卧榻上，暗香依依果然不在屋内。他正欲出房去找，却在抬眼间从内室的窗口看到了屋后池塘内那抹熟悉的身影。

游廊上挂着的红灯笼被风吹得左右摇晃忽明忽暗，一路倒映在池水中留下一抹魅影。她赤着脚站在水面上，发如墨肤如雪，长裙下是一朵朵盛开的睡莲……他看得怔住，却在这时，她扯起裙摆，露出白如凝脂的纤细小腿，微微一抬，便踢出一串水花。如断了线的珠玉般溅落在水面上形成一道道涟漪，当涟漪散去，她又是一踢……

不知过了多久，当夜风吹散了他的恍惚，他仓促地转了目光，转身离去。

月上中天，她缓步走出池塘，沿着刺脚的鹅卵石小路走去。一路幽香，小路蜿蜒不知通向何处，忽听远处隐约有女子轻细的声音传来，“不要，王爷，不要了……”

那声音断断续续似忍受着痛苦又似压抑着喜悦，光是听着便令她全身莫名地颤抖起来，体内早先平复的真气似突然被唤醒，开始不受控制地在她体内流窜，忽而上忽而下。她极力控制，紧紧将耳朵捂住，可女子的娇吟声还是清清楚楚地传入大脑，体内的真气越发不受控制，时而如针刺时而如万马在体内奔腾肆虐。她痛得满头是汗，跪倒在地，双眼由红转赤。在声音的刺激下，她如箭般倏然冲向了声音的来源。

刚闯入院内，便有人上前与她说了些话。她完全听不进去，只想尽快将那声音消灭，阻挡她的人全部被她用内力震飞。当她踹开屋门，见一男子正手忙脚乱地披着外衫，一个女子裹着被子瑟缩地躲在床角惊慌失措地看着她。她二话不说，将那男子拖入院中，抓住男子的双脚在院中抡了几圈，放手时，伴随着由近至远的惊声尖叫，男子的身影消失在苍茫夜色中。

世界终于清静了……

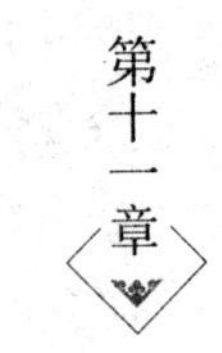

第十一章 失踪之谜

她醒来时，好好地睡在床上，身上的被子盖得整整齐齐，昨晚的一切已成为梦境变得模糊。

刚睁开眼，她就见陈峰坐在屋中，静静地望着她，出神的目光中写满担忧，却在察觉她醒来后瞬间归于沉寂，变换之快几乎令她以为是自己的错觉。

她欲起身，陈峰却示意她再多躺一会儿。她便笑道："我又没病，陈大哥怎么把我当病人似的。"

一个翻身起来，胳膊和手臂便自被中露出，陈峰顿时背转过身去。此举提醒了暗香依依此刻正身处脚趾头也不能轻易让男子看见的封建古代，见陈峰如此避讳，对自己的莽撞正有些尴尬，便听襄阳王在外吼道："都给本王滚，你们这群没用的东西，站在这里管个屁用，还不是让人一掌一个打得没了影！滚！滚！"

门口传来嘈杂的脚步声，好像人还挺多，暗香依依一时无法从陈峰复杂的神色中辨清屋外发生了什么事，便起身披上了外衣。

门外传来莫七落的声音，"王爷止步，小妹还没醒。"

"莫大侠，"襄阳王道，"本王并非斤斤计较之辈，也非来兴师问罪，本王就是……"

暗香依依记得昨晚襄阳王还与莫七落称兄道弟，这才一个晚上又被打回原形成了大侠。

襄阳王下面的话被莫七落打断，"既然王爷不怪罪，等小妹醒了，我兄妹三人立即离开。"

这时屋门被打开，屋外所有人齐刷刷地看向了她。

暗香依依一下子便被门口站着的襄阳王吸引了全部注意力，只见襄阳王上上下下数处裹着绷带，额头上一圈，鼻梁上一圈，脖子上一圈，腰围上一圈，胳膊用木板夹着，一脚悬空裹成个粽子，还拄着个拐杖，不由得倒吸了一口冷气。

"保护王爷！"尖细的嗓音出自襄阳王的随侍太监喜乐公公，片刻一群带刀侍卫便从门口冲了进来。

襄阳王拄着拐杖咆哮道："保护个屁！一群废物，都给本王滚出去！"

侍卫们又灰头土脸地依次退下，喜乐公公还想试图劝说，被襄阳王余光一扫再也不敢说话。

暗香依依惊问："你这是被人打了吗？"

襄阳王一时语塞。

不由得想起昨夜，自己正与爱妾亲热时突然听到门外有打斗声，急匆匆地起身披衣之际，她便冲了进来。那一刻眼见冲进来的是她，他惊讶得像是一口吞了个没剥壳的鹅蛋，还没来得及有所反应，便被她拖出门去。她手劲大得可怕，他毫无抵抗的能力，被她倒提着抡了几圈，随后便如断线的风筝飞了出去。直接从宅子的北边飞到了最南边，稳、准、狠地扎进了马棚里的草垛中。

当大夫为他清理完所有伤口，告诉他只有外伤，不日就可痊愈后，他方才回过神来。他问过下人，昨夜暗香依依在将他扔出去后再没伤人，现下她兄妹三人已经被府中侍卫团团围住插翅难飞，正等他发落。

他一时有些犹豫这事该如何处置，便开始琢磨，暗香依依为什么要在那个时候冲进来这样对他呢？毫无道理啊！

正有些纠结，忽然想起一事，他的王兄祁阳王所娶的王妃也出身武林世家，有一身好武功，那是出了名的善妒。祁阳王武功低弱，打不过自己的王妃，便经常偷偷摸摸出去寻些乐子。有一次被王妃捉奸在床，怒极之下一掌将他打到房梁上骑着。细细想来，竟和自己昨夜的经历有七八分像，说实话，他和暗香依依无冤无仇，她实在没理由因为他和爱妾欢好就突然冲进来将他甩飞出去不是，那么，她究竟为什么要这么做呢？

回忆当时，她的脸很红，神情非常急切，那么会不会……会不会是？思及此，他忽然有了流泪的冲动。

当下又将即将告退的大夫唤了回来，在身上多缠了些绷带，然后命人寻来一支拐杖，一瘸一拐地来到暗香依依所居的小院。

襄阳王收回思绪，低低咳了咳，道："从小到大都没有人打过本王，本王觉得，本王其实觉得……"

"觉得怎样？"觉得半天总得有个结果吧，暗香依依便接着问了一句。

"其实，依依，你知道，本王自见到你起就对你深有好感。虽然你出身江湖，但本王不介意的，有些事情咱们可以私下里摊开来讲明的，你又何必这样高调呢……"

莫七落不由得看向了襄阳王。

喜乐公公一怔，抬眼偷瞧自己的主子王爷，这唱的是哪出？王爷显然话中有话，莫非……再看屋内站着的暗香依依，暗道：此女长得妖娆至极，也难怪王爷会动了心思，借此留下她也未尝不是个好机会。

陈峰古怪地看向襄阳王。

暗香依依目露茫然。他在说什么？怎么完全听不懂。

就在这时，襄阳王脚下突然出现了一个人头，那人一抬头正看到襄阳王，好似吓了一跳，突然从土里蹦出来，惊得襄阳王跌跌撞撞倒退数步。

“保护王爷！”太监尖细的嗓音再一次高调地响起，片刻间带刀侍卫们从门口冲了进来，先冲进来几个，见王爷没阻拦，随后哗啦啦进来了一群。

那人不慌不忙地将襄阳王上上下下打量了一番，方道：“才一天没见，你怎么就变成残废了？”

残废？襄阳王闻言自尊心大受伤害，怒视着未默。昨夜已从莫七落口中得知他的来历，此人师传鬼盗，善于穿山挖洞，轻功极高，是个难缠的人物，但他襄阳王是谁？！岂会有怕的人？如此一眼与未默对上，就此难分难舍。

未默与襄阳王原本还在试图用目光杀死对方，忽听一女子轻轻“咦”了一声，不约而同地转头看了过去。

来者是位绿衫姑娘，她站在墙上，腰系软剑，长发过腰，体态窈窕动人，眉目流转间，几许多情几许娇俏，婉约中又透着几分飒爽。环视院内，她将目光定在一处，浅浅一笑，那笑，如碧波般清澈，花香般撩人……

未默与襄阳王，一高一矮，原本听见女声也只是多年来养成的习惯，下意识那么一看，却没想到这一看几乎忘记了呼吸。二人同时屏息直勾勾地看着来者，仿佛忘了尘世，忘了彼此嫌隙，亦忘了身后的暗香依依。

直到来者看到场中一人，唤了一声：“哥！”

二人似训练有素般同时转头顺着女子的目光看向了立在檐下的莫七落，一见是他，同时带着莫大的遗憾、无比的嫉妒、异口同声地叹了口气。听到对方叹气，二人惊诧地对视一眼，竟在此时此刻莫名生起了一种惺惺相惜之感，可在这惺惺相惜之后，却又生出了莫大的仇视之意。

襄阳王看向暗香依依，未默看向了莫七彩，襄阳王又看向莫七彩，未默又看向了暗香依依。襄阳王盯住未默，未默亦盯住了襄阳王。

襄阳王心想，他自己当然打不过未默这个异类，就算喊一群侍卫来也只会把府里的东西打烂伤不到他更抓不住他，到底该怎么办？

未默心想在此动手对方人多势众自己讨不到什么便宜，还有莫七落那个难惹的高手在一旁始终是个隐患，不到万不得已还是不动手的好，只是在气势上却决不能输给这个元宝王爷。襄阳王敢瞪他，他眼睛要比襄阳王大一倍，还不止！

这方二人的目光打了死结，另一边，莫七彩已经走到莫七落的面前。莫七彩看了一眼暗香依依与莫七落身边的陈峰，对莫七落道："哥，我有话要对你说。"

莫七落与陈峰交换了个眼神，随后对暗香依依道："我去去就回。"便随着莫七彩几个起落消失在了墙外。

见佳人远去，未默一个土遁消失了。襄阳王却在原地自怨自艾，为什么自己在见到如此绝代佳人时会是这般模样呢？其实可以少缠几个绷带的，拐杖也完全是多余的啊！

暗香依依眼见襄阳王一脸懊恼心中好笑，正要关门送客，忽然听到一阵琴声传来，体内真气顿时运行加速自行开始抵抗琴音。这琴音有古怪！刚想到此处，就见陈峰鬼魅般挡在了自己面前，快速关上了房门。

襄阳王正要上去推门，忽觉一阵天旋地转，便倒在地上不省人事了。

院中，侍卫的刀尚未拔出便已三三两两地晕倒在地，武功高强的，也未能抵住多久。

良久，琴音渐近，琴音越近，真气越来越难以控制，陈峰面色已变，暗香依依已然坐下来，凝神运气抵抗。直到琴音消失。

见陈峰正自门缝向外看，暗香依依也起身去看，只见院中的襄阳王和其随侍太监、侍卫全都倒地不起，不知是死是活。

这时，院门口一前一后走进来两个人，当先那人一身紫衣手托木琴，身后跟着一位男子后背一把扎眼的大刀，暗香依依认识进来的两个人，来者不是别人，正是九幽教的顾不迷与汤斩。

想起武林大会上顾不迷轻易令她陷入幻境，暗香依依心悸犹存，不过又想起自己和他都是九幽教的人，搞不好还是从小一起长大的师兄师妹，忽然又有了一种很奇怪的感觉。

顾不迷站在院中，没有破门而入，陈峰手上的银针蓄势待发。

顾不迷似乎懒得说话，先看了一眼脚下昏迷不醒的两个人，一个是浑身绑着绷带的襄阳王，另一个是襄阳王的随侍太监喜乐公公。他一撩衣摆坐在了喜乐公公的身上，将紫漆木琴放在腿上轻轻抚摸，那模样还和从前一样令人受不了。

汤斩似见怪不怪，瞥了一眼紧闭的屋门，朗声道："暗香依依，教主有令，命我二人速速带你回九幽教。"

暗香依依没有吭声，看向陈峰，陈峰摇了摇头示意她尽量拖延时间。

暗香依依会意陈峰是想等莫七落回来，如此便打开了房门，不卑不亢地看向了顾不迷与汤斩。

顾不迷依然故我地轻抚着爱琴，暗香依依只好对汤斩道：“汤斩，你知道我没了记忆。”

汤斩面色不耐，冷冷道：“你是九幽教的左护法暗香依依，失踪已近八个月，教主派我二人来接你回教。你若不愿……”他冷冷地瞥了她一眼，言下之意不言而喻。

暗香依依不以为意地笑了笑，缓缓走出了房门，直至走到他面前，温婉笑道：“汤斩，你应该还记得，八个月前，你将我弄丢了。”

汤斩神色未变，暗香依依苦笑道：“你可知，我这八个月是怎么过来的？”

汤斩忽然扯开了衣襟，暗香依依看到了他身上纵横交错的疤痕，微微一怔，蓦地有些胆怯起来。他这一身疤莫非是因为她？

汤斩冷哼一声似回答了她的疑惑。

顾不迷忽然起身，丢下一句，“少废话。”转身便走，汤斩正欲伸手抓她，未料竟抓了个空。陈峰的银针同时自屋中射出，一阵银光闪过，汤斩被逼退至院门口。

顾不迷倏然停步，侧目看向了屋内的陈峰。他明明没动，暗香依依却已有些胆战心惊，抢先道：“我不是不愿与你们走，只是我要等一个人回来，他照顾了我半年多，我要和他道别。”

“屋中何人？”顾不迷问道。

“我的救命恩人。”暗香依依答。

“你欲等何人？”顾不迷又问。

“我的结拜义兄。”暗香依依再答。

顾不迷收回了已放在琴上的手指，回身坐下，汤斩也再没动手，二人真的陪着她静静地等了起来。

暗香依依有些不解，看向汤斩。汤斩冷冷道：“九幽教中人，不喜受人恩惠，若是受了，必感激在心，他日当还。”

暗香依依微微一怔，暗中思忖：他们此刻能平心静气地在此等候，说明九幽教并非无情无义的教派。如果汤斩身上所留疤痕是因为当初弄丢了自己，那么说明九幽教很重视自己，自己身为九幽教左护法，与他们回去似乎是理所当然的事情。不止如此，回去后她也可以恢复身份，还会有强大的教派依靠，那么也就真正做回了从前的暗香依依。只是莫七落……据她所知，莫七落与顾不迷之间曾斗得你死我活，如果莫七落回来会怎么样？

一边是莫七落与陈峰，另一边是顾不迷和汤斩，如果双方为了她打起来……又该如何是好？看来关键还在自己是去是留，应早下决定。

不如等莫七落回来说明原委，先问过他意见再做打算。她打定主意，便也平心静气地等莫七落回来。

暗香依依一边等一边试探着问汤斩："我可不可以不回九幽教？"

汤斩说："就算你死了，尸体也要被带回九幽教。"

"我回去干吗？我什么都不记得了。"她指着顾不迷道，"他是谁，我都不知道。"作为慕容小妾她知道，但作为死而复生没了记忆的暗香依依她的确没见过顾不迷，并不算撒谎。

汤斩道："他是本教少主，顾不迷。"

她又问汤斩："这天下要杀我的人很多，你若再把我弄丢了怎么办？"

"死。"

她哑口无言。

汤斩像一块又冷又硬的石头，虽有问必答，但每句回答都让她觉得心中堵得慌，所以她不想再问。可憋了一会儿她却又忍不住问："我究竟是怎么失去记忆的？"

汤斩尚未回答，便听顾不迷道："你偷了我的'忘忧'。"

"忘忧是什么？"

"是一种毒药。"顾不迷轻抚琴弦淡淡道，"服下忘忧者会忘记一切忧愁，若你的生命中尽是忧愁与痛苦，那么你就会什么都不记得。"

难怪她醒来时，还没想到装失忆呢，汤斩就先说她已没了记忆。

"可我醒来时经脉尽断。"

"那是因为你遇到了红枫山庄的莫十七，莫十七死于你手，你重伤。"顾不迷幽幽答道。

"我与莫十七是什么关系？"她追问。

"宿敌。"

"当时追杀我的是何人？"她越问越心惊。

"所谓的名门正派。"他回答得明明极其随意，却莫名地令人有些发憷。

"他们为什么要来杀我？"

"武林盟主莫见笙之子莫七落代父下了武林追杀令，武林正派以武林盟主马首是瞻，武林追杀令一下，天下人都会来杀你，尤其得知你服了忘忧失去记忆甚至可能连武功也忘了。"

闻言她大吃一惊，回头看向陈峰，陈峰对她摇头，提醒她不可轻信他人所言。

但一直避世不出的陈峰哪里知道，同样的话慕容逸也曾对她说过，只不过她没有相信。

这究竟是怎么回事？莫十七究竟是不是死于她之手？她和莫十七究竟是什么关系？为什么慕容逸说是顾不迷给她下的毒，顾不迷却说是她自己偷的毒？可事实却是她根本不是暗香依依，为什么汤斩和慕容逸所说的一样，是莫七落下的武林追杀令？是莫七落要杀她？！可莫七落明明对她非常非常好，不像在骗她……她完全懵了。不知道此时此刻究竟该相信谁？

却在这时，莫七落与莫七彩回来了。

兄妹二人一前一后越过院墙落在院中，莫七落当先落下，轻功潇洒俊逸非凡，暗香依依不由得多看了几眼。莫七落自然看到了院中的顾不迷与汤斩，当下飞落在暗香依依身前将她护在身后，问道："没事吧？"

暗香依依正欲回答，便见莫七彩突然拔剑刺向了顾不迷。

不到三招，顾不迷没用琴便让她险象环生，莫七彩打着打着竟眼眶一红流下泪来，剑法微乱，竟隐隐有些自暴自弃。

莫七落轻声与暗香依依道："躲起来。"随即出手相助莫七彩。岂料，他一出手，中途便被汤斩挡住，二人一来一往一时无暇顾及莫七彩，莫七彩更加险象环生。陈峰再不袖手旁观，与莫七彩合战顾不迷，顾不迷未用琴便与二人打成了平手。

暗香依依看着院中的混乱，不知该何去何从，索性躲进了屋关上了房门，来了个眼不见为净。

她不知道自己该不该听莫七落的话，也不知道该不该与顾不迷回九幽教，她现在思绪混乱甚至因为曾经的全心全意相信而心生畏惧。

如果是顾不迷骗她，她尚可接受，可顾不迷为什么要骗她？再说既然要骗她回去也没必要装成有情有义的样子在这儿等来了莫七落这个劲敌。如果真是莫七落下的追杀令，那这段时间莫七落为何对此绝口不提？如果莫七落在骗她，那实在太可怕，自己的武功在一天天恢复，如果等落月迷香练成，是不是……她越想越心惊越想越不敢往下想。

该不该趁现在这个机会悄悄走掉？可自己这副容貌、特殊身份还有这邪门的武功……天下之大，竟似已无处安身。她越想越烦躁，屋外的打斗声更让她心绪难宁，竟真的想将自己藏起来，让他们谁都找不到。如此暗香依依便从内室窗口跃至后院，躲得更远了些。

沿着铺满鹅卵石的小路往前走，到了尽头便是盛开着睡莲的池塘，一眼望去，眼前情景再次让她大吃一惊。

池塘的水面上满是鱼和青蛙的尸体，好似谁往水里投了毒，她瞬间明白过来，这全是顾不迷琴音所致，暗暗惊叹顾不迷实在太厉害，所到之处鱼蛙不留。想到门外倒地不起的一群人，她既心惊又畏惧，心绪越发难以平静，可又无处发泄。直到察觉远处似有双眼睛正在看她，她抬眼看去，便见不远处的柳树下，站着一个人。

他打着一把红梅纸伞，一身白衣，秋日微风拂过，吹起他的衣衫，上面绣的白色牡丹暗纹招摇无比。

他靠在柳树旁，静静地、幽幽地望着她，见她发现了自己，微微一笑。那一笑，似春风拂面，似百花盛开，与眼前死鱼相比，好似天上人间的另一方景象。她看得怔住。

也不知怎么的，他到了自己近前，牵起了她的手，媚眼如丝地笑对她说："依依，我来接你了。"

她一时千头万绪竟不知该做何反应，只是呆呆地看着他。

见她魂不守舍的样子，他微微一笑，伸手揽住了她的腰肢，微一使力便将她揽入怀中，轻轻一叹。

她神思飘远。

他身上有着她熟悉的味道，以前，他时常会借着骑马、看风景等小动作来靠近自己、轻薄自己，可记忆中却从未有过这等明显的亲近之举，似乎哪里不一样了，她恍惚想着，竟没推开他。暗香依依侧眸看去，恰与他的目光相遇，那双眼含情脉脉柔柔腻腻，和从前一般无二，她忽然清醒过来，暗笑自己想太多了。

暗香依依挣扎着想要推开他，反而被他越抱越紧，微有薄怒，再抬头目光对上的却只是他若有似无的笑，好似在挑衅，又好似在调情。说不清为什么，她竟心生恶念，突然扯住他的衣领，张嘴咬住了他的脖颈。他没料到自然也没能躲开，似有点儿疼，他低低哼了一声，竟没有挣扎，只忽然笑了，紧紧地搂住了她的腰肢。听到他笑，她顿觉不解恨，咬得更重。他微微哼了声，竟还是没有挣扎，直至嘴里有了血腥味，她方才松开了牙齿。看到他脖子上清晰的紫红色齿痕还有口水，她忽然也笑了。

他搂着她不放，她索性将头抵在他的颈间，肌肤相触的暖意恍惚融进了四肢百骸，若说慕容逸不可信，那么他不可信得明明白白。而莫七落、顾不迷、汤斩等人看起来都那么强势而可信，反而令她感到恐惧，因为她无法分辨清楚到底谁在骗她谁又没骗她。

她低低问道："你来接我？"

慕容逸低低笑了声，点了点头，脸颊若有似无地蹭到了她的鬓角，酥酥麻麻。

“我累了。”在他看不见的角落，她神色黯淡，转眼间却又笑若春花地抬起了头，对他道，“你背我走。”

慕容逸眨了眨眼，将手中遮阳的纸伞交在暗香依依手上，背过身去拍了拍自己的肩道：“上来吧。”

暗香依依目光流转不怀好意地退后几步，又退后几步。

慕容逸转头瞧着她，忽然看到她快跑了几步，狠狠地扑到自己背上。他轻轻一笑将她稳稳地背住，装模作样地喊：“哎呀，你好重！”

她伏在他肩头咯咯笑了起来。忽然想起了前世舒什兰背她下山的情景，她再也笑不出声，心中涌起说不尽的苦涩，伏在他背上轻轻说道：“慕容逸，我和你走。”

前院，莫七彩边打边哭剑势越来越凌乱，顾不迷出手毫无怜惜之意，不使琴显然不是因为莫七彩。陈峰虽然勉强与顾不迷打成平手，却也心生疑惑，顾不迷为何不用琴？一旁汤斩与莫七落一刀一剑快如闪电，一时难分胜负，五人正打得难解难分，却没注意角落里突然自地下长出一撮草来，乍一看好像是堆草，再仔细一看竟然是个人。

那人胸口以下埋在土里，只露出一张灰秃秃的脸来，那张脸上有一双十分明亮清澈的大眼睛。那双眼睛四下里瞅了一番，目光便定在莫七彩身上，光灿灿地盯了她半天，似忽然想起了什么，狠狠敲了一下自己的脑袋，又开始四处张望，可看了半天都没看到他想要看到的人。他不满地抓了抓稻草般的头发，耳朵动了动又用鼻子嗅了嗅，倏地一下钻入地下，消失得无影无踪了。

后院，未默刚从地下钻出来，便见一人背着暗香依依消失在楼宇间，一个念头猛然扎进了他的脑海：他心爱的妞被人抢了！

他一着急蹦出了地面，几个腾挪翻身便立在了附近的最高点，远眺暗香依依消失的方向，没想到对方轻功太高，眨眼间便不见了踪影。未默不由得气得直跺脚，向暗香依依消失的方向追去，为方便使用轻功，他边跑边用缩骨功伸展骨骼恢复至正常人状态。原本穿在身上特意量身定做的合体衣服顿时变成了破布条难以蔽体，披头散发一贯是他的风格，但光天化日袒胸露臂就有些说不过去了。方巧途径一个大宅，他索性跳了进去，打算弄件体面的衣服穿穿。

这云堡镇说大不大，说小也不小，但风景却十分秀丽。平日里因依山傍水景色奇美常引来一众文人墨客来此舞文弄墨高谈阔论，顺便旅游小住几天，再加上近些时日襄阳王总在这里盘桓，不少民房都租给了伺候襄阳王的侍卫随从。这些侍卫随从都是些见过世面的，兜里又有钱，大大促进了镇子的消费。又因襄阳王在此，四周各州郡的知府管事哪个不得常来探望探望，这一来一往，镇子越发繁荣了。

这半年来，镇子里新开了大酒楼、大客栈，还有一家妓院名叫花梨楼。这花梨楼虽说是妓院，却也极为讲究，装潢丝毫没有一丝俗气，姑娘更是百里挑一，个个如花似玉，文采时常不输那些来此喝花酒的客官们。时日久了，很是受来此地小住的文人骚客们喜欢，在附近也算小有名气，就算是襄阳王偶尔也会来此便衣“体察民情”一番。

花梨楼的姑娘们每日过着迎来送往晨昏颠倒的日子，像现下这等阳光普照的时辰，原本是该窝在被窝里睡觉的，可偏巧今日花梨楼来了位贵人。这位贵人便是这花梨楼老板家的少爷，听说少爷要来云堡镇，众姑娘哪还有心思睡觉，一大早便打扮得花枝招展候在院子里恭迎她们家的少爷。可待看到少爷身边跟着的绝色佳人，一颗火热的心顿时没了热度，以自己的地位本就配不上少爷，只求少爷能怜惜几分做个妾氏也就心满意足了，哪料到少爷身边的侍女都如此绝色，自己哪还有望攀龙附凤。当下千般滋味又是嫉妒又是羡慕，隐隐还有不甘。

少爷仪表堂堂风流倜傥，看似亲切却拒人于千里之外，那双明亮透彻的眼似能看透人心一般更令有心接近的姑娘心生畏惧，只有几个姿色最好尚且不甘心的姑娘躲在院门口顺着门缝偷瞧着院中的少爷。

院中，女子正在为少爷煮茶。

少爷长身玉立于梧桐树下，看着满园落叶轻叹道：“落多秋亦晚，窗外见诸邻。世上谁惊尽，林间独扫频。萧骚微月夜，重叠早霜晨。昨日繁阴在，莺声树树春。”话音刚落，便见一个披头散发袒胸露臂的高大男子从天而降落在自己面前，那男子毫不客气地对少爷道：“你的衣服很不错，借我穿穿。”

藏在暗处的一众女子们被吓了一跳，顿时失控挤开了院门一个个狼狈地摔跌在地上，花花绿绿地倒了一片。那男子闻声转头一看，见这么多漂亮姑娘躺在地上，目光亮亮地，声音柔柔地，却状似十分惋惜地轻叹了一声，道：“唉，可惜你们看到的不是我最帅的样子。”用手一撩头发，一阵尘土飞扬……

众女倒地不起，起来的又倒下了。

煮茶的少女看到茶盏里飞落的尘土，再看面前袒胸露臂的男子，惊诧，无语。

唯独少爷面对突然出现的男子，不仅没有半丝惊慌反而眼神越加明亮了几分，好似发现了什么瑰宝，道：“我这身衣服是旧的，不配给兄台穿，我还有几套新的，兄台随我进屋任君挑选。”

男子闻言拊掌大笑道：“好好，你这人不错，你叫什么？咱俩交个朋友。”

少爷亦大笑道：“在下姓姜名言，永州人士。”

男子大声道：“我叫未默，来自天山。”

姜言将未默让进屋里，拿出三套新衣任由未默挑选，未默也不客气，当即挑了一件穿在身上。

“看未默兄此行匆匆不知要去往何处？”姜言笑问。

“去追回我喜欢的姑娘。”未默答。

“未兄喜欢的姑娘肯定与众不同。”

“她的确与众不同，性格温柔，可温柔中又有点儿坏，她长得非常美，我从没见过比她还美的女子。”

“哦？若说美，武林当中当属红枫山庄的大小姐莫七彩是公认的第一美人。”

“不不不，莫七彩没她美。”

“再有就是九幽教左护法暗香依依可与之相提并论了，只可惜……”姜言的话并未说全。

未默已然接口：“她就叫暗香依依。”

姜言眼中闪过微光。

未默系好了腰带，急急留下一句，“谢你赠衣了！”话音未落，人已消失在门外。

一个眼神，便见暗中一个身影追着未默悄然离去。姜言收回了目光，应该过不了多久就会有消息了吧。慕容小妾，暗香依依，究竟哪一个才是她？

他转头看向已挣扎起身的众女子，谦谦有礼道：“各位姐姐辛苦了，姜言何德何能劳烦各位姐姐如此热情地前来探望。”

众女子当下尴尬得无地自容，可毕竟是风尘女子，应对很快，当中一女子便道：“是我们唐突了，公子莫怪。”当先欠身施了一礼，众女子随礼。

姜言笑道：“花梨楼虽然没开多久，但生意蒸蒸日上，这全靠各位姐姐的鼎力相助，姜言感佩在心，在此谢过。”说完端端正正地向女子们躬身一拜。

众女子闻言均是一怔，原本有些故意在其面前搔首弄姿的也不由得肃然起敬，忙纷纷还礼，便借口要回房早些打点装扮渐次退去。

见众人离开，姜言击了三掌，片刻，一黑衣人悄无声息地落在了他面前，俯首一拜，道：“公子有何吩咐？”

“你速到襄阳王府查探。”姜言道。

“是。”那人领命而去。

院中再无他人，姜言这才转头对身后坐着的女子道：“这半日里襄阳王府那边竟无任何消息传回，定是出了什么变故。”

女子答非所问，蹙眉看着已然煮好却落了尘土的茶水，道：“可惜这茶了。”

姜言笑道："天山未默，如果我没记错，此人乃是鬼盗弟子，没想到他也来了中原。"

女子将已煮好的茶泼掉，心痛的眼神却仍停留在地上的茶叶上，云淡风轻地道："算他跑得快。"

"姐姐，看来我们得到的消息没错。"姜言道，"他已经在江湖上消失了大半年，突然出现在此却和魔女暗香依依在一起，这其中必有什么缘故。"

女子笑了笑，淡淡道："已经快两年了，每一次我与他都失之交臂，像是命中注定一般，或许缘分没到，或许缘分不够，我已不多求。"

姜言道："姐姐也信缘分？"

女子笑道："没有借口用了呗。"

姜言哂然失笑。

女子重新开始煮茶。

姜言静静地立在一旁。

不一会儿，方才离去的黑衣人折返回来，前后不过一盏茶的时间。

黑衣人附耳与姜言说了一番话，姜言闻言目光流转，待黑衣人离去，便笑着转头对女子道："姐姐，我有一计，定能让他主动来见你。"

闻言，女子这才正眼看向姜言，忽然笑道："如果他真能来见我，姐姐承你这个情便是。"

姜言道："如果我能让他出现在姐姐面前，姐姐要答应帮我做件事。"

女子斜了他一眼，满不在乎地道："知道了，那门亲事你若当真不喜欢，我会帮你想办法解决。"

姜言笑了，"我倒不在乎娶什么人娶多少个，只是娶一堆女人养着倒不难，难的是如何不被这些女人烦。所以我宁可养着一堆女人，也不愿意娶任何一个。"

女子扑哧一声笑出声来，"爹和娘才不管你有多少女人，他们只在乎有几个孙子，可惜你开了这么多家妓院养了这么多如花似玉的美人，也没能让他们抱上孙子。起初以为是你不行，后来发现你根本就不动这门心思，这才想硬塞个女人给你，说不定洞房花烛你若抵抗他们还会对你下春药。"女子说到此处似想到其中妙处已笑得前仰后合。

姜言斜视女子，"姐姐，你笑得太夸张了吧？！"

女子横了他一眼，停住了笑声，轻咳一声，试图装出姐姐的模样，可眼角眉梢的揶揄仍难以掩饰，又道："也怪不得爹娘，爹娘也是怕你会像大伯父一样，错过了不应该错过的，却爱上了不应该爱上的，再说还有我这个前车之鉴。"女子自嘲地笑了笑。

姜言装模作样地向天一拜，道："大伯父的痴情世间罕见，小弟实难企及。"

女子笑着横了他一眼，将沏好的茶递给他，他伸手接过茶盏，浅浅品了一口，顿时苦得皱起了鼻子，不久又舒展开来，露出心满意足的笑意，却不急于喝下第二口。

女子一边为自己倒茶，一边又问："话说回来，姐姐还不知道，你究竟中意什么样的女子？"

女子将茶放在唇边细品，起初很苦，渐渐苦涩转淡，回味变成了淡淡的香甜，享受般眯起了眼。

姜言想了想，方才缓缓道："你说温柔的吧，时间久了我觉得腻没激情。俏皮些的吧，我又觉得烦。可爱的倒容易令我心生好感，可偏偏可爱的女子多数都太过简单，我看得懂她，她看不懂我，时间久了又没了心思。若遇到世故的女子，在一起又心生算计，会觉得累。所以我决定等我想要成亲的时候，每种都娶一个。"

知道他说的是玩笑话，女子亦打趣道："你若当真那样，爹爹怕要高兴得老泪纵横，娘亲要叩谢一晚上的佛祖了。"

姜言失笑。

"原本因大伯父的事，姜家已退出武林多年，可近些年，却因你喜欢打探各方消息，姜家与武林又有了难以撇清的关系。"女子又道，"你还喜欢收集一些特别的消息给自己消遣，譬如每年武林大会你都会去关注武林第一美女莫七彩收到了多少鸿雁传书，又有多少人的目光不离暗香依依，还有那位冷美人苏璇莹和上次那个令你不断称赞有趣的极品，叫什么来着，哦，对了，慕容小妾，这么多的武林美人，难道你就从没喜欢过其中一个？"

姜言再次拿起手中杯盏品了一口，没有回答女子的问题，似想到了什么，忽而笑得意味深长，再次抬头看向未默与他探子消失的方向，顾左右而言他道："姐姐，难道你不想知道为什么莫七落会和暗香依依同时出现在江湖吗？"

茶气的氤氲令女子的面容朦胧了几分，知他有意躲避方才话题，却仍因那个名字陷入了沉思，不由得喃喃道："莫七落……"

第十二章 有缘无分

那是去年的春天，她与伯阳侯之子李峻刚定下亲事。

私下里她偷偷见过李峻，李峻是个武将，英姿飒爽倒也有几分男儿的硬朗，心下并不讨厌，不想让爹娘为难便也没有推拒。可一想到半年后便要嫁入侯门，恐再无自由之身，她便想趁此机会完成小时候的梦想，游历天下。如此她偷偷乔装打扮成男子模样，带着两个贴身仆人出了门，一路游山玩水向南而行。

她虽是女儿身，却因自幼生长环境的复杂而身兼多种脾性，既钦羡江湖人士的性情洒脱不拘小节，又习惯了名门雅士的温文尔雅谦恭多礼。

姜家曾是武林世家，听娘亲说二十几年前大伯父还活着的时候，姜家武林地位甚高，来往宾客中常有身怀绝技的江湖人士。可这十几年来，因大伯父的突然辞世，爹爹心灰意冷，再加上外公和几个表哥的官越做越大，姜家便逐渐淡出江湖，除了经营的部分生意和喜欢收集情报的弟弟尚与江湖有些纠葛，几乎已成半退隐状态。

记忆中，小时候自己甚得大伯父喜爱，常常让她骑在脖子上，带着她去见各种奇怪的叔叔。那些叔叔可以用手让冷了的茶水冒热气，可以让她的布娃娃开口说话，还可以带着她轻轻一跳便到了桃树的最顶端摘下最大最甜的桃子，所以直至今日武林对她来说仍有莫名的吸引力。可后来她才知道，大伯父对她的喜爱皆因他唯一的女儿刚出生没多久便丢了，而她的存在则间接替代了大伯父对女儿的愧疚与思念。

姜家多年来经营消息网络就是为了寻觅失散的小妹，可这么多年来却毫无消息，大伯父早已亡故，爹娘虽未曾放弃，但她和弟弟都已认定，这个小妹被仇家偷走后，或许早已被杀害。

一直以来，她正如所有京城的大家闺秀一样被养在深闺，每日锦衣玉食，出入奴仆成群，婚配也是官宦之家，外表看似一个大家闺秀，但内心因小时候大伯父的影响，游历江湖一直是她的渴望。年少时想仗剑江湖成为一名侠女，可惜，一来自己武功低微，二来又被爹娘百般阻挠，一直未能成行。而今眼看梦想将成泡影，她不禁暗下决心，在弟弟姜言的帮助下，计划好一切，终于成功地偷偷离开了家。

出门前，她带足了银两，又因自己武功不济，带了两个武功高强的家仆，一男一女，男的叫姜五，是弟弟贴身随从之一，女的是她的贴身丫鬟，叫姜乐。二人自幼长在姜家，是姜家奴仆的孩子。

姜家出身武林，所有家生子无论男女自幼习武，她自己也会些拳脚功夫，只因自幼懒惰，又有官至宰相的外公拦着不让学，武功自然不入流。

三人一路游山玩水倒也惬意，偶尔在恶霸手里救下一名歌女便觉这是自己向往的江湖了。却未承想，自己毫无顾忌出手阔绰，暗中已被几个毛贼盯上。

姜五常年伴弟弟行走江湖，很是敏锐，这几个毛贼尚未下手便被姜五制伏。她无意杀人，便恐吓一番将几个毛贼放了。岂料毛贼之一竟怀恨在心，脱身后四处散播谣言说有一个富有的商人途径扬州，身有财物万两，却只带了一男一女两个随从。由此引起了无数恶贼的窥视。

即便姜五江湖经验足，可一路上防不胜防，姜五、姜乐为护她惨死贼寇刀下，而她孤身一骑狼狈逃亡，眼看要被贼寇追上，却恰好在扬州江畔遇到了莫七落。

那是她第一次见到真正的武林高手。

她没想到，这个高手会如此年轻，而且……俊逸非凡！

她记得十分清楚，当时的莫七落持剑立在水边，只一个手起剑落，便见漫天的剑气令冲在前面的几个贼人尸断落马。随后跟来的贼寇被这种场面吓得面无人色，当其中一人认出他是红枫山庄的莫七落后，其余众人当即打马扬鞭狼狈逃走。

她从未见过这般精绝的剑法，良久都未能从震惊中恢复过来。眼看那些恶贼因他的名号而吓得狼狈逃窜，她的一颗心便这么跳乱了。

她怔怔地望着他，竟一时忘了解释自己的处境，也忘了自己现下是男子装扮，就那样忘形地看着他，直看到他蹙起了眉，转目看向不远处。

不远处，一位少年牵着两匹马自坡下水边行来，少年眉眼间尽是阳光，不用笑便令人如坐春风。

少年走到近前，上下打量了她一番，她方才察觉自己直直地看着莫七落的目光有多失态，不禁红了脸，再察觉少年正在打量自己，微微有些紧张，很想伸手摸一摸自己的大胡子有没有因方才狼狈奔跑而显了形迹。幸好少年对她露出了爽朗的笑意，她才放下了惴惴不安的心。

少年对她抱拳施礼，道："在下红枫山庄莫十七。"一指旁边的莫七落，"这是我七哥红枫山庄的少主莫七落，敢问阁下是？"

她很顺口地将自己的假身份说了一遍。莫十七当即笑笑，没有多问，或许，他根本就不在乎她姓甚名谁。

她解释说自己是名生意人，此番要去扬州城做笔买卖，未承想路遇贼匪，随从尽皆被杀自己也险些遭到毒手。

闻言，莫十七当即大笑道："原来你就是那个身带万两银的商人。"

她微微一怔，不明白他何出此言?

莫十七见她一脸茫然，方将江湖上流传的一个消息说与她听。她这才知道，原来自己早已成了人人喊抢的肥肉，不禁苦笑。

莫七落自莫十七手中接过马缰，道："散播消息的人显然想要你的命。"

她的脸白了白，便听莫十七笑着道："七哥，反正我们也不赶时间，不如先将这位兄弟送到扬州，我们再走不迟。"

莫七落看了一眼莫十七，皱了皱眉头，她看出了他的不愿，可心里却存了一丝期盼，或许还有更多……

莫十七上了马，眼角眉梢明媚如斯，扬声道："七哥，不管你同不同意，我终归要去赴约的。"言罢，便提缰纵马向扬州方向奔去。

莫七落看了她一眼，对她道："走吧。"亦上了马，随后追去。

她的马因昨夜的逃亡已近力竭，未行多远，便体力不支越行越慢，已然追不上莫七落二人。

此刻她腹中早已空空如也，再加上昨晚姜五、姜乐的先后死去，使她惊吓过度，现下也不过是强撑着，太阳一照，她更觉神思恍惚，隐隐有坠马之势。

莫七落察觉不对，便停了下来，一吹口哨，不一会儿莫十七也折返回来，问道："怎么了？"

莫七落并未解释，只道："十七，我们稍事休息，再上路也不迟。"

莫十七闻言却先瞧了她一眼，似看出了些许端倪，一挑眉，道："七哥，你这一说，我倒觉得有些肚饿，得弄些吃的。"

莫七落点了点头。

马儿在旁吃草休息，她也靠在树干上闭目养神。

不一会儿便闻到了饭香。

她完全没有想到，莫七落竟还做得一手好饭菜。

她所结识的男子中没有会做饭的，更别提会做得这么好吃，虽然只是简单的肉松粥，可她这一辈子都没吃过这么好吃的粥。在连吃了两碗后，她竟然舔着唇边残留的味道还会咽口水。莫十七发现了，不禁笑着对她说："我七哥不仅武功高强，而且博文广识，还精通厨艺和医术。”莫十七说这番话时，神情甚是骄傲。

而她只望着莫七落的侧脸，不知不觉心跳已控制不住地加快。

或许是被她盯得紧了，他偏头看了她一眼，神情淡漠，毫无波澜。

她的心却因这一眼狠狠地被揪紧，此刻竟想着为何自己现下不是女子装扮，至少将脸上的大胡子去掉也会好些。

春日正是草长莺飞的季节，树下的青草破土而出的气味怡然舒心，许是太累了，心情放松下来，她便靠在树边昏昏睡去。

没有人叫她，醒来时，日头已然西斜，她只见莫七落正坐在不远处仔细地擦拭着自己的剑，那剑与寻常的剑没什么不同，既不光可照人也没有华丽的装饰，若放在一堆剑中恐怕找都找不出来。只是她清楚地记得这把剑曾眨眼间斩杀恶人首级于百步之外，此刻想起当时情景仍心惊无比。

却在这时，她忽见莫七落起身缓步走向了她。

他似每走一步都小心翼翼，似怕惊动了什么人，目光死死地盯着她，直盯得她面红耳赤，不知该如何是好。

察觉他一步步靠近自己，距离越来越近，她动也不是，不动也不是，紧张地望着他，大气都不敢喘一声。直到他走到近前，忽然出剑，她顿时被吓得惊叫一声。

那剑就插在自己的脖颈右侧，距离自己的脖子很近很近，凉飕飕的感觉令她浑身颤抖，下意识地偏头去看，却见他剑上竟然插着一条细小的花蛇！看到那蛇比看到冷冷的剑锋还要让她惊恐，不由得大叫一声，猛然向他扑去。

被她的尖叫声惊醒过来的莫十七瞪着眼睛看着面前情景。自己的七哥正面红耳赤地僵直着，一只手拿着无枫剑，剑上还插着一条扭动的小花蛇，而那个大胡子男子正像猴子一样攀附在他身上，头深埋在他颈间，双臂紧紧地勒着他的脖子，双腿紧紧地夹着他的腰，虽然猜到了当下情形的由来，可还是忍不住笑出声来。

她被莫七落抓下来的时候，真是尴尬得想挖个洞钻进去将自己藏起来，郁闷得掩面，却不小心摸到了自己满脸的胡子，一时心情更是跌到了谷底。

幸好有莫十七在中间说些玩笑话才不至将尴尬进行到底。

为趁天黑前赶到最近的村庄落脚，三人再次上路，一路纵马扬鞭，向扬州方向赶去。

当晚在扬州近郊的村镇中休息，村子里没有客栈，便借宿在一户农家。

农家简朴，只有一间空房腾给他们三人居住，房中有一铺土炕，莫十七先爬了上去占据了一边靠墙的位置，莫七落看了她一眼，占据了另外一边靠墙的位置，只剩下了中间……

她左磨右蹭地拖延，在莫十七的三催四请下，只得硬着头皮爬上了炕，夹在莫十七和莫七落中间，还没躺下就已一身大汗。她仰躺着将双手放在胸口一动也不敢动，以为今夜肯定无眠，岂料紧张了半晚，到后半晚还是睡着了。

清晨睁开眼，便见一张脸在自己眼前放大，紧闭的双眸，浅浅均匀地呼吸，当她反应过来竟然是莫七落与她面对着面，呼吸对着呼吸，那一刻心都快跳出来了。

她猛地来了个鲤鱼打挺自炕上一跃而起，由于自己武功太差，这个鲤鱼打挺虽劲力十足却着实过了劲，脑袋险些撞到墙上，刚扶好站稳，一转头便见两侧莫七落与莫十七直立在炕上，手里拿着剑警惕地看着四周，最后看到中间的她，二人同时疑惑地问："出什么事了？"

她窘迫得恨不得当场在墙上打个洞，将头埋进去算了。

次日起程，终于到了扬州。

甫一进扬州城，便有几人匆匆向他们跑来，莫十七一见，便先行下马迎了上去。因距离较远，她没能听清莫十七等人说了什么，只见他回来后神色凝重，与莫七落低低说了几句，便转身与她告辞。

她不便挽留，郑重地向二人躬身一拜，算是感谢救命之恩和这一路的照顾。二人并未推辞，坦然受了她这一拜，便随着那些人消失在比肩接踵的扬州城。

她怔怔地望着莫七落消失的方向，心中忽觉空落落的，一丝怅然、一丝酸涩竟那样不期然地一拥而上。当发觉自己的心思，她不由得一惊，自己如今是有婚约在身的人，怎能，怎能……

正神思恍惚，她听身后一人轻声唤道："姐姐。"

弟弟姜言早在五日前便得知了那个万两商人的消息，当得知目标竟是他们奴仆三人时，当即离开京都赶来扬州寻她，岂料还是晚了一步。

她在扬州城内停留了三日，三日后，姜言问她还要不要继续游山玩水。她摇了摇头，早已无此心情。

姜言便笑道："姐姐近日心事重重，不知有何心事，可与弟弟说上一说。"

她叹息道："我若不出门游历便好了，姜五和姜乐也不会有事。"

姜言道："这件事我已处理好了。他们的家人尽已除了奴籍，姜五的爹娘已在府外安了家，他的几个弟妹还小，都在自家的私塾里读书，等长大些，姜家也必不会亏待他们。姜乐无父无母只有一个弟弟，如今已送去表兄处，以他的功夫不日便会出人头地，也算对姜乐有了交代。"

她淡淡一笑，不置一词。她从未担心过姜家会亏待他们，她心里真正放不下的……

这时却听姜言道："姐姐放心，莫七落有恩于你也就是有恩于我们姜家，我迟早会替姐姐还了这份人情。”

她轻轻道：“莫七落……”便是提起这个名字，心都会怦怦地跳，像是得了什么怪病，越想忘，越烙印在记忆深处难以忘。

姜言笑眯眯地道：“江湖事，江湖了，姐姐是要出嫁的人了，不必理会这些，交给弟弟处理就好。”

她微微笑了笑。

那时她还不知，就在她与莫七落二人在村里过夜的当晚，所有曾追杀过她的贼匪竟在一夜之间被人屠杀，或死在家中或死在路上或死在温柔乡里。此事顿时在江湖中引起轩然大波，能将五十六个行踪各异的人一夜之间斩杀殆尽的帮派，放眼天下也只有红枫山庄与九幽教了。而所有的矛头都指向了红枫山庄的莫七落与莫十七，因有人看到是他们救了那个商人。

原本这五十六个恶贼死有余辜，可这其中竟有九幽教的旁系弟子，此事便不可能善了了。

如果命运让他们就这样交错而过，或许也算仁慈，可偏偏，命运像是在捉弄着她，被她极力压制的心思又一次因与他的不期而遇而变得波涛汹涌不受控制。

那是回到京都的三个月后。

仲夏时节雨水甚多，眼看两个月后便是自己大婚之日，心情因这连日来的雨水越加浮躁。

弟弟不在京，日子似乎也难熬了许多。

姜言与她是龙凤胎，二人虽然长得不像，彼此间却有种莫名的感应，只要她有心事，不用开口，弟弟便能明白一二，所以她与弟弟比任何人都亲近。

这几日，或许娘亲看出了她的浮躁，便劝她去城郊的佛寺小住，也好静一静心。

佛寺建于山上，住持喜善大师与姜家颇有渊源，娘亲又虔诚信佛，多年来姜家出巨资捐赠扩建佛寺多次，如今佛寺从半山腰一直修到了峰顶，一眼望去似盘卧在山中的巨龙，颇为宏伟壮观。

而她此刻便住在峰顶的后院。每日清晨听着朗朗的诵经声，远眺一望无际的青峦叠嶂，心便真的静了下来。

未承想，这一住便是半个多月，眼看婚期越来越近她却一直赖着不走，家里三请四催，她却不为所动。

偶然听喜善大师的弟子说，这个时节后山多出蘑菇，她便带着贴身丫鬟，抛了那些烦心事，提着竹篮走上了后山。

后山多松树，昨夜下了一夜的雨，今日放晴，蘑菇甚多，她与丫鬟一路捡去，却在林间无意中发现了一位浑身是伤的青衣男子躺在泥土里。

男子全身衣衫尽破，似被什么利刃均匀片过了一样，每一道伤口虽不深，却有干涸的血渍。男子的脸被散乱的头发遮盖住，看不真切，只是那身形却十分熟悉。她不顾丫鬟阻拦执意走了过去，俯身拂去男子脸上的发，入眼的竟是莫七落，她顿时手脚酸软心若擂鼓。

丫鬟自幼习武，很轻松便将莫七落偷偷背到了自己在佛寺的住处。

治疗这种外伤，姜家有的是好药，可丫鬟却说，他的外伤无碍，只是背后中的那一掌若不及时医治恐会有性命之忧。

她暗中遣了丫鬟去山下寻了大夫来看，却都摇头说束手无策。

其中一个大夫看后叹息道："他受了极重的内伤，震伤了心脉，顶多再活七天，不过就算这七天恐怕也会备受折磨心痛如绞。唉，年纪轻轻，可惜了。"

七天？！她不相信更不愿放弃，便飞鸽传书与姜言。

整整两日，漫长的两日。

她衣不解带地照料着他，昏迷中他似忍受着极大的痛苦，时不时抽搐痉挛。

她紧紧地握着他的手，用手帕将他额头上的汗擦去。怕他痉挛时咬伤舌头，她便将自己的手帕给他咬住，拿出来时，手帕几乎都被咬烂了。见他如此痛苦，她只觉心痛如绞，恨不得自己代替他受下这般苦痛，忍不住将他搂在怀里，一声声地安抚他，"不疼，不疼了……"也不知他听没听到，只是紧紧地抓住了自己的手不放。

直到两日后，一位名叫傅月的年轻男子出现在自己面前。

傅月，她后来才知此人竟是江湖名医，绰号鬼医。鬼医向来神出鬼没，从不平白无故地出来治病救人，也不知弟弟答应了他什么，竟能让他来救莫七落。只是他走后，莫七落果然开始好转，只是仍没有醒来。

寺中因她是女客，平日里极少打扰，幸得如此，莫七落在此多日也无人发觉。只是两日后的傍晚，她的未来夫君李峻却突然造访。

他们此前从未私下见过，李峻此来着实突然也不合规矩，但既然来了，却不能不见，她便命丫鬟安排好二人隔着竹帘，一个在内，一个在外。

李峻进屋后，半晌没有说话，只隔着竹帘静静地望着她。

起初，她还能平心静气地坐着，可片刻后，便有些坐立难安了。

屋中除了他们，还有躺在床上没有醒来的莫七落。

如果此刻李峻突然进来看到莫七落……

此刻她深觉自己这样的安排错了，正惴惴不安，便听李峻开口道："姜言托人带了口讯，让我来照顾你。"

闻言，她站起身来，掀开帘子走出了内室。

他微微一怔，眸中闪过一抹惊艳。

她低声道："屋里闷，我们出去走走吧，后山有处凉亭清幽雅致，风景也极好。"

他当即起身，与她出了门去。

临出门前，她回身向丫鬟使了个眼色，丫鬟便留了下来。

一路拾阶而上，李峻说了些什么她都没有听进去，只是敷衍地答了，直至李峻说："我会在此住下，一直到护送你回家。"

她微微一怔。

送走李峻后，她神思恍惚地进了院，却见丫鬟一人站在院内，正埋头往屋里走，便听丫鬟说："小姐，公子派了姜三来，将莫公子接走了。"

她忽然顿住了脚步。

思绪陡然被突然出现在面前的黑衣人打断，她收回思绪，眸光暗敛，怔怔地看了一眼面前的茶盏，恍然自梦中惊醒，方才察觉自己如今身在云堡镇，花梨楼。

她抬手为自己斟了杯茶，试图让自己平静下来，也以此掩盖方才的恍惚。

花梨楼后院，黑衣人对姜言道："公子，你的话属下已经带到。"

姜言点了点头，问道："襄阳王府现下如何？"

黑衣人道："襄阳王及其侍卫、家眷全部中了顾不迷的迷音昏迷不醒。襄阳王府大门由内锁上，暂无人进入，属下照您的吩咐已将消息告知顾不迷，莫七落一会儿就会来此。"

姜言点了点头。

黑衣人方才消失，便听门外有人道："请问，姜公子在这里吗？"那人的声音一如他的人，清清冷冷，却明朗清澈。

闻声，她手微微一抖，指尖的茶盏应声跌落在桌案上。

姜言看了她一眼，眸中闪过怜惜，一挥手，院门应声而开。莫七落与一名清俊男子便出现在了她的视线中。她低头不语，只为自己又倒了杯茶。

莫七落走进院中，姜言笑着迎了上去，道："莫兄好久不见，别来无恙？"

莫七落未与他虚与委蛇，开门见山道："实不相瞒，莫某前来是有求于姜公子。"

姜言不急着回答，只偏头与她道："姐姐，这位是红枫山庄的少主莫七落，这位是……"他笑看着陈峰，莫七落接口道："在下义兄陈峰。"姜言抱拳有礼道："幸会。"陈峰向他颔首示意。姜言其实早知他是陈峰，更知道他口不能言，当下也不过是做做样子，如此笑着向莫七落介绍道："这位是家姐……"姜言的话突兀地顿在这里，再无下文。

她低低蹙眉，心知姜言是故意为之，便抬头看向了莫七落，淡淡道："我叫姜菲。"

莫七落自然不认识她，只向她微微颔首。

虽早有心理准备，可真正面对时，她却还是忍不住怅然若失，自己思他念他无数个日夜，甚至为了他……可他由始至终都不知道自己是谁……

姜言笑道："家姐煮的可是极品大红袍，莫兄和陈兄今日有口福了。"一抬脚，便将两个小凳踢至莫七落、陈峰脚下，而后先行坐下，平心静气地看着姜菲煮茶。

莫七落心下着急暗香依依的下落，可当下见姜言如此，也只得平心静气地坐了下来。自顾不迷发现暗香依依不见，与汤斩离开后，莫七彩也哭着离开。他正欲去追，一个黑衣人却突然出现在自己面前拦住了他的去路，黑衣人非常客气地向他抱拳施礼，道："我家公子姓姜名言，得知莫公子在此，便托在下前来转告一声，如需帮忙，请到镇东花梨楼寻他。"

黑衣人说完此番话便离开了。

他心中忽然有些不安，原本以为暗香依依只是躲起来了，可他与陈峰将襄阳王府里里外外搜了个遍，也不见暗香依依的踪迹，这才察觉不对。眼看襄阳王等人即将转醒，他想起了姜言的话，迅速来了花梨楼。

姜言必是知道些什么，只是不知他葫芦里卖的是什么药，他只有静观其变。

接过姜菲递过来的大红袍，莫七落望着茶盏中的茶叶，道："汤色橙黄明亮，叶片红绿相间，有绿叶红镶边之美感，好。"

姜菲闻言手指微微一抖。姜言嘴角含笑，陈峰点了点头。莫七落拿起茶盏，浅浅品了一口，又道："入口醇厚回甘，花香至味为涵，好似空谷佳人，芬芳自赏。"

姜言笑道："品茶即悟道，近此茶者更近禅性。以有形之茶入无我之境，清静一体，修已结缘。此中真趣，非吾同好，实不足为人道也。"

莫七落道："叹只叹，大红袍，茶之王者也，其生于武夷峭崖悬壁之间，比之同侪，斯茶量少而难求，尤其弥足珍贵。去之岁远，为贡品，深居帝王之家，而聊聊众生殊不可得。"

闻言，姜言望向姐姐姜菲，只见她眸中闪过一抹痛苦。莫七落的无心之语正影射了她。

姜言笑道："不知莫兄此来有什么事需要在下帮忙？"

莫七落并未拐弯抹角，当即直言："我想知道暗香依依的去向。"

姜言道："莫兄只要回答我几个问题，小弟便告知莫兄她的去向。"

莫七落道："姜公子是言出必行的爽快人，直问便是。"

姜言眼中闪过微光，道："莫兄与暗香依依是何关系？"

莫七落道："她是我义妹。"

姜言又道："这半年多来，莫兄与暗香依依在一起？"

莫七落道："是。"

姜言道："暗香依依便是慕容凤依，是也不是？"

莫七落道："是。"

姜言道："莫兄为何不辞而别，离开红枫山庄半年之久？"

莫七落道："红枫山庄与九幽教向来不和，我既收暗香依依为义妹，便无法回红枫山庄。"

姜言一扬眉，又问："莫兄为何会将暗香依依认作义妹？"

"因为……"他眸光暗敛，"我会将她当做自己的亲生妹妹，照顾她一生一世。"

"为什么？"姜言问。

"因为这是我欠她的。"莫七落平静回道。

"欠……"姜言静静地望着他，忽而笑道，"不知莫兄可还记得京郊佛……"姜言一语未完，身边姜菲突然站起身来，所有人的目光都看向姜菲，姜菲道："我去取水。"转身时，她看了一眼姜言，姜言笑了，转口道："既然带着暗香依依消失了半年多，为何又突然出现在江湖？"

莫七落没有深想，道："生于俗世，必染尘埃，躲得了一时躲不了一世，她和我注定有许多事躲不过也躲不了。"

"莫兄心胸坦荡，光明磊落，小弟实在佩服。"姜言道。

莫七落道："佩服不敢，姜公子只要告之她的下落就算帮了在下一个大忙。"

姜言一笑，忽然击了三掌，便见一黑衣人自院外跃入，姜言道："把你看到的都说出来。"

黑衣人道："是，公子。属下跟随未默一路向东北方向行去，大约一炷香的时间，便到了山中的一个小村落。那村子也就几户人家，未默挨家挨户地搜了一遍，并没有找到要找的人。未默似跟丢了目标，很是懊恼，属下便回来了。"

"哦？当时你可注意到有人离开村子？"

"有，属下看到一对中年男女，应是夫妇，当着未默的面离开了村子。未默毫无反应，属下想那对男女应该不是未默要找的人。"

"哦？你确定是一对中年夫妇？"

"属下确定，当时男子背着女子，女子似乎行动不便。"

“是山中猎户？”

“看穿着打扮应该是，只是……”

“只是什么？”

“只是属下注意到，那中年男子腰间插着一柄折扇。”

“一柄折扇……”姜言微微一笑，看向了莫七落，莫七落陡然站起身来，道：“姜公子，今日之恩，莫七落铭感在心。倘若他日姜公子有需要的地方莫七落必在所不辞，我与兄长先行一步，告辞。”

姜言并未挽留，抱拳道：“不送。”

莫七落与陈峰迅速出了门，向东北而去。

姜言回身看向伫立在门口遥遥相望的姜菲，轻轻一叹。

第十三章 旧梦难寻

慕容逸背着暗香依依越走越远，远离了莫七落，远离了她辨识不清的真真假假。

一路飞檐走壁离开了襄阳王别院，暗香依依发现别院内所有人都已倒地不醒，问过慕容逸方知这些人没死，只是暂时昏迷。暗香依依刚放下心来，便看到院外的小商小贩和路人也倒了一地，空旷的大街上只剩几只像是受刺激疯了的鸡在扑扇着翅膀乱飞乱跳。她指着路边的鸡还有人，瞠目结舌地说："顾不迷的琴杀伤力范围到底有多大啊？"

慕容逸轻笑道："这要看他使几层功力，如果是没有武功的平民百姓，闻声便倒，不过看来他的魔琴还不够火候。"指着一个扑腾着翅膀像是吃了兴奋剂一样乱跳的鸡道，"你看那只鸡，蹦得多欢。"

"……"

"他是不是很厉害？"暗香依依伏在他肩头问。

"算是吧，很多人宁可死在汤斩刀下，也不愿与他动手。"

"为什么？"

"顾不迷的琴杀伤力极大，而且不分敌友，如果他动了杀意，只要在他攻击范围内功力不如他者，都是死路一条，所以与他动手前，一般都会看看四周有没有人，否则就是一场屠戮。不仅如此，死者死状凄惨，尸首分家尚能拼凑的已算幸运。"

"太狠了……"直到此时，暗香依依才明白过来，为何顾不迷在与莫七彩和陈峰动手时始终没有弹琴。他若弹琴，襄阳王等昏迷不醒的人，恐怕就再也醒不过来了。可若说顾不迷会顾忌他人人命，暗香依依又有些不信，忽然又想到汤斩当时就在他身边，或许他是顾忌会伤到汤斩。慕容逸说过，汤斩武林排名在顾不迷之后，说明他武功不敌顾不迷，而莫七落排名却在顾不迷之前，若顾不迷弹琴对付莫七落必会拼尽全力，那样汤斩不死也会伤。或许还有她这个在他眼里失了记忆没了武功的同门废人……思及此，她不禁又想起一事，慕容逸应该还不知道她武功已然恢复，既然如此，不如……

这时又听慕容逸道："据我所知，顾不迷的魔琴只练到第五重，当他练到第六重，或许就能有选择性地控制杀伤对象。"

"魔琴一共有几重？"她问。

"九重。"慕容逸答。

"那如果练到第九重会怎么样？"暗香依依换了个肩头，将下巴搁在一个舒服的位置，又问。

慕容逸沉吟少许，方道："可不用弃魔琴，用世间一切事物发出声响杀人于无形，包括说话。"

"简直不是人！"暗香依依想想都觉得令人发指。

慕容逸低低笑了声，偏过头来，脸颊恰好碰到她的额头，她忙躲开。慕容逸笑道："没人能练到第九重，所以你不用担心会见到顾不迷不是人的样子。"

"从来没人练到过吗？"她瞪着一双大眼看着他的侧脸。

慕容逸低低笑了一声，略带宠溺地回道："没有人。"

"为什么？"

"因为要操控那样的能力，需要不可思议的内力，除非吃了什么增加内力的神丹妙药，否则根本不可能。"慕容逸回答得云淡风轻，暗香依依却听得胆战心惊。

增加内力的神丹妙药？不恰好是自己吗？吃了她……

暗香依依不敢再想，有些不安地将下巴换到了他肩头的另一侧，再次寻到一个舒服的位置搁好，或许因为相触的温暖稍稍定了些心神，又问："那最高能练到第几重？"

"第七重。"慕容逸道，"不过，已经天下无敌。"

"第七重是什么样的境界？"

慕容逸悠悠道："可随心所欲地操控魔琴，用琴音控制他想控制的，用琴音毁灭他想毁灭的。"

呼啸的风声响彻耳畔，慕容逸的话迅速被风吹散。

暗香依依的下巴放在自己肩头，微微有些疼，他正欲再偏头让她挪挪位置，便听暗香依依叹息道："顾不迷的琴定然很值钱。"他顿时哑然失笑，不由得暗道：若不是已确认她的确是暗香依依，他肯定会以为她是另外一个人。

"顾不迷的魔琴又叫紫漆木琴，外表看似与其他琴无异，实则天下无双。魔琴的木质乃栖凤木，虽然珍贵，倒也不是绝无仅有，可琴弦所用材质却是世所罕见，甚至可以说是绝无仅有。相传是由六百年前天外所掉的陨石锻造，这种陨石材料早已寻不到，所以魔琴不是值钱，实乃无价之宝。"慕容逸极有耐心地解释道。

“难怪顾不迷每次抱着那把琴都是一副心疼到骨头里的模样，你有没有注意到？他每次摸琴时，那神态……实在让人看不下去，就好像在抚摸爱到骨头里的心上人。”她抖了一抖，似乎光是想想就有些受不了，又道，“每次看到，我都鸡皮疙瘩掉满地。”

慕容逸笑出声，恰好一个起落，感觉她下巴在他肩胛上那么一颠一戳，酥酥麻麻，不由得心中一悸，越发觉得后背的柔软透过层层布料温柔涤荡。腾挪纵跃间，他越发快了些，景物迅速自眼前倒退，风吹起了他的长发，与身后她的，纠缠，飘散，再纠缠。

途中路过一个小村落，慕容逸带她进了村，花了些银子从一户农家买了两件旧衣服，二人换上。

慕容逸又在她脸上、头发上捣鼓了一会儿，又自己折腾了一下，便拿出一面小镜子，一男一女两个陌生的中年人出现在镜中。暗香依依不由得伸手摸了摸自己的脸，虽然不是第一次被他易容，可还是觉得很神奇，直至被他的扇子敲在额头上。

捂着额头，她怒视他以及他手中的折扇！便见他顾影自怜地看着手中折扇，心满意足地道：“终于又有人可以打了。”

她恨得牙根直痒痒，伸手便去夺他的折扇，却被他轻易躲过，正欲再夺，便看见一个轻功极高的人在村子里跃来跃去弄得满村子鸡飞狗跳，更有几个猎户一边叫骂一边追在他后面跑。

那人一头乱发身形高大，暗香依依一时未能认出他是未默。直到慕容逸示意她别出声，背起她故意迈着小方步从此人面前大摇大摆地走过，她才看清那人相貌，一开始觉得眼熟，后来才反应过来这竟是身量正常版的未默，不禁有些奇怪，他怎么会出现在这里？

未默瞥了他二人一眼，似有些烦躁地抓了抓头发，没有认出她来。

离开小村子，慕容逸便道：“未默应该是在找你。”

暗香依依微微一怔，道：“你怎么知道他叫未默？”

慕容逸道：“能像他那般在土里来去自如的另类，这世间能有几个？”

“那你怎么又知道他在找我？”暗香依依又问。

“他除了美女，眼里又能装下什么？”慕容逸轻笑道。

暗香依依也笑了，心知慕容逸没有说实话，却道：“这话貌似还有那么点儿道理。”

貌似？慕容逸玩味着这个陌生的词语，暗香依依总是会说些奇怪的词语，与从前那个他所认识的暗香依依，无论从性格还是言谈举止都判若两人，除了相貌。但相貌对于擅长易容术的他来说并不可信，他曾一度怀疑此人并非真的暗香依依，直至她被莫七落带走。

半年，他寻了她整整半年。

翻过两座山，夜幕低垂时，终于来到了一个大一些的集镇，他将暗香依依放了下来，二人进入镇子。

镇中有卖马的，他停下看马，便有马贩子上前向他兜售起来。听着听着，他微一偏头，余光便注意到身后的暗香依依冷漠地看着一隅，不知在想着什么，似心事重重。

马贩子口若悬河地夸赞着自己的马，他却突然转身，用扇子敲了一下她的肩头。她似突然反应过来，一抬头，笑容灿烂地看着他，好似从没有过烦心的事。他笑得眯起了眼，讨好似的对她说："四条腿的不如两条腿的，咱不买马了，好不好？"

当反应过来慕容逸竟将自己比喻成了她的马，暗香依依不禁笑出声，眉头顿时舒展开来，便听马贩子大声反驳道："怎么可能！什么东西两条腿能比得过四条腿！"

暗香依依笑得更加厉害，便听慕容逸笑若春风地用折扇一指自己，回道："我呀。"

马贩子看他像看一个疯子。

她已笑得前仰后合。

马贩子看他们像看两个疯子。

慕容逸一笑，一转身，便将她背了起来，眨眼间消失在天边。

马贩子呆了一会儿，"哇呀"一声大叫吓得跌坐在地。

她伏在他身上笑得流下泪来。

可慕容逸还是一本正经地跑着，唇边笑意淡淡。

她终于笑够了，一边擦眼泪，一边问慕容逸："我们要去哪儿？"

"有个人想见你。"

"谁？"

"见到她你就知道了。"

"神神秘秘。"

"我们分开半年，你有没有想我？"

"想个屁！"

"唉……我的心都碎了。"

"缝缝补补将就着用吧，反正总是碎。"

"你好薄情……"

“哈哈……”

伏在他身上，她笑得恣意，明明从未相信过他，却不讨厌和他在一起，真的不讨厌。

连续两天晚上都是露宿野外，每次醒来都发现自己要么靠在他肩头睡，要么正枕在他大腿上。明明睡着之前他在东她在西，可每次醒来她都跑到他身边去了，也不知道自己是怎么过去的。每天早上听他喊这里麻了那里麻了，暗香依依就尴尬得说不出话来，然后被他指使着去附近打水，她只得埋头去了。

这一天终于又经过一个村镇，村镇虽不大却刚好有个小客栈，暗香依依感念今晚终于可以睡床了，他却说：“荒郊野外，一边上茅房还能一边看风景，多惬意。”惹来她侧目，甩开他一头扎进客栈，“不行了，再不洗澡咱俩都臭了。”

可她刚洗完澡还没爬上温暖的床，便又被他拽出门去，背在肩上几个纵跃便消失在楼宇间。

她拍着他的肩语重心长地说：“我有钱，咱俩不必半夜偷跑。”

慕容逸脚下一个踉跄。

她笑得放肆。

他不恼反笑，忽然跃至一棵高树上，将她自背上放下，回身看向了她。

满天星斗，照亮了他的眼睛，却难以辨明。

她全神戒备，不知他要做什么。

夜风习习，吹乱了她的发，她刚伸手拂开，便见他微微靠上前，落脚的纤细枝干微微晃了晃。她瞪大了眼睛，不知他要干吗？便见他弯起唇角，道：“依依，你讨厌我吗？”

暗香依依本想摇头，可目光一转，却没有回答，只问：“讨厌如何？不讨厌又如何？”

他低下头来，目光与她相对，她想躲却无处可躲，索性毫不避讳地直视着他，听他轻声缓语道：“我曾经很讨厌你，就算你死了我也不觉得可惜。”

她微微一怔，目光变化的刹那，又听他说：“可如今我发现自己一点儿也不讨厌你了……”他伸手，撩起她鬓边的发丝绕在她耳后，手指似有似无地触着她的面颊，轻声道，“依依，你讨厌我吗？”

暗香依依伸手抓住了他在面颊上肆虐的手，道：“从未讨厌过。”

他目光柔得似要滴出水来，反手握住她的手。

暗香依依没有挣扎，只弯起了嘴角，似笑非笑道：“慕容逸，我不是你曾经认识的那个暗香依依。”

慕容逸波澜不惊，不急不缓地问道："那你是谁？"

暗香依依抬手将自己的眼睛和嘴拉扯到变形，凄厉地说："我是鬼……"

慕容逸一扇子打在她额头上。

一路上，慕容逸不走平坦大道也不住客栈，美其名曰要带她顺路领略一下名川大山无限风光，但暗香依依却不会单纯地认为他真是想亲近大自然，其中必有缘由。

有时候路上风景着实美了，慕容逸也会停留片刻驻足观赏。但暗香依依仍明显感觉到，慕容逸一路急赶，似后有追兵，如此已有五日。

暗香依依每每在背上揶揄他，"马儿跑，马儿也要吃草。"慕容逸竟然也不恼，只不过一纵一跃幅度越发大了些，只颠得她哎哟哎哟地直叫。

因时常露宿荒郊，慕容逸也会烧些野味给她吃，但吃了半年陈峰做的饭，竟觉得慕容逸做得差远了。慕容逸见她有一口没一口地吃着，又是一副心事重重的样子，便问："好吃吧？"

"一般般。"她如实回答。

慕容逸哀怨地看着她，"你这身在福中不知福的女人。"

看着他的样子，若在半年前她定然没什么反应，可如今却有了不同的感觉，忽然笑了出来。

结果不笑还好，这一笑，后面的饭便是她动手做了。

她其实会做饭，毕竟在现代时，她都是一个人生活，只是现代人做饭可不是用柴生火。

她一边生火一边呛得流眼泪，火还没生起来便已烟尘四起，将她熏成了大黑脸。

慕容逸体贴地拿出镜子照给她看，见她看得惊呆，不由得毫不客气地放声大笑，配着她黑黑的一张脸，甚是相得益彰。

一顿饭终于做好，慕容逸吃了几口，竟然能一边苦着脸一边说："很好吃。"

暗香依依毕竟是第一次用柴火，一来掌控不好火的大小，二来不小心还烧到了袖子，手忙脚乱之下，水煮鱼变成了烟熏鱼。她看着他一口一口地艰难下咽还一边说好吃，虽知他昧着良心说话实乃家常便饭，仍有了流泪的冲动。暗香依依心里正因他的奉献和牺牲感动得稀里哗啦，便听他笑眯眯地道："你做饭做得这么好，以后饭就由你做了。"闻言，她当即反应过来，自己中计了！

过后，二人你推我让，你谦虚我比你更谦虚，逼迫与反抗，算计与被算计，最后，谁做饭便成了一个大问题。

这个问题，令她又一次想起了为她温饼一夜的莫七落。

莫七落煮的粥，她只吃过一次，却至今不忘。莫七落并不多言，但与他吃的每一顿饭，她碗里堆积的食物都像座小山。即便远行，只要有他在，她也从未觉得辛苦。细细想来，他似乎总是不声不响将她照顾得周全。

而自己最终却因怀疑而不辞而别，暗香依依心中愧疚忽生。

又过了两日的野人生活，途经一个大些的集镇，暗香依依不由分说找了家客栈钻了进去。

洗完澡就睡觉，她连饭都不想吃。

被慕容逸拖起来时，月已中天，肚子饿得咕咕叫，慕容逸塞了个馒头给她，算是晚饭。

镇外不远，是条江，虽已初冬，气候却潮湿温热。

沿江而去，漫天的红枫叶飘飘洒洒落了一地。暗香依依抬头，便见月挂当空，亮如银盘，红枫叶飘过眼前，在月光下呈现出梦幻的紫色。她抬手去接，却忽然觉得慕容逸停下了脚步，将她放了下来。

暗香依依自他身后探出头去，正欲问怎么了，便看到对面站着一个人。

那人一身紫衣，后背紫漆木琴，背对着他们。漫天枫叶缓缓落下，有的落在他身，有的落在他发间，他却一动不动。

她心中一惊，缩在慕容逸的身后。她暗惊：顾不迷怎会在此?

顾不迷转过身来，道："慕容逸，今日你还要躲吗？"

暗香依依忍不住再次探出头去。

顾不迷解下背上的琴，放于身前，手指轻抚，似怜爱似不舍，眼角眉梢对琴的极致爱意越发显得魅惑妖娆。

明明觉得他这副模样很变态，可暗香依依还是看了再看，一边腹诽受不了，一边移不开目光，只觉漫天的红枫叶下，他看起来似一个妖精。

见被认出，慕容逸索性也不否认，笑意盈盈地施了一礼，道："没想到在此巧遇顾兄，当真幸会幸会。"

顾不迷并不看他，只道："暗香依依，躲远些。"

暗香依依一惊，顾不迷显然也将她认了出来，想到顾不迷的杀伤力，不由得探出头问："我该躲多远？"

顾不迷道："能躲多远就躲多远。"

"好嘞。"暗香依依当下扔下慕容逸跑了个无影无踪。

慕容逸看着不讲义气的暗香依依迅速消失的背影，顿时哭笑不得。

暗香依依自觉躲得够远了，可想了想又忍不住好奇，偷偷潜了回去。在适当的距离停下，她趴爬在一处大石后，露出头来，暗中偷看。

只见慕容逸不慌不忙地拿出腰间折扇，优哉游哉地扇了起来，也不嫌天冷。

顾不迷道："如果你胜了我，自然可以带她离开。"

顾不迷的手指边说边按在了琴弦之上，垂目肃杀，杀气陡生。

四周飘落的枫叶瞬间停止了飘落，骤然全部聚在他周遭盘旋。暗香依依的心一下子便提到了嗓子眼，就在这时，忽听慕容逸不慌不忙地道："且慢！"

顾不迷抬眸，冷眼看向慕容逸。慕容逸一边扇着手中折扇，一边笑道："在下尚有一事不解，还望顾兄先解答一二。"

顾不迷冷冷地看着他。

"顾兄怎知是在下将暗香依依带走？又是如何发现在下踪迹的？"慕容逸问。

"无可奉告。"顾不迷的手指再次放在了琴弦上，眼看便要发难，忽听慕容逸又道，"且慢！"

石头上的暗香依依开始拧眉了，这个慕容逸又要干吗？

顾不迷看向慕容逸的目光更冷了几分。

慕容逸笑道："顾兄，咱俩非得打架吗？打架会流汗，今儿天这么冷，流汗会受寒的。"

暗香依依已经在心里唾弃起慕容逸了，婆婆妈妈唧唧歪歪。顾不迷也早已不耐烦，手指一划，乐音刚起，便听慕容逸又道："且慢！"

暗香依依已经开始抓耳挠腮了，便听慕容逸道："方才顾兄说，如果在下赢了便可以带依依走，但如果今日在下输了，又会如何？"

"留下你的命。"顾不迷道。他冷哼一声，手指滑动，一阵乐音划破天际。暗香依依忽觉耳中嗡嗡作响，险些从石头上跌落下来，忙运气抵抗，正觉胸口气血翻涌，气息不由自主在体内运行加速，不消片刻，便几乎奔腾起来。却在这时，她眼睁睁看到慕容逸一个腾挪身形随即消失在了天边。

他，他竟然跑了？

暗香依依惊讶地看着慕容逸消失的方向，半晌没回过神来，待反应过来慕容逸是真地跑了，说不清是什么滋味，只觉哭笑不得。

再看顾不迷，见慕容逸跑了，他便停了琴音，静静地立在原地，似并不意外慕容逸会跑，身上杀气尽去，漫天枫叶不再盘旋，随即落在地上，一抬眸看向了她。

远隔夜色红枫，他的目光依旧令她心神大跳，突然想到自己在顾不迷眼里武功并未恢复，怎能攀在巨石上这么久？她便双手一松，哎哟一声，跌落下去。跌下去才想到，好像跌得有点儿迟了。

她一瘸一拐地走了出来，却见顾不迷已坐在水边，幽幽地望着远处，紫漆木琴置于膝头，手指轻缓地抚摸着琴身。

她停在不远处，心情忐忑地瞄着他。

他好像当自己不存在。

过了好一会儿，她向后挪了几步，一时没注意跌坐在一块石头上，慌忙坐稳，又瞄向顾不迷，只见他仍旧没有什么反应。暗香依依心道：他是真当自己不存在？

望向他所望的方向，暗香依依想看看他在看什么。

江面并不宽，但因夜色的明亮，水波如明镜，倒映影着亮如银盘的月亮，波光涟漪时，月亮也起了褶皱。

静，实在太静，静得她坐立不安恐惧心慌。

暗香依依一时安慰自己顾不迷只是要带她回九幽教，应该不会伤害她，一时又想，顾不迷要练魔琴需要“神丹妙药”大增功力，而自己恰好就是他想“吃”的“神丹妙药”啊！她实在不能肯定顾不迷不知道落月迷香的秘密，越想越胆战心惊。

她暗暗思量，要不要跑？

如果她猝然发难飞起来，以她的轻功……刚想到此，便见一只飞鸟自水面上浮掠而过，划破了水面的宁静。忽听一个单音想起，那只刚自水面飞起的鸟儿便坠落在水里，而他的手指似从未动过。她顿时面色惨白。

正在害怕，便听见阵阵琴音响起，她大惊失色，刚捂住耳朵，便听他轻唱道：“飞鸟落，枫叶枯，生命已去，乐音无和。清尘越，名成眠，盛世繁华，忘去忘却。花前意，月下情，转身星辰，咫尺陌路。人生路，无忧亦有怖，不过是，镜中月，水中花，终有一日，喧哗尽去剩荒芜。”

顾不迷竟然在唱歌……

一时，她完全风中凌乱了。

忽然有种想抱头痛哭的冲动，这世界究竟怎么了？她在害怕在担忧，一颗心纠结得要死要活，可罪魁祸首竟在悠然自得地唱歌。她实难接受！

可不接受又能怎样？

她蔫了。

这是个弱肉强食的年代，武功决定一切，不讲道理的。她绝望地倒在石头上，有种蹬腿踢死他的冲动，随即想到丢下自己逃跑的慕容逸，越发抱怨起慕容逸的薄情来。

顾不迷却在这时起身向她走来，她却没有发觉。直至他居高临下地看着她，她猛地坐了起来，防备地看着他，便听他道：“汤斩迟了，我们先走。”

也不管她想不想走会不会走，顾不迷转身便先走了。

她很想蹦起来反抗，也很想逃跑试试，可终究鸵鸟地跟在了他的身后。

他竟没急着赶路，只带她回了小镇，而后走到了镇中唯一一家客栈内。

夜已深，店小二哈欠连天地为他们开了门。

顾不迷道："两间上房。"

店小二非常努力地试图将眼睛睁大，或许因为太困也没认出她早先已投宿过客栈了，只道："客官，小店只剩一间上房了。"

暗香依依正等着顾不迷以武力解决，便听顾不迷淡淡道："好。"

暗香依依当下似被雷劈了。

店小二打开了上房的门，点燃了屋内蜡烛，便问："二位客官还有什么需要？"见顾不迷摇了摇头，也不管暗香依依站在门外不进来，便自顾提着灯笼下了楼去。

顾不迷回头看了她一眼，也不叫她进来，只推开了桌上的茶具，自包裹中拿出一方软布铺在桌案上，而后卸下紫漆木琴放于其上，伸指轻轻一抚，那姿态那模样，令门外站着吃风的暗香依依愣是打了个哆嗦。在听他说"进来"二字后，暗香依依鬼使神差地走了进去。

他一挥袖，身后的屋门骤然关上，暗香依依吓得惊跳起来，便见他一拂袖坐在了床上，微蹙眉头，似不悦地道："你怕我？"

答案明摆着，暗香依依忽觉自己很挫。

她的确怕他，这个阴晴不定，令人完全摸不透心思的人，这个不苟言笑，抬抬指头便杀人于无形的人，这个慕容逸也不愿为敌的人，这个很可能要将她当成"神丹妙药"吃了的人，而且吃的方法……

怎么不怕，不只怕，简直恐惧。

似看破了她的老鼠胆，他不屑地哼了一声，闭上了眼睛，盘膝坐在床上打起了坐不再理会她。

好半天屋里连只路过的老鼠都没有，顾不迷的呼吸也完全听不见，暗香依依挪动脚步走到椅子前坐下，暗暗运气舒缓疲惫。

二更过，屋中依旧寂静无声，烛火几乎燃尽，仿佛在做着最后的挣扎，越接近熄灭，燃烧得越炽烈。

运功一周后，紧张的情绪稍缓，理智也渐渐恢复，暗香依依思前想后，忍不住偷偷看向顾不迷，暗道：难道他并不知道落月迷香的秘密？

仔细想来，当初在襄阳王别院顾不迷弹琴时，所有不会武功及武功弱的人都已倒地不起而她却安好，顾不迷恐怕在那一刻便知她武功已经恢复了吧。而自己还装什么没武功，在他看来定然十分幼稚外加二十分的可笑。想到这里，暗香依依不禁有些沮丧。可转念又想，既然他已知道自己的内功恢复也无任何特殊举动，是不是说明，他并不知道落月迷香的秘密？可就算他不知道落月迷香的秘密，她真的要和他回九幽教吗？九幽教究竟是个什么地方？她暗暗地想，有些犹豫不决，不由得又看向床上运功打坐的顾不迷。

夜色寂寥，三更声响，蜡烛燃尽，四下陷入一片黑暗。

她在椅子上扭了一会儿，终于忍不住起了身悄悄走至门边，手指刚碰到门时便听身后顾不迷道："去哪里？"

她收回了手，回身答道："去解手。"

顾不迷闭上了眼睛不再说话。

暗香依依的手已摸到门边却又放下，低低问道："你不怕我跑了？"

顾不迷沉沉道："自你出现在云堡镇，江湖各大帮派想必也已得到了消息，武林追杀令犹在，如今这江湖不知有多少人想要取你的性命，就算你武功已经恢复，但凭你一己之力，也在劫难逃。"

暗香依依按下心中惊慌，回身问道："难道你会眼睁睁地看着我死？"

顾不迷淡漠地道："我与汤斩奉教主之命带你回九幽教，但如果你自己私下逃走，就属于叛教。"

闻言，暗香依依压下心中惊悸，出了门。

凉风扑面，顿觉清醒了几分，她抬头望天，只觉夜色苍穹，深不见底，一如当下自己的迷茫，不知该去往何处。

回屋时，一室静寂，顾不迷仍旧坐在床上打坐。

她坐在椅子上，问道："你是怎么找到我的？"

顾不迷睁开眼，淡淡道："姜言给我的消息。"

"百事通姜言？"见他点头，她又问，"他怎么会知道我在哪里？"

顾不迷道："他自有他的方法。"

"难道连我易容的模样他也知道？"

顾不迷点头。

暗香依依只觉不可思议，莫非这姜言有通天之能不成？她想了半天也想不出个头绪来，不知道慕容逸和她在哪里露了破绽被姜言的探子看出了身份，便又问："汤斩人呢？"

顾不迷道："我与他分兵两路，他拖住莫七落，我来寻你，他迟迟未到，恐怕是遇到了棘手的事。"

"我们要一直等他吗？"

"不。今晚等不到他，明早我们先走。"

她点了点头，陷入沉思，如果顾不迷说的都是实话，那么莫七落也追来了，武林追杀令是他代父所下，这让她实在想不通。

或许是太累的缘故，运功打坐的过程中，她竟睡着了。

夜色寂寥，四更声响，她却忽然睁开了眼睛。

眼前，烛火已经燃尽，暗夜中，依稀可辨这是蓝枫的书房。记忆中，他在这里亲吻了她的额头，他的唇滚烫、炙热、温暖。

可那已是前尘往事，而眼前的……她遥遥地看着蓝枫盘膝坐在床上，双眸微闭，似已入睡。

是他，竟然是他！这是梦吗？这肯定是梦！

她不敢上前碰触，生怕惊扰了他，也惊醒了梦。

胸口的伤处隐隐作痛，她低头，看到的却是暗香依依的身体，不禁惨笑，这果然是梦。

她无力地靠在椅子上，再次望向床上的蓝枫，却见他睁开了眼。她全身一颤，竟下意识地起身向前走了两步，却在他幽幽的注视下，害怕地停住。

她黯然垂首，不敢再看他，想起过往种种，心口微疼，终究是自己的过错，即便是梦中的他，也自觉无颜以对。

"从前的我看不清自己的心，任性的我，伤害了你也伤害了我自己。多希望时光能够倒流……"

她忽觉胸口窒息痛苦难当，她不想再想了，这是梦，她要醒过来。

她猛地打开门正欲夺门而出，便见他突然出现在自己面前拦住了她的去路。

他近在咫尺，如此温热，如此真实，她伸出手指颤抖地欲触摸他的脸，却被他拂开。

她泪流满面满腹委屈，这一刻再顾不得许多，扑进他的怀里，正欲在他怀里痛哭，却被他狠狠推开。她不敢相信，只觉痛苦万分。她不相信梦里的他也这般讨厌自己，她泪流满面，再欲靠近，却又被他推开。她靠近，他推开，她发了疯一样，不管不顾地抱住了他的一条胳膊，苦苦哀求道："不要推开我……我喜欢你，我真的喜欢你，只喜欢你。"

门开着，他们折腾的动静有些大，惊动了一层楼的住客。听见声响，顾不迷目光一沉，一掌将暗香依依打晕过去，挥袖将身后的屋门关上。

住客见没了动静，不一会儿也都尽皆睡去。只除了一人，此人不是别人，正是百花门门主花香玉。

当晚，花香玉带着一个门人途经此地，因住店比顾不迷和暗香依依早，他们住进客栈时花香玉早已睡下。

半夜时分，花香玉被对面客房的吵闹声吵醒，怒气腾腾地想出门去教训对面那对狗男女，却无意中自微开的窗口瞥见对面门口立着一位紫衣男子，虽只瞧见个背影，但足以让他认出此人不是别人而是顾不迷！他忙躲在窗口仔细看向对面，一点儿声音也不敢发出。

对面房中，一个中年村姑死缠烂打地纠缠着顾不迷，他清晰地听到那个中年村姑痛哭流涕地对顾不迷说："不要推开我……我喜欢你，我真的喜欢你，只喜欢你！"花香玉一双眼睛瞪得有些离谱，似不敢相信自己看到的，用手捂紧了嘴，怕自己不小心尖叫出声。

他忽然想起，那是武林大会的最后一天，莫七彩突然登台挑战顾不迷，所有人都为她的不自量力而暗暗讥讽，而她的下场果然十分凄惨。若不是莫七落出手挡住了顾不迷的杀招，莫七彩可能连命都没有了。面对莫七彩这样的武林第一美女，顾不迷都毫无怜惜之情，何况这个中年村姑。他想这个村姑死定了，可转念又想，顾不迷怎会放一个村姑到自己房间里？这其中定然有什么不可告人的秘密。

第二天一早醒来时，暗香依依只觉眼前天旋地转，待反应过来自己竟被顾不迷夹在腋下跑，头昏脑涨之余有那么一刻竟念起了慕容逸。而昨晚的事，细节多已记不清楚，她只隐约记得梦到了蓝枫，梦里的蓝枫好像穿着一件紫衣，和此刻夹着她的顾不迷穿着似乎有点儿像……

察觉她醒了，顾不迷突然松开了手臂，任由她自由落体扑地而去。

眼瞅着脸要先着地，她情急之下微一提气，以掌击地就势翻身而起。方才抬眼看向顾不迷，暗香依依见他丝毫也不惊讶，心中暗道：他果然已经知道自己内力恢复了。她不禁喜忧参半，喜的是顾不迷很可能不知道落月迷香的秘密，忧的是暴露了自己的真实实力今后再难浑水摸鱼，不过终究是喜大于忧。

她暗暗运转内息，竟发现自己的内力又提升了一层，虽莫名其妙却还是忍不住暗中窃喜。暗香依依正在那儿傻笑，便听顾不迷道："跟上。"一开心，便跟了上去。

顾不迷身法极快，她跟得十分吃力，跑着跑着突然想到，自己干吗要拼了命地和他跑？就慢了下来。

察觉她越落越远，顾不迷慢下脚步，回身看了她一眼，大抵不愿再带着她跑，便也慢了下来将就了她的步伐。

一路上，顾不迷始终与她保持着一定的距离，她本就对顾不迷的性情不太了解，又十分乐见其成，便未觉有异。

一路行去，越走越荒凉，暗香依依早已搞不清身在何处，也不想问顾不迷。

她原本就无处可去，天大地大，四处为家，此番自凤凰谷出来也是为了行走江湖四处游历。既然顾不迷并非为了落月迷香而接近自己，那九幽教也未尝不可一去。再说了，天下第一的魔教是何模样，她也想去见识见识。作如此想，她便泰然处之，亦步亦趋地跟在他后面，他走哪儿，她走哪儿。

沿途古木参天，路越来越难走，衣服不小心被枯枝挂破，再加上早上醒来时被他夹着跑，此刻发散钗斜，样子实是惨不忍睹。

可这都是小事，大事是她肚子饿了，很饿。

时间久了，暗香依依饥肠辘辘脚步虚浮时不时捂着肚子哀怨地看着顾不迷的后脑勺敢怒不敢言。

不能说不代表不能做，她越走越慢，越走越没力气，也不知是不是产生了幻觉，竟觉脚下所踩的大地都有些震颤，耳中轰鸣声也越来越大。她察觉有异停下脚步茫然四顾，却忽然看到顾不迷瞬间到了自己近前。

顾不迷离她很近，近得她清楚地看到了他眼中的犹豫和嫌恶。

或许是女人的天性，她竟然感觉到他是在犹豫该对她如何下手。这念头顿时令她呼吸一滞，刚想转身逃跑，便被他抓住了后衣领。她回头便是一掌，却被他抓住了手腕，倒提着飞上了附近的一棵高树。

她回身正欲再给他一拳，便听到下方轰隆隆一阵巨响，一低头，便见一群野鹿自下方奔驰纵跃而过，几乎将他们方才的落脚之地夷为平地。她心里一怕，拳头变成了抓，却不小心抓到了他的头发。他伸手重重一挥，她尖叫一声重心倾斜眼看便要栽下树去，慌乱间他伸手一拉竟将她拉进了怀里，被她抱了个结实。

他全身僵硬，推开她，她抱得更紧，再推，更紧！

下方野鹿刚过，顾不迷拔下腰间她的双手，便将她狠狠地丢了出去。

顾不迷这一丢恐怕使了全力，只见她头顶带风呼啸着扑向了远处一棵树，眼看自己的头就要撞在粗壮的树干上，慌忙中急忙运气调整，四肢并用如树熊般环抱住了树干。

正大口喘着气，便觉头顶凉凉的，她微一抬眼，看到了一条蛇。

那蛇离她不过半臂远，一双琥珀色的眼睛死死地盯着她，吐出的舌头，恍惚能闻到一股腥味。

她尖叫一声，骤然自树上掉了下来，而那蛇也骤然发难，朝着她扑了过来。她简直吓破了胆，忘了自己有武功，只听砰的一声，仰面朝天重重地摔在了地上。后背传来一阵剧痛，枯枝划破了她的胳膊和脸，一双手在空中乱挥乱抓，尖叫连连……

半晌，她惊慌地睁开眼，便见头顶一人正伸手掐着蛇身，微一使力只听噗的一声那条蛇便不再扭动。

顾不迷神色平静地看着蛇在自己手中死去，而后才低头看向脚下的她。

她忽然连叫的力气都没有了。

当她狼狈爬起来看到顾不迷一言不发转身就走时，心中的惊吓、委屈和被扔出去的屈辱瞬间通通变成了愤怒。

她一咬牙，大声喝道："你站住！把话说清楚再走！"

他停下脚步，偏头看向她，眼中闪过轻蔑，抬步便走。

新仇旧恨早已让她觉得窝火，他这种嫌恶、厌憎、轻视的态度更令她恼怒，她大声道："你再走试试！"

他还走。

"顾不迷！你！你不要逼我！"她气得浑身发抖。

顾不迷似听到了十分好笑的话，停下脚步，回头讥讽地眯起了眼。

见被如此轻视，暗香依依怒火中烧，解下自己腰间长鞭，狠狠在地上抽了一鞭子，啪的一声巨响，砸出一条浅坑，颇有些气势。

"你想与我动手？"顾不迷轻蔑地看着她，"自取其辱。"

早已怒火中烧失去理智的暗香依依闻言火冒三丈，咬牙切齿地以鞭指天，道："顾不迷，你以为自己很了不起，告诉你，小心装逼被雷劈！"

顾不迷虽然不懂"装逼"为何意，但显然也听懂了其中含义，不屑地哼了一声，不紧不慢地解开背上木琴，置于身前，手指在琴上拨动了一下，发出一连串的乐音。暗香依依只觉扑面而来的压力令她气血翻涌难以自持，握着长鞭的手也不由自主地微微发抖，便听顾不迷轻抚爱琴，幽幽地道："你可知，死于我琴下之人，很难……尸身完整。"

死无全尸四个字飘过脑海时场景太过血腥震撼，她面色发白，尚未动手便已胆怯。

暗香依依握着长鞭的手满是虚汗，可不知为何，竟在这样的情况下想起了往事，忽然心生哀伤。

死？死有何惧？她本就孑然一身，生无可恋，再说，又不是没死过！如此一想她竟再无惧色，手腕微一用力，扬起长鞭击向了顾不迷的琴。

顾不迷向后一跃，躲开了她的长鞭，长鞭抽打在地上，留下一条深深的鞭痕。

顾不迷目光一敛，小指在琴弦上一勾一放，乐音未绝，周身数丈的事物已皆被无形的利刃斩断。

暗香依依只觉一股巨大的劲力迎面扑来，尚未及身已觉得隐隐作痛。她全神贯注地舞动手中长鞭，尽皆打散，可身形尚未站稳，便听见周遭树干咯吱作响，还来不及反应，便见眼前一棵大树腰杆一般粗壮的树干似被利器瞬间斩断，突然错位，扑面倒塌下来。

她心中一慌，骤然向后倒退，可尚未退远，便发现前后左右所有的树都向她倒压下来。

上天无路，入地无门，无路可退。

慌乱中，她看到了顾不迷讥讽的笑，牙关暗咬，手腕急转，以极快的速度朝天舞动起了长鞭，内力注入鞭中，将扑面压来的树干尽皆打散。

当一切平息，四周尽是断木残垣，独她一人挺立，几个纵跃灵巧地跃至高处，不服输地望向远处的顾不迷。

只见顾不迷此刻正斜倚在远处的一棵树干上，琴置于身前，一只手支头，一只手轻抚琴面，没有任何动作，似早已料到她会冲出困境，似已在等她。

顾不迷手指轻轻一动，一阵急促的乐音便骤然响起，暗香依依顿觉气血翻涌，急速舞动长鞭。好不容易打散了迎面而来的凌厉之气，她落足的树干却已成了碎片，无处落脚，正提气将跃，却又听到更为急促的乐音，一边将其打散，一边腾挪纵跃。随后，乐音一波比一波急促，一波比一波难对付，可她竟然奇迹般全挡了下来，除了发梢被削掉一段、衣袖没了一截、腿被划伤之外，竟一连接下了顾不迷十招。

顾不迷终于坐起身来，双手放在了琴案上。

她微微有些气喘，踏在凌乱的断木中，执拗地看向顾不迷。

顾不迷嘴角微微向上一挑，带着嗜血般的冷酷，双手齐动，比方才强数倍的强大内力密不透风地迎面袭来，仿佛万千只利刃齐发，尚未至便已闻到了血腥味。在不知不觉中，暗香依依内力翻腾，瞬间以不可能的速度和力量，破了他的杀招。

他手指不停，乐音不止。

漫天飞舞的残木被震得四散飞扬，其中之人，早已鞭影与身影重叠。

他笑意越来越深，手指齐动，越来越快越来越急。忽然，乐音戛然而止，停得突兀几乎令人撕心裂肺，便见她长发在空中张扬飞舞，长鞭跌宕在身侧，垂着头，汗水自鬓边一滴滴滴落。她缓缓抬起头，双眸满含倔犟，紧咬着毫无血色的下唇，望着他。

他起身收起了琴，慢慢向她走去，刚刚走到她面前，便见她倒了下去，倒在他脚下。

他垂目望去，只见她身上数处伤口深浅不一流出的血已将衣衫染红。

他俯下身去，点了她几处穴道将血止住，伸手一捞将她夹在腋下，离去。

就在他们离去后不久，先后来了五拨人马，每一拨人看到此地方圆十丈内断木残垣的情景，都断定是顾不迷所为。据四周破坏的程度推测，顾不迷应是遇到了不可小觑的对手。

其中一拨人马，便是自客栈一路跟踪到此的花香玉。

花香玉见此情景心中暗忖：看样子顾不迷应是在此与人大战了一场，四周并无尸体，能与顾不迷大战一场全身而退的，放眼武林也没有几个。此人又会是谁？顾不迷带走的那个中年村姑又是怎么回事？

他一路跟来，途中除了九幽教的人，还遇到了叶落宫与红枫山庄的人。他一路小心翼翼，既怕跟丢了，又不敢跟太近，早先要去办的事也匆忙丢给了手下去办，只一人悄悄跟在顾不迷后面。看顾不迷走的方向，应是去……

醒来时，暗香依依微微一动便觉全身疼痛。

不知昏迷了多久，此刻日暮西山，眼前是一片草原，似已走出深山。

冬初，绿草枯黄，风过，瑟瑟凄凉。

不远处有流水潺潺，一路向东蜿蜒，不见尽头。

她一瘸一拐地来到水边，望着自己在水中的倒影。

水中倒映出一张陌生的面孔，慕容逸的易容术只有半月之效，算算日子，差不多要变回来了。她就着清水洗了把脸，却见水中倒映的自己一变再变，直至变回了原本模样。她摸了摸自己的脸，只觉不可思议。

顾不迷坐在岸边，紫漆木琴放在膝上，手指轻抚。她看向他时，他亦看了过来。

见她突然变回本来模样，他似并不奇怪，只骤然拨动了琴弦。她心头一震，便见水面波涛汹涌。当他停下，数条鱼便在水边草丛中疯狂地跳跃挣扎，挣扎了一会儿便都奄奄一息。

看着那些将死的鱼，她心有戚戚焉地道："你怎么不杀了我？"

"九幽教的左护法岂会是贪生怕死之徒，你若一直唯唯诺诺，见我惊跳如鼠，死不足惜。"言下之意，她昨天的莽撞挑衅反而是非常好的表现，令他改变了主意，所以没杀她。

暗香依依顿时哭笑不得，不由得暗道：昨天与他一战时，怎么就一根筋地和他打下去了呢？怎么就没学慕容逸逃跑呢？不由得悔恨交加。这时见顾不迷站起身来，她下意识地全神戒备，却听他问道："饿了吗？"

她一怔，没想到他会问这事，尚未回答，便听肚子咕噜噜地叫了起来。声音之大，害得她下意识用手捂住，当察觉这样子更丢人，她忙又放开来。而后在一声声不受控制的咕噜声和他了然的目光下，她一个劲地想用双手紧紧捂个严实，不给他看，可终究忍住，只红了一张脸，硬生生道："饿了。"

她呆呆地立在原地，数次狠揉眼睛，以为看到了幻象。她看到他劈木生火，看到他在水边一条条处理鱼，看到他将鱼串在木枝上架在火上烤，看到他耐心而细致地向上面撒着盐。当烤鱼的香味在鼻端打起了转，她仍旧目不转睛盯着他看。

直到他看向了她，方才顿悟自己看他看得实在有些过分，忙不自在地移开了目光，一不小心吸入了一口鱼香，不由自主地吞咽了一口口水。也不知这口口水积蓄了多久，声音竟大得让她再次脸红，突然转过身去，懊恼地抓了抓头发，别扭地一瘸一拐走远。

为躲避食物的诱惑，她沿着水走了数步，却已是极限，也不知身上伤了多少处，只觉微微一动便全身疼痛。

她转身，龇牙咧嘴地看着自己水中的倒影，只见自己的颊边、脖颈都有划伤的痕迹。她微微掀起衣服露出手臂，只见上面也有数处伤痕，只是不深，并未被处理过。

她撕扯了一块早已破掉的衣裙，在水中洗了洗，而后小心翼翼地避过伤口擦拭，并拿出随身所带伤药，撒在伤处，只是有些地方，实在不便于在此地上药，便强忍着。

好一会儿，她整理好，再偏头看去，只见他已吃了两条鱼，而几乎快要熄灭的火上还挂着两条烤好的鱼。

顾不迷起身走到水边坐下，也不看她，只是小心地擦拭着膝上的琴，似忘了那两条烤鱼，可她却该死地明白过来他为什么留了两条鱼在火上。

她微微一怔，有些别扭地转过了头去。昨日，她输了，输得很惨，几乎连他的身都未曾近，更别提他只是动动手指便将她撂倒，这让她伤了自尊。可一想到鱼，口中的唾液便疯狂地增加起来，肚子也狠狠响应地叫嚣着，她不禁有些不自在地想，何必跟自己的肚子过不去。索性蹒跚地走了过去，暗香依依拿起烤鱼吃了起来。

她正吃得香甜急切，便听他道："暗香依依，我不喜欢你。"

暗香依依瞥了他一眼，暗道：你不喜欢我，我也不喜欢你，大家心照不宣就好，何必直说出来这么难堪。

她“哦”了一声算是回应，转头继续啃鱼，完全没有多想。

再次上路成了一个问题，她拒绝被夹着，可是她又走不动，被他冷冷地看着直看到有些害怕，便假装运功疗伤来了个消极抵抗，却突然被他一掌打晕。

晕过去的时候，暗香依依脑海里竟然在想：你他妈的点穴就不能温柔点啊！

第三卷

九幽教左护法

第十四章 原来如此

再次醒来时，暗香依依竟然睡在床上。

她小心翼翼地摸了摸身上的锦被，柔软温热的触感险些令她落泪，终于不是和虫子一起睡草地了。

稍稍一动，她浑身疼痛，这才想起自己几乎全身是伤，不禁暗骂，顾不迷真他妈不是人，使的那是什么神经武功，稍慢一下就让人遍体鳞伤，简直不像地球人。

想起一些伤口还未上药，她便挣扎着起身，伤口已不能再拖，否则发炎留疤不说性命也堪忧。

她正在挣扎，便听屋门咯吱一响，一个陌生的男子端着托盘走了进来，男子步履轻盈，一看便知是练家子。

她疑惑地看着男子，男子察觉她醒来，放下手中托盘，单膝跪拜一臂触地道："参见左护法。"

既然叫她左护法，此人定然识得自己，暗香依依问道："你是……"

男子道："属下周禾，是教主派来服侍左护法的。"

"教主？"

周禾道："左护法昏迷时，教主已来看过。"

"我昏迷了多久？"

"一天一夜。"

"那现下教主人呢？"

"教主已离开。"

"去哪儿了？"

"属下不知。"

"你起来回话吧。"暗香依依道。

周禾起身，将托盘中的药碗递给暗香依依，道："左护法，药。"

暗香依依忍着疼痛，挣扎着起身，接过药碗一口喝下，虽苦不堪言，但对她而言这并不算什么。

将药碗递与周禾，她又问："这是哪里？"

周禾道："祁阳山分舵。"

"顾不迷呢？"

"属下不知。"

暗香依依微微蹙眉，不再问，便道："麻烦你帮我准备一身干净衣服，还有一盆热水，谢谢。"

周禾一怔，显然因为暗香依依的客气而略感惊讶，可也只是片刻，便恭敬地回道："是，属下这就去准备。"

大概有武功的人就是不一样，不过三日时间，内外用药，再加上内功疗伤，伤势已然大好，伤口也已结疤。陈峰放在她身上的伤药果然有奇效，涂了清凉舒服，想来过不了几日伤处便会痊愈。

闲来无事，她站在祁阳山之巅向下俯瞰，只见山下层层屋宇在繁茂的林中若隐若现，瞠目结舌地说不出话来，这般气势，竟然只是分舵？

据周禾说，祁阳山分舵由上至下共分五层。越往下，驻守的人越多，越往上，人数反而越少，只是显而易见武功、地位也越高。她所居的院落叫云阁殿是峰顶的第二层，顾不迷住在峰顶第一层天启殿，多日来，顾不迷从未出现过。

她所居院落为两进院落，每一进的大门处都有两个不苟言笑的门神，每次见到她都会像周禾一样单膝下跪武器触地以示恭敬。每次她都有些不自在地侧过身去，想躲又不能地生生受了他们的礼，便很深切地体会到，这就叫地位。

她失去记忆，性情大变，在九幽教已不是秘密，从周禾的反应中便能窥知一二。

她曾问周禾："我与当初是不是差别很大？"

周禾话不多，但却有问必答，而且答得很直白。

周禾说，九幽教上下都知道她失了记忆，武功尽废。

自回到祁阳山，她就满身是伤，平日里也不习惯用轻功走路，练功更是习惯成自然喜欢夜深人静一个人偷偷在屋里练，所以周禾并未察觉她武功已经恢复，也属正常。

周禾说，祁阳山分舵本就是她管辖之地，但自从她出事后，便转由少主顾不迷打理。不过以她现在的情形，周禾建议她不要轻易下山。因自顾不迷打理祁阳山分舵后，山下第四、五层护殿的守卫已经换了人。

周禾回答得言简意赅，说此番话时神情没有多大变化，但显然颇有深意。

仔细思考周禾的回答，她逐渐理出头绪，九幽教很多人都以为她武功尽废，是个废人了。而她回来后仍任九幽教的左护法，教中必有人不服。祁阳山本就是她管辖之地，下属虽然对她现下实力存有疑虑，仍旧恭敬，只是祁阳山分舵此刻也未必都是她早先的旧属，所以周禾方才劝她不要轻易下山。周禾是祁阳山副舵主，跟随暗香依依共事多年，自周禾的言语神态中，可以看出周禾此人可信，只是……人心隔肚皮，她在周禾眼中是主，但却是个没有实力被束之高阁的主，所以在祁阳山分舵，她虽是左护法，却毫无权力。无论发生什么事，事无巨细都与她无关，这反而顺了她的意。

数日安逸的生活，好像是偷来的一样。

不知不觉便在祁阳山住了六日，这六日里除了周禾与门外守着的四名守卫，她没见过其他人，顾不迷也不曾得见。

周禾除了每日送饭和药，其他时间也不见踪影。

前些时日过于奔波辛劳，这几日的安逸令她十分享受，每日夜半三更鸟鸣山幽的清净都是她打坐运功的极好时辰。闲来无事，她便越发勤加修炼落月迷香，开始几日小有进展，只是再往下练却遇到了阻碍，无论怎么练都停滞不前，时日一久便有些心浮气躁起来。也不知自己哪里练错了，她不能问更不敢问，不由得更是烦躁。

实在无趣，便到门口与两个门神没话找话说，可她一个开场，“今儿天真好啊！”便看到两位门神大哥心如死灰的目光。

彼时还在纳闷，她说了什么伤人的话。后来周禾的一番话令她彻底明白，一个有能力的领导者会让下属在人前昂首挺胸，一个像她这样无能的领导者，会让他们觉得颜面无存。在他们心里或许希望回来的是从前的暗香依依，即便那个暗香依依喜怒无常、心狠手辣、不苟言笑，也不应该是她。

待周禾又来送饭时，她问了些暗香依依从前的事。

她方才知道，当初的暗香依依不仅武功高强而且很有领导才能，又因行事心狠手辣全教上下无不惧她三分，即便是顾不迷也不会轻易去招惹她。在九幽教众人眼中，她是一个值得信赖也着实令人畏惧的左护法，她最得教主顾天穹信任，在教中地位，除了长老与少主顾不迷，便是她。

问起身世，周禾说，她是教主顾天穹捡回来养大的。

她又问自己与顾不迷、汤斩关系如何？

周禾说，她与顾不迷、汤斩自幼一起长大，感情疏离。

疏离到什么样的程度?

几乎不相往来。

昨夜练功再次失败，或许应该停几日再练，可即便如此也控制不住心中的烦躁。

立在宽阔的院中，空旷得连脚步声都能听到回音。

院门外的守卫好像不会喘气一样寂静无声，心里烦躁时这种可怕的寂静便成了孤独。

她从不畏惧孤独，因为一直孤独，只是……无论多久，无论习不习惯，她都不喜欢孤独。

即便是慕容逸那样不可信的人在身边，即便是顾不迷那样令人畏惧的人在身边，也总好过一个人。只是此时此刻她脑海中浮现的却是莫七落与陈峰大哥。

她问过周禾汤斩现下何处，周禾说，右护法汤斩迟迟未归，已失去踪迹。

汤斩是去阻拦莫七落的，汤斩迟迟未归，莫非是被莫七落杀了？但以汤斩的武功，即便不敌莫七落，也不应该走脱不掉。

她又问周禾是否知道莫七落的下落，周禾答：“属下不知。”

其实，莫七落究竟有没有骗过她，她已不放在心上，骗了如何，没骗又如何?在一起的半年多里，他终究没有伤害过她。关于武林追杀令的事，下次见面她一定会亲口问他，只要不是欺骗，她都可以原谅，倘若只是小小的欺骗，她也可以不计较的。因为这世间曾让她体会到温情的只有……思及此，她心中一酸，原来自己如此怯懦，竟会因那虚无缥缈甚或是假意的温情而忘记和不顾现实。

听周禾说，多年来九幽教与红枫山庄敌对，双方冲突不断，各有死伤。

暗香依依因帮中事务，与红枫山庄时有摩擦，暗香依依心狠，杀过数名红枫山庄的弟子，其中就有莫十七。

她问周禾，莫十七是个什么样的人?

周禾说，莫十七是武林盟主、红枫山庄庄主莫见笙的最后一位入室弟子。据闻悟性极高，在红枫山庄的年轻一辈中武功仅次于莫七落，与莫七落虽不是亲兄弟，却胜似亲兄弟，二人几乎形影不离，被江湖上戏称红枫双侠。

周禾说，他曾在武林大会上与莫十七有过一面之缘，此人与其他红枫山庄弟子颇为不同，生性随意，性格开朗，为人正派，江湖人缘极好，与本教的冲突也最少。

她问周禾，她缘何杀了莫十七?

周禾说，详细情形他也不太清楚，只是后来听说，她偷了少主顾不迷的忘忧，独自一人离去，后被右护法汤斩找到时已经脉尽断，没了记忆，当时莫十七的尸体就在她不远处……

周禾所说与顾不迷、汤斩无二，与慕容逸说的也有一半相同，唯独与莫七落告诉她的，完全不一样。

她仰望天空，轻轻挑起嘴角，讥讽地想：莫七落堂堂红枫山庄少庄主，为什么要认你一个魔女为义妹，凭什么为了一个死去的兄弟而照顾杀过他无数兄弟的魔教妖女？凭什么为了这样一个女人而不顾名声背离家族？是她太天真。

第十五章

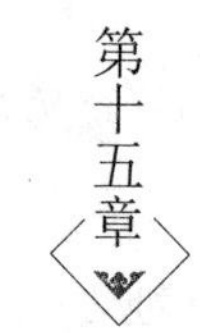

初冬大战

已入冬季，祁阳山虽地处南方，却因山高而偏冷。

不知不觉，她来到这个世界已经有九个多月了。细想这九个月竟像是一场梦，暗香依依正有些恍惚，便听到高处传来阵阵琴音。

是顾不迷。

自来到祁阳山就没见过他，不知他近些时日都在干什么？这时听周禾在门外道：“左护法，少主有请。”

大概是住在山顶的缘故，顾不迷所住的天启殿气温更低。

偌大的楼宇，只有两个守卫守在外殿，冷冷清清，比她独居的云阁殿更加安静。

周禾停在殿外示意她一人进入天启殿。

天启殿门前有四根红漆圆柱高高耸立，仰望竟有直插云霄之感，令人望而生惧。

她一步步走上台阶，立在门外，看到里面上坐顾不迷，下方垂首立着一个黑衣男子，另有一个……人，全身用麻绳绑得像个球一样倒在地上，看其身形，暗香依依一下反应过来，竟是未默。

顾不迷见她进来，便道：“此人你可认得？”

未默起先像只死狗一样倒在地上，缩骨后身材比例本就不协调易引人发笑，此刻又被绑成了球形模样，看起来更是滑稽。暗香依依忍不住扑哧一声笑了出来。

未默早已看到了她，看见她对着自己笑，顿时神采飞扬，骨碌一下自地上滚将起来，滚着滚着到了暗香依依脚边，一双黑白分明的大眼睛一眨一眨地看着暗香依依，明明笑着，却带着哭音委委屈屈地道：“慕容逸说你在这儿，我还不信，你果然在这儿，可让我好找。”

她蹲下身来，问道：“你找我干吗？”

他道：“娶你啊！”

暗香依依抬头与顾不迷道：“此人我认识，不知他犯了什么错被抓来这里？”

顾不迷看了一眼黑衣人，黑衣人转身向她施礼，正要说话，却被未默打断。未默道："我什么也没干啊，就是摸了下他的琴。"未默的手腕被麻绳绑得很紧，可他的手指仍有两根能动，便用那两根手指扯了扯她的衣裙，示意她看他，不要看别人。

顾不迷的琴是人能摸的吗？暗香依依觉得这回未默死定了，可忍不住又有些好奇，顾不迷的琴与他寸步不离，便是洗澡、睡觉、更衣、吃饭都带在身边的，未默是怎么摸到的？而且摸完以后双手竟然还能完整保留下来。

她盯着未默的那双手，便听未默说："我是一时不察才会中了他的道，他若敢放了我，我肯定……哎哟！"未默的话尚未说完，便被暗香依依打了一拳。他抬头望向暗香依依，一脸委屈，可又不忍心责备，所以委屈了一会儿，便又变成了憨笑。

暗香依依一方面觉得他过于纠缠有些反感，一方面又觉得他不是坏人，不应该因为自己落在顾不迷手里枉送了性命，便想帮他一帮。

想到他轻功高绝，暗香依依便状似急怒地道："你竟然敢摸我家少主的琴？我这就杀了你，为少主紫漆木琴的清白报仇！"当下一掌劈向了未默，未默竟然躲也不躲，还念叨着什么，"牡丹花下……"后面的还没念叨出来，就觉着绑着他的麻绳突然被劈了开来，听到暗香依依耳语了一个字："跑。"突然一脚踏出踩碎了殿中地面所铺的青石，倏地一下钻入了地下。

暗香依依正以为他跑了，未承想他突然又从地底下钻了出来，骤然跃出地面，扑向了暗香依依。暗香依依一时不察被他抱了个满怀，而后只觉眼前一阵尘土飞扬，一个温温热热的吻落在了颊边。

暗香依依惊呆。

这时就听上座的顾不迷道："九幽教是什么地方，是你想来就来、想走就走的吗？"

他话音未落，一掌拍地，殿内青砖被震碎一大片，来不及遁远的未默被迫从土里钻了出来。

未默不仅擅长土遁，轻功更是高绝，暗香依依只觉眼前一花，便眼见未默的身影消失在了殿外。

顾不迷追出殿去，未默已经跑远，眼看是追不上了，却忽听一阵琴音乍起，暗香依依便觉气血翻涌，忙运气将扑面而来的杀气打散。她无意中瞥见身后殿中那个黑衣人也跟了出来，匆忙之中，运气护住了他。黑衣人一怔，似没想到少主会突然在殿前动手，事后反应过来兀自吓出一身冷汗，见左护法竟能轻易挡住少主的琴音不禁微感诧异。

暗香依依没有心思理会身后的黑衣人，只是看向远处的未默。

只见未默如折翼的胖鸟般，瞬间自半空中跌落下来，而后，缓缓转过身来，看向了她，突然神情振奋地大叫了一声："娘子，我今生娶不到你，来生也要娶到你，我死而无憾！"言罢，呕血倒地不起。

暗香依依不知该哭还是该笑，见顾不迷已经到了他面前，一掌正欲劈下，情急之下匆忙大喊："你不能杀他？"

顾不迷顿住了手，道："给我个理由。"

暗香依依跑过去挡在他面前，觉得和他距离太近压力太大让她难以思考，便使劲将身后的未默踢得远了些，向后挪了几步，立在二人中间，挡住他看向未默的视线，支支吾吾半晌也没有个像样的理由，实在撑不下去了方道："你看他这样的人，天下间也不会有第二个了，杀了他多可惜。"她知道这理由挫得不能再挫了，所以说完之后也很不好意思地低下了头。

他望着她，忽然道："如果你能接下我五十招，我便饶他一命。"

暗香依依一呆，回身看向昏迷不醒的未默，又转过来看向顾不迷，心中天人交战，双眉拧成了一团。忽然双肩一垮缓缓挪开了几步，露出身后的未默来，顾不迷上前两步手掌刚抬起来便听她道："且慢！"顾不迷似对这两个字有了免疫力，手势并未因此而停止半分。千钧一发之际，她急忙一脚踢出，将未默踢出老远，恰踢到了远处一直看向他们的黑衣人脚下。

暗香依依对黑衣人一抱拳，道："这位大哥，麻烦你先将他送至我住的云阁殿。多谢。"

黑衣人一怔，先看了一眼顾不迷，见他没有反对的意思，方才大声道："是，属下周观这就去办。"

原来他叫周观，暗香依依点了点头，她从未见过此人，但看他行的礼，想必此人也是教中人。

见周观将未默带走，暗香依依看着顾不迷，犹豫了一下，竖起三根手指，厚着脸皮道："可不可以只接三十招？"

见顾不迷神情不善，她忙道："好吧，五十招！"

顾不迷道："去后山。"不由分说，转身就向后山走去。

她不甘不愿地跟在了后面。

暗香依依边走边想，上次与他打了多少招她根本没数过，不知道能不能挨过去。感觉有点儿多，她想到上次全身大大小小的伤，心有余悸地捂住脸，只觉还未开打便已全身疼了，暗道：为未默拼命，好不值……

后山有处空旷的山谷，周禾说，以前曾是一片竹林，是她的最爱，可惜后来顾不迷来了，一阵琴音过后，全都变成了竹笋。当下一见，此言果然非虚。

周观与周禾是堂兄弟，周观带未默到了云阁殿，便遇到了周禾，急急将未默丢给周禾转身就走。

见周观走得急切，左护法也没回来，周禾拦住了周观，周观急急道："左护法与少主要在后山过五十招！"

周禾一怔，左护法武功尽废怎么打得过少主？见周观急匆匆远去，他也欲跟去，可突然想起殿中还丢着一个陌生人，眼见周观已走远，这陌生人是怎么回事已不得问，为防万一，只得先点了未默的穴道，方才追着周观去了。

可周禾哪知，未默本不是侏儒，而是用缩骨功移骨挪位，穴道和正常人根本不一样，他点的穴道对未默来说完全不起作用。

未默轻功高绝，武功却不怎么样，幸好当时跑的时候距离顾不迷已远，否则岂是震伤心脉这么简单。昏迷了一段时间，幽幽转醒时，只见自己倒在一处空旷的楼宇前，四下无人。他翻身坐起试着运功，只觉胸口闷痛，挨地的屁股也有些疼，以为身上有外伤，掀开衣服查看竟发现屁股两边一边一个脚印，暗道顾不迷的魔功实在邪门。

细细想来，魔琴简直就是自己的克星，无论他上天遁地都难逃魔琴音波远距离的杀伤，顾不迷这人今后还是少惹为妙。

平日里未默行事随性，瞧着疯癫，但实则却是个聪明人，在云阁殿中寻找了一番不仅不见暗香依依，竟连个鬼影子也没见着，不禁有些纳闷，这人都去哪儿了？祁阳山地域广阔，如果他没有受伤，自然来去自如，可如今有伤在身又极可能再遇到那个邪门的九幽教少主顾不迷，不如趁现在守卫松懈先逃下山去，等养好伤再来也不迟，正要走，忽又想到一事。

他本不认识慕容逸，慕容逸却主动找到了他。

慕容逸开门见山言明知道暗香依依的下落，他起初不信，但慕容逸提及了顾不迷与襄阳王别院发生的事，他方才信了几分。慕容逸说，如果他找到了暗香依依要帮他做一件事。他当时想，不过是一座山而已，去看看也无妨，便点头答应。

正所谓，君子一言驷马难追，他未默是个重信诺的人，看了看四周，偌大的殿宇空旷无人，正在犹豫，便见一个小子在门外探头探脑。

今日，祁阳山的厨子等了大半天，也不见副舵主来为左护法取饭，眼见日已中天，便打发了自己的小弟子去左护法所居的云阁殿送饭。

小弟子来时竟发现云阁殿一个人也没有，连平日里守在门口的守卫也不知去向。他不知教中发生了何事，忐忑不安地在门外探看，便看到院中有个矮子正目光炯炯地看着他，那目光……好似在茂密的山林里发现了珍惜的野生菌。

少主与左护法即将一战，原本只有周观和当时守在天启殿的两个守卫知道，可后来周观与周禾说这事的时候，刚好在云阁殿门口，云阁殿的守卫自然也听到了，守卫们你看我我看你，心痒难耐都想去看，可又不敢擅离职守，便各自忍耐。

暗香依依与顾不迷本就是九幽教年轻一辈中的佼佼者，顾不迷更是武学奇葩，年纪轻轻琴功已至第五重，眼看越发接近顶峰，却不知为何多年来再未有进展，始终练不到第六重。

而左护法暗香依依，全教人都熟知她手中长鞭的狠辣，便是右护法汤斩的魄月刀也略逊一筹。

少主的紫漆木琴、左护法的落月迷香及右护法汤斩所使的魄月刀都乃教中圣物。

紫漆木琴与魄月刀都是极有来历的绝世兵刃，据说这两种武器曾杀人无数，兵器本身阴气极重时有冤魂缠绕索命，若非心智极坚者不能驾驭。而内功心法落月迷香修习的对象必须是女子，据说这种内功心法极为霸道，一旦修习，终身就只能修习这一种，其他内功不仅不能学，即使被人强行导入体内也会走火入魔而亡。

少主顾不迷、左护法暗香依依与右护法汤斩都是教中的顶尖高手，三人性格迥异，也都十分强势。多年来少主顾不迷常驻江州分舵，而左护法暗香依依则留在南方祁阳山分舵，右护法汤斩则驻守在北方分舵，天南地北，如无需要，三人少有往来。

这么多年来，驻守祁阳山的九幽教弟子从未见过他们之间比武切磋。而今这一战可谓破天荒头一遭。

武林中人，尤其是高手，对武功一途信仰极深。此刻听闻教中两大高手要比试武功，心痒难耐之下忍不住抓耳挠腮，明明看不见，却还是一个劲地往后山方向张望，心中暗道：都说左护法武功尽失，可终究只是传言，再说左护法若真的没了武功，少主又岂会与她动手？这一战不仅是难得一见，也定然会十分精彩，可惜自己不能去看。

云阁殿四个守卫暗自思量，竟异口同声地对同时守门的兄弟说：“兄弟，我内急去下……”话音未落四人早已哈哈大笑互相猜出对方的心思。索性坦言聚在一起商议对策，其中一个守卫有些主意，便说，咱们不如如此如此，这般这般，法不责众嘛！众人一听，同声道：“好！”

就这样，少主与左护法在后山一战的消息迅速传遍了祁阳山的五层十殿。

祁阳山舵主周观与副舵主周禾先后到了后山，可二人也不敢靠得太近，只躲在山脉里远远地瞧着。忽听身后传来异响，转头去看，起先只见一二人，可眨眼间便看到了无数人。

周观、周禾一看便知是教中弟子，不由得惊讶这怎么全来了？！周禾微微一动，便被周观拦住，周观对他摇了摇头，低声道：“罢了。”

二人假装没看见，悄无声息地躲好，看向山谷。

后山山谷的平地上，暗香依依立在不远处，直视着顾不迷。

紫鞭紧握在手中，深呼吸再深呼吸，可还是觉得胸口被什么压住了，呼吸困难手心冒汗，她捶了几下胸口，只觉心跳得极快。

顾不迷微一抬眼，手指骤然拨动了琴弦。

琴音如狂风骤雨般铺天盖地地袭向了暗香依依，便是远山荒木也因这琴音而泛起如波浪般的颤抖。

暗香依依气提丹田，长鞭舞得密不透风，将音波一一打散。

岂料顾不迷手腕一转，琴音突变，忽起忽落，忽快忽慢，柔中带刚，刚中带柔。她顿时手忙脚乱，一时不知该快还是该慢，慌乱中，便觉密如细雨般的利刃划在了自己身上，阵阵疼痛，令人难以忍受。她狼狈地跌坐在了地上，顾不迷的琴音随即停了。

她捂着流血的伤口，双眼含泪哼哼唧唧不再起来，便听顾不迷轻蔑地道：“废物。”

“废物”二字在山谷中回旋，极为刺耳也极为伤人。

顾不迷正欲收琴离去，忽听她道：“站住！”

顾不迷转头去看，便见她已自地上站起身来，脸微微发红，三两下撕扯下已破得不成样子的衣袖，抛掷在地上，赤裸着两只胳膊，举鞭对他道：“再来！”

他敛了眸光，轻蔑地道：“不知天高地厚。”

“那你知道天有多高？地有多厚？”她不服气地大声反问。

顾不迷自然也不知道，所以他回身再次弹起了琴。

琴音忽快忽慢，她凝神应对，可身上的伤仍越来越多。她咬紧牙关，忘记疼痛，一招招地坚持了下来。直到，一个冲刺接近了他几分，一鞭子抽向了他。

他躲开的同时，琴音间停，她不给他喘息的机会，第二鞭、第三鞭……

祁阳山树木繁茂，虽然已入冬季，树叶几乎落尽，可粗壮的枝丫依旧可以轻易藏人。

此刻，无数双眼睛就藏在这根根枝丫后，紧盯着后山的一男一女。

少主顾不迷起初的那阵琴音威力极强，远在数十丈外的树木亦疯狂摇晃，林中几个心切靠前的年轻弟子竟被震下树来。

距离这么远，威力还如此大，若是站在左护法那个位置，该是如何的雷霆万钧？！众人不敢深想。

在一阵急促的琴音后，乐音忽然由急变缓，节奏虽忽快忽慢，可与最初相比威力小了许多。可左护法却开始频频受伤，突然招架不住了。

一些年轻弟子见此情形便有些想不明白，少主现下的琴音显然没有开始强，怎么左护法反而抵挡不住了呢？

一些挤到前面观战的弟子看着看着便觉自己裸露在外的肌肤又痒又疼，低头一看，顿时惊骇，只见何止肌肤，就连自己现下藏身的树木躯干竟也出现了深浅不一的道道裂痕，似被薄刃细细密密地划过一样。有人顿时明白过来，少主忽快忽慢的琴音刚柔并济，内力揉在音波中细密绵长，难怪左护法会这么狼狈。有些人已经受不住有心想走，可又舍不得走，便躲得更远了些。

众人提心吊胆地继续往下看，直到左护法突然跌坐在地上。

七招，左护法只能接下少主七招？因为太远多数人没有听清少主与左护法说了什么，只见左护法似乎十分愤怒，自地上一跃而起大吼了一声："那你知道天有多高？地有多厚？"

咦？这还真是个问题。

树上的甲问树上的乙："你知道吗？"

乙刚想摇头，可突然明白过来这要是答了不就等于承认自己不知天高地厚吗？心知甲这是借机在揶揄自己，便反问道："你知道吗？"

甲讪笑。

自天多高地多厚的问题后，左护法似被激怒，不再一味防守而是攻守兼备越战越勇。

少主也越发全神贯注，一边躲避长鞭，一边伺机抚琴。

谷中，少主与左护法的身法都太快，一些武功低的弟子早已看得眼花缭乱，只觉二人相交相错犹如惊鸿掠影几不可辩，唯剩左护法手中的长鞭时而划过天际时留下的道道浅痕还能辨出一二。

有人看得手指扣树，有人看得牙齿暗咬，有人看得额冒虚汗，一个个像是快要绷断了的弦。

也不知是谁失声问道："多少招了？"

"二十五，二十六，二十七……"不远处一人竟将心中默数的数字念出声来，旁边一人正欲让他住嘴，便听林中数人竟随着那人开始齐声念道，"二十九，三十，三十一，三十二……"

突然，左护法的长鞭脱手而出……

谷中两人的身影骤然分开，一个在南一个在北，一个紫得妖异，一个红得夺目，一个迎着风和光手抱魔琴，发丝与衣衫翻飞激荡，一个背着风和光半跪在地上长发垂落挡住了半边面颊与眸光。

众人齐声慨叹，忽见少主向林中望来，不由得暗惊，忙纷纷遁去。一时间山野中好似有群猴迁徙，枝丫簌簌作响。

暗香依依半跪在地上一脸沮丧。

还是打不过他，不仅打不过就连他的衣角也碰不到。虽然想到了他的武功缺陷是近战，可他速度太快，一边移动一边弹琴没有任何阻碍，对此她还是没有办法。

暗香依依一瘸一拐地拾起长鞭，见顾不迷尚未离去，便凑上去小心翼翼地问道："我没能接下你五十招，你是不是还要杀他？"

顾不迷云淡风轻地道："就用他一双手来抵吧。"

暗香依依顿觉头皮发麻，跑到他面前将他拦住，大声道："我们继续打，再打十八招。"

顾不迷伸手推开拦住去路的她。

她一瘸一拐地追上去，边追边喊："顾不迷，你站住！我们再打，不就是十八招吗？我还能坚持……喂，你有没有听我说话啊……十八招，等我养好伤，不用，明天！明天我定能接下你十八招，好不好啊……十八招……我说喂！十八招我能接……"

暗香依依一瘸一拐地回到了云阁殿，心想未默如果受伤不重的话得劝他赶紧逃命，可当她回到云阁殿时，发现未默已经不在了。问过周禾，周禾忙搜了一遍云阁殿，发现未默果然不见，当即跪下请罪，暗香依依心想你把他放了再好不过，何罪之有？周禾却说，他当时忽闻少主与她要在后山比试武功，情急之下离开云阁殿，临走前以防万一，点了那人穴道，没想到那人竟然还能逃脱。

言罢，周禾欲通知五层十殿所有人速速寻找缉拿未默。暗香依依一听连忙阻止，周禾不解，暗香依依也不多做解释，只说以未默的轻功，此时定然已经走远追不上了，不必再惊动大家。

周禾心中忐忑，左护法如今武功显然已经恢复，若在从前，此事是他疏忽所致，定然要问罪，轻则废黜他的副舵主之职，重则性命不保，就连云阁殿的守卫也难逃责罚，可今日的左护法……他抬眼看去，只见她已取了伤药转身走进了后堂。

暗香依依一听点穴，自然而然想起了初见未默时的情景。莫七落就是大意点了他的穴道，才险些让他跑了，事后方知未默会缩骨功，点穴对他完全没用。这个时候未默应该已经走远了，这样的结果正合她意。

暗香依依回屋上药，这次的伤口虽多，却不深，可不深也疼啊。她一边忍着疼，一边为自己涂药，涂着涂着竟傻笑起来。

顾不迷绝不会手下留情，这一点从一开始她就知道，与他过招稍有差池就是个死，可这不仅让她害怕，潜意识中还让她兴奋。

细细回想今日与他对的每一招每一式，竟有了一些从未有过的领悟和心得，对顾不迷的恐惧也淡了许多。今日的顾不迷与上次不同，一开始就用了极厉害的招式，她能感觉得到，他至少使了七层以上的功力，而她竟挡了过去，她真的挡了过去！她轻笑起来，自己的武功似乎到了她所不熟悉的新境界，喜悦与成就感令她分外开怀。

虽然后来顾不迷的琴音忽快忽慢让她有些手忙脚乱，但在他的魔琴之下保住性命对她来说已然不难，就算打不过，跑也不成问题。如此一想，暗香依依竟开心地笑出声来，顿觉涂了药的伤口也不怎么疼了。

上完药出来，周禾已不在，无意中瞥见门内放着一个竹篮，打开来一看，竟然是饭菜，这才想起自己的早饭还没吃呢。虽然饭菜早已凉了，可肚子饿了也管不了许多，尤其里面还有一盘红烧猪蹄，她正啃着猪蹄，便见周观走了进来，周观向她一拜道："左护法，少主命属下来取那人一双手。"

一想到血淋淋的人手，手中的猪蹄也变得恶心了，暗香依依丢下猪蹄，看着眼前的饭菜已然食不下咽，便有些气闷。

眼见周观你不给我手我绝不会走的样子，她就有些生气，再想到顾不迷打得自己一身伤还要砍人家的手，就觉得他很没人性，不由得哼道："手，手！好，我就给他一双手！"她向外唤道，"周禾。"

周禾走了进来，她招了招手，周禾与她到了后堂，听她在耳边如此吩咐……

周禾犹豫了半晌，方道："属下斗胆劝左护法别如此做，若是惹恼了少主，后果不堪设想。"

"人都丢了，不这样还能怎样？左右他都要怪罪下来。"她挥了挥衣袖，"去弄吧，周观还等着呢。"见劝解无效，周禾只得去了。

不一会儿，周禾端着一个蒙着血布的托盘走回后堂，暗香依依看了一眼道："拿给周观吧。"

周禾闻言忽然跪在了地上，"人是属下弄丢的，属下愿意承担所有罪责，少主若是怪罪下来，属下愿以命相抵，家兄周观并不知情，求左护法放过家兄。"周禾重重地磕了一个头，待磕第二个时已被暗香依依拦住。

周禾的想法是暗香依依始料未及的，一时之间有些迷糊，怎么成了她要害周观？可稍一深想便反应过来。这是九幽教，有不可违背的教规，有森严的等级差别，而她竟然要拿假的去戏弄少主。九幽教上下别说戏弄少主，就算是说了半句谎话骗了他，恐怕也会死得很惨，何况她还要借其兄长周观之手，是她欠考虑。

暗香依依原本觉得自己的做法无伤大雅顶多让顾不迷郁闷一下，可现下想来却是自己想错了，颇为愧疚地将周禾扶起，温言道："你不知道，逃了的那人与我有些渊源，他跑了正合我意。"

暗香依依救下未默时，周禾并不在现场，自然不知道暗香依依本就打算让未默跑的。

周禾闻言微微一怔，便听暗香依依道："他如果当真怪罪下来就怪我好了，想杀人，就杀我好了。人命关天的事，我绝不会让他说杀就杀、说伤就伤，这东西我亲自给他送去！"言罢，她接过托盘走了出去。

周禾望着她离去的背影神思微微有些恍惚。

天启殿，顾不迷正坐在后堂吃饭，见暗香依依与周观一前一后走了进来。暗香依依见他也在吃饭，忽然笑了，将手中托盘端至他面前一放，道："给你当下酒菜。"

周观目光一沉。

顾不迷瞥了一眼，没有理会。

暗香依依见他不理会自己，也不多言，转身走了。

周观见左护法已走远，少主放下碗筷，抬手掀开托盘上蒙着的血布，入眼的竟是一对新鲜猪蹄……想是新宰的猪，猪蹄上的血还鲜红……周观想。而后忙低下头，他这是在想什么？！

顾不迷盯着那两只新鲜猪蹄，盯了好一会儿也没动静。

周观额头已冒出阵阵虚汗，暗道：原本还以为真是一双人手，方才左护法笑意盈盈地说要给少主当下酒菜，他还以为左护法不仅武功或许连记忆也恢复了。可眼前的猪蹄再次证明是他高估了左护法。可转念又一想，左护法这么戏耍少主，少主若是怪罪下来后果定然不堪设想，想到方才左护法坚持要自己送来，不用他代劳，似乎是有意不想牵连他，否则若是他端来给少主，少主气怒之下焉有命在。他又想起今日天启殿外，她挡在自己身前救了自己一命，细细想来，周观心中微起波澜。

忽听少主问道："她方才说过什么？"

周观硬着头皮回道："左护法说，给少主当下酒菜。"

夕阳西下时，金色的光线让巍峨的楼宇镀上了一层金光。

云阁殿外，送饭的小弟子伶俐地对守门大哥说："师傅说了，晚饭已备好，各位哥哥得空赶紧去吃吧，莫要凉了。”

守卫检查了他的腰牌看是厨房的小弟子便问：“今日怎么是你来送饭？”

小弟子笑道：“副舵主今日有要事，师傅便差了我来送。”

守卫点了点头，道：“进去吧。”

小弟子忙点了点头走了进去。

云阁殿后堂，暗香依依还在屋中睡觉。

昨日和顾不迷一战消耗了许多体力，运功虽然可以疗伤解乏，但终究抵不过睡觉更能加速机体恢复。尤其她几次睡觉醒来，武功修为都有增进，这让她越发喜欢睡觉，所以从昨天开始，她几乎都在床上。

小弟子入得殿来，见殿中无人，目光流转，一闪身进了后堂，身法极快。

自虚掩的窗口，他看到了屋中卷着被子睡觉的女子。

长发散在床边，本就娇艳的双颊在睡梦中越发红润，长长的睫毛在眼睑下留下浅浅细影，身子横卧，无限旖旎。

那小弟子在窗外摇了摇头，竟略带宠溺地轻声笑道：“猪。”而后瞬间离开，折回前殿，将饭菜放在桌案上，离去。

自未默闯山成功，祁阳山上下各殿均加强了守卫，每日里除了加强巡逻次数，更有数名高手在山中飞来飞去。这场景在暗香依依看来觉得有些好笑，心道：若是未默打算再来，这些人再多也形同虚设。

一日在山中闲逛，她偶然听教中一巡逻弟子叫苦连天，说他们一天要巡逻五六次，半夜也要起来两次，每日里觉都睡不好，都快累垮了。其中一人叹道：“唉，谁让那天我们去后山偷看被少主发现了。”

偷看？他们偷看什么？难道是偷看她与顾不迷在后山比武？暗香依依暗道。

眼见他们一个个顶着熊猫眼山上山下的巡逻，她暗暗好笑，看来顾不迷明面上说是加强戒备，实则是在惩罚他们，顾不迷这家伙真阴险。

据她所知，顾不迷之所以一直留在祁阳山，一方面是她目前没有统领祁阳山的能力，另一方面，他一直在等汤斩的消息。来到祁阳山已有五日，汤斩依旧消息全无，前日还听周禾说，不仅汤斩，就连莫七落与陈峰也失去了踪迹。若论武功，她并不担心莫七落，可莫七落怎么也消失不见了？也不知当日汤斩去拦截莫七落发生了何事。

天已入冬，一日比一日凉。她几日运功都不顺利，不禁愁眉不展，但幸好身上的伤好得很快，这次虽然受了些伤，但没有上次严重。

这两日吃饭的时候，都不是周禾来送饭菜，而是一个不认识的少年，少年说他是膳房的小弟子，副舵主这几日有事便叫他来送饭。在九幽教，她没见过几个人，通常都是人家认识她，她不认识人家，所以也不以为意。

小弟子大概受了周禾的吩咐，每次都在门外候着，等她吃完了方才进来收拾碗筷退下。那小弟子似乎十分惧怕她，从来不敢与她对视，总是低着个头。

这日吃完饭后，暗香依依看他利落地收拾，便温和地与他道："今日的菜很好吃。"

小弟子忙缩着脖子答："左护法喜欢就好。"

见他唯唯诺诺的样子，她便失去了说话的兴致。

几日不见周禾，问过守卫都说不知道副舵主去向，暗香依依心存疑虑之下，不得已找到了周观。这才得知，周禾三日前已被顾不迷派下山办事去了。她原本不以为意，可后来睡觉睡不着忽然想到三日前那几个巡逻弟子说的话。联想到周禾失职让未默逃脱，她送的猪蹄顾不迷那边毫无反应，便觉有些不对劲。

第二日又去问周观，周观委婉地说："周禾此去还须数日方能回来。"这一次她没有忽略周观眼中的无奈与担忧，看来周禾此行要去办的事必有艰难，这次她再也笑不出来了。唉，不知道她的猪蹄，顾不迷打算怎么办……

有大把大把的时间练功，可惜一直毫无进展，她心情郁闷之时，便反复揣摩自己与顾不迷打过的每一招每一式，有时候会憋屈地想，自己就真的打不过他吗？有时候又会很不屑，他不就凭那把破琴吗？可连续两次都被他打得遍体鳞伤，真是越想越愤懑。还有周禾就这么被他支走了，还有猪蹄，怎么就没了下文？害她整日提心吊胆的。

在这样的心结下，第三日在又一次练功失败后，她心情郁结地入睡，睡梦中，忽然睁开了眼睛。

月如银盘高挂空中，遮蔽了所有的星辰。

她如鬼魅般出现在峰顶。

峰顶，天启殿墙高一丈有余，就算是武林高手想要翻越这墙，中间至少也要借一次力，除非未默那样的绝顶轻功高手。

天启殿的守卫虽然只有两人，却不是普通高手，再加上顾不迷这样的人物，就算是未默来了也照样被擒，一如数日前。

可今夜谁都没想到，包括顾不迷自己。当暗香依依突然出现在他眼前时，顾不迷亦难掩惊诧。

天色已沉，暗想依依悄无声息地从高高的围墙外飞了进来。

通常，武林高手飞跃楼宇衣衫都会带些风声，耳目灵敏的守卫便会察觉有人闯入。可当晚，暗香依依由于身处梦境与幻觉中，起身时耳中听到远远传来的琴音，这琴音莫名令她狂躁，顷刻间，入睡前的愤懑全然变成了难以控制的怒火。

来到祁阳山峰顶，高墙挡住了去路，望着耸立在面前的墙壁，一种久违的熟悉感油然而生，她展开双臂，略微提气，竟使用了大半年未曾用过的蛤蟆纵，悄无声息，一纵一纵地飞上了墙头。

这蛤蟆纵的优势就在于安静与持久力长，还有无论多高，几乎都可不借力便能逾越，只是那姿态……不提也罢。

夜色寂寥，琴音缭绕，暗香依依一纵一纵毫无声息地越过了一丈多的高墙，而后在空中调整姿态，再一蹿一蹿地直接跃入了顾不迷所居的天启殿后堂。

天启殿，顾不迷独坐月下，默默地抚着琴。

琴边的香炉中不知点了什么药草，整个天启殿缭绕着久久不散的清雅淡香。

月下，他一袭紫衣，有一下没一下地拨弄着琴弦，忽见暗香依依凭空出现，姿势古怪地向他“游”了过来。他早已猜到她就是当初武林大会上的慕容小妾，这古怪的轻功无疑证实了他的猜测，当初在武林大会上便对她这邪门的轻功感到疑惑，而今再见仍旧难以相信，她竟然可以滞空这么久？！

“你来干什么？”他问。

她以古怪的姿势落在地上，缓缓抬头看他，带着前所未有的愤怒，恨声道：“顾不迷，我很看不惯你！”

顾不迷哼了一声，反问道：“那又如何？”

她解开腰间长鞭，在手里像绳子一样拉了拉，道：“所以我打算在梦里教训你！”

梦里？顾不迷还来不及细想，长鞭已至眼前，以她从未有过的速度和力量。

他心中一惊，急速后退，堪堪躲过。

长鞭抽打在地面上，将青石铺的地面砸得粉碎，地面像是突然长了条疤一样一路蜿蜒足有一丈多长。

顾不迷看向暗香依依的目光带着不可思议的惊诧。

天启殿外守卫听见异响冲进殿来，天启殿守卫见与少主动手的是左护法，正不知该如何是好，便听顾不迷道：“离开！”

守卫犹豫了一下，想到他很可能要弹琴与左护法一战，自己在此无疑碍手碍脚，便迅速离去。只是尚未走远，守卫便听到殿内琴音想起，天启殿瞬间开始分崩坍塌。

明明逃得极快的守卫还是被琴音震伤，回首间只见天启殿屋宇迅速塌陷，轰隆隆之声不绝于耳。而少主与左护法几个纵跃先后跃至将要坍塌的楼宇之上，一个使琴，一个使鞭，二者原本各据一方，可眨眼间左护法已至少主眼前，紫鞭划破夜空留下一道刺眼的惊鸿。

月如银盘，漫天紫影。

暗香依依只觉全身燥热，内力在体内奔腾叫嚣，只要稍稍催动，便如燎原大火般轰然爆发！偏巧对手又是她怨怒多日的顾不迷，甫一交手，她便已控制不住自己想要发泄想要一决生死的疯狂。

愤怒瞬间变成了难以形容的兴奋，甚至眼睛也变成了淡紫色，融入夜色中，妖冶鬼魅，与白日里简直判若两人。看在顾不迷眼中，惊疑之下还有一种难以描摹的惊艳！

暗香依依因来自现代，一方面不愿意伤人，一方面也害怕自己受伤，所以每次与顾不迷过招都束手束脚。即便被他逼得无路可退拼死一搏，实则发挥出来的武功也大打折扣。

可今夜不同，一来她神志不清如梦似幻，二来有两股真气在她体内奔腾似欲融合又似排斥，不断地折磨着她。她只要稍稍运功，那两股真气便似被瞬间催化，兴奋无比地相碰，而后融合，再碰，再融合……

那一晚，暗香依依如有神助，武功修为与三日前后山一战时已完全不可同日而语。顾不迷勉力之下方才与她打成了平手。若不是她忽然昏倒在地，那一晚，或许他会受重伤，可即便这样，他也已经十分狼狈。

走至近前，看着昏倒在地的她，顾不迷依旧有些不敢相信短短三日她竟会进步如此神速，只是……有什么地方似乎不太对劲。

天启殿已然被毁，远处无数双眼睛盯着峰顶。他们都是九幽教的教众，夜半听到异响全都起来冲向了峰顶，以为是有什么人夜闯祁阳山，可当他们远远看到与少主过招的竟然是左护法，便不敢再上前一步。

今夜一战，让所有人都瞠目结舌，显而易见，左护法的武功已经完全不在少主之下，与三日前的后山比武，差距之大，可谓判若两人。

左护法昏倒后，周观上达峰顶，跪拜道："少主。"

顾不迷方才回过神来，指着远处倒卧在地的天启殿守卫，道："去看看他们的伤势。"

周观应下，起身去看。

命人速将受伤守卫抬去医治，周观回到顾不迷身边，见少主不知在想什么，只看着昏倒的左护法低眉沉思。

片刻，顾不迷俯下身来，按住了暗香依依的脉息。

入手温润，脉息沉稳，她竟然只是睡着了？再仔细一探，他不由得目光一紧，全无内息？这是怎么回事？！

周观见顾不迷面色凝重，不敢问也不敢妄动，良久，方见顾不迷放下了暗香依依的手腕。他正欲伸手去抱，便听顾不迷道："我来。"

周观一怔，便见少主已背起魔琴，伸手将左护法提起夹在腋下，下了峰顶，直奔云阁殿。

看着被夹在少主腋下的左护法，周观嘴角抽动了好几次终是欲言又止，默默跟在少主的后面到了云阁殿，看着少主踢开左护法的房门，将左护法丢在了床上。

左护法竟像是仍有知觉般，挪着挪着挪进了自己的被窝里，蜷成了一团，好似睡着了。

周观暗道：左护法究竟是晕了还是没晕？

出得门来，周观将左护法是否昏厥的想法抛之脑后，恭敬地问顾不迷："天启殿已毁，少主今夜……"

周观的话还没问完，便见顾不迷已推开左护法隔壁的房门，顾不迷回身与他道："将这里打扫一下。"

周观忙道："是。"

那一晚，天启殿被毁，守卫重伤。无奈之下，顾不迷搬到了云阁殿与暗香依依一同居住。自此，孤男寡女共处一殿。

自从少主搬来云阁殿，云阁殿守卫每日里精神抖擞，好似打了鸡血一般，各个耳朵直直的，就连云阁殿上空飞过几只苍蝇，心里也清楚得很！

当然也包括每日来送饭的那个小子。只是那小子的眼睛突然肿了，说是被不知名的虫子蜇了，用什么药都不管用，只得等它自己慢慢好。可这一慢慢好，竟是一个月都没好过，大家渐渐习惯了他这副模样，好像肿着眼睛方才是他原本模样。

那夜一战之后，第二日一早，暗香依依出门竟意外地看到顾不迷从隔壁房间走出来，下巴险些惊掉在地上。睖睁间手腕被他握住，她没反应过来他这是要干吗，只为一件事惊讶奇怪，开口便问："你昨晚住这儿？"关于昨晚的一切，一觉醒来她已没什么印象。

他道："我搬来这里住。"手中，她的脉息沉稳有力，丝毫没有混乱的迹象，昨夜突然消失的内力也重回她体内。他放开了她的手，蹙眉沉思。

"为什么？"她摆明了不太明白，他突然跑来跟自己一起住是为了啥。

"天启殿已毁，其他地方不方便我住。"顾不迷回答得言简意赅，转身进屋，似已不愿再纠缠在这个问题上。

天启殿已毁？暗香依依第一反应就是想到了后山那片竹林的悲剧。斜睨着进屋的顾不迷，她暗道：这家伙一不高兴连自己住的房子都拆了，实在够变态，转念又想到那个依旧没有下文的猪蹄，再看走进隔壁的他，心底顿觉一凉。

白日里，她特意去峰顶转了转，只见祁阳山峰顶最宏伟的天启殿毁得那叫一个彻底，连断壁残垣几乎都算不上了。

她对正在峰顶处理天启殿废墟的周观发表感叹，“少主可真是厉害啊。”

周观闻言连连称是，并诚挚地道：“左护法武功也很高强。”

她以为周观是在拍马屁，想到几日前在后山，自己连顾不迷五十招都接不下，汗颜回道：“不强不强。”

周观还以为她是自谦，对她为人处世低调不张扬越发敬重了几分。

自那日以后，所有人见到暗香依依都十分恭敬，说话声音都不自觉地小了半分。

自那以后，每日里一大早顾不迷就会把她拽到后山对打，暗香依依时常暗地里咒骂：靠！不就是送你一对新鲜猪蹄吗？至于吗？至于吗？！

起初几日，她极不情愿地跟他去，然后哼哼唧唧一身伤地回来。

可后来，她却渐渐变了。

暗香依依武功本就不弱，内功自那晚之后更比从前深厚，可惜她缺乏实战经验，神志清醒时又不喜欢打架伤人，若不是被逼得无路可退，总是不愿意动手打杀的，所以便有些束手束脚，起初自然难敌顾不迷。

可顾不迷几次三番的逼迫，使得她渐渐有了自信和勇气，尤其后来受伤越来越少，察觉自己武功好似越来越高，便有些上瘾似的每天与他在后山切磋。

起初还会被他硬拖出门去，后来便早早起来，到后山等他。

久而久之，这样的见面似成了没有承诺的约定，每日他俩都会对上五十招，不多不少，而后各自散去，没有任何言语。

如此竟打了整整一个月。

这一个月来，她武功越发精进，面对顾不迷再也不会心存畏惧，而顾不迷的魔琴似也操控得越来越得心应手，偶尔竟能将琴音波及的目标控制在一定范围内，这无疑是惊人的进步，也正渐渐接近慕容逸所说的第六重。

第十六章

无敌媚功

这一日，当太阳几近消失，他们已经酣战了五十个回合。不约而同地停了手，她兴奋地检查全身，再次确定自己毫发无伤，忍不住得意忘形地笑出声来。

顾不迷恍若未闻，一声不吭地背起了琴，照例缓缓走出山谷。

这几日，她受伤越来越少，不再是一瘸一拐地走回去，便每次都在他面前飞身离去。这一次她依旧飞到了他的前面，以前从未回过头，这次却突然回头对他促狭地大声道："顾不迷，我不喜欢你！哈！"

闻言，顾不迷抬起了头，目送她远去。

在他心里，一个真正的对手，是可遇而不可求的。只是没想到，这人会是暗香依依。

暗香依依这一个月内武功大进，与往日相比已是不可同日而语了。

而落月迷香眼看也练到了最后阶段，心法虽然早已熟记于心，可今日她摆弄着手中紫鞭，竟下意识打开了鞭靶，将内藏的落月迷香再次拿出来端详。眼看自己即将大功练成，她心中喜不自胜。暗香依依将落月迷香仔细装好，便听门外周观对顾不迷说："少主，周禾的飞鸽传书，已探知莫七落的下落。"

莫七落的下落？她急忙起身出屋，只见顾不迷手中拿着一个纸条，她走到顾不迷身侧，由于顾不迷太高，她只好踮起脚尖探首望去，只见上写：庄山枫红回已落七莫。当下反应过来自己读反了，古代文字应是从右到左读而不是从左往右，当下反过来看，果然看懂了：莫七落已回红枫山庄。虽只是小小的错误，可不知怎么令她心下一跳，而后恍然想起一事，顿时如受了极大的刺激，脑中瞬间一片混乱。

迷迷糊糊中，只听顾不迷对她说："明日卯时。"

卯时？她迷茫地看向顾不迷，却听周观忽道："少主，属下可需一同前往？"

顾不迷道："不必。"

暗香依依只觉眼前发白，转身脚步虚浮地进了屋，好似听到身后周观的低唤，可早已无心去理。

她关紧房门，颤颤巍巍地走到床边，放下帷幔，解下腰间长鞭，拧开手柄，拿出落月迷香……

她反复看，反复确认，几乎不敢相信，自己竟然，竟然……极有可能将落月迷香，练反了？！这……这……怎么会这样？

帷幔被人撩开，她抬眼，看到了顾不迷。

大抵是刺激太大，当顾不迷的目光触及她手中的内功心法时，她竟然没有拿开也没有躲避，只轻声问："落月迷香是九幽教的内功心法？"

他点了点头，道："是教中圣物。"

"那你知道它的来历吗？"她轻轻问道，垂下了头，发丝亦落在了耳际。

这一刻她的模样，是他从未在她身上见过的羸弱。她会委屈，会愤怒，会哭，还会耍赖，却从未……脆弱。

他道："我知道。"

"那你能告诉我吗？"她轻声问。

他看向了门外，见周观在门外踯躅，似自觉得等不到他出来，便自行离去。

他收回视线，望向床边失魂落魄的她，道："落月迷香是本教世代相传的圣物，虽是内功心法，却有它独特之处。本教自创教三百年来……"

"那你知道它的独特之处是什么吗？"她打断了他的话。

他望着她，良久，方道："知道。"

她猛然抬头，他知道，他竟然知道？！身体忍不住微微颤抖起来，她极力隐忍，可还是控制不住。她尽量以极轻极淡的声音好似怕惊动崩断了什么，轻声问道："它有何独特之处？"

他淡淡道："练就落月迷香大成者，若与男子交合，内功尽传与男子，男子内力至少提升一甲子。"

他知道，他真的知道！

她陡然站起身来，直直地看向他，紧张、害怕、不安、愤怒令她浑身发抖险些失控。

他毫不避讳地回视，目光依旧冷漠却坦荡。

她突然明白，他早就知道，却从未有过杂念动过心思，即便多年琴功练不到第六重，他也没想要与她……

激动的情绪竟奇异地烟消云散，暗香依依坐下来的同时，脑海里竟然想的是：她将内功练反了！落月迷香正着练是给人内力，那反过来……岂不是？……吸对方内力？思及此，她心中莫名一悸，偷偷看向顾不迷，发觉他亦在看着自己神情若有所思，心下一跳，忙收回了目光。

屋中静得只闻自己的呼吸，暗香依依实在不知该说些什么，便道："落月迷香的来历能讲给我听吗？"

顾不迷点了点头，娓娓道来："我所用的紫漆木琴是六百年前由天外飞石所锻造，世间难寻。此琴原本隐匿于世数百年，后机缘巧合被本教第一任教主赵剑夫妇偶得。"顾不迷微微一顿，暗香依依听到"夫妇"二字，将头垂得更低，便听顾不迷继续道，"赵教主的夫人名为羽，因喜戴孔雀翎，武林尊其为雀羽夫人。三百多年前，他夫妇二人伉俪情深，联手共创九幽教，成为武林佳话。赵教主本就是喜琴之人，自得琴后便时常抚弄，原以为这琴与其他古琴无异，直到发现了琴中所藏的琴谱与武功秘籍。"

她抬头，看向顾不迷，他为何一直讲他的琴？他的琴与落月迷香又有何关系？

顾不迷淡淡道："催动紫漆木琴需要极强的内力，赵教主内功深厚，按照紫漆木琴中的心法循序渐进练到了第六重，便停滞不前，始终难到第七重。赵教主日夜苦练琴功，仍无所成。数年之后他终于参悟，紫漆木琴要练到第七重先决条件是要有极强的内力，至少要增加一甲子的内功，而武功修为一途若非奇迹根本不可能速成，等他练到第七重必已是垂垂老矣，不禁心灰意冷，郁郁寡欢。"

暗香依依静静地听着，望着屋外夕阳初现，再看顾不迷，已走至桌边掀衣轻坐，一边为自己倒茶一边道："雀羽夫人的武器便是你所用的紫鞭，她所练内功原本并无奇特之处，只是雀羽夫人本就是个心高气傲的女子，一心想助自己的夫君成为武林第一人。原本紫漆木琴练到第七重便可天下无敌，可惜后来得知要练到第七重还需要练一甲子的时间，不禁也难掩失望。"

"她眼见夫君日日愁眉不展，便开始研究武林各类内功心法，包括一些鲜为人知的邪功，只想另辟蹊径为夫君找到一种加快内功修习的方法，无意中，竟真的被她找到了。"顾不迷似乎从未一口气说过这么多话，不禁顿了顿，也不管听者有多着急。

他看了一眼瞪着眼睛目光炯炯地看着他的暗香依依，喝了口茶，方缓缓道："落月迷香原本并非叫这个名字，而是叫无敌媚功。"

暗香依依嘴角顿时一抽，无敌媚功？这名字听着怎么这么……贱？

顾不迷似与她有同样想法，神色略有轻蔑，"无敌媚功拥有者早已被武林诛灭，只因这门内功极为邪恶，修习者若与男子交合可令对方……对自己痴迷……"说到这里，顾不迷唇角挑到一个诡异的高度，继续道，"直到将对方的内力全部吸光。"

暗香依依不由得想到了狐狸精，可转念又想到了自己将落月迷香练反了……

“此心法辗转被雀羽夫人所得，雀羽夫人仔细研读后，依据无敌媚功自创出了适合自己的落月迷香。”顾不迷看了她一眼，这一眼颇含深意，看在暗香依依眼中，闪过脑海的竟是顾不迷方才那句：让对方对自己痴迷，想到这个“痴迷”二字背后的隐晦含义……顿觉有些脸红心跳，忙低下了头去。

“落月迷香要求修习者必为女子，一生只能修习这一种内功，修习得小成者，自身修为精进，修习得大成者，若与男子交合武功将尽传于男子，男子武功至少提升一甲子。自己武功虽然尽失，但仍可再次修习，然后再传与男子。”这段故事莫七落也曾与她讲过，只是没有这么详细，暗香依依继续听顾不迷道，“后来，赵教主的紫漆木琴练到了第七重，可惜雀羽夫人心血耗尽又内力枯竭，竟早早亡故了。”顾不迷讲到这里不再讲下去，暗香依依也没有再问，因为他说的几乎与莫七落说的一样，而她也全部都听懂了。

她所练的落月迷香是为他琴功练到第七重准备的！

她所练的落月迷香其实是一门邪功，虽然到时候武功尽失，但不用担心被甩，一来可以反复利用，二来这是门媚功，可以让世间任何男子对自己念念不忘！也就是说，得了她的内功还会心甘情愿养她一辈子。

也不知是该喜还是该忧！

可她转念一想，她忧什么忧，她将武功练反了，练反了啊！

听完了顾不迷讲的故事，暗香依依的心情如雨过天晴，一片灿烂。心情这个爽啊！忽觉肚子好饿，眼见夕阳西下，都这么晚了，送饭的小子怎么还没来？她蹦跶蹦跶出了门，打算去厨房一看，或许心情极佳竟忘了问顾不迷为什么暗香依依会选择修习落月迷香？除了他以外还有谁知道落月迷香的秘密？

顾不迷的目光随着她远去的身影追至门外，夕阳西下，光线耀眼而强烈。她发如墨，肤如雪，虽未有笑声，但举步轻盈，背影透着掩饰不住的欢喜愉悦。她的这种情绪着实出乎他的意料。

她不可能听不懂他方才说的话，落月迷香练成功了不过是为他人作嫁衣，尤其对他来说可谓量身打造。常人若知自己多年苦练的武功只是为他人所备，必定愁云惨雾，甚至害怕被他侵犯，可眼见她如此开心，意料之外，或许也在情理之中，他想起客栈那晚，她抱住自己不停地说喜欢他……

雀羽夫人牺牲自己成就夫君霸业天下间恐无人知晓，就算是历任教主也不知道，否则也不会自赵剑后三百年来无人练成琴功。落月迷香一直被奉为教中圣物，但极少有人修炼，一来教中清一色男子，二来落月迷香在内功心法中并不十分出色还十分霸道，甚至有致命的缺陷，若大意被人导入内力会走火入魔而亡。所以百年来无人修习，几乎废置。若非偶然间发现紫漆木琴中赵剑所留字句，他也不会知晓落月迷香真正的秘密。

雀羽夫人早亡，赵剑日夜思念她，最终抑郁而终。赵剑在纸上的最后一句话，他一直记忆犹新，“一生若得一红颜知己，纵使刀光剑影，亦有柔情万千。此生有幸，有羽相伴，望得此琴者亦得所爱，相扶相持，珍爱一生。”

摸了摸身后的琴，忆起一段童年往事。

六岁那年，爹爹将他叫到面前，让他去兵器库选兵刃，他走了一圈回来，什么都没选。爹爹问他为何不选？他对爹爹说：“我要紫漆木琴。”

紫漆木琴是教中圣物，百年来封存在教中重地，只有教主能将它取出。

虽是圣物却不是没人想练，可惜，自赵剑死后三百年来，根本无人练成，传言此琴有灵性，强行练者非死即伤。即便它认你为主，也难有大成，因催动它所需内力除非吃了神丹妙药，否则练到老练到死，再厉害也不会超过第七重，第七重已是人类极限，更别提第九重。

数百年来，历任教主都曾尝试修炼魔琴，可惜练不到第二重便被魔琴反噬，有的重伤，有的暴毙。在他之前只有一人练到了第三重，直至二十余年过去那人一直无法练到第四重，彼时方才醒悟若要练成琴功一辈子都不可能，便中途放弃。所以，紫漆木琴虽是教中圣物却也是死物。

直到爹爹将它交于他手。

历经数百年，没人见过真正的紫漆木琴，见六岁稚童把玩，也完全没有想到他手中的琴竟会是三百年前江湖兵器排行榜第一位的武器。

因为年幼，他尚不能催动紫漆木琴，但他本就喜欢琴瑟等物，与它朝夕相伴，便是睡觉、吃饭也寸步不离，每日弹奏，铮铮琴音，爱不释手。

如此三年。九岁生日那天，爹爹又送给他一本琴谱及一本秘籍。

他仅仅用了三个月便练成了第一重，又用了半年，练到了第二重，又用了一年，练到第三重，两年练到第四重，三年练到第五重，可如此过了六年，他依然没能练成第六重。

他亦察觉出，要想练到第六重，所需内力须是现下的一倍，可内力的增加并非一蹴而就，除非这世上真有什么神丹妙药能令他一夜之间内功大增。一直以为不可能，直到发现落月迷香的秘密，没想到，这种“药”真的存在，只不过它不是真的药，而是人。

他清楚地记得，五岁那年，爹爹自外捡回了一个小女孩。女孩又小又弱，穿着破破烂烂的衣服，像个乞丐。女孩连个姓都没有，爹爹叫她依依，她浑身是伤，似才受了一顿毒打，走路蹒跚，看见他便畏缩地跑到了墙角蹲着。他平生最讨厌弱者，所以一见她便十分反感，从那时起，与她少有交集。而这个女孩便是现在的暗香依依。

她变了很多，可以说判若两人。或许是因为忘忧，或许是因为其他，不过他不在乎这些，能与他顾不迷交手而不败的女子，天下间，只她一人而已。

他欣赏她。

日渐西斜，光影暗淡，殿中阴影处，一个提着食盒的小子，静静地站着，也不知他来了多久，又站了多久，屋中人竟毫无所觉。

暗香依依考虑了一整晚，决定与顾不迷一同去找莫七落。

她还清楚地记得，当顾不迷得知莫七落是她结义兄长时那不屑和看笨蛋一样的眼神，即便他没明说她也知道，在他心里，莫七落无疑是那种趁她没了记忆乘虚而入想要欺骗她的坏蛋。

虽也曾犹豫，但她仍对莫七落有着一种无来由的信任。这残存的信任出奇地坚韧，总是让她心存侥幸，莫七落或许……是真心待她好的。而她也想确认这份感情是真是假。

第二日不到卯时她便已起身，出门看到周观，周观说："左护法，少主已下了山，他命属下转告左护法，山下五层接阳殿会合。"

接阳殿，顾名思义，当天边出现的第一缕阳光照在祁阳山时，接阳殿最先触及它的温暖和光耀。

冬日清晨朝露颇重，顾不迷依旧一身紫衣，背琴立在殿前，不知等了多久，发梢及衣襟已微湿。阳光初现的那一刻，他目及远处，如期看到了她的身影。

暗香依依是第一次走下祁阳山。一路青石蜿蜒，仔细观察可见林中隐有暗哨。

山脚是茂密的树林，因已入冬，只剩残叶挂于树端。初升暖阳透过枝丫落于身上，既舒服也惬意。

许是心情所致，她一路行去，脚步轻巧，唇边带笑，偶听林间鸟鸣，只觉早晨空气清新一身轻松，不知不觉笑容现在眼角眉梢。

此番闲情逸致令她脚步有些滞后，顾不迷回头看了她一眼，道："跟上。"随即加快了脚步，显然用上了轻功，她亦提气跟在后面。

一个多月前，她尚不能跟上他的步伐，而今却可紧紧跟随。

就在他们离开的当日，祁阳山厨房的一名小弟子突然消失，不知去向。

一个月前，百花门门主花香玉便到了祁阳山脚下。

等了不到半日，便如他所料，见顾不迷夹着一名女子出现在了祁阳山下。

从那女子的穿着和身形可以辨出，女子正是客栈的中年村姑。在顾不迷经过他身边时，他躲于暗处气都不敢喘，可突然间，他看清了顾不迷腋下所夹女子的脸，不由得惊诧不已。

那女子竟然是——暗香依依？！

这究竟是怎么回事？

花香玉在山下停留了三日，正欲离开，便见一矮子鬼祟地在山下探头探脑。矮子轻功实在太高，一眨眼便不见了。这矮子是谁？长相奇特又有如此高的轻功，怎么以前从未听说过江湖有这一号人物？花香玉心下疑惑，没过多久，忽然察觉祁阳山上下的守卫一时间竟退了大半。

祁阳山上发生了何事？他既好奇又有些犹豫。

思虑很久，花香玉也没敢上山，等到正午，忽见那矮子夹了个人奔下山来。看矮子身型步伐比先前去时迟缓许多，想必是身上受了伤。他暗道这矮子定是这祁阳山守卫突然减少的主因，只是山上有顾不迷在，矮子轻功如此高绝定非等闲人物，如此都已受伤，不禁暗叹方才自己没有轻易闯山的决定是对的。

花香玉一时也探不出其他消息，等来了自己的弟子，便命弟子在祁阳山周遭守候，若有消息及时通知自己。

岂料三日后，弟子传来消息，说一夜之间，祁阳山峰顶尽毁，原因不明。

想要知道原因，或许得抓一个九幽教的弟子详加审问才能知晓。可花香玉颇为犹豫，此事虽然处处透着诡异可究竟值不值得他如此冒险尚不敢断定。思虑再三，他终究作罢，天下无不透风的墙，而他得罪不起九幽教。

用轻功赶路的时候最好不要说话，否则很可能会有不明飞行物当点心。

想起点心，暗香依依有点儿肚饿。今早起得早走得早，没有吃早饭，此刻肚饿实属正常。

住在祁阳山一个多月，她还是不太习惯一天只吃两顿饭。上午一顿，下午一顿，没有早点也没有夜宵，白日里一不小心吃少了，晚上睡觉的时候就会饿肚子。有时候她会怀疑九幽教很穷，可每顿饭都有鱼有肉，看起来也不穷。后来问过周禾方才知道，他们从来都是一天吃两顿饭，原来是她 out 了。

一想到吃的就饿，一饿就想摸肚子，暗香依依正摸着肚子面露苦色，便见顾不迷停了下来，一转头恰好看到她摸着肚子苦着一张脸的糗样。她反应稍稍迟了那么一点点，便从顾不迷的目光里读出一种意思：你又饿了？

多日来二人同住一殿，虽言谈甚少，但眼神交流却颇多，不知不觉连暗香依依自己都不知道就已练就了看其眼神明其想法的功夫。此刻她解读出顾不迷眼神中的意思，顿觉十分不好意思，赶紧放下手来，对着他干笑两声。

顾不迷停在一个刻着戚坊镇的石碑前，四下里望了望，在角落的石头上留下了类似两个闪烁星辰的符号。

暗香依依上上辈子武侠片没少看，当下反应过来这很可能就是传说中的帮派联络暗语，便问顾不迷："这是九幽教的标记？这标记代表什么？"

顾不迷道："我。"

暗香依依笑了起来，果然猜对了，忙又问："那我用什么标记？"

顾不迷在地上随手画了三颗星辰，道："你的符号。"

暗香依依顿时哈哈大笑起来，道："我懂了，教主是一颗星，你是两颗星，我是三颗星，汤斩是四颗星，周观是五颗星，那周禾……"

没等她说出六颗星，顾不迷已经起身走了，留下的眼角余光让她觉得自己很像某种"蠢笨如……"什么的那个家畜。

她很不甘心，追上去问："我算错了吗？"

"按照你的规律，郑长老在教中地位仅次于我，却又高于你，你觉得他应该画几颗星？"顾不迷问道。

她想了想，一拍脑壳恍然大悟道："两星半！"

顾不迷闻言一怔，似乎再懒得理她，大踏步走远。

不用看他的表情就知道自己又猜错了，她忙追上去不耻下问："我哪里错了？"

顾不迷突然顿住脚步，又问："本教舵主十人，副舵主也有十人，你说周观五颗星，周禾六颗星，那其他十八人又是几颗星？且不论舵主下面还有十几位堂主、执事，更有数十位坛主，外加本教弟子一万一千八百零九人，那你觉得，他们该留下多少颗星作为记号？"

"这……"暗香依依终于察觉自己错了，为了挽回些许面子，干笑道，"方才我其实是与你开个玩笑，我就说嘛，咱们教这么多人，新进的小弟子要留记号那得画多少颗星啊。岂不要蹲在地上画个大半天，等到教中人来了再数个大半天，等数明白留下记号的人是谁，天都黑了。"说到此处，脑海里想到探听消息的小弟子每到一个地方蹲在地上画一万多颗星星的样子也忍不住笑出声来。

顾不迷今日心情似乎很好，闻言也并不与她计较，亦想到了画一万多颗星星的好笑情形，眼中有了一丝暖意，淡淡道："本教用星这个符号，只有四人可以用，除了我爹以外，就只有我，你和汤斩。"

她眼睛一亮，道："哈，我至少说对了四个。"

顾不迷闻言双眉微蹙，对于她的瞎猫碰死耗子不置一词，再次举步前行。

她又追上去问："为什么只有我们四个可以用？"

顾不迷道："因为你和汤斩是我爹收的义女和义子。本教教规，只有教主及其亲人才能用这个符号。"

"这个符号这么好画，别人要是仿冒怎么办？"她又问。

对于她源源不断的问题，顾不迷似乎并没有反感，他自腰间拿出方才画标记的木笔与她看。

她接过木笔，见仅是只炭笔而已，看不出有何门道。

顾不迷道："此笔乃松木炭所制，其中加入了一种罕见的金属，这种金属本教只有少数几人知道是何物。"他拿过笔，在路边一块石头上画了一笔，"你摸摸看。"

她伸指一擦，记号依旧清晰没有变弱，再看手指，指腹上有淡淡的银色而非炭笔应有的黑色，不禁"呀"了一声，道："果然不一样。"可转念一想，又道，"这东西擦都擦不掉，如果你再回来这里岂不是与先前留下的记号有冲突？"

"能擦掉。"他又从怀里拿出一个小木块，木块双指大小，在石头上轻轻一擦，记号便消失不见了。不用问，这东西又是九幽教特制的，以便教中探子看到记号后擦去痕迹。

"可是你沿途留下这些符号，其他江湖中人岂不是都知道你到了这里？"她又问。

顾不迷道："知道又如何？"

是啊，知道又如何？也没几个人敢招惹他，真能招惹的躲也躲不过。

暗香依依又问："这两样东西我怎么没有？"

顾不迷道："此物并非教中人人皆有，只有需要的人才会配备，但是你有。"

"我的在哪儿？"她问。

"临行前，周观应该给过你一些东西。"顾不迷看向她肩上背的包袱。

她顿时了然，翻开肩头的包袱，拿出一个松木制的小木盒，只见木盒上刻有三个星辰印记正是顾不迷方才所画她的标志，打开木盒便看到了与顾不迷手中一样的炭笔，拿出在指背上来回滚动玩耍，欢喜道："真在这里。"

盒中还有一个小册子，暗香依依打开便见其上画有各种各样的符号和相对应的解释，正在翻看，便听顾不迷道："册上之物决不能外传，你必须熟记于心，而后毁了这个册子。"

暗香依依看着这个记载着密密麻麻符号的小册子……一想到要把这些生僻的符号全都记下来，眼神便有些涣散，待发现顾不迷又丢下她不管自顾自地走远了，忙将小册子及木盒装好追了上去。

进了镇，恰巧赶上集市，人来人往好不热闹。

暗香依依探头探脑地四处观望。

自来到这个时代，只有与慕容逸在一起时逛过几日街市，其后半年有余都困在凤凰谷。自凤凰谷跑出来没几天又被顾不迷抓去了祁阳山，在凤凰谷每日里除了练武就是练武，在祁阳山每日里除了打架还是打架，如今回想，这都过的是什么日子！

她心里很想逛上一逛，可顾不迷这人的性子着实不那么可爱，无奈之下唯有忍耐。

顾不迷并没有急于赶路，不急不缓地走在集市中，看到一个馄饨摊，竟走了进去，要了两碗馄饨。

暗香依依高高兴兴地跟了进去。

小摊子虽小却也干净，由一个老妇人和一个少女祖孙二人打理。

少女利落地收拾了桌椅，羞涩地瞥了一眼她和顾不迷，眼中闪过钦羡。不知想到了什么，她又多看了一眼顾不迷，脸色微微泛起了红晕，手中抹布瞬间似变成了姑娘家用的手绢在手里绞来扭去，躲在一边，细细地道："二位客官请坐。"

暗香依依与顾不迷一同坐了。一抬头便将少女羞涩的表情看在眼里，她一边审视少女偷瞄顾不迷的模样一边暗道：姑娘啊姑娘，你可千万别对他生什么痴念，此人只可远观完全不可亵玩焉。别说亵玩，便是多看他几眼也说不定会被他蜇个半残，你看我，就是一活生生的悲苦例子。

她在心里嘀咕，却不敢说出口来，见那少女淳朴可爱，却总是拿眼睛瞄顾不迷。

眼见顾不迷已经不爽地眯起了眼睛，实在不想看到他不爽之后一曲终了满大街都是横卧的尸体，暗香依依抓耳挠腮灵机一动，突然伸手挡住了少女的视线。少女察觉到她有意阻拦不让自己继续偷瞧那位出色的紫衣男子，不由得脸更红了。本就以为暗香依依与顾不迷是一对，当下见暗香依依用手挡住了自己的视线，还以为暗香依依吃醋了，便再不敢看顾不迷。

顾不迷自然看到了暗香依依突兀地伸在眼前的手，瞥了她一眼，却没什么言辞表情。

正在等老妇人煮馄饨，便见一群男子呼啦啦走进小摊子，听得其中一人大声道："交租！交租！"

暗香依依转头望去，只见一群灰衣男子进了馄饨摊，挡在少女和老妇人面前，气势凌人地伸手要道："市税、地钱共五十钱，要想继续摆摊就马上交钱！"

来者着装整齐划一，可一看就知并非官府中人，暗香依依暗道：地痞流氓收保护费？怎么什么年头都有黑社会！

暗香依依蠢蠢欲动，暗想自己如今学会了一身武艺是不是应该展现一下侠女风范，救贫苦百姓于水深火热之中，岂料还未攒足勇气站起来，便听顾不迷道："他们都是本教的分坛弟子。"顿时泄气地坐了下来。

少女吓得不敢说话，只低着头躲在老妇人的身侧。

老妇人一个劲地点头赔笑，许是心中惧怕，拿着钱袋的手不停地颤抖，好半天也打不开钱袋。

那群人似等不及了，抢过老妇人的钱袋，自里面拿出五十钱，丢下瘪了的钱袋趾高气扬地走了。

少女眼眶微红，对老妇人说："奶奶，这是我们一个早上赚的钱。"

老妇人道："罢了罢了，钱我们可以再赚，这些人我们得罪不起。"

暗香依依手指交缠，似在犹豫该不该出面，忽听顾不迷道："祁阳山方圆百里所有村镇均属祁阳山分舵管理，祁阳山分舵下设八个分堂，十六个分坛，月初月中赶集，分立摊位收租这个规矩是你当初定下的。"

这些事都是她干的？！

暗香依依忙低下头，不敢继续再看那些灰衣人趾高气扬的神态，也打消了出面制止的心思。这些事都是她自己立的规矩，她没有立场出面干涉。再看那祖孙二人，她便觉有些愧疚和心虚，作为幕后黑手着实有点儿不好意思。

做良民做了两辈子，没想到第三辈子竟成了坏人进了黑社会，不对！她不是黑社会，她是……暗香依依十分惊诧地联想到了自己一个全新的身份：黑社会老大的义女？！

暗香依依正在为自己这个新身份而浑身不自在，正欲离去的带头灰衣人却在这时止住了脚步，回头上下打量了几眼顾不迷与她，忽然折返回来，光天化日之下竟当街向他们跪拜叩首。

其余灰衣人一见头头跪下也忙跟着跪下，为首那人刚开口道："属……"顾不迷一抬眼，那人接下来的话就已哽在喉咙里吐不出来。

只听顾不迷道："滚！"

那人一怔，面露畏惧，与众灰衣人面面相觑，而后一同向顾不迷与她匆忙各磕了一个头，方才起身快速离去。

眼见那些人走远了，暗香依依不敢看四周来来往往指指点点的人群，亦故意忽略了少女及老妇人若有所思的目光，扯了顾不迷衣袖一下，小声道："要不……别吃了。"

顾不迷没有说话，只看了她一眼，便已摆明了自己必须吃这碗馄饨的立场。

暗香依依顿时泄气。

她低下了头，察觉四周打量的目光渐渐散去，街市人来人往渐渐恢复了嘈杂，方才抬起头凑近顾不迷，低声悄悄问道："咱们教这么做……是犯法的吧，官府不管吗？"

"五五分。"由于她靠近的低语，顾不迷有些不习惯地将目光挪向一旁。

啥？毫无察所觉的暗香依依傻眼了。

"祁阳山地处谁的封地？"她又问。

"襄阳王。"顾不迷道。

怎么又是他！

"那我现在有权力取消收租这件事吗？"她继续问。

"有权，只是本教年收入会减少一成，而百姓照样要交租，或是这一带颇有实力的飞马帮抑或是其他帮派接手，他们会与官府继续合作，收的税是现在的几倍。"顾不迷淡淡说道。

暗香依依低头不语。

不一会儿，她又凑过去低声问道："上次你大闹襄阳王别院，襄阳王若怪罪下来岂不是不愿再与咱们合作了？"

顾不迷不急不缓道："我进去的时候他已昏迷不醒，即便他醒来也不记得自己怎么会突然昏倒。再说，他醒来之后见你等借宿之客均突然不告而别，自然而然会以为是你们搞的鬼，又怎么会联想到我的身上。"

闻言，暗香依依气息一窒，偏头撇嘴哼了一声，暗骂：丫的，真阴险。

吃了几口馄饨就有些肚子疼，她见顾不迷不紧不慢地吃着热腾腾的馄饨，想他总要吃一会儿，便急忙问了附近哪里有茅厕，急匆匆地去了。

茅厕有些远，三绕两绕的才找到，暗香依依解决了问题顿觉神清气爽一身轻松，踏着轻快的步伐向回走，刚走到街口便迎面碰到了三个举止猥琐的男子挡住了去路。

她往左，他们也往左，她往右，他们也往右。

察觉出三人的不怀好意，她横眉看向三人，大声道："好狗不挡道！"

三人互看一眼，其中一人哈哈笑道："姑娘，你长得可真漂亮。不如和我们哥几个回去玩两天，哥几个保管你欲仙欲死要完了还要！"其他二人闻言狂笑。

闻言，暗香依依却没有动怒，只是眨了眨眼，看着眼前三人，不仅没觉得被调戏时女人应该尖叫、害怕、厌憎，反而忽略了对面三人的存在开始神游太虚。

她不由得想起了一句电视剧中的台词：光天化日之下，调戏良家妇女……成何体统！所有故事中英雄救美的最经典场面啊！按道理在这样的危急时刻应蹦出一个英雄救美的侠士才对，可她看了看四周，暗叹还得靠自己。

想起自己现下的模样，走在大街上无论男女总也要看她个一两眼的。一路上之所以没人敢上来招惹，一来是身边有个用表情和眼神就能杀人于无形的顾不迷，再来自己腰间的长鞭一看便知是武器，一般人也不敢轻易来惹。可眼前这三人要么是练家子有些功夫，要么就是色胆包天鬼迷心窍了。

听三人说话的口音与当地人颇为不同，想是外地人？她暗道：新来的鸟还没弄明白哪些虫子是带毒的不能吃的吧？！转念一想，呸，呸，自己才不是虫子。

暗香依依神游太虚竟在当下面对对方有意调戏不仅一声没吭，反而表情略带期待与神往。这表情看在三个痞子眼里着实怪异，暗道她反应好生奇怪，不怒、不怕、不厌，竟然是期待向往？！三人不禁面面相觑，互相使了个眼色，一步步向她逼近，若仔细看，便能看出他们行走姿态颇有防备，只是暗香依依缺乏江湖经验，没有察觉。

四周有人注意到了暗香依依的处境，停下脚步指指点点却不敢轻易上来管。

当中一人的手已经快要摸上她的腰，暗香依依方才回过神来，忽然向后一跃，卸下腰间长鞭握在手中，蹙眉举鞭，指着面前三人呵斥道："别逼我！"

三个地痞流氓仿佛听到了极好笑的笑话，笑得前仰后合，十分猖狂。

四周越来越多的过路人注意到了他们，渐渐围成了一个圈，指指点点却无人敢站出来管。

就在三个流氓止住大笑再次意图接近暗香依依时，人群中一个书生手忙脚乱地推开人群突然冲了出来试图拦住三人去路。

暗香依依顿时目光一亮，暗道：故事诚不欺我，果然有侠士出手相助！她正待在一旁观战，享受英雄救美的待遇，却见那突然出现的书生一开口就是一大堆让众人十分茫然的之乎者也……也没听懂书生说了些什么，便见书生被三个痞子推倒在地，一顿惨不忍睹的拳打脚踢。就这样，暗香依依竟然还惊讶地听到书生边被打边振振有词地说："尔等小儿光天化日……之下公然调戏小女子，公然殴打秀才，罪当……死……死……死……罪，吾辈……"

突然，书生不稳的声音与三人的拳脚同时戛然而止，围观百姓的嘈杂声也顷刻全无，所有的目光都集中在了三个痞子的下半身。

三个痞子只觉下身一凉，低头一看。娘啊！什么时候自己的裤子竟然掉了！

那个路见不平的书生显然也没料到，虽狼狈地倒在地上却仍没有半丝退意，当下只觉不可思议，想到自己方才好像看到了一阵紫光一闪而过，不禁回头看向暗香依依。只见她已将长鞭收起系在腰间，蹙眉嘀咕了一句："叫你们别逼我的。"而后察觉书生正怔怔地盯着自己看，她不禁对书生感激一笑，戏谑地眨了两下眼睛，方才转身去了。

路中间那三人低头看着自己掉在地上的裤子，露出的雪白大腿和各色底裤，面色发白，面面相觑，其中一人微一颔首向其他二人使了个眼色，三人顾不得四周路人的哄然大笑，忙各自提起裤子，在路人的狂笑中，反方向狼狈而去。

暗香依依回到小摊上刚一坐下，便见顾不迷不急不缓地吃完了最后一口馄饨，起身付了钱，举步便走。

暗想依依早已熟悉他的性情，知道叫不住他，只得囫囵吞了几口馄饨急急随后追上。

人群中随后追来的书生根本来不及叫住她，只见她三晃两晃，身影便消失在比肩接踵的人海中。

书生在集市上寻了一天也没能找到她，不禁失望而归，而后朝思暮想整日里魂不守舍，一时竟觉得自己似遇到了神仙姑娘，那美，那笑，那双会说话的眼睛，都令他日日不能忘怀。

每到小镇的赶集日，书生便会去那个馄饨摊，坐在暗香依依曾经坐过的位置上吃一碗馄饨发半天的呆。卖馄饨的少女每次见书生坐在那里发呆，起初十分奇怪，后来得知书生的痴心，也不由得感慨万千。偶尔想到那日坐在这个位置旁的紫衣男子，她也不禁神思恍惚，只觉那样的男子似神仙般人物，岂是自己这样的人可攀附的？便渐渐将其忘了。

而书生却将暗香依依深深地印在了脑海，痴心的书生更将暗香依依的模样画了下来，挂于家中。其母见儿子整日里看着这幅画神不守舍不思苦读考取功名，不禁暗暗着急。

一日，母亲终于想到一计，便招来儿子问他是否真心喜欢画中的这位姑娘，儿子当下也不隐瞒母亲，自然答是。母亲便劝儿子考取功名，若高中状元当了大官手中有了权力和人脉，兴许就能找到这位画中的姑娘。书生闻言顿觉有理，而后日夜苦读，竟在一年后的科举中一举考中了状元！

可区区一个状元也只能做一方百姓的父母官，书生为了有更大的权力找到当年人群中只看了一眼便朝思暮想难以忘怀的姑娘，在宦海沉浮数年，一直向上爬，最后竟官拜宰相。彼时他早已明了，当年念念不忘的女子并非什么神仙，不过是武林高手罢了，才会在眨眼间神不知鬼不觉地将那三人的裤子打落。

多年后，官拜宰相的书生回到家乡小镇，带着仆从着便衣再次来到这个小镇的集市，竟意外看到当初那个小馄饨摊仍在，想到多年前自己曾整日傻傻地坐在那里等着一位姑娘，不禁微微出神怔忪。

眼见当年卖馄饨的少女已变成了两个孩子的母亲，与她一同打理摊位的也已变成了她的夫君，一个憨厚老实的男子。回想自己，只因人群中蓦然回首那惊鸿一瞥，便改变了自己一生的命运，一时感慨万千，再次坐到暗香依依曾经坐过的位置上，要了一碗馄饨，吃了一口，发现馄饨色、香、馅虽都未变，却已不是当初记忆中的味道。忽然醒悟，画中女子不过是自己向往的镜中月水中花，而自己也早已不是当初的那个痴情书生，他不由得一叹，丢下些碎银，带着仆从自此远去，再未回来。此为后话。

当下大街上，那三个流氓提着裤子跑远，人群渐渐散去。

而街角暗处，一个手拿折扇的锦衣公子眸中却闪过流光溢彩，将方才的所有情景均看在眼里。

他唇边带笑，淡淡说道："我真是越来越喜欢她了，怎么办？"好似在问旁人，可四下里明明只有他一人。

不一会儿，方才调戏暗香依依的三个痞子竟出现在了锦衣公子身后，道："少宫主，药已涂在她的鞭上。"

锦衣公子点了点头，挥了挥手，三人迅速离去。

锦衣公子将手中折扇展开扇了一下，许是觉得冷了，一扁嘴收了折扇。看着远去的顾不迷与暗香依依的背影，他似笑非笑轻声呢喃道："依依，你什么时候才能回到我身边呢？我似乎有点儿想你了。"

顾不迷与暗香依依离开了戚坊镇，一路向南。

由于早上的馄饨没吃几口又赶了大半天路，暗香依依又饿了。

虽已入冬，但日头却很晒，又饿又晒又是一路轻功，她饿得更快了。

远离了戚坊镇，一路荒无人烟，暗香依依几番想叫住顾不迷休息一下，可知道他不会听自己的，便忍住，直到肚子咆哮着咕咕叫出声来，被他听到。他又回头看了她一眼，她不小心又看懂了他眼神中的意思："就知道你会饿。"不禁不好意思地低下了头。

顾不迷停下了脚步，眼前是一条河。

暗香依依想是太饿了，一看见水就想到了香喷喷的烤鱼。

她盯了顾不迷几眼，等了半天，也不见他动弹，不知道他在想什么，似乎出了神。

她着实不好意思使唤他，其实也使唤不动，便自己走到河边，一鞭子向河边打了下去！可惜鱼没震上来，河边一群蚂蚁和蚯蚓竟组成大军一般破土而出，爬在她脚底下，吓得她又蹦又跳。

顾不迷见此情形竟突然哈哈大笑起来。

回头惊见顾不迷在笑！她顿时忘了脚底下像是吃了兴奋剂一样破土而出爬来爬去的各类爬虫，微张着嘴，下巴几乎惊掉在脖子上。

她从未见过、甚至从未想过他会这么笑。

待他收了笑，她突然又想，自己有那么好笑吗？眼见他方才笑得前仰后合好似几百年也没看过这么好笑的人和事，这让她心里十分不是滋味。暗香依依横了他一眼，暗道：你丫的笑个屁！

顾不迷解下背上的琴，在她无比期盼的目光下，不紧不慢地轻轻拨了几下琴，一群鱼便跃上了岸。不用他吩咐，早已饿得前胸贴后背的暗香依依顿时扑了上去，捡了几条最大的去水边洗刷干净。

顾不迷在水边寻了一处干净的地方坐了下来，将琴置于膝上轻抚，可目光却没有像往常一样看着琴，而是看着远处那忙碌的身影。

她捡了几条鱼，又不厌其烦地将其他鱼一个个放回河里，唇边挂着笑看着鱼儿重新游回水中，而后又蹲在河边处理鱼，灵活熟练的动作说明她很善于此道。

一举一动，一言一行，都天差地别，判若两人。

他若有所思地想，她，明明就是暗香依依，用的是紫鞭，练的是落月迷香，没有易容术，爹爹也已经亲自确认，自不会错，可是……

二人吃饱后再次上路，却均未留意方才暗香依依一鞭震出的那许多爬虫早先还颇为兴奋地在土上爬来钻去，而后却都突兀地死了。

时间相处久了，暗香依依察觉顾不迷这人其实有洁癖。只要能住客栈，他轻易不露宿荒郊野外。对于这点，暗香依依非常满意。

是夜二人赶到一处小镇时，夜色已深，敲开镇上唯一一家客栈的门，店小二提着一盏油灯睡眼迷蒙地请了他们进去。

"两间上房！"暗香依依主动开口。

店小二赔笑道："客官，店小总共只有三间房，现在只剩下最后一间房了，客官你看……"

靠！怎么每次都和顾不迷遇到这种情况！暗香依依暗骂。

不等顾不迷回话，她在店小二暧昧的眼神下抢先答道："我和他是兄妹。一间就一间，我们住了！"同宿客栈总比露宿荒郊野外要强，再说和他住在一个屋子里一个屋檐下也不是第一次了，她连他晨起必上茅厕的习惯都了若指掌，还有什么可忌讳的。

顾不迷瞥了她一眼，不置一词，便算是间接默认和接受。

店小二带着二人上楼进了屋。

屋舍简陋，隐隐有股霉味，显然不常有人住，也疏于打理，不过总也能将就。

暗香依依揪住要退下去的店小二说："有什么吃的都拿过来。"店小二显然没想到这看似娇媚的女子力气会这么大，惊诧之余赶紧点头应下，不一会儿，便端了一些吃食和冷茶送了过来。

吃食一看就是剩菜，拿起馒头啃了一口，又冷又硬难以下咽，喝了口茶也是又冷又苦，暗香依依摸着肚子哼了两声，只得静下心来打坐。

床自然又被顾不迷霸占，她也不敢和他抢，只得坐在冷硬的凳子上，屋子里有四个凳子，心想一会儿可以拼凑一下勉强当床。

打了一会儿坐，她抬眼偷瞄顾不迷，见他又在自我陶醉地抚摸着琴。她也取下腰间紫鞭摸了摸，忽然想到一事，便问道："这紫鞭是用何物所制，放了三百多年依旧这么坚不可摧？"

顾不迷道："天蚕丝。"

天蚕丝大概又是什么稀罕物，总之必有来历，她没有继续问，将紫鞭重新系回腰间。

烛光摇曳，顾不迷轻抚琴弦，缓缓道："紫鞭是你的武器也是你的知己、爱人，你应爱它、惜它，因为这辈子唯独它不会背叛你，只有它会毫无怨言地默默伴你一生。"

闻言，暗香依依下意识地再次抚上了身上的紫鞭，顾不迷这句话虽有些偏激，却说进了她心里。这辈子，她不盼有人爱，不盼有人怜，即使再害怕孤单，她也做好了孤独终老一生的准备。可如今她习得一身武功，紫鞭常伴左右，不背叛，不离弃。正如顾不迷所说，紫鞭与她朝夕相伴，未来的路因为有了它，可不被人欺辱，可赢得尊严与地位。紫鞭，她的确应该爱之惜之。难怪以前看武侠片那些大侠常说：剑在人在，剑亡人亡，原来，便是这样的心情吧。

烛火摇曳，屋中一人轻柔抚琴，一人沉思抚鞭。

一夜无话，第二天天一亮，顾不迷睁开了眼睛。

晨光透过窗子照亮了屋中所有景象，他的目光顺着光线凝固在了屋子中央。

地中间连成一排的凳子上，她正呼呼大睡，胳膊呈大字垂在凳子两侧，脑袋搁在凳子边沿，也不知怎么睡的，长发竟被凳子角压住，一条腿在凳子下穿着鞋子，一条腿在凳子上鞋子半脱。

他深深地蹙起了眉，闭上眼睛不去看，可不一会儿又睁开了眼，看了一会儿，又闭上眼，可才闭上就又睁了开来，忽然起身走出房去。

洗漱完毕回屋，他再看屋中那人睡姿竟然一点变化也没有，眉间不由得现出个“川”字，站在屋中看了她一会儿，突然揪起她的衣襟拖了出去。

在门被打开的瞬间，隔壁微掩的窗口出现了一双眼睛，悄无声息，目送他们离去。

二人就这么狼狈地上了路，幸好清晨小镇的街道上行人稀少，可即便如此，偶尔擦身而过的行人也忍不住一脸暧昧地看着暗香依依与顾不迷。

一路上，暗香依依早已被看惯了，起先没有注意，后来发现路人看她和顾不迷的眼神十分古怪，好似她与顾不迷做了什么见不得人的事。她想起自己还没洗脸，拿出随身所带的小镜子想看看有没有眼屎之类的赶紧处理下，结果一看镜中的自己，老天爷的奶奶啊！她就这副模样出门了？

难怪路人会那么看她，一个女子发散钗斜地追在一个男子后面跑，是人都会胡思乱想……

想到早上自己正睡得香甜就被他拖出门去，暗香依依不由得狠狠瞪了一眼前面的顾不迷，可终究也只敢暗地里瞪瞪罢了，无可奈何，只得边走边整理自己的发髻。

并非每晚都那么好命地有瓦遮头，第二日，他们便在前不着村后不着店的荒山野岭露宿。

听着野兽饥饿低鸣的叫声，暗香依依一想到今晚得以天为被以地为席和众虫子兄弟同眠共枕，一张脸就跟刚尝过黄连一样纠结。

她不情不愿地被顾不迷指使着去捡了柴火，又好不容易手忙脚乱地搭起了一个火堆，最终得到的却是他嫌弃的目光。

她甚是怀念上上辈子有天然气，上辈子当大小姐的日子。

静夜里，二人围着火堆，随意吃了些干粮，而后各自打坐，谁也不理谁。

习武之人有两个好处，露宿荒郊不怕野兽，还有就是可以打坐休息。打坐是将内息在体内循环往复地运行直到全身放松通体舒畅为止，既可以提升功力，也可以保持和恢复体力，但人毕竟是人，总还是要睡觉的。

她一直没能练就坐着睡觉的功夫，所以每晚必须躺下方能熟睡，而顾不迷却是什么姿势都能睡着的。这点很是令她嫉妒，只是藏在心里腹诽，不说出来罢了。

四周很静，她偷偷睁开了一只眼，瞄见对面的顾不迷又在自我陶醉地轻抚琴弦，那姿态那模样，令她一边深觉受不了，一边又紧盯着看，内心的矛盾真是难以形容，自己都有点儿恨自己。

月下，他一身紫衣在黑夜的映衬下尤为吸引人的目光，他膝上的紫漆木琴白日看着是浅紫，而黑夜中看起来却是深紫。琴上，他的手指纤细修长非常好看，那双手好似天生就是一双弹琴的手，与紫漆木琴十分相配。

可惜，她暗叹，这样好看的一双手只要轻轻一动，瞬间就能毁了世间一切美好，甚至人命……

她收回了目光，抬头望向夜空，索性躺了下来，看着满天星辰发呆，忽然一跃而起指天大叫："快看，流星！"

闻声，顾不迷抬头看向夜空，漆黑的夜幕星光一闪而过，刹那消失。

他微微蹙眉，似乎并不喜欢看这等事物，偏头看去，见她站在那里，望着夜空不知想到了什么竟似失了神，刚才还兴奋地又跳又叫，可眼下竟神色哀戚。

他没有说话，只是静静地看着她，听她轻声道："有人曾和我说，流星是夜空在落泪。"这句话是父母离异后她被送到外公家，一天晚上，她一个人站在楼下，看着夜空发呆。隔壁那个新婚的漂亮阿姨走到她身边蹲下来与她一起看夜空的星星，正好看到一颗流星划过夜幕，那个阿姨就说了这样一句话。当时她并不懂阿姨说这句话的含义，还以为流星真是夜空流下的眼泪，可当那位阿姨不久因癌症去世，多年以后长大了的她回想阿姨的那句话才明白了其中的悲伤。

"你可知夜空为什么会落泪？"她抬眼问顾不迷，微微扬起嘴角，好似刚才的哀伤只不过是种假象。

顾不迷没有回答。

她早料到他不会答，便自问自答："因为它高高在上，看尽人世间的生离死别，悲欢离合，故而悲伤。"

顾不迷看向夜空，听她轻声问道："你相信吗？流星就是它的眼泪。"

夜色无尽，悄然无声，直到他说："不信。"

暗香依依顿觉有些生气，瞪了他好几眼，可一想到即使自己眼睛瞪瞎了也不能拿他怎么样，只好劝慰自己是在对牛弹琴，不必太较真。方才哼了一声，她不再理他，再次躺下看起了星星。

忽然想起，也是同样的夜色，她与莫七落在凤凰谷躺在水边看着同样的夜空，也曾有流星划过，她与他说过同样的话，问过同样的问题，而莫七落的回答却是平静而动人的……"相信。"

她忽觉心很乱，星空也在眼前变得模糊。

大哥……

不会骗她。

第十七章 真真假假

未默养伤月余，天天待在洞里吃了睡睡了吃，一个月后出洞发现自己变胖了。对顾不迷越发地忌恨，发誓将祁阳山从下挖到上从里挖到外全部打通。可当务之急是先要找到他心爱的暗香依依。

他偷偷摸摸地上了山，却发现他的暗香依依和那个让他深恶痛绝的顾不迷已不在祁阳山了。

在祁阳山里胡乱转了一气，他越想越不是滋味，不禁开始胡思乱想，他的暗香依依不会和顾不迷私奔了吧！

这想法令他为之一震，风风火火地下了山，急于追去，可一阵东张西望这才想起自己并不知道他们走的是哪个方向。他正在犹豫要不要折返回去抓个九幽教的人问问，却在这时，忽见一把飞刀插着一张信纸出现在前方树上。

他拔下飞刀打开信纸，只见上写了一个字：南。

他思忖片刻，不管引他向南的是谁，都有它的缘由。

他毅然决定一路向南追去。

暗香依依并非路痴，只是喜欢偷懒，因有顾不迷在前带路，便闷头跟着也不记路，所以连走了半日，她早已分不清走了多远又走到了哪里。

眼下只见一路行去，群山环绕，山下水中盛开着接天连日的荷花，荷叶铺展在水面上，大得出奇。现下已进入冬季，荷花却开得这般茂盛艳丽，着实有些诡异。

沿着盘山小路行去，一直到了山脚，顾不迷飞身而起落在荷叶上，一步步点着荷叶过了河。

暗香依依一路上早就跟习惯了，闲来无聊就踏着他的脚印走，当下依葫芦画瓢，与他踩踏同样的荷叶同样的位置，像他的影子一样跟在他后面。

岂料顾不迷突然在前面停住，暗香依依一个急刹车，险些扑到他后背上。

他回头盯了她一眼，她讪讪地退后几步，站定。

顾不迷仰头看向对面山峰，山体陡峭直插云霄，仰头看去竟望不到山巅。不仅如此，此山与其他山甚是不同，崖壁似被鬼斧劈凿过一样，直立陡峭，寸草不生，很难借力，暗香依依心里正嘀咕这可怎么办啊？便听顾不迷道："看好了！"只见他提气纵跃倏然飞身而上。

暗香依依瞪大了眼睛看着他一路轻功攀上崖壁，直到他的身影好像上了天际，被云彩遮蔽再也看不见，心道：这回再想照葫芦画瓢很有些难度了，刚想到此忽然反应过来，别说照葫芦画瓢，就算是让她飞上去也太有难度了！她从未飞过这么高、这么陡的山！而且显而易见的，如果不能一口气飞上去，中间难找借力的地方，很可能会掉下来摔死！如此一想，她竟吓得额头冒汗，不敢轻易上去。

她在底下犹犹豫豫半天，顶峰上的顾不迷想是等不及了，用内力对她喊道："上来！"只听那声音像是天上传来一般，可见峰顶有多高。

暗香依依知道顾不迷绝不是个有耐性的人，说不定一生气就把她一人丢在这人迹罕至不辨东西南北的鬼地方，不由得急得团团转，对山顶大喊："别走，我马上上来。"

实在是对自己的轻功没有信心，她勉励试了几次，都不敢攀越。可就在这时，忽然想到了自己许久未用的一门轻功——蛤蟆纵。

顾不迷在山顶等了许久也不见她上来，正转身欲走，又停下了脚步，回身向山崖下望去。忽见一人冲破云雾，一纵一纵地以又好笑又难看的姿势蹿了上来，丝毫不用借外物之力也丝毫没有声音，就那样一蹿再蹿地到了他面前。

这么高她依旧可以不借助外力，她究竟可以滞空多久？他难以想象。

山巅呈莲花形，他恰巧立在崖体凸出的顶端，挡住了她的去路。

风很大，吹乱了他的发。

她自山下蹿了上来，见他站在山边看着自己发呆，暗暗奇怪，想要在空中调整姿态往山顶移动，可发现去路被顾不迷挡住，也不知他当下在想着什么似出了神。暗香依依想到自己当下的样子着实不怎么雅致，可也不至于让他看到失神吧？！

她在山巅外飘上飘下，无处落脚，为了保持平衡手脚不能乱动，又不能开口说话，只得拼命使眼色给顾不迷让他往后退一退给她个落脚的地方，可顾不迷明明在看她，却明显在走神，她眼睛都酸了他还是没有反应。

山顶风很大，她被吹得东摇西晃，发髻也被风吹得散了开来。在风中张牙舞爪，时间长了，她已支撑不住，情急之下，突然凑近顾不迷，与他脸对脸，大眼瞪小眼，鼻尖对鼻尖。顾不迷突然回神，目光一凝，不由得向后倒退了一步，她方才平稳落地。

长出口气，暗香依依想到方才他的失神险些害她坠崖身亡，心里有气很想教训一下他，可一转头却见他早已走远了，无奈只得尾随追去。

山顶积雪常年不化，一阵云彩飘过，只见蒙蒙雾气伸手不见五指。

顾不迷向前走了一段突然停住脚步，暗香依依一时未有反应比他多向前走了两步，突然发现前面竟是万丈悬崖，骤然停住脚步仍不小心踢下去一个石块，竟完全听不见落地的声响。

她探头向下看，只见山腰被浓雾遮蔽，根本看不到下面是何模样，冷风阵阵袭来，她忍不住向后退了几步。

顺着顾不迷所望方向看去，只见正前方隐约可见一处长形孤岛，只是实在太远，目力已不能完全辨识清楚。

顾不迷指着他们所在位置与孤岛间若隐若现的一个柱形山峦峰顶，道："我们需在中间借力，到达对面。"

底下是万丈悬崖，对面又距离过远，中间只有一处可以借力，就算是轻功高超者，稍有不慎也会跌得粉身碎骨。

暗香依依蹙眉问道："没有其他路了吗？"

顾不迷道："有。"

暗香依依转身就走，忽听顾不迷道："要多走七日。"

暗香依依认命地转回了身，望向对面，心想顾不迷会先过去，可一抬眼却发现顾不迷在看着她，明显在等她先过去。

为什么是她？互相看了一会儿，她败下阵来，好吧，谁让他是少主自己才是左护法的。即便打架一决雌雄自己也无法完胜，顶多两败俱伤，伤人伤己不说，最重要的是累得慌，索性就听他的吧。

暗香依依深吸口气，先目测丈量了一下对面的距离，暗道以自己的轻功心里着实没底能两跳飞跃过去，没办法了，只能用自己的独门绝技了。

她偷眼看向顾不迷，见顾不迷已不再看她而是看向对面，似乎也在目测距离。见他没注意自己，暗香依依迅速摆出一个类似蛤蟆的古怪姿势，而后一提气呼吸，一纵，飞上了半空，在空中转换一个姿势，再一纵，一纵，再纵，渐渐游了过去。

经过途中的峰顶，她微微犹豫了一下，还是依顾不迷所说轻轻地落在其上，稍事休息，而后继续一纵一纵地游了过去。

此番情景，在顾不迷看来，心中惊诧已难以形容。她似乎可以不需要在中间借力，还可以继续往前移动，只是不知道还能走多远。可即便如此，她这样的滞空能力也已非常人能够达到！

暗香依依从不知道自己的轻功很特别，只知道这门蛤蟆纵使用起来虽然难看却最是轻松，只要掌握好呼吸速度，就没有到不了的高度，唯一的缺点是不能乱了呼吸，这是最重要的一点。否则必定摔得十分难看，尤其现下这个高度，摔下去不是难看而是根本不能看。

眼看自己一点点接近目的地，她依旧不敢有丝毫松懈，现下所在位置上不着天下不着地，要不是早已习惯，恐怕早就验证了牛顿定律万有引力自由落体了。

一点点接近孤岛，只见对面平地其实并非孤岛，而是另一座山的山顶，远看似孤岛。只是这山峰形状古怪，两头尖，最近的落脚地狭窄，就算轻功高超者，若是掌握不好尺度也会不小心掉下山崖。

暗香依依提心吊胆地拨开重重云雾，一点点接近，眼看即将到达，忽见对面的孤岛上浓浓雾气中隐约似站着一个人。

慕容逸立在山崖边，看着暗香依依一点点接近自己，不躲也不避，一脸笑意，似已在此等候多时。

蒙蒙雾气笼罩着他，那一身白衣上绣的牡丹暗纹迎风摇摆，张扬地盛开，神秘而飘逸。

今日他戴了一顶玉冠，玲珑剔透的玉质，配那一头漆黑长发，在迷雾中看来恍然似仙。即便早已熟悉他模样的暗香依依也不禁为这一幕怦然心动，险些乱了气息坠下山崖，好不容易镇定心神摇摇晃晃地撑到了崖边。慕容逸却挡在前方不肯让开，还可气地拿出扇子轻敲她脑袋，她一缩，再缩，瞪眼，再瞪眼，你敲，还敲？气息忽然不稳，她大叫一声眼看就要掉下山崖，千钧一发之际，他伸手抓住了她。她当即借力跃了上来，却被他拉住手不放。

她挣了挣，察觉他没有放手的意思，便没有使劲地挣扎，知道他方才只不过是在戏弄自己，并无恶意，便懒得与他计较。早在看清是他站在孤岛上时，暗香依依就已心生疑惑，当下自然先问道："你怎么会在这里？"

他笑道："等你啊。趁顾不迷还没上来，我们走吧。"

他欲带她走，她却不动，只道："慕容逸，我不会和你走的。"

慕容逸转过身来，唇边笑意越来越深，道："依依，你还在怪我上次丢下你吗？"

暗香依依摇了摇头，道："不怪，不仅不怪，我还很感激你。"

"哦，为何？"慕容逸的目光柔和得似要滴出水来。

"因为我回到了九幽教。到了那里我才知道，九幽教才是我真正应该去的地方。"她微微轻笑，云淡风轻地道。

他微微挑起嘴角，细细地打量她，似在审视亦似若有所思，忽然无比幽怨地道：

“我恨顾不迷。”

暗香依依顿时哭笑不得，忽然想到一事，问道：“你怎么确定是我先过来，而不是他？”他自然指的是顾不迷。

“若是他……”慕容逸将手中折扇打开，向外轻轻一扇，其意不言而喻。暗香依依目光一凝，看着他的目光顿时变得复杂。如果他候在此处要杀顾不迷可谓轻而易举，是该庆幸是自己先过来，还是他只不过是在开玩笑？如果说顾不迷的心思难猜，慕容逸就是难猜的N次方。

慕容逸微笑着来到崖边，指着崖底，柔声问她：“你知道这里有多高吗？”

暗香依依没有回答，只是看着他。

“别这么看我。”他轻声道，忽又向前，低头靠近了她。

目光相对，她没有躲，忽见他微微一偏头，在她耳畔细语呢喃道：“都叫你别这么看我了。”

她微微挑了下嘴角，似笑非笑道：“难道你还怕我看不成？”

慕容逸抬起手指，绕起她鬓边发丝，一环一环，一绕再绕，终于察觉她坚持不住微微闪躲，方才轻声在她耳边柔柔笑道：“依依，我想你了。”

暗香依依一怔，只觉他若有似无地吹拂在自己颊边的气息无比燥热。她下意识向后退了一步，试图与他保持一段距离，让心头忽起的涟漪与颊边莫名的燥热迅速散去。片刻，只是片刻，她忽然摇头失笑。

她突如其来的笑意令慕容逸疑惑地抬起了眸。

她眯起了眼睛，掩饰住眸中一闪而过的促狭，挑起嘴角，上前动情地握住了慕容逸的手，与慕容逸道：“谢谢，谢谢你想我了。你也知道，我这人很好相处的，咱们今后一定要常联络！”说完虽未笑出声来，嘴角翘起的弧度却似一轮弯月。

慕容逸眯起了眼，垂眸看着她的嘴角，缓缓低下了头，鼻息轻柔地吹过她的额头。她额前垂着的几缕发丝，微微随着他的喘息来回磨蹭，时而痒，时而热。她忍不住抬眼望去，笑容仍在颊边不变，却已有些僵硬。

他眸中闪着动情的柔光，似看出了她强撑下的动摇，怜惜地撩起她的鬓角，将那几缕顽皮的发丝绕在她耳后。

暗香依依需要极大的耐力与自我控制才能令自己的心跳不继续乱下去。只听慕容逸轻声道：“依依，前方路途艰险，你要小心。若遇危险或困难，就把这个放向天空，我就会来到你身边。”他将一物放入她手心。

他抬头看向远处云雾中若隐若现渐渐接近的身影，放开了缠绕着她发丝的手指，轻声在她耳畔道：“我们很快会再见面的。”暗香依依一怔，见他转身欲走，也不知为何匆忙间竟扯住了他的衣袖。

慕容逸止步回头，自她的目光中看到了一种来不及掩饰的情绪，顿时心中一悸。

见他回头，她微微一怔，急忙放开了扯住他衣袖的手，只是放得太快，反而显得有些刻意。

他没有言语，幽幽地望着她，见她一脸懊恼，他眼角含笑，目光流转间光华微现。

懊恼只是片刻，她眼睛一眨，忽然举起自己手中紧握之物，在他面前晃了晃，笑道："谢谢。"

慕容逸一笑，凝视着她脸上看似十分真挚的笑容，微一沉吟，忽然道："莫七落不在红枫山庄。"暗香依依还来不及问他何出此言，他的身影已然消失在山巅的云雾中不见踪迹。

她望着慕容逸离去的方向，唇边笑意隐去，转身望去，顾不迷恰在这时落在她身后崖边。

顾不迷收回看向慕容逸离去方向的目光，侧目看向暗香依依。

顾不迷心里想什么暗香依依自然明白，也不待顾不迷问，便道："他突然出现在这里，与我说，莫七落不在红枫山庄。"手中之物却悄无声息地暗暗藏了起来。

顾不迷闻言目光一沉，并没有注意到她的小动作。虽对她的话将信将疑，他却也没有再问。

慕容逸的话是否可信是个未知数，这点不仅暗香依依清楚，顾不迷也清楚。暗香依依说完这句话，顾不迷没有回应，只是照旧前行。

一路无话，二人下了山，山脚不远处有一村镇，名曰半岭镇，顾不迷照例在镇口留下记号，方才进入镇中。

两人正在一家食馆吃面，对面便坐了个陌生人。

来者是个朴素的青年汉子，瞥了他二人一眼，没有客套，亦要了碗面。在店小二退下时，那人却将自己手指放于桌上在只有顾不迷和她能看到的角度，快速摆了几个手势。暗香依依看得一头雾水，顾不迷看到那人动作，漫不经心地用筷子在碗中戳了三下。

来者是九幽教驻守在半岭镇的弟子，名叫张长生。张长生摆的那几个手势，是九幽教的暗语。暗香依依随身带着的小册子上都有记载，只是暗香依依懒惰，自上次拿出来看得头晕眼花之后，就再也没心思瞧那册子，此刻自然不知道张长生说了些什么，其实张长生只说了一句话：请他二人随他去一处地方。

半岭镇虽地处偏僻，但因土地肥沃，镇民却不少，相比前些时日经过的戚坊镇还要繁华许多。

镇上九幽教有一处据点，自比不得祁阳山分舵的豪阔，不过是几间清幽瓦房，独立的小院落，走进去倒也清爽干净。

此处由张长生与曲武艺二人打理。张长生将他二人迎进院时，曲武艺已在院中等候，一见顾不迷与暗香依依进来，当即跪拜行礼，随后立刻将祁阳山舵主周观的飞鸽传书递到了顾不迷的手中。

看过飞鸽传书，顾不迷双指微一揉捏，纸片便成了粉末消失不见。

暗香依依见顾不迷神情不善，想是出了什么事，果然听顾不迷道："周禾失去了联络不知去向。"

周禾也失踪了？暗香依依暗惊，继汤斩失去下落，竟连周禾也没了踪迹，这事处处透着古怪。再想慕容逸的话，不只暗香依依，就连顾不迷亦起了疑心。

红枫山庄内安插了九幽教的人，这点暗香依依早已知道，可消息的真实度未必就是百分之百，其中若出了什么岔子，说不定就传来了错误的消息，尤其传来莫七落在红枫山庄这个消息的周禾突然失踪了。

如果真如慕容逸所说，莫七落并未回红枫山庄，那这个消息就是假消息，散播假消息的人必定是有意为之，前方等待他二人的说不定就是陷阱。此事可大可小，切不可轻率为之。

暗香依依都明白的道理，顾不迷自然更加明白。所以顾不迷不再急于赶路，而是先要确定这个消息的真与假。

莫七落究竟有没有回红枫山庄？当下最直接最有效的方法，应是抓一个红枫山庄主庄内的弟子问个清楚明白。

红枫山庄管理极严，庄中规矩之多不输九幽教。但凡红枫山庄主庄的弟子，一来没有庄主令，就极少在江湖上走动，二来即便是生活在主庄，也未必会知道少主莫七落的确切消息。要想知道莫七落是否在红枫山庄，恐怕还要问与庄主莫见笙最为亲近的那几个入室弟子方能得知。

可那几人武功一个比一个高，都非轻易可招惹的人物。顾不迷起先也未曾想打他们的主意，岂料，第二日小镇上就来了两个红枫山庄的故人。

说是故人自然是见过的。

还记得当日在襄阳城，暗香依依被莫七落所抓，随莫七落一起阻拦慕容逸的三人分别是红枫山庄三弟子秦楠、六弟子李维以及九弟子王剑飞。此番不巧来到半岭镇的正巧是其中一人王剑飞，不过除了王剑飞之外，还有他们的小师妹——武林第一美人莫七彩。

二人不知来此何事，来得似乎极为匆忙，竟是星夜赶路直到半夜子时才到得镇上投宿。

二人刚在镇上客栈住下，张长生便得到了消息，急忙告知顾不迷。

顾不迷半夜得知此事，沉吟少许，便来到了隔壁暗香依依的屋外，立在窗口，唤了声："暗香依依。"

屋内无人回答，他微微蹙起了眉，看了一眼尚未离开院子的张长生。

张长生反应很快，不等顾不迷发话，便在屋外以暗香依依足以听见并能唤醒她的音量唤了声："左护法！"可二人等了片刻，屋内还是无人应答。

顾不迷目光一沉，再不犹豫，直接推开门大步走进屋去。

眼见顾不迷神色不善，张长生一头冷汗，下意识向后退了几步。

顾不迷径直走向暗香依依的床前，见她睫毛微动显然已察觉他进来了，却仍裹着被子闭着眼睛不理会他继续睡着。顾不迷双眉蹙得更紧了，立在床边，与她道："红枫山庄九弟子王剑飞与莫七彩一个时辰前来到镇上，你随我……"他的话还没说完，暗香依依已经拿被子捂住了头。顾不迷见此情形再无耐心解释，突然出手将暗香依依自温暖舒服的被窝里拎了起来，不顾她的挣扎以及屋外张长生的惊愕，一路拎着她到了莫七彩二人所住的客栈外墙。

夜色深沉，他一转头，方才发现暗香依依竟然只着中衣就被他提了出来，此刻再说回去穿衣已然是多此一举，好在夜色暗沉，二人又是悄然行事没人瞧见（张长生自动被忽略）。可当下看到被他拎着衣领还在争分夺秒打着瞌睡的暗香依依，他再次不悦地蹙起了眉，低声道："再睡我就把你直接扔进王剑飞的屋子！"

暗香依依顿时瞪大了眼睛，双手一伸便紧紧地扒住了客栈房檐，清醒得好似被人兜头泼了盆冷水。

顾不迷见状哼了一声，又低声道："我引开王剑飞，你进到莫七彩的屋中将她抓了。"

暗香依依一怔，还未来得及说不，顾不迷已经跃进了客栈，三纵两纵不见了踪迹。

躲在房檐上，眼见顾不迷及王剑飞的身影先后消失在暗夜中，暗香依依偷偷摸摸做贼一般在客栈里黑灯瞎火地摸来摸去误闯了好几间客房才找到了莫七彩所住的屋子。

好不容易站在莫七彩的床边，她心情激动地搓了搓手。

床上，淡黄色的帷幔里，莫七彩曼妙的身姿若隐若现，即便暗香依依是女子，见此活色生香情景也忍不住心跳加速。

她轻轻拍了拍心口试图安抚自己躁动不已的心，暗叹，此时此刻的自己真像一名采花贼。也不知怎么竟然还有点儿兴奋？！再看床上美少女，她暗道一声：对不住了莫七彩。暗香依依一伸手掀起床幔，伸指一顿乱点，直到莫七彩起初惊醒到后来忽然昏厥过去，方才挥去额头上冒出来的细汗。她小声对着早已听不见的莫七彩道："不好意思啊，第一次干这种勾当，一紧张忘了睡穴在哪儿了。"

莫七彩睡觉时脱了外衫只着了中衣，暗香依依自己倒无所谓，但却明白古代女子对贞操的看重，便先为她套上了外衣，方才带着她走了。

顾不迷与暗香依依回镇中据点会合，顾不迷见她不辱使命真的将莫七彩抓了回来，终于对她予以了一次肯定的眼神，好像一贯不中用的人终于干了一件中用的事。

这得来不易的肯定眼神却让暗香依依心中很不是滋味，说不出是欢喜还是怨念。

她将莫七彩放在床上，一边套上外衣一边问顾不迷打算怎么审问。

顾不迷将琴放在桌案上，坐于琴前，轻抚琴弦，道："我的迷心叠曲可令她陷入幻境，届时我问她什么，她都会如实回答。"

暗香依依原本还担心顾不迷用什么切指、断手腕的酷刑逼供，而今一听只不过是让她陷入幻境，便放下心来。可转念一想，不知这幻境对莫七彩有没有害处，终究还是有些放心不下，便没有离去。

顾不迷一个眼神，暗香依依便理会了其中意思。上前欲点醒莫七彩，可点了半天方才找到解睡穴的地方，待解了莫七彩的睡穴，她一转头看到顾不迷早已等得不耐烦看笨蛋的眼神，便不服气地回瞪了他一眼。她虽在凤凰谷学了些点穴之法，可一直没有实践的机会，此番也是第一次实践应用，有些差错在所难免，有什么大不了的呀，以为就你眼睛长得大会瞪人吗？！在他没注意的时候，她狠狠地瞪了回去。

莫七彩睁开眼睛，看清立在床前的暗香依依，先是一怔，而后反应过来昏倒前的一幕，顿时翻身坐起，可一抬头却看到了屋中坐着的顾不迷，微微一怔，神情复又变得复杂。她揪住了自己的衣边，似有些不敢相信地轻声道："是你？"忽然脸红起来，竟这样低下了头去，目光幽幽地看向一角。

一旁的暗香依依将莫七彩的一举一动看在眼里，目光不由自主地转而看向了顾不迷。

顾不迷似完全没看见莫七彩的异样和暗香依依毫不掩饰的促狭笑意，只是神情专注地轻抚着紫漆木琴，忽然拨动了琴弦。

紫漆木琴所奏幻曲可令人陷入幻境，武林大会上，暗香依依就曾因顾不迷的迷心叠曲当众陷入幻境，唱了一首丢人的《冬天里的一把火》，吓跑了顾不迷也让自己"名声大噪"。

而今暗香依依自觉武功已高，以为幻曲再也不能控制自己，所以坦然留在屋中围观顾不迷审问莫七彩，岂料，她却错了。

迷心叠曲是幻曲，与顾不迷杀人的琴功不同，它是一种特殊的乐音，混合内功用紫漆木琴奏响，可轻易勾起人心中的欲念、嗔念、痴念，只要有心魔之人，都易陷入幻境。只是彼时的暗香依依并不知道，否则她绝不会站在一旁傻傻地听顾不迷弹琴。

在琴声响起的刹那，屋中，武功最弱的莫七彩最先陷入幻境，暗香依依听到顾不迷问莫七彩："莫七落是否在红枫山庄？"

莫七彩神情呆滞，似被人操控的木偶般答道："不在。"

暗香依依心神一震，暗道：慕容逸果然没有骗她，那么究竟是谁传递的假消息说莫七落回了红枫山庄？继而又听到顾不迷问道："莫七落人在哪儿？"

莫七彩似若有所思，也不知道陷入了怎样的幻境，神情颇为古怪，竟一时没有回答。

顾不迷指尖在琴弦上动得越来越快，暗香依依忽觉胸口一闷，便开始头晕眼花起来，待所有症状消失，竟不知不觉间看到了另外一番景象。

幻境中，暗香依依看到蓝枫将自己抱在怀里，眼角眉梢都是宠溺的笑，她只觉心中满满的都是幸福，几乎将她溺毙，可忽然明白过来，这一切只是假象，只是假象！蓝枫不可能出现在她面前，不禁心痛如绞，可她依旧贪恋这一刻温存美好，即便这不是真的。

她黯然神伤，心中始终有一个结解不开挥不去，若时光能够倒流，重回当初那一刻，她定会与他说："无论我做错了什么，你都不要离开我，好不好？"

她竟然听到他回答说："好。"

虽然只有一个字，却已让她控制不住，眼泪夺眶而出。她伸出颤抖得厉害的指尖，害怕地轻抚他的面颊，生怕这一刻就这么消失在眼前。她动情地轻轻靠了过去，吻在了他的唇角。

琴音忽停，她顿时脱离幻境，恢复了神志。

眼前有个鼻子，而她的嘴正亲在那人嘴角，她猛地惊醒过来，发现此时此刻她竟坐在顾不迷的怀里，双臂揽着他的脖颈，还亲……亲……亲了他？！

他的目光她根本不敢看，此时此刻顾不迷的腿似乎成了一个燃着熊熊大火的炉子，而她就正好坐在火炉上，那滋味实在难以形容。

她猛地大力腾空而起，险些撞翻了顾不迷面前的琴，捂着眼睛跌跌撞撞地匆忙逃离，根本没有勇气去问，刚才那句"好"是他的回答还是她的幻觉。也由始至终没有想过，她为什么会，又怎么能坐到他的腿上？就那样……轻易得逞……

只知从此以后，对他的幻曲分外厌恶，因为她发现，无论她武功有多高，也抵挡不住自己的心魔作祟。

而此时的莫七彩早已不堪重负昏倒在了床上。

月上中天，暗香依依终于平复了心情折返回来，刚进院子便看到地上躺着一个人。仔细一看竟然是莫七彩。

此刻的莫七彩依旧没有清醒，四肢被粗麻绳紧紧绑在一起，模样甚是狼狈。莫七彩就这样被人丢掷在院子中央冷硬的地面上。现下已入冬，天气已然变凉，莫七彩不知被丢掷在这里躺了多久，面色都已发青。

暗香依依一时有些不敢相信自己看到的情景。据她所知，莫七彩是红枫山庄的大小姐，武林公认的第一美人，别说红枫山庄就是放眼整个武林，也没有男人愿意或是舍得让这样的大美人变成现下这个样子吧？

眼见莫七彩被顾不迷折磨，她想到莫七落对自己半年多无微不至的照顾，心生愧疚。刚想上前为莫七彩解开绳索，她就听到了开门声，一抬眼，便见顾不迷自内走了出来。

想起早先她爬到他腿上，抱他、亲他的尴尬，暗香依依不由得将目光瞥向一旁。

一时无声，尴尬越发重了。

目光无处可放便四处游移，暗香依依又看到了地上的莫七彩，这才想起应该先给她松绑，正欲上前，忽听顾不迷道：“想要救她？”

暗香依依并不隐藏自己的想法，直接道：“是。”

顾不迷道：“本教与红枫山庄向来水火不容，你杀了莫十七，至今还是红枫山庄的头号敌人，若今日易地而处，你早已没了性命。你还要救她？”

她点了点头，没有言明为什么。顾不迷也没追问，只是忽然道：“你从未杀过人吧？”

闻言，她怔在当地，莫名地看向顾不迷，心中有了不好的预感，甚至有了让她逃走的冲动。或许脑海中太执著于“杀人”二字，她便没能听出当下顾不迷言语中的另外一层意思，曾经的暗香依依杀人如麻，可顾不迷却问她：从未杀过人？……

顾不迷将她的神情看在眼里，云淡风轻地道：“就从她开始吧。”

开始什么？她明明听懂了，却因为实在太懂了而懵了，半晌没有任何动作，直到他吐出三个字，“杀了她。”

她惊诧地看向他，“不！”她回得快速而坚决。

“杀了她！”他目光一沉。

“我不。”被他气势所迫，她后退一步，却依旧坚持。

他上前几步，低头与她目光相对，目中的寒光让她心生战栗，“杀了她！”唇齿间他阴戾地吐出三个字。

在他的目光下，她忍不住退缩，不敢再与他的目光相对抗，便低下头去，盯着他的胸口，期期艾艾地说：“我就不。”

他骤然抓起她的衣襟，将她重重地按在了墙上，她只觉呼吸一窒。

咫尺之间，他的气息扑面而来，鼻息如此接近，嘴唇就在眼前。她忽然又想到了她吻他的那一幕，顷刻间，面如火烤，脸如火烧，红了个透顶。

咫尺之间，她每一丝细微的神情变化，他都能看得仔细明白。这一刻，她目光凝在了他的唇上，脸色瞬间由白转为大红。他忽然明白她心中所想，心中亦是一悸，不知不觉也将目光下移凝在了她的唇上，出口的逼问竟变成了自己从未有过的低声呢喃：“你杀还是不杀？”

“我……”她茫然吐出一个字……

他似突然惊醒，松手放开了她，向后退了数步，突兀地转身大步离去，徒然留下捂着喉咙轻咳的暗香依依。

望着他离去的背影，她如释重负。

莫七落不在红枫山庄已经可以肯定，是谁传递的假消息，一时却不知答案。

莫七彩醒来后，暗香依依趁顾不迷不在赶紧催促莫七彩逃走，可没想到她竟然不走。

莫七彩十分坚持，言明一定要见到顾不迷再走！她问及缘由，莫七彩却不说，显然对她颇有防备和芥蒂。

暗香依依见她神情，不似要与顾不迷来一番不切实际的儿女情长，虽心中疑惑她究竟要与顾不迷说些什么，可也不能强求她说与自己听。只是一想到方才顾不迷让自己杀了她，暗香依依便一阵心寒，只得吓唬她道：“你别天真了，你又不是不知道我家少主的脾气，估计你还没张嘴就被他咔嚓了。”暗香依依横眉竖目比画了一个抹脖子的样子。

她以为莫七彩会怕，岂料莫七彩竟倔犟地说：“我情愿死在他手里。”

暗香依依傻眼了，暗暗心惊莫七彩的执拗与痴心。

惊讶之余，她却又愁眉不展，左右思量，方才下了决心。大哥的亲妹妹决不能伤在她手里，她会尽一切可能保护她的周全，即便与顾不迷一战将这方圆十里拆了，她也要莫七彩毫发无伤地离开。

下定决心后，她和蔼地拍着莫七彩的肩膀语重心长地道：“好吧，等下他回来你有什么话尽管与他说，顾不迷若敢伤你，我与他拼命！”

莫七彩回头看她，好像看见了鬼，冷哼一声，再不理会她。

暗香依依知道自己以前的形象太过彪悍，一时很难让人信服，也不怪莫七彩不信她。为了增加可信度，她摆出和蔼可亲的表情，诚挚地说道：“莫七落是我结拜大哥，他的妹子就是我的妹子，我会保护你的。”

她说得甚是真挚，岂料莫七彩却似更加肯定了她是假仁假义意图欺骗她，当下看着她的目光更为轻蔑，冷冷道：“谁是你妹子！论年纪你比我小半年，你说与我哥哥结拜那根本不可能！大哥如此心高气傲之人怎会与魔教中人结拜？再说你杀了十七哥哥，虽然我不知道哥哥为何不一剑杀了你，但他也绝不会与你结拜！你巧言令色，说这番话与我听不过是想讨好我，进而讨好我哥哥，别以为我不知道，你喜欢我哥多年，我哥却不喜欢你。你虽然隐藏得好，别人不知道你的心思，我却是知道的！”

暗香依依怔在当地，莫七彩的一番话再次让她糊涂起来，她喜欢莫七落？她怎么又变成喜欢莫七落了？！

她……她……究竟喜欢谁啊？

她真想把前任暗香依依的灵魂揪回来问个仔细，你……你说！你究竟喜欢的是谁？！

可她没那个本事将从前的暗香依依揪回来问个仔细，只得问莫七彩为何这么说，莫七彩却觉得她虚伪，全然不再理会她。她只好干瞪眼，自己躲到一边去抓脑袋。

夜色渐退，天方见白。

顾不迷依旧没有回来。

期间，莫七彩去了一趟茅厕，暗香依依巴不得她自己暗中溜走，自然没有尾随。过了好一会儿，见她迟迟未回正以为她走了，岂料才欢喜了个开头便见她又回来了，暗香依依一阵郁闷，郁闷之后也忍不住去了趟茅厕。

上茅厕的路上，冷风扑面而来，吹得她一个激灵，头脑顿时清醒了几分。捏着鼻子蹲在茅厕里，暗香依依暗暗思量，自己实在没把握在顾不迷手里同时护住自己又护住莫七彩，而且她名义上虽是顾不迷的妹妹，但实际上却是顾不迷的下属，凡事都得听他的，今后在九幽教混日子还得看他脸色，顶撞上司撕破脸皮的事不到迫不得已实非明智之举。

暗香依依仔细想了想忽觉自己笨得要死，她为什么要陪着莫七彩一个劲傻傻地等顾不迷回来，她完全可以将莫七彩暗中撂倒然后扛了她丢回客栈了事。

暗香依依暗中改变主意，莫七彩却不知道。

待暗香依依回来，见屋中莫七彩忽站忽坐一直望着屋门外，等得时间越久面色越发显得焦虑，见她回屋目光中难掩嫌恶，好像和她待在一个屋子久了也甚是不舒服。

暗香依依却神情自在，对她嫌恶的目光视而不见，进了屋坐下，再见莫七彩向屋外张望时，忽然到了她背后，伸指点了她的睡穴。这次为避免再出差错，她用了两只手双保险，右手点一遍，左手又点了一遍，顺利将莫七彩点倒。暗香依依一边扶住她一边笑，看来点穴也不是很难嘛，一只手不行就两只手嘛。

眼见天快亮了，说不准顾不迷很快就会回来，她忙背起莫七彩出了门。

第十八章

胡思乱想

昨夜，王剑飞半夜和衣小睡。此番出门，他一路忐忑，小师妹自前些日子回到庄中就一直暗中求他带她出庄。此番他是冒险背着师父和师哥们私自带小师妹出来的，一路急赶，只为到此见一个人。到底见谁？小师妹死都不肯说，但一见小师妹红着眼睛泪眼汪汪地望着自己，他就不由自主地投降了。虽然小师妹再三保证只要见到那人告诉他一个消息便即刻回庄，可他心中终究忐忑不安，正翻来覆去地睡不着，便听窗外有异响，睁开眼睛正瞧见一个黑影自窗口闪过。

他一跃而起，起身来到门边，门外，那人正向内窥视。他怀疑是宵小之徒，猛地打开房门，一掌打了过去，却扑了个空，影子已迅速消失在房顶。

看来这宵小还有两下子，他顿起争斗之心，微一提气上了屋顶，随后追去。可追了没一会儿，却不见了那人的影踪，就连那人身形样貌也未能看清，此刻方觉不对劲。转回客栈时，他细细回想，隐约好似看到那人身后似背着一把琴，琴？莫非是九幽教的顾不迷？王剑飞想到此处竟惊出一身冷汗，急忙回到客栈，却发现莫七彩已经不见了踪迹。

王剑飞深知自己此番弄丢了小师妹闯下大祸，是夜，哪还有心思睡觉，早已是疯了一般在半岭镇翻天覆地地找了起来。

因怕受罚，他一时不敢知会附近的庄中弟子，只是孤身寻找。半岭镇虽不大，可他一人身单力孤，一时如何能找得到莫七彩。眼看天方见白，王剑飞整个人都快急疯了，一悔不该一时心软带了小师妹出来，二悔不该想着和小师妹独处而不喊其他兄弟同来，三悔自己昨夜轻敌中了魔教之人的调虎离山之计。王剑飞悔来悔去，整个肠子都悔青了，当然脸色也是青的。

此番背着恩师将小师妹私自带出山庄，他已犯了重罪，再加上让小师妹落入魔教手中，重罪上再加重罪。此番回庄还有何颜面见师父和各位师兄师弟，再想到自家娇滴滴的小师妹落入顾不迷这等魔头之手，他就几近崩溃，死的心都有了，竟想着，自己还不如昨晚被顾不迷杀了一了百了。

这方王剑飞寻人急迫，那方暗香依依悄悄地背着莫七彩回了客栈。趁天亮前，将莫七彩放在了她的床上，方才离去。

正欲离开客栈，却听见客栈前厅有吵闹声，她停步细听，便听一人与客栈老板大声抱怨道："你这客栈怎么什么人都能进来住？方才有个疯子闯进了我住的屋子，揪着我的衣领问我见没见到他的小师妹，我睡得好好的，到哪里去见他娘的小师妹……"

暗香依依心道：看来王剑飞已经发现莫七彩不见了，如此寻找，想来是乱了方寸。真可怜呀。想到那人说是方才，难道王剑飞现在正在翻找客栈？暗香依依转身回了客栈，经过客栈后堂便见一个胖厨子拿着菜刀与一个年轻男子对峙着。厨子菜刀上还挂着一片肉，随着他的挥舞甩来甩去，厨子恨恨地说："我说没看到就是没看到！你不相信又能怎样，你以为你有剑我就怕你了？小子再来滋事，我拿你当猪肉剁了！"王剑飞何时受过这等气，可当下只急着找小师妹也无心理会厨子的大吼大叫，青着一张脸离去。

暗香依依偷偷跟着王剑飞，见他离开厨房，又进了柴棚，自柴棚出来又进了茅房，直到客栈里所有人都被他惊动，老板、小厮一群人跟在他屁股后头不停地说："少侠，这里真没有……"

暗香依依见他像无头苍蝇般乱闯乱找，心下担心这有勇无谋的王剑飞可别阴差阳错地与莫七彩错过了，再惹出其他是非，便从客栈前堂暗中取来笔墨，写了个字条，而后折返到后堂，包上一块小石块，不怀好意地砸向了王剑飞的脑袋。

王剑飞毕竟出身红枫山庄，岂会被暗香依依如此轻易砸到。石块飞过来时忽见他偏头伸手便将石块抓在了手里，他一见上面包了字条，立刻打开来细看，只见上写：此地危险，人在客栈屋中，速带她离开。

王剑飞四处张望，不见任何可疑人，心中只惦记着寻回小师妹为先，便一头冲到了二楼莫七彩早先住的屋子，打开门入内一看，果见她昏睡在床上，自此一颗心方才落地。

王剑飞毕竟是红枫山庄的弟子，倒也明事理，推开门口堵着的一群人，站在走廊上，平下心来四下里仔细观察，仍未见有任何异样，便用内力千里传音道："谢谢侠士出手相助，若能留下姓名，王剑飞他日定当相报。"

尚未走远的暗香依依闻言一笑，却未回话，脚步轻快，飘然远去。

自作主张将莫七彩放了，暗香依依忐忑不安地回去后，没敢走正门，而是翻墙悄然进入，结果自己的百般小心竟换来一屋子的空荡荡，他竟然还没回来？！她索性进了屋子，关上房门静候。静候难免胡思乱想，一则想着他若动怒使强她必还手，二则又想，要不还是老实交代求个从轻宽大吧，这样以后见面才不会尴尬。毕竟他是领导她是下属，又天天见面，打架终归不好，尤其当领导的打不过下属多没面子，搞不好今后寻了机会再给她小鞋穿，尤其顾不迷这人最记仇了。打定主意，暗香依依便安心等着顾不迷回来。

太阳照进屋子时，顾不迷终于回来了。

顾不迷离开半个晚上不知去了哪里，回来后，直接闯入她的屋子，幸好她一直坚挺着没睡着，一早做好了心理准备等他向自己发难。

他一晚上不知去了哪里，发梢微湿，衣摆泥泞，进来时阴着一张脸好像她抢了他的心肝宝贝。他快步向她走来，她惊得急忙站起身来，见他来势汹汹刚想绕着桌子跑，他却停住了逼近的脚步。她镇定心神鼓起勇气，可还是不由自主地向后退了几步，在安全距离内与他对视。

他幽幽地望着她，她被他望得额头冒汗，低下了头，原本想好的话一时激动竟然全忘了，只好再次在腹中努力措辞该如何承认自己的错误让他息怒。

顾不迷一声不吭地凝视着她，在他古怪的目光下，她更为自己放走莫七彩而忐忑不安，正想着怎么和他说，就见他举目环顾屋中，显然在看屋里是否还有其他人在。她顿时头皮一麻，以为他在找莫七彩，不待他问起，忙老老实实将自己放走莫七彩的事交代了个清楚，想着至少能得个宽大处理从轻发落，可汇报完毕后竟久久得不到他的回应。

她偷偷抬眼望去，只见他正用十分奇怪的眼神看着自己，那目光，好似有些恨她，又好似有些不愿承认的挣扎。

这样的目光，令她不由自主地以为：莫非……他其实……也喜欢着莫七彩？可早先他为什么还要逼着自己杀了莫七彩？再说，他先前折磨莫七彩可不像有一丝怜惜的样子。除非他心理变态，是个“别扭受”，明明心里喜欢得要死，却又不肯承认，想借她的手杀了对方来证明自己不喜欢。想到此处，暗香依依不禁一叹，顾不迷做人真扭曲啊。

可转念一想，好似又不对，顾不迷这人骄傲自负得连成了精的孔雀与他相遇也得自叹不如，做事一向直来直往不屑于拐弯抹角。再说这阵子相处下来顾不迷虽然“不太正常”，可也不是那种心里想一套表面做一套的人，他不是喜欢莫七彩，不是。

又瞄了他一眼，发现他还在看她，复杂的眼神，令她本就胡思乱想的思绪打了结。他干吗这么盯着自己一直看，看得她都有些不好意思了。

她将头垂得更低，看着自己的脚面，像是犯了错等着被老师训斥的小学生。她一只脚在地上蹭了蹭，不小心幅度大了碰到了他的脚，他什么时候走过来的？她惊跳起来好似踩到了炸弹，瞪着他紧绷得连大气都不敢喘了。

良久……还是无声。

是杀是剐，总得有个结果吧？！

暗香依依有些沉不住气了，越发胡思乱想起来。

莫非……因为她放走了莫七彩，他一时气怒攻心，被她气疯了？这想法刚起就被否定!

得了，顾不迷哪有那么脆弱，他的心志之坚，钢铁也难出其左右。左思右想都不对，唯有暗叹顾不迷这人喜怒无常太难揣摩，不揣摩也罢。或许是她放走莫七彩真的闯了大祸，可无论如何她也不会任由他杀了莫七彩，想到此，暗香依依心中不仅毫无悔意，还觉得自己做得很对，可虽然觉得自己做得对，却也不敢明目张胆在他注视下表现得太明显。

暗香依依不敢与他直接对视，却又想知道他现在是何表情，便又斜眼偷偷瞄他。却见他还是看着自己，神情一会儿这样一会儿那样，变来变去变幻莫测，似还在为什么事情挣扎犹豫着。

是不知道怎么处置自己吗？她心道，看来这次他不会轻易放过自己了，一时也忐忑不安起来。她一边担忧，一边又用眼睛时不时瞄他，却见他一直这样望着自己没有任何动作言语。

与他僵持久了，她终于按捺不住。

这心一直提着没个着落，实在让人难以忍受，在他幽幽注视的目光下，她悄悄挪动脚步，意图接近门口再计划在他爆发前寻觅一个合适的机会逃脱。可就在她分神渐渐接近门口时，忽然被他一把抓住了胳膊，还来不及挣扎，便被他拖至面前，一把揪住衣领，又一次重重地按在了墙上。砰的一声，后背重重地抵在墙上，她被撞得疼了，忍不住闷哼了一声。

这次他出手又快又重，她惊讶之余更以为自己死定了，可还没来得及闭眼受死，便觉他突然靠近。就这样，二人眼睛对着眼睛，鼻息对着鼻息。

她忍不住瞪大了双眼直直地望着他，茫然疑惑间，见他轻启薄唇，轻声说："你若再敢违背我，我就夺了你一身功力。"

提起功力就想到落月迷香，提起落月迷香就想到这门内功若与男子交合就会被对方全部吸走功力，顾不迷竟然说要夺了她一身功力，怎么夺？暗香依依脑海里顿时想到了 XXOO。顾不迷这话的言外之意莫非是要与她？！……

说害怕，她害怕之余还有点儿激动；说激动，她激动之余又有些抗拒；说抗拒，想到她将落月迷香练反了说不准 XXOO 过后不是被他吸去功力而是变成了吸尽他的内力。一想到顾不迷那一身强大的功力若是全部渡给自己又禁不住有些兴奋，可一想到他被吸尽功力没了武功的下场，她又于心不忍而觉得自己卑鄙无耻，兴奋顿时变成了惆怅。

她试图挣扎，可顾不迷却不放开她。他的双眸凝视着她，距离非常的近，近得她看他看成了斗鸡眼，只好垂眸不看。

他的鼻息吹拂在她低垂的眼帘上，搞得她不小心吸入的气息中也混入了他呼出的气息。她试图在他的掌控下扭一扭脖子，微微移开些许，可即便移开了，还是觉得别扭。他按住她的手虽然没有初始的力道强，可也不容她轻易脱身，如此近距离长时间的凝视和靠近，不由得再次让她想起了昨晚他俩那些亲密的举止，脸不由得红了些，小小声呵斥道："放……你……放开。"

这等不给力的呵斥自然无法撼动顾不迷。她拧着脖子再次偷眼去瞧顾不迷，却见他神思恍惚，幽幽地望着她，目光恰好看着她的唇。

察觉他目光停留的位置，她的脸更加红了，心若擂鼓地想：他在想什么，他想干什么？！如果他真要那啥自己，要不要和他拼了？还是……还是试试？试个屁啊！靠！无论是她没了内力，还是他没了内力，或者她没了贞洁，哪一种都让她难以接受。暗香依依一想到结果都非自己所愿，心中便百万分的抗拒，脑袋也不由自主地摇了起来，颇像失控的钟摆。

顾不迷看着面前拨浪鼓似的摇来摇去的脑袋，瞬间回过神来，骤然松开了手，退后一步，忽而似风一样转身离去。

她呆呆地看着他离去，脑中片刻空白，待反应过来他什么都没做就这样走了，提着的心这才放下，身体也随即放松下来，忽觉腿脚酸软，站都有些站不稳了。她不由得再次想起他方才的话和他的目光，心中泛起一丝古怪。

他，他那句话的意思不会真的是要和她……那啥吧？

怎么会？！

就顾不迷那性子，大街上的女人多看他几眼也会让他厌恶到动怒，又岂会对她有什么非分之想？再说了，就算她私自做主放了莫七彩犯下大错，以顾不迷的性子，方才就算她想以死谢罪自杀在他面前，恐怕他也不会皱一下眉头，搞不好还会说："要死死远点别弄脏了院子。"之类的话。

想到他方才又一次按住自己的脖子将自己困住，她下意识地摸了摸自己的脖子，忍不住一抖，拍了拍胸口，大口吸气大口吐气大声安慰自己，"别多想了，胡思乱想太伤身，要淡定，淡定！"想到昨晚折腾了大半个晚上没能睡觉，此刻难免心浮气躁胡思乱想，暗香依依迅速扑向了木床。

醒来是因为张长生送来了早饭。

她才睡下不久张长生就来了。迷迷糊糊中，她闻到了饭香，立刻为了这顿饭爬了起来。

自从来到这里，她就清楚地明白了一个道理，在这个物资贫乏的年代，可不是什么时候都能吃到热腾腾香喷喷的吃食，就算是在襄阳王别院借宿时，想吃东西也很麻烦，所以当下睡觉自然放在其次。

正吃着，门忽然被人推开，她以为是张长生，可一抬眼看到了顾不迷，手中的筷子顿时掉了一根。见他立在门口幽幽地望着自己，暗香依依也顾不得掉了的筷子，下意识伸手摸了摸脖子。早先被他掐了两次脖子，虽没受伤，可终究有些不舒服，尤其想到莫七彩的事还没结论，她便老老实实地放下手中的另一根筷子。在他逼视的目光中，她乖乖站起身来，恭敬问道："少主有何吩咐？"

顾不迷道："去红枫山庄。"

红枫山庄？

她顿时不解，问道："莫七落不是不在红枫山庄吗？"

顾不迷道："一时无其他头绪，既然有人有意引我们去红枫山庄，我们就如他所愿去一趟。"

明知山有虎，偏向虎山行，其勇可赞，其谋却可鄙。对于顾不迷的迎难而上，暗香依依心中不以为然，可表面却仍十分恭敬地说了句："少主英明。"

顾不迷闻言一怔，好似从未听她说过这般虚伪又谄媚的话，仔细端详，方才察觉在她看似平静的神色下，竟有几分刻意的疏离。他目光一沉，忽然道："现在就走！"

暗香依依一怔，便见顾不迷已转身离去。

暗香依依看着空了的门口，再看桌上刚吃了几口的饭菜，顿时黑了一张脸。对着门口，她一阵怒视，可即便这样，心里还是觉得很憋屈，忍不住挥拳跺脚，龇牙咧嘴，偏偏这一番动作幅度很大，却没发出一丝声音来。

刚巧张长生端着顾不迷吃完的饭菜经过门口，不小心看到了这一幕，顿时怔在门口，双眼瞪得比牛眼还大……

果然没走出几里地，腹中便有了饥饿感，她目光流转，打起了小算盘，故意放缓了脚步，与顾不迷拉开了一段距离。她小心翼翼地将手伸进胸口，掏出一个油纸包，小心打开来，看到里面藏着的数块酥肉，眼前顿时一亮。暗道自己就是聪明，临走前将一盘子剩下的酥肉都带在了身上，正试图将最大的两块酥肉塞进嘴里，便见前方顾不迷忽然停了下来，以为他察觉自己在偷吃东西，急忙将整块酥肉都勉强按进了嘴里，剩余的藏在了身后。

可顾不迷并没有回头，只是望着前方一点，顺着他望去的方向，她看到了莫七彩。

将纸包藏好，努力无声咀嚼的过程中，她听到莫七彩道：“顾不迷，我此番在此等你，只是想与你说三句话，说完这三句话就算你要杀了我，我也毫无怨言！”

顾不迷没有出声，眸中闪过厌恶。

“暗香依依你离远点儿。”莫七彩突然向她喊道。

暗香依依正嚼肉嚼得辛苦，忽然听到这句话，险些被满嘴的食物呛到，狠狠忍住了几欲出口的咳嗽，忍得面红耳赤。

顾不迷却在这时似察觉到了她的不对劲，回头看向了她。

目光隔空相遇，毫无躲藏的余地。

一看到她鼓着的两个腮帮子和嘴边的油渍，顾不迷的眼角便不受控制地抽搐了一下，而后似明白她背着自己在后面偷吃东西，嫌弃地转过了头去，好似再也不想看到她。

暗香依依想解释，可满嘴食物无法开口，正犹豫着是走还是留，对面突然又跳出一人来，却是王剑飞。

王剑飞仗剑立在莫七彩身前，明明长得挺精神的一个小伙子，可不知怎么了，才半天的光景，面色竟看起来有些发青，精神也颇为不济，刚跳出来扬声说了半句：“顾不迷，你今日若敢伤我小师妹……”便突然面露痛苦，咬着牙哼了两声，而后还是没能忍住，捂着肚子撅着屁股指着顾不迷说，“你等我……等我……回来再与你说。”便匆忙遁了。

暗香依依目瞪口呆地看着王剑飞用比来时快一倍的速度消失在远处，暗道：莫非他吃坏了肚子？得了肠胃炎？还没想明白怎么回事，便见顾不迷已不愿理会面前拦路的莫七彩，举步欲走。可莫七彩却不知死活地挡在了顾不迷的面前，又急又恼地道：“顾不迷，我不惜欺瞒我父，伤我九哥也要执意来见你，是真的有重要的事要与你说，你就不能听我说完这三句话吗？”

暗香依依一怔，伤她九哥？想到王剑飞离去的模样，暗香依依暗忖：看王剑飞的样子明显是拉肚子，莫非是王剑飞拦着莫七彩不让她来，而莫七彩却暗中对王剑飞下了巴豆？这才脱身来找顾不迷？世上真有巴豆这东西？什么时候自己也去买点备着……她盯了一眼顾不迷。

顾不迷的目光能令天下所有女人恨他、惧他一辈子，看着莫七彩红了的眼眶，暗香依依心有戚戚焉。想到自己也曾被他用同样的目光盯过，那真是不堪回首的瞬间，被他这样看过而没吓哭的女人，天底下估计只有她了。

莫七彩面色一阵红一阵白，忽然流下泪来，却仍不肯退开半步，似下了必死的决心道："顾不迷，我究竟哪里不好，你……你连与我说句话都不愿意。"

你很好，是他不好，暗香依依心道。忽然想起嘴里的肉还没吃完呢，难怪觉得腮帮子有些酸，她想到顾不迷已经发现她偷吃肉了也不必再隐藏，便毫不顾忌地咀嚼了起来。

一个在眼前流泪，一个在后面吃肉，顾不迷目光一沉，似突然改变了主意，一掌便打向了莫七彩天灵盖，出手便是不留余地的杀招。

第十九章 蝴蝶之毒

眼见莫七彩一心等着受死躲都不躲，暗香依依情急之下挡在了莫七彩面前。一时心急，她出手抓住了顾不迷的手腕，在顾不迷不悦的目光中，依旧死抓住不放，而后急忙咽下口中酥肉，对身后莫七彩道："你快走！"吃东西太急了，又急着说话，一不小心便对着顾不迷猛咳了几下，顾不迷迅速转过头去。

莫七彩却不领情，冷声道："该走的是你！我的事不用你管！"

暗香依依知道莫七彩对自己成见颇深，当下也不怪她，心知自己劝不动她，只得为她防住顾不迷。

顾不迷手臂一转挣脱了她的束缚，眼看就要卸下背后的琴，暗香依依再顾不得其他，回身将莫七彩推到了远处，手执长鞭与顾不迷对峙起来。

顾不迷沉了目光。

暗香依依与他打了一个多月的架，自他抚琴的姿态就知道他已起了杀念，不禁紧张起来。莫七彩就在自己身侧不远，顾不迷的杀伤范围及杀伤力都太过强大，这么近的距离，若自己与顾不迷一战，稍不留意便会伤到莫七彩，心中正左右为难，便见一人自远处跑了过来，正是去而复返的王剑飞。

暗香依依病急乱投医，大声对王剑飞喊道："快带莫七彩走！"

王剑飞一怔，显然不了解状况，不过王剑飞并不傻，看到顾不迷已将琴置在身前，随时可能发难。虽不相信九幽教左护法暗香依依会出手帮助他们，却也知道此地不宜久留，便拉住正一步步失魂落魄走向顾不迷的莫七彩，试图将她拖走，可他终究拉了一天的肚子，体力早已透支，此刻岂能拦住固执的莫七彩。

与莫七彩拉拉扯扯间肚子又绞痛起来，他忍了再忍，可终究忍耐不住，勉强留下一句，"顾不迷，你有种等我回来。"就又跑了。

看着王剑飞踉跄消失的身影，暗香依依知道指望不上他了，再看一步步接近顾不迷满眼泪花的莫七彩，只觉一个头两个大，眼见顾不迷已抬指轻抚琴弦，他每次要动琴伤人时都会有这个小动作，情急之下竟扑了上去。

顾不迷显然没想到她会奋不顾身地露出所有破绽向自己猛扑过来，这要是别人，他定然毫不留情地让眼前之人命丧当场。可他竟然连犹豫都没有，就瞬间向后移了半丈，直至后背抵靠在树干上方才止住去势。而暗香依依却已到得他近前，张开双臂母鸡护小鸡一般试图挡住他所有可能的攻势。

他看着她的样子，忽然有点儿想笑，可终究没笑，只是幽幽地看着她。

暗香依依挡住顾不迷，大声对莫七彩道："你究竟要说哪三句话？！快说！"

莫七彩见她如此这般早已有些惊讶，当下被她吼得更是一怔，反应过来暗香依依竟如此对自己不禁又羞又恼。

暗香依依无心理会，一边心急，一边对顾不迷道："顾不迷，一个女人喜欢你，并不是她的错，她只是喜欢了一个不应该喜欢的人！"

不应该喜欢的人？！顾不迷幽幽地看着她的目光深不见底，她竟不畏惧，仍继续道："你们不会有结果，这点你清楚，她更清楚！"

顾不迷嘴角扬起讥讽的笑，显然不相信莫七彩会清楚这一点。暗香依依看出他的不信，幽幽道："感情是心底最无法控制的一种情绪，没有对与错，没有应不应该，只有身不由己，有时候自己也不明白，甚至非常挣扎怎么会莫名其妙地喜欢上一个人，对他有了不一样的感觉，宿敌也好，不配也罢，抑或单相思，却都控制不了。"

莫七彩终于也看向了暗香依依，听她继续道："我想，以你二人的身份和立场，如果她可以对你不动情，她绝不会对你动情！"

莫七彩眼中闪过惊诧、不解和……微微的动容。

顾不迷不知在想什么，似乎也走了神，暗香依依见他已有动摇，便继续劝道："顾不迷，在我心里你虽然有时候不近人情，可也并非无情。就听她三句话，好不好？"

顾不迷抬起了眼幽幽地看向了她。

而在此刻，刚解决完生理问题，跌跌撞撞跑回来的王剑飞却立在不远处，额冒虚汗手扶树干，不知他从哪一句开始听起，神情像是踩到了地雷。

顾不迷一时没有吭声，只是看着暗香依依，好似他等着听的有三句话要说的人是她而非莫七彩。

暗香依依被他看得低下了头去，可刚低下去又抬了起来，而且抬得更高，高到近乎鼻孔朝天趾高气扬，只是那双不敢看顾不迷的眼睛轻易便露了她的底。

顾不迷眼中隐隐有了一丝笑意。

莫七彩沉默地看着暗香依依，好似在重新审视她，可就在这时，王剑飞却突然拔剑向顾不迷刺了过来，许是体力不支，这一剑虽快力道却明显不足。顾不迷侧身躲开，一掌打向他的肩头，王剑飞一时躲得慢了，掌心自他肩头擦过。他虽勉力避开了致命一击却仍被掌风所震，又因身体虚弱，一时站立不稳跌跌撞撞向后退去，重重地跌在树干上，吐出一口血来。

眼看顾不迷又是一掌跟进，就要打在王剑飞的胸口，岂料却被一物缠住手腕，在咫尺之间突兀地停住。

顾不迷的手腕上缠着暗香依依的紫鞭，他回眸不悦地看向了暗香依依。

莫七彩已被突发状况吓得惊呆，当下反应过来，急忙奔向王剑飞将他扶住，急切问道："九哥，九哥，你还好吧？"

紫鞭是天蚕丝所制，若将真气灌注其上，每一根天蚕丝都似有了生命，可以以任何角度弯曲。如果被紫鞭勾住，越想挣脱，缚得越紧。

从顾不迷的目光中，暗香依依知道他真的动了怒。进退两难之时，王剑飞突然推开莫七彩，提剑再次刺向了顾不迷。

王剑飞此击用了全身仅剩的所有力气，既快且狠，顾不迷又离他极近，暗香依依心中大惊，匆忙收回紫鞭。

顾不迷一手持琴，一手手腕被暗香依依紫鞭牵绊，眼见王剑飞一剑刺来，急速后退。幸好王剑飞体力不支，一剑之下再无后续，跌倒在地，挣扎几下再不动弹，似乎已力竭晕了过去。

顾不迷急速后退数丈堪堪躲过王剑飞的致命一击，抬手便见自己手腕处流出的鲜血染红了衣袖。

方才千钧一发之际，紫鞭虽被暗香依依收回，却仍在拉扯中伤了他的手腕。

他抬头看向暗香依依，暗香依依看到他手腕上的血渍，疾步上前欲查看他的伤势，却见他忽然将琴置在身前，骤然拨动了琴弦。

与他比武过招多次，也曾伤过他，受伤流血原本算不上什么大事。相比之下，当初她受过的伤更为惨烈，浑身是血的时候也是有的。

可当下这种情形，暗香依依自觉理亏，胳膊肘往外拐，也难怪他会发怒。但即便如此，她仍不能眼睁睁地看着莫七彩与王剑飞死在自己眼前。顾不迷的琴音一起，她便挡在了二人身前，试图用紫鞭削去顾不迷琴功的杀伤力。

她知道自己抵挡不了多久，在顾不迷的魔琴下，她堪堪能护住自己，再者因身后有所顾忌，躲都不敢躲，只有一招招生生接下顾不迷所有杀招，处处被动。心中清楚如此下来，她恐怕连往常的五十招都抵挡不住，心中正着急，琴音却忽然停了。她不解地看向顾不迷，只见他面色苍白，放在琴上的手指微微颤抖，竟突然倒在了琴上。

“你怎么了？！”暗香依依急忙向顾不迷奔去。莫七彩闻声亦察觉到了不对，放下王剑飞，也跟着跑了过来。

暗香依依终究有些害怕顾不迷，不敢靠得过近。她停在三步之遥，并下意识将跟过来的莫七彩拦在了身后。

莫七彩欲推开她冲过去，却被她拽了回来。她一边拦着莫七彩不让她过去，一边连声唤道：“少主？”

顾不迷缓缓抬起左手握住了右手受伤的手腕，那是她方才用鞭缠住他所受的伤，伤口虽然流了些血可并不严重，此刻血也基本止住。暗香依依不清楚他为何摸那伤口，她又轻唤了一声：“少主？”顾不迷方才抬眸看向了她。

他牙关紧咬，神色痛苦，额上已满是细细的汗珠，苍白的脸色衬得嘴唇诡异的红艳。有一瞬，暗香依依恍惚看到他额头上血管凸显，竟呈现出蝴蝶展翼的图案，再仔细看却又不见，察觉他正极力忍耐身上的不适，一时失神，忘了阻拦身后的莫七彩。

莫七彩推开她冲了过去，想要扶起顾不迷，却被顾不迷一掌推开，狼狈跌出丈许。

眼见莫七彩没有受伤，暗香依依不由得奇怪，以顾不迷如此近距离出手的力度，莫七彩怎么会只跌倒而已？

她有些不肯定地问顾不迷：“我……我方才……伤到了你？”

他们方才交手，看似激烈，可她心里明白，他只是一时气怒自己敌友不分袒护莫七彩和王剑飞，并无杀她之意。而她自然也没有伤他之心，除了最初鞭子缠住他手腕让他受了轻伤，后来并未伤到彼此，可当下见他如此，心中又有些不确定，故有此一问。

果然，她见顾不迷摇了摇头。

她放下心来，却听他低声道：“我中了毒。”

中毒？！这句话如当头闷棍，让她刚放下去的心立刻提到了嗓子眼。她惊怔地看着他，呆若木鸡。

顾不迷见她傻傻地站在不远处，那副模样令他心神一荡，身体越发抖得厉害，神志稍稍放松，眼神便渐渐由清明转为了混沌，额头上的蝴蝶图案也越发清晰起来。

暗香依依一时脑袋打结，怎么也想不明白，好好的，他怎么会突然中毒？

待听到他的呻吟，看到他剧烈颤抖的身躯，暗香依依方才察觉到了他的变化，忙上前几步，蹲下问道：“怎么会突然中毒？你中了什么毒？临下祁阳山时周观给我带了许多药，或许管用。”

她的靠近，令他颤抖得更加厉害。他极力控制才摇了摇头，目光恢复了几分清明，可一抬眸却又定在她红唇之上。突然出手抓住了她的手臂，将她拖到近前，顾不迷死死地看着她。如此近距离地面对面，暗香依依终于看清他额头上时隐时现的暗纹。她还来不及惊讶，便听身后莫七彩喃喃自语道：“他中了蝴蝶。”

蝴蝶？暗香依依不知这是何毒，正待细问，便听莫七彩又道：“这毒，我能解。”

顾不迷闻言似被什么刺激到，猛地将她推离自己。

暗香依依跌坐在地，惊见顾不迷开始剧烈地抽搐痉挛。她从未见顾不迷如此失控过，当下惊慌失措，只跪在顾不迷身边不知该如何是好。

莫七彩上前推开了她，慌张地将顾不迷从地上扶起，展臂紧紧地拥住了他，使力地扣住他的肩膀，好似这样就能控制他的痉挛。

暗香依依脑中早已一片空白。

片刻，顾不迷终于停止了痉挛，待神色恢复一丝清明，微抬头看清拥住自己的竟是莫七彩！那一瞬，似被什么脏东西碰触了一样，厌恶、愤怒交织，他伸手就掐住了莫七彩的脖子。暗香依依回过神来，大惊失色，急忙将莫七彩自他手中救下。

莫七彩面色发紫，咳声连连，喉咙火烧火燎的疼痛，便是轻轻一碰都让她疼得不能自已，可身体上再疼也疼不过心伤。方才她险些死在顾不迷手中，那一刻她清楚地看到他眼中对自己的嫌恶。这种嫌恶，让她心中说不出的苦涩，那一刹那，她竟连挣扎都不愿了。没想到她全心全意喜欢的人要杀她，而她一向最讨厌、最反感的人却救了她。

她一边咳一边忍不住委屈地流泪，苦涩、怨怼、痛楚、心伤，还有此刻看见顾不迷倒在暗香依依怀里的酸楚和不愿承认的嫉妒。她不会相信，顾不迷让暗香依依靠近碰触只是因为她是他的下属，他的义妹。想到方才他清醒过来，看到她后的嫌弃与愤怒，对比现在他靠在暗香依依臂弯中渐渐平缓的喘息和幽幽看向暗香依依的眼神，有什么东西在她脑海里呼之欲出，她不愿想清楚更不愿相信！可思前想后，蝴蝶这种毒，只有通过血液才能发挥功效，仔细回想，当下伤了顾不迷的人只有暗香依依，这毒极有可能是暗香依依所下！她看向暗香依依，不知她有何目的，又意欲何为？！再看顾不迷，他明知道此毒是暗香依依所下，又为何对她？难道……他……他……真的……

暗香依依扶住顾不迷，在他愤怒的目光中脑袋瓜终于恢复了运作。

顾不迷中了毒，此毒叫蝴蝶，管它蝴蝶还是苍蝇，只要莫七彩能解！

暗香依依正要开口向莫七彩要解药，却被顾不迷紧紧地抓住了手腕，许是身体忍受着极大的痛苦，他手上的力道极大，抓得她闷哼了一声。

他仍在微微颤抖，她感觉得到，虽然在她心里他一向强大到变态，可此时此刻也不禁心疼起来。他幽幽地抬眸，看向了她，明明痛得瞳孔都已紧缩，却仍平静地对她道："不要信她，带我走。"

暗香依依被他看得心中一慌，又看了一眼面无血色的莫七彩，微微犹豫了一下，便点下了头去。

她从未想过帮莫七彩什么忙，之所以连番救她，一来，莫七彩、王剑飞并非大奸大恶之徒，她看不得顾不迷在自己面前轻贱人命；二来，莫七彩是大哥的亲妹妹，王剑飞是大哥的师弟，她不能见死不救。可她心中明白，自己是九幽教中人，与顾不迷有争执，小打小闹都可以，但凡大事她必要以少主为先。尤其莫七彩出现的突然，顾不迷中毒亦突然，她并不相信莫七彩。

本想扶着顾不迷走，暗香依依却察觉他连起身都难，只好使力将他拖起背在了背上，忽听顾不迷在她耳边哑声道："琴。"这才想起忘了地上的紫漆木琴，不禁埋怨自己又笨又忘事，只好又将他放下，回身先将琴缚在他身后，才背起他一跃而去。

途中，顾不迷鼻息越来越热，喘息声也越来越大，近在耳侧。

暗香依依察觉到他的不对劲，却除了担忧和心急别无他法，问了他几句："怎么办？"均得不到回应，只觉他浑身颤抖，全身燥热似火炉，不一会儿便汗流浃背，汗水透过衣衫浸透了她的。她轻易就能感觉到他所忍受的痛苦，不由得更加心急。

暗香依依心中急切，山中气候多变，当下乌云密布天气也骤然转寒，他如此出汗，需找一处避寒之所，想到来时在林中见过一处木屋，她加快脚程向木屋奔去。

近些时日她轻功明显精进，这还要归功于连日来顾不迷对她的魔鬼式操练。

大约跑出了五里路，远望林间高处有一木屋，木屋建盖在此应是山中猎户过路停留之所，暗香依依心想先到木屋暂作休憩，再问顾不迷下一步作何打算。她心中打定主意，三步并作两步，眨眼间便到了木屋前。

推开门，屋中无人，尘埃满布，看来近来少有猎户在此歇息。她粗略地打扫了一番，将顾不迷放在屋中唯一破败的木床上，关切地问道："你觉得怎么样？这毒要如何解？"

顾不迷紧握的双拳上青筋暴起，似忍耐已到了极致，忽然厉声道："出去！"

暗香依依一怔，可一想到他现下的痛苦，脾气坏点儿也情有可原，便没放在心上，只是更加轻声地问道："这毒你自己可以解？"

顾不迷偏过头去，似不愿再看到她，断断续续道："我死后……你速回祁阳山，飞鸽传书……给教主，查出……是何人在你鞭上……下毒，为我……报仇！”

什么？！

他说什么？！

如此突然的一句话让她一时难以相信和接受，她不相信他会死，更不相信他中的毒竟来自她的紫鞭。她蹲了下去，幽幽地看着他，又一次轻声问道：“少主，告诉我，这毒如何才能解？”

听到她的声音，他睁开了双眼，血红的眼丝让她不由自主地瑟缩。

他的额头暴起根根青筋，蝴蝶图案越发清晰了几分，这一刻盯着她的目光好似要把她吞入腹中。她极力忍耐才没有动，他握紧双拳，骨骼咯咯作响，忽然暴怒道：“出去！”

暗香依依面白如纸，可她没有出去。

她极力控制，不让自己胆怯，告诉自己，他中毒了，痛苦与折磨已让他失去理智，会发火很正常。她努力地深呼吸，试图让自己平静下来，可眼见他痛苦地闭上了眼睛，偏过头去，好似再多看她一眼也难以忍受，不由得黯然。

顾不迷绝不会拿自己的生死开玩笑，若是有法子，他必会说出来，岂会让自己一直受这样的苦。这毒莫非真的无法解了？

他……他真的要死了吗？她陡然瞪大了眼睛，想到他快死了，她不敢相信也不能相信。虽然人终究会有一死，可顾不迷不一样，他在她心中几乎就是一种强大到近乎变态的存在，而且前一刻他还活蹦乱跳地跟她喊打喊杀，怎么下一刻就要死了？不是，这都不是重点，重点是，他从不会开玩笑，尤其是这么严重的玩笑！

思及此，她惊慌失措地握住了他的手，近乎哀求地说：“告诉我，这毒如何能解，无论有多难，我都会为你寻来解药。”

他忽然反手抓住了她的手臂，将她扯到近前，眼中闪过痛苦和挣扎，还有一丝复杂的迷乱，却因看清她湿润的眼眶，顿时惊醒过来。

他痛苦地闭上了眼睛，喑哑道：“此毒无解。”

她极力忍耐却仍控制不住全身的颤抖。顾不迷颓然放下了手臂，可就在即将落至床榻前时被她再次慌张地抓住。

十指相握，他心神一震，幽幽地看向了她。

她眼中流露出惶恐，那是多年前，外公去世的一年后，外婆也不行了，病榻边只有她一个人无助却又坚持地紧紧地握着外婆的手，一直哭求着外婆要坚持下去，不要丢下她一个人。已经昏迷了很久的外婆却在最后那一刻睁开眼看着她笑了，外婆不再温暖的手又一次抚摸上她的脸，她以为外婆好转了，可外婆却忽然闭上了眼睛，颊边的手也骤然跌落在床边。从那一刻起，“撒手人寰”四个字便深深地刻在脑海里，每次想起都让她深刻体会到什么叫自此无依无靠，与失去至亲之人的痛不欲生。

她惊恐，她害怕，她不敢放下他的手，怕如果放了，这双手就再也抬不起来。

她从未碰过顾不迷的手，虽然他们之间曾经很近很近，近得呼吸过彼此的呼吸，却从未十指相握。这一刻她无比害怕，她宁愿他轻抚琴弦扬言要杀了她，她宁愿被他每天虐待不吃饭跑百里路，也不想他死。

她知道他在苦苦挣扎，很痛、很难，可她仍然试图将他留住，哪怕只有一丝希望。

她哽咽着道：“顾不迷，你若死在这里，教主问起死因，单凭我一人之词说你是因我的紫鞭中毒身亡，毒却非我所下，你说，他会信我吗？”

顾不迷没有回应，只是怔怔地望着她与自己紧握的手，额头上的蝴蝶暗纹若隐若现。

“你是少主，我是左护法，你死在我眼前，就算没有紫鞭、没有毒，我也难逃干系。”她缓缓道，“就算教主信我，不怪罪我，可教中其他人呢？”

顾不迷依旧没有回应。

“他们会怀疑我，让我拿出没下毒的证据。可我根本拿不出证据来洗刷自己的清白。紫鞭我整日带在身上寸步不离，何时被人下毒？下毒的人是谁？我都不知道，可我用紫鞭为了红枫山庄的人伤了你却是事实，你说，他们会信我吗？”她怅然笑道，“如果真是我紫鞭上有毒又害你中毒，我……我，又怎能原谅自己。”

顾不迷的喘息声突然加重，微微抬眸看向了她，却见她看着自己，泪如断线的珍珠滴落在颊边，他心中大乱，险些再也控制不住自己。

“顾不迷，你不能就这么死了，你若这么死了，天大地大岂还有我容身之所？”说到此处，她全身颤抖起来，眼泪大滴大滴地落下，一滴滴落在他的手背上。顾不迷似忍耐到了极限，身体开始微微痉挛，忽然坐起身来，紧紧地抓住了她的手腕，凝视着她，似在挣扎，似在压抑。他手劲大得几乎将她的手腕掰断，一颗颗珠粒大小的汗珠自他额前滴落。她不知道他要做什么，不过他即便当下打她，她也不会还手。她望着他的双眸，近乎哀求地说：“不要丢下我。”

他神情越发恍惚，抬起抖得厉害的手，微微触碰她的脸颊，入手的温润，让他屏住了呼吸，心口剧烈地跳动，是毒药作祟，可手指小心翼翼地碰触却绝不是毒药所能操控的尺度。理智与欲望撕裂了他整个人，应不应该，要不要，在这种可鄙、可憎的情形下，被毒药操控而要了她。

下毒者必有所图谋，而今他若想解毒，只能在莫七彩与暗香依依之间择一。

如果是两个月前，他会毫不犹豫，一个都不选，让他被毒药操控而与女人苟且，他宁可死。

可如今……

他对她动了情，他并不排斥与她有肌肤之亲。

情？他一直不想承认的复杂情绪原来就是情。

他对她动了情，从什么时候开始？或许就在那一晚她飞入天启殿与他大战，他开始对她另眼相看，或许是那一个月来云阁殿内的朝夕相对，从容忍她几番耍赖和戏弄自己开始……

正如她所说，感情是一种不可控制的情绪，它来得莫名而毫无防备，当你发现想要拒绝却已迟了，想抽离却又不愿，想深陷却又抗拒，索性置之不理，任其发展，岂料却更加肆无忌惮，一发而不可收。

得到她，他并非不愿，可不是在这样的情形之下，更不是在这样敏感的时候。

此番困境，错在他。明知有人故意引他们去红枫山庄，途中必有危险却仍执意上路，让她跟着自己涉险，却无力守护。

如果他把持不住，不只他死，她亦会。

他并不怕死，他只是不想拖累她。

蝴蝶这种毒，不是肌肤之亲就能全解，他即便当下要了她保住性命，也会虚弱不堪。届时她因落月迷香之故会功力尽失，无自保能力，他们将会成为下毒者砧板上的鱼肉，任其宰割。

身处江湖多年，江湖中人卑鄙的伎俩他看得太多，有时候，死并不可怕，可怕的是想死也死不了，被迫活着忍受屈辱，无力还击而任人予取予求。

他们绝对是打击九幽教最有力的筹码，给他下这种毒药的人，必怀了卑鄙的心思。

他不会让自己陷入那种可悲的境地，更不会拖累她，可是他的手却已控制不住抚摸上了她的唇。他已没有能力去抵抗蝴蝶之毒，他会变得失去理智，会变得疯狂，会伤害她，会拖着她走进万劫不复的境地！

不！

绝不！

他再不犹豫，用仅存的理智，点下了自己的睛明穴。

睛明穴，可以让他体内真气瞬间逆转，那种撕心裂肺的痛苦足以刺激他恢复神志，可同时也会加速体内毒药的运行。他知道这么做会让自己死得更快，而且过不了多久，他会更加虚弱，甚至彻底陷入昏迷，直到死亡。可只有这样才能让他到死都不会丧失理智被毒药控制。

逆转的真气在体内横冲直撞，让他全身似被千虫万蚁啃咬，痛不欲生。可无论身体承受多大的痛楚，他都没有发出一声。

疼痛让他恢复了神志。

他幽幽地望向了她。

她的眼泪顺着他的指尖滑落到手背，又沿着他的手腕滴落至床边……虽然他早已痛得没了知觉，可颤抖的指尖仍贪恋着这一刻触碰到的温润。

睛明穴，其实……

是他的死穴。

寻常人等，身体上有三十六处穴道，若遭受点击或击打后，如果救治不及时，就会丢了性命。这就是所谓死穴。可练武之人，因各自修为及内功心法不同，"死穴"不一定是这三十六处。其中修为高者，更可将三十六处死穴炼至一处或两处，又因各自修习内功心法的差异，这唯一的死穴位置也不尽相同。

顾不迷自幼开始修炼紫漆木琴所带内功心法，这种内功心法本就举世无双，他虽年纪尚轻可修为已非比寻常，三十六处死穴也只剩左、右睛明穴可以致命。

睛明穴位置明显，少有人将此穴留为死穴，举凡武林高手死穴都相对隐蔽，绝不会留下睛明穴这等亦受伤的穴道明目张胆地暴露于前，给敌人可乘之机。但顾不迷所练武功本就非寻常人所能领悟，甚至内功心法的修炼过程也多与传统武功相悖，所以数百年来，无数想修炼的高手要么被琴功反噬走火入魔，要么一无所成，唯有顾不迷年纪轻轻已至五重。

顾不迷如今点下自己死穴，任内力紊乱真气倒流，一方面疼痛可让他神志保持清醒，阻止毒药控制自己的心智，另一方面，无疑是在加速自己死亡，而他这么做，还有另外一个原因。

以他的心性，绝不会轻易点下自己死穴，其中利害，只要爹爹看到自己的尸体自会明白。

只要爹爹明白，他宁可忍受钻心之痛也不忍杀她、伤她，或许可以保她一命……

此外，以她现在的武功，没人可以轻易伤她。只是当下，他不能成为她的负累。

恍惚的失神只在一瞬间，他再不给自己留恋的借口，聚全身之力起身，大力将她拖出门去，不顾她的挣扎，把她推出门外，将门自内关上。为了支撑自己不倒下去，他用指尖深抠着门缝，留下点点血迹。

她用力在外面敲打着门，一声声哭求着让他放自己进来。他听着她的哭求，只觉胸腔闷得快要裂开，压抑着轻咳了两声，掌心全是猩红的血液。他用尽所有力气才勉强将口中的鲜血咽下，缓缓开口，一字一句厉声道："我管你是死是活，你害我身中剧毒，我恨不得杀了你，给我滚！远远地滚开！"

她跌坐在门边，面色惨白，他从门缝中看得清楚明白。

他用更阴狠的声音道："聪明的就趁现在滚，就算毒非你所下，你害我性命，也不配再当九幽教中人。从今往后，九幽教势必追杀你到海角天涯！"

他的每一句话都狠狠地刺痛了她。

她怔怔地坐在地上，心乱如麻。

他用尽所有力气说完这番话，再也无法控制身体上的痛苦折磨，无声地软倒在了门边。

半晌，未听到屋外有任何离去的响动，他挣扎着转过身来，顺着细窄的门缝看到了她的身影。

她果然没走。

她蜷缩着身子，瑟缩颤抖着，好似受伤的孩童，彷徨无助。

他已无法开口说话，每次张开嘴，都被腥浓的血堵住了喉咙。

他已无力再将她逼走，只能也只剩，顺着这细小的门缝，静静地望着她。

屋外寒冷，身体渐渐被寒气侵蚀，她不敢去想，可仍控制不住地想：如果他中的毒真的来自自己的紫鞭，如果他真的因此而死……

阴霾的天空风雨欲来，山风凛冽地将蔽体的衣衫吹透，冰凉入骨。

一想到他被自己害死，她便全身剧烈地颤抖起来。

忽然想起儿时，父母在屋中吵得天翻地覆，凌晨一点她一个人躲在楼梯口的阴暗处，一直蹲到天明。也是这么冷，也是这么无助和害怕，可由始至终没有人想起她，更无人来寻她。想起来，她竟是一个连亲生父母也嫌弃的人。

忽觉心痛如绞，她捂住胸口曾经的箭伤，虽然这一世再世为人这副身躯胸口无伤，可那处自己刺下的伤口却如影随形烙印进了她的灵魂，想遗忘却无法遗忘。此时此刻更是忽然痛了起来，阵阵撕裂般的疼痛，让她难以忍受。

外婆在世的时候常常感叹自己是个福薄的人，就连镇上的算命先生看了自己的面相也会叹上一句少年多灾。

自己本就是个不幸的人，自幼缺少父母疼爱，终于在上一世有了疼爱自己的阿玛和关心自己的人，却终因自己的畏惧和逃避，伤害了他们。如今，就连与她相处才两个月的顾不迷，也快被她害死了。她不只是个不幸的人，还是个不祥的人。

她心生畏怯，想将自己的不堪全部掩藏，不被任何人看到发现。

她将自己蜷缩成一团，躲入阴影中，好像这样就可以不被人看到自己的怯懦和遍体鳞伤。

恍惚想到多年前，也是这样的天，这样的冷。妈妈拖过自己愤恨地塞给她一个地址，将她推出门去告诉她不将爸爸找回来就再也不要回来了。她问了许多人，才找到了爸爸。当时，爸爸正在一个陌生女人的家里，爸爸看到她很是惊慌，将她推出门外让她赶紧回家。她害怕回去被妈妈骂，不停地敲门，不肯离去，惹得屋中女人不耐烦。爸爸一气之下将她拖到了街上，她大哭，爸爸气恼地当街打了她。她没能找回爸爸，她不敢回家，便躲在一个阴暗的角落，冻得全身哆嗦……直到外公找到了她。那时候她才七岁。

即便再掩饰再逃避也无法忘记自己自小被父母抛弃的事实，他们不爱她，不要她，甚至希望她不曾存在过。

即便许多年后，她独立坚强，无数遍告诉自己，就算天下人都不爱她，就算只有自己一个人，也可以快乐地活下去。她千方百计地让自己快乐地活下去，忽略世间恼人的种种，可到头来终究是一场空，一场空……

如果顾不迷死了，如果她的紫鞭上的确有毒……

忽听屋中顾不迷压抑的轻咳，暗香依依突然惊醒过来，她为何一个人在这里自怨自艾却不管顾不迷了，这时候的他是最需要照料的啊，就算为他打点儿水、做点儿东西吃或许也能减轻他的痛苦，而且，这毒真的无法解了吗？不对，她忽然想到临走时，莫七彩曾说她能解。

她从地上一跃而起，刚冲出去几步，忽然又顿住，回头看了眼木屋，终究有些放心不下，悄然移至木屋外，正欲自门缝向内偷望，就听屋内顾不迷重重地哼了一声。

她顿时不敢再看，咬了咬下唇，对着木门期期艾艾地道："顾不迷，你不能死，你要敢死，我，我就……"

她"我就"了好几遍，终于狠下心抬起头来，目露凶相恶狠狠地道："你要是敢死，我发誓！我会把你最钟爱、我最痛恨的紫漆木琴卖给妓院的头牌姑娘！让她弹着你钟爱的紫漆木琴去接客！"说完这句狠话，她很是激动地喘着粗气，可耳听屋内无声，不由得更加激动起来。她指着木门好似指着顾不迷的鼻梁骨一般，大声咆哮道："顾不迷！你给我听着！咬着牙，无论有多痛多难，也要等我回来！否则，我说到做到！你若敢背着我死，我会让你死了都后悔！"言罢，她转身迅速奔入林中去寻莫七彩。

他已无力开口说话，但此刻缝隙中的光与影，越发衬得她威胁自己的样子十分可笑，可除了可笑，还有几分说不清道不明的动人。

听到她提及紫漆木琴，目光所及，看到自己钟爱一生的紫漆木琴此刻正静静地躺在床上，可他也只看了一眼，便又看向狭窄缝隙外那抹倩影，无来由在这个时候忽然想起赵剑留于琴中的那句话：“一生若得一红颜知己，纵使刀光剑影亦有柔情万千。望得此琴者亦得所爱，相扶相持，珍爱一生。”

所爱……

莫七彩没有离开，只是怔怔地坐在原地守着昏迷不醒的王剑飞，好似被人抽空了灵魂般失魂落魄。

忽然听到异响，她目光空洞地抬头望去，惊见暗香依依向她疾速奔来，似突然被触动的机关，激动地站起身来。

暗香依依瞬间到了她面前拖起她的手就走，边走边说：“来不及了，快与我去救他！”

莫七彩闻言虽有忧虑，可更多的却是喜悦，早先颓丧之感尽去，拖住暗香依依，吞吞吐吐又惊又喜地问道：“你没有救他？你没有？……”

暗香依依止步回头，见莫七彩神色古怪，疑惑之余，只想确定一件事，“你真有法子救顾不迷？”

莫七彩古怪地看着她，点了点头。

暗香依依心中大喜，虽觉其中另有隐情，可当下早已顾不得许多，不知是激动还是情怯，竟略带颤音地问道：“你愿意救他的，对不对？”

莫七彩忽然脸红了，低低道：“我会救他。”

暗香依依很想跪下来感谢一番苍天大地，高兴地道：“那还磨蹭什么，快与我去！”拉着莫七彩欲走，却被莫七彩拖住，莫七彩指着树旁昏迷不醒的王剑飞道：“不能这么丢下九哥。”

那有何难！暗香依依二话不说，扑过去提起昏迷不醒的王剑飞夹在腋下，领着莫七彩向山中木屋奔去。

途中，由于王剑飞个头太大，两条长腿不可避免地拖曳在地上，留下两条清晰痕迹，可叹他堂堂七尺男儿，被暗香依依一女子夹在腋下奔走。幸好此刻昏迷不醒，否则岂是两只鞋光荣就义这么简单，说不定他自己也恨不得当场就义。

片刻，三人到得木屋前。

看着紧闭的屋门，莫七彩知道顾不迷就在里面，却怔怔地立在屋前，踯躅不前。

暗香依依心中着急，眼见莫七彩一动不动地站在那里发呆，很想将门踹开塞她进去，可忽然想到还没问清楚这毒如何解法，便问莫七彩："这毒如何解得？"

莫七彩吞吞吐吐，最后竟背过身冷冷道："你会不知道？"

毕竟有求于她，暗香依依沉住了气，又问："告诉我，此毒如何解？你可有解药？"

莫七彩冷声道："此毒无药可解。"

靠！暗香依依顿时气怒交加，抓住莫七彩大声质问："你方才不是说能解吗？你骗我？！"

莫七彩古怪地望了她一眼，讥讽道："暗香依依，我左思右想当时伤了顾不迷的人只有你，这毒难道不是你下的？况且你会不清楚蝴蝶根本不是用药解，而是用人解？！你明明知道，却还假惺惺地问我，你究竟是何居心？！"

暗香依依惊怔当场，莫七彩的质疑与不信任，她根本不在乎，可莫七彩说什么？蝴蝶不是用药解而是用人？联想到顾不迷种种中毒症状，有些东西在脑海中轰然涌现，炸得她目瞪口呆。

莫七彩怒视着暗香依依，见她惊愕，虽觉她肯定是在装模作样，却又不由自主地解释道："此毒与普通媚药不同，是专为控制一些武功高强的人所用。这种毒须融入对方血液方能发挥作用，一旦中毒，任你武功再高也逼不出来，无论中毒者武功多高，半日内不解毒，必死无疑。"

融入血液才能发挥作用？！想到只有她伤了顾不迷，莫非自己的紫鞭真的有毒？暗香依依脑中一片混乱，还有，莫七彩说什么？媚药？！真的是他娘的媚药？！暗香依依被刺激得脑袋已经有些不好使了，磕磕巴巴地问道："你是说他中的是，是……男、男与女……那啥……才能解的媚药？"

莫七彩闻言垂下头去，连耳根子后面都红透了，道："比媚药的药效还要强上百倍，是可以让人生不如死的毒药！"她看向木屋，微微失神道，"他能挺到这个时候已经……已经非常人所能。"

暗香依依顿觉天旋地转，只觉脑袋顶上盘旋 N 多小鸟。一时想笑一时又想哭，她面部五官分崩离析难以归位。

难怪，难怪莫七彩听到她说顾不迷毒还没解时会暗暗欣喜，原来是心喜自己没有解顾不迷的毒，也就是没有和他发生关系；难怪，难怪顾不迷会说这毒来自她的紫鞭，当时只有她用鞭伤了他；难怪，难怪顾不迷会说这毒必不是她所下，想她练的落月迷香，岂会对他下这种药？那岂不是搬石头砸自己的脚？！

暗香依依想通这三点，顿时放下了原本的疑虑。她望向莫七彩，既想让她帮忙解毒，又知道这个时代女人视贞洁如性命，虽然莫七彩喜欢顾不迷，可一旦付出，此生再无退路。她一时难以决断，也不知该不该让莫七彩进去。

可暗香依依却不知道，前两者她猜得八九不离十，可最后一项却是猜错了。她虽然练的是落月迷香，表面看来绝不会轻易与人发生关系，因为那样会令她武功尽失。可在顾不迷心里，她却是曾抱着他大腿表白过的痴情怨女，对他下媚药还是有几分可能性的，顾不迷之所以不相信此药是她所下，并非只因这个缘由。

暗香依依心中复杂，再不催莫七彩为顾不迷解毒。反倒莫七彩再不犹豫，举步走向木屋。

暗香依依心中虽有挣扎却没有阻拦她，只想着，经此一事，顾不迷兴许会负起责任接受莫七彩。

只不过……他们的未来不容乐观，不知二人能否有个好结果。

他们的未来？他们的未来有多艰难连她都能预知，莫七彩又岂会不明白，可她依旧无怨无悔愿意舍身去救顾不迷。暗香依依目视莫七彩走向木屋的背影，忽然觉得莫七彩是如此的坚强。而自己与之相比……她不由得黯然，如果上辈子她有莫七彩一半的坚强和执著，或许也不会是那般结局。

胸口忽然又是一阵闷痛，她忍不住踉跄着退后数步，倚着树干微微颤抖，心里终是挂着顾不迷和莫七彩，顾不得身体上的阵阵疼痛，看向了木屋。

屋门被莫七彩使力推开，与此同时，她们同时看到了倒在门口的顾不迷。

有那么一刻，胸口的刺痛几乎令她眼前发黑。她听着莫七彩一声声呼唤着顾不迷的名字，她看到鲜血染红了他的衣襟，一个念头在脑海中闪过。她踉跄地走到了门边，几乎是无意识地推开了挡在眼前的莫七彩，让顾不迷完全出现在自己眼前。

他死了吗？他终究还是死了吗？

她抖着手指探他的鼻息，可不听话的手指已经完全没有了触觉。她不死心，整个身体伏趴下去，耳朵紧紧地贴在了他的胸口，不放过任何一丝响动。

终于，她终于听到了微弱的跃动声，是他的心跳，他没死，他还没死，她又哭又笑不能自已，小心翼翼地将他从地上抱起，放置在床榻上。莫七彩在旁边说了什么她根本没听进去，只淡淡对莫七彩道："救他。"

她踉跄地走到屋外，颓然靠在门边，听到屋内关门声，一种说不出的情绪让她很想逃。

破败的窗户被林间忽然而起的大风吹得吱嘎直响。

她顺着被风吹开的缝隙向内望去，只见莫七彩怔怔地站在床边，望着顾不迷发了会儿呆，而后开始轻解罗衫。

她收回了目光，目无焦距地望着远处，想到地上和他衣襟上触目惊心的血迹，心口的闷痛越发加剧。

良久，她忽然听到屋内莫七彩低声问道："暗香依依，你知道该怎么做吗？"

她愣了一下，忽然惊醒过来，做？做什么？什么怎么做？

她转过头来自窗口缝隙看向屋内，只见莫七彩衣衫半褪躺在顾不迷身边，竟然，竟然只是搂着他躺着……

暗香依依反应过来莫七彩在问什么，一想到自己大概知道"怎么做"，就突然紧紧地捂住了自己的嘴。

虽然从未亲身体验过"做"的过程，但毕竟言情小说看过不少。

她知道古代人都很纯洁，可她没想到自己会面对如此窘境。她不知道该如何向莫七彩描述那"做"的具体过程。还有，顾不迷如今昏迷不醒，他那地方，还能用吗？即便能用，是不是要先……然后才能……一想到自己脑子里乱七八糟在想些什么东西，而这些又要传授给莫七彩，她就想当场挖个坑将自己埋了。

可惜她还没有时间活埋自己，便觉四周浮动着不寻常的气息。自有了武功，耳目等五感也较以往灵敏，随着落月迷香越练越深，内功越来越高，五感也越来越敏锐。

她迅速向林中扫了一眼，只见木屋周遭荒木林立，除了风声树动并无异状，可她依旧卸下腰上的紫鞭，提鞭立在屋前，静静地看着前方树林，来者……不止一人！

片刻，林中先后出现了数名黑衣蒙面人，手持兵器，迅捷而来，一看便知来者不善。

暗香依依大喝一声："来者何人！"

如此大喝，一来提醒屋中莫七彩，二来试探来者是敌是友，如若是友自会停步答话，如若是敌，一如当下，速度不减，兵刃先至。

莫七彩虽养尊处优，但毕竟出身武林大家，闻声顿觉不妙。起身来到窗边，她顺着窗缝见林中有人以极快的速度向此奔来，心中暗惊。莫七彩首先想到的是顾不迷的安危，忙将方才脱下的衣衫穿好，拔出腰间短剑，欲出外助暗香依依一臂之力。但转念一想，如果来者武功高强，以她的武功出去不仅帮不上忙还会拖累暗香依依，权衡利弊，她便藏于窗后，自暗处打量屋外的情况。

她顺着窗缝向外看去，只见屋外来者数人俱黑衣蒙面，没有任何言语便与暗香依依动起手来。

黑衣人武功极高，屋外顿时一片狼藉，只见刀光剑影闪动，以她的目力一时难以分辨胜负高低。她在心中暗叹，幸好自己没有贸然出去，否则定会成为暗香依依的负累。虽然心中不喜暗香依依为人，但此刻与之同舟共济同守顾不迷，也顾不得前嫌累怨了。

虽一时难辨敌我武功高低，可时间长了，她亦察觉出情形不妙。暗香依依虽勇猛，可双拳终究难敌四手，长久下去也不是办法。她回头看向床上依旧昏迷不醒的顾不迷，怔怔地想，如果此番劫数难逃，他若被杀，她也绝不独活，此生虽不能与他同生却可与他同死！如此一想，她心潮激荡，反倒镇定下来毫无惧意了。

心神一定，莫七彩再看屋外，情形越发分辨得清楚了几分。

众人围攻中，依稀可见鞭影重重，暗香依依于众多高手围攻之下竟不落下风，她忽然想到，暗香依依早先失忆武功尽废之事爹爹也曾证实，可显然，此时此刻的暗香依依武功不仅没失，反较从前更加厉害。

从前……

想到从前的暗香依依，莫七彩心底便是一阵难以抑制的厌憎。少时那一幕一直残留在她的记忆中，每当想起都几欲作呕。

因娘亲缘故，少时她曾拜师于落霞宫。眼看十五岁生辰将至，爹娘欲接她回红枫山庄为她举办隆重的及笄之礼，当时爹爹派了大哥和十七哥一起来接她回庄。路上，她十分欢喜，并不急于归庄，故意和十七哥设计，丢下大哥去游山，岂料却在山上遇到了正在杀人的暗香依依。

暗香依依小她半载，彼时也不过十四，可她年纪虽小，却已是江湖中赫赫有名的女魔头，江湖人无不闻其名而色变。

看着地上的断臂残肢，她本能地害怕向后躲避，可暗香依依如蛇蝎般盯住她，当着她的面，一鞭卷下正跪在地上向她求饶的十一个大汉的头颅。

那些头颅滚到了地上，鲜血喷得到处都是，她吓得面色惨白，甚至忘记了尖叫，幸好十七哥遮住了她的眼睛，将她抱在怀里轻声安慰。

她当时只记得暗香依依笑得张狂无比，而十七哥的面色十分难看……

这个世人又怕、又惧、又恨的女魔头，阴狠狂傲嗜血甚至以杀人为乐，何时曾在乎过他人的生死？

可眼前这个暗香依依……

她收回思绪，看着屋前这群黑衣人，仔细观察，忽然涌起一丝疑惑。如果这些人是为顾不迷而来，断不会一直与暗香依依纠缠，暗香依依武功再高，毕竟只有一人，分身无术。她能护住屋前便不能护住屋后，如果这群人来此是为杀顾不迷，完全可以分人包抄到后方，冲进屋中杀了顾不迷，可黑衣人只顾围攻暗香依依，没有一人在意这个木屋，甚至靠近的意思都没有。

她心下存疑，仔细观察这群黑衣人。她武功虽然不好，但毕竟出身红枫山庄，自幼见过的人瞧过的武功，不说整个江湖，也算大半个江湖，可她瞧了半天，也未能从这些人的武功路数瞧出是何门派。只是这些人显然并不欲置暗香依依于死地，处处手下留情，当下也只合众人之力与她周旋，不退不败，如此下去，暗香依依势必会被他们耗尽内力最后束手就擒。

这群黑衣人究竟为何而来？莫非是想生擒他们？一想到几人身份，如果同时在此被擒，事情非同小可，莫七彩如此一想竟吓得一身冷汗。可她人微力薄，只能干着急，却无计可施，看着顾不迷，想要背着他从后窗跑，可又想起九哥还在屋外昏睡，她又怎能丢下九哥？如此挣扎不定越发心乱如麻。

却在这时，她惊见暗香依依后方一黑衣人自怀里掏出一张网来！那黑衣人向其他几个黑衣人使了个眼色，几个黑衣人瞬间到了暗香依依身前出狠招纠缠，而拿巨网之人却到了暗香依依背后，骤然将网抛出，竟真的是要活捉暗香依依。

莫七彩心中大急，“小心”二字脱口而出，惊动了黑衣人，但黑衣人显然未将她放在眼中，只是向木屋看了一眼，再次紧紧地盯住作困兽之斗的暗香依依。

暗香依依已经被网罩住，显然那网非寻常利器可破，她越使力反而被缚得越紧。莫七彩正着急打算出去助暗香依依一臂之力，忽然听暗香依依喊道：“莫七彩，快带他走！”

莫七彩惊醒过来，以她的武功，出去不过是送死，而那些人来此的目的很可能是要生擒他们。无论对方的目的是什么，对她和顾不迷而言都生不如死！她无论如何也不会让那些人伤害顾不迷，但是以她的武功，想要在众多一流高手包围之下带走顾不迷，已是不可能。她知道大势已去，想到顾不迷命在旦夕，毅然提剑走到顾不迷床前，剑尖直指顾不迷，只待那群人冲将进来，她先杀顾不迷，再杀了自己！可她等了半晌，却发现屋外悄然没了声息，她来到窗口再次向外看去，只见屋外情形已然大变。

如今既已露了行藏便无须再躲，莫七彩索性推开窗户，坦然看去。只见暗香依依已自网内脱困，持鞭挡在门口，她身边还站着一个人，咦？来者是大人还是小孩？这人好似在哪里见过？

那人似察觉到身后有人看他，亦同时回头看了过来，一见是她，立马两眼放光，不由得对她挤眉弄眼了一番，却见她丝毫没有反应方才讪讪转过头去。

她仔细打量来者，见此人头发似干枯的杂草，也不知多久没洗过了，全是灰土，稍一转头，或一阵风刮过就会有尘土四下飞扬。样貌一时看不太清，只觉满脸灰土色，眼睛鼻子嘴只能粗略辨识，个头比平常人要矮上一半，大脑袋，粗脖子，长手大脚却腿短腰粗，总之全身上下无不透着一股古怪。

此刻他正仰着头，试图拍打暗香依依身上的尘土，一边拍打，一边吃暗香依依的豆腐，一边甜蜜蜜地说："依依，打架你叫我啊，我最喜欢打架了，这儿就交给我了，你且去一旁休息。"

暗香依依看着他，微微笑道："谢谢你，未默。"

莫七彩看到此情此景心中惊骇，暗香依依这个魔女竟然会对这样一个人如此和颜悦色。暗香依依变化实在太大，今日相处她早已有所察觉，只是一个人即便没了记忆也不可能……不可能怎样？她也说不清，只觉得如今的暗香依依时时刻刻提醒自己好似她认错了人。

未默痴痴地看着暗香依依的笑容，听她温柔地对自己说谢谢，心里欢喜得开了花，笑得眼睛都眯成了一条缝。

黑衣人面面相觑，方才突然出现的矮子武功路数十分奇怪，轻功更是诡异。方才他们已将暗香依依活捉，可就在那时，这个矮子突然从地底下冒了出来，先是将暗香依依自网中救出，又突然不知道从哪里摸出来一个仙人球塞进了撒网的黑衣人手里。黑衣人一阵剧痛，丢掉仙人球的同时连金丝网也一并丢了，那矮子借机三两下将金丝网给收了去。此刻那撒网的黑衣人还满手都是仙人球刺，疼得龇牙咧嘴的，虽然能将就着忍了，可只要稍一握拳就疼得他想哭。

为首那人一个眼神，黑衣人再次扑了上来。

未默轻功高绝，还会遁地之术，若非顾不迷的琴音，寻常兵器都奈何不了他。只见他四下乱窜，待回到暗香依依身边时，手里已拿着无数的腰带。

屋中莫七彩正纳闷他拿这些腰带做什么，忽见对面所有黑衣人的裤子瞬间全部掉了下来。莫七彩顿时惊得目瞪口呆，暗香依依却与未默一起默契十足地同时笑了起来，十分不给面子、十分夸张地在黑衣人面前，前仰后合地笑着。

暗香依依笑得几乎流泪，一边拍着未默的肩膀一边说："你的做法我很喜欢！非常喜欢！"

"你喜欢我就嫁给我啊！"未默马上抓住机会得寸进尺道。

暗香依依立马将嘴死死闭上，未默两眼水汪汪地看着她，眼中期待无限，暗香依依当做没看见。

众黑衣人哪有心思看对面那两个怪胎"谈情说爱"，灰头土脸地提着裤子，面面相觑，一使眼色，四下飞遁而去。

眼见黑衣人离去，暗香依依这才深深地出了口气，可是忽然听到莫七彩的惊叫声，突然想起了什么，险些被这叫声吓得魂飞魄散。她几乎是破门而入，待看到顾不迷大口大口呕血时，僵在当场。

莫七彩手忙脚乱地帮顾不迷擦拭着血，慌乱地重复着一句话道："怎么会这样，怎么会这样……"

暗香依依目光直直地看着顾不迷，可手却紧紧地抓着未默的肩膀，直至将未默整个人提了起来。

未默惊讶地看着她，不知道她这是怎么了，虽然她抓自己骨头的力气再大也不过是给自己挠痒痒，可她突然将自己提起来作甚？他正兀自疑惑不解，却忽然被她扔了出去，还好他早有防备又轻功高绝，双腿一蹬便顺势挂在了横梁上，在上面荡来荡去。可当下他也不禁又吃惊又奇怪，一向温柔善解人意又美若天仙的依依今日怎么一反常态好像入了魔障一般，神情那么严肃，看得他都不敢吭声了。

他趴在横梁上，顺着她的目光，看向了顾不迷，歪着脑袋，仔细打量起顾不迷来。见他不停吐血显然是要死了，想到顾不迷一死，从此他要接近暗香依依就再无畏惧了，心里别提多欢喜了。他正想开怀大笑一番，一看下方暗香依依的脸色，立刻将笑生生憋了回去。

下方莫七彩一边哭一边为顾不迷擦着血迹，此情此景，他忽然嫉妒起顾不迷来，竟恨不得此刻躺在床上等死的是他自己。

他偷偷地想，如果自己死前，有莫七彩为自己流泪……不对，不对，他打散了自己的幻想，重新来过。莫七彩不算什么，最重要的是，如果他临死前，他的依依守在他身边，为她伤心落泪，那该有多幸福啊……

顾不迷又呕了几口血，陷入了更深的昏迷。

暗香依依走到顾不迷身边，又一次用同样的方法确定顾不迷依旧还活着，在听到他心跳的那一瞬，她全身失力地跌跪在了床边。

未默显然没想到暗香依依会虚弱到如此地步，一个跟头翻到她身边将她扶起，却见她早已泪流满面。他心疼地帮她擦眼泪，却反而弄得她满脸泥。他上下看了自己一眼，发现没有一处干净地方，不禁破天荒头一次觉得自己脏得不痛快，正有些心堵，便听暗香依依对莫七彩道："为他解毒，再迟恐怕来不及了。"

莫七彩看到顾不迷不停地吐血，早已心乱如麻六神无主，此刻听到她让自己解毒，自然连连点头。可忽然想到自己不会解毒，她便想开口问暗香依依，可一看到她身边的未默，又羞又急却不好开口。再见未默幽幽看着暗香依依的心疼目光，她忽然想起一事，低低问道："我想问你一句话。"

"你问。"暗香依依道。

"为何你不为他解毒？"

暗香依依没有犹豫，平静回道："第一，你喜欢他；第二，我不喜欢他，他也不喜欢我；第三，他是个重情义的男子，他值得你救。"其实还有最重要的一点，她之所以不救顾不迷，是因为她练反了落月迷香，就算能帮他解毒救回他的性命，却也很可能害得他武功尽失，没有了武功的顾不迷……定会生不如死。她知道，也明白，高傲如他，没有武功还不如没了性命，就算初习武功的自己，都已视武功为尊严和性命，又何况是他。

可被莫七彩用这种手段所救，结果会如何？她亦不敢深想，但就目前而言，在两个都差的选择中择其一，她只有选择对他有利的那个。思及此，她忽然反问自己，如果此刻没有莫七彩，她会不会铤而走险，冒着让顾不迷成为废人的可能，用自己的身体去救他？让他活下去？当那答案浮现在脑海，她竟微微怔忪，一时不知是为了他强大的内力而愿意，还是因为是自己害得他中毒，而怀的赎罪感。

"你真的不喜……"莫七彩的话并未说全便收了声。她闭上了眼睛，复又睁开，幽幽地看向暗香依依，继续道："我会救他。我根本不在乎事后他接不接受我，我只要他活着，就算是要我死。"

未默却在她二人说话时观察着顾不迷，先暗中探了探他的脉息，陡然一惊，随后在他周身大穴上探了一遭，忽然冒出一句，"不用救了，他没救了。"言罢，他一抬头，便见暗香依依和莫七彩无声地盯着自己，那目光让他害怕又让他有些被重视的飘飘然。

他咳了咳，一本正经地道："我略懂岐黄之术，顾不迷中了蝴蝶，这原本不算什么，找个女人解毒就是。可他偏生点了自己的死穴，蝴蝶可解，死穴却是无法解了。再说，就他目前的状况，即便莫姑娘愿意为他解毒，他也无力承受，他恐怕熬不到明天早上。"

暗香依依怔在当场，一时难以消化和接受未默所言，只是无意识地重复着未默的一句话："点了自己的死穴……"

未默以为她在问他缘何知道是顾不迷自己点了死穴，一想这可是门高深的学问，天下没有几个像他这样各方面都深有涉猎的高手才能解释清楚了，便故作高深地道："顾不迷所练武功很是独特，他的死穴除了他自己外其他人知道的可能性极低，而且他的死穴，刚巧在睛明穴，这是个十分特殊的穴道，点法如果不对，点中了也没用。你们再看，他身上除了手腕的轻微擦伤外再无其他外伤，显然是因内伤而呕血昏迷，如今他体内真气逆流，血脉闭合，症状明显是点了死穴。我方才探遍他全身三十六处大穴，唯独左右睛明穴曾被人用真气灌入，显然，睛明穴就是他的死穴，且是一击命中，而且入穴手法独特。当下除了他自己，无人可以做到。"

见暗香依依死死地看着自己，他越发觉得自己形象高大起来，扬扬得意地继续道："依依你可能不知道，习武之人尤其内功深厚者，如果死穴被点中，等死那一刻比世间任何死法都难受。真气逆入经脉，那种感觉就好似被万虫入体啃咬骨髓一般，痛苦非常，绝非常人可以忍受。"他想了想又道，"蝴蝶那毒可不是普通的媚药，中了这种毒，一时半会儿死不了，怎么也要折磨上六个时辰，而且不发泄出来誓不罢休。就算你是大罗神仙也会被妖魔附体，更何况面对你们两个大美人，我没中毒，都……"

一时说得有点儿兴奋，明显跑题了，幸好发现得及时，停在了该停的地方。他偷偷地看了眼暗香依依，见她兀自怔怔地盯着自己，掩饰地咳了咳，摆出正经严肃的神情，继续道："所以，我猜想啊，他肯定是因为中了蝴蝶，又不想被蝴蝶所控制，才自己点下死穴，一心求死。"说到此处，未默又摇了摇头，似乎对自己的判断也起了疑惑，喃喃道，"可是他为什么不一刀杀了自己？那样岂不更加痛快？"

未默想了许久也没想明白，不禁喃喃自语："我就想不通了，放着两个绝色美人不用，偏要自点死穴，莫非他喜好男色？"

未默不过是胡言乱语，却一语惊醒梦中人。

莫七彩起初并不相信未默，可听未默言之凿凿分析得有理有据也不免信了几分。当下又痛又苦，她一想到顾不迷所受痛苦，再看罪魁祸首暗香依依，恨不得当场一剑杀了她。

她手握利剑蓄势待发，未承想却因未默突如其来的这句喃喃自语而怔在当下。莫七彩再望暗香依依，竟好似看到了早先被顾不迷拒绝的自己，心中怅然、酸涩，还有一种无来由的释然。顾不迷讨厌自己，又何尝喜欢过暗香依依，早先以为他对暗香依依有所不同，可如今看来，他宁死也不碰暗香依依，又怎会心里有她？望着眼前暗香依依失魂落魄的模样，想到先前她曾为自己解围，想到顾不迷快要死了而自己也不想独活，人之将死，又何必纠缠从前的恩怨，如此一想，便无力再去追究暗香依依令顾不迷中毒一事。

她小心翼翼地为顾不迷擦着嘴边鲜血，谁也不理，只是凝望着顾不迷，想到他所受的痛苦，不禁潸然泪下。

屋中一时静默。

未默小心而担忧地看着暗香依依，见她失魂落魄地看着顾不迷，整个心都微微痛了起来。

他抓耳挠腮地想了半天，忽然起身跑出门去，再进屋时，腰上却多出了一个圈。他将那些黑衣人的腰带通通缠绑在了自己的腰上，围了一圈又一圈，好似肚子上凭空多出一个呼啦圈。而后，他扭着腰走了进来，笑呵呵地来到暗香依依面前，左扭扭右扭扭，边扭边道："依依，依依，你看，我跳肚皮舞给你看！"言罢，当场扭动腰肢跳了起来，他因缩骨，骨骼本就较常人奇怪，而今更是古怪到让人喷笑，再加上这副模样跳肚皮舞，着实搞怪到了极点。

暗香依依闻声抬头，见他卖力地扭着腰肢颠着肚子，知他心思，勉力扯出了一个笑容。

未默见她打起了几分精神很是欢喜，借机靠了过来，扒着她的一只手臂轻蹭，轻言细语地道："依依，不要害怕，从今往后，你在哪里，我就在哪里，我不会丢下你一个人的。"

这句话说到了暗香依依的心坎里，她看着未默，只觉他泥人一般的脸上，笑容是那么温暖明亮。她泪盈于睫，未默顿时向她绽放出一个大大的笑容。

未默俏皮地眨着眼睛问道："依依吃东西了没？"

暗香依依道："我不饿。"

未默却已看出她在撒谎，当即大声道："我去给依依找最好的吃食来。"言罢不顾她的阻拦，自顾蹦跳着为她找吃的去了。

看着未默远去的背影，暗香依依这才发觉，天已黑了。

山中夜晚寒冷，漆黑的夜色，漆黑的一切。

因未默的提醒，她方才想起自己已经饿了近一天，而顾不迷……她望向木床。

顾不迷面色苍白，血色尽失。莫七彩坐在他身边，幽幽地望着顾不迷放在床边的手，几次见顾不迷指尖抽搐，都想伸手去握，可几次，都停在了咫尺之间。终于在一番挣扎后，她握了下去，而后紧紧地握住。

人生在世，有时候想守望一个人也是件奢侈的事。如果顾不迷没有昏迷，莫七彩又岂能这么肆无忌惮地望着他，甚至碰触到他，也不知这一刻对莫七彩来说是幸还是不幸……

暗香依依收回了目光，打起了几分精神，起身走了出去。

一出门，便看到王剑飞被绑在金丝网中成了一个蚕宝宝，想来定是未默干的好事。想到未默，她心中便是一暖。

此刻王剑飞被挂在门口的大树上，摇来晃去。被顾不迷重伤的他已经昏睡了大半日，却在这时幽幽转醒，一睁开眼就觉得浑身不舒服，察觉自己被挂在了树上不禁开始挣扎，可挣扎了半天也没有挣开。他看到暗香依依，自然将所有的一切都怪到了她的头上，怒气冲天地朝她吼道："魔女！快把小爷放下来！"

他拼命挣扎，可越是挣扎，金丝网缚得越紧。他终于察觉不对，不敢乱动，只用眼睛狠狠瞪着暗香依依道："魔女！快将小爷放开，小爷饶你不死！"

暗香依依道："我若偏不放呢？"

王剑飞气怒道："等小爷脱身，定要杀了你！"

暗香依依靠在门边，云淡风轻地笑道："既然如此，我等你脱身杀我。"

她正欲离去却见王剑飞努力伸长脖子向屋里张望，应是想到了莫七彩。

暗香依依暗忖：等她离开，王剑飞定会要求屋中的莫七彩为他解开网绳，莫七彩必会左右为难，万一莫七彩心软放出了王剑飞，定会再生事端。暗香依依心中思量，如此，倒不如自己坏人做到底好了。

暗香依依顿住脚步，转头对王剑飞道："莫七彩就在屋里。"此言一出，果见王剑飞目光一亮，便又继续道，"可惜被我点了穴道。"言罢，王剑飞大声咒骂，她走上前去，伸出食指，瞄着王剑飞。王剑飞终于察觉不对，不敢再骂，目光炯炯地盯着她，呵斥道："你要做什么？！"

暗香依依道："点你睡穴！"

王剑飞大吼："你敢！"

暗香依依趁机一指戳下，王剑飞一时没能阻拦成功，惊愕一下，可随后发现自己清醒依旧，不由得放生大笑起来。刚笑了两声，便见她又是一指戳来，他忙用手去挡，二人你来我往。王剑飞又挂在树上，便开始荡来荡去。

只听暗夜中，王剑飞大呼小叫道："你这蠢魔女！"

"放了小爷！"

"妖女！"

在好一阵慌乱后，王剑飞终于双眼一翻，睡了过去。

暗香依依深深吸了口气，一摸额头，竟全是汗。

其实也怪不得暗香依依总点不中穴道，点穴之道，在凤凰谷中虽经莫七落指点，可毕竟没有实践的机会，上次点莫七彩也有些投机和误打误撞。

暗香依依知道睡穴在人体的哪个位置，但因身高、体型、性别的差异，个体不同，睡穴位置又不尽相同。点莫七彩时，也是点了两次方才大体弄明白具体位置。可面对王剑飞却又不一样了，而且当下他像个悬空的球一样在空中荡来荡去，还用手阻挡她点穴，一时自然难以点中，这才接二连三点了数次方才让他昏了过去。

刚让王剑飞消停下来，她就发现身后有人，转身便看到了站在门边的莫七彩。

莫七彩幽幽地望着她，暗香依依道："不必担心，我只是点了他的睡穴。"

莫七彩没有吭声。

暗香依依道："我去寻些水再拾些柴火来。"

莫七彩依旧没有吭声，只是幽幽地望着暗香依依离去的背影若有所思。

山中气候多变，早先乌云尽皆散去，夜色当空，满天星斗。

暗香依依抱着柴火走进屋中，将水递给了莫七彩。

顾不迷依旧在昏迷，莫七彩坐在床边，握着他的手，望着他一动不动，暗香依依只得将水放在了一边。

暗香依依在屋中拢了个火堆，屋里有了亮光也渐渐暖和起来。

暗香依依起身走到门边，望着林中远处，暗忖未默怎么去了这么久还没回来？她想起自己身上还藏着几块酥肉，便拿了出来递与莫七彩，道："吃点吧。"

莫七彩看了一眼酥肉，抬起头再次看向了她。

莫七彩没有接，只是默默起身走了出去，黯然坐在门口。

暗香依依也无心吃东西，只是这酥肉一直放在胸口，此刻仍微微暖着，不由得想到了莫七落曾为她温饼的情谊……她望向莫七彩。

夜色寂静，山中风过，虽然乌云散去，满天星斗，可眼下树林深处，却仍旧除了萧瑟，就是残风的凄厉。

静夜中，莫七彩低低问道："他是不是真的会死？"

暗香依依不知该如何回答，其实，她们都知道答案，只是都不愿面对那个答案。甚至此刻连担心黑衣人是否会再来的心思都没有了，或许迟早都是个死，已没人在乎会怎么死。

莫七彩忽然一叹，道："暗香依依，我本不该信你。"

暗香依依望着她，不知她何出此言。

莫七彩默默地坐在门边，望着夜空一动不动，没有给她答案也没有继续说下去。

暗香依依暗了眸光，亦走到屋外坐在了莫七彩身边，侧目看向莫七彩，发现她望着林间黑暗，目无焦距。

良久，暗香依依道："莫七彩，你要活下去。"

莫七彩微微一颤，却没有吭声。

暗香依依道："顾不迷因我而死，我已没面目回九幽教，他死后，我也会跟着他去。只是顾不迷的尸体还需麻烦你护送回九幽教，他即便死了，我也不希望他的尸身被草率埋葬或被人毁了。"

莫七彩闻言猛地站起身来，怒斥道："你有什么资格陪他一起死？！"

暗香依依一怔，继而淡淡道："他因我而死，我……不过是还他一命。"

"还他一命？如果说杀人就要偿命，那你有多少条命都不够偿！"莫七彩显然十分激动，怒斥道，"你杀了十七哥，你早就该给他偿命，你早该死了！"

想到真正的暗香依依早已死了，她怅然笑道：“暗香依依早就死了。”

莫七彩自然听不懂她话中的含义，但见她笑得无奈，不知为何心头火起，抽出腰间佩剑，剑指暗香依依，厉声道：“我现在就杀了你！”

暗香依依一动不动，云淡风轻地笑着。

莫七彩见她如此，气怒至极，一剑刺向她胸口，却在分毫间停住。她怒视着含笑不动的暗香依依，不知道她是真的不怕死，还是在装模作样，可剑尖已抵在她胸口，即便大罗神仙下凡也难助她躲开了。她心中犹豫，可转念想到十七哥死于她手，顾不迷也被她下毒命在旦夕，便紧咬牙关正待一剑刺下，忽被一人大力冲过来撞开，踉跄着向后退了数步。方才稳住身形，她低头一看，只见眼前扑过来的却是未默。

未默一只手提着两只山鸡，一只手提着两只野兔，后背背着一个小野猪，前胸挂着一个白狐狸，一双黑亮黑亮的眸子死死地盯着她，看到她手中的剑，不由得哼了一声。

莫七彩下意识用手拂了拂他扑过来时弄脏的衣襟，未默见状，眼睛眯成了一条线，想到自己无论如何接近暗香依依，她也从未有过这般嫌弃的动作，顿时对莫七彩生了几分厌恶，恶言恶语地道：“莫七彩你虽被其他人称为武林第一美女，可在我未默眼中，只有我家暗香依依才是武林最美，不对，是天下最美！你敢杀她，我就让你死在我手里，犹如此鸡！”未默明明说的是鸡，却把手里的兔子伸到了莫七彩面前，一下子发现自己拿错了，忙换了手，将鸡提到莫七彩面前，大声道，“犹如此兔！”待看手里提着鸡，不禁道，“咦？怎么又错了？”未默看了一眼鸡又看了一眼兔，伸过来这个又提起来那个，莫七彩眼角忍不住抽搐。

未默不理她，转身面向暗香依依。暗香依依坐着刚好与缩了骨的未默平视，未默凑了过来，献宝似的对她说：“依依，你喜欢吃什么，我做给你吃啊。如果这些你都不喜欢吃，我包包里还装着几只田鼠，两条蛇，鼠肉熬出来肉质鲜美，入口有嚼头，蛇肉也很好吃的，还很补身体呢。你看你这么瘦，最近肯定吃了不少的苦……”

未默唠唠叨叨，一会儿比画兔子，一会摆弄鸡，一会儿又说等拨了狐狸皮给她做个围脖又保暖又好看，一会儿又说，山猪肉虽硬却很适合烤成肉干带在身上当干粮。暗香依依看着未默，察觉他如此关心自己，眸中隐约泛起了泪光。

她笑着对未默说：“难怪你去了那么久。”

未默忙道：“你一定饿了吧？想吃什么？我做给你吃。”

她笑着摇了摇头，道：“不用麻烦了。”

未默却不听她的，精气十足地道："你等着，我很快就好。"也不待她回应，蹦跳着忙乎去了。

莫七彩站在门边，古怪地看着暗香依依和未默。待未默入林去拾柴火，莫七彩忽然道："难道你真的没了记忆？"

暗香依依点了点头。

莫七彩哼了一声，道："即便没了记忆，也抹杀不了你杀了十七哥哥的血海深仇！"言罢，再不理她，转身进了屋去。

木屋中有简易炊具，未默把暗香依依拖过来与他一起熬肉。

未默借机依偎过来彼此依靠，由于他身上都是土，便也蹭得暗香依依身上也是。暗香依依却没有躲，任由他靠着自己。冬日天寒，未默有意为她挡住了风，她心中感激，闻着锅中肉香却还是没有吃的欲望。

她听未默道："依依，天大地大，干吗非得窝在九幽教那弹丸之地？再说顾琴魔着实让人厌恶，你不如跟着我逍遥快活。"

顾琴魔，未默私下为顾不迷起的绰号倒也贴切。暗香依依轻声回道："人生在世总有许多不如意，并非人人如你这般想做什么就能做什么。"

"他眼看就不行了，等他死了咱们为他料理了后事也算对得起他，到时候海阔天空，你和我逍遥自在，岂不甚好？"未默眼中充满幸福的幻想。

暗香依依摇头坚定地道："他若死了，我必还他一命！"

"什么？！"未默闻言蹦跳起来，"你要随他去死？为什么？难不成，难不成……你喜欢他？！"

未默质问的声音极大，暗香依依反被吓了一跳。

喜欢顾不迷？她做梦都没想过，而今破天荒头一次听到，不知是太陌生还是心底一闪而过复杂的心绪让她急于撇清关系。她急忙摇头，甚至激动地站了起来，瞪大眼睛居高临下地俯视着未默，好似这样更能表达出自己对这个问题的否定态度，气势上也更加略胜一筹。

再看未默，手握成拳，仰着头瞪着质疑的大眼睛，心急火燎地等着她的答案。她大声对他说道："他中毒是因为我，是我害得他没了性命，我理当以命偿还，没有任何个人感情因素在里面，你别胡思乱想！"

"这是什么逻辑！"未默显然非常诧异杀人偿命天经地义这等理由，未默道，"武林中人讲的是弱肉强食，他死了是他技不如人，与你何干！"转头看见暗香依依不置一词的表情，不禁急道，"你真打算陪他一起死？！"

暗香依依点了点头，未默急得直蹦，大叹："你怎么这么傻！他死了就死了，正好他死了，你就自由了，干吗还要跟着他一起去死，你怎么这么傻！怎么这么傻啊？！”

听到他的质疑，暗香依依竟然真的在想，是啊，她早先没那么傻的。也不知为什么，就变得这么傻了。

无意中害了顾不迷，她是愧疚，可还不至于一心寻死，况且是谁下的毒还未查清楚，她就这么不明不白地死了，她甘心吗？可为什么知道顾不迷要死的那一刻，她竟然也不想活了？

害怕九幽教的追杀？她自来到这个世界，追杀就没停止过。

害怕又是孤独一个人？看着眼前为她焦急担忧四处暴走的未默，她其实可以不再是一个人。

那她为什么还是想死？难道……她真的如未默所言，变傻了？

她从未仔细想过，她究竟喜不喜欢顾不迷。因为这个问题，就等同于一只羊会喜欢上一只狼一样，完全没可能。

她颓然坐了下来，怔怔地看着眼前的火光和火上咕嘟嘟煮着的肉，察觉到未默望过来心疼的眼神，心中微微一悸。她抬头望了过去，看到了未默毫不掩饰的关怀情谊。

这世间还有他关心着自己是否吃饱是否挨冻，只有他无条件相信自己是真心要为顾不迷偿命，而非虚情假意，并为此心急、心疼。他虽长得其貌不扬，却是对自己最真的那个人。

她心中感动得无以名状，伸出手来握住了他的，入手是他干燥而布满泥土的手。他一直都是这样，满脸满身的土，好似一个泥人，只除了那双秋水一般黑亮的眼睛，再无其他可看之处。可这样的他，却让她愿意亲近，心中欢喜。

她握住他的手，他似受宠若惊般怔住，忽然靠了过来，将她抱进怀里，将头搁在她的肩头，满是尘土灰突突的长发戳得她鼻尖发痒，可他的身体却异常的温暖。她贪恋这种温暖，便任由他抱着自己，不知不觉已泣不成声。

火上的肉香越发浓了起来，她听到他坚定而执著地对她说：“不行！我不能让你死！”

未默认真地想了想，良久，方才开口道：“我这里有一块寒玉，是世上绝无仅有的珍宝，只要人还有一口气在，含住它便可护住心脉暂时不死。虽不能解了他身上的毒和死穴，却可以争取到足够的时间去寻找解救之法。”

暗香依依闻言大喜，忙道：“可否借我一用？！”

未默二话不说就开始解衣服。暗香依依只见未默解开衣服，腰间挂着几个小油布包，未默左掏右摸终于道："哎呀，总算找到你了！"

只见未默手中拿着一个小盒，小心地托在掌心，"此玉有灵性，不能轻易打开使用，若遇污浊之人碰触，必沾染污浊而再无用处。"

"何谓污浊？"暗香依依问，"是没洗手吗？"

未默看了看自己的脏手，做饭时他将手洗干净了，可当肉下锅后，他又弄了满手的泥方才舒服。此刻见暗香依依看着自己的手，忙摇头道："污浊之人是指心存邪念或手染鲜血杀过人的，这样的人都不能碰寒玉。"

暗香依依问道："你杀过人吗？"

未默扬眉撇嘴，道："没杀过人叫什么江湖中人。"

暗香依依无语，低头看了看自己的手，自己这双手也是杀过人的，虽然不是她，可终究也是污浊之躯。

二人无言以对，这时便听门口一人道："我没杀过人。"循声望去，看到了莫七彩。

三人立在床前，未默将小盒递给莫七彩。莫七彩打开盒子，只见一道冷光幽幽自内射出，顿时满室清冽芳香，果是奇物。

依照未默所说，莫七彩小心将寒玉取出，放入顾不迷口中。

顾不迷原本苍白的脸色竟渐渐有了血色，不再呕血，不再抽搐，脉息也逐渐平缓。

莫七彩一阵欣喜，竟不自觉地回头看着暗香依依笑了起来，待发觉自己竟然对着仇人笑，又马上冷了一张脸，只是太过刻意反而略显不自然。

这时却听未默轻轻叹息了一声。

暗香依依问道："怎么了？"

未默抬头，勉强笑道："没什么。"

暗香依依一眼便瞧出他心中有事，可他不想说自己也不方便追问。

此刻见顾不迷性命得保，她心中一时五味杂陈，不知是欢喜还是苦涩，好似得了不治之症的人突然发现自己病好了，大喜过望之余还有种说不出的惆怅，明明该开心，却又心里堵得慌，想笑，却更想哭。忽然很想，握一下他的手，可当目光触及床边莫七彩与顾不迷紧握的双手，一时竟升起了几分说不清道不明的失落。

屋中烧得很旺的柴火突然啪的一声轻响，瞬间扯回了她的思绪。此刻还不是喜悦的时候，那些黑衣人随时可能再来，她与未默势单力孤，需尽快带顾不迷离开此地另找一处安全之所藏身。

思来想去，荒山野岭，哪里都不安全，唯有九幽教据点最为可靠。来时的半岭镇距离虽近，但那里只有几个负责联络接待的弟子，武功不济，难保顾不迷周全。想到来时曾听顾不迷提及，前方就是江州分舵，暗香依依便决定带他到江州分舵寻求庇护和帮助，心意一定，一低头，见未默还在看着空了的锦盒发呆，察觉到他的不舍，心知此玉珍贵，便轻声道："只要他一得救，我就立刻将此玉还给你。"

未默神色一黯，摆了摆手，道："我不是信不过你，只是……此玉不必还了。"

"为什么？"

"此玉甚有灵性，一旦被污浊之人沾染，再无效果。"未默叹道，"顾琴魔平生杀人无数，此玉一旦被他用过，再取出时，也只是块普通的玉石了。"

也就是说，顾不迷用过之后，这玉就没用了。

暗香依依借此玉时并未多想，此刻闻言，方知未默缘何如此不舍。

如此奇玉，世间罕有，未默明知道顾不迷用后就废了，却仍愿意拿出来救顾不迷，此等恩情，不知如何才能回报。

任何感谢的话此时说来都略显苍白，可她仍对未默道："谢谢你，未默。"

闻言，未默抬头，水汪汪的一双黑眸望向了她，许是被她的神情打动，眸中漾起了无尽情意，幽幽地说："此玉是我未家的传家之宝，娘亲临死前将此物交给我，她说，将来要我将此玉送给我未来的媳妇，保她为我生十个八个胖娃娃。依依，我如今将它送给了你，虽然是救我最讨厌的顾琴魔，可为了你，我不后悔。"

暗香依依一怔，一时竟不知该如何回应未默。

莫七彩原本静静地守着顾不迷，闻言，亦抬头看向了二人。

却在这时，忽听屋外一人喊道："肉糊了！肉糊了！"竟是王剑飞的声音。没想到他这么快就醒了过来，显然方才暗香依依点的穴道不怎么有效。

肉糊了？未默一听，嗖的一下窜出门去，堪堪将一锅鸡肉救下。

王剑飞也饿了一天了，此时醒来闻到肉味，忍不住吞咽起口水。

自知道顾不迷性命暂时无忧，暗香依依就恢复了理智。虽没什么胃口，却知此刻必须吃东西尽快恢复体力才能护得顾不迷出山。她暗暗打定主意，就算明知前方一路杀机，也会拼尽全力护住顾不迷，就算迫不得已时要她杀人也在所不惜。

暗香依依也不待未默相让，便大口吃起肉来，一整只鸡，竟被她吃了近一半。

未默见暗香依依吃了许多，还以为她很喜欢自己烹煮的食物，一边看着她吃，一边说："好吃吧？好吃吧？"

因王剑飞醒来，莫七彩不便出屋，便躲在屋中吃了些。

未默见暗香依依吃了不少，心中欢喜，一高兴便拿了一只鸡腿跑到王剑飞面前晃悠。

王剑飞看着手里拿着鸡腿的未默，心里这个恨啊，可当下受制网中难以脱困，拿未默这个矮子也毫无办法，便瞪着眼睛强忍着肚饿怒视着未默。未默故意晃着手里的鸡腿让王剑飞垂涎，王剑飞转过头去懒得看他，他却偏要让王剑飞看到，一边逗弄一边诱惑道："想不想吃？"

王剑飞毕竟出身红枫山庄，一身傲骨，当下岂能为一只鸡腿折腰，便重重地哼了一声，不答。忽见鸡腿自眼前一闪而过，那香气令他忍不住看了过去，只见未默飞身而起，绕着他欢喜地蹦来蹦去，一边蹦一边道："答我一个问题，我就给你鸡腿吃。"

王剑飞再次冷哼一声，不为所动。

未默问道："你叫什么？"

王剑飞原以为他会刁难自己，岂料竟是问自己姓甚名谁，此为常情，便道："小爷乃红枫山庄九弟子王剑飞是也！"王剑飞不认得未默，报上姓名后，随即反问，"你是何人？"

未默不答反问："今年多大了？"

王剑飞傲然道："二十有二。"

未默又问："娶妻了没？"

王剑飞横了他一眼，道："干你何事！"

未默也不生气，又问："学功夫几年了？"

王剑飞道："八岁入红枫山庄习武，至今十四余年。"

未默又问："都学的什么啊？"

王剑飞又瞪了未默一眼，道："你不是说只问一个问题吗？"

未默呵呵一笑，也不多言，只是当着他的面把鸡腿吃掉了。

王剑飞眼见他细嚼慢咽地在自己面前吃起鸡腿，知道自己上当受骗不禁恨得牙根痒痒，可心中除了鸡腿还惦念着小师妹。他并不知道顾不迷中毒的事，心中只挂记着莫七彩，便努力地向屋里探头张望，可除了闪烁的火光什么也看不到。

未默见他伸着脖子往屋里一个劲儿地瞅，便故意站到他前面，学着他的样子，夸张地伸着脖子向屋里看。王剑飞一见他那副模样，气就不打一处来，重重地哼了一声。

未默摇头晃脑地转过身来，手里摇晃着啃光了肉的鸡腿骨，嬉笑道："你是不是想看我家依依啊？你也觉得我家依依长得美是吧？"

王剑飞深觉自己遇到了个疯子，原不想理会他，可一想到暗香依依这妖女的所作所为，便忍不住开口骂了起来，可还没等他一句话骂完，未默就拿鸡骨头戳中了他的哑穴。然后未默指着他，很不服气地蹦起来挑衅，“你骂啊，继续骂啊！你不骂了？你不骂我可就骂了啊！王剑飞是老鼠，王剑飞是乌龟，王剑飞是王八，王剑飞是我烤了吃的野猪，王剑飞是我最不喜欢吃的鸭蛋……”

屋中，莫七彩自然听到了所有的声音，沉默地低下了头。

暗香依依并不理会这些，自顾坐在地上运气打坐，一来加速体力恢复，二来早先与那些黑衣人交手受了些轻伤，借此机会运功调息。

大概过了一个时辰，暗香依依睁开了眼睛。她起身来到门外，此刻的未默已经骂累了，许是看不惯王剑飞总拿眼睛瞪他，便点了他的睡穴。

见王剑飞睡着了，暗香依依这才转身对莫七彩道：“寒玉虽能保他性命，可此地危险重重，不宜久留。我打算带他去附近城镇本教据点，即刻动身，你有何打算？”

莫七彩没有立刻回应，她起身到了门外，看着昏睡的王剑飞，虽有犹豫，却仍道：“我与你同去。”

“九幽教你去不得。”暗香依依言下之意莫七彩自然明白，莫七彩却平静地道，“我不怕。”

暗香依依其实早已料到她会跟在顾不迷身边，知道自己无论说什么她也未必会听，如果她执意跟着，总不能将他们都点了穴道留在这里。看来，也只得将他们一同带出山去再作打算了，如此一想，她便没有再说什么。

眼见莫七彩一直望着王剑飞，知道她心中放不下这个九哥，便道：“有两种方法，一、将他送到附近红枫山庄分舵据点；二、将他放在此处，过不了多久他自会醒来，但你也知道，方才被击退的那些黑衣人随时可能再来，此地并不安全。”

莫七彩并没有犹豫，当机立断道：“距离此地最近的城镇是江州城，那里有我们的人，事不宜迟我们即刻上路，我背着九哥，他……”莫七彩看向床上昏迷不醒的顾不迷。

暗香依依见她心意已决，便道：“我背。”

莫七彩点了点头，起身到了门外，去放王剑飞下来。

暗香依依则走到床边，意图扶起顾不迷，可当她俯下身去双手碰触到他脖颈时，却忽然停住。

如此近距离地看他并不是第一次，可没有一次敢这么放肆地打量。他的眉不疏也不密，他的睫毛长而微翘，他的鼻梁高而挺，还有他的薄唇……目光又落在他的颈侧，紫色的衣领已被血染成了暗红，暗香依依心中一酸，指尖不由自主地轻轻抚摸起了他染血的衣领，那些血早已渗进了衣料中，岂是她能抹去的。明知徒劳，她还是反复摩挲了几次，直到未默突然在她耳边开口：“依依，你在看什么？”

她触电般收回了手。察觉未默探究的眼神，她有一瞬的尴尬和心虚，还有被人发现她偷看顾不迷的狼狈，脸颊微微热了起来。幸好屋中的火光本就映得人面色发红，她忙摇了摇头道：“没看什么，只是在想要不要喂他点儿水喝。”

未默闻言，急忙摇头，“千万不要，他如今有寒玉护体，不能喝水也不能进食，而且千万不能将寒玉取出，否则他将立刻毙命。”

暗香依依闻言一惊，忙道：“一会儿我要带他上路，为防路上颠簸寒玉从他口中震出，我看，还是将他的嘴用布裹起来吧。”

未默觉得有理，正要扯自己的衣服封顾不迷的嘴，却被暗香依依阻止。且不说未默的衣服和他这个人一样都是土，单说顾不迷这人有洁癖，从来衣服都是纤尘不染的，要是醒过来知道未默的衣服堵过自己的嘴，很可能呕吐伤身。为避免不幸再次发生，暗香依依忙道：“要扯衣服也得扯他自己的，怎么能扯你的呢。”

未默觉得有理，立马伸手去扯顾不迷的衣服，暗香依依反应很快，在他伸手过来的时候已掀开了顾不迷的外衣，露出里衣示意未默扯一块。未默并未多想，干净利落地扯下来一条，一边缠绑在顾不迷的嘴上，一边道：“顾琴魔的衣服太白了，看着真不舒服。”

暗香依依附和道：“他就是这样的人，不比你我。”

待未默绑好，暗香依依看着被白布封口的顾不迷，暗道：等他醒来，打死也不告诉他这件事。

夜色已深，林中尽是古怪声响，听起来有些瘆人。

几人在夜色中赶路，一路小心，倒也平安无事。

但尚未走出多远，便见大面积林木被毁，沿路尽是横七竖八的树枝，显然此地曾发生过激烈打斗。

夜色虽暗，隐约尚能闻到空气中的血腥味，细细瞧来，便见地上残留血迹，天寒血迹虽已凝固，夜色下仍显触目惊心，只是放眼望去，四下却无尸体。

忽听未默疑惑道：“鞭痕？”

暗香依依心急赶路，并未留心未默之语，只催促道：“别看了，此地不宜久留，我们快走！”

几人顿时加快脚步，急急远去。

暗香依依一直背着顾不迷，时间长了大冷的天也出了一身汗，气息亦有浮动。原来即便身负武功背着一个人跑长路也是件辛苦的事，她想到前段时间慕容逸背着自己跑了那么远的路，想来也非易事。

此刻的莫七彩背着王剑飞也是满头细汗，气息喘得越来越快，可她一声都没吭，由始至终尽力跟着暗香依依。

未默轻松地跟在暗香依依身侧，好几次主动要求背顾不迷，却均被暗香依依一口回绝。

未默见她如此辛苦却仍坚持背着顾不迷不放，心里发酸，便小声嘀咕道："依依，你是不是喜欢他啊？"

暗香依依假装没有听见。

岔路口停下来辨识方向时，未默忙跳起来为她擦汗，也不管他的衣袖是否脏污。

自遇到未默，他接二连三地为暗香依依擦泪、擦汗，如今暗香依依的脸已成了大花脸，幸好天黑也看不太真切。未默边擦边问："依依，你累不累啊？要不把顾琴魔给我背着吧。"

暗香依依摇了摇头道："我不累。"

未默闻言十分不以为然，"不累你气息都乱了，还流了那么多的汗。"

知道他是在关心自己，暗香依依心中一软，柔声道："你帮我个忙好不好？"

未默一听她那软语相求的声音，立刻双眼放光，急急问道："什么忙？依依快说。"话虽如此问，人却已经弯下腰撅起了屁股，只差伸手抓过顾不迷放到自己后背上了。

暗香依依没注意到未默的小动作，而是转头看着身后跟得十分吃力，不停喘着粗气的莫七彩，道："背着王剑飞。"

未默闻言一怔，不情不愿地看向了莫七彩，莫七彩自然听到了他二人的对话，更注意到了未默的小动作，此刻见未默转过头来看她，便将脸转向了一边。

未默想了想道："依依的忙我定是要帮的。"言罢蹿了过去，也不管莫七彩愿不愿意，从她身上扒下王剑飞便背在了身后。

莫七彩虽然不想让他帮忙，可也知道自己的脚程慢，拖累了暗香依依，便由着未默背上了王剑飞。

未默用了缩骨功，个头本就较常人矮上一半，此刻背着王剑飞，样子十分滑稽。只见王剑飞搭在他肩头垂落的手臂，手指头几乎够到他的脚面，两条腿也是大半拖在地上，未默一动，王剑飞的两条腿就在地上划出两条线。

莫七彩扑哧一声笑了出来，暗香依依眼中也有了笑意。二人终归是年轻少女，虽历经生死，可见此情形也难免失笑。

未默也觉这姿势很难走路，便放下了王剑飞。

莫七彩以为他不背王剑飞了，正欲上前再背起王剑飞，却被他推到了一旁，未默道："急什么急。"

莫七彩被他推得踉跄，生了气，瞪着他道："你矮就是矮，背不了逞什么能？"岂料，却在此时见他扭了扭脖子，又扭了扭腰肢，而后只听骨骼咯咯作响，不一会儿，竟长高了些许。暗香依依知道未默会缩骨功，可莫七彩却不知，当下见此情景，惊得目瞪口呆，看未默的眼神好似见到了鬼。

未默十分得意地看着莫七彩。

见此情景，暗香依依想起自己第一次遇到未默时，他变身幅度太大，衣服被撕开难以蔽体的场景，对比当下，未默显然很有分寸地只变到了一半，衣服虽显紧小，可至少没有扯破。这时他再背王剑飞，却也刚刚好了。

三人再次上路，果然快了很多，一路无话，齐心向江州城赶去。

天明时分，三人奔波了一夜，中途停下稍事休息。

未默拿出水壶递与暗香依依，暗香依依伸手接过，看向不远处的莫七彩，走过去将水壶递给了她。

莫七彩沉默地接过水壶，自怀里掏出一方娟秀手帕，仔细地擦过，方才喝了几口，又还给了她。

暗香依依问道："大概还有多久的路程？"

莫七彩道："照这个速度，天黑时我们就能进城。"

暗香依依点了点头，用里衣袖口擦了擦壶嘴，喝了几口，又走回未默身边，将水壶还给了未默。

未默又从怀里掏出昨晚烤好的肉，递了过来。

暗香依依摇了摇头道："我不饿。"

未默闻言顿时苦了一张脸，低头黯然道："依依不吃我做的肉，肯定是嫌我做得不好吃。"

暗香依依想说不是，却发现他眼角余光正偷瞄着自己，当即反应过来他的心意，心中一软，道："谁说你做得不好吃了，拿来些吧，你一说，我就馋了。"

未默顿时眉开眼笑，果然方才的愁眉苦脸都是装出来的。

暗香依依将肉分了些给莫七彩，莫七彩没有拒绝，吃了些又留了些。暗香依依心中清楚，她是为王剑飞留的食物。

一边吃，暗香依依一边看向了身侧的顾不迷。

风过，几片枯叶落在他的身上，他静静地靠着树干，若不是嘴巴上缠着的那圈白布时刻提醒着他已命悬一线，她甚至会错觉地以为他不过是累了在闭目休息。暗香依依一想到他所受的苦楚皆因自己之过，入口的食物顿时变得难以下咽，胸口的积郁更让她如鲠在喉。

“依依，你怎么哭了？”忽然听到未默的声音，暗香依依恍然回神，察觉自己真的在流泪，忙擦去眼泪顺势揉起了眼睛，对未默笑道，“一不小心，风沙迷了眼睛。”

“我帮你吹吹。”未默说着就要靠过来帮她吹眼睛，她忙按住了他，温言道：“不用了，已经好了。”

未默“哦”了一声，又坐了下来，一边吃肉一边拿眼睛瞄着她。她笑了笑，抬眼间，看到莫七彩望过来的目光，不知为何目光微微闪避开来，岔开话题道：“他身上的毒还有死穴，不知道何人能解得了。”

未默满嘴食物，含糊不清地吐出两个字来，“勿呜。”

莫七彩似乎有所触动，竟激动地站起身来，盯着未默道：“傅月，你说的是鬼医傅月？！”

未默忙着吃东西，不说话只点头。

莫七彩大喜过望，言道：“是啊，我怎么没想到他，他一定有办法救顾不迷！虽然此人救人全凭兴致，可是我们可以求他。无论他提什么要求，只要他肯出手救顾不迷，我们都答应他。”说到此处，莫七彩神情激动，可转念间又暗了下来，“可是此人行踪一向飘忽，又喜独来独往，少有人知道他的行踪……”

未默吞咽下口里的肉，无所谓地道：“我知道他在哪儿。”

“你怎么会知道？”莫七彩显然不相信未默。

“他在哪儿？”暗香依依却正好相反。

未默各看了二人一眼，先瞪着莫七彩趾高气扬挺着胸脯道：“我知道，就是知道。”而后软语温言对暗香依依笑道，“现下他人就在江州。”

暗香依依无心理会为何未默会知道傅月的踪迹，一听能救顾不迷的人竟然就在附近，此刻已恨不得插上一双翅膀直飞江州。

可见这轻功再高也不如飞机。

江州。十个月前，慕容逸带她去参加武林大会，正巧途径江州，那时正值春暖花开，二人曾在此停留过数日。

还记得江州客栈的后方山有一百花谷，慕容逸和她都很喜欢那里，她曾几次入谷游玩练轻功。

也是在那里她遇到了莫七落和顾不迷。想起来，那个时候她尚不认识顾不迷，见到他时，他与莫七落刚好进行过一场恶战，彼此昏迷。当时，她也不熟悉莫七落，竟轻信慕容逸之言以为莫七落是坏人，在那里剃了莫七落的头发将他埋进土里……

往事不堪回首……想着想着，还是不想的好。

江州城外，她学着顾不迷早先的方式，找了个显眼的石头在上面仔细留起了九幽教暗语。

早先不学无术，此刻又求助无门，只得将散乱的头发挠得更乱，她非常吃力地回想顾不迷早先都画了些什么鬼画符，盯着顾不迷捂着白布的脸看了半天，记得最清楚的还是顾不迷是两颗星，她是三颗星，而其他符号全然记不得了。无奈之下，她只好现学现用，翻弄半天随身带着的小册子，才将暗语画得八九不离十。

未默蹲在她旁边，一边看她画一边看她将自己的头发抓乱，不禁叹道："哎，依依，你真是没有画画的天赋啊。"嘴上如此说，心里却在想：我家依依真是越来越像我了，脸上鬼画符，头发如乱草，看在眼里，真是让我神魂颠倒。

暗香依依哪里知道未默心里想什么，当下嘴硬心虚地辩解道："我这是第一次，画多了肯定就好了。"

莫七彩在后面冷哼道："你册子上的符号都被他看光了，九幽教怎么会有你这样的左护法！"

想到册子上的符号不能被外教人看到，暗香依依忙收起手中册子斜睨向未默。

未默赶忙东张西望起来，口中念念有词："没看没看，我什么都没有看到。"一看他这样子就知道他什么都看到了，可当下要追究也来不及了。

暗香依依匆忙地将最后一个字符画完，再不理他，背起顾不迷，与莫七彩一同冲向了江州城。

未默也背起王剑飞随后跟了几步，却又忽然停住，偏头想了想，忍不住向后倒退数步，再次瞥向暗香依依留在石头上的暗号。她骨碌碌地转着眼珠子，暗中琢磨：依依留下的符号，好像哪里错了。方才他虽跟着依依看了一遍小册子，可符号太多，一时也未能全部记清，看着眼前留下的符号，总觉得好像哪里错了，可一时又不能确定。虽然想提醒依依再确认一下，可如此一来不正说明他方才偷看了吗？他忙断了这个念头，眼见暗香依依与莫七彩已然走远，再不管三七二十一，加快脚步跟了上去。

暗香依依留下符号的笔是用特殊的材质做成，旁人无法造假。九幽教也只有少数人等才有这种笔，异常珍贵也异常有用。此笔留下的暗记，等同于上位者发号命令，一旦九幽教弟子看到，誓死也要完成任务，违命者杀无赦。这是何等严肃而关键的留语，岂是暗香依依心中念叨的鬼画符。可惜暗香依依并不知道其中的严重性，顾不迷当初虽告诉了她一些，却并未深刻警醒她一旦留错符号会有什么后果。暗香依依不慎留错了符号虽只是一字之差，可意思却已完全不同，事后一大群人因她这个错误，很不幸地忙了个四脚朝天人仰马翻。

她也因此付出了代价。

江州城外，暗香依依等人方才离开不久，一布衣百姓便挑着担子经过此地。他一看到石头上有符号，便四下里望了望，见四下无人，方才放下担子俯身用手摸了一下，见的确是九幽教特殊笔墨留下的印记，便小心将符号记下。当翻译过来其中意思，他顿时惊怔当场，而后以为自己看错了，一而再再而三地确认了几次，原本应该即刻抹去符号，可他一来心有顾忌，怕自己记错认错，二来心急此消息的惊爆，便挑起担子火速向九幽教江州分舵奔去。

江州分舵舵主李维山收到消息后，不禁目瞪口呆，只因此消息如此说：少主与左护法到此，江州客栈，相亲！

相亲？江州分舵舵主忙再次问过那挑夫，又忍不住亲自去暗香依依留符号的地方仔细辨认了一番，再三确认确是“相亲”二字无误，不禁无比惆怅地想，少主和左护法到底来此干吗啊？为啥要来这里相亲啊？在总舵相亲多好啊！他可该怎么接待啊！

而报信的挑夫则同时在心中暗想：哎呀，我的娘亲啊！这可真是天大的消息啊！

落月迷香

LUOYUE
MIXIANG

【下册】

四叶铃兰 著

【SIYELINGLAN】

百花洲文艺出版社
BAIHUAZHOU LITERATURE AND ART PRESS

落月迷香

目录

第四卷

原来这就是喜欢

第二十章

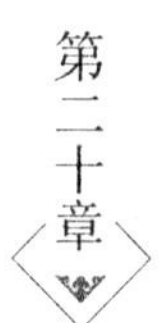

我喜欢你

入了城，暗香依依与莫七彩约好在江州客栈会面，莫七彩便背着王剑飞先走了。她须将王剑飞暗中送到安全之地，才能放心来找暗香依依。

见莫七彩背着王剑飞离开，暗香依依一则希望她别回来了，毕竟九幽教与红枫山庄向来不合，她杀了莫十七，红枫山庄四处通缉她，彼此已成死敌，何况莫七彩的身份更是不宜出现在九幽教；二则顾不迷中毒终究是她所害，自己尚是戴罪之身，无暇他顾，又岂能护住莫七彩。所以在她走后，暗香依依没有说任何叮嘱与承诺的话，如果可以，只要一和九幽教分舵接上头，她就立刻离开客栈。

到江州的时间比预期的要早，天还没暗，暗香依依虽然来过江州却也不是很熟，别的地方也找不到，就这江州客栈因曾经住过，所以才将接头地点定在了这里。

自从莫七彩背走了王剑飞，未默就立刻变回了原本模样，别说身高个头不像常人，就是那一团稻草般的头发也频频引人侧目。再加上自己也是发乱、钗斜、脸画符，背上还有个白布裹嘴的负琴男子，一路上路人看过来的目光，简直就像儿童节动物园中的人与动物。

未默显然是第一次来江州，跑前跑后，总是跑错路。

幸好暗香依依还有些印象，再加上江州客栈容易找，他们很快找到了客栈。

入内，未默立刻跑到柜台前，一蹦一蹦地向掌柜要两间上房，也不知是不是受了什么诅咒，每次和顾不迷投宿客栈都只剩一间房，而今多了未默，竟然诅咒仍然有效，还是一间房！

未默很是玲珑，见掌柜的爱理不理，先丢了定钱到桌案上，“给你，定钱。”

掌柜一看此人外貌像乞丐，可一出手就是金子，立刻拿出钥匙殷勤起来。未默不管三七二十一，一听要和暗香依依住在一个房间里，生怕暗香依依反悔，抢过掌柜手中的钥匙，欢喜地先行跑上了楼。

暗香依依随后背着顾不迷走上了楼。

楼下此时正坐着几桌食客。见他几人进来，自然都看了过来。

几桌食客瞧着他们先后上了楼去，其中一蓝衣人对同桌食客道："夏兄，你看负琴那人会不会是九幽教的顾不迷？"

姓夏的男子闻言摇了摇头道："不可能吧，顾不迷是何许人物，怎会由一女子背着住进客栈？再说最近并未听说发生什么大事。顾不迷若身负重伤，武林应该早就传开了。"

蓝衣男子点了点头，道："夏兄说得对，江州附近就有九幽教的分舵，上上下下近千人，原本就归顾不迷打理，他如果身负重伤，不去分舵来客栈做什么？方才我见那男子脸围白布，一时也看不清样貌，女子满脸泥巴，想来也不可能是九幽教那个母夜叉暗香依依，许是在下认错人了。唉，如今真是世风日下啊，想那慕容逸白衣折扇的打扮，时有人仿效，没想到如今连紫衣负琴也四处可见了。"

"可不是，人心不古啊！"姓夏的男子大摇其头地附和道。

他二人一边喝酒一边说着话，而角落里尚有一人，自暗香依依三人进来时便一直暗中偷眼瞧着，见她与未默先后上了楼去，立刻起身出了客栈。

姓夏的男子眼尖，指着离去的男子道："你看看，这不就有一个穿着白衣的吗？"

同桌男子抬眼望去果见远去那人一身白衣，闻到空气中残留的脂粉香，皱着眉厌弃道："此人定是百花门门人，一个男人一身脂粉味。"

姓夏的男子听到百花门便是一阵唾弃，"那群不男不女，提起来就倒人胃口，方才没注意，否则定要戏耍戏耍！让他知道我们飞马帮的厉害。"

"夏兄说得是，他们哪里比得过咱们飞马帮，各个都是真男人真汉子！"二人放声大笑，推杯换盏，又喝了起来。

江州客栈环境要比那些小镇上的客栈好上许多，上房毕竟是上房，就连被子也是干爽带着一丝香味。

暗香依依将顾不迷放在床上，帮他盖好被子，琴也轻轻放于他身侧。听着屋中未默吩咐路过门口的小二，让他上些听都没听过的菜式，暗香依依不禁惊讶地看向未默。不只暗香依依奇怪，小二哥也听得一愣一愣的，显然从未听过这些菜名，再看未默灰头土脸似乞丐，想是还不知道未默方才在楼下出手阔绰，便有些不耐烦地说："没有，没有，都没有。"

就在这时，未默自腰间小包掏出一片金叶子拍在桌上，再问："有没有？"

小二顿时眼前一亮，拿起金叶子在嘴里咬了咬，确认真是金子，忙谄媚地道："公子要的小人从没听过，小店店小，只有些粗茶淡饭。公子若不嫌弃，小的这就让厨子去做些本店最精致的菜肴来。"

未默摇了摇手道："罢了罢了，乡野地方，也只能如此，去做吧。"

小二哥连连应是，刚想退出屋去，却又折返回来，小心问道："公子，这金子数额巨大，小店一时恐难找零，你看可不可以明日再给你找剩下的余钱？"

未默"切"了一声，摆着手昂着头道："不用找了，剩下的你留着，好好伺候我们就是，就当本大爷给你的赏钱。"

小二一听，顿时笑得脸似一朵花，连连道谢。出门的时候太过开心，他一脚绊在门槛上，险些跌倒，而后连连笑着将门关好。

暗香依依看着未默，只觉他这人看着行为古怪不近世俗，实则却心思通透，深谙世俗。她忽然想，未默如果洗去一身泥土，穿上好看的衣服，不知是何模样？

见暗香依依盯着自己瞧，未默扭啊扭的，走到她近前，堪堪与坐在床上的她平视。自不背王剑飞后，他又恢复了小矮子模样，他似乎极喜欢这副模样。他拿起暗香依依垂在脸侧的一缕发丝，在手中把玩，忽然嘟着嘴向暗香依依亲了过来。暗香依依一指弹在他额际，弹得他手捂额头叫了一声，而后又装傻充愣地呵呵笑了起来。

暗香依依转头看向顾不迷，幽幽问道："你知道傅月住在江州哪里吗？"

未默沉默了一会儿，忽然问道："依依，你真的不喜欢顾琴魔？"

这是他第三次质疑自己，暗香依依收回看向顾不迷的目光，摇了摇头。

未默又道："你不喜欢他干吗对他那么好？一直背着他，还要和他同生共死？"

"他中毒，是我害的。"暗香依依黯然道。

未默挣扎了一会儿，似乎勉强接受了她的答案，幽幽叹道："依依，你是个善良的女人。"

而后，他两手交叠，横着眼撇着嘴，盯着床上的顾不迷，十分不情愿地道："我本不想说，可又怕说迟了你怪我，再不理我。"

暗香依依听出他话中有话，疑惑地看向了他。见他似在犹豫和挣扎着什么，暗香依依便道："生死有命，我不会怪你，如果他终究救不回来，我还他一命便是。"

未默一惊，再不犹豫，忙道："那个傅月就在百花谷！"

未默此言一出，暗香依依猛地站起身来。

她没想到傅月就在这江州客栈的后山。

未默并不知百花谷在哪儿，虽知道在江州地界，可想着既然是山谷，总也是群山环绕的地方，哪里想到竟然就在这客栈后山之中，否则断然不会这么快告诉暗香依依，失去了这与她同住一间房的机会。

事不宜迟，没有耐心再等九幽教弟子前来接头，暗香依依当机立断背着顾不迷入了百花谷。

因要连翻两座高山，暗香依依与未默联手，方才将昏迷的顾不迷背进了百花谷。

百花谷是个奇怪的地方，虽与江州城只有两山之隔，可其中常年百花盛开，四季温差亦相差不大。

距离上次来，相隔近一年，现下虽是冬季，竟也满谷野花盛放。

再来此地，暗香依依想起过往种种，竟有种罪犯再来案发现场的心虚。

暗香依依缺乏江湖经验，一心只想着救顾不迷，急切中竟忘了问未默怎会如此凑巧知道鬼医傅月的踪迹，还有，至少应该留个口讯给前来接头的九幽教弟子。可她一来太过心急救顾不迷，二来缺乏江湖经验，竟就这样匆忙进了谷。

当下暗香依依除了救顾不迷，已经什么都顾不得了。入了谷，她根本无心欣赏如画风景，便带着未默背着顾不迷急急忙忙地在谷内寻找起来，直至二人寻到谷中腹地，那处曾经洗过澡，还葬过莫七落无枫剑的幽泉。

相隔近一年，泉水旁竟有人盖了一间木屋，四周有篱笆围着，篱笆桩上爬满了牵牛花，风过，花瓣肆意摇摆，自由闲适。

木屋周遭，除了一些野花，竟还种了些谷中没有的花草。暗香依依识得其中一株为栀子花，暗香依依从不养花，对花知之甚少，知道这种花还要归功于一首歌《栀子花开呀开》。上上辈子，她时常哼唱橘子花开呀开被听到的朋友好一番笑话，这才知道原来是栀子花而不是橘子花。她一时心血来潮上网搜了一下，看了一些栀子花图片，并发现栀子花从根到叶全身都可以入药这才凑巧识得。既然是药花，那说明种植之人必定识得医理，莫非，住在此地之人就是傅月？

未默一见有木屋，二话不说便想冲进去，却被暗香依依拖住。

毕竟有求于人，怎可这么唐突，暗香依依示意未默稍少安勿躁，当下清了清嗓子，而后扬声道："屋中可有人在？"

半晌无人应答。

暗香依依暗道：这是世外高人不愿意回应，还是真没人在？暗香依依求证于未默，却见未默抱着手撇着脚在那里不耐烦地上颠下颤，显然已经等得极不耐烦了。她知道指望不上他了，便想着以前看过的一些古装剧，再次礼数周全地扬声道："在下九幽教左护法暗香依依前来拜见！"

还是无人回答。

难道真不在？暗香依依正在犹豫，便见未默如风般冲向了木屋。未默轻功了得，暗香依依亦阻拦不及，不过眨眼间，未默就站在了木屋门口。可他刚刚站稳，暗香依依就听得咯吱一声，未默忽然就不见了。

暗香依依看得清楚，未默是掉了下去，急忙放下背着的顾不迷，冲上前去。只见门口地上有个暗门，也亏得是未默轻功高绝反应灵敏，竟没有掉下去，而是两根手指攀在边缘。虽只有两根手指借力，对他却已足够。他微一使力，跳了上来。他刚跳上来，暗门便迅速关上了。

这个机关做得实在精巧，未默拍着胸口看了半天，想来也是吓了一跳。

暗门虽关得快，暗香依依却看得清楚，底下细细密密的布满了钢针。当时事出突然，若换做自己，恐怕早已成了砧板上的碎末肉了，何况她还背着顾不迷，百分之百反应不过来。此刻想来，她也是一身冷汗。

这时，屋中忽然有人笑了起来，那笑声带着些许狂妄嚣张。暗香依依由笑声辨识出，屋中是一男子，声音听起来还有点儿熟。

屋中果然有人，会不会就是傅月？

暗香依依当即道："九幽教左护法暗香依依前来拜访，不知屋中可是鬼医傅月前辈？"

未默这回变得小心起来，不敢再轻易上前，可当下听暗香依依称鬼医傅月为前辈，颇为不耻地撇了撇嘴，暗道：就那轻狂小子也配称前辈？！见暗香依依一副有求于人低声下气的模样，他心里很是不舒服，当下便道："小子休要轻狂，再不出来，我拆了你这木屋。"

"唔……"屋中之人忽然发出一声极舒服的喟叹，而后懒洋洋地道，"我出不去，还是你们进来吧。"

屋中传来水声，暗香依依疑惑地看向未默，未默却不以为意，将暗香依依推到自己后面，一提气，便越过方才地下的机关，撞开了屋门。眼看已进屋去，岂料却在这时，一张巨网迎面而来，将他卷成了一团，挂在了门口。未默挣扎不迭，屋中珠帘后忽有一水珠弹出，点在了他穴道上，他当即昏了过去。

暗香依依立在屋外，透过被未默撞开的屋门，看到一层珠帘，而珠帘后，影影绰绰，她竟看到……竟看到，一个男子在沐浴！

此情此景，实在过于香艳旖旎，暗香依依即便来自未来，也忍不住脸红得背过身去，努力让自己的声音听起来没有颤音："我朋友鲁莽，冲撞了前辈，望前辈见谅，将他放了。"

屋中没有回应，只传来哗啦啦的水声，显然他自浴桶中走了出来。

暗香依依自从学武，耳目就非同常人，此刻更是神经紧绷，屋中那人一举一动都听得清楚明白。屋中那人显然也不避讳，穿过衣后一步步向她走来，暗香依依不知为何当下竟然在想他定是赤着脚的。

他停在门口，道："暗香依依？！"

“是。”暗香依依背对着他，心若擂鼓，竟不敢轻易转过身去，只试图平心静气地再次问道，“前辈可是鬼医傅月？”

他轻笑一声道：“找我的人，只有一个目的。”

言下之意，他竟然真的就是傅月。暗香依依心中大喜，急忙转过身来，待看清眼前之人，顿时惊道：“怎么是你？！”

暗香依依眼前站着的，正是慕容逸。

而此慕容逸的容貌，却是暗香依依穿越到这个世界初见慕容逸时的那个容貌。

自上一世死后，她穿越附体到了暗香依依的躯体内，当时在她身边的只有汤斩。随后连番被人追杀，暗香依依慌不择路与汤斩走散，正遇一群人欲取她性命，便来了一个男子。那男子武功极高，眨眼间杀了所有人，男子自称慕容逸。当时她并不知道慕容逸会易容术，而现下，面前男子的容貌竟与初见慕容逸时的一模一样。

慕容逸？她惊讶、疑惑，脑海里正想着傅月，可当下瞧见的却是慕容逸，一时惊讶、犹疑参半，竟不知该作何反应。

男子亦在看清她花里胡哨的面颊时微露惊讶，见她形容如此狼狈，目光一沉微微偏了头，掩去了眸中一闪而过的复杂，取而代之的是一抹故人相见的微笑。

这时，浸染了花香的微风不解意地撩起了男子垂落的长发，月牙白的衫子因束带松垮，与他微湿的长发一同，被风吹得轻滑到了一边，不期然地露出了肩胛锁骨。男子懈怠地扯了扯衣襟，淡然问道：“不认识我了吗？”

她自然已认出他是慕容逸，可她更关心他是不是傅月？

见她犹疑不定，他又道：“你这副模样，我倒也险些没认出来。”

自顾不迷中毒，多日奔波，她只知道要救顾不迷，一心想的也只是救顾不迷，连日来，吃东西都能忘了，何况这身皮囊。而今她发乱衣脏，原本那张让人一望失魂的脸也被未默三番两次的涂抹改造成了让人一望失笑的脸。

可慕容逸却没有笑。

她根本没照过镜子，哪里知道自己的狼狈，就算知道也顾不得那许多。暗香依依想都没想慕容逸为何如此说，突然伸手抓住了慕容逸的胳膊，好似怕他跑掉，又似有些害怕，竟带着颤音问道：“你是不是傅月？”

见她如此紧张，慕容逸望着她的目光略带探究，片刻，方道：“我不只是傅月。”

这么说他就是傅月！想到未默和莫七彩都十分肯定他能救顾不迷，她激动得根本忘了去质疑他说的是真是假，也许是相信直觉，也许是根本不想去质疑。不知是不是太过激动，她出口的话竟也变得磕磕绊绊起来，“救！救……顾不迷！他……他……”

慕容逸抬起手，轻抚起她的鬓角，不待她说全，便轻声道："好。"

什么都好。

这个"好"字，似乎等得太不容易，竟让她红了眼眶，她似哭似笑，哽咽地追问道："他中了蝴蝶，还自点了死穴，你能让他完全恢复吗？能吗？"

她期盼、渴望的眼神，令他无来由地心中一悸。

她的这种眼神，他见过太多。每一个来求他的人都曾用这样的眼神望过他，甚至想尽办法讨他欢心，求他出手医治，可人命在他看来根本不值一提，更别提要救的人是敌非友。

可她甚至没有开口求他，只是用同样的眼神问了这样一句质疑他医术、本该惹他生气的话，可就是这样的眼神，就足以让他回答："可以。"

多日的担忧，终因他这一句"可以"全然放下，暗香依依忽然再也忍不住，泪落颊边。

多日来支撑她的不过是一个信念，而今如愿以偿，顿觉心力交瘁疲惫不堪。她已有两晚没有合眼，她背着顾不迷奔波了一日一夜，而今，终于找到能救他的人。眼前男子，虽不可信，可由始至终从未伤害过她，此时此刻，他的一句"可以"，胜过世间任何誓言承诺，让她愿意不顾一切倾力去信。她痛哭失声，任他将自己揽进怀里，拍着自己的背，似安抚，似依靠，似有情又似无情……

无所谓，都无所谓……

天色渐渐暗了下去，谷中风乍起，原本平静的湖面就这样被风吹乱。

屋中横梁上一人呼呼大睡，屋外野花从中，一人昏迷不醒毫无知觉，而屋前，他抱着哭得越来越厉害的她，望着渐渐消失在山尖的夕阳，神情是从未有过的温柔，那温柔不只在眼角眉梢，还在眼中心底。

她所经历的一切，他都知晓。

她此番受的苦，皆是他一手造成。

可他不得不那么做。

顾不迷死与不死，他本不放在心上，救与不救也不过在他一念之间，可就在方才初见她时，心中怜意轻易被勾起，淡淡麻麻，酸涩往复，忽然觉得不想让她恨自己，忽然不想让她觉得自己不好。

她的眼泪打湿了他的薄衫，微凉的感觉让他敏感起来，不期然地，想知道这泪水是为谁而流？

是为顾不迷终于救治有望？还是为他的出手相救感激涕零？抑或是因她自己这一路的辛酸和委屈？他轻声问道："为什么哭？"

她一边抹泪，一边抽噎道："不知道，就是想哭。"

这个答案全然在他的意料之外，可偏是这似是而非的答案唤醒了心底最深的那抹柔软，他心中涤荡起从未有过的温柔，却又不想被她瞧见、看破。

这样的心思，他不用细细分辨也知道是什么。

无来由的欢喜，无来由的失落，亦无来由地恼恨了自己。

他敛眉无声轻笑，似嘲讽似无奈，还有了然一切的决断，不过瞬间，便已做了决定。

他忽然在她耳后轻笑揶揄，"我只穿了一件薄衫。"

暗香依依猛地自他胸口抬起头来，欲挣脱却被他更紧地抱住，反将彼此贴得更紧了些。

肌肤相贴处，热力源源不断地传来，那么明显而陌生，暗香依依的目光不期然地瞄到了本不该看到的——他果然除了一件薄衫什么都没穿……

虽然来自未来，男子的身体不是没见过，可眼下这般亲密地相贴却还是头一次，让她十分不适应，"放开我！"三个字在他期待什么的目光下怎么也无法义正词严地说出口，只好卡在了喉咙里，之后强自吞咽了下去。这样紧紧相拥终究觉得不妥，她脑袋一时发热竟说了一句平生最为无厘头的话。

虽然暗香依依一生做过无数件莫名其妙的事，也说过无数句没头没脑的话，但这一句，是她这辈子最不愿意再想起，最引以为耻的话，她僵着身子，大声宣誓道："我没反应！"

"嗯？"待慕容逸反应过来，从突然失笑，到放声大笑，越想越好笑，一发而不可收。

借机挣脱了他的束缚，看到他笑得快不行的样子，她脸红脖子粗，待反应过来自己说这句话的潜在含义，一时也恨不得咬断了自己的舌头，可话已出口覆水难收，憋了好一会儿，只觉得气苦。

见她侧着身子，望着远处躺在地上的顾不迷，他停止了笑声。

察觉他不再笑了，她马上道："先看看他吧。"

即将触碰到她的手，闻言，他不着痕迹地收了回来。

"如果我不看呢？"他似笑非笑道。

"你不能食言！"她转头看向她，明显急怒交加。

"我为什么不能食言？"他笑着反问。

"你！……"

打也不是，骂也不是，只剩下求了……要是别人，下跪都可以，可慕容逸显然要的不是这些。他只是在戏耍自己，只是有时候假作真时真亦假，慕容逸的性子本就难以揣摩，既然看不透，她索性选择闷不吭声。她正欲转身去看顾不迷，手腕却被他扯住："你答应我一件事，我就救他。"

"什么事？"她问。

"嫁给我。"他答。

"啥？"暗香依依回眸的神色，看得慕容逸又一次失声大笑。

他曾说过喜欢她，可一个人喜欢另一个人可以有很多种，尤其他说喜欢时的语气和时机，都让她难以相信那是建立在爱情上的喜欢。她只当他是一时心血来潮又恰巧闲得无聊才说了那样的话戏弄自己，所以从未放在心上。可当下她没听错的话，这一句不只是喜欢，而是男女之间共结连理最直白的表示，也就是求婚！赤裸裸地求婚！这一刻，暗香依依除了惊讶，还是惊讶，只觉得他在这样的时刻突然说出这样的话，无疑是在趁火打劫，再见他笑成这个样子，顿觉他又是在戏耍自己。

她以为他又在戏弄自己，转头垂眸，默不作声。

见她没有立刻应下，他心底没来由地欢喜起来，可随后又有一丝失落。他上前一步，低头近看她。慕容逸察觉她梗着脖子耳后红透，心中顿时起了一丝变化，微微地悸动，些许的欢喜，还有一丝酸酸甜甜的麻。

他低头在她耳边，柔风细雨般轻声又道："你若答应，我即刻救他。"

想到自己所练的落月迷香，以及当下想救顾不迷的心切，还有他似真还假的戏弄心思，暗香依依心念一转，回眸道："我答应你，不过你要先救顾不迷，待救了他，届时娶不娶我你说了算。"且不论他说的是真是假，就算是真的，也可以等他先救了顾不迷再告诉他自己内功心法的秘密，届时他如果不怕一身功力被她吸光，就放马过来吧。

闻言，他却收了笑意，目光幽深地看着她，又问："如果今日救他的是别人，你也嫁吗？"

在他逼视的目光下，她偏转过头去，幽幽答道："可惜没有别人，否则，我也不用嫁了。"

他忽然笑了起来，伸指捏住了她的下巴，让她避无可避地看向自己。指腹有意无意地摩挲着，慕容逸望着她的眼，再一次问道："如果是别人，你也毫不犹豫地嫁吗？"

见他如此执著，忽然有所触动，她抬手抓住了他不安分的手指，毫不畏惧平静地道："在知道是我害他中毒时，我愧疚、害怕、不安、委屈、难过、不知所措，甚至找来敌对帮派的莫七彩为他解毒！在知道他点了自己的死穴忍受钻心之痛快要死时，我决定以命抵命，他死我也死！我已连死都不怕了，你说，嫁给谁，嫁与不嫁还重要吗？”

他似笑非笑地放开了钳制，不再强求她面对自己，沉吟半晌方走到顾不迷身边，俯身探向顾不迷的脉搏，而后，手指在他身上极快地游走了一番，停在了他的左右睛明穴。沉吟片刻，慕容逸又检查了他的眼睑和口鼻，待看到他口中的寒玉时，不由得笑道：“未默倒是舍得。”

“你怎知那是未默之物？”暗香依依问道。

“普天之下有几个姓未又能师承鬼盗的？未家的传家宝凝魂玉可锁人魂魄七七四十九日不死，如此奇物，天下至宝，知道的人不多，却也不少，不巧在下正是其中之一。只可惜，顾不迷用过之后此玉也就废了。”慕容逸道。

暗香依依已知此玉奇效，想到未默对自己的情谊，幽幽地看向了此刻尚挂在房梁上呼呼大睡的未默，怅然道：“把未默放下来吧。”

这时，慕容逸已将顾不迷自地上抓起，见她望着未默，忽然俯身对她道：“救人可以，未默不放！”他的笑容在她眼前放大，咫尺间彼此的气息也混淆不明起来，她又一次败下阵来偏过头去。

慕容逸一笑，自顾提着顾不迷的衣领，一路拖着往木屋走去。暗香依依只觉那姿势很有几分故意虐待顾不迷的样子，不由得蹙紧了眉。她想阻止，可想了想又作罢。小不忍则乱大谋，慕容逸的心思一向变幻莫测，此刻想着救顾不迷，说不定一个不高兴便不救了，如此她便沉默地跟在他身后走向木屋。

怎知慕容逸并非要把顾不迷带进屋中医治，而是直接拖进了木屋旁的花丛中，随手一丢，便让顾不迷睡在了花堆里。他回头看向一头雾水的暗香依依，笑道：“先解毒，再解死穴。”

“这……”怎么看顾不迷怎么像被弃之荒野，完全不像解毒。

想是看出她心中所想，慕容逸道：“别小看了这花丛，他在此睡个三五天，毒自然可解。”

“这么简单？”暗香依依难以相信。

慕容逸眨了眨眼，笑言道：“不信的话就等着瞧吧。”

暗香依依辩无可辩，也只能等着瞧了。见顾不迷此刻脸朝下，她刚想过去挪动一下顾不迷让他躺得舒服些，就被慕容逸拦住。慕容逸道：“凡能解毒者必带毒，你不能进去。”

暗香依依想着自己早先看那花丛多种鲜花争相绽放，十分好看，还想亲近亲近。此刻闻言，她顿觉慕容逸所建木屋四周不是机关就是毒花，寻常人来此怕一不小心就丢了性命。此人难怪被人称作鬼医，不只鬼医还很诡异，暗香依依心中腹诽，却也不敢再踏入花丛一步。

可看着顾不迷当下的姿势总觉不舒服，她便试探地对慕容逸道："能不能把他翻过来？"

慕容逸看了看顾不迷，反而转头问暗香依依道："我看这样挺好的，干吗要翻过来？"

暗香依依心道你这明显就是故意的，却又不好明说，只好选择沉默。她想着如何趴着是小事，先解了他身上的毒再说吧。如此便再没计较。

慕容逸牵起了她的手走向木屋，她却一步三回头。慕容逸忽然停住脚步转头问道："你脖子上装了机关吗？不停地扭来扭去。"

她低下了头，闷不吭声。

慕容逸轻声问道："他有什么好？你对他如此上心？"

她一时没能忍住，又回了一次头。慕容逸眸中闪过一道暗光，便听她幽幽道："他是少主，我是下属，他的命系着我的命，我怎能不上心？再说，他这次中毒始作俑者是我，我心中愧疚，只盼他早日康复才能安心。"

慕容逸眸中的暗光变成了复杂，没再说什么，只是拉着她坐到了门前的台阶上。

夕阳退去，天一寸寸暗了下来，花丛的鲜艳也悄然被夜色掩盖。一阵风过，花香扑鼻，让人神思恍惚，昏昏欲睡。

想是太累了，或许是终于放松了神经，只觉熏人欲醉的芬芳之中，眼皮似被粘了胶水，闭上了一下，便再难睁开。

一双臂膀适时地靠了过来，带着淡淡的芳草香。

夜色渐次笼罩山谷，光明与幽暗不过是一瞬间，一如人的心思，一念之间便已物换星移，善与恶，生与死，爱与恨。

暗香浮动，她靠在他的肩头，沉睡着。

他扶起她的头，微微侧身，让她躺入怀里。

慕容逸静静地看着她的睡颜，手指绕着她的眉，她的眼，她的鼻梁，她的面颊，她的耳朵，直到……她的红唇，一圈一圈，似水面波动的涟漪，似三月拂面的春风。

日落，月升。

木屋前，花香中。

不知说与谁人听，他轻声道："原来这就是喜欢。"

醒来时，夜色正浓，她已不是睡前模样，而是躺在了他的胸口。她微微抬眸，看到一双清澈的眼，如子夜繁星，凝视着自己。如此好看的一双眼睛，令她微微失了神，尚分不清是梦境还是现实，便见他轻启薄唇，柔声问道：“依依，你喜欢我吗？”

她看到了慕容逸的脸。想起身，却被他一指按在额头，躺了回去，又挣扎着起身，又被他单指一按，又倒了回去，再起身，再倒回去。这次学聪明不起了，她索性僵直地躺着，眼睛当刀子，瞪死他！

他却只是笑。

方才使力时她已察觉到了不对，全身内力难聚浑身无力好似病了。似知道她有所察觉，他索性坦言：“这木屋附近，我还种了些药草，有安神的作用，但对人体无害。不过，若初次吸入这味道，不出半个时辰，就会暂时无法凝聚内力，变得与常人无异。”

你早不说！明知是他故意为之，可已然中招又无可奈何，暗香依依索性闭上眼睛，眼不见为净。

见她如此，他轻笑起来，气息若有似无地吹在她面颊，暖暖的却也痒痒的，轻声道：“依依，你看，四周都是萤火虫，夜色下，飞来飞去，很美。”

暗香依依三辈子也没见过萤火虫，以前都是在电视剧、电影里面看到，总是很羡慕男女主角立在萤火中的唯美画面，闻言受不住诱惑地睁开了一只眼睛，偷偷那么一看……

天哪，果见天地之间，到处都飞着闪烁如星辰的光亮，真的是萤火虫啊！

她想要伸手去碰，却发现手臂还被他禁锢着，抬眸瞪他，却见他目光迷离地看着自己。寂静中，竟能听到他的心跳，一声声近在耳侧，不知为何她竟有些气恼，为什么他总是喜欢这样戏弄自己？她哼了一声，讥讽道：“很好玩吗？”

没头没脑的一句话，令他疑惑，他笑问：“什么？”

“我说你！”她真的有些生气了，“总说喜欢我，你喜欢我什么？戏弄我很好玩吗？放开我！”她一边挣扎一边恶狠狠地道，“再不放开，等我武功恢复，看我不打得你乌眼青，让你知道喜欢我是要付出代价的！”

只是几个简单的动作便有效地制止了她的连番暴动，听她扬言要打得自己乌眼青，慕容逸不由得低低笑出声来。就在她气怒交加哇哇大叫挣扎时，一双温润的唇不期然地贴在了她的唇上，瞬间让她安静下来。她不可置信地瞪大了眼睛，唔……唔……的声音转瞬被吞没，虽非深吻，但异性交叠的气息，敏感地相触都让她深觉惶恐，恍惚还产生了幻觉，竟然听到他说：“依依，我喜欢你。”

他浅尝辄止，稍瞬即离。

她牙关暗咬，怒目而视。

他笑若春风，舔唇回味。

她备受刺激，目赤欲裂，趁其不备，猛地抬头，额头撞额头。

砰的一声。

“哎哟……”

“你！……”

二人揉着额头，一个苦笑，一个疼得眼泪汪汪，她却仍不忘趁机脱困起身，跑到了远处。

见她跑向了顾不迷所在的花丛，停步凝望，原本的柔情蜜意顷刻不见。不过转眼间，他就变了神情，敛眸起身，进了木屋。

听到关门声，她这才深深地呼出口气，卸下了一身紧绷。暗香依依抬眼看向木屋，见木屋中已点起了烛火，他的身影倒映在窗口，一个人独坐着一动不动，好似在发呆。她不禁也发起了呆。他方才为何要这么对自己？是一时情动还是变本加厉地戏耍？他的那一句喜欢你，是真地说了，还是她的幻觉？忽然有些弄不明白，他一而再再而三地说喜欢究竟有几分是真，几分是假。

想到襄阳客栈中，苏璇莹靠在他肩头，望着他柔情蜜意的眼神。

喜欢？

就算是喜欢，也仅仅是喜欢。

她微微怔忪，不自觉地……抬手触碰了一下自己的唇。吻，是要和自己喜欢的人才会觉得甜蜜幸福吧？可方才除了惊恐就是怒气冲天，比之与莫七落第一次意外地唇碰唇来说，除了时间稍长了点儿，好似也没什么区别。再说了，被吻一下算什么？她又不是此间纯情的古代人，何必在意这一个似是而非的吻，如此一想，暗香依依心中的混乱渐渐平息下来。

微风送来花香，望着花丛中依旧昏迷不醒的顾不迷，愁绪再次袭上心头。其实早来此间前，她已想好，就算鬼医傅月是变态大叔，她也会忍气吞声地求他救顾不迷。只是没想到慕容逸就是傅月，而傅月提出的要求竟是要自己，逗趣也好，戏耍也罢，无论怎样，她都要救顾不迷，甚至为此可以不择手段。

她望着花丛中的顾不迷，附近有无数萤火虫盘绕，星星点点，偶尔映出他身侧花朵的千娇百媚，以及他紧闭的双眸。

是她害得他受了这么多的苦。

是她害得他在生死边缘徘徊。

只要能救回他，弥补自己犯下的过错，让她做什么都好。

百花谷中事无人知，而百花谷外，却已因暗香依依乌龙留下的那两个字：“相亲”，而炸开了锅。

相亲？谁和谁相亲？怎么个相亲？是少主与左护法相亲，还是他们分别要相亲？究竟是少主要相亲，还是左护法要相亲，他们又分别和谁相亲？就连江州舵主也因这两字而坐卧不安多时，实在放心不下，江州舵主便亲自去了江州客栈接头。可等他到了江州客栈，却半天不见人影，只好暗中打探，没想到店小二说一共来了三人，刚投宿客栈不久点了许多菜肴没吃就消失了。

消失了？去哪儿了？

小二摇头说不知，只道：“三人消失得十分突然，没有留下任何言语。”

又细细询问了三人入住客栈时的情景，听到负琴男子被女子背进客栈时，江州分舵舵主李维山目光一沉，顿时察觉到了几分不对劲。因察觉事有蹊跷，他便急忙赶回了分舵，命人一方面盯紧客栈，再飞鸽传书回总舵，又寻来副舵主及下属堂主暗中聚集商议对策。

待消息传回总舵时，郑长老拿着纸条，闭了闭眼睛。难道自己老了，眼花了？他揉了揉眼眶，又一次打开纸条仔细看去，相亲，没错，是相亲！郑长老勃然大怒，江州分舵舵主李维山做事一向稳重，怎会犯下如此大错！忙命人飞鸽传书调查此事原委并给予了十分严厉的叱责。可没想到，江州分舵不只飞鸽传书，还有快马随即赶到。信使除了江州舵主的亲笔书信外，还带来了暗香依依留下暗号的印记，那印记是江州分舵舵主谨慎之下用特殊纸张印下的证据，一并送来了总舵。待郑长老再三确认消息无误后，也只得承认，确有其事发生。

他拿着所有证据来到后山，此刻教主顾天穹正在闭关修炼，若非事关重大，郑长老亦不敢轻易打扰，只是此事颇有蹊跷，李维山信中提到少主可能负伤。因此他不敢有所耽搁，亲自禀明教主，让教主定夺。

天有不测风云，谷中气候更是变化莫测，原本夜色晴朗，可不知怎么就下起雨来。

雨越下越大，屋檐上滴滴答答掉落的雨滴声密而急。

屋中，慕容逸立在开启的窗口，看向屋外的暗香依依。只见她起先绕着花丛不停地着急打转，而后干脆站在那里望着顾不迷，双拳紧握，淋着雨，一动不动，由始至终都没看木屋一眼。

她明明可以进屋避雨，可她没有，只是站在花丛边，一动不动地看着顾不迷，任由雨水一滴滴将她淋湿淋透。

有什么东西在心口拧着，慕容逸扬起了嘲讽的笑，喃喃道：“原来这就是喜欢。”

不想看屋外的她，可还是不由自主看向了屋中角落的雨伞。

他推开门，撑起伞，来到她身边。

她全身上下都已淋透，雨水将一脸的泥泞冲刷而去，露出她执着不悔的神情。

他为她撑起了避雨的伞，轻声道：“他口中含着寒玉，才能续命到今日。寒玉本就集天地之精气而生，如今在他体内，这雨水对他只有好处没有坏处。”

她看向他，轻声问道：“真的吗？”

他点了点头，让她相信自己，又道：“他不会有事，但如果你再这么淋雨，就很可能会一病不起。”

她知道他说得对，顾不迷还没好，她怎么能倒下。

他去牵她的手，却扑了个空。

她已转身走向木屋。一眼看到远处被遗忘在路边的紫漆木琴，一时记起，每次下雨之前，顾不迷都会迅速寻到避雨的地方，即便一时找不到，也会用自己的身体为紫漆木琴挡去风雨。她急忙奔了过去，仔细将琴抱入怀里，方才冒着大雨奔进屋去。

将琴放在桌案上，暗香依依学着他往昔的样子，手指轻轻抚摸起了琴弦。

慕容逸走进来时，正看到她在打哆嗦。她衣服被雨淋透，当下又没了内功护体，不换衣服，定会生病。慕容逸走到珠帘后，自里面拿出一件自己的衣物让她换上。

屏风后，传来她细碎的换衣声。烛光摇曳，他毫不避讳地凝眸望着屏风，虽然看不见什么，目光却已迷离。

忽听房梁上传来轻微的哼声，他自手中弹出一物，轻声打在房梁上挂着的未默身上，随即无声。

她先自屏风后探出一个头来，与他目光相遇，顿时又缩了回去。

他轻声问：“怎么了？”

她挠了挠头发，屏风上映出她羞涩的影子，好半天方才迟疑地回答：“衣服有些大。”

他弯起了嘴角，轻声道：“自然是要大些。”

她有些扭捏地自屏风后走出来。她个子本不矮，可此刻穿着他的衣服仍十分宽大，拖着衣摆倒是小事，胸口松垮垮的，如果不用手揪住肩膀，便会露出大半。如果在现代这穿着倒也正常，可在这儿，无疑香艳了些。

她揪着领子，提着衣摆，快步走到座椅上端正坐好，问道：“你这儿有没有针线？借我用一下。”

慕容逸目光已自她身上移开，不知在想着什么竟有些出神，直到她又问了一遍，他方才淡淡回道：“没有。”

“哦。”她应了声。

二人一时无话。

见屋中果盘中放着蜜饯，暗香依依早已肚饿，瞄了好几眼，也不见慕容逸礼让她吃，踌躇了好一会儿刚要伸手去拿，就听慕容逸道：“方才为何不进来躲雨？”

她立马缩回了伸出去的手，正襟危坐道：“方才见你在屋里发呆，一时不敢打扰你。”

慕容逸似笑非笑地望着她，似在等她继续说下去，她便又道：“再有，你这里不是毒花就是机关，睡个觉都能睡到功力尽失，我怕万一不小心又碰到什么、闻到什么，死得很难看。”

见她一副在情在理的模样，他忽然笑了起来，道：“你怕死吗？”

她想了想，摇了摇头道：“要看死得值不值，要是被你的机关害死，我觉得太冤枉。”

他大笑起来。

她偷眼看他。这次谷中相见，他一会儿笑一会儿又冷漠，也不知是因为易了容的缘故还是其他，总觉得他变得更加难以捉摸了。方才不进来躲雨并非这个缘由，只是她不想说。

他柔声道：“吃吧。”

她眼角顿时抽搐了一下，他果然看到她要吃蜜饯的样子了。

哦了一声，她便伸手拿起蜜饯吃了起来。

慕容逸看着她一颗一颗将一盘子的蜜饯吃了个干净，想来是极饿了，想到她方才的回答，再看她并无避讳地穿着自己的衣服，微微扬起了嘴角。

她吃完了蜜饯，眼见屋外天色渐白，便问：“未默什么时候会醒？”

他没有回答，只道：“你没洗澡就穿了我的衣服。”看着屏风上她挂晾着的衣物，继续道，“等你衣服干了，记得把我的衣服洗干净再还给我。”

“哦。”她嘴上答应心里却暗骂他小气。

他似知道她在想什么，眨了眨眼诱惑地道：“想不想洗一个美容养颜舒筋活血还可以让你通体舒畅的澡啊？”

啥？！她一听顿时眼冒亮光，可转念一想他就在旁边看着，连忙收起露出的牙齿，扯开的嘴角，摇头道：“不想。”

他笑道："你怕我偷看？"

她很想点头，却反而目光炯炯地看着他，坚定地摆手，挥去他眼前的旖念，道："怎么可能，慕容兄才不是那样的人。"

他喷笑出来，摇头叹息道："你假话说得越来越顺了。"

她想了想也觉得好笑，竟也笑了起来。

天，快亮了。

他柔声道："顾不迷最早也要七日后醒来，我给你备水，你洗个澡，再爬上我的床，好好睡一觉，如何？"七日，虽漫长却有了盼头，暗香依依既欣喜又感动，开心之余一听他劝说自己爬上他的床，便要大声拒绝却被他按住，阻止道，"你不洗澡，我不让你上我的床。"她脸大红，即将开口却又被他抢白，"放心，你的慕容兄不是那样的人。"

她斜睨他，摆明了：我信你才怪！

他好笑地看着她，回眸看向窗口，笑道："天亮了。"

众位堂主分散在江州附近各镇，想要齐聚一堂也不是件容易的事，当各位堂主收到消息，快马加鞭到了分舵时已是翌日天明。

众人聚齐，立刻进密室召开紧急会议。

听闻"相亲"二字，众位堂主瞠目结舌只觉不信，先不说少主为人清冷从不好女色，再想那左护法又是什么样的人物，岂会来此相亲？而且二人突然在江州客栈消失，虽无头绪，但事有蹊跷！

众人决定，迅速派出各地暗探，打探少主与左护法踪迹为先。至于相亲之事……也不能不有所备。毕竟，少主和左护法岂会随意捉弄下属拿自己终身大事开玩笑，其中或许另有深意。再说少主与左护法也的确到了婚配年龄，不管他们要怎么相亲，先备上几个美女几个青年才俊为先，用不着自然好，若用得着他们也算有所准备，不至于到时候手忙脚乱遭到责罚。

可说得容易，这一时到哪里去找美女和青年才俊，可为了以备万全，硬着头皮也得上啊，江州分舵忙得人仰马翻。各堂主回去发动各坛主、各执事寻找美女，推荐手下出色的青年才俊。一时江州城九幽教上下鸡飞狗跳热闹非凡，虽然不知道为什么要找美女和推举青年才俊，但九幽教分舵人多嘴杂，消息不胫而走。

武林自有传递消息的途径，也不过一夜之间，武林几大帮派暗中都收到了这个劲爆而又荒唐的消息。

武林惯有风风雨雨，几大帮派也都互有消息传递的渠道，常常表面祥和，实则暗潮汹涌。此番九幽教少主与左护法欲在江州相亲之事，早已是纸包不住火盛传开来。整个江湖都炸开了锅。

这几日，襄阳王刚巧来到江州，美其名曰："微服体察民情"。

这不，他刚带着数名仆从自江州最大的酒楼里出来，迎面就与一人相撞。襄阳王哎哟一声一个踉跄，被那人撞得倒在了后面奴才的怀里。幸好那奴才不是普通奴才，情急之下将襄阳王撑住，二人才没狼狈倒在路边来个四仰八叉王八翻盖。襄阳王原本瞪起来的眼睛却待看清撞到自己的人是谁而顿时变成了心形眼。

撞到他的不是别人，正是急匆匆赶路的莫七彩。

襄阳王挥开跳到他面前意图为他讨回公道的奴才，风流倜傥地道："大美人怎会在此？"

莫七彩一见到他，眉头立刻紧蹙，冷声道："让开。"

奴才当即斥责道："大胆！见了……哎哟！"奴才话未说完脑袋上便挨了襄阳王一拳头，再不敢说话，垂首立在一边。

襄阳王笑道："本王这就让，这就让。"回头对身后的四个奴才道，"都给本王让开，不得挡了美人的路。"

莫七彩心中急切，也不与他纠缠当即离开。

襄阳王手下一个机灵点儿的奴才，看到襄阳王痴望的眼神，忙凑到近前道："奴才这就跟去。"襄阳王一个眼神，那奴才便悄无声息地跟了上去。

莫七彩到了江州客栈，自然扑了个空。她茫然地走出客栈，靠在墙边，忽觉筋疲力尽。她一会儿想是暗香依依骗了她，一会儿又担心他们出了事，想去找他们，可举步却不知去往何处。

她的出现，以及她方才在客栈问及暗香依依等人踪迹，均落在有心人眼中。而她却因心中有事无心他顾而毫无所觉。就在她不知如何是好时，襄阳王仿佛巧遇般，出现在了她的眼前，几番大力咳嗽也未能引起她对自己的注意。见她失魂落魄的模样，襄阳王心思一转，软语道："姑娘有何难事，本王或可帮上一二。"

莫七彩闻言，终于看向了他。

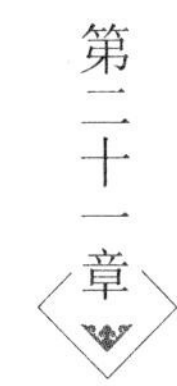

第二十一章

有情无情

天大亮后。

百花谷中，暗香依依死也不肯用慕容逸为她特意调制的洗澡水，慕容逸数落她不爱干净，她只能闷不吭声地默认下来。又因他借给自己的衣服领口过于宽大，虽已尽量系紧了腰带，可稍不经意锁骨就如他一般轻狂外露，原本也没什么，可一看到他注视过来的目光，她就觉得浑身不自在。

他目光如水，既柔且轻，那“水”放肆地沿着她的脖颈流转到了锁骨并且一发而不可收。她一哆嗦，好似那“水”已然流到了胸口，忙抓紧衣领，在屋里找到一根细绳将胸口绑了。

慕容逸看着她胸口绑着的小揪揪，笑得极为轻佻放肆。

暗香依依也管不了那么多，又将拖着地的衣摆在腰间系好，方才拿出昨夜被淋湿的衣物，趁着日盛，将衣物洗好、晾好。来时路上一直是未默拿着包袱，眼见未默怀里没有，不知丢到了何处，她四下里找了好半天才在来时的路上寻到了包袱。包袱里的衣服也因昨夜大雨被淋透，她只好拿出来重新洗晒过。如此弄好一切，太阳已经高高升起。

慕容逸时而斜倚在屋旁看她晾衣，时而坐在花丛中，一边吃着花瓣一边看她洗衣。见她不只洗了自己的衣物，还洗了包袱里顾不迷的衣物，他便走进屋去，将自己的衣物一并拿了出来，丢给了她。暗香依依看着一旁堆积如小山的衣服，重重地叹了口气，而后任劳任怨地都洗了。

慕容逸十分欣赏她的工作态度，一边看着她忙，一边于百花中安然入睡。

暗香依依忙完了一切，正轻手轻脚地往顾不迷所在的方向走，便听慕容逸伸着懒腰大声哀怨，“好饿啊，好饿啊。”

不用说，这是要她做饭给他吃了，其实她也饿了，以前他俩凑在一起时，谁做饭就是个问题，现在有求于他，不用说，做饭的一定是自己。她脚步一转，向木屋走去，大声回应道：“我去做饭。”

做饭本难不倒暗香依依，不过生火却是件头疼的事，幸好这些时日与顾不迷奔波在外时有捡柴生火，这方面多有进步，如今倒也能独立完成做饭一事。

屋后是个开放式的小厨房，干净的程度一看便知主人极少使用，幸好还有些木炭剩余。

四下一看，什么吃的都没有，只有些干果蜜饯，看包装的纸袋就知全是从外面买来的。

暗香依依问他平日都吃些什么。

他倚在门边，慵懒地道："到外面吃啊。"

暗香依依叹了口气，望着远山近水，有了主意。

厨房没有任何可做的食材，她干脆到了木屋外，此刻果如慕容逸所言，花香闻多了，就有了抗药性，功力也已恢复了几分，几个纵跃到了山间。

一路寻找，除了野菜还寻到了竹荪。慕容逸一直跟在她身边，见她拔了许多野菜双手已拿不住，便帮她拿在手中，见她自土里挖出白色网状的竹荪，颇为意外地道："你竟识得此物可食？！"

她点了点头，道："一会儿可以抓些鱼与竹荪炖了。"

望着她远去的身影，慕容逸若有所思。

她来到泉水边，望着一汪泉水，忽然想起顾不迷用琴音将鱼击上岸的情景，原本要下水抓鱼的兴致顿时没了。

慕容逸将野菜放进厨房，回头见她立在水边发呆，便走过来与她并肩立在泉水边。望着眼前波光粼粼的泉水，于其中还能看到天空白云，水中并肩立影，他心中不觉起了一丝柔情。

他悄然伸出手去，抓住了她的。她似被什么蜇了一下，瞬间缩回了手，抬头看着他干笑道："吓了我一跳。"

见她双手交握目光闪烁，他笑着收回了目光，柔声问道："方才在想什么？"

她望向泉水，道："在想怎么抓鱼而不弄湿衣服。"

他目光流转，突然将她抱住，纵身一跃一同跳进了水里。

暗香依依本会游泳，只是当下身上衣服宽大碍事，遇了水更加沉重不堪，不小心呛了几口水，正挣扎沉浮，便被慕容逸抱了个满怀。

在水中狼狈咳呛了几声，待回过神来，她方才察觉自己与他紧紧相贴。想到昨夜，她微微移开了目光，他却偏偏低头靠近，她目光看向一边，不动亦不反抗。

他忽然笑了，轻声在她耳畔道："如果不喜欢他，就喜欢我吧。"

她微微一怔，抬眸惊讶地看向了他。

他眼含柔情，笑若春光。

如果她还是初见他时的那个暗香依依，那么她会忍不住为他这句话怦然心动，可如今，他的柔情，她看过太多，早已分不清哪一刻是真哪一刻是假。

她轻轻笑了起来，似是而非地道："抱歉，我下水是来抓鱼的，不是来抓男人的。"

他神色一变再变，竟笑了起来，忽然举起一只手，道："你看这是什么？"

他手中抓着一条鲤鱼，鲤鱼抓在他手中，指力已贯穿整个鱼身，而那鱼却还没有死透，仍拼命地在他手中挣扎。他明明在笑，可眼中已无笑意。

她却神色不变，不动声色地回道："当我不认识？这是条鲤鱼。"

他神色变了变，恢复了唇边笑意，忽然使力将她抱紧。衣衫本就薄又遇水贴身，他身上的热度透衣传来，暗香依依却也只有一瞬的惊怔，便被他抱着破水而出随即丢掷岸边。

看着身下压死的花花草草，她没有气怒，只是无厘头地想到了一句话：没事别乱丢东西，砸到花花草草的就不好了。

上了岸，早先晾晒的衣物已经干了，暗香依依换回自己的衣服，这才开始准备饭菜。

一切弄好，二人吃饱，午时已过。

慕容逸吃了饭入屋作画。

她却来到花丛外，望着顾不迷发起了呆。

他依旧是昨日那个姿势，连手指亦未曾动过。这一日虽忙碌，却终究挨过了大半日，还有六天，还有不到六天……

暗香依依正望着他发呆，就听屋中慕容逸道："依依，刚换下的衣服还没洗呢。"

她只得匆忙收起心思，去水边将慕容逸与自己换下的衣物一并洗了。

洗完了衣服，她又被慕容逸抓住当摆设作画。他才画了一小会儿，她就已支撑不住睡着了，也不知怎么，这一睡竟睡到了天黑。

醒来时，天已彻底暗了下来。

一日终于过去。

暗香依依又被慕容逸指使着去做饭，待他心满意足地放下碗筷，她扬起讨好的笑脸问慕容逸："未默怎么还在睡？"

慕容逸答："燧子一般都嗜睡。"

暗香依依哦了一声，心中却道：肯定是他醒了你又点了他的睡穴。想到来江州的路上，未默也是一见王剑飞醒来就点他睡穴，莫非这就是因果报应？

看着网兜里挂了一天的未默，她又扬起大大的笑脸，说："他在里面肯定不舒服，要不我把他放下来，让他好好平躺着睡吧。"

慕容逸一边伏案继续作画，一边不置可否地嗯了一声算是答应，伸指一弹网兜松开，未默随即自里面掉了下来。暗香依依眼疾手快将他稳稳接住，心知慕容逸绝不会让未默留在屋中，可屋外随时可能变天下雨，又担心他受凉生病，正抱着他不知何去何从，就听慕容逸道："放在屋檐下吧。"

想了想，她只好如此做。

暗香依依将未默放至屋檐下，又担心未默受凉，入屋拿出自己白日里洗干净晒好的衣衫，盖在他身上。期间，她暗中试了几下解穴，却都无用，忽听慕容逸道："你再点下去，他就永远也醒不过来了。"闻言立刻不敢再试，她遮掩着道，"我喂他吃些东西。"忙去厨房拿了自己特意为他留的鱼汤，端来一点点喂他吃下。

她一勺勺地喂他，细致用心的模样让慕容逸微微出了神，忽然道："你很会照顾人嘛。"

暗香依依随口答道："是啊，我外婆生病时，都是我照顾的。"

外婆？

慕容逸没有追问她何来外婆？只是审视着她，见她毫无所觉自己话中的漏洞，并未提醒，也未追问。他只是依旧浅笑着，看着她细致地照顾未默，忽然想起小时候娘亲照顾自己的情景。

小时候他身体一直不好，时常生病卧床不能动弹，娘亲也是如此照顾着他，让他靠在她的臂弯处，一点点喂他喝汤，温柔地为他细细擦去嘴角的汤汁……

他放下手中笔，走到门边，倚着门入神地看着暗香依依。

暗香依依知他看着自己，见他久久不语，不禁疑惑地抬起了头，便听他道："我自幼体弱多病，少与同龄孩童亲近，更无法习武继承家业，自生下来就已被认定是个废人。可即便如此，娘亲与爹爹依旧没有放弃我。"

暗香依依一时不知该如何接下去。

"别的孩童牙牙学语时，我已在喝药，别的孩童扎马步时，我连床都下不了。"他淡淡地笑着，继续道，"娘亲寸步不离地照顾我，爹爹也费尽心思为我遍访名医，只为延续我的生命。"

他不再说下去，她也没有问，只是手边盛着汤的勺子，久久僵滞，不小心溅洒在了未默的衣领也无所觉。

见她低着头，明明在看着未默，却未曾察觉勺子里的汤已洒，他轻轻一笑，忽而问道："你信了？"

嗯？她抬头，见他好笑地看着自己，有一瞬狼狈，可更多的是对自己的鄙视。又被他戏弄了，又上了他的当了！暗香依依不禁又懊恼又气苦，再不理他，只专心喂未默喝起了汤。

他似乎心情极好，哈哈大笑着走进了屋去，继续画起了他的画。只在不经意间，望一眼门外的侧影。

夜风撩起她的长发，即便垂眸不语，却也无尽风情。

第一次见到她，是在自己十一岁那年。

那年，他想尽各种办法，又哭又闹才得以随爹爹参加襄阳武林大会。

那日也是刚下过雨，林中泥泞，他与九岁的暗香依依狭路相逢，一听他是叶落宫少主，她二话不说挥拳向他打来。那时他身体渐好，武功也刚入门，自不及自幼苦练的暗香依依。一场初遇，他被暗香依依打得鼻青脸肿，一双绣鞋践踏在他胸口，不屑地说："什么叶落宫的少主，狗屁不是！"他隐忍不发，埋在泥泞中的脸愤恨地看着她趾高气扬地远去。

其后多年苦练武功，武功见长，可这许多年来，家中连起变故，娘亲的逝去，爹爹的低迷与避世，只剩他一人在宫中。宫中人争权夺利尔虞我诈，更欺他年幼，时常欺上瞒下蒙蔽视听，奸诈者更是连番诱哄，欲使他只知贪图享乐不学无术。众生百态，人情冷暖，使他变了心性，惯于隐藏自己，喜怒不形于色。可他从未忘记，那个自幼便践踏过他尊严的暗香依依。

他厌恶她，从骨子里厌恶她。

可她不是她，他早就有所察觉，一个人即便失忆也不可能心性转变如此之大。何况面前女子根本没有失忆。暗香依依自幼被九幽教教主顾天穹捡回来，孤苦无依，连姓也无，又哪里来的外婆？

她究竟是谁？

这一日，百花谷中过得平静，可百花谷外，却是热闹非凡。

顾不迷与暗香依依要在江州相亲一事，已经悄然传遍了整个武林。

如此香艳旖旎的消息，让各路英豪宁愿暂时放下各自的恩恩怨怨齐聚江州去瞧个热闹。如此也不过是三五日的事。江州来来往往奇装异服的人便比往日多了一倍。江州历年来都是武林盛会之地，当地居民对来来往往身着奇装异服的江湖人士早已见怪不怪。只是这还没到往年的日子，江州就来了这么多"游客"，一时间客栈爆满，酒馆座无虚席，称兄道弟者处处皆是，言语不合互殴者也随处可见。

人多是非就多，一时间江州府衙门口也比往日热闹了三四倍，打架的、讨公道的、索赔的，这案件一个接着一个。江州府衙如此热闹，江州知府更是忙得焦头烂额，已调动了一切可以调动的力量，几乎倾巢而出，不为别的，只为帮襄阳王寻找三个人，一个矮子叫未默，一个女子叫暗香依依，一个紫衣负琴的男子叫顾不迷。

这一天，九幽教江州分舵的人也没闲着，分舵高层齐聚一堂，分析事态发展及其严重性，一方面派人去寻找少主和左护法下落，一方面准备好相亲事宜，包括寻找几个靓男倩女以备不时之需。而总舵，教主顾天穹也带领闫长老等一批人快马加鞭地赶来了江州。

自昨日暗香依依与顾不迷出现在客栈，恰遇百花谷的一个弟子在客栈中吃饭。飞马帮的两个草包没能认出暗香依依与顾不迷，可这百花谷的小弟子却将二人认了出来，他急忙离去传信给了门主花香玉，花香玉收到消息后又将这个消息传给了红枫山庄。

此时，武林盟主、红枫山庄庄主莫见笙已收到了门下弟子传来的两个消息，先是王剑飞莫名其妙地出现在江州分庄，却不见莫七彩的踪迹；再来又有传言说顾不迷与暗香依依到了江州并打算在江州相亲，只是不知消息是真是假。

相亲？莫见笙原本只觉得这个消息透着古怪，待收到花香玉的消息，方知顾不迷与暗香依依的确到了江州。

外面一片热闹，而谷中却依旧寂静祥和，外加一点点孤男寡女共处一室的尴尬和暧昧。

夜色渐浓，被慕容逸牵着，暗香依依磨磨蹭蹭地进了木屋，关门的刹那还瞥了一眼顾不迷的方向。

紧紧牵着她的手到了床边，见她抗拒地尽量远离床榻，他知道她在想什么，笑道："你看，床这么大，中间还有矮桌隔着，睡两个人刚好。"

听出他言下之意，她才放松下来，二人隔着矮桌和衣而卧。

他吹熄了灯火，谁也没有说话，淡淡的花香中，她闭上了眼睛，运气吐纳，察觉内力已能凝聚五六分了，心中安稳了几分。

他悄然起身，来到她身边，俯卧在她身侧，静静地望着她。他的手指有一下没一下地触碰着她的面颊，轻轻地触碰让他微微失神，忽见她睫毛微动，眼中闪过笑意，故意凑近了些许，鼻息喷在她耳侧。良久一动不动，察觉她全身紧绷，却仍坚持着没睁开眼睛，他笑意渐深，不再故意捉弄，起身离开了木屋。

走到泉水边，他望着水中之月，静谧幽凉。

想到今日，他在水中将她紧紧地抱在怀里，那一刻的情动如此真切，险些不受控制，一如昨夜那一吻。

她明显排斥着自己，始终对自己防备提防，甚至还不如对顾不迷的关切情真。

而他自己呢？又何尝不是？

似假还真，有情无情。

想到她的一嗔一笑，一颦一怒，慕容逸唇边浮起一丝笑意。

她的确有趣，与所见女子都不同。从不会让他厌、让他烦，反而每每想起都会微笑，好似，无论她做什么、说什么在自己看来都妙趣横生，这是男女情爱中的喜欢，他真切地明白，他喜欢上了她。

也正因为喜欢她，才愿意与她朝夕相对，甚至还想……朝夕相伴，只是这喜欢究竟会有多久会有多深？

男女间的那些情情爱爱，在他看来——就如眼前这水中月。

从无天长地久。

人的心思变幻莫测，往往喜欢的事，转眼间也可能变成不喜欢，大抵是一时情动，久了，也兴许会悔不当初。

他正兀自沉思，忽听木屋中有响动，回到木屋前，竟看到暗香依依目无焦距地立在窗口。

他唤了声："依依？"却忽听她一字一句道，"为什么？你连解释的机会都不给我？"

慕容逸一怔，又听她道："为什么，你会那么绝情？"

他绝情？

"就算是我错了，可你连问都没问就走了，难道，你对我的情都是假的？"

"我……"慕容逸只觉暗香依依的质问十分不可思议。

又听她道："还是，你已彻底将我忘了……"

慕容逸终于察觉出不对劲。

"不记得我们之间的海誓山盟，不记得我们的一纸契约。"她转身走向桌案，展开宣纸，一边流泪，一边提笔写了起来。慕容逸没有动，只是在暗处静静看着，听她边哭边道："你另娶他人，我恨你，可越是恨你，就越是怨恨自己。刺入胸口的利箭，也不如听到你要另娶他人时痛！我悔！我恨！我怨！可我再也回不去了，从此与你天人永隔，可我忘不了，忘不了。"不知她都写了什么，只是一写完就伏案痛哭起来。

他从未见过她这么伤心。

她究竟在说什么？谁要另娶他人？她恨的又是谁？

慕容逸推门而入时，她已昏睡过去。

慕容逸将她抱起，放在床榻上探她脉息。脉息平稳有力，除了因多日疲惫担忧所引起的血脉不畅，其他并无大碍，他正要放开，忽然一惊。

她为何突然内力全无？！再探，果然一丝内力也无。

他迅速翻看她眼睑，检查她周身血脉，忽然停在她下腹丹田之处，只觉一股雄厚内力在她下腹丹田汇聚。他试着用内力为她推拿舒缓，岂料竟然被她体内强大的内力震开，跌撞在对面墙上。

他忙运气，压住胸口起伏，待舒缓了被她震乱的气息，却见她毫无所觉地翻了个身竟已甜甜睡去。

这究竟是怎么回事？她内力竟然这般强大？！他从未见过这等奇怪病症，像是走火入魔，却又不同。再者，她竟能将全身内力蓄入下腹丹田不随血脉运行……这根本是常人无法……

他忽然想到了暗香依依所练的特殊内功心法：落月迷香！

两个月前，自襄阳王别院他暗中将她带走，一路急赶，有意引了顾不迷与莫七落分兵两路来追，被顾不迷追上时，他故意丢下暗香依依先行离去。

此事他亦是身不由己，此刻想来，或许自己当初就对暗香依依生了怜惜之情，这才费尽心思将她送回九幽教，又入祁阳山暗中保护。

幸好当日将她交给了顾不迷，否则那日惨遭毒手的可能就是自己。那日他离开顾不迷与她之后，正在林中游荡，正遇汤斩与莫七落在林中对峙。

汤斩不是莫七落的对手，但至少可以阻挡他一阵子。

而莫七落身边站着陈峰和莫七彩，他当时并未对陈峰多做留意，只知道此人与莫七落和暗香依依同时出现于江湖，是个哑巴，武功不弱，只是一看到莫七彩，心中一动。顾不迷在此，莫七彩也在此，岂不有趣之极。

他正动着心思，却忽见陈峰手指微动，一指点在莫七彩身上，莫七彩顿时昏倒在地失去了意识，而远处正打得难分难解的莫七落与汤斩尚未察觉已生变。就在这时，他惊见陈峰以极为轻盈的身法，靠近了莫七落，瞬间将他点倒。汤斩尚未来得及反应，就被他一掌打在心口，口吐鲜血倒在地上。

二人顷刻间失去意识，陈峰俯身，出手毫不犹豫。慕容逸只听咔嚓几声，便见陈峰竟将汤斩的手筋脚筋全部拧断了。

好快的身手，好残忍的手段，慕容逸心中暗惊。而后又见陈峰自怀里拿出一个瓷瓶，倒出一粒药丸喂入莫七落口中，方才扛着莫七落离去。

慕容逸走到莫七彩近前，探了探她的脉息，见她只是被点了睡穴并无大碍，又走到汤斩身边，检查了一番，心中一凛。汤斩日后若不求他接骨续筋，恐将永远是个废人了，可即便有他接骨续筋，想要恢复到从前，又谈何容易。

他看向莫七彩，原本想让她去见顾不迷，却在这一刻改变了主意。

他藏于暗处，一指弹去，解开了莫七彩的穴道。

莫七彩悠悠醒来，四下张望，却只见汤斩一人躺在地上。她走过去细瞧汤斩，发现他手腕已极不自然的方式拧转，再看他腿骨脚踝，显然都被人拧断。她吓得不轻，慌张跑远，可没过一会儿又折返了回来，望着汤斩发起了呆。

眼见她没有丢下汤斩，慕容逸这才离去。

他不用跟也知道顾不迷会带暗香依依去往何处，索性直接到了祁阳山脚守株待兔。没想到竟在那里碰到了未默。

未默的本事他见识过，心知他此来目的，想到与自己的不谋而合便想偷个懒。

引得未默上了祁阳山，与他约好，若带不回暗香依依也得帮他自祁阳山二重殿内偷个人出来。

有顾不迷在，未默自然带不回暗香依依，幸好未默这人十分讲信用，真的偷了个人下山。

那人是厨房的一个小厨子，专司为暗香依依送饭，这正和他心意。他易了容装，扮成小厨子的模样，轻易上了山去。

还是第一次进入九幽教内部，他除了注意暗香依依，闲来无事便四处暗巡。也就是在那段时间，他看到暗香依依每日与顾不迷过招，一方面惊讶于暗香依依武功的恢复速度，另一方面也惊讶顾不迷对暗香依依态度的转变。

他毕竟也是习武之人，只因双重身份所限而少露锋芒。眼见二人武功日益精进，他心痒难耐之时，也趁机将二人武功路数摸了个清楚。

他知道那人绝不会善罢甘休，一方面是不想那人轻易得逞，另一方面是想趁机探查清楚为什么那人一定要得到暗香依依，便暗中守在了祁阳山。

如此过了数日。

一日，忽然在祁阳山发现了陈峰的踪迹。

陈峰不会易容术，不能易容成其他人的模样，但仍改变了装束，不知用了何种手段混入了祁阳山中。慕容逸本就擅长易容之术，小小改装又岂能瞒过他的眼睛，自然一眼将他认出。

陈峰混进祁阳山不过是个杂役，只能在五层殿外活动，上不了二层，但陈峰武功高强，夜深人静时，夜探祁阳山。也就是在那时，慕容逸发现了陈峰。

慕容逸尾随在他后面，见他在暗香依依所居二层殿外徘徊，心想顾不迷住在里面，陈峰若贸然进去，暗香依依那傻姑娘发现不了，却难逃顾不迷的耳目。正等着他进去被抓现行，却忽听里面暗香依依怒道："到底要怎样你才不和我打了？"

顾不迷道："直到你能接我五十招不败。"

"哼！你等着瞧！"暗香依依放下大话，摔门进屋。

顾不迷却坐着殿外，轻抚魔琴，幽幽琴音，俨然告知陈峰他在里面。

陈峰潜伏在远处不动，直等到顾不迷也进了屋，方才明白顾不迷原来住在里面，只得悄然离去。

看着陈峰远去，陈峰来历他并不清楚，只是与那人定然脱不了干系，慕容逸想到陈峰废了汤斩的狠毒手段，心中冷意渐生。

汤斩与他自幼相识，虽无情分，却也无仇怨。陈峰强行断了汤斩手筋脚筋，即便汤斩不死，也是废人了。此人心中歹毒，此番又明显为了暗香依依而来，不知这暗香依依身上究竟有什么东西是那人非得到不可的?

又过了数日，他提着食盒去为暗香依依送饭。连日来与守门大哥混得熟络，进去的时候顺带告诉他们今日厨房备了好肉好菜，让他们趁热去吃，守卫与他说了几句话，便轮着去厨房吃饭。

他提着食盒进了院子，远远看到祁阳山舵主周观自内出来，忙立在一边站好，周观显然被什么事困扰着，一时竟未注意到他的存在。

他向里面瞧了一眼，起了心思。

悄然使轻功进了内院，慕容逸无声无息地靠近了暗香依依的寝房，只因怕顾不迷发觉，并未靠得太近，可也足够听清屋中对话。他一字一句毫不遗漏地听到了暗香依依与顾不迷的一番言语，由此得知了落月迷香的秘密。

落月迷香，与男子同房，男子最少可获一甲子功力，自此天下无人能敌。

那一刻他终于明白，那个人为什么一定要活捉暗香依依。

百花谷中，夜色凝重，微风吹入木屋，带来一阵花香。

慕容逸收回思绪，看向床榻上的暗香依依。忽然又想起她方才的古怪举动和她丹田内强大的内力。

落月迷香……

他看着睡梦中的她，微微失了会儿神，忽然想起一事，起身来到桌案前，拿起她写下的字。只见上面密密麻麻地写着：从现在开始，蓝枫立誓只疼花舞一人，宠她爱她，不会骗她。答应她的每一件事都会做到，对她讲的每一句话都是真话。不许欺负她骂她，要相信她，有人欺负她，会第一时间出来帮她。花舞开心的时候蓝枫陪着她开心，花舞不开心蓝枫哄她开心。永远觉得花舞最漂亮，做梦都会梦见她，在蓝枫的心里只有她。以此为据，一生一世，绝不反悔。

花舞是谁？蓝枫又是谁？

他转头看向榻上的暗香依依，她……又是谁？

百花谷，第二日。

一大早，暗香依依就醒了过来。见慕容逸还卧在矮桌的另一边熟睡，她轻手轻脚地出了屋，直奔顾不迷昏睡的花丛。

仔细看了半天，暗香依依发现他依旧未曾动过，心中难抑失落。

她小声地喊了一遍："顾不迷？"知道他不会有反应，可还是忍不住又喊了一遍，"少主？"

她望着越过山尖的朝阳，喃喃自语道："二十二个时辰，还有六十二个时辰。"

这时就听屋里有个懒洋洋的声音道："饿了！饿了！"她一皱双眉，忙跑向了木屋。

与慕容逸吃了些东西，她收拾好碗碟，刚想跑出去，就听慕容逸道："不想再吃鱼了，想吃鸡。"

"我去山里抓。"

"山里没有。"

"那怎么办？"

"出去买啊。"

"我不想出谷。"

慕容逸抬眸看她。

她低头不语，不出去是因为心里一来放不下顾不迷，二来谷外九幽教的人和莫七彩肯定都在四处找她。原本没办法才冒死联系的九幽教，教中弟子要是知道是她害得少主这样，说不定二话不说先将她咔嚓了。原本是不怕的，可现在顾不迷有救了，她不想出去送死。再有莫七彩被她故意放了鸽子，还指不定怎么恨她呢，出去又是麻烦事一件。眼不见为净，一切等顾不迷醒来再说。她早就打定主意当缩头乌龟，躲得一时是一时，又怎么愿意出去？

慕容逸也没强求，想了想，哀叹道："唉，看来只有我自己去一趟了。"

慕容逸正欲起身，就听暗香依依道："既然你要出去，就顺便买点儿其他食材回来吧。"

"你要什么？"慕容逸挑眉问道。

"盐、醋、糖、姜、蒜、葱……"她掰着手指一件一件地数着。

慕容逸听得头大，忙道："你拿笔写下来，我一一买来就是。"

"嗯。"暗香依依急忙跑去写。

慕容逸又歪在了床上，望着她的侧影，笑意浅浅。

午后的阳光细碎地落在她的发梢、眉间，越发映得她那双勾魂的凤眼带了几分欲语还休的媚态，可惜一张咬着笔的嘴破坏了所有美感。

暗香依依这幅皮囊本就长得好，腿长腰细，前凸后翘，天生尤物。尤其是那双眼睛，但凡男人瞧了无不被其所迷，只是原本的暗香依依与如今的暗香依依同样暴殄天物，可惜啊可惜。

"别叹气了，我写好了。"暗香依依将纸张递与慕容逸，见他眼露惆怅，以为让他等得不耐烦了，有些不好意思地说，"要的东西是有点儿多，不一定全要，你看着办吧。"

慕容逸展开纸张，看着上面杂七杂八写着二十多项要买的东西，眼珠一转，问道："你很擅长烹饪？"

暗香依依道："还好，只是会做几个家常菜。"

"那么你打算做什么鸡给我吃？首先声明，我不吃烤的。"烤的他已经吃烦了。

暗香依依想了想道："如果你能把上面的食材买回来，我可以做很多种的，黄焖鸡、辣子鸡、干锅鸡、清汤鸡，药膳鸡……"

暗香依依还没说完，就见慕容逸瞬间自床上一跃而起，随后飘然远去，只留下一句，"无论谁来，都别出屋。"身影便消失在了山的那边。

暗香依依望着他瞬间远去的身影暗道：自己很啰唆吗？可是自己的确会做啊。她很早以前就独立了，跟着外婆、外公学做饭，后来去南方读大学，也曾在学校食堂勤工助学，直到后来自己一个人生活，做饭渐渐成了兴趣爱好。

想了想又觉不对，慕容逸离去时眉角眼梢都是光芒，她忽然想明白了，他是迫不及待地想吃了。俗话说，抓住一个男人的心，就要抓住那个男人的胃，早先因不会用柴火，让他们都误以为自己不会做饭，原也不打算在此方面卖弄，毕竟谁不想过饭来张口水来伸手的日子。只是如今，还有漫长的五十九个时辰，只有讨得慕容逸欢心，她才能平安救得顾不迷回来。别说洗衣、做饭了，就算让她暖床……

这个……这个……还是要考虑一下的。

慕容逸前脚走，暗香依依后脚就跑出去看顾不迷。可刚到门口，她就看到了还在屋檐下横睡着的未默。未默再这样睡下去，肯定会对身体不好的。可她没本事为他解穴，又不敢违逆慕容逸的意思，想着应帮他推拿一下，活活血，可心里又惦念着顾不迷，暗香依依左右挣扎了一番，便向花丛跑去。

顾不迷还是老样子，一动不动地躺在那里。她目不转睛地望着他，偶尔看到他的头发被风吹起，也会微微紧张。这一望，不知不觉竟望到了慕容逸回来。

日已西斜，慕容逸背着一筐的食材悄然无声地来到她身边，陪着她一起看向顾不迷，忽然凑到她耳侧，轻声道："他就那么好看吗？"

她吓了一跳，这才发现他回来了，脱口而出："你回来得好快啊。"

慕容逸看了眼天边夕阳，望着她躲闪的目光，淡笑道："快吗？"买这些食材并不容易，再加上来去所耗时间，他这一去已有大半日。

不知为何会有些害怕他此刻看着自己的目光，她扬起大大的笑脸，道："饿了吧？我这就去做饭。"伸手接过他背着的箩筐，跑向了厨房。

跑到一半回头见他站在原地未动，暗香依依只好斜睨着顾不迷，心中暗惊，忙笑着高声问道："你晚上吃什么？"

慕容逸转过头来，看到她的笑脸，道："你先前说的，我都想吃。"

她笑道："那好，我就一样一样给你做出来。今晚，我们就吃黄焖鸡，做黄焖鸡有个好处，熬出的汤可以煮菜，呃……"她认真地想了想，笑道，"不如就煮一锅杂菜，再用一部分鸡肉焖土豆，将鸡的味道焖入土豆中，那味道香极了，剩余的黄焖鸡直接吃，你看如何？"

他终于浮现出深深的笑容，举步向她走来，望着她笑弯了的眉和眼，道："你快点儿做。"

她笑道："遵命。"拉着他的衣袖一起走向木屋，远离了顾不迷。

夜晚起了风，他伏案作画。

慕容逸也不知是不是今日吃了鸡的缘故，心情似乎格外好，下笔如有神助，不一会儿就完成了大半的画作。

她探过头望了一眼，毛笔画她看不大懂，见是一女子睡在床上的样子，看着眼熟却并未过多留意，借此机会挪步门外，喂未默喝起了鸡汤。

未默依旧睡得昏天黑地。

暗香依依又帮他推拿了一番，有些担忧地问慕容逸："他这样睡下去，会不会睡出毛病来？"

慕容逸道："别人或许会，他不会。"

"为什么？"

慕容逸笑道："他天生骨骼清奇啊。"

"……"

暗香依依将未默扶起，倚在檐下并肩而坐，举目望着远山近水，夜色苍茫。花香袭来间，萤火虫星星点点映照着谷中五色杂陈的百花，梦境般美妙。

未默坐着坐着无声地侧倒了过来，额头恰倚在她的肩头，满是灰尘的杂乱头发让她敏感地咳了咳。

咳声引来了慕容逸，他出门看到她与未默的模样，未置一词，顺着她的目光望向远处，笑问道："这里美吗？"

暗香依依道："美。"

慕容逸道："可是这里也杀机四伏。"

暗香依依看了他一眼，暗道：能杀鸡的只有你吧。今天那只鸡就是他杀的。

她虽然会做鸡却从未杀过鸡，以前都是从超市直接买杀好的，今日面对如此大的公鸡，还不停地在手里扑腾，她怎么也下不了手。百般鼓足勇气方才让刀脱手而出，可终究太紧张没能砍到鸡，倒把鸡吓得四处乱跑，她也被吓得捂着眼睛跑了。

此情此景让慕容逸看得哭笑不得，耻笑道："原来你连只鸡也不敢杀。"

她自然而然地顶了一句："那你杀啊。"

他一扬眉，出手干净利索，奔跑中的鸡脑袋眨眼间就掉了。可脑袋虽然掉了，这鸡却还到处撒欢地跑。那场景，说有多吓人就有多吓人。她眼见无头鸡喷着血向她跑来，尖叫着躲到了慕容逸身后，直到慕容逸将鸡抓住扔进沸水中，才把她从身后拎出来去给鸡煺毛。

慕容逸当下并不知她脑袋里在想这些，只继续道："别小看了谷中这些花还有那潭幽泉。"

"怎么说？"

"谷中的花，许多都是药花，长年累月生长于此，相生相克，毒性剧烈，一不小心，便会毙命于此。"慕容逸道。

"我一直奇怪。而今已然深冬，为何这些花还开得如此艳丽，莫非应了那句话？越美的东西越有毒。"暗香依依有意无意地看了一眼慕容逸。

慕容逸闻言笑道："那潭深水，是这些花在冬日依旧盛开的关键所在。"

"哦？那潭水……"

"那潭水并非山水，而是地下泉水，常年温度不变。不只这里有，山的另一端还有一处，彼此守望相通。这百花谷正好在两个水泉之间，地下水温长年不变，故百花谷一年只有两个气候，夏季与春季，更相交替才使得百花常开不败。"慕容逸道。

"原来如此。"暗香依依这才明白此处为何如此不同，指着前方不远处顾不迷躺着的那块花丛，又问，"那些药花都是你种的吗？"

慕容逸道："这些花都是谷中的花，我不过是于其中选择选了几株药草密种于屋侧，不仅可以避免有人进来扰我清净，还可以安眠、解毒。否则，这谷中的花香闻多了对身体也是有害无益。"

“顾不迷所中的蝴蝶不是说无药可解吗？”暗香依依借机问道。

慕容逸敛眸轻笑，道：“阴阳五行相生相克，没什么毒是不能解的。”

“那他的毒解了之后，死穴又要如何解？”暗香依依又问。

慕容逸道：“要解死穴，光用药物无法做到，还要借助强大内力进行疏导，助他打通任督二脉，让逆转不顺的真气流通。届时，顾不迷不仅可以醒来，更因寒玉滋体，武功修为必有大进。”

暗香依依手指微微一动，继而紧紧蜷缩成拳，按压住心底的欢喜，垂眸平静地问道：“真的吗？”

他出门走了过来，袖子一挥，本靠在暗香依依肩头的未默无声地倒在了一边。

他坐到了暗香依依的另一边，垂首柔声道：“顾不迷武功一直难破第六重，此番经历虽遇不少苦楚，可等他醒来，第六重指日可待。这份功劳，自然属于你，你不再亏欠他。”

他的声音很轻，近在耳侧，近得发痒。

风过，调皮地撩起他的长发，在她面颊上戏耍。暗香依依本想撩开那恼人的痒，可抬起的手，却无意中碰到了他的唇，正惊得缩手收回，却被他抓在了掌心。

良久，暗香依依道：“这都应该多谢你。”

慕容逸一笑，下颌轻轻搁在她肩头，于她耳边吹着气道：“我是为了你而救他，你要记得我的好。”

暗香依依已经全身紧绷，目光看向另一侧，嗯了一声算是回答。

好似不满她的躲闪，他伸出手指轻抚她另一侧脸颊，微微使力令她偏转过头来，轻声细语道：“依依，你觉得这里白日和夜晚，哪个更美？”

“都……”她说不出第二个字，近在眼前的鼻息，已让她起身想逃，即便百般隐忍按捺，出口的一个字也已微微失声，更别提一双眼全然不敢瞧他。

他自然看出她的窘迫，越发轻怜蜜意道：“这里虽美，却没有叶落宫美。尤其秋日，叶落宫的落叶纷飞，美得惊人。你可愿与我同去？”

他将手伸到了她的眼前，只盼着她将手放入掌心。

她却垂眸难做声。

慕容逸是真是假她已难以分辨，如果在以前，她会毫不犹豫推开他，让自己呼吸畅快脑袋灵活些再去应付他。可如今她不敢，哪怕惹他一分一毫的不高兴，她也不敢，顾不迷的生死、她的生死都掌握在他一念之间。早在看到他的那一刻，她就知道，他根本不在乎救不救顾不迷，他想要的是自己对他全心全意，甚至死心塌地。虽然不明白他为何会从以前对自己的可有可无变成今日这般一而再再而三地试探，但直觉告诉她，只要慕容逸心念稍转，顾不迷便危在旦夕。她不敢赌，只好将手放入他执着等待的掌心，指尖交叠，热度相偎。

“你知道吗？我多想那个时候没有将你弄丢，你一直是我一个人的慕容凤依，将你护在我的羽翼下，不曾分离。依依，从今往后，你常伴我左右，我们再不分离，好吗？”他温言浅笑道。

他终于说出了口，这无疑是一个条件，以她换顾不迷的条件，她若应下，他救顾不迷，她若不应，顾不迷生死难料。

想到顾不迷的生死，想到自己练反了落月迷香，想到他的似真还假，她毅然道：“好！”

一吻落在颊边。

她坦然受之，竟无半分脸红。

他轻声道：“我以为你与我一样，不相信感情，不信任他人，可原来……你比我要果断许多。”

没有欢喜没有悲伤，她只是听话地依偎在他身旁，任他指尖缠绕自己的长发，任他揽着自己的肩头，任他予取予求。

见她如此乖顺，他却忽然放开了她，起身立在檐下，久久方道：“其实，我也会想，这一生能遇到一个自己真心喜爱之人，那人又喜欢自己，与之同看夏花冬雪，赏春风秋日，相守相望白首不离。”

她惊讶地抬眸看向慕容逸，却见他远眺山峦静夜，白衣翩然，长身玉立，即便是易容之貌，却也因当下之姿，出尘绝世。随后，听他黯然道：“其实我也怕，如果错过，终身悔恨。”

暗香依依不由得怔住，心底的某根弦被触动，想到他对自己说过的话，忽然有种不真实的感觉。

他究竟是真是假，她为何总是分辨不清。原本是不相信，当做一场游戏与他一起玩闹地唱和下去，可若不是，若她错了，那么这游戏……就是对他的残忍。不曾开始不曾付出就不会有痛楚，她再清楚不过，亦不想重蹈覆辙，如果他是真的，那么……

正想着又听他说道：“有时候，看着你温柔地对待每一个对你好的人，不管那人是真心还是假意，我都觉得你又傻又笨，总不想承认你其实只是善良。”话音刚落，便见他微抬手，一旁的未默便划出了数丈，落入草地中。

暗香依依刚惊得站起身来，便听他恹恹地道：“他无碍。”

他回眸看向暗香依依，只见暗香依依也看着他，紧蹙着眉。

他轻声笑问："在想什么？"

暗香依依道："慕容逸，你很喜怒无常。"

慕容逸微微抬起下颌，似在等她继续说下去，暗香依依踌躇半晌，方才艰难地开口道："你……你……"

"嗯？"他示意她说下去。

"你真的喜欢我吗？"她闭上眼睛，大声问道。

他眼中闪过沉郁复杂，注视着她，无一丝喜悦。

良久，就在她偷偷半睁开眼看向他时，他忽然上前一步到了她近前。她吓得向后一缩，紧靠到了后方墙壁。

咫尺间，他的手指缠起了她的发，直到她耳际方才停下，看到她挺尸般紧闭着双眸不敢睁开，他笑着俯下身，嘴唇若有似无地掠过她的面颊，在她耳侧堪堪停住，轻声道："我喜欢你。"

就在暗香依依忘记呼吸之际，他又轻言细语地道："你信吗？"

她突然睁开了眼睛，一时瞪得大大地看着他。

他突然仰天大笑起来，转身进了屋去。

暗香依依已经不知该用何种心情面对他又一次的戏耍和玩弄。

只是暗暗对天发誓，她若再信他，就是猪！

可即便这样，她心里郁结依旧难纾，不禁暗道：玩是吧？就陪你玩！

连续两日，莫七彩与襄阳王一同坐在厅内等探子回报。

期间，襄阳王试过所有办法讨莫七彩欢心，可换来的只有冷言冷眼。襄阳王不仅没有气馁，反而讨好美人的战斗力越发高昂了起来。古人有云：得不到的永远是最好的啊！（古人说过这话吗？）

大约正午时分，一人冲到厅中报："王爷，江州已被小人等里外查了数遍也并无三人行踪，不过……"

"不过什么？"襄阳王问道，他不急着找顾不迷，虽然很想见暗香依依，不过既然莫七彩在这里，与其着急那够不着的，不如打理好眼前的。

探子道："小人探到可靠消息，武林各帮派蠢蠢欲动，私底下集结起来相继赶来了江州，说是得了个消息。"

"什么消息？江州有宝藏吗？"襄阳王急急问道。

探子脸一黑，忙道："消息是说，九幽教少主顾不迷与左护法暗香依依此来江州主要目的是要在江州……相亲！"

“什么？！”不只莫七彩，就连襄阳王听到这个消息也大大地吃了一惊。

探子忙道：“小人也不知这消息是真是假，不过今日江州的确来了许多武林中人。小人心想，这几日江州恐怕要有大事发生了。”

莫七彩当即否定了这个消息的真实性，认定这消息定是假的，顾不迷当下中了毒命在旦夕怎么可能相亲，不禁冷哼：“荒唐。”

襄阳王可不这么认为，他一听暗香依依来江州是要相亲，心里顿时生出了几个小爪子，慢慢地在里面挠啊挠，痒得他受不了，忙走下去抓住探子的衣领道：“明日务必找出他们的踪迹，否则！你不用回来了！”

探子闻言冷汗淋漓，连连称是。

莫七彩忽略这个荒唐透顶的武林传言，又问：“可有鬼医傅月的消息？”

探子道：“没有。”

他们究竟去哪儿了？怎么就忽然消失了？莫七彩怔忪地坐了回去。

襄阳王见她如此，挥了挥手让探子下去，拿起手边红枣糕，递到她面前，温言劝道：“莫姑娘，你一整天只喝了些茶水，再不吃东西，恐怕还没见到暗香依依你就饿晕了。”

“谁说我要见她！”莫七彩闻言怒斥襄阳王。

襄阳王不小心将自己的心里话说了出来，刚想补救，就听莫七彩恨恨地道：“如果见到她，我定要杀了她。”

襄阳王心里咯噔一下，看着莫七彩再不敢多言。

这两日，莫七彩心中想了很多，心浮气躁之下，越发往坏处想。她想到暗香依依是下毒的元凶，本就心怀鬼胎，可恨自己还相信她，以为她是真心要救顾不迷，如今杳无踪迹无疑是逃之夭夭了。再加上这几日探子来报说，多路人马都在找他们，九幽教也在找，明显暗香依依并未像计划那般与九幽教接头，如此更加肯定了自己的猜测。此刻悔不当初相信了暗香依依，她更忧心顾不迷的生死，脾气越发暴躁了许多。

这两日因庄里的人在四处找她，虽厌恶襄阳王，也只有暂时躲在此处隐忍襄阳王的好色嘴脸。

次日。

晌午时分，大冷的天，探子满头大汗地跑进厅来。

襄阳王问道：“可有什么消息了？”

探子道：“回王爷，还没有消息。”

“没有你回来干吗？”襄阳王重重地放下手中茶盏，不怒而威。

探子忙跪到地上，道：“小人虽然还未探出暗香依依等人的下落，但小人已有了些眉目。”

“还不快说！”

“前日暗香依依等人大约申时入住江州客栈，距他们消失前后不过两个时辰。而由始至终，客栈掌柜都在前厅，并未看到二人离开。据小人推测，他们极有可能从客栈后门出去，所以无人察觉。而江州城此刻铺天盖地都是找他们的人，却无任何消息，因此小人大胆猜测，暗香依依等人并不在江州城内。”

“你说不在，她就不在了？那你说她去哪儿了？”

探子道：“小人想，江州客栈后门外是两座大山，风景虽好却无路可走，若非折返江州城，就有可能越山而去。武林高手翻过那两座山并非难事，而且过了那两座山，可就到了江州有名的百花谷了。”探子十分狡猾聪明，其实这种可能并非是他想到的，只是在打探消息的时候，偶然听到了那些武林中人的猜测。想着今日怎么也得交差，他便生搬硬套在自己身上，又故意没将话说死。如果暗香依依等人确实在百花谷，那么功劳自然是他的，如果不在，也暂时可保住自身前程再谋后路。

襄阳王自然听说过江州有个百花谷，可那百花谷还有另外一个名字，叫死亡谷。江州有点儿常识的人，都知道那谷入不得，就算是当地猎户也从不入那谷。传说，里面有妖女吸人精血，有去无回。不止如此，入谷之路陡峭难行要连翻两座高山才能到，风景虽美却也一向人迹罕至，便道：“你怀疑他们入了百花谷？”

探子未回答，莫七彩起身问道：“九幽教那边可有消息？”

探子道：“没有，不过……”

“不过什么？”这探子好像最喜欢说不过……

探子道：“听说今日九幽教教主到了江州。”

莫七彩微微一怔，又问：“傅月可有消息？”

探子道：“还没有。”

襄阳王听探子说暗香依依很可能在百花谷，一来动了心思，二来也是为了莫七彩，这三来嘛，他还想进去会一会“妖女”，人间他已遍览群芳，不知妖界美人又是如何啊？他便提议道：“要不，我们去百花谷看看，他们是不是真的去了那里？”

莫七彩正微微失神，闻言，抬起了头。

襄阳王以为她这是答应了，忙吩咐下去，“速速下去准备，本王要去百花谷。”

莫七彩却道：“不劳烦王爷，我自己去就可以了。”言罢，也不理襄阳王的呼唤，她自顾飞出厅外跃墙而去。

襄阳王追出厅去，眼见她娇俏的身影消失在墙头，不禁扼腕叹息道：“唉，江湖侠女为何都喜欢高来高去？如此飒爽英姿，甚是让本王牵念啊。”

又想起早先探子曾说暗香依依要相亲一事，忙命人召回探子仔细地问了个清楚明白。相对不靠谱不懂情趣的莫七彩，他更想知道暗香依依什么时候什么地点都和什么人相亲，当然，关键是他有没有机会。

自上次云堡镇一别，暗香依依的倩影就时不时在他脑海中浮现。虽然他身边从不缺美人，虽然暗香依依离开时让整个王府的人都昏迷不醒，后院的一池子鱼死了个干净，前院也被砸得七零八落，可一想到是她干的，襄阳王就一点儿也气不起来。

暗香依依，单是想到这个名字就觉心驰神往。

她的温柔，她的娇媚，她的英姿，勾魂夺魄又风情万种，身边所有美人都无法与之相比。他时常在睡不着的时候想，如果这辈子能娶到她做自己的小妾，那该是多么销魂的事儿啊。

问过探子，并无太多头绪，他想了想又道：“速速下去准备，本王要去百花谷！”探子正要转身而去，又被他唤了回来，补了一句，“多带些壮汉。”关键时刻给妖女享用，自己也好逃跑。

莫七彩到了江州客栈，问清百花谷方向，到了后山，这才发现这山不是一般的陡峭，以她的轻功，是否能顺利翻过这座山还是未知。可她并未知难而退，而是不顾一切地攀爬了上去。可就在她初入江州客栈时，便已入了有心人的眼睛。

百花谷中，如常的一日，直盼到日落西斜，暗香依依坐在屋檐下远望着顾不迷所在方向发着呆。

天色一寸寸暗了下去，又熬过了一日……

她怔怔地想，耳中忽闻琴声……

顾不迷的紫漆木琴早先被她收入屋中，她知道他爱琴如命，自不敢动那琴半分，可此刻听到琴声，忙起身看向屋内。

慕容逸正坐在窗口，微风拂过，撩起他鬓边发丝，不穿白衣的他依旧不似凡间人。

木屋四角被点亮的灯笼，随风摇曳着映在他脸上，如梦似幻。

他随意拨弄着琴弦，每拨一个音便低颂一句。

夜近悄无声，细语谁来听？
一音一弦乐，静待不分明。
佳人等谁现，心碎待离别。

去时鲜衣马，重逢无节期。

昼夜梦归来，相思满玄月。

是夜空断念，何人填空缺。

或许是心中太过惆怅，慕容逸的每一句诗都说到了她的心坎里。可转念一想，他这首诗表达的意思……是说当顾不迷醒来，她离去，他会日夜思念自己吗？如此一想，当真有种说不出的旖念萌生。可随后又被自己镇压了下去，她怎能还信他的鬼话！

她收回了看向慕容逸的目光，望向夜空中高悬的明月。

昼夜梦归来，相思满玄月。

是夜空断念，何人填空缺？

她轻轻捂住自己的胸口，那里虽然再没有任何利刃刺过的痕迹，可疼痛犹在。只要一想起前世的蓝枫，就会疼，为什么上天会让她再次穿越，她不懂，她宁可活在前世，就算要拦马抢新郎也在所不惜。只是无论如何疯狂地想，都已经不可能。

没人能明白，也没人能懂。

没想到总是戏弄自己的慕容逸却无意中说中了自己的心思。

夜色深沉，木屋中烛火犹亮，慕容逸低唤了她一声，她只得埋头进屋。

见慕容逸已经歇下，与前几日一样和衣卧在矮桌的一边，而另一边明显是留给自己的。

她悄无声息地爬了上去，运气一周天后，缓缓睡去。

忽然察觉对面的慕容逸动了动，听到他起身，她立刻清醒了过来，只是没有睁开眼睛，察觉他又卧在自己身后，手指若有似无地抚摸起了她的鬓角。她绷紧了身体，忽听他道："依依，喜欢我吧。"

她一动不动，没有做出任何回应，心中暗想，再也不信你的鬼话！正在心里一道道筑起城墙，便听他缓缓地轻声在耳畔呢喃："我发誓，从今往后只疼你一人，宠你爱你，不骗你。答应你的每一件事都会做到，对你讲的每一句话都是真话。不欺负你，不骂你，相信你，有人欺负你，我会第一时间出来帮你，你开心的时候我会陪着你开心，你不开心的时候，我会哄你开心。永远觉得你最漂亮，做梦都会梦见你，在我的心里，只有你。一生一世，绝不反悔。"

她猛地睁开了眼睛，心中早已是惊涛骇浪，怎么会？他怎么会说这样一番话？！

难道这就是上天让她来此的缘由吗？再给她一次机会，让她遇到蓝枫的转世，弥补自己曾经犯下的过错，与他再续前缘。她转过身来，惊悸到控制不住地颤抖。

见他目光爱怜地看着自己，她嘴角挣扎着扯出一抹牵强的笑，用极轻的声音，颤抖地道："这番话你说得可真长。"

他察觉到了她的轻颤，笑着回道："很长吗？"

她忍不住红了眼眶，下一刻眼泪已不受控制地夺眶而出，哽咽着问道："你为何会说这样一番话？"

他轻声道："好似早先在哪里见过，一时想了起来，便情不自禁地说了。"

她已痛哭失声。

他爱怜地抚摸着她的头发，她不顾一切地扑到他怀里，紧紧将他抱住，哀求道："再也不要离开我，就算我做错了事，也要听我解释，不要不理我，不要娶别人。这辈子，再也不要离开我。"

他将她抱在怀里，感觉到她的脸紧紧地贴着自己跳动的胸口，沉声道："好。"

哭了好一会儿，她终于察觉到不对，离开他的怀抱，垂首道："我是不是……很古怪？"

他闻言笑了笑，道："你指哪方面？"

嗯？她疑惑地看向他，她很多方面都很古怪吗？

见她迷茫地看着自己，他掀起一边嘴角，道："如果你指的是……一男一女同睡一张床，你还能睡着，我的确觉得古怪。"

她忽闻此言，不好意思了一会儿，待反应过来他的揶揄，顿时瞪了他一眼，道："你都胡思乱想些什么！"

他轻笑道："只是想了一些本该想的。"牵起她的手轻轻将她揽入怀里。她没有抗拒，倚在他怀里，听着他的呼吸他的心跳，闻着他身上的味道，感觉他的手指若有似无地抚摸着自己的面颊，听他道，"我方才答应了你，这辈子都不离开你，那你呢？"

她又想哭了，扬起嘴角，哑声道："这一世，无论什么都无法将你我分开。"

他终于动容，前两日的试探，他都隐隐察觉到了她对自己的排斥，即便所有问题的答案都是肯定的，可她犹豫的目光与太快的回答，都说明她心有顾虑，并非真意。唯有今日，唯有此时，她是如此全心全意地依附着自己，原来在她心里的不是顾不迷，亦不是未默，而是那个蓝枫。蓝枫，究竟有没有这个人存在？如果有，为何他不过说了她梦时写的那一番话，她就认定自己是那人了？不过是一段相似的情话……

轻抚着她面颊的手指微顿，一时想得入了神，待她抬头凝望自己，他亦低下头来。

她略带担忧地问："你对我是真心的吗？

她的目光让他心生怜惜，他早就知道她心思敏感细腻，没想到竟能将自己此刻微露的一丝挣扎也看得通透，一种从未有过的情绪在心底滋生，一时也分辨不清那是什么。只是见她望着自己，慕容逸心中溢满从未有过的柔情，情不自禁地低下头去，印在她唇上。岂料，她竟热情回应，好似失而复得，好似不顾一切。那样的情不自禁，竟刹那激起了他从未有过的兴奋。

翻身将她压在身下，他感受到她玲珑的曲线贴合着自己，一时心驰神荡，吻着她的唇，抚摸着她的柔软。这一刻他真实地感觉到了自己的欲望，他要她，从今往后，让她彻彻底底属于自己，再容不下别人。

作为一个医者，女人的身体他并不陌生，甚至因太过熟悉而没了神秘感。可此时此刻，他却听到了自己失控的心跳。她抬手，挡住他露骨地凝视自己的目光。他挪开她的手，再次吻住了她。手指移动解开她身上碍事的腰带，入手的温润几乎让他失控，正欲褪去外衣却在这时不小心碰到了床榻中间放置的矮桌，上面放置的茶碗发出清脆的碰响，声音并不怎么大，却突然惊醒了她。

她似忽然回过神来开始抗拒挣扎，他只得停下来问道："怎么了？"

她有些惊慌地摇头，道："不行，我不能和你……不能！"她推开他慌乱地坐了起来，狼狈地拉起半解的衣衫，由始至终不敢看他一眼。他忽然明白过来，她是在顾忌自己的内功。

他忽然笑了，衣衫不整地靠在一边，并不逼她。

她却一直咬着下唇什么都没说，在他注视的目光下，难过地红了眼睛，下了床榻推门而去。

看着她夺门而出的背影，想到她方才动情地对自己说："无论什么都不能将你我分开。"他冷笑了起来。

也不过如此。

情爱之事，果然，没有天长地久。

暗香依依立在泉水边，夜风吹乱了她的发。

此刻她竟心生怨恨，为什么自己偏偏练反了落月迷香？

虽不能百分之百肯定会吸人功力，但可能性极大。如果她与慕容逸发生关系后真的吸走了慕容逸的功力，届时又该如何面对他？

方才将他推开，他必定以为自己是怕失去功力，并非是为他着想，可若与他解释说明一切，岂不让他陷入两难。

他若选择自己，她会愧疚。

他不选择自己，她更会伤心难过。

无论哪一种选择都非她所愿。

她更不敢考验他对自己的感情。她其实看出他对自己的心思并不纯粹，可她不在乎，上一世是她的错才与他失之交臂，就算这一世是自己的单相思，她也认了，只希望能陪在他身边。可为什么这么简单的要求也不能实现？

这一刻，她只觉痛不欲生。

她失魂落魄地站在水边，直到天际方白。

他来到她身边，牵起她的手。她转头看他，眼泪夺眶而出。

他爱怜地用手指替她整理被风吹乱的长发，一边整理，一边道："男女情爱之事我本就不上心，你若不愿，我不会再碰你。"

闻言，她哭得越发伤心。

她抓住他的手腕，心中百般挣扎，终于问出了口："以后……以后，没有那个，也可以吗？"

他不怀好意地反问："那个是哪个？"

见他还有心思开玩笑，暗香依依心中痛楚顿时少了许多，期期艾艾地道："就是那个……呗。"

他笑了起来，将她揽入怀中，对着天边浮起的一线白，道："我本就不上心的。"

她黯然道："都是我不好。"

他笑道："可不是。"

她忽然笑了，依偎进他怀里。

只要能和他在一起，她可以退让很多很多。

天，亮了。

就在这时，远处传来一个声音，声音中夹杂的强大内息震得人耳中嗡嗡作响，那人道："暗香依依！"

顺着声音望去，她看到了顾天穹，不用细细分辨她就知道那人是九幽教教主、顾不迷的父亲顾天穹了。

武林大会上，头发一半黑一半白的九幽教教主顾天穹给她留下了深刻的印象。后来到了九幽教，身边人无不闻教主之名而肃然起敬，这也让她对顾天穹敬畏交加。顾天穹与她虽不曾有过直接接触，但此人对她而言并不陌生。她也曾想过见到顶头上司会是何种情景，却从未想过是在这样的时刻。

她尚未有所反应，便听慕容逸道："终于来了。"

暗香依依心中起了疑惑，难道他一直在等顾天穹？

第二十二章 各自珍重

百花谷外。

莫七彩好不容易翻过了一座山，天色早已暗了。

眼见一群人在山凹中等待，莫七彩认出是九幽教的人，见他们守住入谷必经之路，一时不敢妄动，只得暂时委身于暗处伺机通过。可直等到天快亮了，那群人依旧守在原地不走，她正心急如焚，便见九幽教顾天穹和长老闫阵偕一众弟子赶到。眼见一部分人得了吩咐出山，顾天穹、闫阵等人则入了百花谷，莫七彩正想遥遥相随，便被一人点了穴道。惊讶之余，她看到了一脸恨铁不成钢的九师兄王剑飞和三师兄秦楠。

秦楠对王剑飞说："九幽教派人守住了江州客栈，不许任何人上山，你且小心带师妹藏于山脚暗处等我，我先入谷看看九幽教究竟发生了何事。"

王剑飞点了点头，道："三师兄小心。"见秦楠点头远去，方才背起莫七彩下了山。

王剑飞背着莫七彩趁夜下山，忽觉脖颈上一阵湿润，起初还以为是下雨了，待发觉是莫七彩的眼泪。他手足无措又故作冷硬心肠地说："这回说什么我也要带你回庄。"

王剑飞正下山，中途恰好偶遇襄阳王一拨人，襄阳王已经不知道歇了多少次了，总之看着越来越陡的山崖，心中早已胆战心惊。虽然绕了远路被人用轿子抬上来，可他还是因山崖陡峭，吓得冷汗直冒，只觉得这辈子也没这么冒险过。方才休息的时候，他还在琢磨，为了女人丢了性命值不值得这个对别人肤浅对他甚为艰深的问题。待他终于想明白打算折返回去时，眼见自己身居高处，远观日落夕阳奇峰陡峭，忽又起了从未有过的雄心万丈，深吸了几口山中清气，一时竟改了主意，下定决心势必要征服这座高山以彰显自己王者霸气。怎料途中又遇到了王剑飞和莫七彩，襄阳王不认识王剑飞，一看到莫七彩被他背着，便精神抖擞地大喊了一声："放下本王的美人！本王饶你不死！"

王剑飞一听，什么？你的美人？

王剑飞也不认识襄阳王，一听自己心心念念的小师妹成了这个流里流气头顶元宝放浪形骸的登徒浪子口中的美人，立刻怒发冲冠，大喝一声：“哪里来的狂徒！”

双方便展开了一场真刀实枪的美人争夺战。

百花谷中。

暗香依依上前拜见。

顾天穹沉声问道：“不迷呢？”

暗香依依看向身后不远处的花丛。顾不迷依旧在内，五日来未曾动过分毫。她不怕顾天穹责备，或许早就知道会有这么一天，也不待他问及，便道：“少主中了蝴蝶之毒，又自点死穴，幸得朋友未默相助，赠以家传寒玉护体，我才得以有时间带少主来此寻鬼医傅月为少主解毒医治。”

顾天穹身后共一十二人，此刻成扇形有序地站着，俱冷冷看着暗香依依。听到“死穴”二字神情均是一变，虽有几个在武林大会上有过一面之缘，但细究起来暗香依依一个也不认识。

暗香依依一番话后，四周寂静无声，便是呼吸也几不可闻。

就在这时，似受到强大外力的控制暗香依依身体不由自主地向前猛跌，脖颈落于顾天穹手中，顾天穹双指微一用力，她便痛得眼前一黑。咫尺间，从顾天穹阴戾的双眼中她看到了死亡，她强自镇定，断断续续挣扎道：“求……求教主……让我……我……等……等到少主……醒来……我……死而无憾。”

顾天穹渐渐收敛了杀意，随即将她狠狠地甩脱在了地上，走向了花丛。

暗香依依立刻被九幽教二人按压在地，她看到顾天穹欲进花丛，忙道：“入不得。”出口的声音沙哑低沉，脖子显然被顾天穹伤了。

顾天穹未曾停步，似也察觉了那片花丛有蹊跷，一抬手，顾不迷便到了他怀里。他抱着顾不迷出了花丛，唤了声：“萧仁。”

一黑衣男子快步而出，伸指探向顾不迷脉息。

片刻，亦像慕容逸早先那样，在顾不迷身上探了一遭，停在了睛明穴，后又打开顾不迷的嘴看到了那枚寒玉，顾天穹也看到了。

萧仁退后一步，道：“少主身上的毒已解，左护法所言属实，若非寒玉续命，少主恐已身亡，只是这死穴……”萧仁跪下，请罪道，“少主真气入穴时日已久，且当初定是存了必死的决心，下手毫不留情，点下死穴后……定然备受苦楚……”说到此处，萧仁声音暗沉。

顾天穹森冷的目光幽幽地看向了暗香依依，萧仁又道："幸得灵玉吊着一口气在，只是，虽有灵玉，属下仍无办法救回少主，属下无能，还请教主责罚！"

这时就听木屋中一人笑道："顾教主既然来了，何不进来喝口茶。"

顾天穹这才正眼看向木屋中的慕容逸，便听慕容逸又道："只是还请顾教主手下留情，放了暗香依依，她千辛万苦背着顾少主来此求我，甚至不惜为了让我出手相救，愿以身相许……"

慕容逸的话堪堪停在这里，暧昧得让人提心吊胆。

所有人都暗暗看向了暗香依依，武林中人都知道，鬼医傅月救人一向全凭兴致，或偏巧你赶上了他高兴的时候，或你身上有他想要的东西，否则便是求死、哭死，也毫无用处。此人毫无医德可言，一向视人命如草芥，可医术却出神入化到了极致。相传你就是成了鬼，他若是想，也可将你的魂魄自鬼魂那里索回，故人称鬼医。而他口中轻描淡写的"愿以身相许"，无疑是一种交换条件，若是其他女子倒也罢了，可对象是暗香依依。想那左护法暗香依依是何等刚烈女子，心高气傲冷情冷血，岂可为了他人性命而折辱自己，如今竟然肯为了救少主性命而委身于陌生男子任其欺辱。这一刻，所有人除了惊讶，竟对她升起了几分从未有过的情绪。尤其几个尚未成家立业的，而今听闻左护法暗香依依被傅月要挟欺辱，心中更是义愤填膺。一则暗香依依毕竟是九幽教的人，暗香依依受辱，等同于他们受辱，二则多年来高高仰望这个女子，虽惧怕，可难免也有些崇敬她的强势。奈何此时有求于傅月，只得按捺，可目光仍如刀子般带着怒意射向了傅月。

此刻的傅月慵懒地坐在窗边，窗边放着一盏茶具，他百无聊赖地煮起了茶，茶香袅袅缭绕于前，模糊了他的神情，竟一时让人难以分辨，他挂在嘴边若有似无的笑是喜还是厌。

顾天穹将顾不迷放入萧仁怀里，走到暗香依依面前，冷声道："起来！"

暗香依依依言站了起来。

顾天穹道："要是他有什么事……"顾天穹的话尚未说完，暗香依依便果决地打断了他，"以命抵命！"

顾天穹眉心一动。

入屋前，顾天穹自然看到了尚睡在屋檐下的未默。

木屋中，顾天穹和慕容逸说了些什么暗香依依并不清楚。不久，顾不迷被送进了屋里，门窗俱关。

九幽教众人守在木屋四周，跟随教主前来的闫长老当下并未与暗香依依多话，也未限制她的行动，只是吩咐人看着她。

暗香依依也没什么心思到处走动，当下坐在不远处紧盯着木屋那扇门，时而发呆，时而双手合十向上天祈祷。

不到晌午，九幽教又有一批人进了山谷，当中有些人身上有血。这帮人进得谷来，为首之人与闫长老低声说了些什么。

暗香依依均无心理会。

从白日到黑夜，顾天穹、慕容逸、顾不迷没有一个人出来。

暗香依依心系顾不迷生死，却忘了另外一件事，这木屋旁慕容逸种了许多药草，若吸入半个时辰以上，功力会暂时消失，待时间长了，有了抗药性才能渐渐恢复。而从今早到入夜，闫长老等人一直守在木屋旁。这药花又极为古怪隐蔽，尚还不自知。

暗夜中，萤火虫又四处飞了起来，寂静梦幻中，突然传来异响。

数名黑衣蒙面人出现在了百花谷。

九幽教众人显然见过无数这样的场面，临阵丝毫不惧。木屋四周守卫丝毫未动，只外围数人挡在黑衣人面前。

暗香依依原本在圈内，想着如今人多势众并不怕这些黑衣人，可当这些黑衣人出手轻易杀了九幽教数名高手后，这才察觉到了不对劲。

闫长老等人也已察觉到体中内力无法凝聚，只是面对强敌来犯，不敢吐露半分。

守在木屋近侧的闫长老低声向木屋唤道："教主。"

屋内传来顾天穹的声音，"守住。"显然他已知屋外形势。

众人面色惨白，却未见慌乱，黑衣人势如破竹，眨眼间又有几十个弟兄命丧敌手，直至遇到了暗香依依的长鞭。

谷中血腥之气甚重，暗香依依看着满地尸体，早已吓得面白如纸，无论面对多少次她还是见不得这等杀人流血的场面。

只是眼见本教兄弟轻易被杀几乎无还手之力，她这才想起谷中药花的副作用，暗骂自己大意疏忽。可当下不是自责的时候，她心知闫长老等人内力尚未恢复，只得强自镇定，以一人之力挡在众黑衣人面前。

眼前来者十六人，单凭她一人实难抵御，不能力敌时唯有智取，只要拖住他们半个时辰，黑衣人自然也会中了药花内力全无。暗香依依抬手制止了其他欲帮她的本教兄弟，面对眼前强敌她故作镇定地道："交给我！"

闫长老见她尚有反击之力，只好使了眼色让其他人暂且退下。

刚巧在这时，未默幽幽醒了过来。

毕竟一连睡了五日，未默醒来后只觉头晕眼花，恍如隔世。

看了半天，目光才有了焦距，他眼见谷中来了一群陌生人，而他家的暗香依依正一人持鞭立在一众黑衣人面前。黑衣人？他一见又是那些黑衣蒙面的人，顿时清醒了几分。

他娘的，又阴魂不散地来找他家暗香依依！他猛地跳了起来，可毕竟连睡多日，只觉头重脚轻，连站也站不稳，在原地打起了醉拳。

闫长老防备地盯着他，想到近日的一些江湖传言，暗想这矮子定是那鬼盗的弟子未默。思及白日里暗香依依曾经提及此人赠家传灵玉救了少主，算起来也算是本教恩人，此刻正当用人之际，闫长老希望他能出手相助，自未出声寒暄，更故意将他所在挡住不让那些黑衣人发现。

闫长老并不知道未默已经连续睡了五日，只见未默自醒来便不停地掐、捶自己全身关节，而后又忽然变大忽然变小。闫长老虽面色如常，可其他守在门口的九幽教弟子却早已对其频频侧目，更别提眼见未默一跃竟忽然消失在了地底下。

未默已来到谷中多日，闻花香已久，自然对花香产生了抗性，只不过身体终归有些虚弱。要在以往，上天入地对他来说再简单不过，可今日刚一入地身形便卡在了地面上，竟然只进去了一半，不得不重喘几口粗气，又使了些法子才全部没入地下。可这本事却已足够让未曾见过的旁观者瞠目结舌了。

此时，暗香依依面对一众黑衣人，心想拖得一时是一时，便抬手一个一个地指了过去，似挑衅，似不屑，就在他们欲攻上来时，忽然大声道："我知道你们是谁！"

黑衣人闻言来势一顿，她不紧不慢地又道："也知道你们所为何来！"

"废话少说！"一黑衣人道，众人合力攻向了暗香依依。

"你们不敢杀我！"暗香依依举鞭回击，全是两败俱伤的招数，他们果然有所顾忌，一时倒让她占尽先机。早在山林中他们用网兜网住自己时，暗香依依就想到了这种可能性，如今试探之下果然如她所料。

黑衣人个个蒙着面，神情自看不见，但有些人的目光明显闪了一闪，一时竟处处避让，没有连续攻击。

暗香依依将他们逼退数步，停住攻势又道："我虽不知是谁派你们来的，不过我敢打赌，你们没一个人知道为什么一定要活捉我！"

她一个一个地看过去，幽幽笑道："想知道吗？"

就在这时，闫长老等人只见一人突然破土而出，一棵盛开的药花瑞香正顶在那人头上，不注意看还以为是成了精的花妖。众人只见一双灰突突的手自根部诡异地长了出来，趁黑衣人不备，抓住黑衣人的脚踝，突然向下一拉。黑衣人顿时入地三尺，只留一颗头颅露在外面，惊恐、尖叫到最后突然死去。如此反复，其余黑衣人眼见如此异象，再不敢上前，纷纷后退，谨慎地看着地下。

暗香依依知道是未默搞的鬼，心念电转，故意大惊失色神叨叨地念叨起来："有鬼，有鬼，还是披头散发的女鬼。莫非这花成精了！"

这时刚巧襄阳王乘轿到了谷中，一听这话，心中暗道，莫非这百花谷真的有妖女吸人精血？如此一想，他忙道："快来人，护好本王！"

襄阳王自从上次府里被顾不迷一曲全部弹晕后，就花重金在江湖中雇了数名好手，前面遇到王剑飞，王剑飞早先还怒气勃发地与他打架，后来吃了亏，忙带着莫七彩灰溜溜地跑了。

襄阳王本想去追，幸好手下有个明眼人道明了王剑飞的来历，襄阳王一听是莫七彩师兄，这才作罢。一则想着莫须有的妖女，二则想着九幽教的魔女，襄阳王重整旗鼓，继续向百花谷进发。只因手下人还要给他抬轿子，山路又崎岖难行，眼见天太黑，路越来越难行，不得已只得等到天亮才又上路。又因为他坐轿子，有武功的轿夫怕摔着了他不得已又绕了远路，这才拖了一天此刻方到。

襄阳王辨清形势，见数名黑衣人围攻暗香依依，当下立刻呼喝了一部分手下上前帮忙。众人与未默联手，这才解了暗香依依的围。

当黑衣人被击退，未默自土里钻出来一个踉跄故意栽在了暗香依依身上。暗香依依将他扶住，他有气无力地抚额哀叹："哎哟，哎呀，头晕啊，头太晕啦。"

暗香依依一见他这样子就知道他的小心思。可一想到每次自己深陷险境都是他挺身相救，暗香依依心中感激又深了一层，心中一软便由着他靠着自己。

襄阳王下了轿子，提着一串葡萄，一摇一摇地走了过来，方才一见地底下冒出来的人是未默，顿时明白过来根本没什么花妖，不过是他在地下捣的鬼。一想到他遁地的本领，襄阳王就有些生气，而今又见未默死皮赖脸地挨靠着暗香依依，暗香依依也不推开他，心里顿时有些不是滋味。

眼见暗香依依对他点头微笑，正想上前亲近亲近，就听未默抱着肚子叫唤："好饿啊，从来没这么饿过。依依，有没有吃的？"

能不饿吗？睡了五天，醒来又打了一架，此刻自然饿得狠了。

暗香依依闻言，立刻说道："昨日我做了些鸡，还剩一些。"

未默眼睛一亮，道："是依依亲手做的鸡吗？"

"嗯。"暗香依依坦然承认。

襄阳王一听，立刻扔了手里吃剩的半串葡萄，腆着脸说："本王也饿了。"

暗香依依闻言略有犹豫，"王爷，是剩饭，您……"

“无碍无碍，本王就爱吃剩饭。”襄阳王话音刚落，就听未默大声道，“我一个人都不够吃，哪有你的份儿，去去去……”

“矬子，你敢和本王抢东西，别怪本王不客气！”襄阳王眼睛一瞪，神情虽然很有几分气势，身体却向后连退数步，而后被一群奴才重重叠叠地护在中间，这才安心地狠狠瞪起了未默。

暗香依依见二人剑拔弩张，忙道：“我想大家都饿了，我去多做些饭菜，到时候大家可以一起吃。”暗香依依与守在木屋外始终未置一词的闫长老等人互点了点头，便举步向屋后走去。未默自然贴身跟着，襄阳王原本也想跟着，可刚到了木屋附近却被闫长老拦了下来。

闫长老看着寸步不离襄阳王的一群人等，道：“王爷请留步。”

襄阳王并不认识闫长老，见他放了未默过去却不放自己，心下很不乐意。

闫长老看出了他的意图，想了想道：“多谢王爷方才出手相救，九幽教上下感激不尽。他日王爷若有什么需要，九幽教必当尽心竭力报答王爷今日之恩。”

襄阳王一听这话，心里舒坦了不少，作为九幽教的恩人，这个头衔他很是受用，便问：“你是谁啊？”

“在下九幽教长老闫阵。”闫长老道。

襄阳王又道：“你们搞这么大阵仗，是要干什么？”

闫长老道：“本教少主顾不迷身负重伤，来此向鬼医傅月求医。此刻傅月偕同本教教主正在屋中为少主医治，现下正值关键时刻，不宜受外界叨扰。王爷自是信得过的人，只是这许多人……”

闫长老看向襄阳王身侧众人，襄阳王这才知道闫长老所指何事，便对众人道：“都离本王远点儿，还以为你们个个是本王爱妾哪，贴得这么近，招本王烦！”也不知是谁入谷前特意吩咐：入谷后，所有人等不许离开本王半步。

众人心中腹诽，可表面却都十分恭谨地领命退开。亲近之人也劝了两句，见劝不住，只得退下。

闫长老眼见襄阳王带来这许多人，心思转得很快，借机向襄阳王提议，劳烦他们守在外围以防黑衣人再来。

襄阳王二话没说当即答应，忙吩咐众人守在外围，尽快处理那些尸体。等一切安排好，他正欲过去找暗香依依，又听闫长老问道：“王爷与本教左护法相熟？”

襄阳王道：“哎，有缘倒是有缘，只可惜本王虽倾慕她许久，奈何她对本王无意。说实话，你们家左护法是个好女子，本王初次遇见她时只当她是美人，可几番下来本王倒真有些喜欢她。”

襄阳王言下之意，闫长老不是不明白，只是没承诺什么，当下侧身礼让了开来，道："谢王爷抬爱，王爷请。"

襄阳王也未计较，走到木屋后方厨房与未默一同流着口水看着暗香依依煮饭做菜，还时不时被未默挤对。他虽然也顶了两句，可终究知道未默不好惹，身边又没随从跟着只得暗暗忍耐。

一时间，只听木屋后一人大赞："哎哟，依依真是厉害啊，切菜切得这么好。"

另一个则更大声地赞："哎呀，依依真是贤惠啊，鸡蛋拌得这么匀。"

暗香依依忙示意他们闭嘴，指了指木屋，道："你们再说话，我就赶你们走！"

二人顿时停下了声音。

听着这一声比一声大的哎哟，哎呀，九幽教众人面面相觑，哭笑不得。有人心里想，左护法何时下厨给人做过饭？那饭能吃吗？有人又想左护法何时这么有男人缘了？可随即又想，厨房那俩小子都不是正常人，也难怪会看上左护法。

直到暗香依依做了些吃食与众人分了，众人一时都不敢相信这竟然会是左护法亲手做的。起先还质疑这饭能吃吗？再看边吃边互抢的未默和襄阳王，也忙吃了起来。只尝了一口，那味道……竟让某些人感动得想落泪，这个一向比男人还要强势的女人，何时成了一个贤惠居家女子了？

暗香依依得了空，这才与闫长老提及花香可令人暂失内力一事。

如此大半夜已然过去，眼看天就要亮了。

黎明前，是一日当中最黑暗的时刻，萤火中已然消散。

未默好似有说不完的话，只是被暗香依依约束，不敢多说。

襄阳王和未默互瞪了一会儿，襄阳王眼力不敌，不一会儿便败下阵来，折腾了一天一夜，许是累的，竟昏昏欲睡起来，眼看头一歪就要倒在暗香依依身上。未默一早就瞄着他了，见他如此，顿时坐在了他与暗香依依中间，襄阳王便缓缓靠在了未默的肩头，暧昧地蹭了蹭，香甜地睡去。

未默正不怀好意地笑着，襄阳王的随从倒很是机敏，又是作揖又是讨好地笑着对未默，未默才勾了勾手允他过来当襄阳王的睡枕。

却在这时，门忽然开了。

暗香依依紧张地站了起来。

出来的是慕容逸，他眉间难掩疲惫，回身关上了房门，不顾所有人质疑的目光，一步步含笑走到了她的面前。

"他……他……"暗香依依提心吊胆了一天一夜，却在这时，竟不敢开口相问，只能直直地盯着他，想要从他的神情中看出蛛丝马迹。

慕容逸抬起手划过她的眉角，指尖顺着她的面颊停在她脖颈处的青紫痕迹上，柔声问道："还疼吗？"

她摇头，这时便听闫长老问道："傅公子，为何只你一人出来？"

慕容逸疲惫地看了一眼天边，道："他们就快出来了。"一低头，看到暗香依依激动得红了眼眶，眸中闪过一抹恹色，轻抚着她的发，道，"天快亮了，不如我们同去山顶看日出。"

"好。"她主动拉起了他的手。

察觉到了她指尖的冰凉，他心念微动，竟有一刻觉得不真实。

此时襄阳王正呼呼大睡，而未默早已受不了刺激，怔怔地看着二人相握的手，面色灰败（一直都灰败）。当下这一刻，任谁都瞧得出来，暗香依依喜欢傅月。

就在他们要飞身而起时，未默忽然跟着跳了起来，一把抱住暗香依依的小腿，生生将半空中的暗香依依给拽了下来，自然也连带着慕容逸给拽落了地。暗香依依回身便看到了眼泪汪汪的未默。

当下只见未默扁着嘴，闪烁着一双大眼，小心翼翼地扯着她的衣角，略带恳求地说："娘子，不要当着我的面与其他男子私会，我会吃醋的。"

暗香依依顿觉头晕，下意识看了眼木屋，不知屋中人可曾听见。

屋外除了慕容逸，所有人都瞠目结舌地看着暗香依依，不知道未默底细的闫长老竟开口问道："左护法你成亲了？"也不是没这种可能，想那未默为何轻易献出家传宝玉救少主？再说了，昨夜一战任谁都看出来他对暗香依依有别样心思。

暗香依依忙开口解释，"没有没有，闫长老莫要误解，他这里有问题。"她干笑着指着未默的脑袋，眼看未默挺直身子又要口出惊人之语，忙伸手捂住了他的嘴，向慕容逸摇头，示意自己解决，不顾未默的挣扎将他一路拖到了远处。

木屋前，闫长老并不理会那些琐事，仍旧寸步不离木屋，眼见慕容逸缓步走向暗香依依离去的方向，低声向木屋内唤了声："教主。"

屋中顾天穹回应了一声，听出是教主声音，闫长老心念落定。他暗中运气，察觉自己内力果如暗香依依所言在逐渐恢复，心中渐宽。

山凹角落，暗香依依与未默二人背倚山林面朝水。

"你嫌弃我！"未默干打雷不下雨地大声控诉。

暗香依依只觉自己被他看得怨气缠身。

这几日相处，他处处维护自己，事事以自己为先，对自己有情有义，她怎会不知恩、感恩，可自己与他终究除了朋友之情，无半分男女之意。早先他虽也曾有所试探，却因自己心乱如麻无从顾及，不只这个缘由，细细想来她也实难想象，自己与未默不过相处几日，见过的次数屈指可数，他怎会这么轻易就喜欢上了自己？可事到如今，他既已有所表露，她也理应有所表示，至少应将事情说明白。她正在努力措辞，便听他小媳妇状地幽幽说道："我那家传寒玉是要给我娘子的，如今给了你，你就是我的娘子了。你不能收了我的定情信物却又反悔不认账！"

"那玉……当时……"暗香依依想到未默拿出玉时确曾言明那寒玉是他家传至宝，是要送给未来娘子的，可那时……她着急顾不迷的生死，本意是借的，谁知道这玉用过就废了，还不了了。再说，他也没说拿了玉就是他娘子了啊，可是他毕竟说过寒玉是要送给他未来娘子的，暗香依依一时竟不知该怎么回答。

未默见她如此，指着她道："你要反悔，你要反悔是不是？"

暗香依依也老实，竟然点了点头。

未默备受打击，哇地大喊了一声："你果然嫌弃我！"言罢，在岸边怒蹦几下，而后无处发泄，竟一个猛子扎进了水中，此后再也没有上来。

暗香依依惊怔，良久见水面自一片涟漪后再无声息，终于察觉出了一丝不对劲，未默他、他不会真的想不开……

她开始着急，在水边来回踱步，又等了许久，可水面依旧毫无动静。她终于按捺不住走进水里，一边试图寻找一边大喊："我没有嫌弃你，你快上来，你别吓我，我真的没有嫌弃你！未默……"

无论如何呼唤，都没有动静，她真的没有想到未默一怒之下会做出这么极端的事来。

"未默……你上来，我什么都答应你，你别吓我！……"正惊慌失措无计可施之际，忽见水中激起冲天水花，一个少年破水而出，如出水芙蓉，唇红齿白，美如冠玉。

少年游到岸边，在她目瞪口呆毫不避讳的目光下，走上岸来。白皙结实的肌肤在清晨的阳光下伴着水珠散发着莫名的诱惑，少年走到她身边，伸手拭去她脸上残留的泪水道："依依，你在为我流泪，你是喜欢我的对不对？"

她闭上了因惊讶而微张的嘴，收回了理智，虽然难以置信难以接受，但听声音就知道面前洗剥干净的少年正是那个整天披头散发灰头土脸的未默。

她正要摇头，便听未默说："依依，我刚才在水里听见你说，只要我上来，你什么都答应我。"

"我没说过。"暗香依依翻脸比翻书还快。

未默闻言大哭，"你出尔反尔，说话不算话！"

暗香依依大声反驳，"是啊，怎样？我就是出尔反尔了，女人出尔反尔天经地义！家常便饭！只有笨蛋才会相信女人的话！”

未默闻言一怔，干打雷不下雨的眼睛重又瞪大，看着暗香依依状似理直气壮实则心虚地离去。未默忽然一笑，摇头晃脑地道：“我好喜欢出尔反尔的依依。”眼见暗香依依走远，他忙大声唤道，“依依等我！”

暗香依依闻声脚步一顿，想起自己一时急怒忘了要把话讲明白，便踯躅着转过头来，起先还没注意，这一回头顿时吓了一跳。未默最初是用缩骨功，后来跳下水后，恢复了本来面貌，洗剥干净倒是个少见的美少年，只是……只是…当下，他全身上下除了重点部位围着早先所穿衣物，其余地方……“呀！……”暗香依依惊叫一声迅速消失在了未默眼前，哪里还有心思和他摆事实讲道理说清楚何为友情何为爱情。

暗香依依的一声惊叫将未默吓得一个踉跄，低头一看自己，啊呀，难怪会把依依吓到，自己怎么光不溜秋就上来了，得找件像样的衣服穿穿。可四下除了树皮枯枝哪有什么衣服啊，他正抓耳挠腮无计可施之时，忽见树后有人影闪过。

此人并非秦楠，而是花香玉。花香玉比九幽教众人还要早入谷，一直躲在环绕百花谷的山林中伺机窥探。他毕竟武功低微，远见木屋所在俱是一等一的高手，不敢轻举妄动，又不甘心就此离去，便藏于远处遥遥相望。那日暗香依依入了客栈，最早发现他们踪迹的便是百花门的弟子。花香玉得知消息后到了客栈，却已是无迹可寻，他原以为暗香依依去了九幽教江州分舵，可之后竟发现九幽教的人也在寻找他们的踪迹，这才起了心思想到了江州客栈后方的百花谷。

花香玉百般小心没有被傅月发现，没有被暗香依依发现，甚至没有被顾天穹等人发现，却误打误撞偏巧被未默一双贼眼发现。未默一见花香玉身上穿的那身锦衣玉缎，目光顿时大放异彩。

花香玉卖力挣扎了，可惜哪里是未默的对手，点晕了他之后，未默三下五除二地剥了他身上的衣服，仔细穿戴在自己身上。闻到一股子女人的脂粉香，他打了两个喷嚏方道：“一个大男人衣衫怎么这么香，真他奶奶的晦气。”摸了摸散乱的头发，看了看花香玉那过分华丽的珠玉坠子发冠，虽然不喜欢，可为了整体形象，他拔下花香玉的玉冠戴在了自己头上。

这才留下只剩一条内裤横卧在地上光裸、昏迷、玉体横陈的花香玉而去。

尚未走近木屋，他便看到了慕容逸和暗香依依立在前方，眼见他二人并肩而立，心里头不由得泛酸，故意重重地咳了两声，引起众人注意。

一九幽教弟子首先厉声质问：“来者何人？！”

闫长老等人闻声也顺势望了过来，众人只见来者唇红齿白，眉眼灵动，原本穿在花香玉身上极为俗媚的衣物，穿在他身上却十分耀眼夺目。尤其玉冠旁垂落的珠玉，随步摇动，日下反光，更衬得他翩然脱俗。顾盼见，几分桀骜不驯，几分玩世不恭，还有几分的目空一切，都令在场之人为之惊讶侧目。

暗香依依自然认出他是未默，心中震撼虽已自初见未默时变淡，但亦未曾想到，他穿上一套正经衣服竟能这般好看，尚未回过神来，便听慕容逸道："本非凡间俗中物，怎知晦目难辨珠，误以为似妖近邪，岂知神仙亦不如。未默，你身上穿的是百花门门主花香玉的衣服，他人呢？"

听慕容逸之语，闫长老一时难以相信眼前之人竟是未默，再听慕容逸提及了花香玉，眉间一蹙，立即吩咐道："去把那花香玉抓来。"

两名九幽教弟子迅速奔去。

未默无心理会其他人的目光，只是注视着慕容逸与暗香依依牵着的手。待瞄见暗香依依正瞧着自己，他又故意将脸大幅度地转了过去，鬓边珠玉也随之哗啦一声响，不小心敲到了额头，他低哼了一声以此加重表达心中不满。

这要是在原来，身材短粗灰头土脸的他做出这副神态，十有八九会被人忽视，可如今，这样一个绝世公子，即便只是些许不满，也会立刻引来众人的关注，可见人的相貌和衣着也是体现存在价值不可或缺的砝码。

慕容逸却似心有旁骛，无心理会这些。他望向远山，目露倦怠，轻声对暗香依依道："陪我去山顶吹吹风吧。"

"好。"暗香依依应道。

闻声，未默顿时又忍不住转过头来。眼见慕容逸牵着暗香依依的手一前一后飞向山顶。他原想追去，可待看清暗香依依望着慕容逸的目光，心里顿时酸涩起来。暗香依依眼中那毫不掩饰的依恋让他难以接受和相信。

怎么可能，依依早先根本不认识傅月，这前后他不过只睡了一觉，醒来就……咦？他这一觉究竟睡了多久？待问过闫长老，这才知道，他奶奶的，自己竟然连睡了五天！五天！一想到傅月肯定反复点自己穴道让自己昏睡，更是对傅月恨了个底朝天。他咬着牙暗想，如今自己都破例恢复到不正常了（现在这模样在未默心里是不正常的），依依为何还是不喜欢自己？！未默心中正愤愤不平，这时，就听一人吧嗒着嘴嘟囔着说："妖精，别走。"一抬眼，便瞧见不远处呼呼大睡的襄阳王，这气就不打一处来，暗骂这都什么时候了那元宝王爷还有心思睡觉。

他一个纵身上前踢醒了襄阳王。原本想让襄阳王醒来与自己同仇敌忾一致对外，岂料襄阳王乍一醒来迷迷瞪瞪根本没弄清楚状况，一听自己的随从大声质问面前男子："大胆！敢踢我家王爷！"立刻反应过来自己竟然是被人踢醒的，顿时火冒三丈，他堂堂一个王爷何曾被人踢过？！再说，他刚醒来尚不知面前少年竟是未默那厮，仔细一看这家伙长得实在让他心里不舒服，顿时与未默发生了争执，木屋前又是一阵大乱。

说实话，在襄阳王眼中，未默那厮就没被他放在眼里过，就未默那模样，没把暗香依依吓跑已经是不幸中的万幸了，哪里想到面前少年就是未默呢？

而在未默眼里，襄阳王同样不济，就元宝王爷这样的草包，自然不是自己的对手，要不能找他一致对外吗？

闫长老将这几个年轻人的暗潮汹涌看在眼里却不动声色，当下，眼见未默与襄阳王几句不和就要大打出手，只得使了眼色与萧仁让他上前好言安抚。

而此时，慕容逸已牵着暗香依依的手，飞向了山巅。

天边一旦拉开一条线，光明便无法遮掩地争相涌入大地。

慕容逸回眸看向暗香依依，见她笑望着自己，晨光下，眼中满是对自己的亲近和欢喜，原本该喜悦，可内心真实的感觉却恰恰相反。

为救顾不迷，他耗损了不少功力，顾天穹付出更是巨大，合二人之力才为顾不迷打通了任督二脉，救回了他的性命。

顾不迷半昏半醒之间，几次低唤出暗香依依的名字，轻声呢喃之语很有些缠绵悱恻。他与顾天穹都听得真切，他早先一直以为顾不迷自点死穴是不想与暗香依依或莫七彩发生关系，可就在那一刻，顾天穹的一声叹息，让他领悟到了另一种可能……

如果一个人为另一个人渺茫的生存希望，心甘情愿选择万虫钻心之苦，在痛苦折磨中死去，不知该说这个人傻，还是该说这个人痴。尤其这个人所做的一切，另一个人并不知晓。

回头，他看到了一双秋水盈眸……其中，毫不掩饰对自己的脉脉情意。他本该欢喜，可一想到自己早先的所作所为，欢喜随即蒙尘，隐隐的还有一丝害怕。

害怕？他竟然也会害怕，怕什么？怕她知道自己就是始作俑者罪魁祸首？还是怕她这样的眼神消失殆尽？他忍不住讥笑了起来，没想到，自己也会有这么一天，喜欢上一个人，开始嫉妒，开始了患得患失。

如此想法让他微微一怔，下意识起了排斥，竟不敢去深想这想法的背后究竟意味着什么。世间情爱本就脆弱，何况自己的所作所为一旦揭穿，很可能与她反目，理智告诉他应该想方设法隐瞒到底，甚至到死也不让她知道真相，可心底却有一个更强的声音，嘲讽着自己不敢面对现实的怯懦，为一己之私隐瞒事实的卑劣。不！这不是他慕容逸，即便他并非好人，却也绝不是一个伪君子。

峰峦之巅，参天树顶。

他与她，分立两端枝头。

他远眺远方，风吹起了发，不同以往的静默中，他疲惫而疏离。

她望着他，察觉到了他的沉默，却没有开口相问，只是静静地等待，等到他愿意主动转过头来，望向自己始终不变的柔情笑意。

清晨的山风吹得她衣张发扬，面色苍白，眼神却明亮到刺眼。

立在枝头的身影随风轻动，他轻声笑问："告诉我，你眼中看到的谁？"

"慕容逸。"她答，微微敛了目光，真正的答案只有自己明白。

心微微一动，想到自己此刻易了容，他恍惚了一瞬。莫非，她只是想到了自己慕容逸的容貌？

朝霞之光，柔和而坚定地落向人间，光明耀眼，看到她面色苍白，慕容逸知道她昨夜击退了一众黑衣人，心中一软，向她伸出了手。

她义无反顾地将手放到了他的掌心。

执手相握，她颇为动容地对他说："此生此世，我们再不分离！好吗？"

他神色一变再变。

这一生还有多长，或许一日，或许五十年。

可这世间，无论是谁，一生最动容的时刻，莫不是与相爱之人执手许诺。许这一生一世，许下生生世世，不怨不悔。

只是这句誓言得来如此快，如此容易，又太不单纯。

想要，又不想要。

想紧握，想守住，却偏因其不纯粹又抵触地放开。

岂料，她却将自己的手反握得更紧了些，不容他放开。

望着她紧张而期盼的目光，再看她紧握着不放的手，他敛下了目光。或许已疲惫到无心力去分辨和等待，或许被她眼中期盼深深触动。他扬起近乎残忍的笑，不留余地道："你鞭子上的毒是我所下。戚坊镇那四个调戏你的男子都是我的手下，就在你出鞭教训时，蝴蝶之毒便神不知鬼不觉地下在了你的鞭子上。"

看着她古怪的神情，他笑得轻蔑至极，"我还知道你内功心法的秘密。"

"落月迷香，若与男子交合，男子可获一甲子功力。"他不给她喘息的机会甚至不愿给自己留任何退路，毫不留情地继续道，"如果我有一甲子功力，我将成为武林第一人，从此天下无敌！"

"你还要与我一生一世不分离吗？"他带着无尽笑意，问暗香依依。

他肆意地笑着，残忍而决绝地等待着她的答案。她神情复杂难辨，从挣扎犹豫不信，到不得不信，只觉得自己不堪到了极致。可一想到他是他，前世的错过，今生的相遇，用生命亦难换来的又一次重逢，是上天垂怜，是自己日夜心心念念的期盼……也是命数，一切的一切都可以被原谅，只有一点，她小心翼翼地问道："顾不迷会好起来吗？"

他似已料到她会有此一问，嘴角笑容越发轻蔑，却仍回道："会。"

闻言，她顿时展颜，义无反顾地说道："只要他能好起来，过去的事就让它过去吧，我不离开你，除非……你不喜欢我。"

他的笑僵在唇边。残忍变成了复杂难辨的动容，轻蔑变成了难以名状的悸动。

轻轻闭上了眼睛，轻轻地颤抖起来，手心温润的触感成了此刻唯一的世界。这才察觉，她一直握着自己的手未曾松开，他无以名状，有生以来，第一次，只觉得自己的心快不听话地跃出胸口，好似自己得到了全天下，好似这世间自己最梦寐以求之物也尽在掌握。

他听到她坚定地道："这一世，我绝不会离开你。"

这一世？

他似有所触动，睁开眼来，理智重归躯体。

这一世？……为何只有这一世，为何是这一世？

他缓慢而轻声地道："从现在开始，蓝枫立誓只疼花舞一人，宠她爱她，不会骗她。答应她的每一件事都会做到，对她讲的每一句话都是真话。不许欺负她骂她，要相信她，有人欺负她，会第一时间出来帮她。花舞开心的时候蓝枫陪着她开心，花舞不开心蓝枫哄她开心。永远觉得花舞最漂亮，做梦都会梦见她。在蓝枫的心里只有她。以此为据，一生一世……""绝不反悔"四个字缥缈无音，或许已无须再说。

她震惊、迷茫、疑惑的神情丝毫不落地映在他的瞳孔中。

"你……你怎么会知道蓝枫？"她惊问。

"这段话，是你梦中的呓语。"每一个字，他都说得极慢。从她的脸上，他看到了不可置信，看到了愤怒，看到了失望，可不知为何，种种情绪过后，只剩下悲伤。

悲伤，为何是悲伤？他不懂，但所有的这些都已足够让他明白，她对自己的情为什么来得那么突兀，她为什么会轻易原谅自己过往的种种欺瞒，她眼中看着的那人究竟是谁。

此刻，他就好似一个身陷荆棘的人，越是挣扎越伤痕累累。她的神情似一根刺，清晰反复地刺痛着他，察觉到她的手在缓缓抽出，他突然反应过来想要紧紧回握，不容她离开。可她已不再给他机会，骤然将手抽离，凌厉的指甲甚至划破了他的掌心，鲜红的血顺着他虚张的指缝流出滴落。

恍惚中，他笑了。

蓝枫，原来是那个叫蓝枫的人，他甚至不能肯定这个人是否真的存在！何其嘲讽，何其轻蔑！

原来一直在寻找，一直在期盼，一直存有希望，以为上天将她送到这里，是要重新给她一次弥补过错的机会，可如今才明白，不过是彻头彻尾的愚弄和欺骗。她无法面对，也不知该如何面对，唯有逃避地离去，踉跄而仓皇，悲伤而无措。

他带着笑意，脊背挺拔如初，不去看她渐行渐远的背影，只望着远山霞光，嘴角缓缓弯起，溢出鲜红的血液。

阳光，寸寸浸染山谷，攻城略地。百花的艳姿亦因此而夺目绽放。可就在你因其美、受其惑，情不自禁踏入靠近摘取时，它亦毫不留情地反抗你甚至残忍地毒杀你。当你察觉它表里不一的虚伪，你会后悔被它表象所惑，会痛苦，会挣扎，会报复。可无论怎样，痛苦都已如此明显，你原以为痛苦的是你，只有你，可你怎知，就在你挣扎、痛苦时，无数的花儿都随你凋零。

没有谁真的赢。

百花谷中。

木屋的门咯吱一声被人自内打开，首先出来的是面色苍白的顾天穹，而在其后缓步走出的，是顾不迷。

不知是谁喊了一句“少主”，明明声音不大，却好似响彻了整个山谷，令刚刚狼狈落地的暗香依依瞬间抬起了头。

门口那抹紫影是多日来心中放不下的牵挂，许是愧疚，许是其他，她无心分辨也不想分辨。慕容逸的伤害让她胸口压抑着难以名状的伤痛，可这抹紫影的出现又让这股伤痛奇异地幻化成了几分惊喜，几分委屈，还有几分说不清道不明的情绪。

或许是连番刺激让她得了失心疯，也不知怎么，待她反应过来时，已冲至顾不迷近前。咫尺间惊醒停步，开始了目瞪口呆尴尬的大眼瞪小眼。

面对顾不迷幽幽看过来的目光，再反应过来自己失态的举止，四目交接，她不知该如何是好。

众目睽睽之下，微张的双臂让狂奔过来的她显得暧昧至极，此刻再要收回既尴尬又难堪。

她艰难地一点点收起了手臂，正欲向后退几步拉开些距离，衣领突然被他揪住，就在她大喊：“我跑过头了！少主饶……”“命”字尚未出口，人已到了他的怀中。

她瞠目结舌如坠梦中，仿佛被点了穴道定格在那里，包括手臂和手指都是直直地伸着，那模样显然不是惊讶，而是惊吓！

平常尚有那么点儿灵光的脑袋瓜子如今已彻底不好使了，就在她梗着脖子僵着身子，腰间顾不迷那双手似铁钳子夹得她一分一毫也不敢动弹时，脑袋忽然被他硬按了下去，额头被迫贴靠在了他的颈侧肩头。

耳边传来他不冷不热，不喜不怒的声音，“你不就想这样吗？”

与此同时，刚刚不小心又打了个盹的襄阳王恰巧在这时醒来，看到门口二人当众相拥立刻尖叫道：“相亲开始啦！？”

众人闻言，顿时面色各异。

山顶，风越来越大，光越来越强。

七日前，他提出救顾不迷的条件，“你嫁给我。”

她回眸说：“我答应你，只要你肯救顾不迷。”

将谷中一切看在眼中的慕容逸已不愿深想，她心中没有自己又何苦勉强。在将那些话和盘托出时便已有了决断，勉强得来的他不耻，做他人影子他更不屑，即便这情已种下，他也要连根拔起。

朝霞万丈却孤身清冷，他的身影消失在山巅重峦。

从此天涯路人，各自珍重。

第二十三章

明日之约

此时襄阳王已弄清少年就是未默，二人很有默契地并肩而立，站到了统一战线上。俩人你看我，我看你，再看眼前公然相拥的二人，眼里酸气一个比一个冒得凶，襄阳王说：“你不是很厉害吗？怎么这个时候不敢说话了？”

未默恨恨道：“你怎么也不说话了？”

襄阳王哼了一声道：“这里都是九幽教的人，真打起来本王也讨不到什么便宜。再说明显是依依自己扑过去的，我又能说什么？”

未默扼腕道：“顾不迷就是我的死敌，可恨我打不过他。”

襄阳王道：“你怕他作甚，大不了钻到地下一走了之。”

未默白眼一翻，道：“你懂什么。”

襄阳王确实不知，顾不迷那琴是全方位立体化击杀对手。未默遁地后，可以以任何轨迹躲避，甚至能顷刻间到达对手后方，就算对方内力深厚可击入地下作为攻击，也一时无法顾及自己后背。可顾不迷却不同，他的魔琴只需一个单音，便可瞬间击杀天上地下方圆数丈的任何物体，任凭未默有通天之能也难逃劫数。何况如今顾琴魔身边还有那么多帮手，个个杀人不眨眼，现在和顾琴魔作对无疑是自寻死路，未默才不干呢。当下任凭襄阳王如何讥讽，他也不为所动。

这时，九幽教教主顾天穹与长老闫阵走到了二人面前。

顾天穹拱手抱拳道：“在下九幽教教主顾天穹代小儿谢二位仗义相助，从今往后，王爷与未少侠就是本教的恩人，如有需要，九幽教上下赴汤蹈火在所不辞。”

襄阳王笑道：“顾教主严重了，贵教素与本王有些来往，只是本王一直未曾有机会结识教主。今日也算有缘得见本尊，能够结识顾教主这样的英雄人物，也是本王之幸。”

未默亦道：“顾教主客气了，在下未默，与左护法暗香依依颇有缘分，向来引为红颜知己，为知己做些小事又何足挂齿。”

顾天穹点了点头，没有继续客套。

闫阵掏出两个木牌分别递给襄阳王和未默，道："二位有恩于本教，他日若有事，只要遣人递上此牌说明事由，但凡九幽教能办到的，必会为二位办到。"

襄阳王嘴上笑着说："那怎么好意思。"手却已接过木牌。

未默也接了过去。

顾天穹一笑，这才带着闫阵走开。

闫阵低声对顾天穹道："教主，花香玉也来到了谷中，只是属下派人去搜时未能抓到此人。"

顾天穹道："不必理会。傅月人呢？"

闫阵道："已经走了。"

闫阵又问："教主，这谷中花香有些诡异，不知教主功力是否受到影响。"

顾天穹道："我无碍。"

顾天穹看了一眼面前相拥的二人，目光扫向了闫阵。

闫阵意会，低声道："左护法虽有错，却也救回了少主，功可抵过，只是江州相亲一事不知左护法有何深意？"

看着面前一个哭得凄惨，一个抱着不放，顾天穹自然听出了闫阵"深意"二字的意有所指。

早在收到那样一则荒唐的消息时，所有人心里都在猜测，这少主和左护法相亲究竟是他俩要相亲，还是他俩分别相亲，还是他俩其中之一要相亲？早先一直未有定论，而今一看，虽说武林儿女不拘小节大难不死失态一下也无可厚非，可众目睽睽之下抱在一起还抱了那么久，这还用问吗？

不信你看！

当下所有目光的焦点所在，顾不迷与暗香依依。

暗香依依哭了，而且哭得很惨。

襄阳王心里想她肯定是被顾不迷吓哭的，不只暗香依依，他也险些被顾不迷突然的举动吓哭，他怎么可以？怎么可以！……当着他的面，当着这么多血性男儿的面抱住了现场唯一一名女子！

未默却是一脸痛苦，好似抱住暗香依依的是针板，刺着暗香依依，看得他眼睛疼，心里更疼，一生气顿时变小了，衣服松垮垮地挂在身上，再看头上戴着的那个珠玉冠当真不伦不类。

顾天穹却是一声不吭，也不出声制止，只和闫阵有一句没一句地说着话。

其余九幽教人等在最初的惊讶之后，便不敢再盯着看下去，但眼角余光无一不时时瞄着二人。

而襄阳王带来的那群人则肆无忌惮地欣赏着一男一女当众搂搂抱抱的罕见画面，毫无避讳。

顾不迷蹙紧了眉头，任由暗香依依伏在自己肩头哭了一会儿，方才将她推开，冷冷清清地问道："哭什么？"

"高……高兴。"她一边抹眼泪一边试图控制自己无法对人明言的复杂心绪。

"不许哭！"他沉声道。

"哦。"她赶忙收住余下的眼泪。

"你脖子怎么了？"暗香依依脖颈上有两块明显的青紫淤痕，顾不迷一眼便看出那是指印。

暗香依依想起前因后果又红了眼眶，不敢和盘托出，只低声道："受了点儿伤。"

"谁伤的？"顾不迷冷冷问道。

她闻言一呆，一时竟不敢实话实说，因为顾不迷的神情好似下一秒便会将伤她那人打成重伤。可一想对方是他爹，暗香依依顿觉有口难言，正支支吾吾不知道怎么回答，恰好这时闫长老接过了话，"少主，你方才醒来身体尚未完全恢复，此地处处透着诡异，不宜久留，我们还是先出谷到江州分舵为好。"

为打通顾不迷的任督二脉，顾天穹消耗内力过剧，不宜在此久留，事不迟疑便率众出了山谷。

临出谷前，暗香依依忍不住抬头看向了山巅，已寻不到慕容逸的身影。再看走在前面的顾不迷，一如七日前，紫漆木琴背在身后，不苟言笑的样子连后脑勺都带着几分难以亲近的高傲。如今想来，不过短短七日，再见这背影竟恍如隔世，后脑勺的高傲也顿时有了几分亲切。她正打量着他的背影，忽然察觉到一件小事，顾不迷梳洗过，还换过衣服！

原本他一身狼狈，这衣服明显换过头发也梳整过。反观自己，有几天没洗脸了？她如此一想心里顿觉不是滋味，可转念又想起来，他此刻穿着的衣服恰是自己几日前洗过的，又想到了衣服堆叠如山的慕容逸，心情再次复杂起来。

山体陡峭，眼见顾天穹等人翻山而去，一点儿也不顾及才重伤初愈的顾不迷，暗香依依暗叹魔教果如传言般崇尚强大欺凌弱小。她心里担心顾不迷重伤初愈体力不济还死要面子地死撑，便偷偷留意起了顾不迷。恰逢最陡峭的一段路，忽然察觉顾不迷气息稍顿，瞬间警觉起来。她悄悄飞过去低着头伸出手臂示意他可以不用客气地稍稍借下力，岂料此举反被他横了一眼甩在了身后。

未默沉默地紧随其后，时不时拿眼睛瞄着暗香依依。

襄阳王一看暗香依依等人出谷速度奇快，一着急也弃了轿子，喊上几个武功高强的手下轮流背着自己，追着暗香依依出了谷。

如此一群人，不日便到了谷外。

众人刚自后门进入江州客栈大厅，便看到厅中一片狼藉。桌椅板凳都已细碎，明显经历过一场浩劫。掌柜的枯坐在断壁残垣中自叹自哀，店小二哭丧着个脸坐在门口眼大无神。察觉到一群人自后门进来，二人立刻吓得跳了起来抱成团跑了出去。

顾天穹并未理会这两个人，立在厅中等来顾不迷与暗香依依。众人正要出去，便看到门外大街上浩浩荡荡地来了一群人，不由分说将他们团团围困在了客栈当中。

未默一直跟着暗香依依，襄阳王等人却在这时才进来。

暗香依依眼见大街上人群奔走鸡飞狗跳，各大门派来得齐全，人人提着兵刃杀气腾腾来势汹汹，一看就知来者不善。

江州客栈外的整条街都被围了个水泄不通，连客栈外的地上……暗香依依目光所及，顿时面色一白，客栈外的地上竟然横躺着数十具尸体。一看到尸体她就忍不住害怕，下意识躲在了顾不迷身后。

顾不迷有所察觉，不留痕迹地挪了一步，将她挡在了身后。

所有人都看到了门外那十几具九幽教江州分舵弟子的尸体。萧仁上去检查，尸身已无温度，显然昨日便已被杀。九幽教众人气怒，纷纷亮出兵器。一时间，客栈前剑拔弩张。

别人没察觉，暗香依依却看到了顾不迷方才挪动的那一小步。她看着他的背影，心里微微热了几分，想到他身体尚未恢复还很虚弱，暗道一会儿打起来她一定要不留痕迹地保护他。

可怎么才能不留痕迹地保护他呢？若要做到不留痕迹，那就得……让别人看起来好像是保护了所有人，顺带保护了他。如此一想，暗香依依立刻自他身后站了出来，一时头脑发热地蹭蹭蹭跑到了所有人的前面，就连教主顾天穹都被她挡在了身后。

顾天穹横了一眼她的后脑勺，见她气势十足地卸下腰间长鞭，站在最前方，真气灌入紫鞭，在身侧如灵蛇般跌宕幻化出妖娆的姿态。许是前些时日和顾不迷混得太久了，这副模摸样竟有几分顾不迷杀人前轻抚琴弦的妖娆魅惑。

没想到顾天穹竟真的留下一句，“左护法，打发了他们。”便转身与闫阵二人回到了客栈内。

暗香依依看着门外一大群煞气腾腾的人，颇有气势地大声道：“有我暗香依依在此，我看今日哪个敢动我家少主！”话说得太快，竟然脑子里想着什么嘴上就说了什么，一不小心说漏了嘴。待反应过来，她忙不迭地补上一句，“还有我家教主！”这句话补得可不怎么样，你保护受伤的少主可以，你保护武功在你之上的教主，就有些不知进退没有分寸了。暗香依依反应还算快，当下又察觉到不对，急忙又补了一句，“还有我们所有九幽教的弟兄！”这句话过后，方才令所有侧目望过来的九幽教兄弟们眼珠子都归了位。

顾不迷知道她一向有点儿缺根筋，说错话那是常有的事，没什么可大惊小怪的。只是她越是这样，越说明她突然冒出来的第一句话是她的真心话。此刻望着她的背影，面对众多强敌竟大言不惭地表示要保护自己，这种感觉很陌生。被保护，是弱者才需要的，他何曾需要？可偏因说这句话的人是她，他不禁没有发怒，反而在看到她眼中激昂坚韧的目光时，复杂地欢喜起来。

他卸下了背后的紫漆木琴，手指轻轻抚摸起了琴弦，嘴角竟带了一丝若有似无的笑。

他现在是有些虚弱，即便如此也无人可以轻易取他性命。看了一眼坐在厅中的爹爹，爹爹为了救他耗损了大半生的功力，想要恢复并非朝夕之事，此事越少人知道越好，如今由暗香依依出面打发了这些人也未尝不是好事。

厅中，仅剩的一张断臂桌子旁坐着两个人。一个是顾天穹，一个是襄阳王。

襄阳王早先刚到厅中见此情形也暗暗吓了一跳，在客栈还未被重重包围时便派了身边一个武艺高强的侍卫拿着自己的令牌从后面绕出了客栈去当地府衙搬救兵。

当下见此剑拔弩张的情形早已坐不住了，他猛地一拍桌子，怒声道：“大胆！本王在此，哪个敢胡乱伤人！”三条腿的桌子哪里经受得住他这么重重一拍，瞬间坍塌了下去，反倒砸到了他的脚。他眼睛鼻子猛地一抽，生生忍住了疼痛，推开挡在门口的九幽教众，来到暗香依依身旁，故意与她并肩而立同仇敌忾。目光扫视了一圈挡在客栈门口的江湖中人，襄阳王厉声道：“尔等狂徒，光天化日之下，目无王法持械当街生事，要造反吗？”

“王爷，武林自有武林的规矩，王爷最好别多管闲事，否则等下动起手来，刀剑无眼伤了王爷，可就怪不得大家了。”飞马帮帮主马天霸阴阳怪气地道。

襄阳王闻言，横眉立目地斥道：“本王今日倒要看看，谁敢伤本王要护的人！”

未默早已到了暗香依依身侧，在百花谷中他就缩了回去，一路出山又弄了个灰头土脸才觉舒服。当下拔下头上玉冠拨弄着其上珠玉，他嘻嘻笑问：“元宝，讲话要讲清楚，你要护谁啊？”

襄阳王道：“自然护本王的美人暗香依依！”回答完了才反应过来未默叫他什么，忙瞪着未默问，“你叫本王什么？”

暗香依依闻言顿时汗颜，早先的气势也因襄阳王这句无心的调戏之语灭了半分。

红枫山庄三弟子秦楠冷冷道："九幽教何时与官府勾搭上了？"

不知如何出了谷的花香玉亦讥讽道："没想到一向嚣张跋扈的九幽教，今日竟成了缩头乌龟，只知道躲在别人后面不敢出来！"未默身上的衣服早已布满尘土不可分辨，可手中拨弄的珠玉花香玉却认得是自己的。当时他躲在林中远远偷听暗香依依和变了身的未默说话，由于距离尚远他又只顾注意未默裸露的身体，所以并未看清未默长相。当自己穴道被点，慌乱间也没能看清未默，而今再看他灰头土脸满身是土，本就嫌弃他的脏污和矬子样，又憎恨他抢了自己的衣物，出口的话自然很是难听。

继花香玉之后，长青门一小子大声接口道："我看九幽教已经成了官府的狗了！"

众人冷笑起来。

九幽教教众闻言气不可遏。

暗香依依闻言也有些生气，当下眼珠一转，对身边襄阳王道："王爷，你看这些人都自称是江湖中的好汉，不愿与官府沾上半点儿关系并引以为耻。可据我所知，无论是红枫山庄还是百花门抑或什么飞马帮、长青门，哪个不是沾了王爷您的光，才能在襄阳百里地界风风光光地养了一众弟子，有吃有喝来去自如。可王爷你看，你如此厚待他们，他们却公然拿着刀枪在王爷面前耀武扬威出言不逊，一点儿面子也不给你，我都替王爷不值。"

襄阳王闻言大怒，重重哼了一声，环视众人，道："从今往后，本王封地上……"

"暗香依依！"飞马帮帮主急切地打断了襄阳王的话。飞马帮大本营就在襄阳地界，如果襄阳王执意铲除他们，飞马帮这样的小帮派将再无立足之地！眼瞅着襄阳王接下来的言语定对自己帮派不利，飞马帮帮主立马变了脸色，拱手笑道："飞马帮听闻王爷进了百花谷，担心王爷被九幽教魔女所害，故特来此地探望王爷是否安好。飞马帮上下敬王爷为人，只是怕王爷被魔教妖女利用，反害了王爷！"说到此处，飞马帮帮主狠狠瞪了一眼暗香依依。

其实不只飞马帮，其他武林人士表面说不与官府一路，实则哪个帮派不是多多少少都与官府有些瓜葛，只是向来或各取所需私下合作或井水不犯河水罢了。不仅如此，每年在襄阳召开的武林大会，诸多武林人士来往襄阳，若遇官府中人，双方多少还是要给些薄面，以便今后常来常往。在场众人毕竟都非亡命之徒，若是今日襄阳王真的发起狠来对付他们，都是些有根有底的帮派，跑了和尚跑不了庙，连累家人、兄弟终归不好。

暗香依依眨了眨眼，指着飞马帮一众人等对襄阳王道："王爷，他这是变相骂你贪恋美色，无识人之能，是个容易被蛊惑的人！”

“妖女！休要挑唆！拿命来！”飞马帮帮主持刀带着手下就要上前砍杀。

襄阳王见势竟丝毫不惧，反而上前一大步展臂挡在了暗香依依身前，大声道：“本王看哪个敢！”

襄阳王在暗香依依心里不过是个草包好色王爷，虽然以前也曾有过不一样的气势，可本质上暗香依依依旧认为他不过是个草包，岂料今日看到他护着自己的样子，倒令她有些刮目相看了。当然，这还要排除挡在襄阳王身前的四个带刀锦衣侍卫和站在他身前昂首挺胸同仇敌忾的矮子未默。

出身皇族果然不同，就算手无缚鸡之力，面对众多如狼似虎的恶人，也可以做到面不改色，就算是装的，那也是本事啊。他此番架势不只获得了暗香依依的尊敬，还获得了一向与他不对盘的未默的赞誉。未默仰头对襄阳王道：“元宝，就冲着你护着我家依依的架势，我欠你一个人情。以后有事尽管找我！”

襄阳王闻言一笑，拍了拍未默的肩，立刻拍起了一阵灰，扑了他一头一脸。

这一见面就掐架的二人，竟在这时称兄道弟起来。

就在这时，早先接到襄阳王授命悄悄溜掉的侍卫带着上百名州府兵士将整条街围了个水泄不通，弓弩之物也搭在了两侧高墙之上蓄势待发，所有人都被围在了里面。

一些只是来凑热闹的武林人士已有些慌乱，其余人等也面色大变。

这时，江州府衙的父母官被前去搬救兵的侍卫夹在腋下飞进了人群，慌慌张张地跪在襄阳王面前请罪。县令一见王爷背后有那么多奇装异服的武林中人，起先还一阵紧张地喊着保护王爷，后来被襄阳王狠瞪了一眼，才又闷不吭声地站到了一旁，可还是摆出了随时为王爷献身的姿态。襄阳王要是在此有个闪失，别说他的顶戴花翎，就是他一家老小的性命也难保。

襄阳王看了县官一眼，道：“这些人光天化日持械围困本王，你说，该当何罪？”

县官大声回道：“杀无赦。”

众武林人士闻言纷纷亮出武器，显然起了拼死一搏的念头。

襄阳王尚未下命令，就听暗香依依道：“王爷，杀人不过头点地，他们本就是刀尖上过日子的武林中人，又岂会贪生怕死？”本有些贪生怕死的人闻言也伪装了起来。

襄阳王笑问：“那依依说该当如何？”

暗香依依道：“让他们自行散去吧。”

打算拼死一搏的众人闻言都有些惊疑不定。众人面面相觑，一时竟不敢相信一向嗜杀成痴的暗香依依，会突然转性要放过他们。

襄阳王闻言大皱眉头，道："不行，今日他们拿刀对着本王，以下犯上大放厥词！本王若将他们这么放了，此事传将出去，本王颜面何存？！"

暗香依依坏笑道："杀人太简单了，只有让他们活着，王爷才能淋漓尽致地报今日被辱之仇啊。"

"哦？此话怎讲？"

暗香依依道："只有人活着，王爷才能使劲地折腾他们啊。"

"折腾？哎哟，对啊，都死了就没意思了！"襄阳王一拍大腿，算是同意了。

众武林人士闻言横眉立目对暗香依依越加恨之入骨。

人群中，苏璇莹和她的师妹程秀相视一眼。苏璇莹环顾四周没看到慕容逸，便一直冷眼旁观，见暗香依依如此，不禁对师妹程秀道："她真的失忆了吗？"

程秀哼道："瞧她那狐媚样子，哪里是以前不善言辞、只知道举鞭杀人的暗香依依，我看不是失忆，根本就是换了个人。"

苏璇莹似有同感，更加仔细地打量起暗香依依来。

这时只听外围又是一阵骚乱，近百名九幽教弟子闻讯赶来。武艺高强者已越过人群直抵客栈。

前有襄阳王百人兵马相护，后有九幽教百名弟子教众，众人知道今日已成不了事，不禁都萌生了退意。

就在襄阳王要驱散众人时，苏璇莹忽然扬声道："王爷错怪我等，我等前来不是为了伤害任何人，更不是来为难王爷的，只是为九幽教少主与左护法相亲的事前来助兴的！"

一句话如醍醐灌顶，让所有人想起了此行另一个近乎荒唐的目的。

苏璇莹一句话，众人神情各不相同。

暗香依依一头雾水，本为这个荒唐的"相亲"消息嗤之以鼻，可她已经不是第一次听到这个词用在她和顾不迷身上了，不禁又有些奇怪起来，究竟是谁散播的谣言？

顾不迷并不知道来龙去脉，闻言哼了一声，显然也觉得是无稽之谈。

江州分舵舵主李维山此刻就站在顾不迷身后，闻言低唤了一声："少主。"

顾不迷转头看见李维山神色古怪欲言又止，沉声问道："什么事？"

李维山低声回禀："七日前，属下在江州界碑旁发现左护法留的暗语，上写，上写……"他看了眼暗香依依和四周人等，终是说不出口，只好自怀里掏出当日印下的印迹，递给顾不迷。

未默惊讶地望向暗香依依，心道：她和顾不迷要相亲难道是真的？怎么好像全武林的人都知道这事了，就连九幽教的人神情也有些古怪。

襄阳王看了眼暗香依依，不知想到了什么，忽然露出了古怪的笑意，竟不着急走了。

暗香依依看向苏璇莹，道："苏姑娘说话要有凭据！信口胡诌的事，只有居心叵测的人才会恶意为之。"

苏璇莹不紧不慢地笑道："少主与左护法到此，江州客栈，相亲。这句话可是暗香依依你自己亲笔写下的！"

暗香依依一想到自己临时看册子写的暗语，心中疑虑顿生，难道是自己心急看错留错了字？她只见身边本教弟子神情古怪，心里越发没底，一时也不敢胡乱回应。

苏璇莹点到即止，其师妹程秀却不依不饶地接口道："我还听说，九幽教江州分舵的人为此特意找了十几个男男女女，以备你和你家少主两人相亲之用。这等奇闻妙事，可真是武林破天荒头一回呢。堂堂少主和左护法要公开相亲，此事早已在武林传开。暗香依依，既然你这么想嫁人，你看，在场这么多武林豪杰个个血气方刚，咱们江湖儿女不拘小节，何不现场从中现挑一个，也让我等开开眼界。"

众人一阵大笑，九幽教众人面露气怒及尴尬，纷纷抖动手中兵刃，只等一声令下，上去杀她个痛快。

顾不迷看过李维山递来的字条，已然想通了前因后果。敛下眸光，他将纸叠好收入怀中，此时恰好听到程秀之语，当即冷声道："程姑娘此来莫非也是想凑凑热闹，只可惜，你这等货色，我连杀你的欲望都没有。"

顾不迷一句话，让程秀顿失血色。

顾天穹由始至终没有说话，只冷眼旁观暗香依依和顾不迷的反应。

顾不迷举步走到门外，看都没看周遭人一眼，就率先离开了客栈。所经之处，无人敢挡！

暗香依依眼见如此不由得目露崇拜，二话不说，闷着头跟在他身后也走出了包围圈。

眼看九幽教的人就要明目张胆地离去，花香玉忽然高声道："既然九幽教少主和左护法都没有反驳此事，看来此事并非子虚乌有。在下斗胆问上一句，暗香依依，你来此要相亲的人究竟是谁？"

暗香依依忽听此言，转头看向了花香玉，一看见这伪娘暗香依依就有些倒胃口，正要说上几句，便听一人道："是我。"

是谁？暗香依依只觉得这声音极为耳熟，只是一时不敢相信，会出自那人之口。

待所有人的目光都看向顾不迷，她才花容失色地看向了顾不迷，磕磕巴巴地吐出了几个字，“少……少……主？”

顾不迷看着好似刚吃了苍蝇一样的暗香依依，再次用所有人都能听清的语速语音道：“她要相亲的人，是我。”

“我什么时候……”暗香依依才说了几个字，就听顾不迷蹙眉沉声道，“我们的关系，你还要瞒多久？”

“我……你……关系……”暗香依依显然不止吃了一个苍蝇那么简单！

这时却听未默暴跳如雷地道：“依依是我的，谁都不能嫁！”

襄阳王看了看暗香依依，又看了看顾不迷，最后看向未默，忽然笑了，道：“既然是相亲，本王也凑凑热闹。依依，本王要钱有钱、要貌有貌。不只如此，本王还有权势，本王可保你一生无忧，享尽荣华富贵。本王也愿与你相亲。”

未默一听，也接口道：“依依，我也要和你相亲！”

就在乱得一塌糊涂之际，忽听一人道：“本教教规，凡想娶或嫁本教中人者，必立誓入我教方能成亲。左护法暗香依依，未经教主允许不得擅自婚配！”

众人闻声望去，却是顾天穹身侧的长老闫阵在说话。

未默生性自由不受拘束，一听要入门规一大堆的九幽教，立刻摇头退缩。他还小声劝暗香依依退教吧，和他一起海阔天空游山玩水岂不快哉，顿时惹来九幽教众人敌视。其他人他都不怕，唯独顾不迷，让他好一阵懊恼用玉救回了他。

襄阳王身份所束，自不能加入九幽教，一句话让襄阳王好生失望，只好在县令等人的护卫下打道回府。临别前，他摘下了帽子上的金元宝赠给了暗香依依，说以后若有事，只要将这个元宝托人交到王府，他就会立刻来找她。

其实暗香依依很早以前就在奇怪，他整天顶着那么大一个金元宝脑袋不累吗？可当把元宝接到手里才发现，这元宝中间竟是空的，一点儿也不重。

她收好元宝，向襄阳王道谢。襄阳王看着她的笑靥如花，痴了半晌，直到被未默毫不留情地向外推去。未默边推边说：“赶紧走吧，我家依依不会去找你的，我倒是有可能去你家里溜达溜达，不过我用不着金元宝。”

未默的本事襄阳王一清二楚，这种人来他府里非奸即盗啊！一听他要来自己府上溜达，襄阳王立马变了脸色追问道：“你来本王府做什么？”

未默理直气壮地说：“找点儿银子花啊！而且你府上那么多貌美如花的美人……”

“你……你……敢来！”襄阳王一时惊怒，说话竟有点儿磕巴。

“我……我……就来。”未默学着他的磕巴。

襄阳王狠狠地瞪他。

未默反瞪他。

襄阳王伸手就打他，他立刻绕着圈跑，襄阳王岂能追上他，被他耍得团团转，后来终于被众人劝阻，气哄哄地拂袖离去。

暗香依依正看得好笑，一抬头却看到顾不迷阴冷的脸色，赶紧低下了头去。

未默一见暗香依依要走，立刻丢下襄阳王，屁颠屁颠地跟着暗香依依，一直跟到了去九幽教江州分舵的渡口。

闫长老拦住了未默，语重心长地说："未少侠，过了这片水域，就是本教江州分舵了，未少侠虽然于本教有恩，可本教教规森严，非本教中人如无邀请不能进入本教重地。未少侠对本教左护法情深意重在下知晓，可也只能送到此地了，望未少侠留步。"

未默一听这是下逐客令了，立刻抱住暗香依依的胳膊，摇来摇去地道："依依，我不要和你分开，我要跟着你。"

暗香依依有些为难地看着未默，只好将闫长老拉到一边悄悄道："闫长老，这人的本事你可能不太清楚，你即便不让他跟着，他也有办法混进来，与其让他在暗地里捣乱，不如咱们明着盯紧他。"话虽如此说，但实质意义却是想让未默跟来的。

如果当下闫长老同意未默跟着，她会欢喜，若闫长老不同意，她也没有办法，但她说的是实话，只要未默想，就没有他到不了的地方。

她看着闫长老，闫长老沉吟片刻抬头看向了顾天穹似在征求他的意见。暗香依依一看顾氏父子的表情，这才想起自己拉着闫长老到一边小声说话此举纯属多余。这些习武之人耳目聪敏，这么近的距离无疑没有作用，当下再看未默，果然见他明显也听到了她方才说的话，摇头晃脑地哼着小曲，一副鼻孔朝天你奈我何的模样，不禁十分郁闷地挠了挠脸。

顾天穹没有说话。

岂料，顾不迷却在这时开口，"没有商量的余地。"

此言一出，未默顿时跳了起来，可待与顾不迷目光相对，看到他背后的琴又立刻蔫了。

未默红着眼眶，夸张地站在岸边依依不舍地送走了暗香依依。

暗香依依几番回首都看到他在岸边向她大力地挥着手，终于控制不住地也想向他挥手道别，却忽然看见了身侧顾不迷冷冷看过来的目光，刚举起来的手顿时改变了方向变成了摸自己的后脑勺。

在他冷冷地注视下，她一本正经地转过了头，目视前方。

船穿过片片芦苇，也不知划了多久，又走了多远，暗香依依这个不记路而且就算记也记不住的人早就糊涂了。

眼前，金色夕阳下，四周随风摇摆的芦苇成片摇曳，在耳边簌簌作响，此情此景很是温柔美丽。

暗香依依立在顾不迷侧后方，毫不吝啬地惊叹道："真是好看。"

大约又过了一个时辰，船方才靠岸。

入眼的情景更让暗香依依惊讶不已。

江州分舵竟然建在水上，虽然每栋建筑并不十分恢弘，可占地之广也令人为之惊叹。

这样庞大的规模，隐蔽的据点，不知道建盖时花了多少银子。

顾天穹、顾不迷、闫长老和暗香依依先后上了船坞，随后其他弟子乘的船也陆续靠岸。

分舵舵主李维山在前面领路，一行人踏着由无数木板搭建成的道路向内走去。七拐八拐的，方才进入到位于分舵中心的议事厅。

议事厅地处内宅，并非外围那般由实木所造，乃由巨竹所建。

也不知是哪个能工巧匠设计的，整栋屋宇并非如传统竹屋那般将竹子劈开为墙壁，而是整棵整棵的巨竹无缝相接，不只高大恢弘，还巧妙地设计了多个雕花精致的取光通风点，令光线充分透窗而过。

屋内各处摆放着铜镜，利用光的反射，令偌大的屋宇明亮通透，偶尔还能看到不同折射到屋顶的花鸟图案。尤其此时，夕阳西下，金色的光透过窗子投影到屋中，经过铜镜的反射，整个大厅都被镀上了一层淡金。

暗香依依环视屋中立着的这些人，无不是过着刀头舔血的日子，说他们杀人如麻也不为过，可这栋楼宇像是有魔力一样，让所有人看起来都柔和了几分，如此建筑让暗香依依着实瞠目结舌。

直到下首立着的闫长老重重咳了两声，她才回过神来。

这时便听顾天穹道："左护法，将事情的起因经过详细说来。"

暗香依依知道迟早有这一天，可早先见顾不迷好转，一时欣喜倒将这事抛诸脑后了，而今一看众人齐聚于此，显然是为了审判自己的过失，不禁也有些紧张起来。

她看了一眼顾不迷，决定一人做事一人当，当即将来龙去脉讲了个清楚明白。此刻的她已经知道是谁在鞭子上下的毒，那人虽伤害了自己，却曾有对她有恩，或许还因其他缘由她犹豫之下终究还是隐而未说。

讲完大概，暗香依依道："回教主，属下实乃被奸人所害，才误害少主中了蝴蝶之毒，幸好鬼医傅月和未默二人出手相救，才让少主免遭厄难。一切都是属下粗心大意让奸人有机可乘，属下所犯错误，愿一力承担，任凭教主处置！”言罢，她走到大厅中央低下头去摆出甘愿受罚的模样。

暗香依依毕竟来自现代，不习惯给任何人下跪求饶。但在九幽教，你若犯了大错至少得半跪于地以示告罪诚意，可她仅仅垂下头去，这不禁让厅中某些人心有不满，觉得她此番请罪根本毫无诚意。

众人神色各异，只听顾天穹道：“本教一向赏罚分明从不偏私，今日执教长老不在，如何处置，大家可以畅所欲言。”

这时，分舵舵主李维山道：“左护法一人之过害得少主险些丧命，害得教中损失数十名兄弟，按教规，当杀！”

李维山此言一出，顿时有人附和。

可就在这时，屋顶上方突然有一人喊道：“杀！杀！我杀你个头！”

众人抬头一看，却是未默那厮。早先明明将他留在渡口，也不知什么时候这家伙竟然已经摸到了江州分舵腹地。此刻就见他一个缩身，自窗外翻了进来，落在地上蹦跳道：“九幽教的你们听好了！要不是我家依依要追随你们快死的少主同赴黄泉，我绝不会拿出我的寒玉救他！你们别不知好歹，就你们少主那样的，也就我家依依那蠢丫头愿意死心眼地去追随，要说你们家少主得救，那也是我家依依的功劳，你们不知感恩就罢了，还要杀了她！简直禽兽不如！还口口声声跟我说什么，恩人重如山，恩情他日还，我看你们根本就是恩怨不分，乱杀无辜的一群蠢蛋。你们敢动依依试试，你们敢动她试试！”未默十分激动，上蹿下跳，火冒三丈。

立在厅堂中央的暗香依依见未默突然出现，先是惊讶他来得好快，后又为他说的话而感激动容。平日未默的古怪行为和奇怪样貌不知吓退了多少人，可她不知从何时起已然不在乎那些表象，就算他其貌不扬，在她眼中也全成了可爱。

未默性情奔放不羁，做事更是全凭喜好，他对谁好就是好，对谁厌就是厌，毫无顾忌，也丝毫不加掩饰。这样的未默活得逍遥自在，这样的未默也无须自己费尽心思去猜去讨好。当下见他如此护着自己，一个人面对在场一众横眉立目的高手和众多不屑与鄙夷，气势竟不输一分一毫，全然不在乎得罪九幽教。见他如此，她早已不在乎九幽教要如何处置自己，当下便想，平生有友如此，夫复何求！如果真的离开九幽教，与他一起游山玩水逍遥快活又何尝不是件美事！

李维山闻言大声斥道：“小子，要不是看在你是本教恩人面上，此刻本舵主早已将你碎尸万段。你虽是本教恩人，可本教教中之事也轮不到你来指手画脚，再胡言乱语，休怪……”

“怎样，怎样！你能怎样！来啊，你抓得住爷爷，我算你小子有本事！”未默叫嚣着。

李维山恼怒，正欲与未默动手，却被顾天穹抬手制止。

李维山隐忍退下，未默很不服气地朝他吐了一口唾沫。李维山气得眼冒凶光，显然要不是顾忌教主在场不敢造次，怕是早已暴跳如雷与未默打成一团了。

这时只听闫长老开口道："最近本教频频出事，先是右护法汤斩消失，而后是少主中毒，左护法又被人陷害，如果不是少主与左护法相互信任，又遇贵人最后逢凶化吉，而今九幽教已连失三大高手。教主也将痛失三子（提醒：汤斩、暗香依依名义上都是顾天穹收养的孩子），此事处处透着古怪，而幕后之人隐蔽得太好，我们一时竟毫无头绪。"

众人闻言倒吸一口冷气，这才察觉事态的严重性，远远不只他们所想的那样简单。

顾不迷在暗香依依当众站出来坦言此事时，就一直沉默着。

他幽幽地看着暗香依依，听她说完事情的来龙去脉，意料之中听到有人建议杀她，事情尚未有定论，便见躲在屋顶偷听的未默急急跳了进来，老鹰护小鸡一样挡在她面前不让任何人伤害她，耳听未默之语他不仅没有动怒，反而看着暗香依依微微出了神。此刻听到闫长老之语，他方道："她鞭子上的毒确非她所下，下毒者心思歹毒，对我下的并非普通毒药，明显另有图谋。命悬一线之时，如果她有丝毫动摇和背叛，我也已身亡。但此事缘起毕竟是她大意疏忽所致，让奸人有机可乘在她鞭子上下了毒，又意气用事让我命悬一线，只此一项，她便死不足惜。"

顾不迷说到此处，微微一顿。

未默立刻抓住机会大声道："依依，你听听，你听听，你为他流了那么多眼泪，听说他快死了还死心塌地要追随他而去。可你看看，那个你誓死要追随的人要杀你，要杀你啊！值得吗？啊！？值得吗？"

早先有人说要杀她，暗香依依也未曾有过丝毫惧怕，可如今亲耳听到顾不迷说自己死不足惜，瞬间仿佛又回到了初见顾不迷的那一刻，冷血无情高傲自负得让人厌！就在暗香依依在心里细数他种种不是，愤怒的砖一块块在心中垒砌时，顾不迷面沉如水，躬身拱手对上座顾天穹道："但念她多年护教有功，此番又费尽波折救回我的性命，足以将功折罪。父亲，孩儿觉得，误伤我之事可不必再追究，只需小惩大诫，命她武林大会前在教中闭门思过不得踏入武林半步即可。"

又一年的武林大会即将开始，暗香依依作为九幽教高手之一，岂能轻易杀之。况且闫长老与少主说得对，右护法汤斩失踪已久毫无消息，又有人故意在左护法鞭子上下毒毒害少主，这一连串的事明显存在诸多疑点和蹊跷。再说当事人都说要饶恕对方了，其他人还有什么话可说。

众人闻言，再无异议。

未默一会儿展眉一会儿又蹙眉，听到顾不迷说功过相抵，他竟小小地有些失落，总想着如果罚重一点儿，说不定就能拐带暗香依依离开九幽教了。当下经顾琴魔这么一说，你看看依依那表情，一看就是不分好歹地在感激涕零了。唉，他家依依怎么这么好骗啊，未默暗自扼腕。

闫长老闻言亦点头道："少主所虑甚是，老夫亦觉得此番救回少主左护法功不可没，功过相抵只需小惩大诫即可。此外，恕老夫多言，少主武功恐怕还须一些时日方能完全恢复，为避免再出差错，暂时还需一个武功高强的暗卫随护在侧。不如就让暗香依依戴罪立功，暂且权当少主的随行暗卫，教主、少主以为如何？"

顾天穹看了一眼顾不迷，道："就依你二人所言，左护法暗香依依权且当不迷的暗卫，武林大会前不许出九幽教半步。此外，此事虽不再追究左护法的责任，却势必要查个水落石出，究竟是谁下的毒！"

众人齐声答："是！"

未默闻言不愿意了，一想到他的依依要给顾魔琴当跟班就觉得浑身不舒服，不禁回头对暗香依依道："依依，不当，咱不当！你干脆别在九幽教混了，跟我走吧，天大地大干吗非要留在这里看这些人的脸色。你要去哪儿玩？我都带你去，我有的是钱，咱们不愁吃不愁穿，一路逍遥快活自由自在！省得你在这里受气，犯那么一丁点儿的小错，就跳出来一群人对你喊打喊杀。你废了那么大的工夫，险些将命丢了，还废了我的传家之宝，更不顾尊严去求那变态的鬼医傅月，才把他的性命救回来。他都不说你的好，还要你当什么贴身跟班。你干吗找这份气受，跟他们说，咱不干了，管他娘的什么魔教，与我海阔天……"

他的话还没说完就听到一阵琴声，猛地一惊，偏头去瞧顾不迷，只见他面色沉郁正冷眼瞧着自己，只觉后脑勺微微有些发麻，竟下意识地不敢再说下去。

未默天不怕地不怕，不是因为不怕死，而是因为他自视轻功高绝又有遁地之术，即便高手也难抓得住他，反正打不过就跑，遁地一走，没人能奈他何。可顾不迷却不一样，一想到顾不迷根本不用动一步，只要抬抬手指，就算他上天入地也躲不开。未默不由得心中愤恨，为啥老天爷要弄出个顾琴魔当他的克星？又偏偏让自己的依依当他的下属？处处受制！他越想越恼，竟又开始后悔用寒玉救他了，这悔来悔去，肠子都被他悔青了。

暗香依依见未默小媳妇一样咬着下唇，翻着白眼，不禁失笑。未默的提议她未尝不曾动心，毕竟她不是那个自幼生长在九幽教的暗香依依，她一心向往自由，能脱离九幽教随遇而安对她来说未尝不可。可自己终究被这身躯所束，身份无法不顾。即便执意离开，恐怕也没那么容易，至少此时此刻就不是好机会。如果任性而行反而害了自己也害了未默。再说，她觉得顾不迷虽然不好相处，但长久下来也摸透了他的习性。早先在祁阳山时，她这个左护法就是个挂名的虚职，还与顾不迷住在同一殿中，也就是同一屋檐下，几乎是天天见面天天打架，而今当他的暗卫，想来也不排斥。如此权衡利弊，她便抬头对顾天穹道："谢教主不杀之恩，暗香依依愿意领罚。"

此言一出，未默顿时暴走，在一顿叽里呱啦的抱怨后，拂袖而去。

众人起初还对未默有些敌意，可眼见他如此，竟也无奈地叹息起来。

闫长老笑叹："此人真是个活宝。"

暗香依依也不禁暗暗点头，他的确是活宝，而且是个很可爱的活宝。

顾天穹并未理会未默的嚣张，只环视屋中众人，目光最终落在顾不迷的身上，问道："江州相亲一事武林传得沸沸扬扬，教中弟子也多有不满，你二人打算如何处理？"

顾不迷沉吟不语。

这时就听闫长老问道："左护法，老夫一直很奇怪，你为何在江州留字说少主与你来此相亲？"

她很想实话实说说自己一时不小心留错字了。可当着教中弟兄及顾不迷制止的眼神，暗香依依忽然觉得作为一个左护法，面子是多么重要！明知道顾不迷当下肯定猜到了真正的缘由，可仍不想被他和其他人看低，她挺了挺身子，磕磕绊绊地说道："当时事态紧急，我只知鬼医傅月在江州，却从未见过此人，一时无从下手寻找，又不能四处张扬少主中毒将死之事。虽留下暗语但字数毕竟有限，一时用几个字难以说清来龙去脉，又不知何时才能顺利与江州分舵的人接上头，心中着急，便动了些小心思，写成'相亲'。一来，必能引起教中兄弟重视，总舵那边也会尽快收到消息，教主和长老这样的大人物兴许也会赶来江州，到时候集众人之力必能找出救他的方法来；二来，我其实心里也存了侥幸，想着此事若能被宣扬出去，到时候武林皆知，人都有好奇心里，说不定鬼医傅月听到消息也会来江州瞧瞧热闹。我自己名声是小，救少主事大，当时也顾不得那么多，只想着可以找傅月帮少主解毒，所以留下相亲二字。哦，对了，留字的时候，我并不知傅月就在江州客栈后山的百花谷里，否则也不会留下这么荒唐的字句，贻笑大方，呵呵，呵呵。"

暗香依依的呵呵在顾不迷轻哼一声后，很快销声匿迹。

顾天穹明显不愿再追究此事，没有提出任何质疑，只冷冷道："一时之间，一字之差，你竟能想到这么多，也真难为你了。”

暗香依依又呵呵干笑了一声。

闫长老忽然道：“原来如此，不过，江州客栈外少主可是当着全武林的人的面亲自言明了你二人的关系。当时江州分舵上百号兄弟也听得清楚明白，相亲一事，恐怕不能对外说是左护法故意为之吧？总要给兄弟们一个合理的交代。”闫长老言下之意，明显在说暗香依依方才编的那一大段都是不合理的。

暗香依依辩无可辩，抬头看了眼顾不迷，见他神色清冷显然没有说话的意思，只得硬着头皮上前道：“此事我本意已讲得很清楚了，当然，情急之下那种投机取巧的想法的确不妥，说出来也让人无法信服，不过客栈外……”她又偷眼瞧了一眼顾不迷，“少主那个时候说的话，也实属形势所迫，做不得数的！所以这事，要怪就怪我一人好了，我甘愿再领责罚。”

顾天穹沉声道：“本教自创建以来，一向最重‘信义’二字，你二人关系既已昭告天下，就断无悔改之意！”

啥？！暗香依依呆了一下，关系？什么关系？怎么又是关系？教主的话是什么意思？莫非是要她和顾不迷……弄假成真？暗香依依不敢相信，又瞄了眼顾不迷，却见顾不迷正用眼角余光看着自己，四目相接，顾不迷的目光让她无来由地想抱头鼠窜。后来发觉自己这种想法着实可笑，她便坦荡地回视。岂料，才与他对视了一小会儿，她便又不中用地败下阵来。暗香依依心中忍不住唾弃：他功力还没恢复，怕他干什么？还有！为什么要心虚，她又没做错事！嫁与不嫁是她的终身大事，她自然说了算。再说了，真要让你娶我，你愿意吗？！早先他可是宁死都不碰她的，怎么可能和她……咦，对啊，顾不迷宁可自点死穴都不碰她一下，定然是不喜欢她的，又怎么可能愿意和她继续“关系”，这回不用她说话，顾不迷肯定也会拒绝。暗香依依不禁暗想，儿子拒绝老子终归比她这个外姓下属拒绝要好，如此便也不必自己“顶风作案”不小心血溅三步了。

暗香依依忽然不吭声了，屋中一时古怪的寂静。众人的目光似有若无地逡巡在二人身上，就在暗香依依等着盼着顾不迷跳出来大喊一声：Oh，No！岂料等了一会儿，她竟听到顾天穹道：“都退下吧！”

众人应是，先后挪动脚步向外走去。暗香依依盯着身前站着的顾不迷，果见他没走，不禁暗暗放下心来，想着他原来早先不说许是怕人多驳了自己老爹的颜面，此刻散会再父子私下里聊，如此自然更好。

她亦随着众人一步步向屋外走去，只是故意放缓了脚步，待人几乎都走光了，这才偷偷转头，忽见顾不迷就在自己身后。她不由得吓了一跳，再看顾天穹，早就走没影了。暗香依依不禁一怔，四下张望，人都走光了？她当即转过身来质问顾不迷："你怎么不说啊？"

顾不迷垂眸看着她道："说什么？"

"说你不愿意啊！"

顾不迷哼了一声，道："明早卯时三刻来找我。"言罢，绕过她，先行而去。

暗香依依呆呆立在屋中，从上到下满身雾水。

月下酒宴

晚饭后，天便黑了。

虽然时间尚早，可毕竟两夜未曾合眼，即便心事重重，她也耐不住身体上的疲惫，迷迷糊糊地睡了过去，只不过睡得并不踏实。

她做了个梦，梦到了蓝枫变成了傅月，对她说：“嫁给我吧。”她将他推开。转眼间，傅月又变成了慕容逸，无限风情地笑着问她：“你喜欢我吗？”她转身欲走，却见不远处有一个人，直觉告诉自己，那是蓝枫。她流着泪扑了上去，可就在将要触碰到他时，他忽然转过身来。她猛地怔在当地，难以相信面前竟是一个女子，女子笑着对她说：“我就是蓝枫的转世，你喜欢这样的我吗？”对方就是蓝枫，她知道，可无论如何也开不了口说：“我喜欢这样的你。”女子婀娜地走上前来，握住了她的手，道：“依依，嫁给我吧。我们成亲，我们生孩子。”她呆立当场，生孩子？女人和女人如何成亲生孩子？对方抱住了自己，胸前的柔软和自己的相触，眼看就要吻了下来，她备受刺激，猛地推开了她，连连否认，“不是，你不是他，不是！”闻言，对方怨恨地问道：“你不是喜欢我吗？我就是他的转世，你怎么又不喜欢了？”

“不，你不是！蓝枫是独一无二的，你不是他！你只是他的转世，不是他！”就在这时，她忽然睁开了眼睛，这才发现，原来是场梦。

再也睡不着了，她翻身坐起，失神地靠在床头。

究竟，她是因为蓝枫是慕容逸而喜欢，还是因为慕容逸是蓝枫而愿意接受？如果是后者，那么蓝枫转世后若成了一个女人？她还会接受和喜欢吗？

以前一直心存希望，上天让她穿越到此，或许是要再给她一次机会与蓝枫重逢，弥补曾经的错失。可如今才明白，她爱的那个人是这世间独一无二的，即便转世，也不再是她曾经爱过的那一个，沉闷的胸口，眼角的泪水，都清晰地提醒着自己，原来一直期盼遇到的那个人，已经再没可能遇到。

突然之间明白这个道理，悲伤再难抑。

可转念又想到，自己本就不相信什么情啊爱啊，如此不是正好，从今往后就彻底断了念想，安守本分做个古代剩女。再来，这一世所练落月迷香，注定自己不能如寻常女子一般结婚生子，自己不是早有心理准备了吗？又干吗庸人自扰自怨自艾。

望着地上的月光，她暗道：只要别再穿越了，要她怎样都可以，“穿越”——这年头早不流行了，再说了，万一她再穿一次成了女变男……忍不住打了个哆嗦，实在伤不起。

原想裹着被子继续睡下去，可肚子忽又闹腾起来，她不得已只好起了身，先去解决内急。

回来的时候，仰头望天，只觉月色明亮，清爽怡人，正踏着月色往回走，便听到了阵阵琴声。不用问，这么晚了还有谁敢这么肆无忌惮地弹琴，耳听琴音就在附近，暗香依依便向琴音方向走去，于暗处偷偷瞄起了正在弹琴的顾不迷。

他轻抚琴弦，月光如流水般照在他身侧，让他的轮廓显得格外妖娆。

他每次抚琴，那模样都让人禁不住直打寒战，尤其现下，水面的波光波光粼粼反射在他身上，就着明亮的月光，一闪一闪，让他的神情看起来越发捉摸不定，比以往更有几分胜似妖精。

“出来。”他忽然停止了弹琴，冷声道。

知道被发现了，暗香依依只好挪着小步站了出来。

见是她，他收回了凌厉的目光。

看不清他的神情，她只好赔笑道：“少主，这么晚了还没休息啊。”

他嗯了一声再无下文。

她又道：“不打扰少主了，我先回房了。”

她正要转身走，却听他道：“过来。”

她顿住脚步，依言走到他面前。

顾不迷用小指勾了一下琴弦，传出温柔且悠扬的尾音，传遍整个湖面，湖水轻轻跃动了一下，似欢喜地跃动。

他抬头看着头顶明而亮的弯月，轻声问道：“喜欢这里吗？”

她侧目瞧了他一眼，见他眼望弯月，神情柔和，便知他现下心情肯定很好。暗香依依顺着他的目光也看向夜空那轮弯月，耳边听着随风摇摆的芦苇的簌簌声响，道：“这里是很美，可毕竟是建在水上，春夏一定多蚊虫，睡觉一定要落蚊帐否则会被蚊子咬死，秋冬芦苇的声音又太吵让人心烦，晚上还扰人清梦。我看，只适合偶尔来游玩游玩，长住是不好的。”

他显然没料到她会如此回答（如此不解风情）。

她没发现他神情古怪，仍旧说道："不过这地方还是不错的，不像祁阳山，由上至下等级差别严重，分得太清楚，规矩也太多，楼宇也建得太高，让人感觉冷清、森严、压抑。相比祁阳山，我还是喜欢这里。"

"祁阳山是你建的，规矩也是你立的。"他起身走到水边，负手而立道。

她一怔，这才想起来祁阳山分舵曾经是她管辖之地，不只是祁阳山甚至方圆十里的规矩都是她定的。

她信步走到他身侧，仰头又问："那这里呢，是谁建的？"

他道："是我。"

她微微惊讶，真没想到，这么有情调的分舵竟是他一手建立的。想到方才自己说：相比祁阳山我还是喜欢这里，这不是自己打自己的脸吗？

她顿时有些不服气，暗暗决定，等以后回到祁阳山定然要把祁阳山上下大整顿大变样。不想在这个话题上纠缠，她便转移话题道："九幽教这样的分舵还有几处？"

"这样规模的分舵共五处，不过，都无法与总舵相比。"他回答。

她目光大亮，道："分舵已是这般壮观，不知总舵又是何种模样？"

"想去看？"他垂眸看向她星子一般映着夜空明月的眼。

"想啊！"她无比期盼地看着他。

岂料，他却在问完那句话后转头看向夜空，再无下文。

她等了又等，见他再无反应，不禁哼了一声。

听到身侧传来不满的轻哼，他眸中闪过笑意。

夜色无尽，芦苇轻荡。

他察觉她一点点挪到了自己身后，水面上只剩下他一个人的影子。

他看到身后的影子踮起了脚，举起胳膊，下一刻，他头顶顿时出现了两只耳朵，不一会儿，肩头出现了一个脑袋，显然她伸出了头来，看了一眼水面倒影，得意地摇了摇那两只耳朵，时而同时向左，时而同时向右，时而一个向左一个向右，时而耷拉下来，时而又竖了起来。他听到了她低低的笑声，便站在那里，当做什么都没看见。

夜影浮动，光与影交错的水面倒映着如笑的弯月，还有……他们的身影。

第二日夕阳落山时，顾天穹又招了顾不迷和暗香依依去议事厅。二人到时，厅内除了顾天穹下首还立着两人，闫长老和百医圣手萧仁。暗香依依跟着顾不迷一起见过顾天穹，刚在一侧站好，便听顾天穹道："昨日总舵那边传来消息，汤斩在总舵附近被发现，双手双脚被人拧断，已是废人。”

闻言，暗香依依心里咯噔一声。她悄悄抬头看向厅内其他几人，见他们面沉如水，毫无反应，也不知该说他们心理承受力强，还是该叹他们都是性情凉薄之人。她刚垂眸，便听顾天穹又道：“最近江湖出了许多事，不只是本教，就连少林、武当、峨眉等派也先后有人失踪，江湖似另有一股势力正暗中崛起，百花谷那日来袭的黑衣人很可能与他们有关。不迷，此事就交给你和左护法去查，一有消息即刻回禀。”

“是。”顾不迷和暗香依依齐声应道。

顾天穹对顾不迷道：“近日总舵附近频繁有陌生面孔出现，为防万一，明日我和闫长老就动身回总舵，萧仁暂时留下为你疗伤。这段时间你和左护法留在江州分舵，不要分开，并联络各分舵，让他们密切留意，一旦发现蛛丝马迹即刻来报，切勿贸然行事。”

“是。”顾不迷、暗香依依、萧仁三人同时应道。

就在这时，顾天穹忽然又问：“左护法，你有什么话要说吗？”

暗香依依不知道为什么顾天穹会突然开口问自己，原本想说：没有啊，可张开口来，却又问道：“汤斩还活着吗？”

顾天穹道：“活着。”

“那还能治好吗？”暗香依依又问。

顾天穹道：“实际情形待回总舵方能知晓。”

这时便听闫长老道：“教主，今日一早我去了趟百花谷，傅月已不在谷中，去向不明，属下已派人去查。”

教主和闫长老同时看向了暗香依依，她知道他们为什么看她。傅月当初能被她找到，全然是未默的功劳，而当时她一心只想着救顾不迷，从没想过为什么傅月会那么凑巧出现在附近。而今想来，当初他很可能已在谷中等着自己了，未默只不过是个穿针引线的。那日傅月离去前，最后和他在一起的人是自己，他们自然以为她会知道傅月的去向。

暗香依依却低头不语。

顾天穹也没追问，又将汤斩所辖之地暂交顾不迷打理，随后打发了众人散去。

暗香依依临出门前看到议事厅中只剩下顾氏父子二人，想起昨日顾天穹要顾不迷和她保持关系那事尚未解决，暗香依依心道：顾不迷，你终于还是忍不住要说不了吧！？也对，再不说，你爹明天就要走人了，赶紧说吧，赶紧说吧，你拒绝总比我拒绝要好，你爹肯定不会生气的。暗香依依边想边踏着轻快的步伐离去。

第三日一早，教主顾天穹便带着十一位高手离开分舵，只留下了百医圣手萧仁。

送别教主时，分舵兄弟整齐划一分立两侧，精神抖擞地目送教主离去。

顾天穹的船离开时，岸边众人齐声道："送教主！"声音回荡在江面，立在船上的暗香依依只觉船身都被震动摇摆了一下，回眸望去，她不禁暗叹：当教主真是酷啊！

船在水中行了近两个时辰，方才在江州城郊靠岸。此时岸边早已有人等待，另备了十六匹快马。

众人下了船翻身上马，唯独暗香依依对顾不迷小声说："我不会骑马。"

暗香依依又忘了四周这些人都是高手，她即便再小声，只要不是对着顾不迷耳语都能被人听见。随后，对于左护法不会骑马这事，众人均给予了大同小异的侧目。

顾不迷面无表情地道："坐船回去。"

暗香依依低声道："我要不要去和教主说明一下情况？"

这时却听顾天穹道："不迷，带上左护法。"言罢，已然扬鞭策马走在了前面。

暗香依依一听顾天穹说这话，马上反应过来他已经听到自己和顾不迷说的话了，还没来得及多想就被顾不迷一把揪上了马，搁置在身前，纵马而去。

与顾不迷同乘一骑，那无疑是一只脚踩在了地雷上，她大气不敢喘，动也不敢动。

暗香依依好不容易挨到了江州城外与顾天穹停马道别。

下马时，暗香依依的腰背已僵硬得好似被人钉了铁板，一时间已难以弯下去。

顾天穹临行前将二人叫到近前，对他们只说了一句话："武林大会后，你们就将事情办了吧。"

顾不迷未置一词，暗香依依没有反应过来，教主为何突然冒出这样一句没头没尾的话，忽然想到昨日听顾不迷说起过，近日打算要发年利给各分舵兄弟。顾不迷说今年不同往年，事情频发，教中士气受损，不过今年收入不错，比去年多了近两成，所以他打算年前多发些年利给兄弟们提升一下士气。暗香依依揣着心眼问了一下自己应得的数目，不小心就欢喜了半个晚上。当下以为顾天穹说的是这事，便高高兴兴地道了声："是！"待听到只有自己的声音，她不禁满心疑惑地侧目瞧向了顾不迷，刚好看到顾不迷也正瞧着自己，那目光着实有点儿古怪，一时没弄明白他为什么这么看自己，便见顾天穹罕见地笑道："好！"一声赞许后，顾天穹带着随行十一位高手扬鞭策马而去。

暗香依依回头小声问顾不迷："教主既然允许了，咱们什么时候发年利呀？"

已翻身上马的顾不迷居高临下地看着她，听到她这句话神色忽然变得不悦。暗香依依一见他那表情，以为他是不愿载自己回去，别说他不愿意，她也不愿意啊！想到来时坐在他身前别提多别扭了，就好像身后有个全身长满刺的刺猬，稍不留意碰到立刻就被扎个满身刺，暗香依依不禁忙道："不劳烦少主带我了，我用轻功。"言罢，提气飞纵，还没跑出他的视线，便听他道，"回来！"

她想假装没听见，可一想到这年利还没发到手呢，就乖乖地折返到了他的马前。听他训斥道："三日前，你已是我的暗卫。什么是暗卫，你懂吗？"

"略知一二。"这句话并非谦虚，暗香依依的确只知道一二，确切地说除了字面意思实质内容十有八九不太清楚。

"那你说，何为暗卫？"顾不迷沉声问道。

暗香依依低头道："暗中保护少主的护卫。"

顾不迷点了点头，道："既然如此，知道怎么做吧？"

暗香依依看了看四周，只见树木参天，冬日枯叶落尽，只剩余枝，便嗖的一声飞上了一棵树，藏身树后道："我准备好了！"

顾不迷这才带着萧仁和忍不住回头看了一眼树梢的李维山纵马远去。

暗香依依吃力地一棵树一棵树地攀越，好一会儿过后，忽觉自己这样真像只猴子。她不禁怀揣郁闷尾随三人进了江州城。江州城人来人往好不热闹，遮蔽物更是多，暗香依依躲来躲去，跟着他们穿过了江州城。顾不迷三人骑马出了城门直奔渡口而去，她则跟到了城门口，忽然就呆怔在那里。

放眼望去，城门外过了护城河就是一片荒地，什么遮蔽物都没有，如果她贸然跟出去，所有路人将都看得清楚明白，她用轻功跟着三匹马。如此还叫暗卫吗？当然不叫，那暗卫遇到这种情况该怎么做？就在她茫然无措时，忽觉衣摆轻轻被人扯了一下，回头就看到了一个头戴斗笠的灰衣人。那人抬头，她顿时惊喜万分地道："陈峰大哥！"

就在此时，忽听远处顾不迷喊了一句："暗香依依！"

她回头看到本已过护城河的顾不迷不知为何突然策马折返了回来，她挥着手道："少主，等一等，我遇到一个……"再回头时已不见陈峰的踪迹。她四下里张望，只见路人摩肩接踵，却再无陈峰的身影。

这时，只听城门外，顾不迷问道："你遇到了谁？"

暗香依依又看了看四周，全然不见陈峰的身影，只好摇头道："没谁。"挠了挠后脑勺，不好意思地补了一句，"看错人了。"

顾不迷闻言双眉一蹙，不由分说直接将她揪上了坐骑，扬长而去。

对于顾不迷的暴力一“揪”，暗香依依心里憋着口气，咽啊咽啊的就咽进了肚子里。一路上挺直腰板与顾不迷保持一拳之距，偶尔颠簸相碰，她也好似碰到了仙人球一样，浑身被扎得一哆嗦，如此总算挨到了渡口。

萧仁和李维山已等在渡口。

当听说暗香依依停滞在城门口不出来是因为不知道该怎么一边躲藏一边跟上他们时，一向没什么表情的萧仁眼角也忍不住抽搐了几下，而李维山已经开始不屑地望天了。

与此同时，飞鸽传书已快速传到九幽教各分舵舵主手中。

次日，有消息传来，红枫山庄庄内失火，据闻损伤不大，只是走水。

红枫山庄小小的走水失火，本不是什么大事，但五日后，又有消息传来，有人在来江州的路上看到了消失了近三个月的红枫山庄少主莫七落。

顾不迷在收到此消息后，迅速派出一队人马，到江州城外搜寻。汤斩的事与莫七落有直接关系，如今总舵那边尚无消息传来，九幽教又怎会放过落单的莫七落。

暗香依依得知此消息后，主动申请去江州搜寻莫七落。却被顾不迷一个眼神就看得低下了头去，她知道自己心里的小九九被他看穿了，再也不敢多言去找莫七落。

莫七落的突然出现，不禁让人联想到前几天红枫山庄一行人遭袭和失火事件，三者是否有关联，尚不能确定，但其中隐有蹊跷。

顾不迷提出质疑后，萧仁也有同样的想法，但舵主李维山却大大咧咧不以为然。江州分舵原本还有个副舵主，武功不比李维山，但心思却远胜于他，可惜在守江州客栈时死了，一时还未能找到合适的人选填补空缺。

此外，教主顾天穹等人离开分舵已有六日，算算日子也快到总舵了。届时便能知道汤斩究竟伤到何种程度，如果真如郑长老飞鸽传书所言，萧仁亦无力救治，唯一的希望便只剩鬼医傅月。

顾不迷并未放弃寻找傅月，可傅月就像是凭空消失一般，完全无迹可寻。奇怪的是，顾不迷一次都没问过暗香依依，她是否知晓傅月的下落。

一事未平一事又起，祁阳山舵主周观飞鸽传书过来，说副舵主周禾尸体已在洛阳东郡郊外被找到，身中剧毒，死相惨烈，所中之毒非常厉害，可令尸体多日不腐。萧仁详细问了周禾尸体的情形，怀疑周禾所种之毒，很像古老而神秘的一种南方巫术——蛊毒。

这个消息，让所有知情人都神色凝重起来。

暗香依依却只知其然而不知其所以然，故问萧仁何为蛊毒。

萧仁说，蛊毒源于西南山中一古老而避世的村落，二十多年前曾出现在中原武林，当时许多武林人士被蛊毒所控，险些引起武林浩劫。后下蛊之人爱上了一个中原女子，可那女子却不爱他，后被女子所骗最终惨死。萧仁解释，蛊毒原是一种古老不传的秘术，主要用蛇、蛊、蜈蚣等提炼毒药，人一旦中了蛊毒，想要活命就要听命于下蛊之人，周禾很可能是宁死也不听控制才落得惨死的下场。

暗香依依这才后知后觉地摆出震惊的神色。

暗香依依心想，这次是对周禾下蛊，周禾忠心才宁死不屈，可若换作他人……岂不成了九幽教的内奸？她终于明白顾不迷等人面色为何如此难看了。

暗香依依想到了一层却没想到更深一层。蛊毒不像普通毒药，说对谁下就能对谁下，说下多少就能下多少，尤其周禾又不是寻常人物，中毒过程必是被人精心设计过的。为何对方会选择周禾，说明周禾必有可用之处。议事厅中四人均以为周禾中毒皆因对方想在九幽教内部安插奸细，却没有想到另一层，当初在祁阳山，打理暗香依依生活起居之人正是副舵主周禾，最接近暗香依依的也是周禾。暗香依依也只是想到那段时间周禾照顾自己的情谊，完全没想过他是因为自己而死。

蛊毒之事让原本复杂的形势更添阴霾。

诸事杂乱，眼看就要过年了，各分舵理事堂主先后赶来江州面见顾不迷，各分舵理事堂主主要负责分舵内部钱财开支账目。今日，祁阳山分舵的理事堂主和两名账房管事就在屋中面见顾不迷，向顾不迷汇报这一年来分舵的收支情况。

可怜的暗香依依作为暗卫，已在房顶连续发了好几天呆了，可一想到各分舵汇报完收支情况后就该发年利了，又觉得这样的发呆十分值得。

毕竟已入冬，江州分舵又建在水上，虽有内功护体，可被风吹得久了，也有些凉飕飕的。暗香依依不小心打了个喷嚏，吸了吸鼻子正欲运气暖身，就听屋中顾不迷唤道："暗香依依，进来！"

在众人惊讶的目光中，她从屋顶翻窗而入。理事堂主及管事一见她入内，立刻起身行礼，双方见过之后，顾不迷瞥了一眼自己身侧，道："过来，听着。"

在两位账房快速地哗啦啦算盘响声中，祁阳山分舵理事堂主一项项说着账目的支出情况。暗香依依进来得迟，只听到了结尾部分，可眼见那两位账房打算盘的速度，也不禁暗叹，这都是人才啊。

顾不迷道："账目明细，无一处疏漏错误，做得好。"

三人面带喜色，恭谨回道："谢少主夸奖。"

顾不迷道："你三人回去后告诉周观，年前发放年利，今年分舵每人年利加两成，周禾的遗孀务必要照顾好，年利加倍由周观亲自送去。"

三人答："是"。

顾不迷又道："明早离开就不必来向我辞行了，都下去吧。"

三人再次齐声答："是。"收拾了东西陆续出屋。

众人一走，屋中顿时静了下来。顾不迷伸手欲拿茶盏，暗香依依已体贴地将茶盏递到了他手中。他抬眸瞧了她一眼，拿起桌上的一本账目翻开来问道："看得懂吗？"

暗香依依偏头看着顾不迷手中的账本，上面记着一项一项的账目，字体工整，清楚明白。

原本在现代她的职业就是个会计，一个账本又岂能难得倒她，可她毕竟是借尸还魂，有些技能不能轻易显露，便模棱两可地答道："还算看得懂。"

顾不迷以为她只懂字面意思不懂细节，也未细问，只道："慢慢来，凡事总要有个过程。"

暗香依依听出了弦外之音，问道："你想让我学这些？"

顾不迷起身走到窗前，推开了一直紧闭的窗，让风吹进来，发丝轻扬，他缓缓道："我五年前才开始独自打理江州分舵，当时以为只要武功够高，没什么事是我做不到的，一个分舵弟兄死了，在我看来也不是什么大不了的事。可正因如此，他的白发母亲因我的疏忽最终饿死街头，此事寒了所有兄弟的心。那时我才发现，很多事情不是武功够高就能做到。"

这是他第一次说起自己的事。

暗香依依静静地听着。

他的背影沐浴在夕阳下，不同以往地多了些许温和，也让她的心悄然柔了几分。

顾不迷道："我们过的是刀头舔血的日子，今日还在饮酒欢笑，明日却可能成为刀下亡魂。这些兄弟为我们出生入死，除了我们强大可以依附，我们重信义，值得他们相信外，最重要的，是我们可以让他们衣食无忧，更无后顾之忧。要做到这些，必不可少的就是钱财。"

暗香依依第一次听他谈论这些，心里不经意地竟起了一丝奇妙的感觉。从前觉得他不近人情，是一个自以为是又强大到让人无可奈何的家伙，可今日听他这番话，对他又有了新的认识。

忽然想起一事，百花谷中他看到自己脖子下有被掐的淤痕，冷冷问了句："是谁伤的？"他当时的语气和神态让她有种错觉，好似她只要说出那人的名字，他就会为她报仇。这想法虽然有些孩子气，却又让她觉得窝心。对比后来顾不迷得知自己脖子上的青紫淤痕是他爹的杰作，对她说的那句："活该。"似乎也就没那么可气了。

以前总以为九幽教的人都怕他，所以对他敬而远之，可时间久了，暗香依依发现事实并非如此。他们怕顾不迷，可同时也敬仰和崇拜他，他们会在他面前噤若寒蝉，可私下里却听不得半点儿别人说他的不是。有一次，她在厨房不小心抱怨了他几句，几个听到的小弟子就立刻对她侧目，厨房的大师傅也狠狠瞪了她一眼，好像她说了什么不可饶恕的话。事后想想，若非她是左护法，当时的下场估计好不到哪儿去。后来再见到九幽教弟子每每提起他都一脸骄傲时，她也就见怪不怪了。那个时候她就有所察觉，顾不迷在九幽教威信很高。

或许在众人心中，年纪轻轻便将魔琴炼制第五重的他已是不可超越的神话，能成为他的属下也是值得骄傲的事。是啊，当时江州客栈被围，她也曾因他无可比拟的气势骄傲过。

微凉的风迎面吹来，又听顾不迷缓缓道："四年前，我尚不懂得这个道理。那个时候，爹爹见我管理江州分舵一年已有头绪，便将荆州分舵也一并交与我打理。原本江州分舵的账目我便无心过问，也未曾出过什么岔子，便照旧将荆州那边的钱财全权交由理事堂主做主。可我没想到，一年后，荆州分舵出现了巨大的亏空。理事堂主卷款私逃，虽然后来被我寻到杀了，但钱财已被他挥霍大半，分舵兄弟一年的辛苦都白费了，这是我平生犯过最大的错误。"

暗香依依闻言，想都没想便脱口而出道："这不怪你，你本不擅长这些。"顾不迷是武林高手，又不是账房先生，他不懂这些是理所当然的。再说了，人无完人，他已经很厉害了，怎么还能要求更多呢？暗香依依不觉得顾不迷有什么错，要说错也是他爹顾天穹的错。

可顾不迷却道："我生来就是九幽教少主，背负着不可推卸的责任，有些事即便自己不喜欢也要学着去做，不仅要做，还要做好。我可以对所有乐谱过目不忘，不过是些数字，又岂能难得倒我。"他也有他的骄傲。

顾不迷转过头来，看着桌案上的那些账本，道："这些账目，我昨夜花了一个晚上看完，每一笔钱财的来历和去向我都心中有数。"

闻言，暗香依依惊讶地看着他，一个晚上看了这么多账本？还每一笔都记得清清楚楚？他还是正常人吗？脑袋里立刻有声音反驳，你错了，他一直都不像个正常人……

如此一想，暗香依依看着他的目光也由惊为天人转为稀松平常了。

"近些年，爹爹少理教务，教中所有收支都由我一人打理，一直想找个可信的人分担一些。"顾不迷幽幽地看向了她。他的意思再明显不过，他相信她，想让她帮他。也不知怎么，因他坦言的信任，暗香依依心里升起说不出的欢喜。按捺住心底的跃跃欲试，她微微垂眸，谦虚地道："我不怎么懂……不过……我可以慢慢学！"

顾不迷轻轻嗯了一声，道："过几日，其他分舵的理事堂主也将陆续到江州，会有更多的账目送来，到时候，你且在旁听着。"

暗香依依道："是。"

顾不迷并未收回目光，依旧望着她，屋中一时寂静。

暗香依依早先还未觉有异，可待时间长了，发现他的目光始终不曾从自己身上移开，这样被他瞧着实在难受，察觉到自己面颊生热心跳加速，忙拿起桌上的茶壶道："茶凉了，我再去为你沏一壶。"言罢，也不待他回应便夺门而出。

每日天不亮，暗香依依就得起床陪顾不迷练武。

为了尽快恢复武功，顾不迷每日除萧仁为他针灸通络外，还要与她例行公事地对打五十招。虽名为少主暗卫，实则暗香依依觉得自己更像沙包加陪练。

由于顾不迷的琴功杀伤力范围太大，他们需行船到远处一孤岛上比武过招。

此处孤岛一直是顾不迷练功的场地。四周除了水，什么都没有，也必须什么都没有，否则也会顷刻化为无须有。这个道理不只顾不迷明白，所有分舵兄弟都明白，所以就算有急事寻他，也会行船在十丈外对着孤岛喊话。这也正是顾不迷不让祁阳山分舵理事堂主一早前来辞行的缘故。

近些时日，顾不迷和暗香依依已比武多次，起初两次，顾不迷功力尚未恢复，暗香依依五十招内便能将他打败，能打败他固然是件令人兴奋的事，但她没能高兴几天，便开始应付得吃力了。

时间一天天过去，她一天比一天觉得顾不迷难以招架，有时候还会被他打伤，可就是这样，她竟还觉得开心。不是她喜欢受虐，而是因为他功力的恢复。

今天已是第十二天，他二人不过打了三十招，他便忽然停手，而后盯住琴面，怔怔地发起呆来。

这几日，她已察觉他功力更胜从前，尤其今日，不过三十招她已然难以招架。见他收手，她便也收了长鞭打算今天收个早工，岂料却听他道："我练到了第六重。"

什么？她以为自己听错了，忙跑过去连声确认，"你说第六重，你是说，你的魔琴，啊，不对，是紫漆木琴练到了第六重？！"别人都称他的琴为魔琴，无疑有贬讽他是魔头之意，但九幽教却绝没有人敢当着他的面说他的琴是魔琴。暗香依依自觉失言，可她失言也不是一回两回了，也没见顾不迷把她怎么样。平日里她还是比较注意的，只是当下太过激动，才把心里话说了出来。

他显然没有生气，反而有些激动，他看向她，带着难以察觉的喜悦微微点了点头。

她立刻笑得手舞足蹈，又蹦又跳又欢呼。

看着她雀跃的样子，他笑意敛在眼底，转身望向了一望无际的水面。

她高兴地跑了过来，与他并肩而立同望水面，想到他更加强大，心里既得意又骄傲，虽已极力控制，可嘴角还是高高地扬起，甚至觉得今日的阳光也尤其灿烂美妙。

顾不迷瞧了一眼她高高扬起的嘴角，轻声道："方才我只使出了六成功力。"

她顿时惊道："方才我以为你和我拼命了！"她抬起左臂，只见衣袖零碎，如落樱般在手臂上晃荡。如玉般的半截手臂露在阳光下，她意在让他看自己的狼狈，可他究竟看了什么，她并不知道。

他收回了视线。

她叹道："福兮祸所伏，祸兮福所倚。没想到这次中毒反倒令你武功修为大进。"见他不置一词，她自顾欢喜道，"太好了，这样从今往后我就不用当你的沙包天天被你打了，还有既然你的武功已经恢复，我就不用再当你的暗卫了。"

刚说完这句话，便见顾不迷转身离去。

她急忙跟在后面，一路上，他都沉着脸不说一句话。划着船的暗香依依自然也不敢说话了。

顾不迷武功已经恢复，萧仁明日就将动身回总舵。得知顾不迷琴功已达第六重，分舵舵主李维山当即命人杀猪宰羊，分舵上下一同为其庆祝。

庆祝的时候，自然少不了酒。

众兄弟喝得兴起，李维山带头向顾不迷敬酒，众兄弟一个不落，顾不迷竟也来者不拒，场面十分热闹。

暗香依依暗叹中国千年酒文化真是个好东西，再少话清冷的人喝了它也会多出几分人情味来。

见数不清的酒下肚，顾不迷神色依旧不变，暗香依依暗叹顾不迷酒量真好！

这时的李维山已有些醉意，迷迷糊糊地竟站起来举杯敬向了她。说来也怪，整个筵席没有一个人向暗香依依敬酒，而当下李维山不过是敬个酒，却像是做了天大的错事，原本哄闹的场面顿时鸦雀无声。

李维山酒后迷糊，还站在那里端着酒杯等暗香依依回应，而清醒的暗香依依却察觉到了众人目光的古怪。整个晚上她滴酒不沾，原想拒绝，可当下察觉所有人都安静地看着她，竟有人担忧地扯了扯李维山的衣摆示意他赶紧坐下。此时如若拒绝，李维山必定难堪，也会让自己显得格格不入。如此一想，她不再犹豫，突然很不服气地将酒杯扔至一边，拿过一个大碗来，大声对李维山说："小杯有什么意思，要喝咱们就用大碗喝。李舵主，今日咱们就喝它个痛快，谁怕谁是孙子！"

李维山闻言大拍桌案，高声道："好！左护法痛快！"

众人面色也随之一变，一同跟着起哄，酒宴竟因她肯喝酒而沸腾了起来。

萧仁有些惊讶地看向了暗香依依。印象中，从前的暗香依依滴酒不沾，甚至对酒极为痛恨，更严令属下不许饮酒。在祁阳山就有这样一条规定，饮酒者，鞭刑二十。而这次再见暗香依依，显然与从前认识的那个极为不同，她会因少主的训斥而感到委屈，可下一刻又会因少主些许肯定的眼神而灿烂地笑，会偷偷拉住他的衣袖询问少主的身体状况，还好笑地反复嘱咐他别告诉少主。他还发现她进厨房偷偷为顾不迷做菜，嘱咐厨子不让少主知道。可据他所知，厨子早已将此事告诉了少主，而少主却装不知道……

据他所知，毒药忘忧不过是让人忘了心中最为牵挂的那个人，并非将人的性格彻底改变，眼前的暗香依依无疑太过古怪。他不相信教主、闫长老、少主没有察觉，若说少主是为情蒙蔽，但是教主和闫长老又是为何？他忽然想起一事，暗香依依的内功心法落月迷香。当日在祁阳山，他曾随教主前去探望，当时暗香依依被少主打成重伤，已昏迷了一天一夜，他为她号脉，察觉她断掉的经脉已自我修复了十之八九。当时他就觉得奇怪，将此事告知了教主，教主说皆因她所习内功心法之故。落月迷香是个古怪的心法，最大的缺陷就是一旦有内力导入体内，必会走火入魔，不死也疯。这种古怪的心法没想到可以自愈经脉，普天之下也只有她一人修习。十几年的内功，别人根本无法假冒，想来那时教主已确认她就是暗香依依了，或许是他多虑了。

萧仁思忖间，只见在众人的呼喝声中，暗香依依与李维山已各自喝下了三大碗酒。众人见暗香依依一丝醉意也无，不禁纷纷叫好，吆喝他们再喝。可李维山却已经倒下去不省人事了。

这时只听顾不迷道："我们喝。"

眼见她方才连喝三碗酒竟一丝醉意也无，顾不迷也不禁暗暗吃惊她的酒量。他拿过一个空碗，将酒倒满向她举了起来。

她面色顿时变得古怪，耳听四周兄弟不断起哄，却故作平静地道："喝酒适量就好，喝多了伤身。"

此言立刻引来嘘声一片，顾不迷有意大声地重复了她方才的话："不喝的是孙子！"顿时激怒了她，她抱了必死的决心又拿起酒碗，仰头与他同饮了下去。

那晚，夜风习习，星星满天。酒宴怎么散的，什么时候散的，她根本不知道，只倚靠着他，仰头望着他，笑得傻里傻气的。

他皱着眉头，只觉酒气扑鼻而来，听她道：“做人呢，要感恩的，你看我。”她啪啪地拍着自己的胸脯，颠三倒四地道，“都不以仇报怨，你以前是怎么对我的！啊？怎么对我的？！”她醉眼迷蒙地看着顾不迷，猛地举起手臂毫不避嫌地指着自己的胳肢窝非要顾不迷看。他受不了地转过头去，便听她大声斥道：“把我夹在腋下！夹在腋下！”

她摇着头摇着手，越发大声道：“你看我，多好，你走不动，我背着你，背你！”言罢，故意驼起了背，有意在他面前往返溜达。

他的目光跟着她来回溜达，好几次都怕她不小心溜达进水里去。

她终于不溜达了，举起酒杯想喝酒却发现杯中没酒了，顿时十分不满意地扑到了一旁的桌案上给自己倒酒，边歪来歪去壶嘴对不准酒杯口地斟酒，边回头跟顾不迷神神秘秘地道：“告诉你一个秘密。”手上正拿着酒壶还不忘做嘘声状，壶嘴差点戳到眼睛，她顿时气怒，打了不听话的酒壶一下，方才自以为十分小声地对顾不迷道，“我有个外号，叫四杯倒。无论喝什么酒，第四杯必倒，无论大杯小杯还是大碗，只要是超过三这个数字，必醉，哈哈。”

她灌了一口酒，因为灌得太急，不禁咳了起来。他蹙紧了眉，拍打了几下她的后背。她不咳了，抬头看着他，抓住他拍打自己后背的手，笑眯眯地说：“所以，我通常与人拼酒，开始就用最大号的杯子，先喝下一杯把对方镇住，然后对方就不敢跟我喝酒了。”她笑得摇着脑袋，似乎非常得意。而后似又想到了什么，她又摇了摇头道：“好像也有例外，不过呢，我酒品很好的，醉了就睡觉，从不啰唆！”从不啰唆四个字强调得特别大声，顾不迷看着她扯着自己没完没了唠唠叨叨欲罢不能的样子，再回想她除了前三碗已经喝了八杯酒，眉头蹙得更紧了。

她边喝边笑，好似喝得十分快乐，快乐得开始得意忘形，在木板上跳起了舞。当然，她自以为不错的舞在他眼里根本就是醉鬼的手舞足蹈罢了。

顾不迷见她边笑边转，和以往的她颇不一样，她从未在自己面前这么笑过，其实她笑起来极好看，他看得出了神。

她转着转着，险些栽进水里，他眼疾手快地抓住了她。

她被他扯得身子一歪，倒进了他的臂弯。

他微微一怔，目光幽幽地凝视着她的唇。她却看着他的鼻孔看到了斗鸡眼，他顿时回过神来将她推开。

她哈哈大笑起来，指着他的鼻子笑道：“还记得吧！我们第一次见面在武林大会上，我那一曲《冬天里的一把火》唱得怎样？”

提起那事，顾不迷面色阴郁起来，那日明明想让她陷入幻境，岂料她竟高声对他唱起古怪的情歌，让他当众难堪。

她想起往事似乎很不好意思，嘻嘻笑道："其实我心里一直想模仿一下费翔，又觉得很不好意思。"她闷头没完没了地窃笑了好一阵子，每一声笑都让他不舒服，不禁暗道：费翔是谁？还没想明白，她又靠了过来，酒气喷在他耳际。他斜睨着她，见她眼睛笑得像一轮弯月，心中一悸。忽觉她伸指捅了捅自己，十分暧昧地对他说："我歌唱得还不错吧？要不要我再唱一首给你听？"

他根本不用发表任何意见，她就唱了起来，一边唱，还一边呼扇着两条胳膊围着自己转圈。

她唱的歌，词语直白，旋律奇怪。他看似面无表情，却听得入神。

她唱完后，又靠了过来，捅了捅他，窃笑着问道："我像蝴蝶吧？"

他摇了摇头。

她越发不好意思起来，眨着眼道："那肯定像小鸟。"

他再次摇了摇头，在她既茫然又期待的目光下，他开口淡淡道："像被人捏住脖子的母鸡。"

暗香依依竟一时没有任何反应，只是怔怔地看着他，好像看着外星人说了一句地球的笑话，结果自然是一点儿也不好笑。他们目光相对，他眼中闪过她不怎么熟悉的光华，不知不觉为其所迷，只觉头晕目眩精神也难以集中。

暗香依依睁着迷蒙的醉眼，咯咯咯地笑了起来，忽然凑到他的耳畔，低声道："我好像有点儿喜欢你，你……喜不喜欢我？"

顾不迷心微微一紧，低头看时却发现她已靠在自己肩头睡着了。清浅的鼻息，淡淡的体香，无不令他怦然心动，他缓缓低下头去……唇角轻轻贴在了她的额角。

第五卷

相见时难别亦难

第二十五章

不想错过

这时，忽听河里咕噜噜传来奇怪地响动。

顾不迷挥手掷出一个酒杯，就见一矮子破水而出。

矮子不是别人，正是未默。未默在水面上连跃几个大步稳稳地落在木板上，一看见顾不迷抱着暗香依依，就想扑上来，可忽然又止住了身形，警惕地看着顾不迷已经按在琴弦的手指。

顾不迷道："只要你不做过分的事，我不会伤你。"

未默一听，顿时心花怒放眉开眼笑，正要举步继续接近暗香依依，却听顾不迷又道："不过，如果你敢碰她一下，我就让你消失在方圆十里。"

未默顿时又停住了脚步，水汪汪的一双眼骨碌碌乱转，而后如小媳妇一般扭着衣襟撅起了嘴，朝着顾不迷恨恨地哼了一声，不高兴地转过了身去。他抬头看向夜空，找了半天才找到天上的月亮，摇头晃脑装模作样地瞧了起来，心道：我就不信了，你能十二个时辰都盯着我！

顾不迷又道："既然来了就暂且住下吧。"言罢，抱起暗香依依走远。

未默一呆，显然没料到顾不迷竟会同意自己留下，可转眼想起顾不迷抱着暗香依依，不禁握紧拳头咬牙跺起了脚，发泄了好一会儿怨气，最后对月长叹："哎……他！他竟然当着我的面抱着我家依依！"说完这句话看向自己的一双手，暗自委屈。他都没抱过，而后似想到了什么，陶醉地伸出双手做出托物状……开始走过来走过去。

次日，阳光明媚。

暗香依依睁开眼时，阳光已经延伸到了桌角，待察觉这种现象意味着已过巳时，她顿时翻身坐起。许是起得太快，一下子忽觉两眼发黑。她捧着脑袋痛苦地呻吟了一声，这才想起昨晚喝多了酒。又想起如今顾不迷武功已到了第六重，再也用不着她早起陪练了，她完全可以不必起早，方又泄气地倒在了床上，可刚躺下去便察觉到屋外有人。

起床穿鞋来到窗边，她看到顾不迷正在院中煮茶。

简单打理了一下，暗香依依开门走了出去。顾不迷见她出来什么都没说，只递过来一杯茶。

她正口渴，伸手接过一口喝了下去，顿时烫得抓心挠肝，丢了杯子原地直跳。

就在这时从地下忽然蹦出一个人来，大呼小叫道："你给她喝了什么？快拿解药来！你给她下什么药，她都不会和你在一起的，她心里只有……唔！唔……"

暗香依依紧紧地捂住了未默的嘴，对着顾不迷斜睨过来的目光干笑道："别忘了，他是你、我的救命恩人，恩人是不能打的！打了那叫忘恩负义！"

顾不迷收回了目光，暗香依依忙对未默解释，"我没事，方才是喝茶喝得急了，才被烫着了。"

未默这才作罢。其实自暗香依依捂住他的嘴，他就没挣扎，反而一副十分享受的样子。此刻见她放开，他反倒一脸怅然。

未默毫不客气地一屁股坐到了顾不迷的对面。

茶雾渺渺隔开二人。

暗香依依看着茶桌旁一高一矮的两个人，提心吊胆，生怕这二人一言不合当场互殴。只想找个借口赶紧劝未默离去，她倒不担心顾不迷，她就怕未默吃亏。

可是想了半天也没想到合适的借口，暗香依依正如坐针毡。顾不迷却毫无预警地起身离开了院落。未默一见他离开，顿时毫不客气地拿起桌上沏好的茶喝了起来，刚喝了一口，不禁奇道："醒酒茶？！"

暗香依依闻言一怔，未默放下了手中茶盏，若有所思地看向了暗香依依，见她望着门口似出了神。

得知顾不迷允许未默在此住下，暗香依依竟指着东边的太阳问未默："那是什么方向？"

未默古怪地看了她一眼，道："东。"

"你确定是东？"

未默仰头担忧地道："依依，你病了吗？早晨的太阳自然是在东方。"

暗香依依喃喃自语："真的是东啊……"

未默紧握双拳泪洒满胸，"依依果然病了……"

顾不迷不仅没有为难未默，还允许他住下，这事让暗香依依觉得不可思议的同时，又对顾不迷有了更加乐观的看法。其实吧，顾不迷这人还是可以的，也不是那么没人情味，尤其和他相处久了，越发体会出他这人挺有情有义，尤其是对待自己人更是没话说。不过就是表达方式特别了点儿，实则内心还是可以期待一下的。她猛地一怔，期待？期待什么？她想期待什么？惊愕的同时浑身寒气直冒。她想起往事不禁反问：你难道忘了！？初遇时，他把你当包裹一样夹在腋下！后来又将你打得遍体鳞伤！再后来，每天逼着你与他过招！哪一天不是伤痕累累！还有！他对你从不嘘寒问暖，只知道使唤来使唤去。你出事的时候他大多冷眼旁观，还瞧你的笑话，事后还时常揶揄你，平日里更是时不时地对你冷言冷语外加横眉竖目！你还觉得他好吗？如此一想，竟觉得顾不迷这人实在不怎么地！

未默哪里知道暗香依依在想什么，只是在旁边看着她一会儿双拳紧握，一会儿蹙眉扁嘴，一会儿咬牙冷哼，不禁暗道：依依这得的是什么病啊？看起来……还蛮有意思的。

正看得津津有味，他就被暗香依依拉着走了。

江州分舵很大，暗香依依毫不避嫌地带着未默四处参观。

路上遇到分舵的主事堂主，便由他一路为未默介绍舵里的情况。其实江州分舵没什么看的，都是男人住的地方，又都是些武夫，处处体现了简单和阳刚。不过未默本就不在乎这些，他只要和暗香依依在一起就心满意足了。尤其方才出门前，依依拉过他的手，拉过他的手啊！他打算从今往后再不洗手了。

一路宾主尽欢，直到暗香依依肚子忽然叫了起来，被未默听到。

因暗香依依起得晚，没赶上吃早饭的时辰，就只好等着吃晚饭了。

九幽教就这点让人讨厌，一天就吃两顿饭，虽然丰盛，可暗香依依总是饿肚子。

江州分舵住的是一群男子，平日里纪律严明，吃饭都是定时定晌的，过时不候。厨房也从不做多余的糕点，除非暗香依依自己偷偷下厨。

说实话，暗香依依觉得堂堂左护法会饿肚子不是自己的错，而是九幽教的错！所以有时候她也会厚着脸皮入厨房自己做东西吃。没办法，厨房那些伙夫各个身怀武功，不只脾气大，更喜欢舞弄菜刀，还只听顾不迷的，左护法的话根本不放在眼里！

她第一次想让厨房给她开小灶时，厨子就当着她的面将一个扔在空中的萝卜削成了一片片的纸，而后一边擦着刀一边说："本教只有少主和教主有权开小灶，左护法也不能坏了规矩。如果实在太饿，锅里还有几个兄弟们吃剩下的馒头，可以将就一下。"

暗香依依看着被他擦得晃眼的菜刀，小心翼翼地问："那我可不可以用一下厨房？"

厨子道："本教没有规定左护法不能用厨房，不过……厨房重地，闲人免进！"哐当一声，菜刀被插在了案板上。

暗香依依转过身向外走去，半只脚已然跨出门外，可忽然又收了回来，蓦地一转身，横眉竖目大声对厨子道："靠！我不过是想用锅碗瓢盆做点儿东西吃，你也不让！跟我跩是吧，有本事拿着刀出来咱们比画比画！"

厨子的衣服最后成了破布条，只得承认左护法不是闲人，而是很闲的人。自此，暗香依依被允许进厨房自己做东西吃。这件事也让暗香依依悟出了一个道理，好说好商量不行那就用武力打到你行！这才是九幽教向来崇尚的最大规矩！

一个人的饭菜并不好做，不小心就会做多了，尤其肚子饿的时候看什么都想吃，遍览厨房应有尽有的食材一不小心就做多了。自己吃不掉，丢了又浪费，暗香依依想起了顾不迷，可如果是她亲自送去，指不定会被他认定是有意讨好。如此一想，她便吩咐了为顾不迷专门送饭的弟子，只说是厨房做的夜宵，又恫吓了厨房的人，不许任何人将她做饭的事说出去。可她哪里知道，她下厨做饭这事早已人尽皆知，她本意送给顾不迷吃不掉的饭菜也变成了他人口中她特意下厨为少主做的。

未默一下子听到暗香依依肚子响，不禁惊愕地呆住，傻傻地说了一句："九幽教连饭都不给你吃饱吗？"

这句话顿时让暗香依依与跟在身边的堂主等人下不来台。

暗香依依红了脸，道："我肚子疼，不是饿的。"

原本是为了救场，岂料未默闻言，顿时更加惊讶地道："九幽教连吃的东西都不干净吗？！"

暗香依依忙道："不是，不是，是我自己的身体问题，你看他们吃了都没事，就我一个人肚子叫。"

未默哦了一声，就在暗香依依以为安全过关的时候，肚子忽然又响了起来，咕噜噜的声音，让所有人都静默了下来。暗香依依当下恨不得挖个洞钻进去，就见未默挥着衣袖，仿佛君子非礼勿视一样，半侧过身去不看她，只温和地小声劝道："依依，憋不住的话，赶紧去解决吧。"

暗香依依欲哭无泪。

肚子饿自然总是叫，上茅厕也没货啊！

暗香依依想了想，决定干脆回屋躲着算了。她离开途中打发了一个弟子去通知未默，就说自己身体不舒服先回屋休息去了。可到了住处，暗香依依打开屋门便见桌案上竟然放着一盘红烧鲤鱼，一碗酥肉白菜汤外加一碗白饭。

她揉了揉眼睛，险些以为是自己太饿产生了幻觉。

她吃着饭菜，不知不觉偷偷笑了起来。是他吧？只有他知道自己还没有吃东西，也只有他有权力让厨房开小灶。其实他，还挺好的。早先被摒弃在外的他，又重新占据了心里的某处位置。早先想着顾不迷不怎么地的想法也已彻底被抛到了九霄云外。

听说她身体不舒服已回屋休息，未默匆忙跑回来看她，刚巧看到她在屋中吃东西。

自开着的屋门，未默看到了暗香依依边吃边傻笑的样子，甚至他到了门边，她都未能察觉。想到她方才说自己不饿，顿时明白过来她方才说不饿是在骗自己。看着她的傻笑，想到早先的醒酒茶，未默的神情再次复杂了起来。

按常理，顾天穹等人应该已经到了总教，早应有飞鸽传书传回，可顾不迷又等了几日，也未见有任何消息，便一方面飞鸽传书给总教，一方面派出可信之人快马加鞭去总教。

与此同时，莫七落的踪迹再次成谜，傅月也无任何消息。江湖一时无任何事情发生，宁静得近乎诡异。

晚饭时间，古怪的情形出现了。

暗香依依左边坐着顾不迷，右边坐着未默。

顾不迷也不礼让未默，什么都不说，自顾吃饭。

未默也一反常态，一句话都不说。

这顿饭吃得非常安静，安静得有点儿吓人。暗香依依夹菜都变得十分小心，直到未默语出惊人："依依，与我一同离开九幽教吧，这地方不适合你。"

暗香依依一怔，瞥见身旁顾不迷阴下去的脸色，忙道："我自幼生长在九幽教，这里最适合我不过！"

"是吗？"未默一挑眉，忽然问，"那你喜欢顾琴魔吗？"

暗香依依下意识地瞄了眼顾不迷，见他依旧吃着饭，好似事不关己，一瞬间提到嗓子眼的心稍稍放下了些许。

未默明显在等她的答案，想了想，在未默复杂的目光中，她起身放下筷子，挺直腰板，摆出歌唱祖国的手势，大声正色道："我对少主的敬仰之情，就像那滔滔江水绵绵不绝……"

顾不迷顿时猛咳起来。

未默则是一阵惊愕。

暗香依依表达完对顾不迷的赞美，面不改色心不跳地再次坐了下来。

未默与顾不迷几乎同时恢复了正常，未默看看顾不迷再看看暗香依依，神色越发复杂。他忽然跳下椅子，扑过去拦腰抱住暗香依依，大声道："依依，你记住！你是我的！你是我的！你是我的！你是我的！你是我的！你是我的！你是我的！你是我的！”未默像是要给暗香依依洗脑一样没完没了地重复着这句话。

暗香依依尚未有所反应，就见顾不迷忽然出现在未默身后，抓起未默，将他高高地提了起来。暗香依依忽然有种不好的预感，果然下一刻就听顾不迷冷冷道：“我说过，你要是敢碰她，我会让你消失在方圆十里之外！”

而后只见未默张牙舞爪地大叫了一声，尾音尚在空中，人却已成了天边的星星。

暗香依依尚在惊愕中，又听顾不迷冷声道：“进来！”

她瞠目结舌地看着未默消失的方向，再看顾不迷，担惊受怕不情不愿地缓慢挪动着步子往屋里走。

路总有尽头，关门的刹那，她恍惚听到了那声滞后太久的扑通声，不由得抹了把汗，暗道：既然能听到落水的声音，应该还不至于十里那么远吧？

屋中，暗香依依站着，顾不迷坐着。

他不说话，暗香依依自然也不敢说话。

烛火没有点燃，屋中漆黑一片，可即便如此仍不影响她摸清屋中情况。

她时不时瞄着门，偷偷计算，自己怎样才能先顾不迷一步夺门而出，想了半天觉得直冲出去应该比较快，可开门却耗时太多。思来想去，要逃只有直接将门撞开，可一想到撞坏了顾不迷的门后自己的下场……她就变成了蔫掉的茄子。

好半天，屋中没有什么响动，她偷眼望去，只见他轻抚琴弦，似乎若有所思。

她偷偷挪动了一步，再抬眼，他还在若有所思，她又挪动了一步，而后屏息以待暗暗数到一百，再抬眼，他还在若有所思，她偷偷又挪动了一步，瞄了一眼触手可及的门把手，嘴角微微上翘。

她这才放心地立在原地不动，眼观鼻鼻观心，手几次摆出抓门的预备姿态，只等情形不妙立刻行动。

顾不迷微微抬手，吓了她一跳，眼看这手就摸到了门上，却见他只是点燃了桌案上的蜡烛，不由得滴下一滴冷汗。

烛火明灭，忽明忽暗，一如他现在的神情。

她端正站好，抬头看向了他，只见他从怀里拿出一物扔到她手中，道：“还给未默。”

她抓住那小小的锦盒，打开来便看到了未默的家传寒玉。

她伸指摸了摸盒中玉石，果然与当初拿出来时完全不一样了。尚未救顾不迷时，寒玉通体冒着寒气，而今却触手温润，显然已经变成了一块普通的玉石，可即便是普通的玉石，却也罕有的晶莹剔透，细看其中，更似有水波流动，光华凝露般甚是奇特。

她清了清嗓子，开口劝道："未默再怎么说也是你的救命恩人，既然是恩人就应该对他温柔点儿。"她小心翼翼地说着，一边审视着顾不迷的神色，"譬如，别把他丢出去，譬如，他如果喜欢待在土里，就让他待在里面好了，你说是不？"

顾不迷没有回应，却也没反对，只幽幽开口问了个不相关的问题："你当时……真的打算追随我？"

呆了一下，暗香依依反应过来他在问什么，忽觉尴尬。"追随"这个词似乎隐含着某种含义，或许是自己多想了，他是少主，她是他的下属，他死了，她跟着死，自然是追随，可她怎么想怎么觉得这个词总有点儿那啥……

仔细斟酌了一下，她觉得更贴切表达当时举动的词语并非追随二字，而是偿命。她觉得还是说清楚的好，便低声道："我害你中毒，理应偿命。"

说这番话时，她知道他在看着自己，不知道怎么了就是不敢抬头与他对视，只得假装细看手中的玉石，嘴里还顾左右而言他地说道："我听未默说，这是他的传家宝，是要送给他未来媳妇的定情之物。"

眨眼间手里的盒子就不在了，她惊讶地看向突然就移动到自己面前的顾不迷。咫尺间鼻息相对，她觉得呼吸不畅，不由得倒退了一大步，背重重地贴在门上。这才想起早先的计划，她仓促地抬手摸索起了门把手，怎奈摸了半天也没摸到。就在她忍不住偏头去看那该死的门把手究竟在哪儿时，忽听他说："未默如果喜欢待在土里，我会让他待在土里。"

啥？暗香依依傻眼了。还未来得及问他说这个是字面意思，还是别有深意，便被他扯到了一边，而后门被打开，将她毫不客气地扔了出去。

第二天一早，未默还是没出现，暗香依依倚门望望天又低头望望地，暗叹：看来未默这次要很久才能回来了。

这时就见李维山快步走来，对她道："左护法，少主请您立刻去议事厅。"

原来今晨传来消息。叶落宫对外宣布，宫主慕容秀林去世，由慕容逸即宫主位，成为叶落宫第二代宫主。

慕容秀林是叶落宫的第一代宫主，此人雄才大略，凭一人之力开山立派，在短短十年间便让叶落宫成为武林一大派系。虽尚不及九幽教和红枫山庄，但实力已不可小觑。这样一个有雄心大志之人，原本该意气风发，可叹却英年早逝。

慕容秀林年轻时风姿卓越，爱慕者极多，可他弱水三千只取一瓢，娶了一个温婉贤淑的美娇娘。原本夫妻恩爱伉俪情深，可惜就在妻子怀胎八月时，仇家找上门来，以致其子慕容逸不足月降生。慕容逸自幼体弱多病，根本无法习武继承家业，慕容秀林自此将精力大都放在了为儿子寻医问诊上。妻子更是为此自责不已，终日郁郁寡欢，再加上照顾体弱的儿子，耗尽了心血。

许是上天垂怜，慕容逸一日日强壮起来，可谁又能料到，他的妻子却在这时病倒了。

人生有时候就像一场闹剧，不停地戏耍着相信它的人们，当你觉得它不好时，它会给你点儿甜头让你看到希望，可当你觉得它好时，转眼就是晴天霹雳。

慕容秀林自妻子去世后，悲痛欲绝，再无心理会叶落宫的事务，叶落宫开始没落，没想到没过多久事情更是雪上加霜，他唯一的儿子慕容逸竟也突然失踪。

直至七年后，消失了很长时间的慕容逸又回到了叶落宫。

慕容逸消失的这许多年，没人知道他究竟经历过什么，只知道他继承了父亲慕容秀林的俊美外貌，甚至有过之而无不及，甫一出现，便引来所有人的关注。

只可惜，他武功远不及他父亲，甚至在每年的武林大会上，连前五十都进不去。可就是这样一个人，自回到叶落宫，前后不过两年，便将叶落宫发展壮大，重聚了一批年轻有为的青年才俊。

叶落宫的重新崛起，让众人的视线重又落到慕容秀林身上，或许感到欣慰，看到儿子如此出色，慕容秀林又重新振作起来。父子二人联手，叶落宫迅速发展，近些年隐然成为继九幽教、红枫山庄的第三大帮派。只不过，宫主慕容秀林近些年较少出现在公开场合，显然退居幕后呈半退隐状态。提起叶落宫，更多人关注的还是年少有为又长相出众的慕容逸。

说来也巧，这些事是暗香依依从一本叫《武林志》的书上看来的。那日晚上她在厨房捣鼓吃的，偶然间在桌角发现了这本书，一看作者是百事通姜言，便打开来翻了翻，没想到这本残缺垫桌脚的书竟记载着慕容逸的身世。当日在百花谷，慕容逸也曾提及他小时候的事，只是当时她没有信，没想到竟然都是真的。

令顾不迷等人忧虑的并不是慕容秀林的死讯和慕容逸即位，而是随之而来的另一条消息。这条消息来得十分突然亦极为蹊跷。江湖传言，慕容逸成为叶落宫宫主后，暗中与九幽教联合起来共同对付红枫山庄。

这无疑是无稽之谈，九幽教与叶落宫向来没什么瓜葛，虽然九幽教素来与红枫山庄敌对，但九幽教又为什么突然要和叶落宫联手？这谣传究竟从何而来毫无头绪，为何散播得如此之快，又恰好在慕容逸刚主事时出现？此事处处透着古怪，事情明显指向九幽教、红枫山庄和叶落宫，并极有可能挑起三者争端。众人在议事厅各提质疑和看法，一时争论不休。

而暗香依依却在想着另一件事，慕容逸就是傅月，她要不要将这个秘密告诉顾不迷？

正自纠结，就听顾不迷问道：“左护法，你有什么看法？”

暗香依依一抬头便看到厅中所有人的目光都落在了自己的身上，暗香依依一时答不上来，只得敛眸做沉思状。

这时便听李维山道：“左护法不太清楚江湖事，一时答不上来也情有可原。”

李维山竟然开口为她开脱起来。

李维山当初有些看不上暗香依依，而今却因两件事对暗香依依的态度有了很大改观。第一件事便是暗香依依将大厨子的衣服变成了一条条的刀削面，此事在分舵中传得沸沸扬扬，后来有个从祁阳山刚调过来的弟子道：“这算什么，左护法武功高着呢，在一个月黑风高的晚上，左护法一人飞上峰顶，与少主大战三百回合。那场面，真是惊天地踢鬼神啊。”

一有知识的弟兄立刻纠正道：“这位兄台，应该是惊天地泣鬼神。”

踢鬼神的兄弟立刻道：“不管什么鬼神，祁阳山兄弟有目共睹，左护法可以接少主五十招不败。”

“那五十招以后呢？”一位兄弟问道。

“那就不知道了，每次他们二人都只打五十招。”

此事传来传去自然传到了李维山的耳中，能与少主过上五十招不败的，放眼天下也不过十几人，而他却非那十几人之一，这无疑证明了暗香依依的实力远在自己之上。

另外一件事就是喝酒，前晚，暗香依依与李维山连干三大碗把李维山喝倒了，也把李维山喝服了。你说这人吧，有时候就是怪，武功高强是一回事，能喝酒又是一回事。李维山就觉得能大碗喝酒的人肯定是个痛快人，对暗香依依的印象顿时大有改观，早先的不敬也都烟消云散，反而与她亲近起来。

暗香依依没了记忆已不是什么秘密，自她到江州分舵所有人都察觉出她和从前那是天壤之别，当下李维山以为她答不上来，所以才为她寻由开脱了一句。

暗香依依咳了咳，方道：“属下的确不太清楚江湖局势，不过依属下之见，此事我们不如暂且静观其变。”

“怎么说？”顾不迷问道。

“既是谣传，又何须理会，时间久了，自然不攻自破。我们本就与红枫山庄敌对，与叶落宫井水不犯河水，这一点短期内不会有什么大的变化。再说这件事该急的不是我们，而是叶落宫，他们原本与红枫山庄没有什么嫌隙，如此一来，反被牵扯进来。如果叶落宫与红枫山庄彼此真的对立起来，与我们只有好处没有坏处，我们大可静观其变，谋定而后动。”

“那依左护法之言，我们什么也不做什么也管了？”刑事堂主问道。

“自然不是什么都不管了，而是在没辨明形势前，少安毋躁，只与教中弟兄知会此为谣传即可。”暗香依依道。

“左护法言之有理，这消息毕竟是谣传，若我们对外澄清，谣言自可散去。可如此一来，叶落宫便可轻松脱身，我们不如就依左护法所言，左右都与我们没有坏处，不如就看看叶落宫如何应对此事。”主事堂主说道。

理事堂主亦无异议。

李维山大大咧咧道：“属下也觉得左护法说得对，管他什么劳什子谣言，红枫山庄那群兔崽子，来一个老子杀一个，来一双老子杀一双！”

顾不迷哼了一声，道：“就照左护法说的去做，主事堂主负责通知教中各兄弟。”

“是。”主事堂主应下。

“总教可有飞鸽传书到？”顾不迷又一次问道，这些天他几乎随时都在问这件事。

主事堂主道：“还没有，不过属下已吩咐下去，一旦总教飞鸽传书到，即刻拿给少主。”

顾不迷道：“好。”

事情议罢，众人散去，暗香依依却被顾不迷叫住。

议事厅很大，光线充足的时候，既通透又无处躲藏。暗香依依第一次发现，这种设计很可能不是为了好看，而是为了让上座之人看清厅中每一个人的神色。

厅中只剩下他们二人时，微微的响动也会有回响。

顾不迷道：“理事堂主告诉我，你学得很快。”

前几日在顾不迷的安排下，暗香依依已开始处理一些分舵账务，这对她来说原就不难，在稍有保留之下自然显得上手较快。

暗香依依道：“少主交代的事情，属下自当尽心竭力。”

顾不迷闻言哼了一声，似乎对她的谄媚很不感冒，轻声道：“有空和厨子学做面点也算为我尽心竭力吗？”

她不过就是去学了个刀削面……也被他知道了啊，闻言不由得低下头去。

“既然是为我尽心竭力，晚饭时就让我看看你尽心竭力的成果吧。”顾不迷起身走出议事厅时，停步又道，“你知道现在你又多了个称号吗？”

嗯？

“什么称号？”

“刀削面。”

嗯？啊？

“喂，你等一下，你和我说清楚，我怎么成了刀削面了？我凭什么叫刀削面？我哪里像刀削面了？我不过就学一下刀削面的手艺，我怎么就刀削面了？”她紧追着顾不迷不放，唧唧歪歪表达着自己对这个莫名其妙的称号的不满。

顾不迷忽然停步，侧目看向她，把她看得连退两步，方才对她说：“听说，厨子的衣服都被你抽成刀削面了？！”在她一阵红一阵白的脸色下，他扬长而去。

想到早上厨子看到她时嘟囔的那句“刀削面又来了”，暗香依依顿时没好气地转身去找厨子算账。

还没走到厨房就和一人迎面撞上，见是主事堂主和一个风尘仆仆的蓝衣男子，她便问了句：“急急忙忙的，干什么去？”

主事堂主见不小心撞到了左护法连忙告罪，闻言回道：“回禀左护法，总教有消息来了，属下正急着去寻少主。”

暗香依依一听，顿时喜形于色。

她知道这些天顾不迷一直在等总教的消息。按理说，顾天穹一行人应该早已到了总教，可不知为何却一直没有消息传来。她还暗自以为，教主和闫长老中途起意去了哪里，本不以为然，可这些天飞鸽传书一天天地飞过去，却没一只飞回来，不只顾不迷，所有人都觉得事有蹊跷。

前日，顾不迷已派人去总教探询，算算时间还在路上，没想到总教那边就来了消息，当下她也急忙跟着堂主一起去寻顾不迷。

来送书信的蓝衣男子乃郑长老的亲随张惟城。张惟城一边将信递与顾不迷一边道：“郑长老吩咐属下，一定要将此信亲手交到少主手中，少主看后自有定夺。”他的目光有意无意地瞥了一眼暗香依依和主事堂主。见他如此神色，顾不迷接过信，扫了一眼屋中三人，对主事堂主道：“你先下去。”

主事堂主忙退了出去。

屋中，顾不迷迅速拆开了信，快速浏览了一遍，而后神思恍惚地盯着那封信久久不动。也不知信上写了什么，暗香依依只见他神色一变再变，身体竟也跟着微微颤抖起来，随后痛苦而绝望地闭上了双眼。

暗香依依从未见过顾不迷如此神情，直觉上发生了极为可怕的事，心下不安更胜，却又不敢开口相问。正在暗香依依提心吊胆地凝视着他，却见他忽然睁开了双眼，其中满是红血丝，察觉到了他身上散发的强烈杀意，她下意识向后一退，只听顾不迷用极为沙哑的声音问道：“什么时候发生的事？”

张惟城也在惊惧不安，却显然有心理准备。他敛了敛心神，方才回道：“郑长老久候不见教主等人归来，便派了人去迎，六日前得到的消息，此刻教主及其余十一人的尸身已在总教。”

暗香依依闻言惊怔，张惟城说什么？教主死了？都死了？怎么可能？！顾天穹一行虽只有十二人，可个个是武林顶尖高手。尤其顾天穹，天下没几人能打赢他，更别提身边还有十几名高手护卫，怎么会一夕之间都死了呢？暗香依依看向顾不迷，想要确认张惟城方才所说的话是真是假，却见顾不迷背过了身去，脊背僵直，久久方道：“你先出去吧。”

张惟城应了声，“是。”临出门前颇有深意地看了暗香依依一眼。

屋中，只剩下顾不迷与她。

顾不迷一直沉默着，暗香依依想质疑消息有误，可张惟城说得清楚明白，教主的尸体已在总教。只是她犹自不敢相信，不禁喃喃自语：“不可能……”一定是哪里弄错了。

暗香依依的“不可能”直刺顾不迷的心。爹爹武功盖世，天下少有人能及，如果爹爹不是因为担忧他而赶来江州，如果不是为了救他而损耗了半生功力，又岂会……

手中的信落到了地上，暗香依依拾了起来，只见上面简而言之地写道，教主顾天穹在回总教的路上遇伏身亡，随行十一名高手也全部遇难。郑长老亲自去现场勘查，发现除教主之外，其余十一人尸体全被烧焦，已面目全非无法分辨，而教主的头颅亦被人砍下。而今，教主及其他十一人的尸身已被运回总教，郑长老再三叮嘱顾不迷，消息切勿外露，速回总教！

他无声地站着，身体在微微颤抖。

她看不到他的神情，却知道此时此刻的他正在极力隐忍压抑。至亲被害，尸首不全，这样的痛楚任谁都无法忍受，若换作自己，早已号啕大哭或者做些疯狂的事来发泄，可他……什么都不能做。不只什么都不能做，还要装作没事发生一样不能让任何人察觉，想到此处，暗香依依忽觉心里好痛好痛，为他压抑的艰难，为他此刻心里的苦痛。

她想为他做些什么却发现自己什么都不能为他做，就算留在这里也属多余，或许没有她在，他也不会压抑得这么苦。她觉得自己很没用，神色黯淡地打算悄然离开，可回首扫及他神情时……猝不及防中，心头似被什么狠扎了一下！心好疼好疼，疼得几乎红了眼眶。

她忽然发现自己错了，也终于明白他为何唯独没让自己离开，顿时改变了主意重新回到屋中，关上了房门，悄然走到他身边与他并肩而立，以无声的方式告诉他，这样的时候，他身边还有她在。

他的隐忍，他心头压抑的痛，她好似能感同身受。

低头盯着他的手良久，暗香依依幻想着，挣扎着，或许可以握上一下……哪怕只是一下。

明知道不应该付诸行动，可感情还是战胜了理智，她的手指一点点试探着伸了过去，却在几近碰到的一刻，忽听他说：“明日，跟我一同回总教。”

她好似被吓到，瞬间撤回了手，不小心扫到了他的指尖，心头一震，心知顾不迷已然察觉，忙深深地垂下头去。

顾不迷回眸向她望来。

她知道他在看着自己。

她一点儿也不敢抬头，哪怕偷瞄一眼也不敢。

她将头垂得更低，静静地站在他身边，直到夕阳的余晖落在脚面。

送饭的弟子早已将晚饭送到，摆在外面已经凉透。

察觉到他身上的戾气渐渐散去，取而代之的是浓浓的倦意和悲伤，她觉得自己应该说点儿什么做点儿什么，可几番措辞话到嘴边却又无法出口。那些可以安慰别人的话没有一句适合他，他太强势，太自负，安慰只会将他惹怒甚至被他看轻。他需要的不是这些，她清楚明白地知道。

忽然想起门外已放冷的饭菜，她期期艾艾地道：“我去给你做刀削面吧。”见他没回应，她想了想，又道，“明日我们一起上路，这事就算是真的，我也陪你一起找出真凶为教主报仇！但在此之前，我们都要照顾好自己，我们不能让亲者痛仇者快！”

他依旧没有回应。

她有些沮丧地转身向外走去。

回身关门的时候，顾不迷的目光落在了她的身上。

察觉他正看着自己，关门的手踯躅地停了下来，她却将目光移向了一旁。

手指有一下没一下地轻抠起了木门，好似被抠出来的一点点木屑合着指尖上微微的疼痛，方能让心底始终不散的心疼稍稍平复，她小声地说：“我知道你不需要我，我也知道，我方才说的那些话有些不自量力，可是，可是……”她的声音渐渐低了下去，几不可闻地，“刀削面是咱们早就说好的……我做了你就得吃……”

她抠啊抠，好像要将门抠出个洞，指尖已满是血迹却不自知。

“我会吃。”他低哑地道。

她顿时抬起了眼笑看向他，怕他反悔似的急忙大声道：“你等着，我马上回来！”随后风一样跑了出去，门亦忘了关上。

夕阳下，她的发丝在空中飞扬划出美丽的弧度。

她离去时眼角眉梢的明亮，触动了他心底最深处的弦，门框上残留的血迹，好似在告诉他，此刻并非只有他一人在痛，那句几不可闻的“我做了你就得吃”猝不及防地融化了他冰冷悲伤的心。

她说得对，如果爹爹真的已经被害，他会找出真凶为他报仇雪恨！不只如此，九幽教凝聚了爹爹半生心血，他不能让其他任何人有可乘之机！

热腾腾的刀削面端进来的时候，他已坐在桌旁。

她一人一碗将面碗放好，而后坐在他对面盯着他拿起筷子，自己方拿起筷子，又盯着他吃一口，她才吃上一口。

虽然很慢，他却一口一口将整整一大碗的刀削面都吃光了，她却反倒剩了大半碗。

她收拾好碗筷，正要端出去，忽然听他低低唤道：“依依。”

他从未唤过自己依依，也不知怎么忽然听到他如此低唤自己的名字，暗香依依心口扑通扑通地开始猛跳，忍住叩打自己胸口的想法，低声问：“什么事？”

他却久久没有回应，直到她以为他不会再说了，他方开口道：“从今往后，无论是生是死，都不许离开我！”他的声音低沉沙哑，有着痛过之后的疲惫，更多的却是不容反驳、拒绝的坚持。

无论是生是死都不许离开他，岂不就是一辈子的不离不弃？

有点儿欢喜，有点儿害怕，还有些心酸和心疼，这些感觉混杂在一起揪着她的心，全然不受控制。可一想到自己所练内功的隐忧，所有的一切都变成了退缩和沉默。

“我知道你的武功。”他一语道出她的心结。

不，他不知道！就在她打算彻底回避否定一切时，忽听他道：“不求有爱，但求相守。”

他说，不求有爱，但求相守……

是他，是他在说，不求有爱，但求相守……

她恍惚端着碗筷走出了房门。

也不知是夜晚的风太大，吹得她步履蹒跚，还是风沙迷了眼睛，让她看不清路，心里酸酸涩涩的，明明在笑，可脸上已全是泪水。

有什么东西在心里发酵着，控制不住地迅速蔓延和滋生，理智告诉她该努力克制，可情感却已破茧而出疯狂地渴望和期盼，脑海中反复回响着他的那句话，“不求有爱，但求相守。不求有爱，但求相守！”

她猛地停下了本已踉跄的脚步，手中托盘不停抖动的声响让她意识到了心中最真切的渴望，那渴望强烈得几乎令她窒息。

这些时日的相处，顾不迷的强大自负，顾不迷的真性情，顾不迷对自己的信任和关怀，甚至就连顾不迷偶尔的低声呵斥都让她揪着一颗心，情不自禁地追随着他的目光，情不自禁地因他的言语时喜时怒在意非常。这种感觉以前从未有过，即便当初与蓝枫在一起也不曾这样。这种情绪她不是不明白，可越是明白，越是想逃避、忽视、退缩。不是不想，而是不配。顾不迷之所以是顾不迷，武功是他最大的骄傲，她怎能自私地夺去他的骄傲。

她不知道顾不迷曾为了她点下死穴，也不知道顾天穹为了救顾不迷而耗费了半生的功力，或许顾不迷一辈子都不会让她知道。可此时此刻，她清楚明白地知道一件事，对于顾不迷这样的武痴来讲，不窥欲她的内功是何其难得，对于顾不迷这样一个男人来讲，宁可无爱也要相守又何其珍贵，而顾不迷最宝贵之处，是他说得出便做得到。

不求有爱，但求相守……

她相信他，他也值得她去相信！

今生还很漫长，如果有他相伴，一路坎坷挫折都将有人携手共度。

从此，她不再是一个人飘零异世孤苦无依，她将有个家，她还有个他。

因为是他，她愿意，因为是他，她心中欢喜，因为早已有点儿喜欢他，因为他和任何人都不一样。

三世为人，她已错失过一次，虽然前路依旧布满荆棘，可她不想再错失第二次。

暗夜里，只听得咣当一声，她擲下手中托盘，转身向回跑去。

夜风吹起了她的长发，如丝缎般在夜色下飞扬。

几乎是扑开的房门，抬眼望去，黑暗中他一人独坐，忽然见她推开门来，沉抑的眸中隐隐有了一丝光亮。

双眸纠缠之时，万籁俱寂。

清晰急切的声音自门口传来，他听得真真切切，一生难忘。

她对他说：“说好了，我们相守，一辈子相守！”

暗夜中，他向她伸出了手，她奔到他的面前，毫不犹豫地将手放了进去。

人这一生，如果伸出手就能握住你想握的手，便是无悔的幸福。

顾不迷不知道暗香依依的内功心法练倒了，只是不想因一己私欲让她失去武功。其实他早已想好，就算两人不能成为真正的夫妻，就这样相守到老一辈子，他也心甘情愿。正如紫漆木琴中赵剑留下的那句话：一生若得一红颜知己，纵使刀光剑影亦有柔情万千。不求有爱，但求相守，他无怨无悔。

夜色无尽，屋中人，执手相握，情无所藏。

不求有爱，但求相守。

一生无悔。

第二十六章

执子之手

第二日晨，张惟城便先行上路赶往总教。

顾不迷与暗香依依则在议事厅召集了所有舵主、堂主以及各执事，交代了相关事宜，才提及欲动身回总教之事。

照常理，年前若由教主召唤，少主及左、右护法均会赶回总教过年团聚，只是今年相对提早了些。

临行前，顾不迷召集众人到了议事厅，对众人道：“我与左护法离开这些时日，你们务必谨慎小心行事。”

众人应道：“是。”

暗香依依昨夜就已收拾好了行李，出了议事厅便跟随顾不迷即刻上路。

众人送他二人到了船坞。

顾不迷一贯独来独往，众人已成习惯，只因他琴功的杀伤力太大，若有同教中人同行路遇强敌时反而会束手束脚，所以一般除了武功高强者，很少有人会与他结伴而行。能与他匹敌的，九幽教上下除了郑、闫两位长老外，便是暗香依依与汤斩这两个左、右护法了。所以当下左护法与少主同行，无一人觉得不妥。再有，大家心里早就明白二人之间已暗生情愫，只是均不点破罢了，其实不是大家不想点破，主要是不敢点破。所以当下众人送行之时，神色亦极为庄严恭谨，不敢有丝毫怠慢。

此刻见他二人乘船远去，众人方才卸下伪装，一个个你知我知大家都知地传递了一番暧昧眼色。方听有人笑道：“看来少主和左护法此行回总教，怕是好事近了。”江州二人相亲之事闹得沸沸扬扬，天下皆知，还有他二人每天早上都单独出去，明里说是去练功，实际干吗去了谁知道啊，反正孤男寡女的就他两个人。再说了，分舵谁不知道左护法近日去厨房学做刀削面，一次做两碗，不是做给少主的那是做给谁的？众人一听此言，均觉有理，纷纷点头附和。

众人中，唯有主事堂主双眉微蹙。总觉得昨日张惟城来时神情严肃，似乎身负要事。如果真如众人猜测是教主唤少主回总教过年，那大可不必派人风尘仆仆地来传信，一封飞鸽传书足矣。还有，昨天张惟城才来传过消息，今早少主和左护法就急着上路，想来颇有蹊跷。虽然早上在议事厅看不出什么破绽，但他心里仍存了疑虑，只是当下听到有人提及二人婚事，联想昨夜无意中撞见左护法丢了碗筷，神情激动、哭天抹泪地向少主住处奔去的情景，不禁暗道，莫非他二人真的是去总教成亲的？细想，也有这种可能，少主那无情无欲三丈外都能将人冻死的性子，左护法能求得这番姻缘想来也极不容易。难怪左护法昨晚那么激动，那眼泪说不定就是苦尽甘来的喜悦泪水，还有那被砸了个稀巴烂的碗、筷、托盘，都实实在在说明了左护法追求少主的艰辛啊。听说今早大厨去找左护法要碗，左护法还死不承认是她故意砸碎的，非说是自己手滑不小心掉到地上碎的。其实傻子都看得出来，不小心掉到地上碗能碎得那么彻底吗？！唉，这谎话扯得，也难为死要面子的左护法了。

主事堂主想到此处忍不住一声叹息，望着江面上远去的二人，男子俊朗，女子美艳，端的是郎才女貌天生一对啊！

照常理，江湖人虽有轻功，可毕竟太过惹人注目，还耗费体力，所以通常都是骑马赶路，可偏巧暗香依依不会骑马。如果备马车吧，一来速度慢，二来也显得她太过娇弱，三来也不能让顾不迷为她赶车吧？她自己赶？她也不会啊。所以，除了两人同乘一骑便是用双脚走路这两种选择了。

原本暗香依依以为顾不迷肯定会选择双脚走路，可待船靠了岸，看到岸边有马，暗香依依十分不解地看向了顾不迷。

顾不迷道："此去路远，骑马方便些。"

顾不迷翻身上马，暗香依依正要转身施展轻功便被顾不迷提着后衣领拎上了马背。

她想以挣扎表达一下自己的不满，可眼角余光恰好瞥见尚未离去的渡船弟子和岸边的牵马弟子在偷眼瞧着他们，一时又有些不好意思地低下了头去。

顾不迷没有多言，扬鞭策马迅疾远去。

这次与上次不同，上次是稍许碰触也觉得好似被带毒的仙人球扎了，会不舒服好半天，可这次只是起初有点儿不舒服，后来渐渐地缓和了下来。

起初吧，她碰一下还躲一下，直挺挺地一如上次。后来碰着碰着也就习惯了，她累了会轻轻地倚一下，见他没什么神色变化，又更加软了下来，轻轻地倚在他怀里。后来呢，察觉他神色如常，她又大着胆子舒服地寻了个位置，让自己靠得更舒服些。再后来吧，见他一点儿反应也没有，暗香依依不禁有些不服气起来，一闭眼，展臂圈住了他的腰，额头贴着他的肩胛；随着马背颠簸悄然摩擦。时间久了，她竟忘了先前的不服气，不知不觉心里滋生了些许热，也滋生了一点点说不出的欢喜。

远离江州城，一路荒凉。

行至下午酉时，天空阴霾更胜，顾不迷抬头望了望天，低声道："要找个地方避避雨。"

果然如他所言，刚找了处避雨之地就下起了急雨。

冬日的雨极少下得这么大，一旦下雨气温就会骤降，如果有风，就更加冷了。

今年的雨水较往年少，暗香依依还是第一次路遇这么大的雨。被风一吹，她只觉阴冷刺骨。

二人躲在一处狭隘的崖壁凸起处，能避雨却不挡风。暗香依依问道："这雨要下多久？"

顾不迷摇了摇头，道："说不准，兴许要到天黑。"

"那怎么办？"她问。

顾不迷道："只能等雨停了再上路。"

她知他心中急切，也知他不愿冒雨赶路是为了自己。他决定的事，她从无异议，其实即便有异议也没用，所以不如坦然接受，只希望这雨能早些停。

避雨的地方不大，除了马匹就只能容二人促膝而坐。望着外面的瓢泼大雨，暗香依依道："温度降得可真快。"冷风呼呼吹来，顺着衣衫的缝隙钻了进去，就算有内功护体也觉得有些冷。

见她抱坐一团，他无声地靠了过来。

察觉他有意为自己挡住了风，暗香依依忽然觉得心里很甜。他总是这样，即便关心自己也不会说出口，她一边觉得窝心，一边又觉得这样的他很可爱。

洞外，渐渐没了雨声，天色渐黑。举目望去，空中飘起了晶莹的雪，暗夜中似时而斩断黑夜的银丝，忽明忽暗的，煞是好看。

"怎么又下雪了？我听李维山说，江州很少下雪的啊。可是我没来多久就遇到了两次。"暗香依依伸出两根手指道。

"上一次是什么时候？"他侧过脸来，轻声问向背后的她。

"你中毒昏迷的时候。那场雪不大，却很冷。"想到那时得知他快不行了，自己也没了活下去的欲望，那场雪，又冷又凄凉，让人终生难忘。

他沉吟片刻，方问："百花谷中，他是否为难你？"

他指的自然是慕容逸，她回道："没有。"

顾不迷缓缓道："傅月的医术已到了出神入化的地步，人称鬼医，一来是说他可自鬼神手中将人的性命夺回；二来是贬他并无医者之德；三来，他年纪尚浅，医术却如此超群，实乃鬼神可达造诣而非人可至。”

他有这么神吗？暗香依依第一次听人评价慕容逸，面对顾不迷对他如此高的评价，不禁有些不信。

顾不迷又道：“傅月不只精通医术，武功也不在我之下。”

暗香依依忽然想到《武林志》上面清楚地写着，慕容逸的武林排名平均成绩连前五十都不是，最好的成绩是上上届武林大会，第四十九名。据说是他无意中如有神助地将第四十九名一扇子打出去得到的名次，而上一次武林大会却又不幸地跌到了五十开外……然后就没能挤进来。

暗香依依又想到慕容逸面对顾不迷几次三番都是逃之夭夭，一时表情甚是古怪。她很想问顾不迷一句：你没看出来傅月就是慕容逸？

只是如此一想她倒更加奇怪起来，为什么大家都没看出来傅月就是慕容逸？

要说慕容逸易容术精湛，她承认，可再精湛总还是有破绽吧？！为什么这些个人精就没一人怀疑过？而且傅月也喜白衣，虽然上面没绣牡丹，但不也是白的吗？再来，个头身形也一样，就算神态有些差异，可也大同小异，为什么就没人看出来呢？

她正心中疑惑就听顾不迷道：“他答应救我的条件是什么？”

他怎么突然想起来问这事？还有，他的语气很明显已十分肯定她与傅月之间有交易。如果她反问一句：你怎么知道？无疑是不打自招，可如果她不承认，顾不迷又岂会让她轻易过关？！而且他既然问了，她也不想骗他。

如此她便道：“他让我嫁给他。”

“你想嫁吗？”他又问，声音很淡。他没有问，你答应了吗？因为答案已十分明显无须再问。

她没有回答。

她可以骗他，说当时从没想过嫁给慕容逸，但事实并非如此。她不想对他说谎，所以选择了默不作声。当时的自己仍固执于前世错失蓝枫的悔恨中，又错将慕容逸误认为蓝枫，这才与他纠缠不清。若非慕容逸告知实情，或许今日她已和慕容逸在一起了。如今想来，虽有很多地方想不通透，可终究难怨慕容逸。蓝枫于她，其实从未真正开始，不过是错过后的悔恨，葬于心中难以忘记，时间久了，生了根、发了芽，即便今日已明白蓝枫于她已无再见可能，却无法全然否定自己曾经为他深深痛过。

如今那些都已不重要。她喜欢顾不迷，很喜欢很喜欢，喜欢到了愿意敞开心扉全然相信、全然依赖。这种感觉如此美好，亦如此美妙，甚至让她既害怕又欢喜。历经三世，还是头一次经历这种紧张又奇妙的感觉。

见她久久不答，他会意过来，沉声道："你即便想嫁，我也绝不会让你如愿！"

她如偷吃了蜜糖，明明弯起了嘴角，出口的声音却故意显出无奈，"可我已经答应他了。"

"你也答应我了！"他语气微冷。

"那怎么办？"她无辜地问道。

"你说呢？"

她向前蹭了蹭，面颊贴上了他的后背，高高扬起嘴角，轻声道："我只想和你在一起。"

寂静中，雪花点点飘落，落地即化。

良久，他方才说道："我们上路吧。"

上马之后，他从包裹里拿出一件衣服，裹住了她。

她照例窝在他胸口，紧紧地贴着。马儿以极快的速度前行，雪和风迎面扑来。原本十分的冷，可因为有他，暗香依依觉得心里头热乎乎的。时而抬头看着他略显坚毅的下巴，忽然觉得，自己不会骑马是件极好的事。

近午夜时，方才赶到一处集镇。如此冷的夜，人马俱疲。

砸开了镇中唯一一家客栈的门，还没进去，暗香依依心里就在嘀咕，不会又是一间房吧？！

待店小二为难地回道："客官，最近来往客商多，小店只剩一间房了，您看？……"不用看了，暗香依依面无表情地拿过钥匙，先行上了楼去，她已经认命了。

进了屋，她顺理成章坐在椅子上，正舒展着筋骨，便见顾不迷走了进来。筋骨舒展到一半忽然想到此刻二人关系，她又邪恶地想到只有一张床，不知怎么就红了脸。

顾不迷走进屋来，没有像以往那样直接走向床铺，而是站在屋中对她说："你睡床。"

他终于知道怜香惜玉了！暗香依依心酸地想。

没有和他争论谁该睡床的问题，因为太知道他的个性，她索性点点头乖乖地爬上床。

熄灭的烛火让屋中暗了下来。他盘膝坐在凳子上打坐，暗香依依坐在床上打坐，运气两周天后，困意袭来，偷偷地半睁开眼瞄向了他，见他已然入定，便向旁一栽歪，摸过被子盖在了身上。再次偷眼看去，暗香依依见他没有任何动静，便细细地打量起来。忽然想到，自己多次与他共处一室，他都不为所动，他定力怎么那么强？！是他定力强还是自己吸引力不够？如此一想，她心里头顿时有些不是滋味。

说不定他也想偷瞄自己，只是不好意思，不如……眼珠子一转，她便起身将床头的帐帘放了下来，还故意留了一条缝。在里面偷看了好半天，暗香依依发现他根本没有看自己的意思，不禁泄了气，打算睡觉。可翻来覆去就是睡不着，她心头像是窝着一把火，明知道不应该，可这把火就是来势汹汹窝在心里头不灭，搞得她怎么都睡不着。只好使出杀手锏，开始数羊，一只羊，两只羊……直到九百九十九只羊，她顿时睁开双眼，翻身坐起，偷偷掀开帐帘露出一颗头来，不看还好，这一看恰好看到顾不迷睁开了眼看向了她。早先人家不看她时，她不乐意，这回人家看她了，她反而不好意思起来。

目光相遇，顾不迷的神情让她呵呵干笑了两声，没头没脑地说道："你在打坐啊，真巧，我也在打坐。"

顾不迷没有理会她，又重新闭上了眼睛，平静地说道："九百九十九只羊。"

她顿时一怔，而后面红耳赤地仓皇躲到帐帘后，将头深深地埋进了被子里。

第二日天刚亮，二人便动身上路。

暗香依依想到昨晚便觉得不太好意思，像是闹别扭一样，一整天都不再主动跟他说话。

又是一路急赶，直至很晚才风尘仆仆地走入客栈，店小二刚开口说："客官，真是对不起……"

暗香依依立马打断了店小二的话："一间房对不对？"

店小二马上说："客官，你真神啊！"

暗香依依指了指顾不迷，对店小二说："你错了，不是我神，是我和他在一起的时候特别神！"

店小二听得一头雾水，暗香依依已自小二哥手中夺过钥匙大步上了楼去，如今的她已经不得不彻底认命了。

今晚投店相对要早，尚有热茶暖身，热水烫脚，还有热腾腾的吃食。

吃过饭后，暗香依依在屋中烫脚，顾不迷则一声不吭地擦拭起了沾染风尘的紫漆木琴。

暗香依依边洗边想，好像这里的男人看到女人的脚就要对这个女人负责，可她发现，自从她脱鞋子脱袜子洗脚以来，顾不迷就没看过她一眼。都说君子非礼勿视，可他一眼也不看，她就觉得心里不舒服。昨天晚上的事，她还小心眼地记得，再加上今天的，就成了变本加厉。

她故意轻轻咳了咳，看去……

他没抬头。

她又咳了咳，再看去……

他还是没抬头。

她咳，继续咳，反复咳。忽然发现额头上多了一只手，而后听他道：“无碍。”

也不知他从哪里摸出一个指甲大小的药丸，递了过来，她接也不是，不接也不是。她急忙摇摆着双手呵呵干笑道：“我没事，不用吃，不用吃。”

他不为所动，面色不悦地沉声道：“吃下去！”

“可不可以不吃？”她试图做垂死挣扎，可一见他当下神色，就知道没有回旋的余地了。

“要我亲手喂吗？”果然，他又说出了让她噎死过去的话。

“不……不用……”她缓慢地从他手中拿过药丸，在他坚持的目光下，痛苦地将药丸塞进了嘴里，顿时苦得整张脸都揪在了一起，终于切身体会到什么叫自作孽不可活了。

吃了药丸，他便坐在床边，看着她躺下，又为她仔细掖好被褥，方道：“睡一觉就好了。”

见他坐在床边看着自己，她忽然觉得那颗药吃得有点儿值了，水汪汪地睁着一双眼不愿闭上，而是目不转睛地看着他。

顾不迷低声道：“闭上眼。”

她有些幽怨地道：“你和我说会儿话嘛。”

静默中，顾不迷开口道：“我们大概还须两天的路程才能到总教。”提起总教，他神色变了变。知道他想到了什么，她忙岔开话题问：“眼看就过年了，往常你都是怎么过的？”

“往年这个时候，我、你还有汤斩都要回总教过年。”

暗香依依从没想过魔教也会在乎团圆。听顾不迷如此说，她忽然想到一事，往年他们三人都会赶回总教过年，顾不迷、暗香依依、汤斩，一众高手齐聚一堂，九幽教该是何等的风光热闹。而今却只剩下顾不迷和她，而她记忆全无，汤斩又变成了残废，顾天穹尸首不全，闫长老等十一人尸身被火烧得面目全非无从辨别……这一连串的事，一件比一件让他棘手痛心。见他神色暗沉，知道自己问错了话。她坐起身来，展臂抱住了他，将头放在他的肩上，轻声道：“你还有我呢，今生今世，除非我死了，否则我绝不会离开你，你也休想抛下我！”

“我发现了一件事。”他忽然道。

“什么事？”她以为他会说一些感动的话。岂料，他却说：“你很黏人。”

“有吗？”她认真地想了想，而后撇起了嘴，哼了一声，满不在乎地道：“就黏你了，怎样！”

顾不迷敛了眸光，轻声道：“还能怎样，黏就黏吧。”

闻言，她伏在他肩头低低地笑了起来。

烛光摇曳，早先的阴霾也被她的笑声所取代。

折腾了好一会儿，她终于肯躺下去睡了，刚闭上眼就沉沉地睡了过去，想来药丸起了作用。

他幽幽地凝视着她的睡颜，心中漾起了无尽柔情。

可就在这时，窗外忽然有人影一闪而过。

他眸中闪过轻蔑，不为所动，守着床上的她，直至天明。

于客栈中补充了水和干粮，二人方又准备上路。

出门前，顾不迷对暗香依依说：“如果我们走散，不要找我，直接去总教等。”

暗香依依不解地问道：“我们为什么会走散？”

顾不迷没有回答，当先开门走了出去，暗香依依只得提了包袱快步跟了上去。

二人重又打马上路。

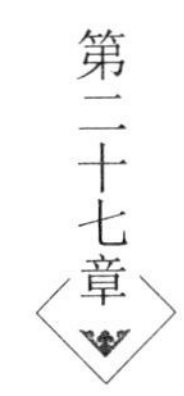

第二十七章

途中遭袭

清晨薄雾缭绕，看着初升的朝霞，暗香依依心情极好。

今早醒来时，她睁开眼就看到了坐在床边闭目养神的他，想到他守了自己一夜，心里止不住地飞扬愉悦，很快便将那句“走散”抛诸脑后。

策马出了集镇，一路疾驰，沿着官道穿过成片的树林时，忽闻潺潺溪水声。举目望去，前方有座石桥，桥下溪水流过。晨光柔和，清澈的溪水一路顺流而下，枯叶浮于其上随波逐流，萧瑟中更有几分自在。

顾不迷策马过桥时，暗香依依指着这山这水，仰头对他甜甜笑道：“我最喜欢有山有水的地方，将来如果有条件，咱们也寻一处类似的地方，盖几间屋舍，在门前种上一些花草，在屋檐四角放上风铃，再养上几只小鸡、小鸭、小鹅、小兔子，等它们长大了就把它们杀了吃肉，你看如何？”

顾不迷垂眸看了她一眼，不置一词。

暗香依依想了想，叹道：“我知道不太可能，唉，终归只是想想罢了。”他们的身份注定了不能那么悠闲地活着。

顾不迷闻言却道：“总教后山倒有一处与你说的相符，在那里盖几间屋舍也无不可。”

“真的？”她雀跃地望向他，灼灼的目光几乎令他睁不开眼，索性完全不看，便又听她道，“等到了总教我得去看看，好好规划规划，可以的话咱们就在那儿盖几间屋舍，就算不能天天住，闲暇时去度度假放松一下心情也好啊。”

顾不迷垂眸看到她捧在胸口的手，虽然她低着头，但他想都不用想就知道她当下的表情有多可笑，可即便如此，还是忍不住道了声：“好。”

她抬头时，他的目光已望向前方远处。

又行了大约两个时辰，来到一处密林。

驱马入林，一路荒凉，来往几乎无人。

大约又行了半刻，顾不迷忽然勒马停步。

暗香依依自他胸口抬起头来向周围望去，并未发现任何异状。可就在这时，寂静的树林内，无数带着厉风的光亮骤然自内射出，疾速向二人袭来。只可惜这些暗器尚未近身，便被顾不迷几个琴音击飞出去散落于林间各处。

如此也不过是眨眼间的事。如果是在从前，顾不迷尚未练至琴功第六重时，方才一击暗香依依也难免要被波及，可如今顾不迷已今非昔比，虽还不能将攻击力缩成一个点，但已可以呈扇形小范围攻击。

二人自马上跃下。顺着顾不迷的目光，暗香依依看到前方不远处，一黑衣蒙面人悄无声息地出现在了林间枝头。黑衣人手中提着一个包裹，斑驳的枝影下，诡异地望着他们。

暗香依依如今对黑衣蒙面十分敏感，虽不知这些人是什么来路，但心知来者不善，当即大声质问道："什么人？！鬼鬼祟祟地躲在树上！"

黑衣人低哑的声音缓缓自高处传来，"顾不迷，你的琴功果然练到了第六重，不过你纵然练到第六重又能如何？你看这是何物！"那人打开了提在手中的暗褐色包裹。

距离虽远，但暗香依依与顾不迷一眼便看清了那是何物，顿时大惊失色，顾不迷已然目眦欲裂。

包裹里装的赫然是九幽教教主顾天穹的项上人头！

顾不迷自马上腾空而起，冲向黑衣人的同时指尖勾动了琴弦。琴音起时，黑衣人所在之地瞬间化成了狼藉。林木的飞屑与树木倒塌的巨响，令方圆十丈都弥漫起了毁灭后的烟尘。

而后只听远处传来一阵狞笑，黑衣人与顾不迷的身影同时消失在了烟尘中。

待烟尘稍散，暗香依依随后追去，却已没了顾不迷和黑衣人的踪迹。左右遍寻不着，无奈之下，她迅速攀爬到树顶，极目远眺，希望能发现些蛛丝马迹。

静静听去，除了过耳山风无一丝琴音，她心中正焦急不安，忽听异物之声破空而来。

她想都没想便迅速沿着树干俯身滑下，身后噗噗之声不绝于耳，转头看去，所过之地俱被钉满了暗器。

滑至一半，她止住下跌之势，单臂抱树，环顾四周，不见任何人影。

四周隐有杀气，那人还在，只是所藏之处一时不能辨明。

她背依树干，缓缓平复呼吸，侧耳倾听。忽听头顶传来异响！她抬头便见密不透风的暗器扑面袭来！

急速躲避时，暗香依依挥手击出数鞭，瞬间所经之地所有树干被她全部抽断，黑衣人再无可藏之处，身影于树梢间腾挪时暴露出了位置。

暗香依依微一提气，向黑衣人直冲过去。

这不是暗香依依第一次实战，但这却是暗香依依第一次与暗器高手对敌。

暗器分很多种，但无论哪一种，暗香依依都无所畏惧！原因很简单，若说暗器，音波乃是世间最密而不透的绝顶暗器。暗香依依连顾不迷的无形琴音都不惧怕，又何惧区区实体暗器。只是黑衣人身法诡谲，更善于隐藏，暗香依依鞭子虽长，可面对飞射暗器之人也成了近身兵刃，如果靠近不了对方，无疑极为被动。

暗香依依若是一个真正的武林中人，在这样的情形下一般不会轻易放弃。可暗香依依压根就不是个武林中人，说白了，她不过是个突然有了武功的寻常女子，平日里杀只鸡都不敢，何况要她伤人、杀人。再者当下她并无必胜的把握，在自保的同时又记挂着顾不迷，根本无心恋战，所以这打着打着……心里头就起了甩脱黑衣人的念头。

念头一起，她说跑就跑，埋伏在暗处的黑衣人正全神贯注地手握飞镖和她玩儿命呢，一眨眼就见暗香依依跑了个无影无踪。黑衣人见没有如预期般将她引到预设地点，心中一急就追了上去。与此同时，埋伏在暗处的两名黑衣人也现身追了上去。

暗香依依对路不熟，又发现身后追来的人竟由一个变为三个，就跑得更快了些。这一路疾跑，她就有些不辨东南西北了。如此见路就走，见道就穿，她直跑出了那片白桦林来到一处灌木丛生之地。

冬日萧瑟，万物凋零，灌木只剩光秃凌厉的枝干，稍不留意便被刮到，留下一个口子。

暗香依依不辨方向，一口气又奔出数里之远，眼见前方是一望无际的荒草地，毫无躲避藏身之处，即便跑，也很容易被后面紧随的人发现去向，根本无法摆脱他们，她无奈之下只得回身应战。

不消片刻，三名黑衣人相继追来，与暗香依依遥遥相对。

眼看一场恶斗在所难免，却在这时，一青衣男子突然出现以极快的速度自后挥出一剑袭向三名黑衣人。最先触及剑锋的黑衣人躲避不及，胳膊被生生削断，黑衣人一声闷哼，断臂处鲜血直喷，触目惊心，其余两人虽堪堪躲开却也不同程度受了伤。

断臂黑衣人虽疼痛难忍，却临危不乱，连点自己身上数处穴道，将流血减缓，如此一番动作，显然非等闲人物。

暗香依依震惊之下，细细望去，见来者手执长剑，着淡青素色长衫，整张脸除了黝黑浓密的络腮胡子，其他部分也只能分辨出有眼睛有鼻子有嘴而已，若问相貌，那只有一句话可以形容，满脸胡子。

四人不由分说缠斗起来，看着大胡子男子剑锋凌厉，暗香依依想到了一个人。

记忆中，有一人剑术极好，那人身高倒与大胡子相仿，身形却没有他壮硕。

大胡子方才偷袭已连伤三人，此刻占尽先机，三名黑衣人渐渐不敌，三人互使眼色，狼狈而去。大胡子也未穷追猛打，见三人远去，收剑回身看向了暗香依依。

常言道，敌人的敌人就是自己人，但凡事也无绝对。暗香依依见他看向自己亦提神应对，便听大胡子男子道："方才为何不趁乱跑了？"

一句话如醍醐灌顶，哎呀，对啊，方才怎么不跑呢？暗香依依心里后悔不迭，面上却很镇定地抱拳拱手谢道："九幽教左护法暗香依依感谢大侠仗义出手相救，不知大侠可否留下姓名？他日若有机缘，暗香依依也好报答大侠此番相救之恩。"

大胡子微一沉吟，却未报上姓名，只道："他们虽然走了，但此地不宜久留，你有何打算？"

暗香依依道："原路返回。"

暗香依依原本打算甩掉那些黑衣人再回头去找顾不迷，没想到袭击自己的不止一个人，几番甩脱不掉又因路不熟而跑到了此地。虽然心中笃定，以顾不迷的武功，轻易不会有事，可她心里仍旧放心不下，对方以教主顾天穹头颅为诱饵，还指不定前方设了什么埋伏等着顾不迷一头扎进去。顾不迷一向自负，此番又被激怒，很可能会中了奸人之计深陷重围。虽然顾不迷早先说过不让她回头去找，直接去总教，可她还是想回去找找看。

大胡子眉头紧蹙，摇头道："原路返回并非明智之举，林中埋伏的不止这三人，而且武功都不弱。"

"你怎知林中不止三人？"暗香依依心中起了疑惑，这大胡子究竟是谁，为何会清楚林中埋伏者人数和武功高低？

大胡子微微一笑，动手扯下了脸上的胡子。那胡子竟然是粘上去的，待男子卸下伪装，暗香依依顿时瞪大了眼睛，惊讶道："大哥，怎么是你？"

大胡子不是别人，正是消失了四个多月的莫七落。

暗香依依挂念他数月，如今突然见到，除了惊讶还有些顾虑。

莫七落自口中拿出一物，声音顿时变了回来，显然身体壮硕也另有玄机。暗香依依只听莫七落对她道："我听说你和顾不迷要去九幽教总教，白桦林是必经之路，我便在林中等你，无意中发现这群黑衣人在林中设了埋伏。看到顾不迷被他们引走你一人落单，便尾随而来，这才救了你。"

言罢，莫七落似知道她心中所想，又补充了一句，“你放心，顾不迷此去不会有事，以他现在的武功，即便高手想要近其身也难，何况他已被激怒，任何埋伏对他来说都只有毁灭这一个结果。”

暗香依依知道他说得的有理，顾不迷这人本身就具有强大的毁灭性，尤其功至第六重后，已不可同日而语。自己如今就算拼尽全力也难以碰到他衣角，据百医圣手萧仁说天下间能打败他的已不出五人，可见他武功有多高，尤其他所练琴功，根本不在乎对方人数多少，一曲终结，全部灰飞烟灭。正如莫七落当下所言，任何埋伏对他来说都只有毁灭这一个结果。想到此处，暗香依依微微觉得骄傲，可虽然知道莫七落说的有道理，心里还是放心不下，好像总有什么事情要发生，而自己无法控制，如此便道：“大哥为何要在此等我？”

“我……”莫七落哂然一笑，道，“我只是想看看你过得好不好。”

暗香依依闻言心中一暖，道：“自从和大哥分开，我就回了九幽教，九幽教的人待我……很好。”说到此处，自然想到了顾不迷，想到他与自己的相守之约，略感羞涩。

莫七落将她神情的细微变化看在眼中，微笑着点了点头，道：“如今顾不迷武功已至第六重，天下少有人能敌，他比我更适合照顾你。”

暗香依依也不辩白，只是笑道：“大哥，我就算不去找顾不迷，也须尽快赶回总教。你方才说那片白桦树林是去本教的必经之路，我还是只能回去。”

见她主意已定，莫七落眉头紧锁，道：“若去九幽教总教，必须经过白桦林，此去危险重重，因暂避锋芒。我估计他们不会在此埋伏多久，你或许可以在某处等顾不迷一段时间再行打算。”

“不行！我和他有约在先，如果途中走散就必须先去总教等他，我不能食言。”此刻想来，顾不迷定然早知前方有危险才会事先提点自己。如此坚持并非只因这个理由，她还想顺道去寻顾不迷的踪迹。

莫七落一脸凝重，试图再劝，可她去意已决，甚至不顾他的阻拦打算孤身折返白桦林。

她对莫七落的信任其实很有限，她虽然想全心全意地相信莫七落，可直觉上莫七落对她隐瞒了许多事情，让她始终存疑。

莫七落见无法阻止，在她越过自己欲走时，似终于下定了决心，道：“我送你过去。”

闻言，暗香依依停住了脚步，回头看向了他。

莫七落有些失落地道：“事到如今，发生了这许多事情，我知道你并不全然信我。有些事仓促间也难说清……”暗香依依知道自己的表现已让他察觉出对他的不信任，若非此刻情况紧迫，她也不会表现得如此明显，这么伤人。她有些愧疚地低下头去，听莫七落继续道：“你和顾不迷的事我也听说了一些……你想得对，只要到了九幽教总教，你的安全自会无虞，我也能真正放下心来。走吧！”言罢，莫七落再不犹豫，转身而去。

忽听暗香依依道：“大哥。”他停住脚步，回头望去，便听暗香依依道，“多谢。”

莫七落没有说什么，只是点了点头，而后当先而行。

或许不应该这么简单地相信莫七落，可暗香依依却选择相信了自己的直觉。莫七落光明磊落，言辞间合情合理，过往虽对他存有疑虑，但现下并非啰唆这些的时候，以后总还有机会将所有误会解释清楚。二人一路轻功疾行，暗香依依跟随莫七落重返白桦林。

二人藏伏在树林边缘，只觉林中一片幽静，正如莫七落所言，静得有些诡异。

莫七落轻声道：“一会儿若遇埋伏，不可恋战，也不必管我，一路向西北方向走，出了这片树林，翻过君临山脉就到了九幽教总教。切记！”

暗香依依见他神情严肃，心中升起了一股不祥的预感。她突然拽住了莫七落阻止了他的下一步行动，低声问道：“大哥，是不是林中那些人你也无把握对付？”

莫七落向她微笑了一下，道：“你若能顺利出去，我也不必与那些人多做纠缠。”

眼见莫七落说得简单，可她心里总有种不祥的预兆，如果二人合力可以杀出去，为什么莫七落会让她一人先行？莫七落言辞间虽然看不出什么破绽，可方才他说“我送你过去”时眉间所蕴藏的在所不惜，暗香依依却留意到了。暗香依依又问：“还有其他路可走吗？”

莫七落摇了摇头，淡然笑道：“只有这一条路，不进则退，没有选择。”

暗香依依很想说不去，可心中又记挂着顾不迷，又怕顾不迷到了总教见不到她而横生枝节。如此一想，她忽然又觉不对，若这群黑衣人是冲着顾不迷来的，顾不迷已经被他们引走，为何还要继续埋伏在这里？难道顾不迷还在这片树林里？如此一想，她顿时起了疑，迅速攀爬到附近一棵大树的顶端，举目望去，复又凝神静听，都无异状。她心中暗道：若顾不迷在林中，绝不会一丝声息也无。这时便见莫七落也飞纵上来，问道：“在看什么？”

暗香依依将自己的疑虑告诉莫七落，怎料莫七落的回答让她如坠雾中。

莫七落说：“他们在此设伏的主要目标是你而非顾不迷。”

“我？为什么是我？”暗香依依一直以为那些黑衣人的目标是顾不迷。顾天穹已死，顾不迷此次返回总教无疑是要继承教主之位，黑衣人中途截杀他理由再充足不过，之所以对付自己自然也是因为她左护法的身份。她从未想过，黑衣人的目标竟会是自己。如今经由莫七落一说，她心中也起了疑，细细想来，并非没有这种可能。那些黑衣人每次与她动手，都似乎手下留情，原本也曾怀疑过那些黑衣人与慕容逸有关，可如果这些事都是慕容逸所做，那他先前又为何要救顾不迷？又为何与她在百花谷相处多日？若说是因为喜欢她，为何又在她鞭子上下那种媚毒？她一时想不明白，便听莫七落道："你难道忘了自己内功的秘密？得到你就能天下无敌，称霸武林自然也指日可待了。"

"你是说……他们知道那个秘密，此番是想活捉我？！"这种想法一旦在脑海中成型便如惊涛骇浪扑面而来，让她震惊无比。如果真如莫七落所说，那么黑衣人的幕后指使者很可能也知道自己内功心法的秘密，先前三番两次的截杀每一次都是想要活捉她，然后……为了成为武林霸主，对她先奸后杀？！

如此正好解释了这些黑衣人上次为什么用金丝网抓她，而不急于铲除已昏迷不醒的顾不迷和武功低微的莫七彩，也解释了为何那些黑衣人处处对她手下留情，今日又埋伏在暗处伺机以待。可慕容逸所下之毒，不是恰恰相反吗？这么说，慕容逸真的和这些黑衣人没有关系？！可若说他没有关系，他又为什么要下毒害她和顾不迷？她已经越想越乱了。

这时便听莫七落道："我们走！"

莫七落当先入林，暗香依依阻拦不及，微一犹豫，便也跟着飞纵而去。

每接近西北角一分，暗香依依的心便紧上一分。她甚至在默默祈祷，莫七落所料都是错的！可现实的残酷显然令人心寒到无能为力。

当他们被包围时，她与莫七落背对背相靠，一人持剑，一人扬鞭，面对东、西、南、北分立四方的四个黑衣蒙面人，一场恶战在所难免。

其中一个黑衣人看到莫七落，沉声道："怎么是你？"黑衣人显然认识莫七落。

暗香依依听到莫七落低声对自己道："等会儿我拦住他们，你只管跑。"

暗香依依起先不怕，放眼整个武林，能打得过莫七落和自己的也没有多少人，何况如今二人联手，更是无所畏惧。原以为林中埋伏着多少人，而今眼见只有四个，她不由得放下了一直提着的心，岂料莫七落竟如此交代她，不由得心中再起不安。她低声回道："大哥，我在君临山下等你，你若不来，我不走！"言罢，暗香依依也不待莫七落回应便一鞭向黑衣人抽出，气势如虹雷霆万钧。

暗香依依武功很高，这是不容置疑的事实，可当下暗香依依拼尽全力的一击，竟被黑衣人轻易化解。目前暗香依依除了顾不迷之外，还从未遇到如此高手，心中顿时惊骇。眼见黑衣人瞬间近身，若非莫七落一剑逼退了黑衣人，她擅长远攻的长鞭已然对近身的黑衣人无用。

面对这些黑衣人，她就像个无力的孩子，她忽然真的害怕起来，不知来的都是些什么人，武功竟然如此之高。暗香依依只要一想到这些人要将自己抓了去先奸后杀，便觉得恶心非常，也越来越惊惧。如果当下只有她一个人，或许她会和这些人拼命，可如今她把莫七落也牵连进来，如果她走不脱，他必会受她牵累。当下她再无心多想，笃定黑衣人不敢真的杀死自己，不顾性命拼死而战，终于得空向西北方向跑去。

莫七落缠住了随后追来的黑衣人，暗香依依跑出数步，一声细微的声响忽然令她心头一跳，忍不住回头望了一眼，恰好看到黑衣人的剑自莫七落肋下抽出的瞬间，也看到莫七落望过来的目光。她心头猛地一颤，仿佛看到了莫七落与自己的诀别。

她放缓了脚步，忽听莫七落大吼一声："走！"

向她冲来的黑衣人，再次被他挡住，又是一剑刺入他的胸口，那细微的声响，让她如惊弓之鸟没命地奔逃……眼前都是莫七落死死地抱住黑衣人的幻影，耳边全是剑入身体的撕裂声……

跑，除了跑还是跑，没命地跑，西北，只知道西北，只剩下西北……西北的君临山下，她会在那里等大哥，大哥……他一定会来！一定会来！

君临山脉地界，已属九幽教的势力范围。

既然是山脉，就肯定不止一座山。山体连绵共九座，分别名为君临九宿，每座山峰顶都有九幽教的弟子驻守。

暗香依依一路没命地奔逃，夕阳西下时，终于来到了君临一宿的山脚下。眼望着入山小路，她忽然泪如雨下。

这时忽闻一女子道："宫主，那不是九幽教左护法暗香依依吗？"

闻声，她急忙止住泪水，举目望去。只见半山上，有三个下山人正遥遥地望着自己，当先那人白衣玉冠，迎风而立，即便此刻距离尚远，她仍一眼将此人认出，此人不是别人，正是叶落宫宫主慕容逸。

慕容逸不慌不忙地与身后一男一女下得山来，在此期间，暗香依依心中已在天人交战，要不要求他去救莫七落，要不要求他？理应求他，可慕容逸先前所作所为虽无怨恨却也无法原谅，而今让她低声下气地求他，一时间尚无法做到。

慕容逸走过她身边时，看都没看她一眼，彼此就像过路的陌生人。她恍然明白，自己根本已不必挣扎求与不求了。

她就像个木桩子，呆呆地看着他从自己身边走过。慕容逸身后跟着的何云端和丁秀秀向她抱拳施了一礼，似乎注意到她正在哭，神色微微有些异样，跟在宫主慕容逸身后无声离去。

在当慕容小妾时，暗香依依便已认识这两人，只是他们却不知道她就是当初的慕容小妾。

慕容逸渐渐远去，暗香依依失魂落魄地站在原地，望着夕阳下的君临山，望向身后来时路，她恨自己的胆怯，恨自己的无能，恨自己只有等。

她不敢回头再入树林，怕自己被抓，怕自己受人凌辱，更怕自己死。她怕自己死了，就再也见不到顾不迷，她怕自己死了，又是一场不情愿的穿越……她怕，她真的怕，怕得怯懦而无助，怕得只知道没用地哭。

她多希望莫七落会平安无事，可现实却如此残酷，让她几乎不敢存有奢望……

听到了异响，她哽咽着抬眸，看到了远远向她走来的慕容逸。

熟悉的折扇墨香闪过鼻端敲在额头时，她恍惚看到了初遇的那个慕容逸，丰神俊逸，玩世不恭。

她听到他略带几分揶揄地笑道："如今都已是左护法了，看来也无甚长进。"

她多想如从前一样毫无顾忌地回顶他一句：我只是不想躲，可出口的话却变成了哽咽的两个字，"帮我。"

慕容逸并未惊讶，依旧云淡风轻地笑着，望着她的目光中，柔柔地带着一抹熟悉的微光，轻声似呢喃道："我多想拒绝你。"

慕容逸听到她简而言之的描述后，神色大变，急忙拖着她向山上奔去。

慕容逸很急，暗香依依被他扯得一个踉跄，边与他拉扯边道："我是求你帮我去救莫七落，不是入山！"

慕容逸不容她拒绝，边拖着她走边急声道："你以为莫七落能抵挡那些人多久？你以为莫七落都挡不住的人，我又能如何？你以为到了君临山脉你就安全了吗？这么好的机会，他们不抓到你岂会善罢甘休！"

慕容逸的话句句让暗香依依无法回答，忽然想到自己方才并未提及那些黑衣人是针对自己而来，可他话里明显知道，心下起疑，便追问道："你怎么知道那些人是为我而来？"

慕容逸哼了一声，道："只有你这傻姑娘不把自己当回事。"

慕容逸一语中的，暗香依依对所练内功的弊端，潜意识中十分排斥，便有意地轻视外加无视，打心眼里不想承认自己很有利用价值。可对知道这个秘密的武林人来说，得到她就等于得到一甲子内功，至此天下无敌，那是多大的诱惑，她无疑就是武林至宝！是所有武林中人梦寐以求之物！

也是她幸运，自知道这个秘密起，连续遇到了莫七落、慕容逸、顾不迷这三个唾手可得却偏偏视她如宝护着守着的三个笨蛋，让她的危机意识渐渐淡薄。当下，她以为跑到君临山脉到了九幽教的势力范围就安全了，哪里会想到黑衣人极有可能追至此处。这里虽属九幽教总教所辖，可距离九幽教总教尚有一天多的路程，就算附近有九幽教弟子出没，可这些人一旦遇上武功高强的黑衣人也全然无用。

暗香依依明白过来，却也晚了，慕容逸拉着她往山上急跑时，她回头向山下望去，果然见三个黑影正朝此方向迅捷而来。

“他们来了！”慕容逸拉着她的手急向山顶奔去。

如果莫七落都不是他们的对手，慕容逸亦不敢孤身应战，他是可以帮助暗香依依挡住黑衣人，但逞匹夫之勇向来不是他的行事风格。

在他心里，要活一起活，要死一起死，可无论哪种选择，他都不会丢下暗香依依。

他死死地拉住她的手，心底微微躁动起来。

他带着属下来九幽教已有四日。

爹爹临死前曾叮嘱过他，让他联手九幽教共同对付黑衣组织。他不明白为何父亲让他联合九幽教共同对付黑衣人，可叹还来不及问清缘由，父亲便已辞世。

父亲之死，汤斩被害，都是黑衣人所为，至少九幽教不是敌人，而黑衣人是他们共同的敌人。想到此处，他决定来一趟九幽教。没想到在此连等两日也未能见到教主顾天穹。

九幽教上下表面风平浪静，可他已隐隐察觉事情有变。尤其近日竟有人闯入九幽教圣坛试图盗取九幽教圣物，此后又听说顾不迷与暗香依依已在回总教的路上，他便临时决定离开九幽教。

原本慕容逸是遇不到暗香依依的，但天意弄人，慕容逸三人出山时翻过君临三宿遇到了一场大雪，三人被困一日方才出山，这才在出山时遇到了暗香依依。

君临三宿是君临山脉中最高的一座山，几乎是其他山的两倍高。君临三宿峰顶常年积雪，天气变幻莫测，等闲人难以进入。故九幽教总教以君临山脉为屏障，在君临九宿峰顶都设有烽火台。若遇紧急情况，则点燃烽火，平日亦有弟子用敲钟加旗语相互联络。

当初在百花谷她转身离去时慕容逸已然决定，既然她心里爱的不是自己，便不想与她再有纠缠，可思来想去她一个人突然出现在这里着实蹊跷，尤其她失魂落魄的神情让他放心不下，如此才止住了脚步，打发了何云端、丁秀秀二人，一人折返回来。待听过她简单的描述后，顿觉大事不妙，待拉着暗香依依跑出时，已然有些迟了。

他们的速度很快，可黑衣人的速度更快。

君临一宿并不高，因在山脉最外围，气候与当地气温相近。峰顶驻守者恪尽职守，眼见山下几人奔来，待看清前方来者是刚下得山去的叶落宫宫主慕容逸及左护法暗香依依，后方有三名黑衣蒙面人紧随时，立刻鸣钟示警，瞬间其余八座山峰峰顶钟声渐次响起，这对来犯者无疑是个警告。

眼见黑衣人没有退意，渐渐逼近，二人来不及与峰顶守山弟子说明情况，慕容逸便点燃了烽火台。

暗香依依只丢下一句，“快跑！”便与慕容逸离开了君临一宿。

暗香依依虽然让守山弟子快跑，可守山弟子早已训练有素，见有外敌来犯并不惊慌。一人打着旗语，与君临二宿说明情况，其余人等均提刀在峰顶严阵以待。可黑衣人武功实在太高，经过时，甚至没有听到打斗声，所有守山的弟子便被黑衣人顷刻间杀光。

暗香依依被慕容逸拉着奔入君临二宿。君临二宿的部分守山弟子见此情形亦奔下山来，迎护左护法入山。

与此同时，九幽教总教收到了消息，传信弟子迅速找到郑长老，郑长老闻讯即刻下令所有守山弟子严阵以待迎护左护法，并立即带着张海、霍双、张惟城等数名教众自总教出发入君临山脉围堵黑衣人。

君临二宿山体虽矮，植被却密，为阻截外敌，君临二宿上设有多处机关埋伏，如此倒为暗香依依和慕容逸争取了时间。

黑衣人即便艺高人胆大，但慕容逸料定，他们亦不敢深入九幽教腹地，最多不过君临三宿。此刻君临三宿峰顶积雪几乎及腰，慕容逸料定，过了君临三宿，黑衣人再不敢追。

可眼看黑衣人渐渐逼近，他二人显然已来不及翻过君临三宿寻求庇护了，仓促间慕容逸已有了决断。他想起出山时，行至君临三宿，忽遇大雪，被困时他与何云端和丁秀秀三人合力挖了个雪洞藏身，可先藏伏在其中，等待九幽教总教来人支援。

如此，他带着暗香依依七拐八绕来到早先的藏身洞穴，回身一把抱住她，扑入洞中，而后一掌打向后方，洞口立刻被上方坍塌的积雪掩盖。

黑暗中，狭小的洞穴堪堪能容他二人藏身，慕容逸紧紧地抱住她，一边安抚着她的喘息不定，一边静静地听着外面的声息。

她起伏不定地喘息着，这一连串事情的发生让她无暇多想，也无暇他顾。

听到外面传来打斗声，没几下便停了，显然下山来迎他们的守山弟子已全部杀害。静待了一会儿，四周寂静无声，黑衣人是否走远尚未可知。

暗香依依正惊魂未定，便听慕容逸附耳轻声道：“我们一起死吧。”

她转头茫然地看向慕容逸，黑暗中难以辨识他的神情，只听慕容逸又道：“我们就这样，抱在一起死。”

终于听出他的戏谑，暗香依依顿觉无力，无心回应他的戏谑之语干脆置之不理。

洞穴狭窄堪容二人紧紧相贴，如此紧紧地被他抱着让她微感不适，想要尽可能地与他分开一些，却终究只是徒劳。他似察觉到了她的刻意躲闪和挣扎，越加肆无忌惮地将下巴放在了她的肩头。她一边扭肩膀一边试图抬手将腰间的手臂抠下去，却听他以更为轻佻的声音说道：“乖，别动。”

暗香依依无心理会他的肆意轻薄，可心里难抑羞怒，便听他道：“依依，我真的喜欢你。”

这句话她听过多少遍了，可没有一次像现下这样排斥。

他的手有一下没一下地抚摸着她的长发，这是顾不迷从未做过的。他紧紧地抱着她，气息若有若无地喷在她的耳际，这也是顾不迷从未对她做过的……她想将他推开，可洞穴狭窄，又能将他推到哪里去，再说黑衣人尚在外面，性命攸关的时刻，只有忍。

不是因不属于自己而不屑于执著吗？可为什么此刻又觉得欢喜？早先心底徘徊不散的那丝阴霾也瞬间消散得无影无踪，他忽然明白过来，喜欢一个人，纵然有大把时间，有很多女人，有无数消遣，也难以忘却或磨灭。原来这就是喜欢，喜欢一个人，愿意和她同生共死，愿意为她变成另外一个人，没有原则，舍弃自尊，原来一切都难以替代，都没有此刻能拥她入怀的真切，让他心动失控。他附耳在她耳边呢喃着问道：“我是不是很傻？”

暗香依依依旧没有回应。

他继续在她耳边呢喃：“明明唾手可得，却没有要，明明已抓在手里，却偏偏放了手，明明可以永远隐瞒，却偏偏将实情说了出来……”

他所说的每一句话，她都听懂了。忽然明白过来，这就是为何她不怨恨他的缘故，其实，他并不坏，只是当初的自己分辨不清他对自己究竟有几分真情。早先还曾为此懊恼气苦，可如今，她只想怅然一笑。

抚摸着长发的手下移，柔而紧地握住了她的，他附耳柔声对她道：“我真想，就这样握着你的手永不放开……”

她敛了眸光。或许被他狠狠伤害过的伤疤犹在，或许再次被他若有似无的调戏而激怒，她微微偏头，亦附在他的耳畔，轻声道：“可是，我想握住的，却不是你的手。”

握着她手的手有些僵硬，黑暗中，他的神情看不分明。寂静中，他忽然一笑，道："依依，你忘了吗？百花谷中你答应过我什么，如果这次我们能化险为夷，我就娶你过门。"

她很想反悔抵赖，可话到嘴边又咽了下去。他很可能又是说着玩的，与其在这微妙的当口与他做无用的口舌之争，还不如到时候再说。

就在这时，外面传来异响。显然黑衣人仍在四处搜寻着他们，他们消失得如此突然，黑衣人很可能已猜到他们藏身雪中，想必过不了多久，他们便会被黑衣人搜到。

如有意外，必须做出抉择，慕容逸心知自己不是黑衣人的对手，万不得已之时，也只有以命换命。

他暗敛眸光，紧紧地将她抱在怀里。

耳听黑衣人始终在附近徘徊，暗香依依自然也想到了这一层，想到自己已经害了莫七落，又岂能再害了他。此刻他仍愿陪在自己身边，她已心存感激，又岂能奢求更多，如此心下已有决断，便低声对他道："你说得对，他们武功很高，你未必是他们的对手，我也不想拖累你，一会儿被他们发现，你先走吧。"

慕容逸轻笑了一声，未置可否。

自从百花谷一别，他就时常在想，她究竟有什么好，让自己总是不经意地想起，自己究竟喜欢她什么？她又傻又笨还来历不明。可此时此刻他已不愿去想喜欢上她是为什么，因为纵然有一千种理由不应该喜欢，他依旧控制不住自己的心。

刚想到此处，便听到几声巨响，有人在外面动用内力打向山体。

这般惊人的内力！慕容逸心中一惊，便见洞外的雪瞬间被打散，光亮透进来的瞬间，慕容逸拉着暗香依依，自洞内飞跃出来。他手中折扇一展，几枚暗器带着银光准确无误地射向了三名黑衣人。

慕容逸趁此机会拉着暗香依依向山顶奔去。可就在这时，黑衣人之一随后追上，隔空一掌击出，打向了暗香依依。

暗香依依只觉身后一股强大的内力袭来，直震得她胸口一滞，若非慕容逸紧紧拉着她，她已失控地扑跌出去。可即便如此，她仍跪在了雪中，再无力起身奔逃。

慕容逸回身将她扶起，她却接连呕出数口鲜血，眼前发黑，几欲昏厥。

如此一耽搁，黑衣人已到了近前。

慕容逸与黑衣人瞬间过了几招，就在这时，众人只听山顶传来轰隆隆一阵巨响，闻声望去，只见山顶烟尘滚滚，山体积雪竟在此时坍塌，巨大的雪块带着浓浓雪雾铺天盖地地翻滚下来。

如此情形不只令慕容逸和暗香依依面色大变，黑衣人亦不敢恋战，几番抢夺暗香依依被慕容逸阻拦后，眼见雪块将至，只得放弃，转身拼命向山下奔去。

慕容逸抱起暗香依依也飞速向山下跑，可显然已来不及了。

雪块翻滚着以极快的速度覆顶而来。

巨大的冲击力令慕容逸难以支撑，他一个踉跄，暗香依依自他怀里飞出，重重地跌在雪中。眼见一个巨型雪块迎头砸下，暗香依依勉力避过却吐了满地的血，再见第二个雪块迎头压下时已然无力再躲。

千钧一发之际，慕容逸突然飞身挡在了她的身前，巨大的雪块重重地砸在他身上，骨头断裂的咔嚓声响和他喷在她脸上的鲜血，令她惊恐到窒息。

他重重地压在她身上，将她扑进了雪地里。她脑中一片空白，看着漫天压盖下来的雪，往事一幕幕，如零星的碎片在记忆中拼凑。

他的嬉笑怒骂，他的故作幽怨，他的捉弄，他背着自己时回眸的微笑……

转瞬间雪就将他们掩埋，光明远去，已无力挣扎。

此刻忽然明白，他说喜欢自己是真的。

是真的……

意识朦胧时，一双温柔的唇瓣附在了她的唇上，一口真气混着血腥渡了过来。她的意识顿时清醒了几分，便听一人在自己耳畔断断续续说了几句口诀，虽只有几分意识，但求生的本能令她体内真气立刻按照口诀运转起来。几个周天后，意识渐渐清明，她睁开了眼，虽看不见什么，却知道慕容逸还压在她身上。

厚重的积雪压在上方，一丝光亮也无，她轻轻唤道："慕容逸。"他没有任何回应，她再唤，还是没有任何回应，她忽然害怕起来，用尽全力方才让手指穿过层层冰雪来到他的鼻端……

良久……指端没有一丝暖意。

他没了呼吸。

不，不会，他方才还和自己说话的，或许是手指冻得没了知觉，这才感觉不到，她偏头贴住他的脸颊，附耳去听……

她用交叠的脖颈去感受他血管的脉动……哪怕一丁点儿，哪怕一丁点儿……

可什么都听不到，什么都感觉不到。

她眼睛瞪得极大极大，脑中一片空白。

寒冷已让她感觉不到一丝疼痛，手指穿过层层冰雪，直到将他紧紧地抱住。

耳边幻听般响起他方才对自己的耳语："我们一起死吧。"

我们一起死……

第二十八章

如何选择

醒来时，在陌生的屋中。

睁开眼，她看到一缕幽暗的光在轻纱帘外摇曳，朦胧凄淡，恍如隔世。

身上除了棉被，仅着单衣，但显然不是自己原本穿的。她怅然一笑，悲观地尽往坏处想，不会是死后又穿越了吧……

吱嘎一声轻响，门被人推开，一个高大的身影出现在了屋中，一步步向她走近。她微微一动，浑身撕裂般的痛。

她忍不住呻吟一声，瞬间，帘外那人僵住了身体，看了她一会儿，随后转身离去。

她一直注意着那个人，初时觉得身形很像一人，待他转身时，负在背后的琴让她顿时喜悦起来，可随后听到关门声又有些怔忪，顾不迷……他明明知道自己醒了，为什么又……

百医圣手萧仁三日来细心照料着她，可她想见的人却再也没有出现。

她幽幽地问萧仁："少主是不是最近很忙？"

萧仁抬眸看了她一眼，道："是。"

她黯然垂下了头。再忙也该来看她一眼啊？她九死一生，难道他一点儿也不心疼？即便不能日夜守候，至少也要来探望一眼……除非他根本不在教里，所以来不了，如此一想她也就释然起来，自言自语地劝慰自己，"他定是不在教中。"

萧仁正埋头整理着针灸用的银针，闻言以为她在问自己，低声道："在。"

她惊怔无言，继而追问道："那他为什么不来看我？"

萧仁抬眸，这才察觉自己说错了话，一时不知该如何作答，神色变得尴尬。

"他肯定是太忙了。"她告诉自己，顾不迷才回到总教，肯定有一大堆事情缠身。

萧仁闻言，点头应道："是，少主一边要忙着调查杀害教主的凶手和伤你的黑衣人，一边还要准备即位之事，这几日的确很忙。"

"嗯。"她深信不疑，重重地点了点头。

萧仁走后，她扶着墙，一步步走到了屋外。从萧仁那里得知慕容逸也没死，只是受了较重的内伤，一时尚未醒来。那日慕容逸明明没了呼吸，为什么没死？她想不明白，问了萧仁，萧仁说：“发现得及时，再晚些时候，左护法和慕容宫主就没命了。”

只是因为发现得及时吗？可她清楚地记得当时他明明没了呼吸……再看自己打着绷带的左手，当时手腕也未断，怎么醒来就断了呢？或许当时自己神志不清弄错了吧。想到以为他死在自己怀里时心中的痛，暗香依依很想看他一眼。

得知慕容逸就在隔壁，她咬牙忍住身上的伤痛一点点摸到了他的房间，直到满头大汗喘息不迭地坐在他床头，触碰到依旧昏迷不醒的他，指尖感受到他鼻端的呼吸，颈项间的搏动，心中一阵酸涩，忍不住红了眼眶……

一次次的戏弄，已令她分辨不清他什么时候是真什么时候是假，可如今细细想来，他对自己，或许正应了那句话：道似无情却有情。

忽然发觉，原来这世上痴傻的人，不是只有自己。最聪明的人，原来也有犯傻的时候。而他舍命相护的情谊，自己又该如何报答？还有生死不明的大哥，都是受了她的拖累。暗香依依越想越愧疚。

未曾关紧的木窗被风吹开了一角。

屋中，她望着床上昏迷不醒的慕容逸，而屋外，一个紫衣身影冷冷地注视着屋中的她。

发现他们的时候，暗香依依和慕容逸已冻得全身僵硬，暗香依依紧紧地抱着慕容逸，郑长老命人将他们分开，却怎么也分不开。以他们当时的状况，必须及时救治，否则二人都将性命不保。郑长老无奈之下，只得将二人以这番暧昧的姿势抬到教中，命萧仁为他们医治，这一幕，所有人都看在眼里。

顾不迷在不久后赶回总教，途径君临一宿时便看到了满地尸首，已觉大事不妙，回教后，第一句话就是问：“左护法是否回来了？”得知暗香依依出了事，他迅速来到青竹海看她，却看到了床上紧紧相拥未醒的二人。

他冷冷地看着二人颈项交叠，紧紧相拥，推开还在床边试图救治二人的萧仁，先探了一下暗香依依的脖颈动脉，而后使力想将暗香依依与慕容逸分开，可暗香依依实在抱得太紧，他如何都分不开。而后众人只听得咔嚓一声脆响，顾不迷竟生生扳断了暗香依依的手腕，这才将慕容逸从她怀里扯了出来。想到此处，顾不迷眸中闪过一抹阴戾。

这时，院中一个清亮的女声响起，“顾不迷，你在这儿看什么？”

九幽教上下都是男人，除了暗香依依，从来就没有女人的声音。

听到有女人唤顾不迷，屋中的暗香依依闻声抬头，顺着窗口看向了屋外。

屋外，一袭红衣的娇俏女孩闪烁着晶亮的眸子正仰头看着顾不迷，眼中满是对他的倾慕。这让她心头一跳，莫名地酸涩起来。而后便见顾不迷一言不发，转身离去，探头看向屋内的女孩也忙跟了出去，暗香依依听到女孩儿问顾不迷："屋里的女子是谁呀？"

暗香依依忍不住哑声唤了声："少主。"却看到刚行至门边的红衣少女转头瞥了她一眼。她不甘心，起身依靠屋中摆设的支撑，一点点挪到了门边，又一点点挪到了院外，一抬头看到了院外成片的竹林和一条青石小路，却已不见了顾不迷的身影。她厉声向竹林喊道："顾不迷！"

声音在林中回荡，良久，方听到红衣女子疑惑的声音自林间传来，"她在喊你。"

暗香依依静静地等待，既无人回应，亦没有折返回来的脚步声，她不敢相信顾不迷就这么丢下她和别的女人走了。她几乎用尽全身内力催动内息，让声音穿透层层竹林，再次唤道："顾不迷！"

竹子随着声音剧烈地摇晃起来，无数的竹叶被震落在了地上，可依旧没能将他唤回。

她怔怔地滑倒在门边，委屈的眼泪打湿了衣襟，为什么？他为什么……连见都不愿见自己。

萧仁出现时，天色已暗。萧仁见她面色有异、目光呆滞地坐在门口，便觉不对劲，刚唤了声左护法，便见她倒向了一旁。

萧仁将她抱入屋中，放在床上。她浑身滚烫，已陷入昏迷，口中不停呢喃着顾不迷的名字。萧仁再三探过她的脉息，心中慌乱起来，急忙出了院落，奔向了顾不迷的住处。

入内一问，少主并不在屋中，说是去了清尘殿。清尘殿是历代教主更衣沐浴的地方，明日便是少主继任教主之日，沐浴更衣祭拜历代教主灵位是九幽教的规矩。原不该多做打扰，可当下情况紧急，他也顾不得许多，急忙向清尘殿赶去，却在跨入门槛时外听里面传来一个女声。那女子笑道："你赶我走，我就走了？"

"滚。"顾不迷沉声道。

"我偏不滚，有本事你就从水里跳出来杀了我啊。"女子笑道，"我知道，九幽教最重信义二字，如果被你的属下知道，你恩将仇报，杀了自己的救命恩人，你说他们会怎么想你？"

闻言，萧仁紧蹙眉头，犹豫之下却听内堂琴音忽起，萧仁一听这琴音，立刻转身飞奔而去。

少主的迷心叠曲可令人陷入心魔幻境，他可不敢领教，殿内女子也只有自求多福了。

远去的萧仁自然没有听到，清尘殿内女子陷入幻境后所说的一番话，世事往往如此，在诸事烦乱毫无头绪时，阴差阳错又会觅得蛛丝马迹，顾不迷也未曾料到，此女子竟与蛊毒有关。

清尘殿内，陷入幻镜的女子一声声哀求着，“不要给我下蛊毒，娘，我会听话，你让我做什么都行，我都听话。娘，我求你，别给我下蛊毒，别给我下蛊毒……”

“你娘在哪儿？”顾不迷问道。

瑟缩在角落的女子回道：“洛阳，藏玉庄。”

萧仁匆忙离开清尘殿，当下无奈，只得去寻郑长老，将事情一一禀明。

原来，暗香依依当日后背中的那掌名为烈焰掌，被解救出来时，因冰雪克制，掌毒尚未蔓延至心脉，却也十分凶险，必须小心将养，不能受任何刺激，尤其不能催动内力加速热毒运行。只要细心调理，再加上一段时间的药物和针灸治疗，掌毒便可逐渐被清除。可萧仁没料到，今日发现暗香依依时，她竟已内毒攻心，显然曾经催动过内力。眼下情况十分危急，就算他拼尽全力，恐怕也只是尽人事听天命了。

郑长老闻言立刻问道：“少主可知此事？”

萧仁摇头说：“还不知道。”

郑长老在屋中来回踱了几步，沉声道：“你尽力救治左护法，此事暂且不要告诉少主，以免扰乱了明日的继任大典。待明日过后，你再禀明不迟。”

“郑长老，这么做……”萧仁心中忐忑，“您可能有所不知，少主对左护法有情……如果不将此事及时告知，我怕事后少主怪罪下来……你我都难以担待。”

郑长老没有去江州，虽知晓江州发生的事可他哪里清楚，在江州分舵暗香依依与顾不迷之间的诸多插曲。萧仁却是亲眼所见，先是百花谷，少主抱住左护法不放，而后是那晚为庆祝少主武功练至第六重，左护法喝多了酒当众发起了酒疯，揪着少主的衣袖死死不放，少主罕见的包容怜惜，几乎让在场所有兄弟都看掉了眼珠子。他不敢想象，如果左护法有个三长两短，明日的教主会如何处置自己。如此一想，他竟出了一身冷汗。

萧仁向来稳重，郑长老见他如此神色，亦明白他那句“少主对左护法有情”必是事实。虽然先前也听到过一些传言，可这些时日，眼见少主对左护法并不上心，他也就渐渐淡忘了。如此想来也颇为犹豫，可转念一想，教主身亡已公布天下，按照惯例，教主身亡，执事以上教众须披麻戴孝，从各方赶来祭奠。可一来教主被害尚且尸首不全，二来蛊毒重现江湖，他和顾不迷都心怀隐忧，在此非常时刻，众头目离开所辖之地，恐生变数。便下令所有人都不许来总教祭奠，全力追查杀害教主的凶手，凶手伏诛之时，方是祭奠教主之日。

如今九幽教上下心思动摇，为稳大局，少主继位迫在眉睫。教主活着时，便已将教中事物多交予少主处理。这几年，少主在教中声望极高，近日又将武功练至第六重，已成为武林神话，受众人景仰。现下只有他继任教主，方可保九幽教百年基业不毁。

少主继任之事是眼下头等大事，什么也不能阻碍，尤其那暗香依依也不知道心里到底喜欢谁。郑长老脑中闪过暗香依依紧紧抱住慕容逸的模样，打定主意暂时不将这事告知顾不迷，便道："走，我随你先去看看左护法。"

二人以极快的速度来到暗香依依所居院落，推开门，便看到暗香依依床边坐着一个人，正是多日来昏迷不醒的慕容逸。

慕容逸看到郑长老与萧仁进来，立刻道："快，帮我把她抬到君临三宿峰顶，埋入雪中，要快……"他说完这番话似已用尽了力气，靠在床头不停地咳了起来。

萧仁道："烈焰掌毒性热理应以冰寒控制，可左护法如今身体十分虚弱，身上不只受了烈焰掌伤，还有骨断和冻伤。君临三宿上常年积雪，左护法恐怕耐不住一时半刻的冰冷便……"

"萧仁……"慕容逸虚弱地道，"我自有办法，你找两个担架，带着我和她同去，我会守着她，直到她的毒全解。"

萧仁看向郑长老，郑长老道："萧仁，如果不按慕容宫主所说的去做，你可有把握将左护法治好？"

萧仁摇头道："左护法身体十分虚弱，火毒已入心脉，我也只能尽人事听天命了。"

郑长老看向慕容逸，问道："慕容宫主，据老夫所知，你并不擅长医术，为何如此肯定能解左护法体内的烈焰掌毒？"

慕容逸云淡风轻地道："我知道你们不信我，但我既然护她到今日，就绝没有害她之心。此去君临三宿还需一日的路程，她的时间不多了，即刻上路，快……"

慕容逸重伤刚醒，此刻显然已用尽了力气，不知道他是怎么支撑住的，额头上大滴大滴的汗地滚落下来，面色苍白如纸，白衣上尚未干涸的血迹说明他醒来时吐过血。

郑长老见状，想起他自雪堆中挖出二人时的情景，再看当下慕容逸的样子，又看向萧仁。

萧仁曾说少主对左护法……唉，真是剪不断理还乱，当下还是先保住左护法的性命再说吧。如此，他即刻命人按照慕容逸所求，再由萧仁跟着带上必备药材和工具，齐往君临三宿赶去。

从九幽教总教赶往君临三宿，路途遥远。需翻过君临九宿至君临四宿等六座山峰，原本不过一天的路程，可因为抬了暗香依依和慕容逸两个伤患，这一走就走了一天半。

期间，慕容逸连喂了暗香依依两粒药丸，可依旧不见有任何起色。慕容逸面色凝重，不顾自己重伤未愈尚不能受颠簸之苦，咬着牙忍着痛催促萧仁加快行进速度。

一路上暗香依依多次呓语，每一次唤出顾不迷名字的时候，萧仁都侧目打量几眼慕容逸。

连赶了一夜山路，第二日，朝霞升起时，九幽教方圆数十里连绵不绝的钟声由远及近渐次响起，君临九宿的山顶也跟着敲起了钟声，一时间，仿佛天地都要更迭。慕容逸问过萧仁，这才得知九幽教少主顾不迷今日继任教主之位，而前任教主顾天穹现已亡故。

他看向一旁担架上昏迷不醒的暗香依依，想到她即便此刻仍心心念念着顾不迷……而顾不迷却在她命悬一线时不闻不问，继任他的教主之位，复杂的目光又多了几分轻蔑、几分苦涩。

终于到了君临三宿，在峰顶寻了处避风的位置挖了雪坑将暗香依依埋进去，暗香依依已经昏迷了接近一天一夜了。

雪坑就挖在烽火台的旁边，原本萧仁想让慕容逸在烽火台内避风养伤，可慕容逸却坚持在暗香依依身边搭个简易帐篷，缩在其中，一边照看暗香依依，一边养伤。

帐篷口随时开着，他每一次伸出手，就能摸到她的脸和她的发。

虽然已选在避风处，可峰顶不仅风大而且极为寒冷，烽火台内驻守的弟子烤着火都冻得直哆嗦，何况慕容逸这个受了重伤初醒的人。不只如此，峰顶积雪冰寒虽可解暗香依依体内热毒，可因她虚弱昏迷，寒气长时间侵蚀会让她肌肉坏死，就算寒毒祛除，也很可能因此丧命，就算能侥幸活下来也必定变成残废。

常人或可用外界内力导入助她体内真气运行抵抗冰寒，可暗香依依不同于常人，若有内力导入势必走火入魔而亡。萧仁为此很是忧虑，与慕容逸讨论过后，二人决定，对她施以重手法的针灸，控制她体内热毒。除此之外，每隔两个时辰，就要将她自冰雪中挖出来，为她全身按摩，打通筋络，再喂她喝药活血暖身，可药物活血也会加速热度扩散，用量必须谨慎再谨慎。

第一天埋下去时，萧仁无暇他顾，按照慕容逸的吩咐，抓药熬药，并每个两个时辰将她自雪中挖出交与慕容逸为她打通血脉。药物活血果如二人所料，加速了暗香依依体内热毒的运行，可药物不能停止，一旦停止，体外寒气便会侵入她的躯体。如此冷热频繁交替，暗香依依时而高烧不退，露在雪外的额头冒着热气，就像是刚出锅的包子，时而全身冰寒，脸上甚至起了冰霜，危机时刻，甚至停止了脉搏。

萧仁几次都以为暗香依依死了，可慕容逸却不放弃。

她一次次在生死边缘徘徊，他一次次又将她自鬼门关拉回来，不容她放弃，不容她在自己面前就这样死去。慕容逸的坚持和执著令萧仁和几个在旁守候忙碌的弟子颇为动容，数人通力合作这才让暗香依依渡过了难关，伤情渐渐稳定下来。

慕容逸已连续三日不曾合眼，就在这个简易帐篷中，一直守着暗香依依。

慕容逸当初为救暗香依依脊背受到重创，醒来后一直没有得到妥善治疗，又在这峰顶一冻便是三日。当叶落宫弟子何云端和丁秀秀因连日来没他的消息重返九幽教寻到他时，看到他憔悴的模样，险些没能将他认出。

待得知慕容逸受了重伤还要守在这里救治九幽教左护法暗香依依后，二人跪在那里苦劝慕容逸保重自己的身体。可慕容逸却不为所动，执意要守在此处。

何云端心直口快，直言劝道："宫主，你现在有伤在身，实在不宜长时间卧在雪地之中，宫主可暂时挪至烽火台内。属下愿为九幽教左护法打通经脉，为九幽教左护法喂药，为九幽教左护法……"

他一声声九幽教左护法说得九幽教众人面有愧色，自己的左护法，却要他人来救，这是耻辱，可百医圣手萧仁都已束手无策，旁人又有什么办法。

慕容逸打断了何云端的话："我哪儿也不去，无须多言！"

二人见规劝无效，只得留下来照顾慕容逸。

丁秀秀每日熬汤给慕容逸暖身，并按照萧仁开的药方为他煎药。因火炉不能靠近暗香依依，何云端则动手造了一个简易木床，将慕容逸所躺的担架换下，并将其所盖被褥用火烘暖，反复不停地给慕容逸换上。可即便如此，慕容逸的身体依旧变得越来越差。

寒冷的山顶夜里，听着宫主一声重过一声的咳嗽，何云端与丁秀秀几乎彻夜难寐，直到无意中发现慕容逸竟已咯血。

这些时日，萧仁看着慕容逸熟练的施针手法，开药方时的对药物轻重度拿捏的准确度，都觉得慕容逸绝非如他所说般略通医术而已。

几日来，慕容逸身体越发虚弱，咯血的次数也渐渐频繁起来。虽然他总是笑着说无碍，可所有人，包括萧仁都觉得他在说假话。

萧仁看着他，再看着出现在不远处的紫色身影，面色尴尬。

教主继任那日，他和慕容逸还在赶往君临三宿的路上，来不及将左护法的事禀明教主。其后，左护法几次在生死边缘徘徊，不只慕容逸，所有人都提着一颗心。他想，如果左护法救不回来，恐怕自己的性命也难保了，郑长老自会寻找机会和教主坦言此事，不知教主作何反应。不过，只要左护法能渡过难关，一切问题便可迎刃而解了。

顾不迷继任教主当日，诸事繁杂，又因为突然发现了蛊毒的线索，他立刻密令人去暗中调查。顾不迷已打算在继任教主之位后立刻赶往洛阳亲自查探蛊毒之事，此事，顾不迷只告诉了郑长老。郑长老知道此事的重要性，蛊毒害死了祁阳山副舵主周禾，与先教主之死也有千丝万缕的关系。

顾天穹及其他十一人的尸体一直在教中地窖内冰冻。顾不迷回来后，亲自验尸，虽没发现异状，可那十一具被烧焦的尸首俨然透着蹊跷。顾天穹就算为救顾不迷损耗了半生功力，可跟随顾天穹的这些人俱是难得一见的武林高手，当中几个更是身经百战，怎会一夕之间全部被杀？！一方面令人难以相信，一方面也令人费解，他们当时究竟遇到了怎样的埋伏，来者武功又高到了何种程度？竟能将他们一夕之间全部杀害，竟无一幸免。

据郑长老说，现场没有激烈的打斗痕迹，这更让人起疑，他们究竟是怎么死的？凶手又为何多此一举地烧毁尸体？若说这么做只为羞辱九幽教，似乎又不能完全说通。

细查伤口，有两具尸首是后背中剑，显然是被人偷袭。最关键的是，其中一人并非伤在致命处，这诸多疑点让顾不迷和郑长老猜测这些人中很可能出了叛徒。尤其尸首被人无故烧毁，很可能是叛徒为了隐瞒证据而为。再加上前些时日周禾之死，蛊毒重现，若叛徒已被蛊毒所控，那这十一具被火烧焦的尸体很可能就是叛徒想隐藏身份的证据。不过，一切都只是猜测，尚无确凿证据证明。

顾不迷继任教主之位后，头一件事就是调查杀害先教主顾天穹的真凶，而今得到蛊毒消息，与郑长老商议之后，决定顺藤摸瓜，暗中调查洛阳藏玉庄的庄主究竟是个什么人，是否真的就是下蛊毒之人。

郑长老见顾不迷日夜忙于此事，犹豫再三便未开口提起暗香依依的事。顾不迷偶尔问及，他也含糊其辞，只说还在养伤。

直到顾不迷当上教主第三日，郑长老收到消息，左护法病重。

郑长老收到传信弟子送来的消息后，心中挣扎，顾不迷刚刚收到消息，确认洛阳确实有这样一个山庄，十分神秘，山庄附近常有高手出没。因不敢打草惊蛇，九幽教弟子不敢贸然探庄，请示顾不迷下一步该如何做。顾不迷与郑长老商议后，决定郑长老驻守总教，由顾不迷带着红衣女子及张海等人一同赶往洛阳。如此，郑长老便又一次将消息瞒住，没有告诉顾不迷。

夜晚星辰布满天空，明日便要暂离总教赶往洛阳，此一去恐要耗些时日方能回来，她的伤也不知好了几分？自她醒来后，萧仁便说只要细心将养，她身上所中的掌毒和冻伤都会渐渐好转，想来无甚大碍。只是今夜，他很想远远地看上一眼，确认她安然无恙，明日便可安心离开。

踏着月色，他悄然穿过竹林，来到她养伤之处——青竹海，可屋内竟然无人！

问过守在林外的弟子，方才得知，几日前，郑长老和萧仁带了些人将她和慕容宫主抬了出去。至于抬去了哪里，弟子却说不知。

他察觉事情有异，急忙去寻郑长老问个仔细。郑长老正在与张海等人交代明日出山事宜，他直入正殿，直截了当地问郑长老："你将暗香依依送去了哪里？"

明日众人就将起程去洛阳，郑长老自然想到他们明日出山会经过君临三宿，所以今夜方才叫了张海来，特意提醒张海，明日与教主出山时，一定要绕过君临三宿峰顶，自山腰绕路出山。张海问起缘由，郑长老便说："上次雪崩，峰顶塌陷，此刻尚在修复。"

郑长老一直命人隐瞒着暗香依依的事，如此做法也是想着君临三宿峰高地广，届时他们绕路出山，自然遇不到慕容逸和暗香依依。顾不迷不知道暗香依依的情形，自然不会为她挂心，也只有这样才能全力追查杀先教主的凶手。而此刻他见再也隐瞒不了，便据实以告暗香依依的伤势恶化，此刻正在君临三宿救治。

郑长老的话尚未说完，便见顾不迷看过来的目光中已有杀意。他心里咯噔一声，顾不迷是他从小看到大的，感情非比寻常，顾不迷一直都非常敬重自己，从未……从未如此……郑长老尚来不及为自己辩解，顾不迷已离开了大殿，直奔君临三宿而去。

准备好要与顾不迷同去洛阳的张海收回远望的目光，转头问郑长老，道："郑长老，你看，洛阳是去还是不去？"

郑长老望着顾不迷远去的背影，深深一叹，摇了摇头道："你们先准备好，一旦教主决定上路，你们马上动身。"

张海等人应是。

顾不迷明明已来到了君临三宿，只要再往前走一段，便能看清埋在雪里的暗香依依。可此刻慕容逸正小心翼翼地喂她吃药，每次药汁从她嘴边流出来，慕容逸便用手帕耐心地为她擦去。那神态，那模样，都充满了无尽的怜惜和疼爱。

萧仁看着顾不迷阴冷的面色，正有些担忧，果见顾不迷眨眼间到了近前，揪起毫无反抗能力的慕容逸，当头一掌就要劈下。萧仁大喊了一声："教主，不要！"

顾不迷的掌心就停在慕容逸的天灵处，萧仁扑通一声跪了下来，恳求道："教主，若非慕容宫主，左护法可能早就死了。慕容宫主是左护法的救命恩人，也就是九幽教的恩人。教主，慕容宫主不能杀啊！"

这时候，驻守在君临三宿的九幽教弟子和叶落宫弟子何云端与丁秀秀闻声也赶了过来，九幽教众弟子齐齐跪下求顾不迷手下留情。

而何云端和丁秀秀二人见状已怒不可遏，何云端心直口快，见状便道："若非我家宫主出手相救，你们的左护法早已经死透了，你们不知感恩，还恩将仇报，要杀我家宫主。顾不迷，别以为你成了教主，我们叶落宫就怕了你！"

丁秀秀毕竟是女子，眼见何云端此言一出，顾不迷不仅不为所动，而且神色越发阴冷，心下虽急，却也心细地察觉到了一丝微妙，如此便道："顾教主，左护法此刻尚未脱离险境，如果你杀了我家宫主，她的性命也会不保，我劝你三思而后行。再说，顾教主刚刚继任教主之位，如果下狠手杀了恩人，又害死了自己的属下，这个恶名和后果，顾教主恐怕难以承担。"

这时，慕容逸却轻轻笑了起来，几分讥讽，几分轻蔑，更有几分不屑，抬手抓住了顾不迷的手腕，将他放在头顶的手缓缓拂去。他抬眸看向顾不迷，轻描淡写一字一句地道："她在生死边缘徘徊时，嘴里一直念着你的名字，而你呢？……"

"你在受众人叩拜，风光无限地继任着你的教主之位。"慕容逸放肆地笑了起来，那笑让顾不迷面色渐渐苍白。可没笑几声慕容逸的笑声便转成了咳，而且越咳越凶，直到咳出一口血，他方才舒坦地一叹。抬眸看到顾不迷眸中闪过的惊讶，慕容逸无所谓地道："你是不是觉得我快死了？可你知道吗？她前日曾经停止呼吸两次，两次……"说到此处，他眸中闪过难以抑制的痛苦，继续道，"你今日突然出现，是来杀我的？"他扬起头，让他看清自己脸上轻蔑的笑，轻声道，"你配吗？"

顾不迷离开了。

从那日以后，萧仁每次站在烽火台上，都能看到山脊风雪中的那抹紫影。

顾不迷立在君临三宿风最大的地方，望着远方，不吃、不喝、不睡，无论谁来劝，都无用。

每日他都会将左护法的情形禀报给教主，虽然每次教主什么都不说，可他知道，日益憔悴的教主此刻唯一挂念的便是左护法。他大着胆子求教主去看一眼左护法，却得不到一丝回应。

与此同时，郑长老、张海等人也赶来君临三宿，一同守在这里。

第七日，午时刚过，暗香依依终于醒了过来。

她呻吟一声，伴随着一个温柔反复低唤她名字的声音，缓缓睁开了眼睛，迎上的是一双似水柔情的眼眸。

是慕容逸。他躲在一个简易的帐篷中，只露出一个头细细地瞧着自己，满面风霜，胡碴茬都长得好长了。若非太过熟悉那双含情目，她竟然有些不敢相信，那么爱美的慕容逸会变成如今这个模样。

她微微一动，这才发现自己除了脑袋，全身都被埋在雪地里，全然无法动弹。这是怎么回事？！她微微蹙起了眉，便见慕容逸轻轻一笑，而后连声咳了起来。

他用手帕堵住了自己的嘴，似咳出了什么，仔仔细细地擦掉，好不容易止住了咳嗽，方道："你终于醒了。"他的声音显然不对劲，沙哑得像是得了重病的人。

她舔了舔干冷的嘴唇，想问："我怎么了？"可出口的声音细若蚊蚋。只说了四个字，她便似已用尽了全身的力气，忍不住轻喘起来，将头倚在雪上，无力地靠着。

慕容逸伸出手来，轻轻地抚摸着她的额头，柔声道："没事，你醒过来，就会好的。"

萧仁眼见暗香依依醒来，第一时间便跑去通知顾不迷左护法醒了，已安然渡过了最危险的阶段。可萧仁没想到，听到左护法醒来的消息，顾不迷起先怔了怔，而后沉默地转身离去，竟没有看左护法一眼便离开了九幽教，只身出了君临山脉。

这时，守山的九幽教弟子也发现暗香依依醒了，兴高采烈地敲起了钟，打起了旗语，通知教中各兄弟，左护法转危为安终于醒了。

丁秀秀闻声跑了过来，头一个红了眼眶说："你可终于醒了，我家宫主在此守了你七日，你再不醒来，我家宫主就快熬不住了。"

暗香依依吃力地抬眸看向慕容逸，却见他神色恹恹地伏趴在帐篷里，面色灰败，神色憔悴。他真的就这样守着自己，整整七日吗？

她看向四周，却没有看到她想看到的人。

这时，郑长老等人得知她醒来的消息，先后出现在暗香依依的视线内。这几日，因顾不迷一直在此，他们也一直守在附近。此刻众人见暗香依依醒来，无不面带欢喜。暗香依依费力地一一环视眼前这些人，却依旧没看到那个人，神色暗淡下来，默然不语。

郑长老首先向慕容逸鞠了一躬，其余人等也跟着深深向他鞠躬，慕容逸却笑得云淡风轻。

他将暗香依依的目光神情一丝不漏地看在眼中，而后悲伤地收回了视线，仰头看向天空。

今日十分晴朗，蓝天白云，日光明媚。他轻声对暗香依依道：“依依，你看，这天是不是好近，好似伸手就能碰到。我好喜欢在这里看天，你知道吗？这几天，曾经有那么一刻，我几乎放弃了，以为你再也醒不过来，可我多想，多想与你一起看这蓝天白云。依依，你看，我们这样在一起，看它……”他的声音渐渐低了下去，让人很难听清他最后说的话。唯独距离他最近的暗香依依，听到了他最后说的三个字，“一辈子……”

如果这世上，曾经有那么一个人，待你好却又骗了你，你会如何？是选择爱还是选择恨？或许因人而异，选择也各不相同。但如果这个人，在危急关头用生命守护你，你，又会如何？

数不清的人影围住了慕容逸，而她只剩下一颗支离破碎的心，被这三个字围困，无力挣扎抗拒，直至没顶窒息。

一辈子……

那么痛又那么重的三个字，总是一再地听到和提起，可要做到实在太难太难。

太难太难……

第二十九章

意乱情迷

慕容逸并没有死。

当时眼见暗香依依醒来，苦苦支撑着他的意念也终于放下，这才骤然晕了过去。他太需要休息，病情也不容乐观。萧仁为他诊过脉后，郑长老忙命人将他抬回总教治疗，何云端和丁秀秀自然跟随在侧。

而这时张海等人得知教主顾不迷已经出山的消息，忙带着红衣女子追出了山去。

暗香依依人虽醒来，暂时却还不能离开雪山。

慕容逸走后，只剩萧仁守着暗香依依，一来为她针灸喂药，二来提醒她不要睡着，每隔一段时间自行运功抵御寒气，以免寒气将肌理冻坏。

如此又煎熬到了第二天。

暗香依依终于自雪堆中解脱出来，但萧仁仍不放心，为稳妥起见，她又被萧仁安置在了慕容逸早先躺过的帐篷中，期间终于不必再始终保持清醒运功抵御冰雪严寒，而可以小憩一会儿了。暗香依依此刻狼狈不堪，身上的衣服早因冰雪浸泡而湿透，最好尽快换上一身干爽的衣物，又因她行动不便，需要人近身照料。但她身份特殊又是女子，九幽教里里外外都是男人，无奈之下，萧仁思来想去只得派人去求丁秀秀。

丁秀秀原本跟在慕容逸身边，此刻已到了九幽教总教。九幽教不止萧仁一个医者，待医者看过慕容逸，确诊慕容逸乃因重伤未愈，又因过度劳累，导致内、外伤加剧，这才昏迷不醒，但幸而并无性命之忧，何云端和丁秀秀这才放下心来。

不久，丁秀秀收到萧仁用旗语传来的话，犹豫片刻，还是决定去一趟。原本何云端并不同意她去照顾暗香依依，但丁秀秀一句话便让何云端再说不出反驳之语。丁秀秀说：“宫主用性命去守护的人，我们又岂可怠慢！”如此，待丁秀秀原路折返回君临三宿，已是月上中天。

丁秀秀是个理性又有智慧的女子，此番折返，主因也是因为慕容逸对暗香依依的那份情意。这许多天，宫主如何对待暗香依依，她全都看在眼中，并深深为此动容。到了君临三宿，她未表现出一丝埋怨，反而一边为暗香依依细心换衣打理，一边将慕容逸这几天所作所为一桩桩一件件仔仔细细地说给她听。

重伤脊背的慕容逸本不应该乱动，却为了她，每隔两个时辰用特殊手法为她按摩。受了很重内伤的慕容逸，本应好好休息，却为了她整整七日没有合过眼，在冰天雪地里守着她，施针用药都不假他人之手，一直守护她照料她，直到她醒来的那一刻。

在不远处立着的萧仁也将丁秀秀的一番话全听了去，想起教主在风雪中伫立的模样，不由得怅然一叹。

暗香依依透过帐篷开启的一角遥遥地看向布满星辰的夜空。

君临三宿海拔很高，在此看夜空中的星星，分外明亮，星星高悬于上空，一闪一闪的，似挂得很远的灯。

听完丁秀秀所有的话，她轻声道："慕容逸，他待我真好，可我……只想让另一个人待我好，哪怕他不懂医术，哪怕他一点儿也不会照顾人，哪怕他从未对我笑过……"

丁秀秀和萧仁同时听到了这句话，也同时听懂了这句话。丁秀秀一叹，再未言语，帮暗香依依打理好一切方才离开了帐篷。将帐篷闭合，让暗香依依可以小憩一下。

丁秀秀则来到萧仁身边，向他点了点头。

萧仁看向了丁秀秀，恰有一阵山风吹过，吹动了她的长发。明月下，面前女子秀美婉约，萧仁的心微微一紧。

他脱下自己的外衣，给丁秀秀披在了肩上，轻声道："山顶风大，小心受凉。"

这几日，他们二人早已熟悉，萧仁性情沉稳，那日又是他第一个跪下求顾不迷不要杀宫主的。丁秀秀想到此处，心怀感激，便没有推辞，笑道："谢谢。"

二人立在月下，丁秀秀道："世间最难解的就是情爱之事，我家宫主从未对人动情，没想到，当他动情时，尽管付出许多，却也得不到对方的爱。怎一个造化弄人。"

萧仁道："情爱之事本就不能强求，虽然慕容宫主对本教左护法有情有义，但左护法心里念的却是教主。其实教主先前根本不知道左护法伤势加重，责怪我们一直隐瞒未报。那日教主突然得知左护法的情况，赶来时心急如焚，又恰巧看到慕容宫主为左护法喂药，一时气怒才想杀慕容宫主，其实这恰恰应了一句话，关心则乱。"

萧仁轻轻一叹，继续道："你不知道，那日教主并未真的离开，他一直立在上风处的风雪里不吃、不喝、不睡一直守到左护法醒来。其实……教主和慕容宫主都没有错，要怪也只能怪造化弄人，愿只愿，天下有情人都能终成眷属。”

可惜萧仁的话，已经昏睡过去的暗香依依未能听到。

丁秀秀叹息道：“有情人终成眷属，何其难……”

皎洁的月下，二人再没有说话。

萧仁幽幽地看向丁秀秀，只此一望，便再移不开目光。

察觉到他的目光，丁秀秀微微垂下了头去，一抹红霞不期然地浮现在了颊畔。

又过了一天，暗香依依体内的掌毒已基本被控制，这才被萧仁等人转移回了总教养伤。暗香依依照旧住在被成片竹海包围的院落中，巧的是慕容逸依然住在她的隔壁。

这片竹林是以前暗香依依的最爱，占地面积极广，深而幽静。

此院落也是以前暗香依依在总教时所居之处，当时慕容逸和暗香依依被郑长老等人从自雪里救出，情况危急，姿势暧昧，郑长老便将二人安置在了此僻静处一同治疗。后来，暗香依依先醒了，慕容逸却没有醒，又因他脊背受伤，不宜挪动，所以就一直住了下来，再后来的事，也就不必细说了。

每日里，丁秀秀都过来探望暗香依依，暗香依依也都会问上一句：“慕容宫主醒来了吗？”

每次看到丁秀秀摇头，她心里都似压了块大石头。

过了整整五天，慕容逸也没有醒来，她问过萧仁，萧仁说：“慕容宫主延误了伤病的治疗，全凭意志熬了七日，如今虽未醒，但幸而性命尚且无忧，左护法不必太过担心。”

只是尚且无忧，时间久了，肯定还是有忧。暗香依依明白萧仁的话，却不点破，正愁眉不展，便听到隔壁何云端的大声惊呼：“宫主，宫主，你总算醒了！”

慕容逸昏睡了五日后终于醒了过来。没有人想到，慕容逸醒来的第一句话竟是说：“这觉睡得真舒坦。”

何云端听后，呆了半晌，直到丁秀秀和萧仁先后推门而入才回过神来，欢喜地在屋里为慕容逸端茶弄水地服侍了好半天。

暗香依依与慕容逸只有一墙之隔，但一个不能动弹，一个又不想动弹。不能动弹的是慕容逸，萧仁警告他，如果再动弹，脊背的伤恐怕就好不了了。不想动弹的是暗香依依，自从搬回总教养伤，她就从未走出过房门，每日最多便是在软榻上卧着，推开窗去看看窗外。

不用萧仁警告，慕容逸自然也知道其中利害。得知暗香依依已经无碍，自不再动，如此倒苦了何云端。慕容逸一会儿这样，一会儿那样，何云端整日里被他使唤得脚不沾地，可依旧整日开心大笑。有时候屋中静养的暗香依依又听到何云端爽朗的笑声，也会情不自禁地想，他为什么会那么开心呢？

一日听到丁秀秀的打趣，方才豁然明白，原来他的快乐是因为心里最重要的人渡过了难关。暗香依依还记得何云端仰慕苏璇莹，而苏璇莹却喜欢着慕容逸，难道何云端不知道此事吗？还是知道了也不在意呢？

这日，她刚推开窗，便听窗外传来一个声音："你为什么不来看我？"

听出是慕容逸的声音，她微微探出头自窗口看向隔壁，看到隔壁的窗户大开着，便猜测他很可能与自己一样倚在榻上望着窗外。

她没有回答，便听他又问："为什么不来看我？"

明知他看不见自己的反应，暗香依依却还是低下了头去，淡淡答道："你对我的好，我都知道，可是我无法回报同等的好，对不起。"

"他值得你这样吗？"

"我不知道。"

"为什么你不选择我？"他明明句句咄咄逼人，可声音中却透着几分懒散和不在意。

"这不是一道选择题，不是我想选谁就是谁，我心不随我愿。"她坦言回答。

"我可以帮你，只要你愿意一试。"他云淡风轻地说道。

"我不想……"她没有给他机会。

"傻姑娘。"他幽幽一叹，似怜似怨。

"慕容逸？"她低低唤了声。

"嗯？"他耳目十分灵敏，自然没有放过她的轻唤。

"谢谢你。"这句话早就该对他说，却不得已拖到了今日。

沉默半晌，他方道："既然要谢我，何不当面谢，这样隔着一堵墙，着实没有诚意。"

"你不过是想见我。"她敏感地猜出了他的心思。

"我伤在脊背动弹不得，你总不想让我伤势再次反复吧。"他轻言浅笑。

"我不想见你。"她低低回答。

"可我想见你……"天边传来他幽幽的声音。

她默然无语，片刻，听他道："依依，我想你了。"

百转千回，却无法回应。

"依依，我想你了。"他并不轻易放弃。

她一点点退缩，他一步步逼近。

窗外，第三遍响起他的声音："依依，我想你了。"

如果可以再心狠一点儿，那该多好。

可此刻她已有几分动摇，他一遍遍反复说着这句话，直说到她心慌起来。

她知道，如果她不出现，他会一直魔障般说下去，不会停止。

也不知他说了多少遍，她终于下了软榻，蹒跚地挪动着脚步，一步步走到他的窗口。

她立在窗口，知道屋中的他正看着自己，却不敢看向屋中的他，只是望着一角。

夕阳的光照在她身上，一半明一半暗，可依旧掩饰不住她别扭羞怯的神色。

慕容逸向她伸出了手，轻声道："过来。"

她将头垂得更低，咬着下唇摇了摇头，转身欲走，忽听他道："你怕吗？"

闻言，她顿住脚步，听他又道："你心里在怕，怕自己动摇，怕与我接近，怕情不自禁。你其实，是喜欢我的。"

有些狼狈地回转到屋中，爬上床，暗香依依将自己埋在被褥中。回想慕容逸的话，她微微有些害怕，或许慕容逸说得对，她是在怕，怕自己会动摇，怕自己情不自禁。慕容逸有这个本事，让她的心乱。忽然听到他的声音再次从窗外传来，"依依，要我如何做你才愿相信，我是真的喜欢你。"

她相信，她早已相信，只是……无法做出同等回应，只因心里已有另外一个人。

她始终不相信，顾不迷不在乎自己。她一定要等到顾不迷回来，亲口问他为什么，所有的一切究竟是为什么。

自那日后，她再也没有打开过窗户。每日闷在屋里，一声不响，吃得很少，睡得不好。

竹林幽静，平日里服侍暗香依依的小弟子，除非送饭、送药、送信等必要之事也不常来，只有竹林外有弟子把守。而有心的丁秀秀更是自从慕容逸能下床后，带着何云端离开了此地。这反倒让这两个住进来的孤男寡女多了些共处一室的暧昧。

午夜梦回，暗香依依又一次辗转醒来，黑夜静得可怕，目光扫过一室清冷，她又一次觉得孤寂难忍。

这些天，她将自己与顾不迷在一起的所有细节想了一遍又一遍，也越发思念他，可越是如此，她越是害怕。思念是种折磨，它让一个人在梦境和现实中徘徊，一遍遍对比从前与现在，就越发凸显现在的可悲；它让一个人渐渐心生怨恨，恨从前的美好，恨现实的残忍；它让一个人慢慢失去了坚持的信念，由不相信变成怀疑，从怀疑变成可能……

思念也像是日益累积的毒药，时间越长越觉得痛苦万分。

人在脆弱时最容易变得悲观和胡思乱想，尤其是生病不能动弹时，尤其想看到心爱的人在身边，可偏偏她连他去了哪里都不知道。

起先是因伤病无法出屋，后来在日渐等待和思念中变得不想动弹，如此，她已有半个月未曾走出这间房子。半个月来，丝毫没有顾不迷的消息，看着每次她问起时萧仁为难的神情，她忽然很怕，怕顾不迷早已将自己忘了，怕自己的真心换来的不过是一场镜花水月。

她再也无法忍受自己在这个囚笼里被动地等他出现，她推开了房门，大步奔了出去。可才奔出去几步，她便停住了脚步。看着地上的倒影，她问自己，那是自己吗？形单影只……一直都是形单影只！这就是他给予自己一辈子的承诺，原来这就是一辈子相守的承诺，她怎么那么傻，怎么那么傻啊！这世上压根就没有能相守一辈子的爱！尤其是她，永远也不会得到一份真爱！

她痛哭失声，无助地抱紧自己，瑟缩地躲入了阴影下，直到一双温柔的臂膀将她拥进怀里，无言而坚定地安慰呵护。

她抬起头，看到了慕容逸。

每天他都呼唤自己的名字，一遍又一遍，可每天她都躲在屋子里，任他如何敲门都不回应。他说他喜欢她，可那又怎样？他根本不了解她，他根本不知道自己所谓秘密的真相！如果知道，他肯定会不知所措甚至撕裂所有深情的伪装吧！

她扬起了残忍的笑，道："慕容逸，你是不是一直都想娶我？"

慕容逸看出她的不对劲，没有回答。

她哈哈大笑，笑得有些狰狞，笑得眼中满是泪水。慕容逸将她抱在怀里，试图让她平静下来，可她已濒临崩溃的边缘，又是哭又是笑，像是疯了一般，摇头道："没人真的喜欢我，没人想要我，没人！"

慕容逸大声打断了她的疯言疯语，道："是，我想娶你，让你成为我的，只是我的！"

她边哭边笑道："我告诉你一件事，你肯定就不想娶我了。"她不待慕容逸回应，便附耳与他道，"我的落月迷香源自一个吸人功力的邪功，正着练叫落月迷香可增加对方功力，倒着练叫无敌媚功专门吸人功力，而我不巧，将落月迷香练倒了，成了无敌媚功。如果你娶我，我就吸尽了你的内功，让你变成一个废人，你还要娶我吗？"

她笑着看向慕容逸，良久不见他有所回应，显然亦因她所说的话而惊讶万分。眼见他神情几番变化，以为他有所怀疑尚且不尽信，她便抬手一点点解开自己的衣衫，道："你不相信，是吗？要不要现在就试试？"

他按住了她脱衣服的手，将她冰冷的手握在手中一点点暖了起来，幽幽道："原来这才是你的心结。"

"我没有心结！我真的会吸光你的功力，我是个妖女，你还要娶我吗？"她死死地看着他。

他摇头轻笑道："你不知道，我一向定力很差，尤其面对你，几乎无定力可言。无敌媚功，这门邪功我听说过，练者通过男女交合吸取对方功力，直到把对方吸干，听起来真是邪恶。"

"你怕了是不是？"她似早已料到他会怕，笑得越发轻蔑讥讽。可他却道："我想，既然我打算娶你，就要做好被你吸干的准备。在你把我吃了以前，我要问你几句话，只要你答应，我愿意被你吃干抹净，一点儿不留。"

"什么话？"她根本不相信，慕容逸是真心答应娶她。

慕容逸道："今后我没了武功，肯定也当不了叶落宫宫主了。从今往后我很可能变成一个无用的人，到时候，你可不许仗着有武功就欺负我。外人欺负我，你要第一个站出来帮我，如果我不小心被人欺负了，你还要出头替我报仇。从今往后，你要发誓养我一辈子，一辈子对我好，一辈子给我做饭，一辈子不许离开我。你同意吗？"

"我……"她依旧不相信他会舍得舍弃自己的武功，她只想看他撕去伪装离开她的那一刻，如此便道，"我同意！"

"好！"他笑眯眯地牵起她的手，"那你发誓！"

她想都没想便举起手对天发誓："如果我吸光了你的功力，就罚我一辈子照顾你！"

慕容逸欢喜地将她扯了起来，一步步拉着她走向屋内，边走边道："今夜月色如此美好，这样的月色，如果我没这一身伤必定将你抱到床上，让你成为我一个人的。依依，你既已许诺我，事后就不许后悔。"

"后悔的是你！"她依旧不相信，只等最后，他退缩！他害怕！他逃走！……

可他没有，他真的没有……

逃走的不是慕容逸，是她。

慕容逸仰躺在地上久久未曾起身，想到方才发生的一切，哭笑不得。

进屋后，主动的不是他，反而是暗香依依，一副饿虎扑食急不可耐的样子，他只好乖乖顺从，全力配合。被她骑压在身下，胡乱摸了一通，瞧着她恶狠狠要吃了自己的样子，他已经忍笑忍到内伤。而后她又开始胡乱地解他的衣衫，先是腰带解不开，后是脱不下他的外衫，再来是双手压在他肩头让他动弹不得，喘着粗气双目含仇地瞪着他说：“怕了吧！”

他强忍住笑，怕什么？一切都还没开始呢。他想要掌握主动，可她正气势凌人使着蛮力，他不敢使力牵动伤口或者不小心伤了她，如此被她折腾了好一会儿，直到她气喘吁吁，咬着牙又一次逼问他：“怕了吧！”

他再也忍不住笑出声来，看着自己被折腾了大半天仍一丝不露，她连腰带都没解开的模样，暗道：究竟是谁怕了？他手掌上移，扣住了她的肩膀，使了巧劲，顿时让她伏趴下来，跌入自己怀里，而后抱着她腾空翻身，瞬间将她压在身下，看着她惊慌起来的眼神，玩味地笑问道：“怕了吗？”

“谁……谁……怕了！”她还死鸭子嘴硬，殊不知越是大声，越是心虚。

手指滑到她的面颊，抚摸逗弄，直到指尖反复在她嘴唇上划弄，让她全身因此战栗起来，他方才附耳轻声低问道：“你怕了吗？”

这一次他没有听到她的回答。

他知道她开始怕了，可他心里其实不想让她怕，他甚至希望，她能一直如方才那样，哪怕并非出自真心，哪怕只是一时糊涂。

他知道，自己没有太多机会和时间，去试探去等待，如今箭在弦上，就算真的失去一身武功，他也想得到她！如果得到她必须以武功为代价，这条件他还付得起，不是不怕，也不是不犹豫不在乎，而是他太想得到她，让她成为自己的，为此，他愿意付出更多。

他再不多言，炽热地亲吻，动情地抚摸，亲密地呼唤，只想解开一切束缚，让她成为自己的，不惜一切代价！

可终究还是未能如愿，犯糊涂的她还是清醒了过来，开始激烈地反抗。如果没有这身伤，他不会让她有机会逃走，哪怕是强迫，也会让所有成为不能再反悔的事实。可他因伤所累，抵不过她的蛮力相拒，还是被她无情地一脚踹下了床去。望着她仓皇逃离的身影，想起方才发生的事，他不知该笑还是该哭，懒得打理自己，便就这样敞着衣襟，懒散地躺在地上。回想方才发生的一切，慕容逸竟有些怅然若失，轻声道：“你……还是怕了。”

是的，她怕了，她怕慕容逸突然对自己的热烈，怕他真的和其他男人不同，怕他是个不珍惜自己多年练就武功的武林异类。她是怕，怕自己如果真的和慕容逸发生了关系，无论结果如何都再没有回头路。她还怕，怕自己不过是多想了，万一顾不迷是有苦衷的，而她还没有亲口问他缘由，便走上了不归路。

她窝在屋子里一想到方才发生的事便濒临崩溃，她都干了些什么干了些什么啊！她怎么会想要和慕容逸试试那件事啊！不如一头撞死算了！

与此同时，隔壁的慕容逸时不时便听到撞墙的声音，起初还未分辨出声音何来，后来觉得不对劲，便出了门来，来到她的窗外。见窗户虚掩，他索性打开，正好看到她砰砰砰用头撞墙的懊悔样。四目交接时，她额头狼狈不堪，突然看到他出现，顿显拘谨。慕容逸瞧出了她的尴尬，戏谑道："你要是后悔了，咱们可以继续。"

见她低垂着头闷不吭声，慕容逸道："依依，你有没有问过他，他可愿为了你而付出毕生功力？"

慕容逸这句话是暗香依依的致命伤，她一直没有和顾不迷提及自己武功练反了的事，因为她宁愿让顾不迷以为是她自私不愿奉献功力，也不想将这件事转嫁到他身上去抉择。那样对他太残忍，或许她早已笃定了结果只有一个。武功与她，顾不迷会毫不犹豫地选择武功，她一丝胜算也无，说出来也是自取其辱，所以干脆选择不说。

慕容逸似知道她心中所想，缓缓道："你究竟是怕自己受伤害，还是不忍他左右为难而因此痛苦？"

暗香依依沉默不语。

慕容逸道："你一直在骗他。"

暗香依依无可辩驳。

"可是你却对我说了真话。你不忍伤他，不忍让他左右为难，却忍心伤我，让我在两难中挣扎，可当我好不容易选择了你，你却又逃了，这对我何其不公，这又是为了什么？你可曾想过？"见她茫然，慕容逸轻言浅笑道，"我告诉你，你为何会这么做，你不过是想借着伤害我，进而伤害你自己。依依，如果我可以伤你的心，那么就说明，你心里面有我。"

她已将头埋入双膝。是，慕容逸说的没错，她是想借他的手，狠狠地伤害自己，让自己明白，让自己清醒，自己会被人嫌弃，自己不配得到别人的爱。可她没想到，慕容逸的选择大出自己所料，最后反倒将她吓退。只有在乎才能被伤害，慕容逸说的没错，她是在乎慕容逸的，可是……

慕容逸久久未语，直到等到她开口说道："慕容逸，你为什么愿意为我付出毕生功力？难道你真的舍得，真的不怕吗？"

慕容逸看着天际，幽幽道："谁说我不怕的，方才若是片刻不想你，恐怕都要反悔了。"

"想我？"

"是啊，想你，满脑子都是你，再没有其他，就连得到你要付出的代价也给忘了。”

“怎么可能……我脑子里想的都是你的武功……”一不小心，她实话实说了出来。

“这话听着真伤人。”他轻轻笑了几声，又道，“我说了，只要你想，我们随时可以继续。”

“你难道就没想过，没了武功你什么都不是了，你再也当不成叶落宫的宫主，还会被人欺负，甚至连在武林中生存下去都难……”

慕容逸闻言咳了咳，道：“不是有句老话嘛，牡丹花下死，做鬼也风流……”

这是什么回答，暗香依依被这句话噎得说不出话来。

他轻笑了起来，道：“我知道，你先喜欢上了顾不迷，我迟了一步，不过这也无甚大碍。自古只有笨鸟才先飞，我起步晚了，可不见得我就追不上了。依依，你虽然喜欢顾不迷，可你也喜欢我。”

“谁说我喜欢你！？”暗香依依因他惊人的自恋不自觉地倒吸了一口冷气。

“你如此大声说这句话就是心虚！”

“谁心虚了！”她声音顿时小了许多。

“你若不喜欢我，干吗告诉我你的小秘密！”

“那不是小秘密！”

“好吧，大秘密！”

“你……”

“你喜欢我。”

“我不喜欢你！”

“你喜欢！”

“不喜欢！”

“别狡辩了，你喜欢。”他语重心长地道。

暗香依依猛地冲了过去，砰的一声重重地关上了窗户，再不和他纠缠下去。却听慕容逸在窗外道：“骗别人的是聪明人，骗自己的就是傻瓜了。依依，你是个傻瓜。”

暗香依依赌气道：“我傻不傻关你屁事！”

就在这时，不远处传来脚步声，慕容逸未再言语，而是悄然回了自己的屋子。

为二人送饭的小弟子来了。

许是因为折腾了大半夜，将心里的郁积发泄了出去，看着早晨明媚的阳光和送饭的小弟子热情的笑脸，暗香依依半个月来，头一次不再自怜自艾，换了心情和心态去重新审视顾不迷与自己之间的问题。有些事情，不弄清楚，自己很容易钻牛角尖，也会不甘心。所以她决定不再被动地等待，而是主动去问个清楚明白。

小弟子是厨房的杂役，自然不会知道顾不迷的下落。如果连萧仁都不知道顾不迷的去向，那就只有郑长老知道了。

暗香依依静下心来用饭，仔细想了想，便决定去找郑长老。

和分舵一样，每日上午，管事以上必会齐聚议事厅商议。

总教地域实在太大，从竹林寻到议事厅，几乎走了一座县城那么远。暗香依依不由得想，难道在总教，每日议事也要用轻功飞来飞去那么麻烦？自来到总教，暗香依依从未四下逛过，早先是受伤养病，后来是没心情，当下也是心中有事，如此走马观花，直闯入议事厅。

以她的身份，议事厅自可来去自如，当她进到议事厅的时候，已经迟了，议事厅空无一人。她问过守卫，方知众人已经散去，郑长老去了北殿。

九幽教历经数百年沧桑，总教建于谷中四面环山，共分北殿、西殿、南殿、东殿和中殿五个以方位划分的区域，每个区域方圆数里，占地极广且景色各异。当暗香依依稀里糊涂地寻到北殿时，已过了午时，刚入北殿后大门，便巧遇到了郑长老一群人。

郑长老迎面走来，温和地问道："左护法，伤势可好些了？"

暗香依依点了点头，并不拐弯抹角，直接道："郑长老，现下可方便？有些话我想当面问你。"

郑长老稍一沉吟，便回头道："我和左护法有些事情要说，你们不必跟来了。"

身后众人应是，不消片刻尽皆散去。郑长老道："我还要去西殿，我们边走边说。"

跟在郑长老身侧，暗香依依一时竟不知该如何问起。见她低着头一直不说话，郑长老反而笑道："你想要问的，是关于教主的吧？"

她点了点头，问道："他去哪儿了？"

"此为教中机密，不过，我可以告诉你。"郑长老道，"教主带着张海、霍双等人去了洛阳追查下蛊毒者的踪迹。今日我刚收到消息，教主已经抓到了那个人，目前正在洛阳分舵审讯。"

"真的有人会下蛊？"她傻傻问道。

郑长老道："确有其人。"郑长老又大略说了一遍蛊毒来历，和暗香依依当初听萧仁说过的大同小异，不同的是，那个害死下蛊之人的女子也掌握了蛊毒之术，周禾就是被她害死的。至于顾不迷和郑长老为何会追查到女子的下落，郑长老并未和暗香依依提起。

暗香依依想问的事情太多，除了顾不迷的去向，还有红衣女子是谁，她受伤的时候为何顾不迷不来看她……可面对有些陌生的郑长老，这些话，她一时又问不出口，当下也只问道：“教主什么时候回来？”

郑长老不慌不忙地回道：“教主可能一时半会儿还回不来，蛊毒之事事关重大，牵连甚广，虽然抓到了下蛊毒的凶手，可事情没那么简单。如果左护法不是有伤在身，此刻追随教主一同处理此事就再好不过了。”

暗香依依自然听出了郑长老的言外之意，郑长老是想她伤势好后去找教主，如此便也没什么可再问的，她点了点头转身欲走。

见她神不守舍地转身要走，郑长老忽然道：“教主也曾问起左护法伤势的情况。”见暗香依依驻足回眸，显然还想知道更多，郑长老微笑道，“恕老夫直言，左护法和慕容宫主之间似乎关系匪浅，不知你二人有何渊源？”暗香依依闻言一怔，想起自己和慕容逸的渊源，突然想到了自己最初曾是他的“小妾”，颇有些尴尬地回道：“我们只是朋友关系。”见暗香依依不愿多说，郑长老也未强求，只是笑着点了点头，举步远去。

暗香依依收回了视线，转头打算继续前行，可忽然瞥见转角阁楼上靠着的人，起先没有注意，待仔细辨认，顿时惊怔当场。若不仔细看，她已难认出，那个满脸胡茬碴、形容萧索的人竟是汤斩！

此处地处荒凉，他独自一人坐在阁楼之上，双臂不自然地垂在身侧，依靠着窗一动不动，似个死人。风吹起他凌乱的发，露出他紧抿干裂的嘴唇和望向远处无神的目光。这怎么会是汤斩，这怎么会是那个曾经意气风发，高傲冷酷不输顾不迷的九幽教右护法汤斩！？

暗香依依伫立在阁楼之下，心中的震惊久久难以平复。

回去的路上，她走得很慢，踏着枯叶，一步一声，轻轻的碎裂声仿佛自己的心里有一样东西也跟着碎了。汤斩的样子就像一个万念俱灰等死之人，她还清楚地记得，初来此间第一眼看到汤斩时的情景，他手拿一柄半人高的大刀，挥舞的瞬间血肉横飞。汤斩的性情其实和顾不迷有些像，大概是同出九幽教之故，同样冷酷，同样强大，也同样骄傲。

顾不迷……想到他，暗香依依忍不住微微心痛，他走时，红衣女子也一并跟着走了，这么长时间，只言片语也无，如果她就那么病死了，如果她被黑衣人抓走凌辱杀害了……他会不会悲伤，会不会心痛？

这世上，相爱的人并非都有美好的结局。

顾不迷，难道你就不怕？失去我，永远地失去我……从此再也没有人和你一起兑现相守一生的承诺，想到此处心底涌动的情绪竟然不是愤怒而是沉重的悲伤。

走了很久，她才走到自己所居的青竹海，远远看到林中青竹旁倚着一人，是慕容逸。

慕容逸似已等在林中多时。

阴影横斜下，他白衣如许，悠然自在，那一双勾魂夺魄的眼睛远远便瞧着她了。接触到他的目光，她踯躅地停住了脚步。

一想到昨夜，她就忍不住退缩。

昨夜的事，慕容逸没错，错在她。她不应该失去理智，明知他对自己的心意，还不加约束地去鼓动。就算她有苦衷，可慕容逸毕竟是她的救命恩人，她怎么能利用他的真心去试探、去伤害？

她不应该告诉他自己已决定隐瞒一辈子的秘密，她更不应该做出那些事来。昨晚的事，是她做错了。虽然到现在也不敢相信，昨天自己会说那些话做那些事，可说也说了，做也做了，此刻后悔已经没用。她知道昨晚的事让这许多日来对他的有意疏远全都白费了，她知道虽然慕容逸知道那个秘密也不会怎样，可无疑已经让他觉得，他在她心里有所不同。因为这世上只有他一人知道那个秘密，这定然让他心存希望，同时，也让他看到了自己内心的怯懦逃避，所以他一再接近自己，不让她逃避，不容她忽视他的感情。

人非草木，孰能无情，慕容逸一而再地舍命相救，怎能不令她动容？他待自己真的极好，或许也曾有那么一刻，有过动摇。可她心底清楚明白地知道，自己更想和顾不迷朝夕相伴形影不离，哪怕他从不对自己笑，哪怕只偶尔才能看到他的一个温柔眼神，哪怕如今只剩无止境的思念……

察觉到慕容逸一步步地接近，她抬起了头，忽然想到百花谷峰顶他决绝而受伤的眼神，一想到他从那个时候起对自己的心意便是真的，她忽觉狼狈。她快步走进屋里，将房门紧闭，将他关在门外。

此刻，他就站在门外，不用说话，她也知道。

靠在门上，她控制不住地有些慌。

或许应该快刀斩乱麻，或许应该镇定自若地对他说她心里只有顾不迷一个人，告诉他不要再对自己费什么心思了！或许……应该如郑长老所言，去寻顾不迷，哪怕明知离开九幽教很可能会让自己再次身陷险境。

夜幕低垂时，他依旧靠在她的门外，夕阳将他整个人包裹在内，沐浴其中的他，不知察觉到了什么，嘴角微微扬着一抹笑，道：“我听到你肚子在叫了，你还不开门？饭已经放凉了。”

他的脚边摆放着两个食盒，一个是他的，一个自然是暗香依依的。

暗香依依早已离开了门边，躲到了床上，还用棉被裹住自己，可门外的慕容逸还是能轻易听清她不争气的肚子咕噜噜的叫声。

她很想说：你回屋，我就开门。可她知道，只要一开口说话，她和慕容逸之间将又会是无止境地你来我往。

如此，她竟然真的忍住了饥饿，由始至终，没有说话亦没有开门。

直到夜半。

屋外传来风声和他的轻咳，他还在门外，她无法入睡。

想到他身体尚未痊愈，她挣扎犹豫，还是忍不住挨到了门边。

他似听到了声响，轻声在门外唤道：“依依，开门。”

她立在门边，望着只要他轻轻一撞便能打开的门，他们都清楚明白地知道，他们之间隔着的并非只有这扇门。

她咬着下唇，几番挣扎，终于说道：“慕容逸，我爱的那个人不是你。”

门外久久无声，可她知道，他并未离去。而他也知道，她还在门的那一边。

天方渐白时，立在屋外的慕容逸方才幽幽道：“我明白了。”他甚至没有回屋收拾东西，便离开了九幽教。听到他远去的声音，她不由自主地推开了房门，看着空荡荡的院落。

他走了，真的走了。

有种被困的解脱，也有丝说不清道不明的失落，垂眸间，看到院中地上他花了一整夜用石子排成的几个大字：相见时难别亦难。

心底的那分失落顿时变成了难以名状的酸涩和深深地愧疚。

第三十章

来去自如

就在这时，忽听院中有人道："哎呀，我的曾祖奶奶啊，这九幽教真不是人来的地方，我花了一个月才折腾进来，可累死爷爷我了。"

暗香依依闻声望去，只见院门口外有个灰突突的头从地下冒出来。

一堆枯叶顶在一堆杂草上，左动右摇，这要是别人，乍看到这一幕还不被吓个半死，可暗香依依看到这一幕，起初只是一惊，而后反应过来是谁，只剩下哭笑不得。先不说她所居竹林占地有多广，单九幽教外那君临山脉，他又是怎么穿过来的？一个月？也亏他有如此毅力。她真不敢想象，这天底下还有未默到不了的地方吗？其实以未默九幽教恩人的身份，自可自报家门堂而皇之地入得教来，真不知他是怎么想的，竟然自地下偷偷刨了一个月找到这里来。

这时候，刚巧小弟子来送早饭，未默尚未看见暗香依依，一听远处来了人，倏地消失在了地下。待小弟子远去，他方才又露出了头。忽然发现面前有一双绣花鞋，待仰头望去，他看见暗香依依，忽然咧嘴笑了起来，带着哭音大声道："依依，我找你找得好苦啊！"

送饭的小弟子不知慕容逸已经离去，自然送来了两人的饭，正好便宜了未默。见未默吃得狼吞虎咽，也不知有多久没好好吃东西了，原本心情不太好的暗香依依也稍稍有所转变。

未默吃过饭，也不知怎么，看着沉默不语的暗香依依，突然决定变身。咔嚓咔嚓一阵骨骼响，顿时引来暗香依依的注意，眼看他就快衣不蔽体，忙跑到了慕容逸所居屋子拿出他留下的衣衫扭头给未默披上。

未默一看是白衣，立刻嚷道："我最讨厌白衣服了！穿这个还得洗澡！"

暗香依依忙道："就只有这个，你先将就着穿吧。"

未默沉吟了一下，道："等一下，我去洗个澡。"

而后只听嗖的一声，暗香依依小心翼翼地转过头来，却只看见竹林内掀起一阵落叶，而未默却已不见了踪影。不一会儿，她听到林外驻守的弟子喊道："什么人！”

暗香依依忙追了出去，这才安抚了众弟子，说来者是她的朋友，也是九幽教的恩人，名叫未默。

等未默回来穿戴整齐打理妥当，郑长老已闻讯赶来。

得知慕容逸刚走又来了个未默，郑长老并未过问太多，只是笑着问道：“不知未少侠是如何进得本教的？”显然，未默是怎么进来的，郑长老根本不知道。按理说，什么人过往君临山脉，都逃不过九幽教守山弟子的眼睛，也都会有详细记录，特殊人物来访郑长老自然会知道，可直到未默在九幽教裸奔才有人来通知他，这事着实让人觉得奇怪。

一句话顿时问得未默得意扬扬，暗香依依尴尬无比。

未默鼻孔朝天道：“我想去哪儿就去哪儿，上天入地，没有我未默不能的。老头，实不相瞒，我是从地下来的！”

暗香依依暗中踢了他一脚，小声提点道：“不是老头，是郑长老。”

“哦，郑老头。”未默立马又补了一句。

暗香依依顿时汗颜，不打算再浪费力气纠正他了。

郑长老也不在意，只是笑了笑。未默此人的能耐，他也略有耳闻，当下见他翩翩少年，行为举止毫无拘束，可以说随性也可以说放纵。不过，既是曾经救了教主和左护法性命的恩人，他自会以礼相待。

他又笑着问道：“从地下来？老夫相信未少侠有这个能耐，只是不知未少侠能否还从地下出去？”

未默眼珠子一转，道：“自然是能的！”

“不知道入口在哪儿呢？”郑长老笑问。

未默道：“我还没挖呢。而且你看我现在这样，也不方便入地是吧，否则岂不可惜了依依给我亲手穿上的白衣。”

暗香依依心道：我只是把慕容逸留在这里的衣服丢给你，啥时候帮你穿了？可当下看着郑长老来回在二人脸上逡巡的目光，再看未默天不怕地不怕的样子，暗香依依担心郑长老再问下去，未默再口出什么惊人之语，忙道：“郑长老，我身上的伤也好得差不多了，我打算这两日就出教去洛阳找教主。”

郑长老点了点头，道：“好，我派人与你同去。”

“不必了。”暗香依依婉拒道，“人多行动慢，而且更容易引人注意。再说，如果遇到强敌，也不是人多就管用，反而人少更方便行事。”暗香依依尚未说完，未默便接话道，“对，对，我和依依一起去就行了，不需要其他人了！”

未默的言外之意，让暗香依依又尴尬了一下，她觉得郑长老现在每看她一眼，似乎都颇有深意。

郑长老却不容她拒绝，见没有商量的余地，暗香依依也未强求。可郑长老刚走，未默就开始怂恿她，“依依，咱们甩了那群人吧，就咱俩去洛阳，你说好不好？”

郑长老并不知道那些黑衣人的厉害，如果明目张胆的一大群人同时出九幽教，恐怕路上就会被人盯上，要是再遇那几个高手，人多也不一定管用。再说，九幽教都是男子，面对一群陌生男人，她总觉得不方便，便道：“不想又怎样？我们要出山，郑长老就会知道，到时候硬塞一些人跟着，我们也无能为力。”

未默邪恶地笑道：“谁说我们出山他一定知道？”

“哦？莫非还有其他办法。”

未默道：“依依，你忘了我是怎么进来的吗？”

“你能在土里来去自如，可我不能。”

“唉，实不相瞒，自从上次被顾不迷扔出去，我心里就对他心存怨念，早想着把他所居之地挖个底朝天了。而今，我虽然没有完全完工，不过，进出的路我却是挖通了，如今进出也只需一天足矣。”说到此，他闪着一双明亮大眼，略显得意又有些神秘地靠近暗香依依低声道，“你可千万别告诉他和刚才那个老头啊，要不然，他们堵了我辛辛苦苦挖的地道，我不敢保证是否还有毅力再挖一次。”

暗香依依除了惊愕已再没有词可以形容自己的心情。未默他，竟然把九幽教挖通了？

在未默的再三怂恿下，暗香依依最终背着郑长老偷偷由未默带着从地下出了九幽教。当郑长老得知暗香依依突然消失去了洛阳，立刻派人将竹林里里外外搜索了一番，确认二人消失不见，郑长老立刻派人在竹林范围仔细寻找密道入口。郑长老已经确定，未默定然挖出了一条地道，从君临山脉外直通九幽教总教腹地，所以他可以进来也可以带着暗香依依离开。这还了得，无论如何也要找到这条地道，并立刻将其封死。可这未默也不知是怎么挖的，郑长老几乎命人将竹林掘地三尺也没能找到未默所挖的地道入口，竹鼠洞倒是找到了几个。

未默的地道入口究竟挖在了哪里？郑长老百思不得其解，当然，跟着未默从土里出去的暗香依依也没有想到，未默根本就没挖什么正经地道，不过是由外而内打了个洞进来，这洞只能容一人伏趴通行，洞口就在竹子的根系下。这里的竹子并非一棵一棵间隔成长，而是一堆一堆地扎堆成长，长高了之后，还会因竹身柔软而向四面八方散开，远观，很像一朵朵盛放的巨型花朵。而今快立春了，又因此地四面环山气候温暖潮湿，新鲜的竹叶已经发了出来，根系下也长出了竹笋。而未默的洞口就在这扎堆的竹笋之间。若拔出竹笋，就能看到洞口，若将竹笋放回，看起来就毫无异状。未默带着暗香依依走时，已将这洞口打理得看不出任何异状了，即便有人拔出竹笋也只能看到一个类似竹鼠所挖大小的洞。

话说，这竹林新长出的竹笋少说也有三百个，林子这么大，这不起眼的竹笋自然没有入得郑长老等人的法眼，更没想到他们想象中能来去自如的地道入口，其实只有拳头大小，看上去像个老鼠洞。

暗香依依没想到，未默所说的地道入口只是这么小一个洞，暗香依依见状叹了口气说："我可进不去。"

未默眼珠子一转，道："你等着。"

未默将暗香依依给的白衣已经换下，缩成了一个矮子，倏地自洞口钻了进去。暗香依依眼瞧着洞口大了许多，若是也像未默那么钻倒是能钻进去，只不过难免弄得一身泥土，外加窒息。

未默自洞里出来，又教了她一套呼吸的口诀。暗香依依听过之后，突然想起了那日慕容逸和她被压在雪下，慕容逸教她的口诀，与未默教的竟是一个，便问："这是什么口诀？"

未默道："这是龟息功的入门口诀。学了她，你就可以长时间在空气稀薄的地方存活，甚至可以暂时不用鼻子呼吸，而用皮肤。"

这句话提醒了暗香依依，为何那日雪下，她竟然探不到慕容逸的鼻息。

"你就是靠这个口诀在土里钻行的？"暗香依依问道。

未默摇头道："这只是初学者所用的口诀，我的可就厉害了。"眼见未默即将滔滔不绝地自吹自擂上一大堆，暗香依依忙道，"你的意思是，让我跟着你从土里爬出去？"

"嗯。"未默不以为然地点了点头，看着眉头紧皱退意十足的暗香依依，想了想又说，"你跟着我爬也行，或者我用绳子拖你出去，你只要始终闭气就成。"

"我觉得……还是接受郑长老的安排吧。"暗香依依道。

未默一听这话，急忙从土里钻了出来，拖住即将离去的暗香依依的衣襟，幽怨地说道："依依，你就跟我出去吧，我保证，不到一天我就能带你出去。"

见暗香依依不为所动，又说："依依，说实话，你从来没在土里钻行过吧？我告诉你，其实挺好玩的，土里有很多千奇百怪的东西，你会看到一窝窝睡觉的可爱竹鼠，你还会看到各种姿态的根系盘根缠绕，还有还有啊，你想不想看蚁后啊，它的居所四通八达，可阔绰了。"

"这些东西，我都不想看……"她实在想不出老鼠有什么可爱的，树根和蚂蚁对她更提不起兴趣。

未默闻言开始苦思冥想，最后突然耷拉了脑袋，怅然道：“我其实只想和依依两个人……我知道你喜欢顾琴魔，等你见到了顾琴魔，他又要阻止我见你了。我又打不过他，只有被他欺负，恐怕以后我都没有机会和你两个人独处了，甚至见面也难。”

闻言，暗香依依也沉默了，她知道未默对自己很好，也知道未默想要什么，可她给不起，这点未默也清楚。她欠未默的太多，如果这是他想要的，吃些苦头又算什么。当下心中一软，暗香依依便道：“好吧，我怕我在土里爬不了那么久，可你用绳子拖着我，路途遥远，我身体也受不住，可还有其他办法？”

未默说：“不怕不怕，我砍些竹子做成竹排垫在你身下，相信我，我不会弄伤你的，我自有分寸。”

“那好吧。”暗香依依道。

未默闻言顿时欢呼雀跃起来。

人生有时候真的很难说，暗香依依年少时也曾幻想有个轻功高强的大侠带着自己腾空飞跃，可她真的做梦都没想过自己有一天会被一个人拖着从地下洞穴穿山越岭。未默的入地功夫，以前只是看着惊奇，而今亲身经历则变成了惊叹。

未默来时就已将路打通，原路返回自然不太费力，在土里，他犹如无骨之蛇，沿着既定路线滑动，行动极为迅捷。四周漆黑一片，暗香依依什么都看不到，但感觉却意外灵敏起来。她被未默绑在竹筏上，被他拖着一路滑动，竟然一点儿颠簸也无，四周的土壤也变成了柔软而湿润的抚摸，耳中能清楚地听到嘶嘶滑动声，自己好像变成了蛇，在阴暗潮湿中肆意穿行。这种感觉说不出的古怪，渐渐适应下来，暗香依依竟然觉得奇妙无比，慢慢地开始享受这种在土中穿行的感觉。

一路十分顺利，不到一天的时间，未默便带着她出了君临山脉。当看到天外的光明，暗香依依回望巍峨的君临山脉，犹自不敢相信，自己会这么快自里面出来。不止出来，连来时必经的白桦林也已经过了，她忽然想到，如果那个时候遇到的是未默，而非大哥，是不是结局便会不同？想到此她不禁目光一暗，这一个月来，江湖上并没有大哥身亡的消息，或许大哥没事，对，大哥一定没事！

回头看到未默身上的土簌簌而落，其中还夹杂着一些小石子，暗香依依突然想到一个问题，便问未默：“这几座山如果是石头山，你怎么办？”

“有啊，君临三宿是冰山，君临四宿就是石头山，我耗费了很大力气，才打通这两座山的，大概用去了一半的时间！”未默回道。

暗香依依闻言，已不知该再说什么。

未默道："依依，你觉得待在土里面怎么样，是不是也不错啊？要不是赶时间，我肯定带你去看一下好玩的事。"

暗香依依点了点头道："好像还不错。"

未默闻言欢喜起来，"我就知道，依依也会喜欢！依依是这世上最不同的女子！"

暗香依依被他夸得有些不好意思，便道："也没有啦，大概是第一次在土里穿行，觉得很奇妙。我们别磨蹭了，时间不早了，快点上路吧。"

为避免被人认出，上路前暗香依依和未默各自准备了一番。暗香依依换了男装，又故意画粗了眉毛，再将脸涂暗，仔细收起了标志身份的紫鞭。未默则到了附近，洗去一身泥土换上慕容逸的衣服，暗香依依又帮他梳好了发髻，二人准备妥当方才再次上路。

一路向东北方向前行，很快便到了一个名叫凤岭的大镇。镇上十分热闹，恰是赶集的日子。

二人走在大街上，秀色可餐的未默频频惹来路人注目，不光他的容貌，还有他走路的姿态，昂首挺胸，大步流星，一路上几乎是拖着暗香依依走的。如此引人注目的走路姿态，让有些跟不上他步伐的暗香依依不停地踉跄，也让一旁路过的姑娘们个个脸红心跳。

可变了模样的未默，却与平日不同起来。缩骨时，他遇到年轻女子总要调戏调戏，像个不正经的好色之徒，可如今满大街若有似无的含情目流连在他身上，他竟似看不见了，只扯着暗香依依的衣袖寻些街上的小玩意儿，就连孩童的拨浪鼓也要戏耍一番。

暗香依依将疑惑问出了口，没想到未默却道："如果我想要，什么美人我得不到。"见他啪啪地拍着腰间鼓鼓的荷包，暗香依依心中并不以为然，继而又听他叹息道，"可唯有懂你的红颜知己，是这世上最难寻找的。遇到一个能真心欣赏你的人，实在太难。依依，这世上目前为止我只遇到你一个，能够欣赏我最帅时的样子。"

他最帅的样子……他口中最帅的样子自然指的不是现在，而是缩骨后那副令人接受不能的灰头土脸的矬子样。暗香依依觉得，除了最后一句话，他说的都过得去。

和未默逛街，暗香依依觉得甚有心理负担。未默买东西是典型的熊瞎子掰苞米，掰一穗扔一穗，看到什么喜欢的东西他都买，把玩一会儿就扔了，若是仍在犄角旮旯也还好，可他偏偏是随地乱扔。不久，暗香依依看着身后跟着的越来越多的人，她觉得出门带着未默是个决定性错误。

此番出来，她恨不得所有人都无视自己，所以才让未默以正常人的相貌装扮，可哪里想到，未默这习性，无论正常装扮，还是非正常装扮，吸引人目光的能力永远都是第一。

她暗中劝未默别这样别那样，未默却反而笑着劝她说："怕什么，越是怕、越是落了痕迹，我们就应该越张扬越好，谁也想不到，我们根本不怕被发现，我们一直就在最显眼的地方。"话虽有些歪理，但暗香依依还是有些提心吊胆。眼见未默玩得不亦乐乎，她如何也劝解不住，索性就由着他，直到和他一同住进了妓院里。

当暗香依依发现这家妓院竟然不但有女伶还有男伶时，暗香依依终于明白走进妓院时未默扔着银子说那句："我俩住这一晚，不许任何人打扰。"老鸨那暧昧了解的眼神何来，原来是认定他二人到这里来偷情来了，男人和男人，搞基啊！

未默虽然剑走偏锋，但竟然一路安然无事。大概没有人会想到，九幽教左护法会和人当街搞断袖。别说别人不相信，暗香依依自己也不敢相信，自己就和未默这样一路明目张胆地断袖下去。

未默时不时会牵着她的手到处走，暗香依依起初也未在意这个小动作，直到路人频频侧目，这才让她反应过来，自己此刻是个男人，两个男人手牵手暧昧地走在大街上，那势必会惹来白眼和指指点点。

她不好意思地将手自未默手里扯出来，未默回头看她，发现了她的异状，不由分说又紧紧地拉住了她的手。她试图将手扯出，便听未默道："哎呀，我的小心肝，你看他们，多羡慕我俩啊！"回头向四周斜视他们的众人一招手，大声道，"你们这么喜欢看我们，要不咱们大家一起断袖吧！"一句话不只路人吐了散了疯了，暗香依依也险些喷了跑了。从此她再不敢惹未默了，他爱怎样就怎样吧！她彻底服了！

一路上，未默出手阔绰的几近让人误解他家有金山银矿供他肆意挥霍。俩人无论走到哪里，他都一定要住最好的，吃最好的，动不动抬手就拿银子砸人。看着一路卑躬屈膝讨好的各色脸孔，暗香依依心里说不出来是什么滋味。只觉得，顾不迷过得太清贫了，慕容逸相对好点儿，可也太萧索了，他们可都是一门之主啊，手底下管着成千上万的人，为啥出门待遇尚不及一个刨地的土拨鼠啊！

过了凤岭镇，没多久便到了长平郡，没想到刚入城便听到一阵鞭炮声，打听了才知道是当地春神在祭祀。

"什么是春神？"暗香依依问未默。

未默回答得简单扼要："就是一个装神弄鬼的骗子。"

暗香依依顿时汗颜。

未默说今日是立春的大日子，嚷着要去酒楼吃好吃的。

暗香依依从前从未觉得立春是个大日子，直到今日，未默高高兴兴地带她去了一个看着不错的酒楼，不由分说，扔下重金，点了一桌子食物。暗香依依这才知道，立春这天，要吃春盘，还要吃春饼、春卷，还要咬几口生萝卜，这才算咬了春，一年健康一年好。

二人吃饱后就要继续赶路，未默眼珠子一转，又说要去看春神。

暗香依依说："你不是说那是个装神弄鬼的骗子吗？"

未默说："骗子也有很多人看的，既然赶上了，咱们也去凑凑热闹。"不由分说地拉着她就往人群里钻。

这些日子未默的挥金如土惹来许多是非，因为不敢轻易显露自身武功，他们一会儿被人围堵抢钱，一会儿又追着小偷满街跑，一会儿又被美女骗钱色诱，还被卖身葬父装可怜的少女骗了些银子，又被神经不正常的尼姑跟踪了大半日……当他二人胡乱弄了一通，每次化险为夷靠在一起大笑时，暗香依依这才真正明白，什么是生活，什么是她想要的生活。

这样的生活，是顾不迷不可能给的，可她竟然也无怨无悔，为了他，甘愿放弃这样的生活。她忽然明白，这就是爱，为了心爱之人有所放弃，并为此而暗暗觉得幸福，这是种奇妙的感受，虽然对方并不知道你所付出的，可还是甘之如饴。

一想到顾不迷，她就恨不得插上一双翅膀飞向洛阳立刻到他的身边，可显然身后有条重重的尾巴，就算她真的插上了一双翅膀，也会将她扯下来让她走不了。眼见未默能拖一时是一时，能耗一刻是一刻，想到他是因为对自己有意才如此，将心比心，暗香依依心中也有些不忍催促起来。如此矛盾着，行程也一会儿快一会儿慢。

这日，午时刚过，二人吃过东西，正要继续上路，未默便道："依依，你还记得吗？半年前，我们就是在东南方向的村子里相遇的，你见面就是一拳，打得我啊——"他手握成拳陶醉地抱在胸口，继续道，"实在是太舒服了。"

暗香依依看着他陶醉的神情，忽然想到了凤凰谷，随之想到了大哥莫七落。在九幽教总教时，她就曾托萧仁帮忙打听莫七落的消息，因莫七落和汤斩的事情有直接关系，九幽教一直都很注意莫七落的行踪，也与红枫山庄关系越发紧张。但奇怪的是，莫七落既没有回红枫山庄，也没有其他消息，是生是死，都无人知晓。想到莫七落，暗香依依心中有悔更有愧，若非为了她，大哥也不会……不，大哥没死，一定没死，想到凤凰谷，她一把抓住未默的手，道："跟我去一个地方！"

见她改变线路折返东南方向，未默顿时开心起来，他巴不得她不去洛阳呢。

如此疾行，再回这个曾经因未默闹鬼的偏僻小山村时，所有人都已经认不出这个清秀少年就是曾经闹得全村鸡犬不宁的矬子，也自然没人认出来易了容的暗香依依。

小牛长高了一些，也更加黝黑了，此刻正帮他娘往圈里赶着白日里放养的山鸡。他又是第一个看到暗香依依和未默的人，略显腼腆地扯了扯他娘的衣袖，小声说："娘。"

见暗香依依站在门外向里凝望，刘嫂腼腆地问："这位小哥，可是口渴了想喝水吗？"

这时未默突然从远处跑了过来，边跑边喊道："依依，我见到小谷了，她竟然嫁人了。这才半年，她就把我……"刚说到这儿，就看到暗香依依神色黯然地走过，他忙追上去，问道，"依依，你怎么了？怎么突然难过了？"

见二人走远，小牛对刘嫂说："娘，你说，那个很漂亮很漂亮的姐姐还会不会来了？"

刘嫂摇了摇头说："娘也不知道。"

"娘，等我长大了，也要学武功。"小牛仰着微脏的小脸说。

"为啥要学武功？"刘嫂问道。

"可以帮爹干活，赚好多钱，孝顺娘！"小牛骄傲地说。

"小牛真乖。"看着孩子天真的笑容，刘嫂觉得自己很幸福。

生活并未偏袒任何人，绚烂人生的背后多有道不出的悲苦，可平凡人生虽有坎坷却也有自己的幸福。

暗香依依一直挂怀着莫七落的下落。她迫不及待地想去凤凰谷看上一眼，或许大哥会在那里，或许大哥还好好地活着……

未默和暗香依依一路急赶，终于在满天星斗时到了凤凰谷。

"远山近水，却是个好地方。"未默话音刚落，便见暗香依依自半山腰狂奔而下。他急忙跟在后面。

屋中有光，屋中有光！暗香依依的眼中只有山谷中那星星点点微弱的烛光。

许是奔得急了，头上戴着的帽子也被夜风掀去，扑面砸到后面紧跟着的未默脸上。未默刚拿下挡住视线的帽子，便见满天星空下，暗香依依长发飞扬，不由得心中一荡，他的依依真美。

暗香依依急切地推开了屋中有光的那扇门，不期然地看到了闻声望过来的陈峰。

未默随后出现在了她的身后，陈峰的目光微微一变，对她点头笑了笑。

与陈峰用蘸水写字的方式交流了一番，方知莫七落并没有回到这里。大哥不在这儿，大哥能去哪儿呢？她神不守舍地出了屋，走到水边，未默在旁边说了什么她全然没有听到，脑海里反复回想的都是莫七落望着她最后决绝的眼神和那把剑自他身体抽出的瞬间声响。她忽然想起一事，跑到了莫十七的墓前。不顾未默的阻止，拼命用双手刨着土，直到找到当初埋在这里的几样东西。

她还来不及向大哥承认自己所做的错事，她还没有归还大哥这些贴身之物，她还没告诉大哥，她不是那个暗香依依，不是他十七弟喜欢的那个暗香依依，她还没有求得他的原谅……她对不起大哥。

伤心流泪时，如果有个肩膀可以依靠，或许眼泪会流得更快更彻底，并连同伤心一起流走。未默的肩膀，她第一次依靠，比想象中要温暖坚实。

未默看着墓碑上的名字，心中暗道：这不是江湖传言被暗香依依杀害的红枫山庄弟子莫十七吗？暗香依依为什么在他的墓下埋东西，又哭得这么伤心？他一时想不清楚，见她如此伤心，也不敢深问。

夜色下，陈峰遥遥地望着二人，若有所思。

未默为她掖好了被角，方才悄悄地关上了门走了出去。未默警觉性很高，一回身，便看到远处立着一个黑影，待看清是陈峰，是暗香依依信任的陈大哥，知他是个哑巴，便只是微微点了点头，自行回屋睡下了。未默就睡在暗香依依的隔壁，只有一墙之隔，有什么动静他都能听到。陈峰没有妄动。

暗香依依如何能睡得着，未默走后，她便起了身，呆呆地看着桌案上快要燃尽的烛火。

想到了初来凤凰谷时，她时常睡不着，也是这样时常半夜里爬起来，点燃桌案上的烛火，每当蜡烛燃尽，她都能看到满室月光，还有……窗外莫七落的轮廓。月光将他的身影映在窗子，时而微微抬头，时而擦拭手中剑。

有时候，她会想，他也睡不着吗？他又为什么会睡不着？有时候，她会呆呆地盯着他的影子，一直看一直看，直到不知不觉中昏昏睡去。

烛光摇曳，她一直不太习惯没有电的黑夜，即便有烛火照亮，也不过是让原本看不到的东西变得模糊。最后一点微亮也熄灭了，四周顿时陷入一片黑暗，她遥遥望向窗口，而今那人的身影却已不在。

手中的令牌是当初自己从他身上拿的，是自己曾经羞辱过他的证据，可今夜握在手中除了酸涩还有温暖，这曾是他随身所带之物，熨烫过他的体温，一如当初他为自己温过的饼，让她一直念到今日。

她怔怔地望着令牌。

夜风拂过，窗外，陈峰静静地伫立在黑夜中，无声无息与夜色相融。

屋中亮着的微弱烛光与他的目光一起穿透半开的窗口，一个向外，一个向内。

不知站了多久，也不知望了多久，她每一个细微的动作，他都看得清楚。

或许是天意，或许冥冥之中早已注定，历经那么多磨难，她都平安无事，自己千方百计地想要抓她，都抓不到，没想到她却主动送上了门。

第六卷

真相大白

第三十一章 落入敌手

一大早，见那个哑巴陈峰在做早点，望着漫山遍野的野花，未默心情极好。跑遍了整个山野想着多采些野花做个花环送给他的依依。可等他回到屋舍前时，竟不见了暗香依依和陈峰的踪迹。起先也未多想，他喊了几声又在四周寻找了一番，尤其是莫十七的墓前，都没有看到暗香依依的身影。后来想着暗香依依可能去了哪儿，未默索性在原地等了一会儿。当日落西斜，依然不见暗香依依的踪迹时，他方才察觉到事情有些不对劲。仔细辨认了一下四周的蛛丝马迹，他发现离谷的只有一个男子脚印，显然不见了暗香依依的。如此只有两种可能，依依没有离开这里，或者被那个叫陈峰的哑巴打晕带走了。他自责地重重一跺脚，都怪自己疏忽大意，没有一回来就即刻查看这些踪迹。

“陈峰，陈峰，你究竟是谁？你以为带走了我家依依，我就没办法找到你了吗？”未默如离弦的箭一般疾速追出了山谷。未默在追踪循迹方面一向有他的过人之处，否则也不会无论暗香依依去哪里，都能被他准确无误地找到了。

醒来时，简陋的屋室让暗香依依误以为自己尚在梦中，稍微一动，全身酸麻，好像睡了很久肌肉都已经僵了。

一盏微弱的烛光挣扎地映出周遭的景象，她看了半天才反应过来自己竟身处密室，猛地跳了起来，可因为太过虚弱，险些跪在地上。哗啦啦的铁链声令她惊呆，自己的双手双脚竟被长长的铁链铐住，限制了活动范围。

渐渐地手脚有了知觉，她试图提气，发现内力只能提起几分，可也足够，看着面前铁链，摸向藏在衣中的紫鞭。去洛阳的路上，因怕紫鞭泄露了行藏，所以一直贴身藏着，紫鞭还在，看来她被掳来这里时，黑衣人未曾越界搜身。

当下真气灌入鞭中，一鞭挥出，一阵火花厉响，铁链却未断。这绝不是普通的铁！她不死心地又抽了数鞭，直到精疲力竭，身上的铁链却依旧完好如初。暗香依依只好一边让自己慌乱无措的心冷静下来，一边回想自己怎么会到了这样一个地方，记忆中她还在凤凰谷。

长久的寂静令人窒息，方才抽鞭之声极大却也无人问津，她不信附近没人，如此放声大喊了起来："有人吗？有人吗？"

没过多久，便有声音自上方传来。咔嚓数声，像是机关启动的声音，而后是一连串的脚步声，虽不大，却因声音悠长回荡而令人心生恐惧。她仔细藏好紫鞭，注视着声音来源，直到看清来人，是一个戴了面罩的黑衣人。

又是黑衣人！想起莫七落和慕容逸的话，这些黑衣人抓自己很可能是为了她的内功，一想到这里，她浑身都长起了刺，防备地盯着黑衣人。

黑衣人手中端着一物，走近了方才看清是饭菜。黑衣人将饭菜放到她堪堪可至的桌子上，转身要走，却听她喊道："等一下。"

黑衣人停下了脚步，却未回头。

"你们……"她一时千头万绪竟不知该从何问起，如此只问道，"你们究竟是什么人？"

黑衣人举步就走，显然没打算回答。

本也没抱什么希望，可她就是想不起来，自己怎么会被抓来这里。记忆中，自己和未默到了凤凰谷，因没见到莫七落心情低落，后来睡着了，再睁开眼就到了这里。究竟是对方武功太高，她没能察觉，还是中间出了什么岔子，她百思不得其解，不由得越想越乱，心起惶恐。黑衣人千方百计要抓自己，无疑是想得到她的内功，一想到得到她内功的途径，她就忍不住害怕。

担心饭菜被下了药，她一口也没动。待晚上黑衣人又来送饭，见饭菜并未动过，也不多言，只放下了新的，将冷的拿了出去。离去时，黑衣人的目光有意无意地扫过蜷缩在角落的她，眼中闪过一抹复杂。

密室不透一丝光，时间已经模糊，若按黑衣人每日两顿送饭次数来算，如今已过了两日。如此饿下去也不是办法，昏昏沉沉中，她又听到了脚步声，抬眸望去，看到了另一个蒙面人。

此人没穿黑衣，而是一身素色锦绣长袍，她心念一动，装出更加虚弱的模样，在角落里有气无力地看着锦衣人，暗中摸向藏在袖中的紫鞭。此刻虽然虚弱，但功力已然恢复，如果那人靠近，或可一搏，就算不敌，宁死也决不忍受糟蹋！她暗暗握住紫鞭，盯着锦衣人！

来者身材高大，虽蒙了面，但从眼角的细纹来看，似已有些年纪。

他立在不远处，幽暗的眸子凝视着暗香依依。暗香依依被他看得极不舒服，咬着牙冷冷道："我知道你想要什么，你敢过来我就自尽！"

那人目光一闪，似也心存顾忌，沉声道："桌上有纸笔，把你的内功心法落月迷香写出来，我就放你离开！"

见她不语，锦衣人道："只要你写出落月迷香的心法口诀，我自不会为难你，但如果你不写……我有的是办法让你生不如死！"他冷冷地看着她，暗香依依不寒而栗。

见他转身要走，她忙喊："等一下，有件事我想问你。"

锦衣人停住了脚步。

暗香依依道："莫七落是生是死？"

锦衣人冷哼一声，举步要走。

暗香依依大声道："只要你告诉我实情，我就写心法口诀！"

沉吟片刻，锦衣人简而有力地答道："生。"

"我怎么知道你有没有骗我！"

锦衣人停下脚步，幽幽地转过身来，抬手解下了脸上的面罩。

待看清他是谁，暗香依依如遭重击。

怎么会是他？！

锦衣人不是别人，正是红枫山庄庄主，当今的武林盟主莫见笙。

去年的武林大会上，暗香依依见过这位武林盟主，自然对莫见笙有印象，当下认出抓她来此的人竟然是莫见笙。一瞬间，很多疑问浮现在脑海，恍惚中有迹可循，可细想又零碎杂乱让她懵懂。

她杀了莫十七。

莫七落对莫十七的死因始终有所隐瞒。

莫七落背叛红枫山庄带她隐居凤凰谷。

凤凰谷中她武功一日日恢复，直到今日重返凤凰谷被抓。

这一桩桩一件件串联起来，瞬间好像有什么东西明白了，可好像又有更多的东西让她迷惑。如果黑衣人幕后头目是莫见笙，那么莫七落必定没死。那是他唯一的儿子，就算莫七落与他不是一丘之貉，莫见笙也不会轻易杀他！莫七落在整个事件中究竟扮演了怎样的角色？是真的在帮她还是在骗她？这一刻，暗香依依心里天人交战，想相信莫七落却又忍不住去怀疑。虽然知道莫七落没有死，可她已经不知该高兴还是该愤怒，或许还有几分失望和不期然的感伤。

莫见笙似看穿了一切，忽然哈哈大笑起来，好似在笑她的震惊和难以置信，笑她分辨不出真与假的蠢笨。

刺耳的笑声回荡在密室，震得她耳中嗡嗡作响，直到他突兀地停住，突然又不笑了。

她幽幽地抬起目光，看向他的背影，听他阴沉地道："明日之内交出落月迷香！"言罢举步而去。

她没那么天真，当真以为交出内功心法莫见笙就会放了她。莫见笙一旦拥有落月迷香，到时候即便她抵死不从，莫见笙也不再怕她自杀。她自杀？……忽然想到所有人都说，暗香依依曾自断经脉，自杀而亡。

瞬间想起了很多事情，莫七落曾说，莫十七并非暗香依依所杀，而是他人所为，这个"他人"指的是谁？当时也曾问过，而莫七落的回答是不知道，现下回想，莫七落是真的不知道，还是明明知道而不想说？

莫七落带她走时，决意脱离红枫山庄，以前还以为是因与自己这个魔教妖女称兄道妹而有家不能回，现在想来疑点甚多。就算她是莫十七的心上人，可她毕竟是魔教妖女，莫七落为她毅然背叛家门，毫不留恋，着实有些过了。

他离开红枫山庄，应该是另有原因。

或许……

他口中那个害死莫十七的"他人"就是他的父亲——莫见笙！所以他决意脱离红枫山庄，带着她隐居避世，又因他知道自己父亲要的是什么，所以才三番四次说要以性命守护她，又百般劝阻她不要再入江湖。

越想越有这种可能，不禁心中凛然。

如果害死莫十七的人就是莫见笙，那当时暗香依依自断经脉，就不一定是为了追随什么心上人，而是怕被莫见笙夺去功力怕受他凌辱而不得已选择了自杀，就和自己现下的处境一样，走投无路又不堪受辱，除了死，没有选择。

如果一切猜测都是对的，那么莫七落早就知道有人要抓她，更知道要抓她的人是谁。

那他先前对自己的千般好，是出于真心？还是因为自己的父亲杀害了自己的兄弟良心备受煎熬而起的赎罪心理？还是……根本就是彻头彻尾的欺骗！对了，还有那个一直没有机会问清缘由的"武林追杀令"！这一切的一切，究竟是怎么回事？她越想心里越乱，分辨不清哪些是真哪些是假，混乱中，一幕突然出现在脑海：白桦林，黑衣人的利剑自莫七落腹中抽出，莫七落身负重伤依旧拼命为她挡住黑衣人让她快走。

那一幕即便只是回想也让她心绪难宁，思绪短暂的停顿之后，豁然想通了一件事，忍不住激动地站起身来，在密室中来回行走，哗啦啦的铁链声竟也不再觉得刺耳。

她真是傻，大哥如果有心害她，大可将她直接交给他爹，又怎会护她半载又舍命送她入君临山脉？！如此一想，先前因种种怀疑而起的悲伤、愤怒和不甘通通变成了释怀。或许大哥有所隐瞒，可将心比心，那件事落在谁身上都一样难以启齿，譬如她自己，练反了落月迷香成了一门邪功，一辈子也说不出口，就连顾不迷也无法坦言。无论大哥出于何种心态对她好，眼见他舍命护着自己，她也没法再怪他。

可为什么她会在凤凰谷被人神不知鬼不觉地抓来这里？她不相信以她和未默的功夫，会这么蠢连外人进入凤凰谷都没有察觉。而且凤凰谷除了她和未默，还有耳目向来灵敏的陈大哥，陈大哥……陈峰……

也不知过了多久，黑衣人又来给她送饭。黑衣人无声地将新的放在原处换下了冷的，见她缩在墙角埋头入膝，静静地看了一会儿，正欲离去时突然见她抬起头来看向自己。

黑衣人猝不及防，目光躲得太快反而略显狼狈，正要离去，便听她道："陈大哥，是你吗？"

黑衣人脚步一顿，正要离开，便听她声嘶力竭地喊道："陈大哥，为什么是你？我把你当做亲哥哥看啊！你为什么要这么对我？"

黑衣人已然大步离去。

黑衣人就是陈峰，无论身形还是眼神，都那么相似。她早先并未注意，如今试探之下，已然可以确定。这一刻终于明白自己为何会被抓来这里，原来出卖她的不是莫七落，而是陈峰，是大哥最信任的兄弟！是那个孤苦无依不会说话最不应该是坏人的陈峰！为什么会是他？暗香依依不想相信，却又不得不信。

事已至此，怨恨和怪罪都已无用，莫见笙处心积虑地抓自己来，无非是想夺了她一身内功称霸武林，就算她发毒誓告诉他自己内功练反了，他也决计不会相信。她忽然想到一个问题，莫见笙要她一身功力还不够吗？为何还要威逼利诱她写出落月迷香？还说只要她交出落月迷香就会放了她，虽然不相信他会放过自己，可难免又心存希望，细想这落月迷香只能女子修习，男子根本无法练，他要了有什么用？不对，谁说男子不能练？她忽然想起落月迷香的来历。落月迷香源自武林一门失传的邪功，名为无敌媚功，无论男女，练了之后都可通过男欢女爱吸取对方功力。莫非莫见笙是想从中参悟出无敌媚功，从此吸尽天下女子功力？如此一想，下巴顿时掉在地上。

如此荒谬的想法，也就暗香依依能想得出来。

莫见笙之所以要落月迷香，无非是贪心不足蛇吞象。暗香依依非死不可，一旦夺走她的内功她便再无利用价值，可若暗香依依死了，落月迷香也就此消失，一甲子的功力虽足矣让他称霸武林，可他并不满足。如果有了落月迷香，他可以找数人同时练习，到时候，无穷尽的功力让他取之不竭用之不尽，那会是怎样一番情景？只要一想到这点，他便血脉贲张。先前他曾暗中去九幽教总教偷取落月迷香，却发现盒子里已经空了，如今只有暗香依依知道落月迷香的内容，便想先利诱她写出来，再夺她功力也不迟。

方才可笑的想法瞬间被暗香依依否定，惨然一笑。莫见笙明日就要来取落月迷香，其实她写与不写，写的是真的还是假的，莫见笙都不会放过她，明日便是她的死期。

人固有一死，只希望这一次可以经过奈何桥喝下忘川水忘了这三生所经历的一切。

她再也不想穿越了。

目光瞥向密室中央那一桌一椅，她看到桌上并没有任何纸张，只有一个巴掌大的空白小册子，这让她想到了一个电影情节，心念一动。莫见笙，算你有眼福，我这就给你看看我们那个年代最震撼最广为人知却没人稀罕练的至高武功心法。

她来到桌边，细细研好了磨，润了润毛笔，提笔在封面上一笔一画地认真写道：绝世武功。她想了想又在下面附上一排小字：有缘者得之。

翻开第一页，认真写道：欲练此功，必先自宫。

第二页：就算自宫，未必成功。

第三页：若不自宫，也能成功。

第四页：既然如此，何必自宫！

写完这些，她想笑，却笑不出。她知道莫见笙不会像电影情节中演的那样蠢，真的照着秘笈去做，她也知道如此做法会激怒莫见笙，加速自己的死亡，可她早已不在乎了。因为，明日就是她的死期。

望着桌案上微弱的烛光，她怔怔地发起了呆。

她不自觉地反复摸着袖中紫鞭想着爱琴如命的顾不迷，如果他知道自己被人抓走，会不会不顾一切前来救她？

如果她死了，他会不会悲伤？

想象着他为自己的死而悲伤难抑，她就开心得想笑，她明明在笑，可眼泪却已夺眶而出。

恍惚中，她又想到了慕容逸和未默。

慕容逸……曾经被他欺骗过，亦曾被他感动过，他是知道自己秘密最多的蓝颜知己，却不是那个能让她全心全意可以信任依靠的良人。

未默，或许不能确定这世上谁会真的在乎她的生死，但若她真的死了，未默却是必定会为她伤心的那个人。

寂静悠长，她想了很多人很多事，不知熬了多长时间，莫见笙又一次出现在她眼前。他瞄了一眼桌案上的小册子，随手拿了起来，翻开一看起先色变，而后再看，顿时气怒非常。就在这时，忽听身后有厉风袭来，他微一侧身，手腕翻转，竟轻易化解了暗香依依的鞭势。随后掷出一物打在墙壁之上，暗香依依身上所缚铁链瞬间抽动，一股巨大的力量硬生生将暗香依依以大字形抽拉固定在了一侧墙壁上，莫见笙眨眼间近得身来，与她四目相对。

她惊恐地瞪大眼睛，心中已存了必死的念头，首先想到了咬舌自尽，可尚未来得及，嘴巴便被一物所堵，别说咬舌自尽，便是连话也已不能说出。

突如其来的受制让她慌乱无措，莫见笙显然知道这一点。他并不急于掠夺，而是顺着她的脸一直抚摸到她的手臂，而后一直往下，似欣赏品味她的害怕，目不转睛地注视着她脸上微妙的神情。而后忽听轻轻的咔嚓一声，暗香依依的左手小指骨被他生生拧断。她痛不欲生却哭喊不出来，莫见笙却不放手。从左到右一个手指一个手指地拧了下去。

咔嚓，咔嚓……直到将她左手手指全部拧断，方才问道："你写是不写！"

她已疼得眼前发黑。

却在这时，平日为她送饭的黑衣人突然出现在了密室，莫见笙不悦地回头看向黑衣人。黑衣人只比画了几个手势，莫见笙蹙紧了眉，放开暗香依依转身向外走去。跟随在后的黑衣人无声地回头看了一眼暗香依依，眸中闪过一抹痛苦。

暗香依依猜对了，他就是陈峰。

密室在地下三层，往上还有两层机关，更有重重守卫把守。

莫见笙道："你留下来看好她，我处理了那件事即刻回来。"

陈峰又比画了几个手势。

莫见笙有些不耐烦，道："知道了。"

陈峰这才停下脚步。

莫见笙自密室里出来，七拐八拐便到了宽阔之地，放眼望去远山近邻皆是红叶，此地不是别处，赫然就是红枫山庄主庄。

红枫山庄已有数百年历史，因此地树叶与别处不同，以红色居多而得红枫山庄之名。

红枫山庄最美的时候是春、秋两季，春天万物初生，树叶刚长出嫩芽，红绿交替，十分好看。秋天正是落叶的季节，火红的树叶铺满山庄，秋风吹过，恍若仙境。

与九幽教不同，红枫山庄不乏女弟子，如此便也多了几分阴柔妖娆。其内建筑多为亭台楼阁，兼有小桥流水，有种江南园林般的清幽雅致。可这样的建筑其中也暗藏玄机，只见游廊如曲，弯弯绕绕，若不懂五行八卦，很容易迷路。

莫见笙原本一路向庄外走，似突然想到了什么，脚步一转，朝另一个方向走去。

数日前，慕容逸虽然先行离开了九幽教，可他一直派人暗中注意着九幽教外围的动静，尤其是暗香依依的消息。

暗香依依离开九幽教时，由于未默的一时兴起，带着暗香依依刨出去太远。九幽教外围各路探子都未察觉，慕容逸自然也不知道。

说来也巧，慕容逸自收到顾不迷抓了姑姑的消息后，只身赶往洛阳，因伤势尚未痊愈，只得坐马车，如此便行得较慢。

数日下来，眼看过了荆州就到了洛阳，到荆州时正赶上“立春”，荆州城内十分热闹。

立春当日太阳和风都有些大，慕容逸与何云端、丁秀秀三人正在酒楼二楼歇脚，坐在窗口的慕容逸无意中向下一瞥，恰看到未默和一男子穿街而过。

未默恢复了本来样貌，长相十分出色，但真正识得他真容的人却少之又少，偏巧慕容逸识得。

见是未默，他自然多看了几眼，待目光扫过未默身边男子时，暗暗起了疑。他本就擅长易容之术，又对暗香依依特别熟悉，细瞧之下自然看出端倪，不由得心中一惊，立刻派了何云端尾随而去。

何云端一路尾随，直跟到了凤凰山村便失去了暗香依依和未默的行藏。

慕容逸原以为暗香依依和未默也是要去洛阳，便一路跟随未做惊扰，可没想到，中途暗香依依突然转向消失在了凤凰山村。

慕容逸一路急赶也到了凤凰山村。

向村里人打听未默二人的行踪，还是一个叫小牛的孩子说看到了这两个人，但问起二人去向，也只说了个大概。

村里老少上下不过三十余人，村里向来少有外人来，更难见这么丰神俊逸天人一般的公子。淳朴的山里人都像看热闹一样，出了家门围聚上来。

众人只见此白衣公子实是好看，许多孩童更调皮地围了上去，嬉闹着用脏兮兮的小手去触碰他，愣是将他的白衣摸脏了。何云端、丁秀秀想要赶走这些孩子，却被慕容逸制止，众人见他好相处都有了几分亲近之意。

不一会儿，村长也来了，将三人一同请进了自家小院。

院中，村民拿来自家种的山芋、花生等物款待慕容逸。慕容逸也让丁秀秀将车里的瓜果、糕点拿来与众人分享。没想到村里人眼见食物精致也不客气，大人小孩一哄而上将其抢了个精光。慕容逸见怪不怪，温和地与村里的男女老少聊起了天。

村里人七嘴八舌地讲了许多，慕容逸问这里为何叫凤凰山村，有何由来？村长说，传说这附近有个仙境一般的凤凰谷，此村为出入凤凰谷的必经之路，故此得名。

慕容逸问这凤凰谷真的存在吗？

村长说，从没人去过，原也只是老一辈人的传说。

可小牛却很坚持，说有凤凰谷，莫叔叔和香姐姐就是凤凰谷里出来的神仙。

慕容逸闻言一笑，波澜不惊地问小牛："他们常来吗？"

小牛摇了摇头说："已经有很长时间没来了。"昨日暗香依依经过时易了容装，小牛不知是她，自然以为她很久没来了。

"大概有多久呢？"慕容逸又问。

小牛太小，对时间没什么概念，茫然地摇了摇头。

村长笑道："慕容公子与莫大侠相识？"

慕容逸点头道："我与他们不止相识，还是朋友，不知他们上次来此是什么时候的事？"

村长尚未回答，一旁有个姑娘抢白道："大半年了，那时候村里有个矬子作怪，还被莫大侠收了去。"

矬子？慕容逸闻言立刻想到了未默。慕容逸朝那姑娘笑了笑，那姑娘立刻脸红得像番茄一样。慕容逸又问："什么矬子作怪？"

一提起这事，村民又讲了许多，虽是你一句我一句，但慕容逸还是从众人断断续续的言辞中将当初莫七落、暗香依依如何抓住未默的事知晓了个大概。慕容逸算算时日，豁然明白，莫七落当初带走了暗香依依很可能就是避世到了凤凰谷。如此推断，暗香依依去凤凰谷很可能是为了莫七落。

莫七落为送暗香依依入君临山脉深陷险境至今生死不明，暗香依依生性优柔，一直难以释怀，如今途经此地，去凤凰谷一探究竟也在情理之中。当时的情形他虽未曾亲眼看到，但之后黑衣人的连番追杀，无不证明莫七落生还的可能性极低，恐怕只有暗香依依不愿面对和承认，还心存侥幸抱着一线希望。虽有些放心不下，可既然这里是必经之路，那么不如以逸待劳在此等候他们。

想起暗香依依对谁都上心，唯独对自己……慕容逸不禁有些意兴阑珊，却在这时，忽听一村民道："对了，当时还有个叫陈峰的少侠也在谷中。"

“是了是了，那人是个哑巴，不会说话的。”一人接口道。

闻言，慕容逸顿时脸色大变。

眼见天色已暗，村民各自归家，村长挪了一间空房给他休息，可他哪里还睡得着，想去寻找传说中的凤凰谷，又怕不过是子虚乌有的传说，反而与暗香依依错过。如此派了何云端守在村口，直到清晨朝霞升起，何云端匆匆来报，说看到了一个黑影背着一个人越村而过，轻功高超，绝非等闲人物。

慕容逸当机立断，来不及与村长道别，丢下一锭银子，带着何云端、丁秀秀匆忙追着黑影而去。

如此循着踪迹一直追到了红枫山庄外围，再不敢贸然而进。

远远地望见陈峰背着暗香依依顺利通过了红枫山庄守备森严的入口，进入了红枫山庄。

来不及了，眼看着陈峰的身影消失在内，慕容逸只觉得太阳穴突突直跳，急怒之下，又因昼夜奔波，牵动尚未痊愈的伤处，眼前一黑险些站立不稳。他强行镇定心神，犹自不敢相信，竟然是红枫山庄。

暗香依依、莫十七、莫七落、陈峰、莫见笙、爹爹还有姑姑，瞬间，很多事情串联起来，他终于明白是谁要夺暗香依依的功力，又是谁逼死了父亲，父亲又为何宁死也不说是谁下的蛊毒，甚至还叮嘱他不要报仇。原来如此，原来如此……

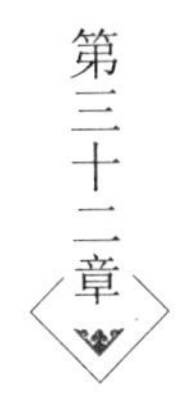

第三十二章

巫蛊之术

一年前。

暗香依依服下忘忧，与莫十七同殁于久环山，其中隐情没几人知晓，慕容逸也未曾亲眼看见，过程和结论大多得知于江湖。这事说来也怪，原本叶落宫与九幽教虽说不上亲近，却也无甚冲突来往，可在久环山之事后，慕容逸突然收到父亲的亲笔书信，让他接近暗香依依并暗中带她到姑姑慕容轻晓所居的齐凤庄。

姑姑与爹爹虽是至亲，却少有往来，但他知道，爹爹一直觉得亏欠了姑姑，对姑姑心存愧疚，一直百般亲近，可姑姑始终冷漠相对。如今姑姑难得有求于叶落宫，为了爹爹，他自然愿意帮这个忙。

因少时曾被暗香依依欺辱过，他一直十分讨厌暗香依依，自不愿与她多有牵扯，可为了爹爹和姑姑，他仍动身去找暗香依依。

为方便行事，他改装易容，用另一个鲜为人知的身份——傅月，顺利接近了暗香依依。

江湖传言暗香依依没了记忆，他只信三分，见到她时，故意报上自己本名慕容逸加以试探，见她对自己的易容术一丝惊讶也无，便将那三分提到了六分。

因暗香依依身份特殊，武林中人多识得她，未免路上麻烦便将暗香依依易容成陌生女子，一路向姑姑所居之地行去。

事情出乎意料的顺利，许是惫懒了，他没有将自己找到暗香依依的事飞鸽传书给爹爹。那时候除了他之外没人知道他带在身边女子就是暗香依依。

几日相处，他发现此暗香依依与从前识得的暗香依依颇为不同。言行举止诙谐可爱，一时间竟不排斥和她在一起了，日子一久，他竟也品出些兴味来。

在去齐凤庄的路上，何云端与丁秀秀赶来给他送武林大会的请帖。何云端和丁秀秀是他的心腹，叶落宫中除了爹爹就只有他二人知道他的双重身份，也只有他俩知道他的行踪并在此等候。不过，他们当时并不知道自己身边的女子就是暗香依依。

爹爹让他赶往武林大会，无疑有双重含义。自他回叶落宫后，爹爹就成半隐居状态，每年的武林大会也都是他代父参加，今年自也不会例外。爹爹尚不知他已找到暗香依依，当下飞鸽传书，无疑是想让他借武林大会群豪聚集之机打探暗香依依的消息。既然暗香依依如今行踪成谜，他索性一直隐瞒下去，直到安然将她送到姑姑处方罢。他心中正有计量，便见一旁的暗香依依双眼冒光地喊着要去武林大会。

若将暗香依依先送到姑姑那里再去参加武林大会，一去一返时间消耗过久势必会错过武林大会的行程。如今她对自己言听计从，甚好哄骗，他想到从前的暗香依依是何等的趾高气扬，便打算先带她去参加武林大会，借机戏耍她一番，再赶往姑姑那里也不迟。如此一想，慕容逸便答应带她去武林大会，转而去了襄阳。

参加武林大会须以叶落宫少主的身份，他只得换回本来面貌，再与叶落宫白长老等人会合。一直清楚自己相貌出众，换回真容后，第一个念头便是想让暗香依依瞧瞧，意料之中将她惊得目瞪口呆，有趣之余，还有一种说不出的情绪。

武林大会果然不负他所望，暗香依依出尽洋相笑料百出，慕容逸想到从前的暗香依依人前趾高气扬人后亦不可一世，而今落得做他小妾，还洋相百出，心中不免暗笑，也出了早年被辱的恶气。

可这也正说明了她是真的没了记忆，只是除了没记忆，他又对她时而出现的奇怪言行起了疑惑。另有一件事也让他百思不得其解。他不止一次探过暗香依依的脉息，她曾自断经脉，也就是说，她自杀过，只是没死成。不仅止如此，让他备感疑惑的是，在没有任何药物治疗的情况下，她断掉的经脉竟慢慢自我修复起来。他左思右想只有一个答案，就是她所练内功有很强的自我修复作用。暗香依依所练内功他也知道，名叫落月迷香，此内功并非什么绝世武功，一来只有女子能修习，二来一旦受到外力还会走火入魔，隐忧甚大，故多年来无人修习。没想到，这个内功竟然还有这样的优点，难怪会成为九幽教的圣物一直被封存。当时，他还不知道落月迷香的真正秘密。

这一年的武林大会，因身边多了她而变得十分欢快，岂料，也是在这次武林大会上，他不小心弄丢了她。

这一丢便是半年之久。

这半年来，他耗费了不少心力寻找暗香依依。

从她被莫七落带走没了消息，大概又过了三四个月，父亲突然召他回叶落宫。父亲要闭关练功，入关前对他说了一番奇怪的话。

那一番对话他一直记忆犹新。当时虽起了疑，他却没想到父亲所谓的闭关竟然是等死。

当时父亲嘱咐他如果找到暗香依依，一定要保护她的安全，并神不知鬼不觉地将她送回九幽教。

早先还要送到姑姑那里，为何又变卦了？父亲的反复让他心生疑惑，问起为何姑姑要见暗香依依，爹爹却未直接回答，只说起了一段陈年往事。

少年时，爹爹和姑姑容貌出色，尤其姑姑姿色无双，见者无不心生爱慕，追求者甚多，其中便有红枫山庄弟子莫见笙。

当时的莫见笙还只是红枫山庄的一名入室弟子，但此人少年英雄，又容貌出众，深得红枫山庄庄主喜爱，武林中也多有女子倾慕于他。可他却心仪姑姑。当时叶落宫日渐强大，红枫山庄也乐得与叶落宫结亲，于是便由彼时的红枫山庄庄主与爹爹一起做主定下了这门亲事，定于年后便来迎娶姑姑入庄。

可谁也没想到，姑姑待嫁闺中时偶然救下一位身负重伤的少年，少年伤好后却恩将仇报将姑姑劫走，掳为禁脔。那少年来自西南一个偏远山村，擅使巫蛊之术，原本并无野心，所做不过是因爱生魔。可他的所作所为同时得罪了两大帮派，在红枫山庄和叶落宫的步步紧逼下，少年心性渐变，开始以巫蛊之术操纵他人。

一旦中了蛊毒，无论武功高低，都必须定期服用少年所配制的解药方可活命，否则将会受尽折磨而死。起初，中了蛊毒者被逼做了违心之事不敢宣扬，没人知道蛊毒之事。直到几大帮派内部主要人物都被少年控制，设计挑拨之下，帮派之间互相残杀，一时间武林腥风血雨人人自危。少年急于求成以致事情败露被人揭发出来，急迫间要带着姑姑逃回家乡，反被挣扎反抗的姑姑失手错杀，这场蛊毒风波方才渐渐平息。如今过了二十多年，提起蛊毒，武林中人依旧闻名色变。

少年死后，姑姑重回叶落宫，可姑姑却已怀了那人的孩子。姑姑虽是被抢去的，可那少年对姑姑一片真心，姑姑虽恨那人坏了自己名节，从此无法嫁给心上人，可终究心软想保住自己的孩子，所以一直瞒着爹爹，直到肚子大得瞒不住了。爹爹狠心给姑姑灌下了打胎药，令姑姑流掉了孩子。爹爹当时没想那么多，只想着那人的孽种决不能生下来，可没想到姑姑当时怀胎已有五个多月，硬生生流掉孩子伤了身体自此不能生育。爹爹愧疚不已，可眼见错已铸成无法挽回，只希望求得姑姑原谅。刚巧这时仇人来犯，即将分娩的娘亲受了伤，以致早产生下体弱多病的自己，娘亲伤心之余，也认为那是因果报应。

爹爹为此愧疚了一辈子，想要求得姑姑原谅，可姑姑自此避世，发誓与爹爹永不相见。

二十多年过去了，直到四个月前，爹爹突然收到了姑姑的来信，高兴之余，连问都没问便派他去寻找暗香依依。

这段陈年往事，他原本只知道一部分，如今听爹爹细细讲来，也觉无限感慨。正疑惑不解爹爹为何突然提及往事，便听爹爹说，他怀疑蛊毒重现江湖。

问爹爹为何有此怀疑，爹爹摇头说只是猜测，并嘱咐他在起居饮食方面务必小心，平日里所食之物，无论是在家里还是在外面都要仔细检查是否有毒。

当时他还不知道爹爹已身中蛊毒。

爹爹的叮嘱他自然应下，可心中仍存疑惑，便问爹爹，为什么要让他保护暗香依依还要暗中将她送回九幽教？

爹爹说，他怀疑暗香依依身上有一样重要的东西，不只姑姑想要得到，还有其他势力想要得到。虽不知具体是什么，但应该很重要，并且此事和蛊毒重现江湖也有关。在未查明真相以前，爹爹让他暗中调查不可轻举妄动。

爹爹吩咐的事情，他自然一一应下。

没过几天，突然收到姜言传来的消息，说莫七落与暗香依依出现在了云堡镇一带，他毫不迟疑动身赶往了云堡镇。

自从莫七落带走了暗香依依，他一直留心二人去向，甚至托百事通姜言帮他寻找，可这二人却似凭空消失一般再无踪迹可寻。而今突然有了他们的消息，不知为何，慕容逸心中隐隐有些躁动。

他在云堡镇候了两日，终于见到了她，同样是在那天，他见到未默。

回头与姜言说起未默，姜言亦对此人十分感兴趣。

他与姜言脾气相投自幼便是朋友，自武林大会一别已有半年未见。云堡镇重聚二人把酒言欢彻夜长谈，说起苏璇莹和莫七彩都来了云堡镇，姜言便笑话他与顾不迷艳福不浅。

苏璇莹喜欢自己早已不是什么秘密，她与姜言一样，少时便是自己的朋友。

这么多年，她对自己的感情虽从未坦言，可彼此心里都清楚，也曾想过，如果有一天自己打算成家苏璇莹或许会是他的首选，如此做法无关情爱，只因她是那个最合适的人，仅此而已。

若说他艳福不浅倒也有那么几分，可顾不迷……莫七彩喜欢顾不迷也不是一年两年了，但这事说起来也没人相信，只因顾不迷每次遇到莫七彩的情形只有一种——那就是剑拔弩张。一个恨不得哭死，一个恨不得立刻让对方消失，每次如此，次次不变，一般人见到这种情形，很难联想到二人之间有暧昧。慕容逸想到此处，不由得笑道："艳福不浅四个字顾不迷受之有愧。"

姜言亦笑道："也是，白瞎了武林第一美人的倾慕之情。"

"你这话听着有些酸。"慕容逸调侃道。

姜言笑道："美人就是美人，就算性格不讨喜，单凭姿容也让我等心生怜惜，怎么能动不动就杀呀杀的，顾不迷当真不解风情。"

慕容逸点了点头又摇了摇头，姜言问他为何摇头？

慕容逸道："暗香依依也算美人，怎未见你心生怜惜？"

姜言与他一样讨厌暗香依依，以前提起这个名字姜言都会忍不住皱眉，而今却笑道："我已经知道你那好脾气的假小妾就是暗香依依。我一直奇怪，人失去记忆以后性情怎么会落差那么大？说实话，我觉得如今的暗香依依很可能是假的。"

慕容逸没有辩驳，姜言的不解何曾不是他的疑惑。他不禁又一次想起今日所见，半年未见，她似乎又变了一些，与记忆中的那个暗香依依，差别已经越来越大……

姜言见他神游他处，笑问道："想谁呢？那么入神。"

他莞尔一笑，把玩着手中杯盏，戏谑笑道："在想一个挂记了半年之久的女子。"

姜言何等聪明，立刻反应过来，笑道："你是说暗香依依？"

他笑而不语，姜言眼带醉意，调侃道："你不会喜欢上她了吧？"

怎么可能？不用回答，姜言自然也不相信他会喜欢暗香依依。

可谁又能料到，当初一句戏言，后来却成了真。

第二日，他悄悄来到襄阳王别院，眼见顾不迷遇到了莫七彩，刹那间天雷勾动地火，一个又哭了，一个又怒了，再加上莫七落。正如他与姜言先前所料，三言两语便打了起来。

几人在外间斗得正酣，他却在暗中注意着暗香依依的一举一动。

她的挣扎，她的茫然，她的退却，她的犹疑，他一一看在眼里，直到觉得是时候出现在她眼前。

拥她入怀时，慕容逸忽然有种错觉，好似丢失了很久的宝贝终于失而复得。

尤其她扑到自己背上的那一刻，慕容逸心里起了微妙的变化，未曾预料到的陌生情绪险些将他左右。他一方面照计划留了痕迹让顾不迷追来，一方面又跑得很快，竟有些不想将她交给顾不迷，只想着这样一路走下去，直到背着她进入属于自己的领地，怎奈顾不迷还是追来了。

他自然不会和顾不迷硬碰硬，便按原定计划放弃了暗香依依，让顾不迷将她带走。

一切都很顺利，只除了陈峰这个意外。

当看到陈峰废了汤斩掳走莫七落时，他震惊之余更有些后怕，如果不是与姜言事先计划好让顾不迷先一步追来，换作莫七落追上自己，汤斩的下场很可能就会换成他。

汤斩被废、莫七落被抓，重新审视先前种种，慕容逸心中隐隐升起一丝不安。他心知顾不迷会带暗香依依去距离较近的祁阳山分舵，索性直接赶到祁阳山等候。

在山脚下偶遇到了未默，听他嘴里不停念叨着暗香依依的名字，慕容逸索性诱得未默上祁阳山抓了个厨房小厮下来，他再易容成小厮模样，混进了祁阳山。

祁阳山守备森严，若不是自己机灵变通，很难有机会入二层殿见到暗香依依。在祁阳山分舵，他使了些小计，向副舵主讨来每日给暗香依依送饭的活计，如此便每日都有机会接近暗香依依了。慕容逸一直细心留意着暗香依依和顾不迷的举动，终于在一次午后，得知了暗香依依内功心法落月迷香的秘密。

他在祁阳山的这段时日，爹爹一直闭关忍受着蛊毒之苦，直到再也无法隐瞒，叶落宫才飞鸽传书与他，让他火速赶回叶落宫。

爹爹不愿受人摆布，几次忤逆下蛊之人，没有得到压制毒性的解药。他回去的时候，爹爹已被蛊毒折磨得不成模样。他一向自负医术，当即施针用药为爹爹保住性命，可心知这并非长久之计。接连几日没睡，也未能参悟解毒之法，他相信世间任何毒药都有解救之法，只是爹爹时日无多，已没有足够的时间等他破解此毒。思来想去，当下唯有得到抑制毒性的药丸先保住爹爹性命再说。

他求爹爹不要放弃，那人要做什么，他都会代爹爹去做，只要拖得一时半刻，给他些时间配出解药。爹爹却不愿他被人利用，并没有同意。

爹爹固执己见，一心等死，可他每次见爹爹蛊毒发作痛不欲生，就越发心急如焚，心想哪怕下蛊之人让他去杀皇帝，他也会毫不犹豫地去做。正好这时来了一个黑衣蒙面人，说是门主派他来给爹爹最后一次机会，黑衣人口中的门主想必就是下蛊之人，他毫不犹豫地答应了下来。

黑衣人给了他半颗解药，允诺只要他在七日之内杀了顾不迷，另外半颗解药便会即刻送到。

连日跟踪下来，他发现顾不迷几乎和暗香依依形影不离，二人就连住客栈上天都会安排在一间房。也难怪那个门主会将顾不迷当做眼中钉肉中刺，欲除之而后快。

想要杀顾不迷谈何容易，尤其时间有限。他思前想后，以顾不迷的聪明才智和所练琴功，人多不过是送死，暗杀更是无济于事，下毒使阴招徒惹笑话，硬碰硬最后也只会两败俱伤。这世上真正能将顾不迷打败的，或许有十余人，但若说有能力杀死顾不迷的，不出三人，而他绝非其中之一。正无计可施，他却意外得到了一个消息，莫七彩离开了红枫山庄。

莫七彩，顾不迷……他心念一动，计上心来。

他本不甘愿受人摆布，就算不得已为人办事，也不想轻易如对方所愿。自从得知落月迷香的秘密，他不是没想过自己夺了暗香依依一身功力，但一来他不是那样的卑劣小人，二来如果他破坏了黑衣人的计划，爹爹必定性命不保。

思来想去，只有一个办法，那就是在暗香依依身上做手脚。

在祁阳山时，慕容逸就已察觉，向来对女人不假辞色的顾不迷对暗香依依却颇为例外。敏感如他，自然明白那意味着什么。如今能让顾不迷不提防的人，非暗香依依莫属。

蝴蝶之毒顺利地涂在了暗香依依的鞭子上，又引得莫七彩迎面而来，只等二者见面发生冲突，届时暗香依依那傻丫头，自然不会眼睁睁地看着莫七彩死的。

一切都在他计划之中，包括顾不迷一旦中毒，势必会与所喜的暗香依依发生关系，到时候暗香依依失去内功自然无用，而顾不迷即便解了毒，也会暂时虚弱不堪。到时候，他只需通知对方去验收结果，自然不用他动手，顾不迷也活不成了。只要顾不迷死，他就算完成任务，爹爹也会得到另一半的解药，至于其他人，他已顾不了许多。

计划如此完美，本应开心，可自从在暗香依依鞭子上下毒开始，他便一直心绪难宁，只因知道如此一来暗香依依也活不成了。

所以他等在了山崖之巅，当时若先过来的是顾不迷，慕容逸会毫不犹豫地杀了他，可拨开云雾过来的却是暗香依依。那一刻的心跳如此明显，险些让自己也分辨不清，那句说出口的“喜欢”是真还是假。

离开了山崖，他脑海中反复浮现出她扯住自己衣袖不舍的瞬间，忽然明白，自己舍不得她死，可事关爹爹生死，计划不容有变。他毅然压下心头不舍，直到看到田间的土拨鼠在刨洞，忽然想起了未默。

未默武功虽然不高，但若真对付起来却不容易。最主要的，他一定会保住暗香依依的性命。还有他身上的传家之宝绝世寒玉，只要寒玉吊住暗香依依一口气，他就有办法将她救回。

他用另一个身份傅月故意招惹未默，把他戏耍了一番，嚣张地丢下一句“要报仇，尽管来江州百花谷找我。”便走了。如此一来，未默必不好意思和暗香依依说如何遇到自己，也不会轻易和他人提及，让旁人起疑。

眼看收网在即，此时却收到爹爹病危的消息。

早先以为爹爹吃了那半颗解药，没想到爹爹根本没吃，甚至背着他将那半颗药毁了。

在得知他做了那么多事后，爹爹拍着他的手背，一边赞他孝顺，一边笑着闭上了眼睛。临死前，爹爹留给他的最后一句话竟然是：结盟九幽教，不要为他报仇，放过下蛊之人。

他不明白，他有太多的不明白，可爹爹已经死了，他所做的一切都已失去了意义，却已来不及阻止事情的发生。

或许他生性凉薄，或许见过太多的死亡，或许爹爹的死早在意料之中，他并没有悲伤，甚至没有流下一滴眼泪。他知道事情还没有完，一路快马加鞭迅速赶到江州城外，想要阻止一切的发生，可显然已经来不及了。

他赶到时，顾不迷已经中毒昏迷不醒，未默刚刚协助暗香依依击退了黑衣人。未默贪玩，暗香依依心软，放过了这些黑衣人。如果这些黑衣人回去，势必会有更厉害的人赶来，他只好暗中尾随黑衣人在路上将所有人杀死并伪装成暗香依依所为，替暗香依依和未默争取下山逃离的时间。这也正是暗香依依与未默下山时路上碰到满地血迹的缘故，至于未默所见鞭痕，便是慕容逸用鞭子故意留下的。如此一来，即便黑衣人的同伙发现了他们的尸体，也只会以为是暗香依依所为，忽略还有他暗中帮助他们。

未默与暗香依依来到江州城后，他便等在了百花谷。百花谷这几间木屋是武林大会之后，他一时兴起所建，百花谷内药材充足，便是这谷中的花也颇有些门道。每当闲暇时，他都会来此住上几日，种植一些药花，而今日来此，只为等暗香依依。恍惚中已有些明白自己的心思，却疲惫得不愿多想。

直到再次见到她，他终于彻底看清了自己的心，可终究还是……

一切都不能重来。

思绪自记忆中抽回，他再次望向山崖对面守备森严的红枫山庄。

离开百花谷后，他回到叶落宫，将父亲与母亲合葬在了一处，对外公布了父亲的死讯，随即继任了宫主之位。

爹爹到死都没告诉他，下蛊毒的人是谁，可他如今已想明白，那人不是别人，就是姑姑。

只有姑姑，曾经与下蛊之人最为亲近，最有可能窥得巫蛊之术。

只有姑姑，能让爹爹被毒杀身死也不怨恨报仇。

所以，顾不迷才会兴师动众地将姑姑抓起来。

爹爹曾经与他说过姑姑与莫见笙有过婚约，二人关系非同一般，姑姑要暗香依依，莫见笙同样要暗香依依。姑姑一介女流，要暗香依依绝非为了自己，而莫见笙却不一样。

莫见笙去年在武林大会上败给了九幽教教主顾天穹，后来虽然得到了武林盟主的头衔，却并非实至名归。此事必定让他耿耿于怀，试想，如果他知道暗香依依内功心法的秘密……

莫十七的猝死、暗香依依自断经脉、莫七落带着暗香依依隐居避世凤凰谷。期间，暗香依依经脉续接，武功日渐恢复……

其后，暗香依依重出江湖，顾不迷将她带回九幽教，由此他得知了落月迷香的秘密。

而在此期间，爹爹身中蛊毒，还有那些一批强过一批的黑衣蒙面人，直到最后君临山脉所遇的绝顶高手，什么人能驾驭这么多人？是真的有一个黑衣门存在，还是这些人不过是各大帮派的高手，只是不幸被蛊毒所控，不得不效命于下蛊之人？

姑姑一届女流，若有野心，也不至于隐居二十余载。而姑姑突然被顾不迷所抓，必定是顾不迷发现姑姑就是幕后下蛊毒之人，再加上莫十七的猝死、莫七落的叛离、凤凰谷的陈峰以及暗香依依被抓入红枫山庄。这一桩桩一件件细想都关联到一个人，莫见笙。

这一切的一切串联起来，他已经明白莫见笙就是那个黑衣人门主，而他抓暗香依依，无疑是想要得到她的功力，从此独霸武林无人能敌。

所以爹爹临死前让他联盟九幽教，可是爹爹没有料到，九幽教教主顾天穹也被害身亡。

当下想通了一切，他立刻想到，如今暗香依依被抓入红枫山庄必定是凶多吉少。

心念电转间，他再次坚定了信念，就算迟了，他也不能轻易放弃。

当即再不犹豫，他立刻吩咐何云端，速去召集附近叶落宫的弟子来此候命。何云端当即离去。

慕容逸转头又吩咐丁秀秀，“去洛阳找顾不迷，告诉他暗香依依已被抓入红枫山庄。”想了想又道，“如果顾不迷不信，你就对他说，莫见笙就是杀他父亲的主谋，他只要拿莫见笙试探慕容轻晓，即刻便知真相。”

丁秀秀闻言色变，惊道：“宫主如何知道害死顾教主的是莫盟主？虽然……”她看向暗香依依消失的方向，继续道，“宫主难道不记得了？红枫山庄十七弟子莫十七乃暗香依依所杀，红枫山庄抓暗香依依也在情理之中。宫主如果想救人，可以想其他办法，暗香依依毕竟是九幽教左护法，红枫山庄应该不会轻易……"

"他会！"慕容逸打断了丁秀秀的话，没有心思多做解释，只道，"你速去，无论用什么办法，也要让顾不迷相信暗香依依已被抓入红枫山庄。其他的你不用管。"

丁秀秀见慕容逸神情严肃，不再多言，即刻动身上路，可她刚走出去几步，又停下了脚步，转头对慕容逸道："宫主，保重！"

丁秀秀心思玲珑，已猜到慕容逸很可能会以身犯险，心知劝解无用，只能让宫主多加珍重。

慕容逸朝她点了点头。

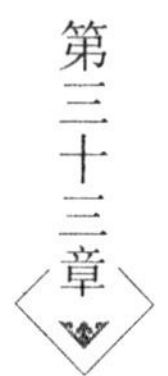

第三十三章 以身犯险

待二人离去，慕容逸再次望向红枫山庄。

数百年历史的红枫山庄借地利之势，背倚高山，前临断崖，守备森严，易守难攻。

要入红枫山庄，必要越过断崖——千林。

千林断崖其实是一个天然形成的地缝，远看像是地裂开的缝隙将地域割成两段，如临渊断崖，风声鹤唳，俯首不见崖底。两侧，一边是红枫山庄，一边是怪石嶙峋的怪石林。

怪石林到红枫山庄之间只有一段细如龙脊的山路，除此之外再无其他道路可行。

数百年来，红枫山庄历经风雨，全凭这道天然屏障，据险而居，与外界相隔，自成一番锦绣天地。

断崖中间那条山路并不宽敞，堪堪能容一辆马车通行，更有红枫山庄弟子在上把守，别说是人，便是一只飞鸟想要入红枫山庄也要看这些弟子们让还是不让。

视线越过千林断崖，遥望对面红枫山庄。

春日艳阳下，娇嫩的红叶点缀着偌大的庄宅。远远望去，山庄背倚高山，九条瀑布奔腾而下，于山脚汇成湖泊，而后蜿蜒流入庄内再从千林断崖边缘落下。距离如此远，亦可见其间红叶黑瓦，潺潺流水，亭台楼阁，游廊如曲。

山庄正前方，九头形状各异的巨大石狮盘亘在门前，以雄傲之势威慑八方来者。其后便是九曲游廊建于水中，水中游弋着巨大的红色荷花灯，远望竟似那水也是鲜红。

不过半刻，他心中已闪过无数个念头，如果说这世上还有什么事能让莫见笙心存顾忌，或许只有一件，就是顾不迷所抓的慕容轻晓。可顾不迷距离此地一来一往至少需要三日，暗香依依已经没时间等下去了，他也不能再犹豫，必须立刻做出决断。

他并没有把握救出暗香依依，可他不会轻易放弃，只要能救回暗香依依，就算她没了贞洁，他也不在乎。他一样会好好待她，照顾她一辈子，直到两个人牙齿掉光、白发苍苍……

想到此处，不能实现的心酸和想要实现的浓浓渴望令他思绪起伏，慕容逸强自压下突然而起的复杂情绪，暗忖当下首要便是进入到红枫山庄找到暗香依依，可遥望那守卫森严唯一入庄的山道，心思灵敏如他亦无计可施。

为今之计，难道只有破釜沉舟亮明身份进入红枫山庄公然向莫见笙要人吗？那样做不仅于事无补，还会打草惊蛇，无疑是下下之策，正无法可想，便听得附近传来车马声。

来的是一辆女子所用马车，车身很大，四周更有红枫山庄弟子护卫，等闲人等难以靠近。

由车轮印迹深浅来看，马车内应不止一人。此路本就多石，偶尔遇到较大石块车身便会重重颠簸，车轮的咯吱响声也越发显得刺耳。

眼看马车渐渐驶过，慕容逸心念一动，自指尖弹出一物，一阵细微的银光过后只听咔嚓一声裂响，马车的后车轮突然断了一个。

车体失衡，车内顿时传出女子叫声，赶车的车夫急忙停下马车下车查看，随行弟子急问车中人："夫人，没事吧？"

车帘被人撩起，一女子问道："怎么了，出了什么事？"却是夫人的婢女。

车夫苦着脸道："车轮坏了。"

"你怎么赶车的！"婢女训斥道。

这时车内传来一个妇人的声音，"罢了，眼看就到了，我们下车步行走走也好。"

"是，夫人。"婢女应道。

婢女先行下了车，而后自车内扶出一位云鬓华钗的锦衣妇人。这位妇人慕容逸认识，正是莫见笙的妻子，苏玉婉。

苏玉婉下车后，相继又有两名女子自车内出来，当中一个竟是苏璇莹，而另一个正是她的同门师妹程秀。

苏璇莹下了车，对苏玉婉道："小姑姑，这怪石林的石头着实硌脚，我扶着你，你当心些。"

程秀亦道："师叔，我也扶你。"

苏玉婉笑道："哪里有那么娇气，不过你们倒是有心，若是七彩也像你们这般懂事就好了。"

苏璇莹道："七彩妹妹还在和姑父赌气吗？"

"可不是，自从上次小九带她回来，你姑父说了她几句，她就一直闷闷不乐，见了谁都爱理不理的。”苏玉婉摇头叹息道。

程秀闻言笑道：“师叔大老远把我们接来，想必就是为了陪小师妹说话吧？”

苏玉婉笑了笑道：“师姐身体不好，我一直记挂着，这才去落霞宫探望，回来路上又闷，便想着将你二人带在身边说话解闷。我倒是有些私心，如今红枫山庄未婚的年轻弟子居多，你和璇莹是落霞宫这一辈最出色的弟子。我出身落霞宫，落霞宫就像是我的娘家，俗话说，肥水不流外人田，我自然挑好的往家里带喽。”

“小姑姑！”

“师叔！”

苏玉婉这么一说，倒把苏璇莹和程秀说得娇羞不已。

苏玉婉笑过之后方才拍了拍二人的手背，温言道：“七彩脾气太执拗，如今又喜欢上了最不该喜欢的人，你们年纪相仿，女孩家容易亲近些，你们也要帮我多开导开导她。”

二人点头应下，苏璇莹又问：“姑父和堂兄可在庄内？”

苏玉婉道：“你姑父今日才从洛阳回来，此刻应该已在庄内。你堂兄也不知去干什么了，都有大半年没回过家了。”苏玉婉说到这里，眉间隐有愁绪。

如此言语着，几人渐行渐远。

随侍的婢女、弟子跟在后面，一同向千林断崖行去。

苏家是百年武林世家，根基底蕴深厚。苏玉婉是苏璇莹的亲姑姑，在家族同辈中排行最小也最得宠，亦出身落霞宫，如今虽已年过中年，却依旧端庄温婉，可见年轻时必也是个罕见的美人。

见夫人、小姐们都走远了，车夫才开始修理马车，一边换轮子一边嘀咕：“才换的轮子怎么就坏了，见鬼了！”

此时太阳已快落山，眼见天色渐暗，车夫加快速度，没一会儿就修好了轮子，这才又赶着马车，向红枫山庄驶去。

而此时的慕容逸已经藏身于马车底部了。

入得庄内，他顺手拿了一套红枫山庄弟子的衣物换上，便开始寻找暗香依依的下落。寻了大半夜，也没有结果，眼看天快亮了，慕容逸心想红枫山庄太大，这样找下去也不是办法，或许该抓个人问问。

许是曾在九幽教当过一阵子送饭伙夫的缘故，他发现在厨房干活的人，地位虽不高消息却很灵通。毕竟是人都得吃饭，人多的地方消息也最密集。如此行至高处，天蒙蒙亮时，望着远处炊烟袅袅之地，想必就是厨房所在了。

红枫山庄的厨房共有三处，前、中、后，他直奔最后面的厨房而去。

厨房外面是众人用膳的地方，此时进进出出的人很多，后面则是厨子做菜的地方，相对安静。

他在后面等了一会儿，看到自内跑出来个的小弟子急匆匆跑向茅厕。

慕容逸跟到茅厕，左右看了看，见四下无人，当即走进了茅房。

“什么人？”茅厕里传来一阵惊慌低哑的声音，显然小弟子的脖子已被人勒住，“饶命”二字亦说得极为艰难。

“说，这附近是不是关着一个人？”慕容逸低声问道。

小弟子一阵痛苦的呻吟，挣扎地说：“西北角的凝神阁里……好像关着个人。”

“关着谁？是男是女？”

“不……不知道。”

西北角密林深处果然有个二层阁楼，匾额上赫然写着凝神楼。

阁楼四周均有佩剑弟子看守，看情形，里面似乎关着重要人物。

慕容逸暗暗盘算，自己虽然有把握出手将四人杀死，但一来不知阁楼里关的是什么人，二来一旦有人经过，势必发现异状，便会打草惊蛇。微一沉吟，他计上心来。

自身上摸出火折子，他迅速在上风口弄了个火堆，借着风势，将越来越浓的烟雾吹向了阁楼。

守卫们察觉有异，纷纷出来查看，他寻得空隙，飞身而上，悄然到了二楼。

自窗口跃进屋去，看到床上躺着一个人，那人似有察觉，刚好转过头来，二人目光相对，竟是莫七落。

慕容逸也没想到此处关着的人是莫七落。

“慕容逸？”莫七落自然惊讶于他的出现。

“怎么是你？”慕容逸起初亦有些惊讶，而后见莫七落面色苍白，起身困难，脚上还带着铁链，便知他有伤在身被困于此。想起他为了暗香依依曾在君临山脉受到重创，慕容逸便直言不讳地道：“我来此是找暗香依依，她被陈峰抓来了红枫山庄。”

“你说什么？暗香依依被陈峰抓了？”莫七落话音刚落，便听楼下有人道，“我们上楼看看！”楼下守卫的脚步声渐渐逼近。

慕容逸迅速跃至窗外，贴靠在外墙墙壁上。

莫七落起身，不慌不忙地关上了窗户。这时守卫冲了进来，见屋中只有莫七落一人，四周查看了一番，并无异状，这才讪讪地退了出去。

众人下得楼去，慕容逸又进了屋，他没有拐弯抹角，很快将暗香依依被抓的来龙去脉大体说了一遍。

莫七落会不会真心帮他，他并无十分把握，但此刻已顾不得太多，想到莫七落曾离家出走带着暗香依依隐居避世半年之久，其中隐情，很可能与此有关。

当下时间紧迫，急切之间也只能赌上一赌了。但赌毕竟是赌，说到底他仍不相信莫七落，便没有说莫见笙为何抓了暗香依依。奇怪的是，莫七落也没问，如此慕容逸更加怀疑莫七落已经知道了落月迷香的秘密。见他自得知暗香依依被抓后就一脸凝重，显然已知事情的严重性。

眼见莫七落听后紧蹙眉头，他又补上了几句话，“自君临山脉一别，她一直十分惦念你，到处派人打听你的消息，此番也因跑去凤凰谷找你，才被陈峰抓到了这里。如果她知道你没事，想必会十分高兴。”

闻言，莫七落目光柔了几分，道：“我知道她被关在何处，只是要救她出来却不容易。”

“她被关在哪里？”慕容逸问道。

莫七落拿起桌上筷子，蘸了些吃剩的汤水，迅速在桌案上画了起来。与慕容逸交代清楚地点后，他又道：“密室共四层，暗香依依很可能被关在密室的第四层，那里有一副玄铁所铸的铁链，如果她被铁链锁住，没有开锁的钥匙，你就算进去了也无法带她走。”

“钥匙在哪儿？”慕容逸问。

“在我爹身上。”莫七落道。

慕容逸沉默了，要想在莫见笙身上动手脚，谈何容易。

莫七落道：“我有办法拿到钥匙，不过那密室机关重重，上三层守备不少于三十人。你有把握进去吗？”

慕容逸道：“我可以易容成你父亲的模样进去，想必一时不会有人怀疑，不过，得将他引开一段时间才能方便行事！”

莫七落道：“你打算怎么做？”

慕容逸摇了摇头道：“还没想好。你什么时候能拿到钥匙？”

“事不迟疑，马上行动。”莫七落挥袖将桌上吃剩的餐盘拂到了地上，哗啦一声响，底下立刻有了动静。莫七落向慕容逸使了个眼色，慕容逸会意，当即跃出窗外。

四个守卫冲进来时，莫七落捂住腹部伤口，手指微微使力将已然结痂的伤口生生抓裂开来，鲜血瞬间透布而出将衣衫染成了一片红色。他面色惨白，扶着桌沿痛苦地跪倒在地，守卫大惊，一边喊着“少主”，一边将他抬放到床上。却听他口中反复喃喃念着：“爹爹，爹爹……”

一人忙道："赶紧通知庄主。"

另一人道："我去叫大夫。"言罢，两名守卫先后急急跑了出去。

守在屋中的两人面面相觑道："少主的伤势太重了，能捡回这条命已算万幸，可千万别出什么岔子。"

慕容逸闻言眸光暗敛，悄然离去。

他按照莫七落所说，来到花园的假山后。

此处假山颇有玄机，早先慕容逸曾来此处探过，并未发现异状。而今按照莫七落所说方法行走，没过多久便走到了假山群的核心。那里果然如莫七落所言种着一株海棠。

春天正是海棠艳丽多发的季节，由此株海棠的花瓣来看，品种乃是中原罕见的一品香。

何为一品香？此种海棠分红、粉两色，若开的花花瓣为红色，则其中必有一瓣为粉，若花瓣为粉色，则其中必有一瓣为红色，故此得名一品香。虽然此花名字中有个香字，但其实根本毫无香味。这种海棠中原少见，产地原在西南边陲，慕容逸之所以认识，乃是因为叶落宫中姑姑原来所住院落曾有一株。儿时因其花朵艳丽独特曾近身去闻，可怎么闻都闻不到香味，而后方知海棠虽美却是无香。而此花虽名一品香却也和其他海棠一样，看着好看实则无香无味。当下在红枫山庄发现此花，他更加确信早先猜测极有可能八九不离十。

按照莫七落所说海棠树后的假山上有几块突起的石头就是开启暗道的机关，他细细观察，果然看到了突起的石头。

正想着密道入口在哪儿，便听前方假山处传来响动，慕容逸急忙躲了起来，只见假山转动出现了一个洞口，一人自内走出，而后在海棠树后的石子上按了几下，机关自动关上，不留一丝痕迹。

那人身着锦衣面上戴着面罩，出来之后，便将面罩去了。慕容逸藏在暗处虽只看到背影，但已可断定此人就是莫见笙。

莫见笙三步并作两步走出假山范围，慕容逸一直闭气不敢妄动，这时，便听一人对莫见笙道："庄主，少主昏倒了。"

莫见笙道："知道了。"便与那人渐行渐远。

心知莫七落定会借此机会接近莫见笙偷取钥匙。当务之急，他还有两件事要做。一来易容成莫见笙的模样，这难不倒他；二来就是要将莫见笙尽快引离红枫山庄。时间紧迫，当下动作要快，否则莫见笙一旦发现钥匙被偷，再入密室暗香依依与他都将十分危险。

他首先想到在山庄外围制造混乱，但一来一时无法通知何云端，二来对于据险而居的红枫山庄来说，叶落宫仓促间召集的人马不啻于是以卵击石，难起作用。至于顾不迷，丁秀秀此刻应已到洛阳，但她毕竟是叶落宫的人，能否顺利见到九幽教教主，还要说服对方相信自己所言并非挑拨离间，恐怕还需要些时间，满打满算，顾不迷最早也要明日能到。

这也不行，那也不行，慕容逸只恨自己分身乏术，否则便可一边牵制莫见笙，一边救出暗香依依。慕容逸苦无良策，正想破釜沉舟，先拿了钥匙杀进去救出暗香依依要死一起死要活一起活，忽然想到了分身术。想到此处，慕容逸突然来了精神。

慕容轻晓与莫见笙之间是何关系都不重要，重要的是莫见笙使用蛊毒操控他人之事，慕容轻晓必然清楚。慕容轻晓知道的事很可能还不止这些，甚至包括莫见笙想要得到暗香依依功力以及杀害九幽教教主顾天穹等大事。

如今慕容轻晓在顾不迷手上，若非慕容家人天生意志坚韧，顾不迷的迷心叠曲对她起不了作用，此刻莫见笙之事恐怕早已败露。但即便如此，慕容轻晓也是莫见笙心里的一根刺，如果他是莫见笙，必不会留下这样一个人让自己随时可能身败名裂。所以，若这个时候顾不迷带着莫容轻晓出现在红枫山庄附近，即便只是一个捕风捉影的假消息……莫见笙也定会赶去！而且莫见笙一定想不到，有人会利用这个消息，将他引离红枫山庄！

只是这个假消息已经来不及散播了，既然来不及，就不如顾不迷直接出现在附近，引莫见笙上钩。真的顾不迷自然还来不了，不过假的就……

他想到了找人扮顾不迷，若能出红枫山庄，自然容易找到更加合适的人假扮，可他进出红枫山庄一趟并非易事，往返走一遭所耗时间也较长，事态紧急，只有现抓现用了。他想起了身在红枫山庄的一位故人，苏璇莹。

来得实在不巧，寻到苏璇莹时，她正好刚沐浴出来在内室穿衣。

朦胧薄纱后透映出玲珑娇躯，见此情景，慕容逸已经伸进去的半条腿生生僵在那里。而后只好收回来藏身外屋的帷幔后，他听着内宅传来的穿衣声，心中暗叹，自己来得可真不是时候。慕容逸心中虽然急切，却也只能硬着头皮等她打理完毕，方才现身。

苏璇莹穿好衣衫披散着头发走出内室，刚到外屋，便看到了慕容逸。突然见他出现，苏璇莹起先一惊，而后想到自己刚刚在内室沐浴换衣，现在还妆容不整，便是一个大红脸。

慕容逸已无时间多做解释，当即开门见山言明此番未请自来是想让她帮自己一个忙。

苏璇莹正在想他什么时候进来的？可又不敢真的去问，稳了稳心神方才问道：“帮什么忙？”

慕容逸道：“帮我引莫见笙离庄。”

“这……”苏璇莹面露难色，想了想终是问道，“为什么？”

慕容逸见她没有直接回绝自己，便道：“我要从红枫山庄救一个人出去，再迟一些，莫见笙就会杀了她。你只要帮我引莫见笙出庄即可，无须再做其他。我知道莫见笙是你的姑父，你自有为难之处，可当下我能想到帮我的人，就只有你。”一番话慕容逸说得极为恳切。

听到最后一句，苏璇莹亦微微有些动容，道：“你要救的人是谁？”

“一个对我来说非常重要的人。”慕容逸道。

“你没瞒我什么吧？”苏璇莹轻声又问。

慕容逸道：“如果你不帮我，我也不强求。不过，这个人我一定要救，而且不惜一切代价！”

“我可以帮你……”见他说得决绝，苏璇莹忙道，“只是……我不知道该怎么帮。”

“只要你假扮成一个人……”慕容逸说了一遍自己的计划。

苏璇莹暗自思量了一番，道：“如此……恐怕还需要程秀的帮忙。”

慕容逸点了点头。

“究竟是什么人对你这么重要？”苏璇莹又一次问道。

慕容逸没有回答苏璇莹的问题，只是轻声对苏璇莹道：“谢谢你，小莹。”

她会帮他，她怎么可能不帮他？这是他们认识十年来，他第一次主动亲近自己，第一次求她帮忙，第一次对她说谢谢。

他们很早就认识了，大概已有十年的光景。

那时候他还是个小小少年，自己还是个小姑娘。第一次遇到他的时候，他面带病容，走几步路也要喘上一喘。她和师姐一群人远远瞧见他，几个师姐都说他是个病秧子活不了多久的，她却悄悄可怜起了他。

后来在武林大会上遇到他，他的病好像好了很多。病容不见，他脸上也有了光彩。他第一次与他父亲和叶落宫弟子入武林大会时，或许是太激动，或许是有些紧张，跨过会场门槛时不小心踉跄了一下。这小小的意外，如今连他自己也不记得了，可她却一直没有忘。也就是在那次武林大会上，他在会场外被人欺负了，满脸泥泞浑身脏污，一个人坐在树林里生着闷气。她刚好遇到他，便上去问他怎么了？

起初他的火气很大，对她爱理不理，后来还是她带着他去河边清洗，还将自己的手绢借给他擦脸用，结果被他弄得很脏很脏。

后来听说他家逢巨变，如此消失了数年。

再出现时，是在又一年的武林大会上。

那年，她已长成亭亭玉立的少女，爱慕追求者众多。可在她看来那些人不过都是些凡夫俗子，没一个能入她的眼。当时，武林年轻一辈中，属莫七落卓雅清俊，宫里许多师姐、师妹都喜欢他。莫七落不只相貌出众，武艺高强，更是武林第一大庄、当今武林盟主的独子，而且为人侠义正派，自然成为许多女子梦中幻想，并心甘情愿为他束上红枫腰带，以示爱慕之情。可莫七落与她除了表兄妹之情，再无其他。原以为此生再难遇到让自己动心的男子，直到又一次见到慕容逸。

慕容逸作为叶落宫少主，带着新一代叶落宫弟子出现在众人面前时，立刻引起了不小的轰动。

数年未见，他已不是印象中的那个病弱少年。他的变化非常大，可她仍旧一眼将他认出，认出他的同时，心口一个劲儿地跳，好像里面藏了一只大鼓，不停地被人重重敲打。一种从未有过的情绪让她既有些激动又有些羞怯，既想让他注意自己从而想起自己，又害怕他看到自己不记得自己了。

他进场的时候，不知是谁向他扔了一朵花，他用指尖轻佻地夹住，放肆亦有些漫不经心地在鼻端嗅了一下，此举顿时让所有在场女子脸红心跳不已，有人甚至低呼出声。那一年的武林大会上，几乎所有人都在讨论着他，他的出身、他的俊逸、他突然病愈的神秘……还有他重返叶落宫振兴门楣的种种事迹。

而她也忍不住偷偷瞄着他，直到与他的目光隔空相遇。见他对自己微笑颔首，她意识到他认出了自己，那一刻，她快乐得几乎要飞起来。大抵从那个时候起，她的眼里、心里都有了他，也只有他。

这么多年，她追着他，天南地北，海角天涯，有时候哪怕只是看上一眼，也觉心满意足。自己的情意，虽没明明白白对他说出来，可她知道，玲珑剔透如他怎么会不明白？

程秀被她叫来，告知了来龙去脉。程秀看看她，又看了看慕容逸，终是点头应下。苏璇莹高兴地道："师妹，谢谢你。"

程秀道："原也不难，只是有些对不起盟主。"

苏璇莹闻言面色一暗，便听慕容逸道："我不想与莫盟主当面起冲突以致今后留下嫌隙，所以才求你们帮忙。只要把人救出来，我即刻离开红枫山庄，绝无加害莫盟主之意。"

苏璇莹点了点头，显然十分信任他，而且心里也着实不想让他和姑父起冲突。程秀在一旁瞧着，眼见如此心有疑虑也不便相问，只得默然不语。

慕容逸的一双巧手在苏璇莹脸上抚弄，不一会儿，镜中的苏璇莹就变成了顾不迷的模样，她与程秀都是第一次见到易容术，程秀已惊得说不出话来。苏璇莹也有些发怔，手指轻触镜面，一时不敢相信，镜子里自己的脸怎么就变成了顾不迷的？只见慕容逸来到她身后，三下两下便将她的头发打理成了顾不迷日常所梳发式。

慕容逸上下端详了她一番，苏璇莹身材高挑，但毕竟与顾不迷身高有些差距。他想了想，一时忘了要征询她的同意，直接抬起她的脚，脱下了她的鞋。苏璇莹看着他拿着自己的鞋仔细端详，不禁面颊燥热，不敢去看。待他将鞋重又套回脚上，只觉底部厚重了许多，站起身来，果然比原来高了许多。

慕容逸环顾四周，道了声："等我一下。"便出了屋去。

程秀这时才回过神来，走到苏璇莹面前，用手指碰了碰她的脸，唤了声："师姐？"

"嗯？"苏璇莹笑着回应了一下，程秀惊讶更甚方才，"还可以笑？这……这究竟是怎么做到的，和真的一样！"

苏璇莹摇了摇头，复又看了一眼镜中的自己，虽有些不习惯，可也觉得新奇有趣，便道："我也是才知道他会易容术。"

程秀道："慕容宫主真是厉害，难怪师姐心心念念这么多年。"

苏璇莹闻言略感羞赧，偶然瞥见镜中自己的神情，立刻僵住，再看程秀呆呆地望着自己，一时竟似瞧得痴了，不由得笑着点了一下她的额头，将她点醒。

顾不迷是魔教中人，等闲正经些的女子都不愿与他有瓜葛。尤其落霞宫的女弟子，皆是武林名门之后，又岂会自甘堕落与魔教中人有牵扯，自然将关系撇清为好。可有时候谈论起来，偶尔还是有人会打趣地说："顾不迷若是喜欢我，为他入魔教我也心甘情愿。"不可否认，顾不迷其实是个十分吸引人的男子。

嬉闹间，慕容逸回来了，手里头多了一件紫色披风，还有一把琴。

"仓促之间，也只能如此了。"慕容逸道，"没有颜色相配的紫衣，但紫色披风也可混人耳目，琴乃桃木漆色并非紫色，但若光线不明或不是特别熟悉的人也分辨不清。"

苏璇莹披上披风，背负紫琴。

程秀上下打量了一番，道："如果不是太熟悉的人，想必一时也分辨不出。"

慕容逸道："切记我的话，只要莫盟主一出红枫山庄，你便和程秀回来，其他的不用理会。"

慕容逸又递给苏璇莹一瓶药水，道："将这个涂在脸上，便能立刻恢复本来面貌。"

"好。"苏璇莹接过了药水。

沉默片刻，慕容逸道："我要走了，你们凡事小心。"

见他转身欲走，苏璇莹突然伸手扯住了他的衣袖，他停步回眸望来，她轻声道："你也要小心。"

慕容逸点了下头，随即离去。

程秀道："师姐，你真的打算这样不问缘由地帮他？"

苏璇莹点了点头。

程秀又道："如果我们被人发现了怎么办？"

苏璇莹道："不会的。"她嘴上虽然安抚着程秀，可心里却明白，这件事绝没有慕容逸说的那么简单。可不管发生什么事，她都决定要帮慕容逸这个忙，只要是为了慕容逸，做什么她都心甘情愿。

事不宜迟，程秀叫来马车扶着头戴斗篷遮住脸的苏璇莹上了马车。行到出庄的关口时，程秀撩起帘子对守卫出示了夫人的腰牌，说要出庄买些东西，天黑便归。程秀也不是第一次来红枫山庄了，昨日又和夫人苏玉婉一同步行入庄，守卫自然认得程秀，当下不敢怠慢，顺利放行。

天气阴暗，千林断崖起了薄雾。

山脊上的守卫恪尽职守地守在自己的岗位上。

却在这时，忽闻对面怪石林内传来阵阵琴声，循声望去，只见远处巨石上坐着一名紫衣男子。

"什么人！"守卫呵斥道。

那人几个起落到得近前，守卫一哄而上，纷纷抽出佩剑，正欲上前，忽听有人惊声道："紫衣负琴，顾不迷，是九幽教的顾不迷！"他这一喊，众人顿时止住脚步，一字排开，在山道入口攻守兼备地盯住"顾不迷"。

武林中人无人不知无人不晓，对付顾不迷，人多毫无用处，反而人越是多，死的也就越多，所以当下没人敢轻举妄动。但他们毕竟出身红枫山庄，向来训练有素，面对顾不迷这等强敌，亦不曾有丝毫胆怯。

这时便听"顾不迷"道："不错，我就是顾不迷，告诉你家庄主，他想要的人我带来了，想要人，酉时葬玉镇外见。"

言罢，"顾不迷"的身影消失在了薄雾之中，守卫们面面相觑，其中一人最先反应过来，迅速转身奔入庄内去传话。

五色梅花石是五种不同颜色的石头所制，打造成梅花模样，十分精致。平日里莫见笙都当随身饰品戴在腰间，十分醒目，却也常常被人忽视。

莫见笙匆忙来到凝神阁，举步上楼时，便已听到莫七落一声声低唤着："爹爹，爹爹……"

他迅速走到床榻前，执起莫七落的手腕，探了探他的脉息，而后将他扶起，在他几处穴道上推拿了一番，莫七落这才悠悠转醒，睁开眼看到莫见笙，眼中隐隐泛起泪光。

这一刻的莫七落并非只是做戏，而是想到了他们父子成仇，已有许久未曾这般亲近过了，一时有感，方才落泪。

莫见笙毕竟只有莫七落这么一个儿子，此刻见他主动亲近自己，也不禁心生动容，闻言道："很快，爹爹就放你出来，你再忍一忍。"

莫七落抓住了他的手，说道："爹爹多久没有这么亲近孩儿了？"

莫见笙道："爹爹也有自己的苦衷。这几年，九幽教势头明显盖过了红枫山庄，不只如此，还处处与红枫山庄作对。可叹为父无能，红枫山庄百年基业到了我这一辈，一直没什么大建树，还处处受魔教压制欺凌。"说到此处，莫见笙深深一叹，继续道，"九幽教那些人，毫无节制，说杀人就杀人，全然不问是非对错。如今新教主顾不迷又练成了魔琴第六重，更加横行无忌，为父这么做也是没办法。"

莫七落神情微暗，似乎感同身受他的苦楚，附和着说道："爹爹说得对，孩儿想通了，孩儿不再怪爹爹！"

"你不恨我了？"

"这段时间，孩儿一个人想了很多，父亲与孩儿本就血脉相连，父亲所作所为也是一片苦心，都是为了红枫山庄，为了孩儿。孩儿真是傻，孩儿本就不应该恨父亲。"莫七落淡淡道。

"你终于懂得为父的一番苦心了。"莫见笙闻言颇为动容。

如此，父子又说了一会儿话，莫见笙方才离开。

莫见笙高兴地离开了凝神阁，没走多远，迎面匆匆跑来一个传信弟子上前禀报道："庄主，九幽教的顾不迷方才来了。"

莫见笙心中一惊，可随即起了疑惑，"顾不迷？"

"是。"弟子道，"紫衣负琴，弟子曾经见过此人，错不了。"

莫见笙微一沉吟，问道："他可曾说了什么？"

弟子道："他说让庄主酉时到葬玉镇外见他，说庄主想见的人他带来了。"

莫见笙闻言一惊，他想见的人……自热而然想到了慕容轻晓，便问："他还说了什么？"

守卫道："只说了这一句，说完便走了。"

顾不迷如果知道了一切，绝不会这么简单地留下一句话就走，但若说顾不迷不知道，他又为何来红枫山庄说这番话？

莫见笙一时想不明白顾不迷为何如此做，只觉得事情颇为蹊跷。想了想，葬玉镇乃红枫山庄势力范围，往返一趟不过半个时辰。如果顾不迷真的带着慕容轻晓到了葬玉镇，岂不等同于自己送上门来，不管顾不迷葫芦里卖的什么药，他都不能轻易放过！

自从得知慕容轻晓被顾不迷抓走以来，莫见笙日日寝食难安。慕容轻晓知道的事太多，他早知此人不可留，可在没抓到暗香依依以前，慕容轻晓尚有利用价值，因为蛊毒的解药，只有她能配出来。慕容轻晓虽然对他有情，但一直不肯将蛊毒解药的配制方法告诉他，以此作为牵制他的手段。为了利用她帮自己，他不得不与她虚与委蛇。以蛊毒控制各帮派顶尖高手或重要人物，暗中安排布局，接连毒杀叶落宫、九幽教两大帮派头目及其数名高手，令他们元气大伤，再暗中整合其他帮派势力，为他所控。他自认所有事情做得都极为隐秘，却不知顾不迷从何得到了消息，突然出现将慕容轻晓抓走，但显然顾不迷并不知道顾天穹之死与自己有关，否则又岂能一点儿动静也无。幸好顾不迷的迷心叠曲对慕容家人无用，慕容轻晓反而可以利用这点暂时欺瞒顾不迷。

原本他赶去洛阳就是想救出慕容轻晓，如果救不出便伺机杀了她，可没想到突然收到了陈峰的飞鸽传书。得知暗香依依被抓的消息他激动不已，匆忙自洛阳赶回。

暗香依依如今已在自己手中插翅难飞，也是时候解决慕容轻晓这个隐忧了。如果顾不迷真的带她到了葬玉镇，他便一举在葬玉镇除掉慕容轻晓。只要慕容轻晓一死，蛊毒一事便可尽数推到她和顾不迷头上，如此再没有人知道他曾经以蛊毒控制过各大帮派。到时候，那些中了蛊毒的高手失去解药供应，必会疯狂报复九幽教，而后又会因为没有解药而尽皆死去。他只要坐山观虎斗，便可坐收渔翁之利。

与此同时，他还可以高枕无忧地得到落月迷香一甲子甚至更多的功力，到时候，别说九幽教、叶落宫，就是这武林乃至这天下也都是他一人的了。

他越想越兴奋，眼看酉时将至，便立刻离开了红枫山庄骑马赶往山下葬玉镇。

莫七落看着手中的五色梅花石，悲痛地闭上了眼睛，爹爹依旧执迷不悟，认为所作所为都是对的。或许真如他所说，他做这一切全是为了红枫山庄，但最让他无法原谅的是，他杀了十七弟！

十七弟与他从小一起长大，情如亲兄弟。十七弟自幼父母双亡，因其父母身份特殊，年幼入红枫山庄时多受排挤。后来在爹爹与自己的照拂下，他方才日渐开朗起来，渐渐把红枫山庄当成了家，把爹爹当做父亲，把他当做亲哥哥。他原本不叫莫十七，却甘愿改名为莫十七，宁愿舍弃魔教教主之子的身份。

可谁能想到……爹爹自从得知暗香依依内功的秘密后，为了得到暗香依依的功力，他先是利用十七弟引来暗香依依，而后制伏暗香依依想要夺取她功力时，被十七弟阻止。十七弟流着眼泪跪下来求他放过暗香依依，求他不要那么做，可谁也没想到，爹爹不仅不听劝阻，反而……反而丧心病狂地将十七弟劈死于掌下。

每当想到那一幕，他都心如刀割。他始终难以相信，从小到大一直最为景仰的爹爹竟会是这样一个人！

没过多久，慕容逸的身影出现在了窗口，他没有犹豫，扬手将五色梅花石扔给了慕容逸。

慕容逸向他点了下头，悄然离去。

莫见笙会出来吗？苏璇莹和程秀心里都没什么底。二人躲在怪石林中偷偷瞧着红枫山庄。

大约过了半个多时辰，程秀都已经打算劝苏璇莹放弃时，莫见笙的身影终于出现在了九座石狮子前。

二人只见莫见笙一人独骑骑马快速穿过千林断崖，渐渐远去。

程秀低声对苏璇莹道：“师姐，我们回去吧。”

苏璇莹看着莫见笙消失的方向道：“不，我们去葬玉镇。”

程秀扯住苏璇莹的衣襟，道：“师姐，我们该做的都已经做了，慕容宫主不是告诫过我们，其他的不要理会吗？”

苏璇莹道：“师妹，你可还记得，前阵子江湖上都在传九幽教教主抓了谁吗？”

程秀沉吟片刻，道：“好像叫……叫什么慕容轻晓，慕容？……顾不迷抓的是慕容家的人？”

苏璇莹点了点头，道：“顾不迷抓的人就是慕容宫主的姑姑慕容轻晓。我听娘亲说，姑父年轻时曾与一个女子定过亲，只可惜那女子不知检点与人私通暗结珠胎。姑父知道此事后便取消了那门婚事，后来才娶了姑姑。”

“那女子就是慕容轻晓？”程秀听出了苏璇莹的言外之意。

苏璇莹也不想隐瞒程秀，点了点头，道：“我想去见见慕容轻晓。”

“可是，慕容轻晓真的在山下葬玉镇吗？万一这只是慕容宫主引莫盟主出庄的假消息，我们去了不也是白去？”程秀道。

“不去又怎么知道消息是真是假，难道你不好奇，为什么顾不迷抓了慕容轻晓？为什么姑父会在得知这个消息后只身去会顾不迷？”

程秀没有再说话，因为她忽然想到了一种可能性，莫见笙如此做法显然十分在乎慕容轻晓，难不成是对她余情未了？那师姐的姑姑苏玉婉，岂不是……如此便道：“好，师姐，我陪你去看一看。”

二人用轻功一路急赶，终于到了葬玉镇，见几个红枫山庄的弟子自镇中跑了出来，与刚到此处的莫见笙说了会儿话。莫见笙似乎意识到了什么，迅速调转马头折返回庄。

程秀叹道：“看来慕容宫主的消息是假的，莫盟主已经发现了。”

苏璇莹眉头轻蹙，道：“我们回去吧。”

程秀道：“也不知道慕容宫主有没有把人救出来。”

程秀无心的一句话，顿时让苏璇莹担心起来。莫见笙一来一往并未耗费多少时间，不知道慕容逸有没有顺利将人救出红枫山庄。时间着实不算宽裕，一方是亲人，一方是自己所爱的人，她不想看到他们发生争执伤了和气，可当下又无计可施。

这时便听程秀道：“师姐，马车还候在怪石林，若被人发现了可不妙。再说，那车夫的睡穴也快自行解开了，我们快回去吧。”

苏璇莹点了点头，程秀想起一事，边走边道：“师姐，你还是变回来吧，你这模样着实不太方便。”

苏璇莹摸了摸腰间，惊道：“药瓶不见了。”

程秀也是一惊，忙道：“会不会掉到车上了？”马车经过怪石林时很是颠簸，很可能在那个时候掉了。

苏璇莹也觉这种可能性较大，点了点头道：“我们快回去，再沿路好好找找。”

苏璇莹和程秀走后，慕容逸先去了凝神阁，自莫七落手中拿到了钥匙。

莫见笙出庄之后，慕容逸迅速来到莫见笙的房间，刚巧房间里没人，他快速换了妆容正欲出去，便好巧不巧地迎面遇到了莫见笙的夫人苏玉婉。

苏玉婉身后跟着两个丫鬟，手中各端一盆兰花。

慕容逸见避无可避，只得用莫见笙的声音向苏玉婉点头道：“夫人。”言罢正欲举步而去，便听苏玉婉唤道，“见笙。”

他只得停下脚步，苏玉婉走了过来，问道：“七落离庄已有大半年了，一直也没有消息，我每次想……”

慕容逸不待她说完便温言道：“他回来了，不过受了重伤。我怕你担心，所以一直没有告诉你，你去看看他吧，他就在凝神阁。”言罢，他再无心思敷衍苏玉婉，大步离去。时间紧迫，已不容他再有拖延，当下哪还有心思顾及苏玉婉。

苏玉婉虽觉今日夫君有些不对劲，可一听到自己的儿子就在庄内，哪还有工夫多想，立刻往凝神阁而去。

慕容逸则立刻赶往密室。可他哪里知道，等自己顺利进入密室，密室里除了一副铁链已经再无其他。

人呢？！他与陈峰同样大吃一惊。

陈峰吃惊的神色他没有漏过，心里顿时明白，暗香依依原本还在，只是不知为何突然消失不见了。他迅速观察四周情况，只见墙角土质似有疏松，他认识那种浮土的痕迹，是未默。难道未默已经来过，救走了暗香依依？！再看墙上锁链未曾被劈断，而是被人开了锁，这锁确如莫七落所说，制作古怪，与寻常锁扣大不相同。当下只见陈峰试了试，锁扣已无用处，显然这锁不是用钥匙正常打开，而是被人用特殊物件撬开来的，已然坏了。

未默乃鬼盗弟子，说不好听点，就是个极品盗墓贼的弟子。一个梅花机关锁对他来说算不得什么大事。见此情形，慕容逸已经肯定救出暗香依依的人就是未默。他心中一时感慨万千，竟不知是该高兴还是该失落无奈，原以为未默死在了凤凰谷，没想到那小子竟然没死，不但没死还跟到这里救出了暗香依依。早知道有他在，自己又何须这么麻烦！他心中正有些哭笑不得，便见陈峰向自己比画起了什么，哑语他自然看不懂，但他也不会给陈峰机会察觉出他是假的莫见笙。此人心狠手辣，断断留不得！

将陈峰的尸身锁在密室，他迅速离去。

第三十四章

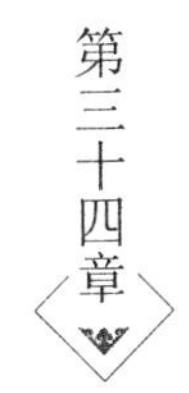

暗下毒手

苏璇莹和程秀二人原路返回，一路寻找也没找到药瓶，想来极有可能掉在了车上。二人来到停放马车的地方，正欲靠近，便突然被人自后掐住了喉咙，来者武功极高，二人更是措手不及被那人制伏。

挣扎间，程秀胡乱向后射出了落霞宫独门武器凌波水袖，歪打正着地伤到了那人的一侧手腕，那人吃痛，顿时放开了苏璇莹。

苏璇莹跌在地上回头望去，竟然看到了莫见笙，失声叫道："姑父！"

莫见笙一怔，与此同时，只听轻轻一声脆响，程秀的脖颈已被莫见笙拧断，支离破碎地垂在一边。苏璇莹顿时吓得面无人色，小师妹脖颈被拧断的声音不断在耳边放大，大得她几欲魂飞魄散。她尖叫一声，疯了一样没命地奔逃，没命地逃……

而莫见笙这时也看清了死在自己手上的竟然是落霞宫的弟子程秀，回想方才那声"姑父"，立刻明白逃离的人并非真正的顾不迷。可既然已经到了这个地步，无论是谁他都不能放过，如此随后追去。

苏璇莹没命地奔逃，莫见笙一时未能追上。

正在这时，红枫山庄上空突然发出一声厉响，一颗火红的烟花在高空中炸开，砰的一声，方圆数里清晰可见。

是信号弹，莫见笙立马反应过来。这时便隐隐听到远处怪石丛中冲杀出一群人直奔红枫山庄，想到关押在密室的暗香依依，他心知自己中了别人的调虎离山之计，哪还有心思理会假"顾不迷"，即刻折返回了红枫山庄。

黎明前夕，天色一片灰暗，仿佛透着无尽的凄凉。

苏璇莹六神无主地走着。她跑了大半夜的路，已不知道跑到了哪里，耳边听到风声，举目望去，前方是千林断崖，千林断崖绵延数十里，也不知哪里是尽头。

而此时，断崖边正坐着两个人，闻声回头向她看来。夜色虽暗，可她仍认出了对方，对方显然也认出了她。

当中那个矬子蹦跳着到了她面前，奇道："顾琴魔，你怎么在这儿？"想了想，矬子自以为是地指着她道，"啊哈，我知道了，你也是来救依依的吧？你肯定想不到，我已经把依依救出来了！"未默仰着头骄傲地挺着胸脯说道。

听到"救"字，苏璇莹目光凝在了暗香依依的身上。

"哈哈，你怎么谢我？慕容逸那小子费了那么大的劲也没能救出依依，我只不过就盗了个洞，就轻易将她救了出来。慕容逸那小子进去没发现人，不知会有多懊恼哪。哈哈，我一想到他的糗样，我就想笑。"未默缩着脖子，用手捂着嘴，一个劲儿地偷笑。

闻言，苏璇莹的神情顿时变得复杂无比，她做梦都没想到慕容逸要救的人竟然是暗香依依。

慕容逸说，他要救的是一个对他来说非常重要的人。

慕容逸说，他会不惜一切代价也要将她救出来。

慕容逸第一次开口求自己，慕容逸第一次主动亲近自己，慕容逸第一次对自己说谢谢，原来，一切都是为了她，为了她啊。

那自己算什么？算什么？欺骗了姑父，间接害死了小师妹，一想到小师妹脖颈断裂的声音，痛苦与悲愤便开始凌迟她的心，她幽幽地抬眸看向了立在前方不远处的暗香依依。

暗香依依见她直视过来，目光有意避开了些许，低声对未默道："未默，你去远处等我一会儿可好？"

未默知道她是有意支开自己，颇不情愿地走了开去，不但如此还不时一步三回头地看着她俩。

黎明前是一天中最为黑暗的时刻，朦胧了所有的破绽。

暗香依依被未默救出后，两人几乎跑了一夜才远离红枫山庄。方才休息时，未默帮她一个一个接上了左手小指骨。正咬牙忍着那钻心的痛，没想到，顾不迷在这时走了出来，他怎么会突然出现在这里？是来救她的吗？想到此处，暗香依依心中不禁溢满了说不出的柔情蜜意。

一直想着要见他，可当真见到了，她又不知该说些什么。察觉到"顾不迷"正盯着自己看，她一时竟不敢与他目光相对，只低着头，有些委屈地期期艾艾道："我……"她的话尚未说完，一支明晃晃的匕首已经突兀地刺进了她的胸口。

她不可置信地抬起了头……

咫尺之间，她吃惊地看到他眼中刻骨铭心的憎恨！那么陌生，那么强烈！

为什么？！来不及问出口，"顾不迷"已然决绝地自她胸口拔出匕首，一脚将她踹下了身后的山崖。

胸口喷涌而出的鲜血与疼痛，她已毫无所觉，想起自己与他执手相握，誓言相守一生时的温暖和幸福，只觉这一刻……心如刀割，万念俱灰

未默此时尚未走远，闻声回头，正见“顾不迷”推暗香依依落崖，早先顺手拔的几棵草瞬间全部失手掉落。他只是那样看着，暗香依依的鲜血在空中飞溅，红色的衣襟转瞬消失在崖边。而“顾不迷”立在悬崖旁，望着自己的手，怔忪片刻，而后似受了什么刺激，丢了匕首踉跄后退，直到转身飞奔而去。

未默怔在那里，好像刚才看到的都是幻象。他空洞地望着暗香依依刚刚所站的位置，直到看到地上的匕首……他眼睛由黑转红，浑身开始控制不住地颤抖，好半天，“依依”二字方自胸腔中破空而出，声音之凄厉，方圆数里亦闻之色变。

未默根本无心去追“顾不迷”。他连滚带爬地跑到悬崖边，跪在暗香依依掉落的地方，手指深深地扣进地里，或许是悲伤过了头，竟不停地用头磕着崖边的石头。

当慕容逸与顾不迷先后闻声赶到时，崖边的石头上已布满了鲜血。

慕容逸首先赶到，当即伸手阻止未默的自残。未默尚有几分清醒，一抬头，看到远处渐渐逼近的顾不迷，他目眦欲裂，不由分说推开慕容逸，向顾不迷冲了过去。

顾不迷来得十分匆忙，一路上全部用轻功，几乎未曾有半刻停歇，如此才在这个时候赶到了附近。原本目的地是红枫山庄，可没想到却在这里听到了未默凄厉的叫声，他这才转向来到了此处。而在附近搜寻了一整夜的慕容逸，也是远远听到未默的凄厉叫声赶来此地。

可未默哪里知道此顾不迷非彼顾不迷，当下眼见仇人出现，悲痛欲绝之下毫无章法地扑上去一口咬住了顾不迷的肩头。

顾不迷以为他疯了，扯住他的后颈将他扔出去数丈。

岂料未默一个跟头翻身站起，明明脚步虚浮头晕眼花，却仍旧发了狂一样再次冲向了顾不迷，嘶声质问：“为什么杀她！”

未默是在拼命，慕容逸看出了些眉目，中途拦住未默，急声问道：“依依在哪儿？”

未默一听到暗香依依的名字，顿时流下泪来，一指暗香依依掉落的悬崖边，哭喊道：“被顾琴魔推下了悬崖，就在那里！”而后再次嘶声道，“报仇！我要为她报仇！你别拦我！”未默一把就要推开慕容逸，却被慕容逸再次抓住。

这一次慕容逸用了很大的手劲，将未默的骨头抓得咯咯作响。未默却浑然不觉，只是狠狠地怒视着顾不迷，好似恨不得扑上去吃了他的肉啃了他的骨。

慕容逸沉声问道：“什么时候发生的事？你们在哪里遇到的顾不迷？他又是如

何……如何将她推下去的？”

未默咬着牙，一字一句道：“你信也好，不信也罢，是我亲眼看见，他将匕首插入我家依依的胸口，并将她推……不！是踹下山崖！”说到此处，未默疯了一样要挣脱慕容逸的钳制，撕心裂肺地一边挣扎一边怒吼着，“我要为她报仇，为她报仇！”

未默说此话时，何云端及叶落宫其他弟子相继赶到，而慕容逸的手依旧紧紧地抓着未默未曾放开。

未默脑门上的血顺着鼻梁流到了脖颈，样子十分凄厉。他怒视着顾不迷，眼中蓄满了憎恨的泪，眼泪流出来时混着血液，好似流下了血泪一般，看着极为恐怖。他凄厉地对顾不迷道：“顾不迷，你总是阻拦我见依依，自诩天下间最爱她，最护她，可你扪心自问，你对她好吗？”

“你可曾让她笑过？”

“你知道她什么时候开心，什么时候不开心吗？”

“你什么都不知道！你只知道惹她伤心！还让她千里迢迢去洛阳寻你，要不是为了寻你，她怎么会被抓来这里？！”

“她被关进地牢不见天日时你在哪里？”

“她在红枫山庄被莫见笙那狗娘养的一个一个掰断手指时你在哪里？”

“她受尽苦楚，好不容易被我救出来，却，却被你，一刀……一刀刺入……胸口……”未默说到此处，似感同身受，就连呼吸都几乎停滞，面色苍白得吓人，下一句话哽在了喉中，竟突然向后跌去。若不是慕容逸及时扯住了他，他这一摔，很可能重创脑后，再也醒不过来了。

顾不迷不发一语地看着听着，平静的外表下内心早已在天人交战。未默说他杀了暗香依依，显然是无稽之谈！可未默说的每一句话都重重地叩响了他心底最紧绷的那根弦，他几乎无力承受，他几乎已心生恐惧，可本能坚信着自己没杀暗香依依，那么暗香依依就一定没死！

可他并未失去理智一味地固执己见，他自慕容逸手中扯过未默，按住未默的人中，试图让他醒来，继续把他所知道的一切讲清楚。

慕容逸遥遥地看着未默方才指过的方向，或许此时只有他相信未默所说的话，也只有他知道，那个人不是顾不迷，那个人是谁。

此刻未默悲怒攻心再加上早先为救暗香依依耗了许多心力，刚才又用头撞石失血过多，一时竟陷入了重度昏迷。顾不迷如何都唤不醒他，只好转身问慕容逸道：“慕容逸，把你知道的都告诉我！”

慕容逸却似什么都没听见，目无焦距地望着山崖。

顾不迷这才察觉慕容逸神色有异，当下再无法镇定下去。他猛地揪起慕容逸的衣领，厉声质问："你清楚暗香依依并非我所杀！莫非你还知道些什么？说！"

慕容逸眼中已然有泪，却微微扬起了嘴角，硬生生地扯下揪住自己衣领的手，转身一步步向悬崖走去。

大风吹散了他的泪，也吹碎了他的心。

是他的错，是他太自以为是，一切都是他一手造成的。而今，无论有多自责心痛，都已无法挽回所发生的一切……

她真的死了吗?

她怎么能死了呢?

忽然被人自后面死死地抱住，不让他再前进半步，耳边听到无数人连声呼唤："宫主！宫主！……"

他终于回过神来，缓缓低下头去，怔怔地望着半步之差的万丈悬崖，喃喃自语道："她还活着，一定还活着。"

暗香依依坠入悬崖时，原本万念俱灰，可脑海中却突然闪现出无数奇异景象，如梦似幻，似假还真。

屋中烛火摇曳，两名男子正在桌前对饮。

她突然出现在房中，不知怎么自己就到了这里。看着眼前二人背影，暗香依依心头浮上一抹似曾相识之感，绕到正面，立刻认出二人，左边一身蓝衣的是付雅而右边的那人却是旬宇。

付雅与旬宇都是前世阿玛为她选夫婿时请来的年轻才俊。付雅锋芒外露，而旬宇则恰恰相反，内敛而知性。

她不明白自己怎么突然又回到了前世，难道是死后又穿越回来了？可似乎又不太一样。

她明明站在他们旁边，可付雅与旬宇好似根本未曾察觉她的到来。她低头看向自己，明明感觉自己有手有脚却看起来不正常的透明，猛地一个激灵，难道是自己死后灵魂来到了前世？可为什么竟会来找付雅？她抬手去拍付雅，手掌透体而过，将她吓呆。

屋中二人举杯相碰，一口饮入杯中酒，烈酒入喉便听旬宇朗声道："痛快！好久没喝得这么痛快了！这酒不错！"

闻言，付雅笑道："京城的酒更不错，西城王家老字号的醉花酿可比我这粗酒好上许多。你此番来也不说带几坛子给我。"

旬宇道："还给你带酒，我能顺利逃出京来已是万幸，哪还有工夫给你带酒。"

"博尔古家的女儿就那么不好？把你吓得屁滚尿流一口气跑了一千多里！"付雅耻笑道。

旬宇摇了摇头，道："我又没见过她，怎知她好还是不好，我只是不想就这么娶一个不相识的女人罢了。"

付雅闻言却是一叹，良久方道："旬宇，我曾经也与你有一样的想法，可现在的我却有些动摇了。"他又给自己倒了一杯，一饮而尽，低声道，"你说，我们若像其他人一样父母之命媒妁之言盲婚哑嫁地娶妻生子，现如今恐怕儿子都已绕膝承欢了吧。"

见他忽然惆怅起来，旬宇为他斟满了酒杯，道："这么多年了，你还没忘了她吗？"

想必他二人已喝了许多，付雅此时已醉眼迷蒙，叹道："忘？如何忘得了，恐怕这辈子也忘不了了。她那么决绝地将箭刺入胸口，那一幕，我恐怕一辈子也不会忘。"

旬宇静静地看着付雅，付雅已经醉了，一臂支头，目光迷离，却还是不停地饮酒，"她那么自私，只顾自己，她那么伤害自己，以为只有她一个人在痛，又怎知在乎她的人心里会有多痛。这样不识大体不懂事又自私自利的女人，我其实……不应该喜欢。"他轻笑，微露几分讥讽之意，又喝了一杯，摇了摇头继续道，"可不知为何，初见她时便被她莫名地吸引……"他幽幽地望着杯中酒，怅然道，"感情这东西其实毫无道理可言。"

"你还是喜欢她。"旬宇微露感伤。

二人不再互相碰杯，只是默默地各喝各的，一杯接着一杯，不一会儿旬宇也有了醉意。

付雅边喝边笑着摇头，又是三杯酒下肚，越发口齿不清地拍着旬宇的肩膀笑道："你不知道，五年前见到她棺木的那一刻，我胸口闷得好似压了块大石头，无论如何努力都搬不动挪不走，留在京城的每一天我都活得不痛快，所以我主动请调来到边关驻守。五年，已经整整五年，我在这苦寒之地，每日里风吹日晒，一场场仗打下来，见惯了生死，看惯了别离，渐渐醒悟明白了一个道理。她并不知我、懂我，我要的东西她给不了，她要的……我其实给得起，她却根本不相信我有，你知道吗？她根本不相信我有！其实我有她想要的东西，我有的！只是她不信，她不知我！不懂我！更不爱我……”说到此处他闭上了眼睛，再睁开时，越发蒙眬了几分。他口齿不清地继续说道：“她其实最傻，分辨不清自己心里爱的是谁。她要的东西，只想那人给予。其实我也有的，我也有的……”

“她要什么？”旬宇幽幽问道。

付雅哈哈大笑起来，又突兀地止住了笑声，缓缓道：“她要一生一世唯一的爱。”说完，他又笑了起来，直笑到声有哽咽，“她知道我有，她也知道我能给，可她爱的不是我，所以她装作不知道，所以……她也非我心中想要的那个懂我、知我的女子。我们都错了，都错了。”付雅伏趴在了桌案上。

旬宇幽幽地望着他，忽然一笑，又饮下一杯烈酒，幽幽叹息了一声，怅然笑道：“若有来世，你还愿与她相遇吗？”

付雅趴在桌案上，使劲地摇了摇头，挥了挥手，道：“不见也罢，不见也罢……”

旬宇醉眼迷蒙地望着远处，黯然道：“我还清楚地记得尚书府那晚，你的箭早我一步射出，赢了舒什兰。尚书大人当场属于意你，她的目光也被你吸引，所有人都看在眼里。可是你知道吗？付雅，我……”他似说不下去，连饮了三大杯才舌头打结地继续说下去，“我，我……若有来生，你不去见她，我倒要去见一见的。”

付雅摇了摇头，也不知有没有听到旬宇的话，趴在桌案上，连酒杯都已拿不起来了。

旬宇看着眼前摇晃的酒杯，喃喃自语道：“来世，我希望能当一位剑客，自由自在无拘无束，惩凶除恶仗剑江湖！”

付雅闻言突然哈哈大笑起来，直起身子大声道：“恐怕是一个离家出走的剑客吧！”说完这句话便彻底倒在了桌案上不省人事了。

旬宇闻言酒气冲头，大声辩驳道：“离家出走就离家出走！来生如果我能遇到她，我一定会保护她！至少……至少……不让她那么年轻便香消玉殒。”他声音渐渐低了下去，亦伏趴在桌案上睡了过去。

暗香依依怔怔地看着旬宇，脑海中想到了另外一个人。她伸出手轻轻地碰在他肩头，刹那间，她看到了大哥，他是大哥，他竟然是莫七落！

场景忽然变换，抬眼间竟看到了荒草无尽，日暮夕阳。

这又是哪里？她四下里张望，远远地看到山坡上坐着一个人，她朝着那人跑了过去，渐渐地看清了那人的穿着打扮，像是蒙古装束。

这是什么地方，那人又是谁？她快步走到那人面前，看了一会儿那人的脸，突然反应过来面前之人竟是舒什兰！

那个曾经全身是伤也要背着她回家，那个被她咬了便扬言要娶到她的蒙古王子舒什兰。

秋日，他一人坐在山坡上，望着远处，不知想到了什么神情有些哀戚。

他留起了浓密的胡须遮住了原本有些清秀的脸，整个人也变得又黑又壮，与印象中的他相差甚远，难怪方才没能将他认出。

秋天万物凋零，草原矮草枯黄，可草原的夕阳却是全天下最美的，金灿灿，耀眼而温暖。

故友相见，她难免心生感伤，知道他看不到自己，便悄然坐在了他的旁边，与他共赏这宁静温暖的夕阳西落。

良久，他仍旧一动不动，好似一尊雕像。

她侧目望去，见他神色凄婉，眼中竟然隐有泪光。

她正在揣摩舒什兰为何如此悲伤便听身后传来马蹄声，两个蒙古壮汉先后骑马来到近前，看到舒什兰立刻翻身下马单膝跪拜道："王爷。"

舒什兰闻声抬头，瞥了那两人一眼，问道："什么事？"

一人忙道："王爷，宾客都已到齐，就等您回去了。"

舒什兰挥了挥衣袖道："你们先回去，我一会儿就来。"

二人互相看了一眼，似乎颇为犹豫。另一人又道："王妃已在帐中等候王爷多时，达嬷嬷也多次问起王爷去处。"

舒什兰突然发怒，吼道："滚！"

二人顿时面色一白，忙起身走了。

那两人骑着马不一会儿便消失在草原的尽头，舒什兰又开始发起了呆。他依旧坐在原地，望着远方，直到最后一寸夕阳即将消失在地平线。

他伸手入怀掏出一物，暗香依依看到了一支带血的断箭，箭杆上有一片残留的暗红。

看到这枚断箭，她胸口蓦地一痛，不由得想到了当初刺入胸口的那支箭。

舒什兰轻抚箭杆似不舍又似怨恨地道："你死了……你狠！算你狠！幸亏你死得早，若是不死，你今日必定是我的新娘，谁也拦不住我，即便是用抢的，我也在所不惜！"他轻轻地抚摸着箭头，那箭头似被经常抚摸，年头虽久却仍光亮如新。舒什兰说着说着，忽然哽咽起来，恨声道："你欠我的，今生不还，来生也要还！"

想到自己曾决绝地将利箭刺入胸口，即便是来世的记忆，也好似刚刚发生一般，胸口冰凉疼痛。她忽然想到了顾不迷刺入自己胸口的匕首，低头看去，这才发觉竟然是在同一个位置……

忽然又听舒什兰柔声道："你知道吗？今日是我迎娶王妃的大喜之日，按我察哈尔的习俗，普通百姓结婚新郎要背着新娘在部族里挨家挨户地去讨喜。可我现今是察哈尔王，我不需要背着我的王妃四处去讨喜，他们自然会来登门给我贺喜，可是……"他一遍遍抚摸着箭头，"如果今日我迎娶的是你，我宁愿背着你走遍整个草原，走遍每一家每一户，让他们知道，我娶到了你……"

她听得怔忪，只见一滴泪自他面颊滴落，恍惚中，她伸手去接，可终究力不从心，眼泪透过她的手掌落在了地上。可就在眼泪穿过手心的刹那，她猛地心神一震，他，他竟然是——慕容逸。

来不及反应，场景又一次变了。只剩下自己失神地看着掌心。

屋中传来咳嗽声，她幽幽地抬头，看到了一位老者，她一眼便认出老者是年迈的蓝枫。

岁月不饶人，他已经老了，可她还是一眼认出他就是蓝枫。

那个自己曾经爱过，却失之交臂的男子。

如今的他两鬓斑白，形容消瘦，似乎已身染重病多时，可神情却仍是那般冷漠与坚韧。

他多少岁了？她伸出手，触碰他斑白的鬓角。

她猜不出他多少岁了，可无论他多少岁了，能再次见到他，都令她激动得不能自已。

他坐在书房的桌案前，夜色下，对着烛火，轻抚着案上的一张黄纸。

一个字一个字仔仔细细地看着，好似想起了什么，他唇边带着柔而暖的笑意。从头至尾看了一遍之后，他小心地伸出手掌，展开五指，轻轻地按在纸上，好像与纸上的什么图形贴合在了一起。

她凑到近前，看到案上的纸已经发黄，字迹亦有些斑驳，但幸而仍能辨清。只见上面如此写道：从现在开始，花舞立誓只喜欢蓝枫一人，爱他欣赏他，不会骗他。答应他的每一件事情都会做到，对他讲的每一句话都是真话。要相信他，仰慕他，有人喜欢他，会第一时间站出来抢回他。蓝枫开心的时候花舞陪着他开心，蓝枫不开心花舞哄他开心。永远觉得蓝枫最帅，做梦都会梦见他，在花舞的心里只有他。以此为据，一生一世绝不反悔。

这张纸她再熟悉不过，上面还有她印下的手印，而此刻他的手掌刚好贴合在了她的手印上，恍惚间，好似十指相贴、相扣、相缠。

她无声地流下泪来，想去握住他的手，却只握住一片虚无。她不死心，不停地去抓去握，可终究什么都抓不住。她痛苦万分，一次次尝试却又一次次失败，不由得泪流满面，却听他咳了又咳后，轻声低吟道：“你骗了我，可我不怪你，若有来生，就算你再骗我，我也绝不再放手。”他唇边含笑，伏趴在了纸面上，含笑闭上了眼睛。

他伏案而睡，她却心如刀割，痛哭失声。

她以同样的姿势，趴在他的对面，与他相对，贪婪地细细瞧着他，他脸上已布满沧桑的皱纹，可肩背依旧挺直。

原来他老了是这个样子，她幽幽地想，手指划过他的眉，他的眼，他的鼻，他的唇。

不知他病了多久？还会不会好起来？

他一动不动，她亦一动不动。

夜色渐去，天方见白。

屋外，传来奴才的轻唤声，他却似没听见，依旧在熟睡。

奴才以为他尚未醒来便走了。过了好一会儿，奴才又回来了，敲门轻唤，他还是没有任何反应。暗香依依这才察觉到一丝不对劲，只见他神色安详，唇边带笑伏趴在桌案上，手心还按在纸上那个她曾经留下的手印上，想到他一整晚都未曾动过一下，一种不祥的预感涌上心头。

她大声唤他，可只是徒劳，她急得团团转却没有任何办法，直到门外的奴才进来推唤他，他还是一动不动。奴才神色微变，大着胆子探了一下他的鼻息，顿时惊慌失措地跑出了门去。刚巧在门口遇到一个锦衣男子，奴才磕磕巴巴地与男子说：“贝勒爷，王爷，王爷昨晚已经……已经……去了。”

她怔怔地听着，看着与他容貌有几分相似的贝勒爷大步进了屋，探过他的脉息后，神情哀恸，随后跪在了地上，痛哭失声。

她怔怔地看着伏趴在桌案上的他，抬起手，附在他始终按住纸张的手背上，与他十指相扣。

瞬间，脑海里闪过一个人的影像。

顾不迷。

原来顾不迷就是蓝枫的转世。

刹那间，她的胸口撕裂般地痛了起来。

是谁在他耳边说：“我好像有点儿喜欢你，你喜不喜欢我？”

是谁将手放在他的掌心对他说：“说好了，我们相守，一辈子相守！”

是谁将脸紧贴在他的后背说：“我只想和你在一起。”

是谁撇着嘴满不在乎地对他说：“就黏你了，怎样！”

“哪怕被你黏一辈子……”他情不自禁地说道，睁开眼来，却原来又是梦一场。

时间缓缓流逝。

暗香依依确实不在了，无论是死了，还是消失了，她都再没出现过。

除了在他的梦中。

他原本不相信未默所说，可在慕容逸一遍一遍“她没有死”的喃喃自语中，所有的固执都在一刹那变成了空。

那一天，他一步步沿着千林断崖走去，从清晨走到夜幕，心头好似被人挖空了一般，不知该去往何处，直到被一群人团团围住。

抬眼看到了红枫山庄。

瞬间，空落的心被一个字填满，杀！

他满身是血，起初是别人的，后来是自己的。虽然琴功已至第六重，可他依旧不是莫见笙的对手，何况他只身闯入高手如云的红枫山庄，无疑是在送死，可他根本不在乎。

他杀了很多人，明明觉得不够，可是已然精疲力竭。

倒下去的那一刻，他看到了满天的星光，仿佛她的笑颜，不敢惊扰，不敢触探，小心翼翼地将其烙印在心上，等待着死亡，等待着与她重逢。

随后发生的事，是醒来后郑长老讲与他听的。

就在他命在旦夕之时，莫七彩冲了出来，以自己的性命威胁红枫山庄的人不许他们靠近他。可莫七彩不过是不自量力螳臂当车，根本挡不住莫见笙和其他人决然的杀意，莫七彩轻易被制伏。可就在这时，莫七落站了出来。

莫七落说，暗香依依没有杀莫十七，杀莫十七的是……当他的目光看向莫见笙时，苏玉婉出声打断了他的话。

苏玉婉挡在莫七落身前，对所有人说，谁要杀顾不迷，就先杀了她！所有人都认为他们的夫人已经疯了。

这时，闻讯赶来的九幽教张海等人杀进了红枫山庄，将他救了出去。

而苏玉婉也在当晚带着莫七彩和莫七落离开了红枫山庄。

当时他性命垂危，幸好在路上遇到了傅月出手相救。

傅月跟着他来到了九幽教总教，醒来后的一个月内，他们只说过一次话。

他问傅月：“是谁杀了暗香依依？”

傅月就是慕容逸，顾不迷已将他认出。

慕容逸没有惊讶，也没有直接回答他的话，只是推开了窗，让萧瑟的秋风吹进屋来，屋外，一地凋零。

他缓缓道："半个月前，她来见过我，她已经落发为尼遁入空门。我和她从小相识，她对我的情，我都知道，可我终究辜负了她。若非当日是我求她帮忙，她也不会走到如今这个地步。我欠了她的，也欠了你的，一切都是我的错，要怪，你就怪我，要杀，你就杀我吧。"

"杀你？不。"他淡淡道，"我要让你活着，和我一样，活在思念和痛苦中，一世不得超生。"

慕容逸无可无不可地一笑，对他道："我已将汤斩断掉的经脉接好，能不能恢复到从前就看他的造化了，你如今也无大碍，能做的我已经都做了。我知道，你会为她复仇，我也会！你要的是他们的命，而我要的……是彻底毁了他们。顾不迷，如果你信我，把慕容轻晓交给我。"

那一天，慕容逸带着慕容轻晓离开了九幽教。

每一天都似在煎熬，都过得极慢。

有一天，未默从土里钻了出来对他说："我相信不是你杀了她，可我还是讨厌你。"

他没有回应，未默发了会儿呆，便走了。

第二天，未默又出现在了同一个地方，他还是待在土里，脑袋无力地歪靠在地上，和他静静地待上一会儿，离去前喃喃道："她都不来梦中看我。"

第三天，未默再次出现，又和他待上一会儿，然后说："她不来看我，一定会来看你。她是那么喜欢你。"

闻言，指尖深深地扣进了掌心，鲜血顺着指缝一滴一滴无声地落在土里，他静静地看着，没有一丝悲喜，仿佛流出的鲜血不是他的。

未默将这一幕看在眼里，悄然离去。

未默每天都来，如此过了一个月，可终究没有看到他想看到的人。直到有一天，未默对他说："顾琴魔，我发现我已经不讨厌你了，因为这世上只有你能明白，我是多么想她。"

未默说："顾琴魔，只要她能活过来，我愿意将她让给你。"

未默自那日走后，便再没有出现。

而此时，九幽教又来了另外一个人。

来者是一位女子，所有人都认识她，她就是红枫山庄的大小姐，莫七彩。

面对众人敌视的目光，她倔犟地走到郑长老面前，提出了一个要求，“我要见顾不迷。”

张海不屑地道：“教主岂是你想见便见的？”

莫七彩道：“你们的右护法汤斩是我所救。”她掏出一个木牌。正是对九幽教有恩之人才会得到的牌子，也正是因为这个牌子，她才能顺利通过君临山脉进入九幽教。

九幽教教规，只要手持九幽教恩人牌，可以向九幽教提一个要求，只要无损于九幽教，恩人的要求都要尽力满足。

莫七彩喜欢顾不迷，莫七彩为了顾不迷与莫见笙断绝了父女关系离开了红枫山庄，这事闹得沸沸扬扬人尽皆知。但毕竟左护法失踪与教主被伤都是红枫山庄干的好事，若不是当时莫七彩曾在危急时刻不顾一切地以命相救顾不迷，此刻他早已是具尸体了。

郑长老没有动怒，照例问她有什么要求。莫七彩却只有一句话，她要见顾不迷。郑长老见她如此倔犟，只得先命人将她看押起来，至于教主见不见她就不是他所能决定的了。

自从傅月治好了汤斩，时至今日汤斩已可下地走动，只是武功尚未完全恢复。得知莫七彩来了九幽教被扣押下来，很久避人不见的汤斩主动到了议事厅来见郑长老。

每日清晨，顾不迷都会来到九幽教后山练功。那里有一条山脊溪流汇聚而成的河水约有丈宽，清晨水雾蒸腾常常有雾。

今日，他刚来到河的东岸便看到河对面立着一个人，清晨的薄雾笼罩着她，浅紫色的衣衫单薄而萧瑟。

他抬头看了一眼，手中琴音忽起，那姑娘当即捂住了头，在地上痛得死去活来，一声声惨叫似天底下最凌厉的酷刑。

他看清了来人，心中毫无怜惜，只想折磨她直到死，任何一个和红枫山庄有关的人都该死。

女子早已泪流满面，疼得不住地瑟缩，由始至终却未曾求饶。她一边忍受着痛不欲生的折磨，一边挣扎着道：“顾不迷，我喜欢你，我莫七彩就是喜欢你。不管你是谁，不管你喜欢谁，不管你做了什么，我就是喜欢你。”

回应她的只有无尽的魔音，残忍嗜血。

她痛得没了知觉，以为自己快要死了，无力地抽搐中被一人拥进了怀里，温暖的体温让她忍不住紧紧依附。

琴音停了。

第二日清晨，她方才醒来，依旧是茫茫薄雾四周无人。

身上除了朝露，竟还有一丝残存的温暖。她没有细想，只是看向了河的对岸，低唤了一声："顾不迷……"本无人回应，可远远地便听到了阵阵琴音再次响起，随之而来的惨叫声令山中野兽听了也为之胆寒。

又是那温暖的怀抱让折磨她的琴音停止了下来。

第三日，第四日，第五日……

她已憔悴得不成模样，若是此时此刻有人说她是武林第一美人莫七彩，便是从没碰过女人的老光棍也不相信。她形容枯槁，鬓发凌乱，在又一次的琴音折磨中再也动不了了。她伏趴在地上，执拗地望着对岸，喃喃自语："我喜欢你，我没有错，错就错在我放不下，与其这样活着，不如死在你的琴下。"言罢，她再一次晕了过去没了声息。

当她醒来，依旧躺在原地，对面没有顾不迷的身影。她挣扎着爬坐起来，掩面痛哭。

那一天她没有走，在一棵树下睡着了。

第二天早上，她又看到顾不迷出现在河边，厌恶地扫了她一眼，便转身离开了。

他没有再弹琴，她的心因这小小的转变为之一颤。

为什么喜欢顾不迷？娘亲如此问过自己。当时她脑海中立即闪过几件旧事。

那一年，她刚满十六岁。

又一年的武林大会上，百事通姜言出其不意地搞了个武林第一美女的投票活动。投票方式很简单，就是在纸条上写上自己心中最美女子的姓名然后投到一个小箱子里，虽然很多人都说这件事无聊透顶，可事实上还是有很多人参与了投票。

女子们表面上似乎都不太在意，可私底下却又暗暗关注着投票结果。甚至还有人私底下为自己拉票，九哥更是为了这事在各大帮派奔跑，呼朋唤友地为自己拉票。

这日午时刚过，她正往看台走时无意中听到两人在台下暗处说话，从声音可以轻易辨出一人是叶落宫的少主慕容逸，另外一个是百事通姜言。

慕容逸道："顾不迷没投票你能放过他？"

姜言道："我自然不能放过他，我亲自拿着票箱找他去投，可是他只对我说了一句话，我便灰溜溜地走了。"

"他说了什么话？"

"他冷冷地看着我问：'可以投紫漆木琴吗？'我起先一怔，而后反应过来他说的是他手里的那把琴，当时就起了一身鸡皮疙瘩。早先我就觉得他摸琴弦时表情好像特别温柔体贴，就像那把琴是他的心上人，而今一听，能不走吗？”

“哈哈！”慕容逸闻言顿时笑得乐不可支，“他当真如此说？”

“当真……我百事通姜言，何时说过假话？”

莫七彩不自觉地也笑了起来，暗道这顾不迷果然爱琴如命。

她回到了看台，想起这事便遥遥望向坐在对面看台上的顾不迷，见他正在轻抚琴弦，那样子还真如姜言所说好像把琴当成了心上人。

他目光温柔，姿态妖娆，看着琴的模样说不出的珍视。看着看着，她心底起了一丝波澜。忽然想，不知将来有没有什么女子可以让他如此珍视怜爱。就在她出神地看着他时，他竟忽然抬头看了过来。四目相接，她顿时面红耳热，紧张地避过他看过来的目光，只觉胸口怦怦直跳，怎么克制也弹压不下去。过了很久她都不敢抬头，不敢与他的目光相对。幸好再抬眼时，他已不再看她，否则她几乎想起身逃走。

也不知怎么了，那次的武林大会她总是有些心神不宁，时不时会忍不住地看一看他。可每次看向他，又害怕他看向自己。就这样，场上的比武成了背景，九哥说的话也应付得心不在焉，自己好像突然多了一抹心事，沉甸甸的让她既欢喜又彷徨。

后来，投票结果出来了，她竟然成了武林公认的第一美女。得知这个消息，她最先想到的是顾不迷会有何反应？可正如预料的一样，他根本没有任何反应，莫七彩不由得怅然若失。

从那一年开始，来红枫山庄说媒提亲的人络绎不绝，她的婚事变成了爹、娘头疼的事。幸好她年纪尚浅，爹娘以此为由，将所有上门提亲的人都打发了。

那时候，红枫山庄和九幽教并未到水火不容的地步。所以她对顾不迷萌生的那抹心思，并没有被扼杀，甚至私下还存了一丝希望，希望能有机会与他相遇、相处，甚至更多……

那一年武林大会后，哥哥和十七哥哥要去落霞宫参加落霞盛会。落霞盛会是落霞宫每三年一次的内部比试大会，通常会邀请一些其他帮派的未婚青年作为评审。

今年，哥哥和十七哥哥也在应邀之列，除了他们，听说还有叶落宫少主慕容逸、百事通姜言、飞刀门门主石琅等二十多位青年男子去做评审。其实武林中人都清楚，落霞宫每三年的比试大会邀请这许多青年才俊莅临到场，名为评审，实为相亲。这其实是件美事，尤其被邀请去做评审的人，都是武林当中年轻一辈的佼佼者，或出身、或地位、或武功，必有过人之处。

因为今年哥哥莫七落也在被邀请之列，娘亲特意叮嘱他多留意自己中意的女子。

她和娘撒娇说也要去，一来去看苏姐姐、程姐姐，二来也可以暗中帮两位哥哥参谋参谋。

落霞宫是娘亲的师门，她少时也曾拜师落霞宫，故娘亲未加阻拦便让她跟着去了。

一路上有两位哥哥的照拂她过得轻松恣意，眼看进入江州地界，却在路上连番遇到了九幽教的人马。他们一波一波地骑马赶往江州边界，也不知急匆匆地要去干什么。哥哥猜测他们是去接一个重要人物，三人起了好奇心，便沿路跟着去看。

三人沿路跟去，正行于灌木丛中，忽闻远处传来女子的尖叫声，两位哥哥侠义心肠，顿时改变了方向朝声音来源跑去。她跑在最后，尚未看清前方发生了何事，便被哥哥挡在身前，拉入附近的灌木林中躲藏。

也不知前方发生了何事，哥哥拦着不让她看，只远远听到一人道："你是江州分舵的弟子？"声音清冷熟悉，闻声她微微一怔，顿时听出说话之人是顾不迷。

这时只听一男子颤声道："是，少主，属下知道错了，少主饶命，少主饶命。"

十七哥哥低声道："原来他们接的是顾不迷和郑三步。"

听闻此言，她推开哥哥的有意阻拦探出头去，只见前方空地上顾不迷及九幽教长老郑三步等三十余人都骑在马上。众人前方，一男子衣衫半解，男子身后瑟缩着一名衣衫凌乱的女子。这才明白为何哥哥挡着不让她看。

郑三步道："少主，你看这事该如何处置？"

顾不迷道："按教规处置。"

郑三步点了点头，当众宣布道："本教教规第三十四条，淫辱良家妇女者，处以宫刑，逐出九幽教。"

男子早已吓得面无人色，当即被人拖入林中，传来连声惨叫。什么是宫刑？当时她尚无确切概念，只听得男子惨叫连连想必很是痛苦。

郑三步下得马来走到受害女子面前，对女子道："今日之事姑娘请放心，九幽教不会对外泄露半字，这是五十两银票，姑娘且先收下。"

那女子显然已经吓坏，只是一个劲儿地哭没有接下银票。郑三步将银票放在她手里，方才回身喊道："李维山！"

从顾不迷身后走出一个满面胡碴的大汉，郑三步道："你速派人送这位姑娘回去。"

李维山立刻安排属下送走这位姑娘。

姑娘走后，顾不迷方道："李维山，你作为江州分舵舵主，属下做出这种事实属你驭下不严之过，回分舵后，自领鞭刑二十。"

“是，少主。”李维山二话不说当即领受，竟似一点儿怨言也无。

顾不迷再不多言，与众人骑马消失在了林间。

这时方听十七哥哥对哥哥说：“看来九幽教也并非传言中那般嚣张跋扈。”

哥哥说：“他们行事乖张，但却很有血性。”

十七哥哥说：“我听说凡是对九幽教有大恩的人，他们会赠送对方一枚恩人牌。凡手执恩人牌者，可求九幽教一事，无论什么，只要无损于九幽教，他们全教上下都会全力以赴拼死相助，这事是真的吗？”

“应该是真的，我听爹爹说过此事。”哥哥道，“天色不早了，我们走吧。”

她把两位哥哥的话都听进了心里，幽幽地望着顾不迷离去的方向，想起了他轻抚琴弦时的妖娆冷魅，每一个眼神，每一个动作，都如此清晰未曾忘记。

第三十五章 功至七重

进入江州城，刚巧赶上江州城每年一度的风筝节。

满天的风筝，将他们三人引到了城外江边。

那里挤满了人，她看着满天的风筝，只觉目不暇接，开心无比。风筝节上人太多，大人小孩嬉笑吵嚷。三人看风筝看得入了神，被人群挤来挤去，不知不觉便被挤散了。几个放风筝的孩童在她身边奔跑戏耍，其中一个放风筝的小姑娘只顾看风筝，却不顾前面是否有人，一头扑进她怀里。她始料不及被小女儿撞得倒退数步，险些抱着小女孩一起摔倒，背后忽然被人推了一把，她借力站稳，一回头，便看到了顾不迷。

一见是他，她顿时僵在那里，什么都听不到，什么都感觉不到，只看到他站在角落里仰头看着风筝。

天是那样的蓝，风是那样的柔。

似察觉到了她的目光，他垂眸向她看来，四目相对，她顿时面红耳赤，嗫嚅道：“谢谢。”

他并未回应，又抬头看向了天空。

她不敢再看他，却也不想就这样离开。她悄然转过身去，与他一样抬头看向了天空。只是什么都已看不进去，她一心只想着，他在身后，身后是他，好近好近，近得快将她的后背灼烧起来，近得就像这被线拴住的风筝，无论飞得再高都无法挣脱的宿命。

就这样不期然地喜欢上了一个人。

可是娘亲却说：“傻孩子，他根本不喜欢你，你再喜欢他又有什么用呢。”

“他不喜欢我，可是他也不喜欢别人，所以我可以等，等他喜欢上我。我会让他知道，我莫七彩可以为他生为他死，是一个值得他喜欢，值得他珍视的女子！”

娘见劝解无效只叹她太执拗，而她却一门心思地认定，此生非他不嫁。虽然明白自己所求很可能只是奢望，可她愿意等，哪怕用上一辈子的时光，也无怨无悔。

等待是一种执著，与你无关，只属于我。

等待是一种折磨，折磨着我，可是我很执著。

等待是一种期待，因为这一点点地期待，所以我执著地等。

一直等，等到你看到我。

一直等，等到我靠近你，而你不推开我。

一直等，等到你靠近我。

一直等……

等到发白，等到齿落……

我有一生，我愿用这一生，去等。

等到……

你这半生的回忆里都是我。

每日清晨浓雾弥漫时，河两岸的景物便被藏了起来，彼此看不清楚，可一旦太阳升起高过四周的山峦，浓雾渐散，两岸的景物便渐渐显露出来。那时，河水的东边，通常会出现一个紫衣男子，而河水的西边，苍天古木之后也会有一个紫衣女子躲藏在那里，偷偷地望向东岸。

当浓雾转淡，薄雾散去，紫衣男子早已走远，紫衣女子方才现身，立在河的对岸久久失落地等待。

日复一日。

女子始终没有发现，在远处一方阴影的遮蔽下，还有一个长身玉立的身影幽幽地注视着她，如此，日复一日。

终于有一天，莫七彩鼓起勇气过河接近对岸的顾不迷。

她施展轻功越过水面时，忽然看到立在岸边的顾不迷冷冷注视过来的目光，那毫不掩饰的厌憎令她心生慌乱，瞬间泄了气，掉进了水里。她不会游泳，呛了水更加惊慌，她不停地向岸上的人挣扎求救，却看见顾不迷站在岸边冷眼瞧着她，好像在等她自行死去，眼中一丝怜惜也无。她的心渐渐冷了，以为今日自己必死无疑，没想到却被另一个人救上了岸。

汤斩重重地敲打她的后背，她不断痛苦地将呛进去的水咳出来，无力地瘫软在他的臂弯中。

顾不迷在一旁看着，冷冷道："汤斩，我的忍耐是有限度的，我再不能容忍这个女人出现在我眼前，即便同时杀了你！"

身后圈住自己的怀抱，有些熟悉，令她微微有些恍惚。

她听汤斩道："教主，求你放过她。"

瞬间，她全明白了。原来，如果不是汤斩，她早已死在顾不迷的琴下。顾不迷从未对她有过怜惜之心，他甚至想折磨她直到痛苦死去。那些日子，抱着她让琴音停止的那个人，是汤斩。

有时候，执著地爱一个人，已成为了一种习惯，忽视了其他人，也容不下其他人。

突然明白，她是那么傻，那么傻。爱一个不爱自己的人，执著于一份根本得不到的爱。

此时此刻，她恨不得当场死去。

她转身又欲跳进水里，却被汤斩拉住。她拼命扭打，却被他拉入怀里。她对他又咬又踢，直到嘴里满是血腥的气味，他却依旧不曾放开。

她微微抬起头，看到了他关切的眼，忽然明白了他的心思。她听到自己残忍地说："我不会爱上你的，一辈子都不会！"如期看到了汤斩眼中的伤痛，听他淡淡道："我知道。"他放开了她，却没有离去，只是默默地站到了水边，挡住了她跳入水中的去路。

这时，忽听顾不迷开口道："莫七彩，你知道我为什么特别厌恶你吗？"

莫七彩闻声抬起了满是泪水的脸，顾不迷轻蔑地笑道："因为你是个糊涂、放纵、自私得让我觉得恶心的女人。"

莫七彩踉跄后退，几乎站立不稳，已然被这句话伤得体无完肤。

汤斩低声道："教主。"

"汤斩，你若现在不把这个女人带离我的视线，我就让她在你眼前灰飞烟灭，让你再也见不到她，让你像我一样……"顾不迷残忍地道，"痛苦一生，悔恨一生！"

汤斩闻言，震惊地望向顾不迷。下一刻，他似有所悟，突然抓住了莫七彩的手腕，再不管她的挣扎，将她强行带离了此地。

当天，汤斩带着莫七彩离开了九幽教，从此不知去向。

人这一生，稍有错失，便会与所爱失之交臂甚至阴阳相隔。与其这样，不如在活着的时候，全力以赴地去争取，珍惜每一刻与她相守的时刻。就算最后仍然得不到，却也尽了全力，如此此生也将无怨无悔。

右护法汤斩私自离教，照理说属于叛教，势必要受到九幽教上下永无止境的追杀，但教主第二天就下了一道教令，右护法汤斩受教主之命离教行事。只是不知这右护法去行什么事，一走就是多年。

顾不迷的伤势一天天好转，大概过了半年的时间，伤势方才痊愈。

这半年里，他从未放弃寻找暗香依依。

当日慕容逸便曾带着叶落宫的人下崖找过她，却毫无所获。

崖底是滔滔流水，沿着水流叶落宫的人寻了半个月，也没有找到她的踪迹。九幽教也派人寻找过，一样无果而归。他醒来后，又先后几次带人寻找，也没有她的消息。所有人都认定她已死了，可一日没有找到她的尸体，他一日便不会放弃。

这半年里，江湖一片腥风血雨，九幽教与红枫山庄两大帮派之间的争斗到处可见，其他帮派也不免被卷入其中。

落月迷香的秘密不知何时已人尽皆知，暗香依依之死，莫见笙为夺其功力将其害死的消息也不胫而走，可一切毕竟只是江湖传闻，有人信也有人不信。

有人相信，因为如果这不是真的，莫见笙的夫人和他的儿子、女儿为什么都离开了红枫山庄，这显然是众叛亲离。

有人不信，辩解那是因为莫七彩喜欢顾不迷拼死护着他，莫七落早已背叛了红枫山庄与魔教妖人为伍，而莫见笙的夫人不过是妇人之仁，为了护住一双儿女所以才离开了红枫山庄。至于众叛亲离，红枫山庄不是还好好的吗？就连连番挑衅的九幽教也没得到什么好处，又何来众叛亲离？！

众人猜测揣度，谣言四起却一直没有什么定论。

而他全然不在乎这些。

他依旧夜不能寐，食不知味，甚至连话都不想多说，心里只有一个念头，杀了莫见笙！杀了红枫山庄所有人！如果说他还活着的意义，那么只有一个，为暗香依依报仇雪恨，用红枫山庄所有人的血，所有人的！

东殿中的清晨，鸟儿在树梢上鸣唱。

他坐在院中，紫漆木琴置于身前。

闭眸，似听到了她的笑声，睁开眼，她已不在。

他又一次打开了琴功的心法，看到上面写道：六重：身，负累也，抛却之，则达意念之境也，意念，控也。

他翻到下一页，只见上写，七重：情，人之欲也，曲，情控，则兼之毁天灭地之能也。

如果第六重是放弃肉身，置之死地而后生，那么第七重又是什么？

情？这世间，究竟哪种情可以厉害到有毁天灭地的能力？是怒还是惧，是悲还是喜，是恶还是欲？

还是爱？

爱？

此生他只爱一人。

悲她之死。

怒她之死。

惧她之死。

恶她之死。

指尖在琴弦上滑动。

忽而笑，忽而悲，忽而泪垂……

日朝日落，起手间，漫天飞鸟皆落。

一只，又一只……

树影摇曳，风过残存。

第七重，竟在一念之间练成。

而指尖已满是鲜血。

鲜血一滴滴落在紫漆木琴上，好似水珠落在水面一般奇异地漾出一圈圈涟漪，而后渐渐被紫漆木琴吸收，幽幽地泛出淋漓的暗光。紫漆木琴的颜色由淡转浓，似脱胎换骨一般，从浅紫变成了深紫。

他终于明白，当初赵剑是如何练成第七重的，所有人都误以为是他拥有了强大的内力方可操控紫漆木琴，就连他也曾这样认为。

而今方才真正领悟，并非强大的内力才能让他操控紫漆木琴到第七重境界，而是失去所爱的痛，是情到深处的刻骨铭心，是悲到极致、愤怒到极致的毁灭，让他与紫漆木琴产生了空前的共鸣，这才是琴功第七重！

可他宁愿永远也无法练到第七重，因为他付不起这样的代价。

深秋的天气，萧瑟中透着一丝冰冷。

天方渐白之际，一队人马悄然出现在千林断崖。

当先那人，紫衣负琴，一身清冷。

他跃下马来，来到断崖边，迎面而来的寒风高高扬起他的衣襟，天边第一道光照在他身上时，也未曾让他身上出现一丝暖意。

这就是她的葬身之地，他不止一次去寻找，可依旧毫无所获。

他立在这里，忍受着扑面而来的寒风，举手断了一缕发，随风扬去。

良久，他方才转身上马，带着众人离开了此地，直奔红枫山庄。

红枫山庄对面的怪石林。

他与身后众人勒马停步，吩咐道："你们就在这里等我。"

郑长老犹豫了一下，欲言又止。

张海眼看顾不迷一人走向红枫山庄，急切中喊道："教主，你打算一个人去？"

"教主，红枫山庄人多势众又据险而守，你不能这么一个人去。"张海奔到近前，大声道，"教主，带上我，我和你一起去。"

其他人一听张海要去，也纷纷跟着要去。

顾不迷沉声命令张海："退下。"

张海人虽固执可还是在顾不迷的逼视下微微退缩，其他人也不敢再吭声。

这时只听郑长老道："教主，万事小心。"

顾不迷微一颔首，迈步而去。

众人闻言面面相觑，却不敢再出声了。

原本九幽教与红枫山庄势力不相上下。可这一年多来，九幽教连损前任教主、长老和左、右护法等数十位顶尖高手后，新教主又因失去所爱一直闭关不出，士气大损。如今红枫山庄气势如虹，俨然已成为武林无人可比的第一大庄了。

驻守在山脊入口的弟子远远看到紫衣负琴者便是一惊，半年多前的事他们都曾听说。当下一看到紫衣负琴者立刻联想到了九幽教的顾不迷，虽不信他还敢只身前来，可仍旧快马加鞭地跑进庄内通报庄主莫见笙。

可赶去通风报信的人尚未曾跑进庄子，便听到身后传来阵阵琴声，而后，山脊所有守卫瞬间烟消云散化成飞灰。报信弟子甚至还没完全回过头去，便感觉肌肤瞬间被万千条丝线划破，疼痛只是一瞬间的事，就已被撕成了碎片。

红枫山庄方圆百里，每隔一段便有一众弟子把守。顾不迷自进入红枫山庄，便有弟子不断上前阻拦，但这些人有的甚至连面都未曾见到，只闻琴声，便已死无全尸。

琴音渺渺，直通天际，越来越多的人出现在他所经路上，他甚至没有停留过一步，踏着无数鲜血，迎着满天血雾，直抵红枫山庄腹地。

望着终于出现在眼前的莫见笙，他停下了琴上跃动的指尖。

众人惊恐防备地将他围在正中间，他抬眸一一看去，红枫山庄弟子秦楠、李维、王剑飞、魏西临、秋末……

就是这些人，杀了他的爹爹，害死了他最心爱的人。

莫见笙道貌岸然地道："顾教主，伤势可大好了？"莫见笙此言无疑是在揶揄他当初只身闯入红枫山庄凄惨的下场。

顾不迷没有理会，而是旁若无人地席地坐了下来，将琴置于膝上，轻轻地抚摸起来。

记忆中，有一个女子，最喜欢偷偷瞧他如此抚琴的模样，其实她每次偷看，他都知道……她每次的神色，他亦清楚地记在心里，不曾忘。

闭上眼，她的身影再次浮现在眼前，她在对他笑，他亦微笑起来，对她说："今日，我就用他们的血来祭奠你。"与此同时，他骤然拨动了琴弦。

在他身后，正要趁此机会偷袭他的红枫山庄十四弟子魏西临瞬间被撕成了碎片，只剩下一阵血雾，在众人惊愕的目光下缓缓散开。这一幕令所有人心惊胆战，这不是顾不迷，这绝不是半年前那个闯入红枫山庄不知死活的顾不迷。

莫见笙更是惊骇莫名，心中暗道：难道，难道顾不迷已经练到了第七重？相传只有第七重才能随心所欲地操控魔琴。可是这怎么可能？暗香依依已死，没人渡功力给他，他如何能练到第七重？

他尚未想明白，顾不迷的琴音已经铺天盖地地扑面而来。

瞬间，撕心裂肺的叫声让闻者无不胆战心惊。

以顾不迷为中心，四周物体，由内至外全部开始龟裂，刹那变成碎块飞溅到四周。有人惊骇之色尚在脸上，便已被强大的外力肢解；有人全力防备，却还是难逃一死；有人转身想逃，可一步尚未迈出便已成了被风吹散的血雾……

整个红枫山庄已无人有还手之力。包括当中武功最高的莫见笙。

莫见笙勉力支撑仍被强大的力道震飞出去，他拼尽全力可身体还是不断生出道道伤痕，几乎将他撕碎。眼瞅着自己苦心经营一生的基业全部被毁，自己养育多年的弟子尽数死于非命，他不禁心痛如绞，却已无能为力。他将心一横，不再犹豫，借着浓烟的遮蔽跑向了密道。

浓浓烟尘中，什么都已看不到，只听幽幽琴曲似情人悲伤的呜咽和来自人间炼狱中的哭喊。

琴音消散，一曲终了，红枫山庄百年基业，已然灰飞烟灭。

顾郎一曲毁红庄，这事无论过去多久，武林中人每当提及，仍是心有余悸，便是想上一想，心中震撼惊惧亦难以描摹。有人惊恐于谈论此事，有人则津津乐道夸大其词，无论如何，自此以后顾不迷便成了真正的琴魔。

远处山崖上，郑长老等人看着这一幕，心中惊骇已难以形容。

他们之中，唯有郑长老知道教主已练成魔琴第七重，他虽然已做好了心理准备，可见此情形仍难掩惊骇。其他人更不必提，已经惊讶到几近失态。

要何等功力，才会有如此巨大的毁灭能力！教主如今的功力，已强大到不可思议的地步，让人望而生怯。由始至终，他们甚至不敢眨上一眼，眼瞅着占地百亩的红枫山庄由内至外分崩离析。

烟尘散过，他们没看到任何人逃出来。

良久，他们当中方有人回过神来，惊慌失措地向郑长老寻求答案。郑长老叹息道：“七日前，教主便已练到了第七重。”

第七重，除九幽教开山之祖赵剑外，数百年来再没人做到的事情，教主如此年轻竟然也做到了？实在不可思议。

郑长老忽然喟叹道：“要是左护法还在，就好了。”

所有人都不知道郑长老为何有此喟叹，萧仁想到了教主对左护法的感情，可也不清楚为何郑长老会在此时发此喟叹之语。

如今教主武功天下无敌，在旁人眼中自然是天大的喜事，可郑长老却心生忧虑。这半年来，他一日日看着教主悲伤、自责，日夜折磨着自己。将自己封闭，不与人接触，不关心任何事，只是一味地思念着左护法，也越发变得冷血让人难以亲近。而今更是一意孤行，一曲毁了红枫山庄百年基业，在自己人眼中自是报仇雪恨的快事，可在他人眼中，无疑会成为被人畏惧的杀人魔头。

魔头也没什么，九幽教本就行事乖张，全凭自己喜好，早被武林中人称为魔教。可教主自从失去了左护法，性情变得异常阴冷孤僻，来时路上甚至一句话都未曾说过。这样下去，恐怕九幽教的前景也十分堪忧。

如果左护法还活着，或许还有转圜余地，否则教主如此下去，怕是有亡教之忧了。

郑长老想得很远，如此警告所有人，不得将今日之事泄露出去。

可消息还是不胫而走。

红枫山庄一夕被毁，消息传到江湖，无人不色变。

顾不迷一个人就毁了红枫山庄百年基业，他的强大，不只让人畏惧，还让人嫉恨。尤其红枫山庄各地残余弟子，更扬言要为庄主报仇，又因莫见笙是武林盟主，事态在种种挑拨下越发不可收拾。

郑长老面对事态的严重性，依旧不表态，只是暗中做好了一应准备。虽然明知莫见笙是所有事情的罪魁祸首，可毕竟证据不足。莫见笙死前又是武林盟主，以红枫山庄在武林中的地位和莫见笙本人在武林中的威望，如果拿不出足够的有力证据，那就是恶意杀害武林盟主。届时顾不迷将成为武林公敌，九幽教也难逃干系，很可能会有灭顶之灾。

武林虽然一向不讲法度，只讲强者生存，可若是引起公愤，也难平众怒。到时候，若所有人联合起来对付九幽教，形势就不容乐观了。

最令郑长老忧心的是，这个消息传到顾不迷耳中时，他不过轻蔑地一笑，依然故我地在后山继续建起了木屋。

郑长老不明白他为什么要在那里建房子，而且一木一钉都不假于人手。房子盖好后，屋檐上挂满了叮当响的风铃，还养起了小鸡、小鸭、小鹅和兔子，过起了田园生活。

这事郑长老一直对外瞒着，可他怎么想都没想明白顾不迷这是要干什么，只好安慰自己他终归想开了，至少还会养些小动物。可当他得知那些家畜长大后又被顾不迷全部杀了吃掉时，他又安慰自己，或许教主只是想休息休息。再说，动物养大总要吃的嘛，何必大惊小怪。

局势日益紧张，郑长老代管教中事务，如履薄冰。他处事谨慎，面对种种流言飞语和诸般挑衅，一直隐忍不发。并严令九幽教各分舵、分堂处事低调，轻易不得招惹其他帮派，可事态仍旧不容乐观。

武林蠢蠢欲动，郑长老收到消息，暗中已有人唆使整个武林联合起来共同对付九幽教。

武林各门派集结起来，一起攻上了君临山脉，九幽教的总教。

一路几乎没受到什么阻拦，当众人气势如虹地冲进九幽教正殿时，只见九幽教所有高手几乎都等在那里，他们面不改色地站在大殿的台阶上，而众人之前坐着的，便是他们的教主顾不迷。

此刻，顾不迷坐在长椅之上，面前的桌案上放着令人望而生畏的紫漆木琴。不同以往的是，他习惯穿的紫衣外面罩了一层黑纱。他没有看闯进来的那些人，只是垂眸无声地抚摸着琴弦。

前面闯进来的人看到这种情形倏然停步，后面的人再往里挤就撞到了前面的人，前面的人看到这一幕哪里还敢轻举妄动，后面的人没看到自然不清楚，前面的人也坏，稍一侧身，便让后面的人挤了上来。有一个小子不小心失了重心跌冲到了最前头，而后众人只闻一个单音，那小子眨眼间便消失在了眼前，只剩一团血雾。

当日红枫山庄一役，里面的人几乎无一生还，后来虽有消息说是顾不迷一人所为，可终究只是谣传。而且这个谣传实在匪夷所思，只因红枫山庄有多大有多强众人不是不知道，要真是顾不迷一人所为，那顾不迷还是人吗？

开始很多人将信将疑，后来则更多人怀疑传言是假的，顾不迷武功再高也是个人，他怎么可能一个人杀了红枫山庄几百号人，再说半年前顾不迷不是才被红枫山庄的人重伤过吗？当时他连莫盟主一个人都打不过，这才过了半年光景，他怎么可能杀了红枫山庄那么多高手？

肯定是九幽教的人故意散播谣言，以显摆他们教主厉害。实则很可能是九幽教使了阴招派人混入了红枫山庄而后派出大批人马出其不意里应外合这才将红枫山庄一夕灭门的。这才是合情合理的解释，多数人都这么认为。

因为顾不迷武功已至第七重的消息外间并不知道，只有当时跟着顾不迷去红枫山庄的小队亲信人马私下里清楚，又因为郑长老明令不许外传，所以除了这些人之外根本没人知晓顾不迷的武功已至第七重。

原本能将魔琴练到第七重可能性就极低，尤其不过半年时间，年纪轻轻的顾不迷怎么可能练到第七重？没人往这方面想，也根本没人相信这事会发生。也正因如此，大队人马里应外合灭红枫山庄的猜测渐渐被众人认同，便也觉得顾不迷其实没有传说中那么厉害。

但九幽教灭了红枫山庄杀了武林盟主这件事却是不争的事实。九幽教对外也从未否认过。在几次小规模冲突中，更有九幽教的头目羞辱对方道："九幽教连红枫山庄都能灭了，你们算个屁！"

虽然在郑长老的严格命令下，半年来九幽教处事低调，但毕竟是一群血气方刚的汉子，人家欺负到了头上岂有不吭声的道理，所以即便郑长老再如何要求，也还是会与其他故意挑衅的帮派发生摩擦。有时候也会说些气话气气对方，久而久之，魔教嚣张的气焰被夸大其词，再加上他们杀了武林盟主灭了红枫山庄，此事早已激怒了整个武林。武林中人均为红枫山庄愤愤不平，背后再有人暗中煽风点火，说魔教如今日渐强大，将来肯定会逐一铲除各大帮派，唯他一家独尊。魔教一日不除，正道岌岌可危等说法一经传开，这才造成了今日之事。

而今攻入九幽教者，各大门派基本聚齐了，有人是因红枫山庄的事义愤填膺，有人是早与九幽教有嫌隙、心有积怨，有人是为了趁乱得些好处……各种各样的缘由，众人打着要为盟主报仇的旗号，齐心协力攻入九幽教。只想着人多力量大，任你九幽教再厉害，又怎能敌过整个武林！

这一次，来者足有千余人。各大门派高手齐齐出动，誓言杀了顾不迷这个大魔头，一并彻底铲除九幽教。

众人来的时候声势浩大，攻入九幽教时更是一路畅通无阻气势如虹，可到了这里，亲眼看到这一幕，不由得还是惊呆了。众人神色各异，有的甚至面露惊惧存了偷偷溜走之意，年轻些的弟子更是屏息以待，大气都不敢喘了。

其中一些武林人士眼见这一幕更是难掩惊骇，不禁暗忖：顾不迷以前杀人，只要出手，伤害范围必定是一大片，根本无法凝聚在一段距离更别提是一个人的身上，杀伤力也不足以将一个人撕裂到变成一阵血雾这种可怕的境地。而今这一幕只能说明一件事，那就是顾不迷如今的武功很可能已练到了魔琴第七重。

第七重，正是当初九幽教创教祖先赵剑最终所达的修为境界。赵剑已是武林的一则神话，数百年无人超越，没想到几百年后，顾不迷竟然也练到了这种境界，这怎么可能？这怎么可能呢？顾不迷还这么年轻，怎么可能有这等修为！？众人不愿相信，却又不得不信。

眼见顾不迷一出手便镇住了所有人，人群中有一人高声道："顾不迷，你武功再高，又当真能杀得尽这天下人吗？"

此人一出声，所有人立刻响应附和。众人拾柴火焰高，人多就是会胆大，顾不迷方才展露那一手在众人一声高过一声的附和中也不足为惧了。

九幽教郑长老笑道："本教教主何曾说过要杀尽天下人，来者都是客，今日只要大家愿意放下恩怨不做纠缠，今后自然还是朋友。"

"少听他胡说，九幽教仗势欺人已久，向来嚣张跋扈，你们教主不问青红皂白一出手就杀了我的弟子，这事怎么算！"长青门门主说道。原来方才不幸被顾不迷杀了的人是长青门的弟子，难怪他如此愤怒。

"此事明摆着是有人暗中挑拨，唆使大家来九幽教生事。既然大家已经来了，本教也不能不懂礼数，你们提着刀枪剑戟地进来，我们也只好礼尚往来，以刀剑相还了。"百医圣手萧仁道。

"萧仁，你不过是九幽教的一个医者，你有什么本事当着众豪杰的面说以刀剑相还！"长青门门主出言讥讽道。

顾不迷幽幽道："你有本事，便上来吧。"

长青门门主顿时说不出话来，既不敢上前，又不能不上前，如此憋了半天，直到九幽教众人哈哈大笑起来，实在没脸面正要豁出性命出去，便听落霞宫宫主出声问道："顾不迷！你既在此我便问你，是不是你杀了莫盟主？"

"是，莫见笙是我杀的。我不只杀了他，还毁了整个红枫山庄，杀光了所有人。"顾不迷轻抚琴弦，轻蔑地道，"就跟捏死一只蚂蚁一样。"

落霞宫宫主是红枫山庄庄主夫人苏玉婉的大师姐，红枫山庄与落霞宫向来交好，更有诸多姻亲关系，不只如此，自己最得意的弟子苏璇莹和程秀，也因此事一个看破红尘出了家、一个莫名身死在红枫山庄外，她怎不痛心疾首。此番来九幽教也正是为报仇而来，当下闻见顾不迷杀了人还如此嚣张，她顿时气得面色发青，大声冷斥道："魔头，既然是你杀了莫盟主，你就要为莫盟主偿命！你毁了红枫山庄，我们今日就毁了你的九幽教！"

就在众人剑拔弩张之际，忽听一人道："九幽教今天可真是热闹啊！"

众人闻声望去，只见慕容逸、姜言带着叶落宫一众弟子走了出来。

慕容逸手摇折扇，眨眼间翩然而至。他含笑立在两方中间，先扫了一眼顾不迷，而后才看向各大帮派，目光在众人脸上逡巡，似乎在寻找什么人。

百花门门主花香玉跳出来斥道："慕容逸，少在那里装模作样，叶落宫如今与魔教私下交好，你当我们不知道？你今日不出现便罢，既然出现就休想离开！"

慕容逸眨了眨眼，亲切地对花香玉笑道："多日不见，花门主怎么连声音都变了？哎呀，我知道了，是因为我送你的绝世武功秘籍吧？"慕容逸以扇打头似后悔不已，连声叹道，"唉，说起来，那可真是大大的好东西啊。那本秘籍是我在千林断崖下寻找暗香依依时无意中拾到的，很可能是暗香依依临死前亲笔所写的武功秘籍。我怀疑它极有可能是落月迷香的改良版，男人竟然也可以练！唉，可惜我这人生性懒散，又不愿意挥刀自宫舍了自己的宝贝，所以才送与门主修习。门主既然学了，怎么不知感恩啊？"

花香玉闻言面色一阵红一阵白，一想到当时慕容逸忍痛割爱将那秘籍送与自己的模样，他便恨得牙根直痒痒。他一直对慕容逸颇有好感，希望能多亲近，可没想到慕容逸竟然这样害他，可当下有口难辩，只因那秘籍，那秘籍……唉……挥刀自宫，他还以为真的可以……原本就不想当什么男人，便真的挥刀自宫了，哪想到第二页竟然写着就算自宫，未必成功，再看第三页若不自宫，也能成功，第四页竟然是既然如此，何必自宫！他当时想死的心都有了，当下看到慕容逸便已失去理智，尤其一想到是慕容逸故意戏弄自己害得自己如此下场，便恨不得当场诛杀了慕容逸。

当下众人自然听得明白，再看花香玉五颜六色的面色，立刻明白花香玉真的挥刀自宫了。

众人不由得低低笑了起来，那笑声直笑得花香玉想刨个坑把自己埋了，当下哪还有脸杵在前面丢人现眼。他正欲转身藏躲到人群后，岂料一个没留神大力转身时额角砰的一声撞在了身后少林止水大师的禅杖上，当下只觉得眼前金星直冒，两眼一翻咕咚一声倒在了地上。

止水大师见状，忙双掌合十低诵道："阿弥陀佛，罪过罪过。"

现场有些小辈早已忍不住笑出声来，百花门弟子忙从后面挤上前来，将昏倒的花香玉抬了下去。

这时便见慕容逸在人前深鞠一礼，道："少林止水大师、武当和穆道长，晚辈慕容逸见过二位前辈。"

止水大师道："阿弥陀佛，慕容宫主有礼了。"

和穆道长抬手虚扶，道："慕容宫主不必如此客气。"

这时便听落霞宫宫主道："慕容逸，你少在这里废话连篇拖延时间，顾不迷自己亲口承认杀了武林盟主，又残忍地杀了这么多无辜的人，今日说什么也要他以命偿还！且不说天网恢恢，恶有恶报，就是为这人间应存的正义也要讨个公道！”

“是！”

“对！”

众人纷纷附和，因落霞宫宫主这番话再次士气高昂。

慕容逸闻言摇头笑道：“今日大家齐聚一堂实属不易，原本我还想着，事情的来龙去脉该如何一一告诉大家，今天既然大家都来了，倒省了我许多麻烦。”

“放你的臭狗屁，莫盟主人死了家毁了他还能有什么事？我看一切都是你慕容逸故意编造出来的，居心叵测想要毁掉莫盟主生前清誉，处心积虑地为魔教开脱。反正莫盟主人都死了，你就干脆来个死无对证，说什么是什么，可我们还容不得你让莫盟主英灵蒙受不白之冤。”

“我这还没说呢，你怎么知道我要毁他清誉？”慕容逸笑得十分无辜。

“我……我就是知道！”那人也觉得自己这句话显然有些站不住脚。

“大家不要听信他的鬼话，他就是想拖延时间，顾不迷亲口承认是他杀了盟主毁了红枫山庄，我们此来就是为盟主报仇，还等什么，我们上啊！”言罢，红枫山庄余众一哄而上就要冲向九幽教，原本其他帮派也犹豫着是否上前，可眼见少林、武当、峨眉、飞刀门等大门派的人一个都没动，便也按捺住未曾动弹。最先冲上去的几个红枫山庄弟子转眼间便成了顾不迷琴下亡魂，后面的见状，再没人敢上了。

这时只听止水大师诵道：“阿弥陀佛，善哉善哉。万事皆有因，有因必有果，善恶到头终有报，我们不妨先听一听慕容宫主究竟要说什么话吧。”

“止水大师说得有理，我也相信，万事皆有因，有因才有果。慕容宫主不妨细细说来，我等愿洗耳恭听。”和穆道长道。

众人眼见这少林、武当两大门派掌门人都明显向着慕容逸，不由得暗道：也没听说慕容逸与少林、武当亲近过，应该并非是故意偏袒。其实听听也无妨，他们早就觉得很奇怪，为什么九幽教会突然间毁了红枫山庄杀了莫盟主，之前九幽教教主顾不迷又为什么在红枫山庄被打成重伤？江湖上有很多版本的传言，有血腥的、有家仇国恨的，当然还有浪漫爱情的，大家都喜欢浪漫爱情纠葛版的，可细说起来，这浪漫爱情就有好几种版本。

有的说，是因为莫七彩爱上了顾不迷，顾不迷也爱莫七彩，但红枫山庄庄主莫见笙死活不同意，这才逼得顾不迷上门抢人，被打成了重伤；有的说，顾不迷不是上门抢人而是上门提亲，因为没有带聘礼而被打成了重伤；有的说顾不迷爱上了暗香依依，莫七落也爱上了暗香依依，二人争抢之下这才引起九幽教和红枫山庄的血腥冲突；有的说，你们怎么能把慕容逸忘了呢？他也喜欢暗香依依！不对！一听这话立刻有人跳出来反驳说慕容逸喜欢的是莫七彩！背后还有人小声反驳说，慕容逸喜欢的是庄主夫人苏玉婉……总之，众说纷纭，谁也不知道这究竟是怎么一回事。

“飞刀门也愿听慕容宫主说一说这事的来龙去脉。”就在这时，飞刀门门主石琅突然朗声道。

慕容逸笑道：“石琅兄，近来可好啊？”

石琅拱手回道：“劳烦慕容宫主记挂，石琅在此谢过。”

慕容逸尚未说话，便听一人道：“你们莫要听他妖言惑众，慕容小子明显与红枫山庄是一伙的，他们肯定还有埋伏，我们在这里和他啰唆无非是浪费时间。说不定等他们布置好了，就会毫不留情地置我们于死地。”长青门门主道。

顾不迷哼了一声，轻蔑地道：“何须布置，浪费时间。”

顾不迷一句话再次激怒了众人，长青门门主大声道：“魔头根本未将我们放在眼里，他杀了盟主毁了红枫山庄是不争的事实，还敢如此嚣张放肆。我们大家一起杀了他，清剿了这魔头的老巢，看他还能嚣张到几时！”

眼看双方干戈再起，慕容逸不急不缓地笑道：“关于莫盟主的事，还要从两年前久环山红枫山庄入室弟子莫十七被害一事说起。”

也不管人家这个时候要不要听故事，慕容逸不慌不忙地说了起来。

慕容逸本来口才就好，而且直接切入主题，当众人听到暗香依依所练落月迷香的秘密时，所有人面色都起了变化。早先便有传言，说她内功可助人提升一甲子内力，众人只是将信将疑，而今见慕容逸言之凿凿，再提此事，众人心道，她所练落月迷香真的可以渡人一甲子功力吗？如果是真的，那岂不是得暗香依依者就等于得到了整个武林？

慕容逸并未说那黑衣蒙面人是谁，只说黑衣蒙面组织的门主想要得到暗香依依，暗香依依不堪受辱所以在久环山上自断经脉，而莫十七其实是被黑衣人所杀。

而后一桩桩一件件，直到说起蛊毒重现江湖，闻者无不倒吸一口冷气，年轻不经事的便问蛊毒为何物，待听过解释之后也不禁心生寒意。

慕容逸说起了自己的父亲宁死不愿被蛊毒控制以致最后惨死家中，说起了汤斩如何被废手足，说起了顾不迷如何被人下毒九死一生，说起了顾天穹为救顾不迷耗损半生功力，在回总教的路上如何被害，头颅至今未能找回，及随行十余名九幽教高手全部惨死尸体都被烧焦……这一桩桩一件件，由慕容逸说来只听得所有人面色凝重，心惊胆战。

后又说到自己为送暗香依依回九幽教被黑衣人重创，直到他如何跟着抓了暗香依依的黑衣人眼瞅着对方进入了红枫山庄……

这时所有人都屏息听着，直到听到黑衣人抓暗香依依进入红枫山庄才恍然大悟，黑衣人的幕后主使者会不会就是……

“胡说！”立刻有人出言辩驳，“你有何证据证明自己说的都是真的！”

“你有何证据说莫盟主杀了莫十七？你有什么证据证明红枫山庄与黑衣人有关？单凭你一面之词，难以叫人信服！还有，暗香依依杀了莫十七，红枫山庄派人抓她也属常理，你怎么能肯定红枫山庄抓暗香依依是为了夺她功力？”

这一个一个的问题，连珠炮地问了起来。

“莫急莫急。”慕容逸摇着扇子笑道，转身看向姜言，“百事通，有劳了。”

姜言一副你太磨叽我快睡着了的样子，先打了个大哈欠，方才对身后人道：“抬上来。”

众人只见四名壮汉抬着棺木和一个石碑到了中间，棺木打开，里面赫然是一具已经腐化的男性尸骨。

姜言道：“这是莫十七的尸体，棺木里有他的剑。”他自棺木中将剑拿出在众人面前展示了一下，“游明剑，相信大家都知道莫十七生前使用的就是这把剑。”他放下剑敲了敲一旁的石碑，“这是他的墓碑，很明显是他师兄莫七落所刻。莫十七是红枫山庄的入室弟子，他如果死了，照理应该安葬在红枫山庄，墓碑也应该由他师父亲自题刻。可莫十七并没有葬在红枫山庄，而是被葬在一处偏僻的山谷里，而且墓碑上写得明白，立墓之人并非他的师父红枫山庄庄主莫见笙。”

姜言自棺木中拿出莫十七的头骨，“大家可以看看。”姜言拿着莫十七的头骨在众人面前走了一圈，“莫十七全身骨架有三处损伤，一处在左手手骨，已被踩碎，一处在膝盖，还有这头盖骨，这头盖骨明显是被人用掌力震碎。我们可以想象，一个高手，在何种情况下手骨、膝盖、头盖骨会同时碎裂？只有一种可能，当时的莫十七是跪着的，左手被人踩在脚下，而掌力贯穿他头骨时，膝盖骨也同时碎裂！”

众人哗然，许多人都窃窃私语起来……

“哎，我知道，这并不能说明就一定是莫见笙所为。”见有人欲插嘴，姜言当先抢白道。

姜言让几名壮汉将棺木撤走，一挥手，一个俏丽的小女子端上了一杯茶。众人正在想，一杯茶也能做莫见笙杀人的证据吗？便见姜言将茶吹了吹喝了几口又将茶碗递给了女子。众人顿时明白过来，姜言是说累了喝口茶歇会儿……

姜言喝过茶后这才又道：“久环山莫十七死的时候，应该只有两人在场，一个是暗香依依，一个是莫七落。我们都知道，当时红枫山庄下了一个追杀令，说是莫七落代父所下，理由是暗香依依杀了莫十七，所以莫七落用他父亲盟主之令命整个武林追杀暗香依依。这事大家都不陌生吧？可是这件事情后来却不了了之，我曾暗中调查，此追杀令并非莫七落所下，而是莫见笙所为。不仅如此，当时久环山上，莫见笙也在场。”

“你怎么知道莫盟主当时在场？”长青门门主问道。

“我自然有办法知道，我甚至知道你新娶的小妾是你用十两银子连哄带骗抢来的，还有你脱了袜子喜欢闻一下的毛病我都知道。”姜言道。

众人哄堂大笑起来。

百事通姜言从不说谎，他知道就是知道，不知道就是不知道。这点武林皆知，所以他的话比慕容逸的要管用百倍。

姜言继续分析道：“从莫十七死状来看，他死前一定是跪着的，能让他毫不反抗跪下的就只有他的师父莫见笙，而那致命一击，也无疑是莫见笙所为。”

虽然姜言言之凿凿，可有些人还是不相信。

“哎，我说了这么多，都不如莫七落本人出来说一句话，我之所以知道莫见笙在场和诸多细节，也正是莫七落本人告诉我的。可毕竟杀了自己兄弟做下这等禽兽不如之事的人是他的亲生父亲，他不愿出来指正也情有可原。”姜言叹道，“莫七落虽然知道事情的来龙去脉，却也只能打落牙齿和血往肚子里吞，他为人正直，一方面无法对人言，一方面又不想面对事实，如此只有眼不见为净，从此再不归家，宁可背负骂名也要带着没了记忆和武功的暗香依依浪迹天涯。”姜言所言令更多的人开始相信莫见笙真的有可能是杀了莫十七的真凶，只是其中或有难言之隐也未可知，是否真的为了暗香依依的功力，众人心中仍旧存疑。

“千万别说莫七落喜欢暗香依依的鬼话，那位仁兄生气起来会死人的。”姜言的手指指向了身后的顾不迷。

众人顺着他所指方向看到了顾不迷，想说话的全都憋了回去。

姜言又道：“至于蛊毒，我相信在场很多人都知道那是什么，中了蛊毒的人如果不按时吃控制蛊毒的药，毒发后会慢慢被折磨而死，而且死相极为凄惨。我收到消息确认蛊毒重现江湖是九幽教祁阳山分舵周禾尸身长久不腐的消息。在确认那个消息没多久，九幽教先教主顾天穹及其护卫十一人便死于非命了。这两件事之间是否有必然的联系，就让当时在场的人来说上一说吧。”

当时在场的人？这时众人只见自叶落宫队伍后面走出一个蒙面黑衣人。他手里提着一个盒子，一步步走到顾不迷面前，双膝一弯便跪了下去，而后朝着顾不迷所在方向重重地磕了三个头，顿时头破血流。

郑长老喝道：“你是何人？”

黑衣人扯下了脸上的面巾，众人一见顿时大吃一惊。此人不是别人竟然是应该早已死了的九幽教长老闫阵！

“是你！”

“你怎么还活着？”

九幽教有人禁不住出声质问。

顾不迷一抬手，制止了九幽教众人的躁动不安。

闫阵并不理会众人的惊讶，只是对着面前木盒道：“先教主，闫阵今日终于鼓起勇气将您亲手送回来了。闫阵跟随您大半生，可终究还是贪生怕死，被人用蛊毒控制，害了您也险些害了九幽教，闫阵对不起您。”闫阵又向盒子重重地磕了三个头，额头已然血流如注，惨不忍睹。

闫阵却浑不在意，抬起头来，看向顾不迷，继续道：“当日先教主带着我等十一人返回总教时，我收到了黑衣门门主的消息，他让我暗中在饮食中下药。我本不想做，可途中蛊毒发作，备受苦楚，实在忍受不了便……便……”闫阵顿了顿，继续道，“所有人都死了，我被迫砍下先教主的头颅，知道自己从此再无退路。事后怕被人发现我还活着，便凑足十一具尸首全部烧毁。没过多久，教主因先教主亡故与左护法急急赶回总教。这时，我又收到黑衣门门主的命令，让我守在教主和左护法必经之路，以先教主的人头引教主到荆棘地设伏截杀教主，此外另有一批高手埋伏在白桦林中对付左护法。当时，我并不知道左护法的内功另有玄机。我受命引教主到了荆棘地，就在教主中了埋伏眼睛被石灰所伤处处受制时，一个红衣女子突然出现救了教主。我不敌逃走后，恰好看到红枫山庄少主莫七落被一名黑衣人扛着冲出了白桦林。当时我心中起疑，便一路尾随而去，没想到竟被我发现黑衣人是莫见笙！”

“当时我想，难道莫见笙也中了蛊毒受制于人？可后来我发现，我大错特错。我一直埋伏在红枫山庄附近，直等到莫见笙出庄便一路跟去。跟到一处小镇民宅，没过多久我先后看到五只鸽子从宅内飞了出来。因为黑衣门门主就是用信鸽传递消息给我们，命令我们为他办事，我心下起疑，便射落了一只鸽子。果然看到鸽子腿上绑着一张纸条，上面的字迹与前几次我收到黑衣门门主的字迹一模一样，字条上写着：洛阳十里亭。我当时还不能断定莫见笙就是黑衣门门主，便按照以往的方式到指定地点等候消息，果然见到了给我送信的信鸽。打开信鸽腿上的纸条，与先前所获消息字迹内容都一模一样！我当时已然断定，所谓黑衣门门主，一直用蛊毒控制我们的人就是莫见笙。”说到此处，满脸是血的闫阵咬牙切齿，显然对莫见笙恨之入骨。

所有人一路听来，面色均有变化，这一桩桩一件件，事事指向莫见笙，想那莫见笙自诩武林正道第一人，群雄之首，若真如慕容逸、姜言所说觊觎九幽教左护法暗香依依功力，残杀本门弟子，又如闫阵所言用蛊毒控制各大门派高手听其命行事，先后害死九幽教先教主顾天穹、叶落宫宫主，这样的人，岂不是武林败类，人人得而诛之？

闫阵继续道："既然知道幕后黑手就是莫见笙，为了解毒，也为了杀莫见笙，我将计就计赶往洛阳十里亭。却未能如愿见到莫见笙，只在那里见到三个蒙面黑衣人。他们与我一样，都是收到消息后方才赶来这里。我们聚首在一起时，彼此从来不说话，也都蒙着面所以并不清楚对方身份，只知道任务和目标，一旦完成任务，便各自散去。当时，我们接到的任务是到九幽教洛阳分舵救一名女子，那女子名叫慕容轻晓。"

有人并不清楚二十年前莫见笙和慕容轻晓的纠葛，听到此处没什么反应。但有人知道当年旧事，闻言惊道："竟然是她！"

在场年轻人多数都在奇怪，慕容轻晓是谁？既然姓慕容，莫非与叶落宫慕容家族有关？

这时便听闫阵继续道："慕容轻晓这个名字让我想起了二十多年前的一桩武林旧事，叶落宫宫主的妹妹慕容轻晓与红枫山庄入室弟子莫见笙定亲不久便被人抓走，抓走她的那个人就曾用蛊毒控制过武林各大门派中人，那人后被武林诛杀。我暗想，这慕容轻晓定与蛊毒脱不了干系，当时其余三人听到这个名字显然也起了疑心，虽然彼此未点破，但都想到慕容轻晓是个至关重要的人物。我们四人趁夜到了洛阳分舵，原想救出慕容轻晓，没想到教主不过是以其为饵早有防备，我们一行四人反而中了教主的埋伏，身负重伤狼狈逃走。那时我才明白，为何莫见笙没有来。"

"因身负重伤，我们四人各自狼狈离开。没过几天，我便听说左护法暗香依依坠崖身亡，教主孤身入红枫山庄，身负重伤险些身死其中。也就是从那时开始，大概过了半个多月，由于迟迟没有得到解药，我的蛊毒再次发作，被折磨得死去活来，别说救出慕容轻晓，就是自身也难保。那阵子，江湖各大帮派不断有人身死，我怀疑很多人和我一样身中蛊毒，身不由己被黑衣人利用。由于和我一样得不到解药，挺不过来的人都死了。"

此言一出，各大帮派众人面色纷纷有异。的确，当时江湖连殁数名高手，像是中了瘟疫传染一般，接二连三有人死去，可各大帮派对外都只称是病死或意外身亡，其中包括少林、武当、峨眉、飞刀门、长青门等数大门派。如今听到闫阵这句话，虽无人出声应和，却也面色惨淡。

其实早在慕容逸说蛊毒重现时，众人心中便有计量，但此事事关门派耻辱，没人愿意承认或提及更多。而今听闫阵毫不顾忌地将自己的经历一点点说出来，尤其最后一句话，虽然没有直指各大帮派都有人被蛊毒控制，但也直指他们痛处，当下只有彼此心照不宣，将这句话故意忽略，没人愿意当众细细追究。

众人只听闫阵又道："而我，幸得慕容宫主相救这才苟延残喘到今日，够了，已经足够了。自从离开九幽教，我如丧家之犬生不如死，每日面对先教主头颅，悔恨自责，每每想到先教主对我的知遇之恩，而我却恩将仇报，便觉得自己连畜生也不如！"说到此处，闫阵又向木盒磕了三个头，而后突然出手挖向自己的双目。在众人的惊呼声中，他毫不犹豫地抠出了自己的双眼，两眼顿时成了两个血洞。他面部一边抽搐一边满足地笑道："闫阵自知对不起九幽教，便是死也再无面目去见先教主，所以自挖双目，再下九泉去向先教主请罪！"言罢，他一掌击向了自己的天灵盖，横死在了众人面前。

这一切发生得太过突然，一时间，殿前鸦雀无声。

直到顾不迷起身走向了闫阵，他缓缓将闫阵面前的盒子拿了起来，当着众人的面打开。众人只见盒中有个骷髅头，从骷髅头上一半黑一半白的发丝判断，此人正是九幽教已故教主顾天穹。

九幽教所有人齐齐跪了下去。

一些帮派头目连连摇头，更有人面露愧色。

如今真相大白，莫见笙就是所有事情的幕后主谋，此人假仁假义所作所为简直天理难容，根本就是死有余辜。众人此刻早已没了为他报仇雪恨的念头，纷纷都起了退意。殿前一时议论纷纷，摇头叹息者有之，惊悸胆寒者亦有之。

却在这时，人群中又有人大声质疑道："如今莫盟主已经死了，死人又不能说话，你们怎么栽赃陷害他也没办法反驳。你们如今自然是说什么是什么！尤其这个闫阵，他本就是九幽教的人，他说的话又怎能让人信服。"

慕容逸闻声望去，见是一个浓眉络腮胡的大汉。

慕容逸摇了摇头，低低唤了一声："姑姑……"

这时，叶落宫众人中，又有一人走出。

她一步步走到了众人眼前，看着面前一张张陌生的脸，出神地想着什么，忽然笑道："见笙，我知道你没死，我知道你就在他们当中，你怎么不出来见我呢？"

来者不是别人，正是慕容逸的姑姑，慕容轻晓。

当下，所有人都认为慕容逸的姑姑定然是疯了，莫见笙已经死了，怎么还可能出来见她。

慕容轻晓惨淡一笑道："我们年少相识，盟定三生，甚至婚约都已定下，若非我被那人抓去，今日红枫山庄的女主人就是我，就是我啊。"慕容轻晓说到此处，一些原本不知道她是何人者也顿时明白了她的身份，原来她就是曾经与莫见笙有过婚约的慕容轻晓。

只听慕容轻晓道："你说，你最爱的一直是我，你说，你只要得到暗香依依的功力便立即休妻娶我为妻，我信你，我真的相信你。可我还是担心，担心你不过是在利用我，担心有一天你事成之后会杀了我灭口。所以我一直不肯告诉你如何配置蛊毒的解药，我一直也没有告诉你，我在你身上下了情蛊。"

慕容轻晓幽幽地笑了起来，提到情蛊好似提到了心头最甜蜜的事，缓缓说道："情蛊是两个相爱的人至死不渝的见证，彼此之间有着莫名的牵系。如果其中一个死了，对方也活不成，所以我知道你没死，而且你就在这里。"

此言一出，人群顿时哗然，众人面面相觑，好似莫见笙真的就在人群里。

慕容逸笑道："莫盟主既然来了，又何必藏头露尾不出来？你聚集了这么多人为你报仇，可你根本就没死，这报的又是什么仇啊？"

众人躁动起来，落霞宫宫主更是面色大变。

慕容轻晓自顾说着："你为什么不出来？你是不要我了是吗？因为我没用了是吗？如今大势已去，我们失败了，我们完了。你知道吗？哥哥死的时候，还说他一点儿也不怪我，可是他越不怪我，我越怪我自己。我愧对哥哥，是我害死了哥哥。"

慕容轻晓说的每一句话，都令人忍不住想要叹息。她这一生命运多舛，实在可叹可怜。不知想到了什么，慕容轻晓一反常态，厉声道："其实，我的孩子并不是哥哥害死的，是你们，是你们容不得我的孩子，所以哥哥不得已才杀了我的孩子！他是为了我好，他想保住我的性命，可我却错怪了他，还害死了他！"她厉声指责在场的每一个人，状若疯癫。或许是她的目光太过凌厉，或许众人都有些心虚，她指尖一一指了过去，竟没有一个人敢与她目光相对。

"哈哈……"她仰头大笑，边笑边流泪，哽咽地道，"莫见笙，这都是为了你，为了你！我们之间有情蛊维系，我不怕死。因为如果我死了，你也会死！就让我们永远在一起吧，永永远远在一起。"说完这句话，她掏出一把匕首就要刺入自己的胸膛，就在这时，慕容逸眼疾手快地自手中弹出一物打落慕容轻晓手中的匕首。

几乎是同一时间，人群中一人突然陷入土中，半截身体埋在了地下，无论如何也挣扎不出来。

人群一阵慌乱，这时只见慕容逸一个箭步冲上前去，咔嚓两声拧断了那人的手臂。众人惊骇之时，便见慕容逸以极快的手法扯下那人脸上的浓眉络腮胡，露出一张脸来，赫然就是莫见笙。

就在众人惊呆之时，地底下冒出一个人来，远看像稻草，若不是那稻草还会转动，谁也不会联想到那是个人。只见稻草突然伸出一双手来抓住骤然近身的顾不迷的脚踝大声喊道："顾琴魔，少安毋躁，你千万别让他死得太痛快，老子还要好好玩玩他呢！"

稻草不是别人，正是未默。未默被慕容逸喊来帮忙，一直躲在地下角落里看着场中众人。方才那络腮胡男子说话时，慕容逸便给了他一个眼色，让他暗中注意络腮胡男子。当慕容轻晓要自杀时，眼见那络腮胡男子神色有异，他再不犹豫，从土里钻到莫见笙脚下，趁其不备将他抓入土中的同时拧断了他的双腿，与慕容逸配合控制了局面。

早先听慕容逸等人叽里呱啦讲了一大堆早就有些不耐烦了，而今终于将莫见笙亲手抓住，他已经想了不下数十种方法玩死他，当下自然不愿意顾不迷轻易把他杀了。

顾不迷闻言没有回应，却也没有再上前一步。

慕容逸道："莫见笙，如今事败被擒，你还有什么好说的？"

群侠此来是打着给莫见笙报仇的旗号，而今眼见莫见笙未死，一切都成了笑话。如今真相大白，莫见笙所作所为为人所不齿。这样的人，简直死有余辜，怎么还配做武林盟主，他们还有什么脸面叫嚣着为他报仇。

眼见除了垂头不语无面目面对天下群豪的红枫山庄弟子外，所有人都对他喊打喊杀，他已知自己大势已去。

莫见笙闻言大笑道："事已至此，我也没什么好说的。要杀要剐，随你们便吧。"

未默阴阴笑道："好啊，那就由我先来吧。"

未默从土里跳了出来，站在莫见笙面前，嘿嘿笑了几声，而后抓起他的一只手，只听咔嚓一声脆响，莫见笙的一根指骨立刻被拧断。未默似还意犹未尽，享受般的继续一根根拧了下去。盯着莫见笙挣扎痛苦的眼睛，他边拧边说："你当初就是如此拧断我家依依的手指的。怎么样，很舒服吧？"

在侠义人士眼中，即便是仇人，杀了也就算了，如此羞辱对方着实非武林正道所为，何况莫见笙曾是武林盟主，可当听到莫见笙曾如此对待暗香依依这样一位妙龄女子时，不由得暗叹，没想到莫见笙竟如此毒辣，当真死有余辜。

莫见笙十指被未默一个一个地掰断，早已疼得面色惨白，可由始至终没有哼上一声，这让未默深觉不痛快。未默将他自土中拔了出来，众人只见莫见笙的两条腿关节早已经被拧断。此刻被未默拖上来，两条腿成跪姿正跪在九幽教正殿之前，刚好面对着桌案上放着的顾天穹的人头。

未默一脚踹在他的后脑勺，莫见笙便重重地磕了一个头下去，顿时满脸是血。未默并不放过他，把他从地上拽起来，又踹下去，莫见笙又重重地磕了一个头，如此再一下……

未默看着莫见笙，哼道："还敢瞪我，我一想到你这老男人曾经妄想玷污我家依依，我就恨不得阉割了你！"说到此处，未默似想到了什么好玩的事，竟真的掏出了一把匕首，在莫见笙眼前晃了晃，"我还从来没阉过人呢，不知道究竟要割多少才合适？"言罢，便开始当众扒他的衣服。

莫见笙面色已然大变，厉声喝道："小子，俗话说成王败寇，我今日落在你们手中自知不会有好下场，可我毕竟是武林盟主，你不能如此羞辱我！"

所有人看到这里也觉不妥，再怎么说，莫见笙也曾是一代武林盟主，虽然死有余辜，可未默当众要把他阉了，实在是不像话……可当下却没人愿意站出来为他说话，一来各大帮派嫉恨他用蛊毒毒害控制他们，二来多数人认为他如今的下场是自作自受，而长青门门主、落霞宫宫主等人也自觉无颜再为他说话，至于花香玉之流则更不敢说话了，眼看没人能阻止未默。就在这时，一人突然仗剑冲出人群，自后一剑刺穿了莫见笙的心口。莫见笙缓缓转过头去，看到了自己的妻子，苏玉婉。

苏玉婉红着双眼，颤声道："见笙，我不会让他们再折磨你了。放心，由我陪着你，黄泉路上你也不会孤单。"

莫见笙怅然道："玉婉，原是我对不起你。"

苏玉婉摇了摇头，随即自他体内抽出了剑，当众引颈自尽。

莫见笙也闭上了眼睛。

一直旁观的慕容轻晓突然诡异地笑了起来，声音听起来既刺耳又悲凉。她一步步走到莫见笙的尸首旁，蹲下身去，轻抚着莫见笙的脸，道："我们终于可以在一起了。"她诡异地笑着，嘴边流出一抹黑色的血液，缓缓地靠在了莫见笙的怀里，闭上了眼睛。果然如她自己所说，她对莫见笙下了情蛊，莫见笙死，她也会死。

人群中，莫七落幽幽地看着这一幕。

当群侠散去离开九幽教，莫七落方才现身走到自己爹娘面前。九幽教立刻有人欲上去阻拦，却被顾不迷挥退，莫七落什么都没说，孤身带着父母的尸身离开了九幽教。

看着地上慕容轻晓的尸身，慕容逸叹息了一声，命叶落宫的人将她的尸身送回叶落宫安葬。

顾不迷没有与任何人客套，抱起装着父亲头颅的木盒，背上紫漆木琴带着张海、霍双等人离开了正殿。

郑长老、萧仁、张惟城等人则向慕容逸、姜言、未默等人一一道谢。

尤其慕容逸，郑长老已经知道他就是傅月，对他几番出手相助感恩不已，当下俯身向他深深作了一揖，其余教众亦向慕容逸一拜。慕容逸连忙将郑长老虚扶起身，道："郑长老何必如此客气。"

郑长老道："恩人牌已不便再给慕容宫主送出，此番大恩，九幽教自铭记于心，他日无论宫主有何要求，九幽教赴汤蹈火在所不辞。"今日如果不是慕容逸做如此筹谋，即便教主武功盖世，也不可能将所有来犯的武林人士全部杀光。

众人正在客套，忽听外面传来纷乱的脚步声，本已离开的各帮派又折返了回来。郑长老正奇怪发生了何事，便听君临九宿山头上有人大喊道："里面的人听着，你们聚众闹事，有造反之嫌，你们现在已经被我们包围了，只要你们肯放下武器出来投降，襄阳王将格外开恩放你们一条生路！"

慕容逸闻言顿时哭笑不得，道："襄阳王怎么来了？"

郑长老道："这襄阳王是……"

慕容逸道："郑长老莫急，襄阳王此来肯定不是针对九幽教，说不定他来此原也是想助你们一臂之力，只是来的时间太不巧了些。"

未默接口道："郑老头，你等着，我这就去打发了那个元宝王爷。"

郑长老道："那有劳……"他的话尚未说完，未默已经消失在了土里。

第三十六章 情到深处

自那次围攻九幽教之后，武林平静了半年有余，再未发生其他大事。

距离暗香依依失踪已经一年有余，多数人都已不抱希望。

而暗香依依的确还活着，不只活着，还认祖归宗，得知了自己的身世。

那日暗香依依掉下悬崖，被水冲到了下游岸边，刚巧遇到途经此地的姜言。说来也巧，得知红枫山庄有好戏看，他本是要赶去瞧瞧热闹的，可没想到还是迟到了一步。

那日赶路乏了，他正在河边歇脚，去打水的随从便急急来报，说在河岸边发现了受了重伤的九幽教左护法暗香依依。姜言一听是她，急忙赶去确认，这才机缘巧合地救了暗香依依。

姜言带着重伤昏迷的暗香依依到了附近城镇医治，说实话，这姜言也着实算不上什么君子。暗香依依伤在胸口，照理说，暗香依依处理伤口时他应该避嫌，可他偏偏没有避，还自称是暗香依依的夫君！

照料暗香依依的是老大夫的女儿，那女子真以为暗香依依是姜言的内子，所以也没防他。为暗香依依上药时，姜言就站在边上看着，当看到暗香依依后腰上的兰花形胎记时，他猛地一震。

出门时，他随身都会带着信鸽。一看到暗香依依后腰上的胎记，他即刻飞鸽传书给姜家祖宅。当他拿着一张画纸与暗香依依后腰上的胎记比对过后，不由得轻声一叹："费力找了这么多年，没想到，竟然会是你。"

暗香依依就是姜言大伯父失踪了十多年的孩子，也正是他的堂妹——姜素。

原本还在想怎么劝暗香依依和他回姜家认祖归宗。暗香依依毕竟是九幽教左护法，尤其当下江湖上传得沸沸扬扬，顾不迷因为暗香依依坠崖身死一事，孤身一人上红枫山庄为她报仇却被打成了重伤，至今生死不明。姜言一方面将此消息瞒住暗香依依，一方面苦思冥想如何才能让家里那些眼巴巴候着的老家伙们心愿以偿，甚至还想到了，如果暗香依依不和他回去，他就给她下迷药。没想到，暗香依依在得知自己身世后，竟痛快地答应了随他回姜家的要求。

为了不让九幽教的人找到她，他故意封锁了所有消息。自此，暗香依依便被他神不知鬼不觉地带回了姜家。

暗香依依自回到姜家被一众人等如珍如宝地宠着护着，可她从未笑过，哪怕面对家中最慈祥最疼爱她的祖母，笑容也十分牵强。

她胸口的伤实在很重，当初也算是捡回了一条命，只是伤势一直反复，尤其阴天下雨便会咳嗽不止，即便喝了药也没什么起色。早先没人知道她胸口伤处时常疼痛，只知道她总是睡不安稳，常常半夜起来一人独坐到天明。如此日复一日，直到有一天突然晕倒，众人才从大夫口中得知她每日忍受着怎样的折磨。

祖母听后更是心疼，家里长辈也对她事事上心，姐姐更是一有时间就陪在她身边与她说话解闷，姜言更是遍寻名医为她医治，可始终不见起色。

原本姜言也曾犹豫是否去找慕容逸，可又怕他一旦得知暗香依依的下落，会给姜家带来麻烦。毕竟现在全天下都知道暗香依依练的武功着实是世所难求的大补药，他知道，一旦武林有了暗香依依的消息，难保不会有第二个莫见笙出现，如此便连慕容逸也瞒住了。

自从来到姜家，暗香依依一直落落寡欢。姐姐姜菲不只一次试图和她谈心，可她都以沉默应对。她将自己封闭起来，没人能走进她的心，对武林中事更是排斥反感。几次姜言、姜菲当着她的面提起江湖，她立刻转身离去，只字不听。

如此过了半年有余，有一天，慕容逸飞鸽传书与他，让他帮忙一同对付莫见笙。得知莫见笙还没死的消息，他大吃一惊，这才明白，为何最近武林蠢蠢欲动，事事针对九幽教。如此动身前去寻找当初莫见笙杀害莫十七的证据，直到各大帮派攻上君临山脉，他便偕同慕容逸与未默去帮九幽教解围。

自此事后，姜言方才真正确信慕容逸与顾不迷对自家小妹暗香依依的感情非比寻常。本还有些犹豫说是不说，可待他归家没多久，暗想依依便又生了一场重病，病情来势汹汹，连日高烧不退，所有看过的大夫都说只有尽人事听天命了，有的说得更绝，直言让他们准备丧事。

高烧中，她一遍遍唤着顾不迷的名字，眼见祖母老泪纵横，一会儿说这孩子命苦，一会儿让他去把那负心的顾不迷找来了却小妹的心愿。

他犹豫再三，终于决定去找慕容逸帮忙。

原本五天的路程，慕容逸竟然两天半就到了。早上刚出房门就迎头撞上慕容逸的姜言大吃一惊的同时也肯定了一件事，慕容逸对暗香依依不但有情，情还很深。

姜言自然知道慕容逸就是傅月，他们两人自幼相识，多年来颇有交情。

对慕容逸这人，他还是有几分了解的，眼见他如此在乎暗香依依，而高烧中的暗香依依一声声唤着顾不迷的名字，他真觉得心累。他实在想不明白，世上人为何总喜欢情情爱爱，还爱得死去活来。

原以为慕容逸也和自己一样，只谈风月不谈感情，可没想到，他竟真的为了一个女子动情如许。如果两情相悦倒也罢了，偏偏可悲地陷入了单相思。他旁观都觉得累，就更加对爱情这码事心生畏怯了。

慕容逸不避嫌地守在暗香依依身边三天三夜，就连姜家祖母都按捺不住好奇心，将姜言招到面前私下里问："你从哪儿弄来一个这么好看的大夫，我看他看我们家小素的眼神，不一般哪，他们是不是早就认识了？他为什么姓慕容而不姓顾啊？"

面对祖母孩子气的质问，姜言只得硬着头皮赔笑道："祖母，他是我的故交好友，医术了得，故孙儿将他请来为小妹医治。祖母您就别瞎操心了，如今小妹脱离了危险，咱们应该多多感谢他才是。至于他对小妹有什么想法，他不想说，咱们也不方便问不是？"

"你就糊弄我吧，你这贼小子肯定知道些什么，就是不愿意跟我说。"祖母有些不乐意地轻斥道。

姐姐姜菲闻言也在一旁火上浇油，"祖母，我告诉你，此人还有一个身份，叫鬼医傅月。不止如此，他还是叶落宫的宫主，来头可不小呢。"

"宫主？"祖母眼睛一亮，啧啧道，"难怪长得这么好看。唉，可惜一会儿姓慕容，一会儿又姓傅，偏偏不姓顾。可惜呀，可惜……"

姜菲和姜言眼见祖母失落的模样，二人面面相觑，摇头苦笑。

在慕容逸的照顾下，暗香依依终于渡过危险平安醒来。当她睁开眼看到守在床边的慕容逸时，恍惚还以为是自己的错觉，待怔怔地看着慕容逸良久，方听他道："不认识我了吗？"这才回过神来，原来真的是他。

日子一天天过去，慕容逸一直没有离开姜家。在他的照顾下，暗香依依身体渐渐好转，熬过了湿冷的冬天，迎来了春暖花开，早先伤势留下的痼疾也渐渐被慕容逸治愈。

可由始至终她对慕容逸都不冷不淡，慕容逸除了每天为她把脉时能与她见面说会儿话，其余时间，她都避而不见。

而他也并未强求。

有一天，姜家祖母在丫鬟的搀扶下来看暗香依依，刚巧在门口遇到了慕容逸。

出于礼数，他上前拜见。祖母道："我说姓顾的小子，你究竟做了什么事惹我们家小素如此伤心啊？"

慕容逸当即解释道："奶奶，在下不姓顾，在下姓慕容，单名一个逸字。"

姜家祖母哼了一声道："你不姓顾，那谁姓顾？"

慕容逸知道这个奶奶年事已高，记性不好，早先也见过自己，但显然已经忘了，便好脾气地回道："在下真的姓慕容。"

谁知姜家祖母这次却叹了口气，颇为失望地说："你若姓顾就好了。"

慕容逸顿时哭笑不得，又听姜家祖母道："我说慕容啊，你认不认识小素心里想着的那个姓顾的小子？如果认识，就把他找来见见小素，奶奶重重有赏！"

慕容逸暗敛眸光，但笑不语。

姜家祖母又道："奶奶这么大把年纪了，看过的情爱啊，比你们见过的女人还要多。小素心里头有心结，这结我们都无能为力，可这结一日不解开，就算你费力治好了她身上的伤病，早晚也会再次抑郁成疾。心病只能心药医，凭你医术再高，也不得而治啊。"

说到此处，姜家祖母抓起了慕容逸的手，放在手心和蔼地拍了拍道："我说小顾啊，奶奶看你是个通透的孩子，如果你真想走进我家小素的心，就把那姓慕容的小子找来，让她彻底死了这份心。只有这样，你才会有机会啊。"

慕容逸听得一怔，而后好脾气地又解释了一遍，"奶奶，我姓慕容。"

姜家祖母点了点头说："我知道你姓慕容，你不用总提醒奶奶！你还真当奶奶老糊涂了把你当成了姓傅那小子了啊！"

一旁伺候的丫鬟早已捂着嘴在旁轻笑起来。

慕容逸尴尬地盯着姜家祖母有一下没一下地拍着自己的手，哭笑不得。

这一晚，姜言备好酒菜请来慕容逸，兄弟二人月下对饮，把酒言欢。

几杯酒下肚，姜言见慕容逸闷闷不乐，便先解释起当初为何隐瞒了暗香依依没死的消息。他自然知道慕容逸一直在寻找暗香依依的下落，可他隐而未告，作为朋友，这种做法着实不地道。但他也有自己的苦衷，一来暗香依依伤势反反复复又对武林颇为排斥；二来姜家人一向护短，暗香依依受了重创，当时发生的事姜言已大略得知，心有顾虑；三来暗香依依所练内功天下皆知，如果有人知道她还没死，姜家必定麻烦不断，暗香依依也性命堪忧。所以他只能对所有人隐瞒暗香依依没死的消息。

慕容逸听后只是一笑，并没有责怪他。

姜言见他一副心不在焉的模样，知他为情所苦，却不知如何劝慰，便只说些别的事情岔开了慕容逸的心思。

二人喝了会儿酒，便各自散了。

不知是不是喝了酒的缘故，微醉的慕容逸走错了方向，走着走着便来到了暗香依依所居的院落外。

春日风大，将她的院门吹开了一角，立在门外的他幽幽地看着院中那抹熟悉的身影。

月光下，她正弯腰一个一个地拾起被风吹落的海棠花瓣，满地的海棠花，不知要拾到何年何月。幸好她没有打算全部拾完，只是拾了一些抓在掌心，而后仰头望向夜空。

那是思念的目光，他再清楚不过。曾经自己也是这样，每当睡不着，便立在屋外看着无尽的夜色，回忆往昔自己与她的点点滴滴，有开心有失落。

今夜，她在思念谁？或许根本不用细想他便知道答案，她思念的不是自己。

就在此时，忽见她扬手，在空中比画着什么，掌心的花瓣随着她指尖的滑动一瓣一瓣地射向空中，在空中留下道道痕迹，刹那间拼凑成了一个字——迷。

他知道她在思念一个人，他也猜到了那个人是谁，可他多希望自己猜错了。

春风大力地吹开了院门，吱嘎一声轻响，猝不及防，她发现了他。

她眼中有丝狼狈，几乎是下意识的，伸手一挥，空中若隐若现的那个“迷”字便被她打散，零落成了一朵朵花瓣。她甚至不敢再面对他的目光，正欲转身离去时，却听到他问：“既然这么想他，为何又不去见他？”

她停住了脚步。

他又道：“你真的相信是他将你推下山崖的？”

她僵直着没有回头。

“不，你不相信，可你也不敢求证。你害怕，你胆怯，你害怕那是真的，你胆怯自己会承受不住残酷的真相。”

“不要说了！”她捂住耳朵狂奔进了屋子，重重地关上了门。

慕容逸走到门外，知道她就在门的那一边，他靠在了门上，黯然道：“依依，你知道，思念一个人有多痛苦吗？”

“尤其是思念一个再也见不到的人……”

“每天只要一闭上眼，耳边就好像听到了她的声音，可睁开时，她又消失不见了。无论何时何地只要一想起她，心口就会隐隐作痛，常常幻想她就在自己身边，哪怕明知这些都是虚幻，也沉沦其中不愿醒来。”

“依依，在你失踪的这两年里，我每一天都是这样过来的。”

他一句一句缓缓说道，不想她能回应自己，只想告诉她，自己对她的思念和深情。

“你错了，我懂，我懂的。因为我也同样思念着一个人，所以我懂，那种思念，刻骨铭心却又让人痛不欲生。”她靠在门边对他说，“只是我思念的那个人，不是你。慕容逸，你对我的好，我都知道，也感激在心，可我无法回应你同等的感情。”

听到这里慕容逸怅然一笑，反问道：“你尝试过回应我吗？”

暗香依依道：“武林中有那么多对你痴情的少女，你可曾尝试过回应她们的感情？”

一句话令慕容逸顿时想到了苏璇莹，不由得默然。

“你没有，是吗？不是对方对你好，你就一定会接受，哪怕对方为你付出很多很多，多到你无力偿还，你也只会心存感激或者还会因此感到愧疚。只是再怎样也回应不了对方的那份真情，即便会伤害对方，你也强迫不了自己去接受，因为你已经爱上了另一个人，即使明知道对方爱的不是你。”

门外静默了一会儿，慕容逸额头轻靠在门板上，忽然笑了起来，那不是开怀的笑，而是悲伤无奈的笑。笑过之后，他眼中尽是悲戚，问道：“那我在你心里究竟算什么？一个呼之则来挥之则去的傻瓜吗？”

“你恨我了吗？”她轻声问。

门外迟迟没有回应。

“我这生最狼狈的样子你几乎都见过，有时候你会笑我，有时候你也会心疼我，你每一分情绪我都瞧在眼里，记在心里。有时候感动，有时候畏惧，有时候想要得到更多，有时候又故意回避。我是个自私的女子，好想你这辈子都这么对我，可又无以回报。”说到后来，她已声有哽咽。

他心口微微抽痛起来，抬起手，轻轻地抚摸起了门板，好似在抚摸着她的头发，轻声道：“我怎么会恨你，就算你在我胸口上捅上一刀，我也无法真的恨你。”说到这里，他忽然想到了暗香依依胸口的伤，顿时一怔……神色随之一黯，手指蜷缩在门板上，控制不住地颤抖起来。原来……即便被心爱之人伤害，也无法真的恨，只会痛，很痛很痛。原来这就是暗香依依的心情，而他竟然可悲地有了同样的感受。

这时，他听到暗香依依说：“慕容逸，在我心里，你是我这辈子最好的朋友，一生难求，不可或缺，所以，别恨我。”

回到住处，他立在院子中，看着月色下朦胧的春日海棠，想起了叶落宫，想起了父亲、姑姑……还有很多很多个面孔。

这两年来，发生了很多事，先是父亲中蛊毒身亡，后是暗香依依坠崖生死不明，再到与姑姑慕容轻晓相认，在姑姑的帮助下暗中为各大帮派中蛊毒者解毒，直到最终揭露莫见笙的丑恶嘴脸，不过短短两年，却已物是人非。

这几天他一直在想，要不要告诉暗香依依当初伤了她的人并非顾不迷。可他清楚地知道，一旦暗香依依知道真相，便会立刻回到顾不迷的身边。他不想让她回到顾不迷的身边。可纸终究包不住火，如果有一天她知道真相，或许不只会离开他，更会因他的故意隐瞒而怪他甚至恨他。

他不想让她恨自己，可他也不想让她离开自己。

理智与情感的挣扎让他难以抉择，就这么一日日拖下去，奢望着有一天能走进她心里，取代那人的位置。可正如姜家祖母所说，暗香依依心里有个结，这个结一日不解开，他便一日走不进去。可他更知道，这个结一旦解开，自己再不会有机会。他就像徘徊在边缘的人，拼命想挤到中间占据最佳位置，可那里早已被人占据，无论他如何努力，都只是一相情愿。

进无路，退更无路。为何自己会走到今日这个地步？他摇头耻笑自己，如此卑微，如此幽怨、胆怯、自艾，这样的他，连他自己都觉得陌生。慕容逸怅然一笑，心底隐隐起了一丝厌弃。

其实不是不明白，她根本就忘不了他，她爱的始终是他，强求来的感情永远不会完整，也并非自己所想所盼，可就是不愿、不肯、不想放手……明知什么都抓不住，还是挣扎着想要抓住什么，哪怕是她的一个目光，好像只有这样，才能稍稍平复心里的苦。

不知不觉中，天渐渐大亮。

清晨的阳光，柔柔暖暖地照在身上，忽然想到百花谷峰顶时的诀别，也是这样的风，这样的光，也是这样的欺骗和隐瞒，为何当时可以决绝地放手，而今却不能。

难道情到深处便会失去自我？变得不像自己，变得没有了自己的原则？哪怕明知是强求，哪怕明知即便得到的不纯粹也不在乎了。

不，他在乎的，他很在乎！即便得到她，也会因为这份感情的不纯粹而痛苦依旧。

得不到会心痛，得到了还是会心痛，既然如此，何不成全？同样会心痛，但至少，让她又一次记住了自己的好。

心底一点点累积起来的坚强，一如一点点明亮起来的晨光，哪怕不是她最爱的人，却也是她所说的那个一生难求、不可或缺的人。

一生难求、不可或缺，够了，足够了。

那一天，慕容逸又一次来为她号脉。原本她不肯见他，他却在门外对她说，他是来向她辞行的，临行前，他为她把最后一次脉。

暗香依依的伤势已大有好转，只要再细心调理上一段时日，便会完全康复。

把完脉后，不管她想不想听，慕容逸提起了顾不迷。他亲口告诉了她顾不迷为她所做的一切。不只讲了她被抓之后的全部事情，还告诉了她当初顾不迷中了蝴蝶情毒，曾经自点死穴，只为保她一命。

自得知真相，暗香依依对自己的怯懦和对顾不迷的怀疑悔恨交加。她一日也不能等，当日便与祖母等人辞行，次日便离开了姜家。在姜家护卫的护送下，她急急赶往九幽教。

慕容逸也向姜言辞行。

临行前，姜言还是没能忍住，拖住将要离去的他问道："你明明就舍不得，为什么还要告诉她？"

慕容逸笑道："因为我知道思念一个人有多苦啊。"

"既然痛苦，为什么又要放开？"姜言越发不懂了。

"放开她也是放开我自己。"慕容逸依旧云淡风轻地笑言道。

"哦？此话怎讲？"姜言明显在刨根问底。

慕容逸也不吝啬，轻摇折扇如实回答："她回到顾不迷身边，我便再也没有希望了。如此，也能断了我的念想，岂不两全其美？"

"我还是不明白，她虽然喜欢顾不迷，可是你明明喜欢她，既然如此，为什么不在这个时候乘趁虚而入，得到她的心呢？"姜言不以为然，这也正是他为什么不主动告诉暗香依依顾不迷的事，也不告诉顾不迷暗香依依还活着的原因，他暗中还是偏心于好友慕容逸，希望他最终能抱得美人归。

"即便得到了，也是一颗欺骗来的心，有一天她知道真相还是会离我而去，到时候我岂不更加痛苦？与其让她恨我的欺瞒，还不如让她记得我的好。"慕容逸优哉游哉地扇着扇子，说着看似极有道理的话。

姜言终于有些明白，却不被他的表象所骗，叹息道："你的心不痛吗？"

慕容逸笑道："姜言，你应该高兴才是，这样，我就又是从前那个你认识的慕容逸了。"

姜言没有吭声，心中暗叹：你永远也回不到从前了。可终究他还是劝慰道："慕容逸，喜欢你的姑娘那么多，挑几个好的留在身边伺候，时间久了，你总会忘了她的。"

慕容逸笑道："我不想忘，不只不想忘，我还要经常去看她。"

姜言闻言连连摇头，失笑道："我真不知道你是怎么想的。"

慕容逸道："我虽然不能得到她，可我还是可以陪她一起到老。"

姜言似有所悟，“做不成夫妻，却能做红颜知己？”

慕容逸拍了一下他的肩膀，道：“你也是我的知己。”

姜言一扬眉，一挥手对身后随从道：“去拿两坛子酒来！”

“不喝了不喝了，我还要赶路呢。”慕容逸作势要走，却被姜言拖住，横眉竖目道，“不喝光不许走！”

“唉……”慕容逸笑叹。

第三十七章

与子偕老

两年来，君临山脉的守卫已经换了一批，多数已不认识消失了两年之久的暗香依依。

闯进君临一宿时暗香依依遇到了守山弟子，守山弟子将她拦下，质问她是何人，竟如此大胆独闯君临山脉！

暗香依依心中虽急切，可也熟悉他们职责所在，若要硬闯势必会引起不必要的麻烦，还可能会伤到人，如此只有自报名号。

君临一宿的守卫两年里换了好几拨，自然不认识她，但一听到这个名字也不由得一怔。

这些年，全教上下都知道教主一直没有放弃寻找失踪近两年的左护法，九幽教左护法的位置也一直悬而未置。守卫上下打量了她一番，见她姿容绝色，与传说中的左护法有些像又有些不像，可毕竟没见过真人，自然不能肯定她是真是假，便道："姑娘可有信物证明你就是本教左护法。"

她哪里会有，那日掉下悬崖被水冲了一天一夜，身上所有东西都掉了，包括当初在红枫山庄密室中骗莫见笙写的那个"绝世武功"的小册子也不知了去向，哪里有什么信物证明自己的身份。可暗香依依知道拿不出信物他们就不会放她过去，便道："你打旗语通知总教，只要来个认识我的，自然能确认我的身份。"

守卫见她不像骗子，又因事关教主和左护法，想了想便立刻打旗语与君临二宿联络，如此一个传一个。

她心知若等人来，恐怕还要等上个一两天，当下心里虽急，却又无可奈何。只有在君临一宿的峰顶自顾按捺等待，没想到不一会儿对面传来旗语，问她：未默所挖地道入口在哪儿？

怎么会是这个问题，也不知是谁问的竟然如此刁钻古怪。暗香依依想了想具体地点实难描述，只能简单回答对方：竹林一棵竹笋下。

正想着如果对方刨根问底问她是哪棵竹笋，她就死定了！那么多竹笋她哪里记得住啊。幸好，没一会儿对方回了旗语说，不必等人来认直接放她通行。

守卫收到消息，立刻放她进入君临山脉。

翻过九座山峰，眼看便到了总教。尚未下山，远远便看到了郑长老和萧仁二人在山脚入口探头张望。

远远认出是她，萧仁当先冲了上来，喜悦之情溢于言表，连声道："左护法，你还活着，你真的还活着！"

她略显腼腆地微微一笑，直接问道："教主呢？"

萧仁正要回答，便听身后郑长老道："在后山。"

她一心只想去见顾不迷，无心他顾，便对郑长老、萧仁二人点了点头，就向后山跑去。

一路上遇到了许多人，大多数人都认识她，虽然前日郑长老便收到她入山的消息，可郑长老在没见到她本人前不敢妄言，尤其不敢轻易惊动教主顾不迷，便将此消息压了下来。想着只等见到真人确信无误再通知众人，所以此时还没人知道暗香依依已经回到教中。入山时那个"未默挖地道"的问题自然出自郑长老，两年来，未默还是一如既往地想来就来想走就走，这让郑长老十分头疼。几番搜索也没找到未默所挖地道入口在哪儿，这让他一直耿耿于怀，所以才问出这样古怪的问题。

此刻暗香依依一路向后山跑去，因她用轻功跑得太快，几乎是眨眼间就消失在眼前。途中遇到的熟人都难免有些睖睁，有些还以为是自己眼花看错了，有些以为自己见鬼了，因为很多人暗地里都认为左护法已经死了。

她跑到后山时，已有些气喘，胸口的伤也隐隐作痛。

举目望去，远远便看到了山脚下有个木屋。

风过，木屋四角的风铃叮当脆响。

屋前围着一圈竹制的栅栏，里面还有几只小鸡、小鸭、小鹅和兔子来回在啄食蹦跳。

远山近水，木屋田园。她想起自己对顾不迷说过的话。

"我最喜欢有山有水的地方，将来如果有条件，咱们也寻一处类似的地方，盖几间屋舍，在门前种上一些花草，在屋檐四角放上风铃，再养上几只小鸡、小鸭、小鹅，小兔子，等它们长大了就把它们杀了吃肉，你看如何？"

清晨的薄雾仍未散去，她竟有些情怯。不敢靠得太近也不敢走得太快，当她走到屋前围栏外时，便不敢再往前走了。

这时，她听到了开门声。他自屋中走出，一抬头，便与她四目相接。

她只觉心口咚咚咚地狂跳，他遥遥望过来的目光随着弥漫的薄雾缠绵缭绕在她心头，她情难自禁地红了眼眶，却怎么也迈不动脚步接近，哪怕只是一小步。

好似怕惊扰了什么，他一直站在原地幽幽地望着她，良久都没有任何动作。

直到他低垂下了目光，她怔了一怔，早先见到他的激动顿时消失了大半，心里顿觉有些不是滋味，心中暗想，难道他没认出自己？可是连萧仁都能远远地将她认出来啊，还是他根本不想见她？可刚想到这里，暗香依依见他又抬起了目光，幽幽地看向了她，似不舍似流连，那种看着她的目光就好像她根本不是真的。她忽然奇怪起来，他到底有没有看到自己？她再不多想，一下子越过围栏向他冲了过去，狠狠地扑进他怀里，竟险些将他扑倒。

她早已顾不得许多，紧紧地搂着他的脖子，大声宣布："我回来了！"

他好似根本不能相信，一个幻影也会将自己扑得踉跄。

看到她的幻象，早已不是第一次了，每次他企图靠近，那幻象都会瞬间消失，所以他根本不敢动，哪怕知道那是假的，他也希望能多看一会儿。

可今天好像哪里不对，不，不是不对，是很不对！

扑过来的冲击力，耳边的抽泣声，紧紧搂着他脖颈的双臂，都实实在在地告诉他，这不是幻象，不是！可他仍旧不敢相信，他小心翼翼地伸出手去，生怕一碰就碎，生怕不过又是空欢喜一场。

直到指尖碰触到了她的长发，她的温润，她微微颤抖的身躯……他激动得不能自已。可就在这时，双耳忽然被她大力扯住，她踮起脚尖扯下他的耳朵在耳边咆哮道："我回来了！你有没有听到！听没听到！"

他听到了，怎么可能没听到，只是太害怕一切只是虚幻的想象，只是惊喜到了极致不知该如何表达，只是太过激动而不知该如何是好，只是不知道该说些什么做些什么。此时此刻，他只想将她禁锢在怀里，紧紧地抱住她，如珍如宝。

这时，君临山脉九座山峰及总教内部响起了连绵不绝的钟声，一声接着一声，似在大肆宣告庆贺着她的归来。

当天，九幽教上下得到了消息，第一波去后山偷看的人都很不幸地昏倒在了地上，被第二波去偷看的人胆战心惊地带了回来，消息传出之后，谁也不敢去了。

后来郑长老让人送些饭菜水果过去，还是张海不怕死地自告奋勇去了一趟。后来见张海完好无缺地回来，众人齐齐围住他问左问右，张海神气活现地说了一句："我看到左护法的背影了！"

"切——"鄙夷之声响彻云霄。

张海很不服气地反驳道："有本事你们去送饭啊！"

众人顿时作鸟兽散。

整整一天，从清晨到暮霭，他都抱着她。

听她有一句没一句地说着这两年来的生活，想起什么说什么，一会儿说说这个，一会儿又说说那个，毫无条理可言。若是别人他早当苍蝇拍死了，可是当下却觉得她的声音像天籁一般，怎么听都听不够。说完了这两年的苦楚，自然而然埋怨起他的薄情寡性，顾不迷暗忖自己明明十分热血，却被他说成了陈世美那样的人，当真情何以堪。可他依旧不曾辩解，甘之如饴地听着她继续埋怨唠叨自己，哪怕她说到激动时，一下下捶打自己的胸口，揪扯自己的衣领，他也没有任何怨言。说着说着，暗香依依自然而然想起那个他带进总教的红衣女子，当即质问起红衣女子的来历。

顾不迷没有片刻犹豫，立刻将红衣女子来历尽数交代清楚。

原来当日顾不迷也遇到了埋伏。

当时提着顾天穹头颅拦截他的黑衣人不是别人，正是闫阵，闫阵一路引他出了白桦林。他当时心头怒意滔天，一心只想追回父亲头颅杀死对方，就没有留心是否有埋伏。他当时急着追赶闫阵，眼见有异物袭来，还以为是寻常暗器，便用琴音震开。岂料那并非什么暗器而是制作成暗器样子的石灰，被琴音一震顿时在空中散开，他又去势难止，迎面扑上便迷了眼睛沾了一身。

那些人显然早有计划，见他全身都是石灰，眼睛也已不能辨物，便将一包包的水丢向他。他因双眼不明，只能用双耳辨声，用琴音震开水包时，石灰遇水便开始灼烧，他当时情况危急处处受制。恰好这时红衣女子出现，他配合女子，击退了黑衣人。之后，女子又帮他处理了眼睛里的石灰。

红衣女子显然是江湖中人，知晓九幽教的规矩，事后向他要了一枚恩人牌。

因担心她会出事，他在眼可辨物的第一时间便赶回了白桦林，细细查看之下，果见林中曾有打斗痕迹。在白桦林找不到她，想到二人先前约定，他即刻赶往了君临山脉。

红衣女子一直跟着他，他早就觉得女子身份可疑，如此凑巧出现在荆棘地救了他，又向他要恩人牌，便索性将她引入总教，见机行事。

他刚到总教便听人说她和慕容逸性命垂危，他赶到时，正看到她紧紧地抱着慕容逸，任何人都分不开。

听到此处，暗香依依偷偷地抬眼瞄了他一眼，暗想，难道他是为了这事所以后来才不理自己的吗?

他在床边守了她两天三夜，直到她醒来，方才离开。他简而言之地一语带过，有意避开一些事情不提。暗香依依也没追问，过去的事就让它过去吧，当时的情形，说起来自己也有不对之处。

后来，他用迷心叠曲迫使红衣女子说出接近他的目的，原来红衣女子是慕容轻晓的义女。慕容轻晓知道莫见笙要来抓暗香依依，便暗中派了她的义女来救暗香依依，显然慕容轻晓并不想让莫见笙轻易得逞。哪知道，她那义女也有自己的心思，不仅没去救暗香依依，反而故意接近顾不迷，从而得到九幽教的恩人牌，再入总教意图盗取教中圣物《落月迷香》。女子中了他的迷心叠曲陷入幻境，不止说出了接近他的目的，还言及蛊毒之事，这才引他赶去洛阳抓住了慕容轻晓。

听到这里，她有些失落地深深一叹。

顾不迷从她的叹息中瞬间反应过来，补了一句，“你在君临三宿疗伤时，我也在。”

嗯？她忙抬起头来，问道：“可我醒来时怎么没看到你？”

“就在你醒来后不久，我便上路了。毕竟事久恐生变，我无法再等。”他道。

原来那个时候他还是在乎自己的，她想，虽然提及此事心里还有些失落，可面对今日得来不易的重逢，她已不想再计较从前。显然他也有同样的想法，只听他低声在自己头顶道：“今后有我在，再没人能伤你。”

她相信他的承诺，却听他又道：“谁敢伤你，我就杀了谁。”原本是一句很酷的话，可暗香依依却顿生恐惧。

她小心地抬头去瞧他。

他幽暗的目光下是失而复得再不容有失的坚决，那感觉就好似曾被利刃刺伤过一般，终生难忘，刻骨决绝。

暗香依依不禁有些心疼，继而开始悔恨，心疼他对自己的心意，悔恨自己两年来对他的猜忌。两年来的避而不见，或因她的胆怯和懦弱，可更多的是她对他的不信任，才让彼此痛苦了两年之久。幸好没有错过，幸好回来了，幸好……她紧紧地抱住她，红了眼眶。

慕容逸曾说，顾不迷因为自己而毁了整个红枫山庄，一夕之间杀了近六百人，当时他是怎样一番心境，此时此刻竟然想也不敢想，只觉得他为了自己杀人，并非一件很酷的事。她将心酸咽了下去，方才平静地道：“你可不可以答应我一件事？”

“你说。”他垂眸看向了她。

“以后能不杀人就别杀人，好吗？”她微仰着头，如此近距离地相望，能清楚看到自己在他的瞳孔中的影像，那么真切。

“我答应你。”他毫不犹豫地应了下来。

她窝进他的胸口，幽幽道：“我再也不要和你分开，再也不要！”

他贴靠着她的额际，亦道："如今，再没有人能将你我分开。"

后山木屋中只有一张单人床，并不适合二人居住，既然暗香依依回来了，顾不迷决定重新搬回历代教主所居的东殿。原本暗香依依居住在青竹海，顾不迷便先送她回青竹海。

二人一步步走得很慢，从夕阳西下走到月华初升，可无论走得有多慢，分别的时刻还是如期而至。

入得青竹海，知道不得不与他分开，暗香依依扯着他的衣袖，低着头也不说话，但就是不放开，好半天憋出一句十分幽怨的话，"这路短得实在太过分了，没走几下怎么就到了。"

顾不迷眼中有了一丝笑意，道："你住这里还是随我去东殿？"

难得装一会儿小鸟伊人的暗香依依立刻指着院外那片竹林说："这里竹子太多看起来好阴森，我不喜欢。"

闻言，顾不迷淡淡嗯了一声，拉起她的手将她带到了东殿住下。

东殿中，二人和在祁阳山一样比邻而居。

知道他就在自己的隔壁，暗香依依一想到这件事就睡不着，在床上翻来覆去了一会儿，还是忍不住起身蹭到了他的门口。原是想从门缝里看看就罢了，没想到双手刚扒在门边上，门就突然自内打开了，她双手尚尴尬地扒在空中，就听到屋中顾不迷道："进来吧。"

起初有些羞赧，随即抛却顾虑提着裙摆走进屋去，她忽然想到这么晚了，孤男寡女待在一个屋子里要是被人瞧见该多尴尬，应该把门关上，可回身想关门，又觉得这么做不是摆明了做贼心虚吗？她正有些犹豫，门便被一股自后而来的力量关上了。

忽然察觉后背贴近的温暖，她回首仰头望去，便看到了近在咫尺的他。她垂下头去，不好意思地一笑，道："睡不着。"

"嗯。"他回应了一声。

"可不可以……"她有些不好意思地说，"和你待上一会儿？"想了想又强调了一句，"就一会儿！"

"好。"

见他答应，她心里一甜，径自走到窗边软榻上坐下，晃悠着双腿瞧着他。

他犹豫了一下，便走到了她的身边，挨着她坐了下来。

她瞄了他一眼，见他幽幽地望着自己，眼中有着说不出的温柔。她莞尔一笑，一歪脑袋天经地义地将头靠在了他的肩头。

夜色怡人，他稍稍调整了一下姿势，她便能呼吸到他的呼吸。

二人都没有说话。

月光透过窗子照在二人身上，在地上留下一双相依偎的影子。

微风轻轻撩动着心底最温柔的那根弦。

她只是在心里想，可以和他这样静静地待在一起，即便什么都不说，也觉得好幸福好幸福。

起初她依靠在他的肩头，拿过他的一缕头发在手指上不停地缠绕，后来倦了便悄然靠在他怀里，最后不知不觉地睡了过去。

左护法暗香依依住进了东殿，第二天，总教上下包括厨房里喂猪的大叔都得知了这个消息。

原先在祁阳山时，他二人就曾同住一殿。可毕竟今时不同往日。祁阳山那会儿，暗香依依每天被顾不迷打得遍体鳞伤惨不忍睹，所有人都知道他们住在一起，可所有人都相信他们是清白的。如今自然今非昔比了，当教主顾不迷与左护法同住东殿之事传遍九幽教时，所有人都是一副你知我知大家知的暧昧神情。毕竟照惯例，除教主外，能居住在总教东殿者就只有教主夫人。所以就算有人相信他们之间现在还没什么，可过不了多久，他们之间也一定会有什么。

从那一天开始，有教主的地方，基本上就能看到左护法。二人几乎到了形影不离的地步。

照理说，暗香依依本就是九幽教左护法，跟随教主处理教中事务出现在公共场合实乃天经地义之事，但大家每次看到二人一同出现，都自然而然会想到别处去。

所有人都以为好事将近，可没想到众人盼啊等啊过了三个多月，这两人还是老样子，似乎都没有更进一步的打算。时间久了，众人便开始议论纷纷起来，渐渐教里就传出了一些流言飞语。

谣言的起源大体如下：

“肯定是左护法不想失去功力，所以不愿意嫁给教主。”

“如果真是这样，看来左护法并非真的爱教主。”

“我听说左护法曾经和莫七落待在一起长达半年之久，而且这段时间，左护法经常问询莫七落的消息，莫非左护法心里喜欢的人是他？”

“别忘了莫见笙可是害死先教主的罪魁祸首，而且他还曾想染指左护法，左护法怎么会喜欢仇人的儿子？”

“那你说她喜欢谁？”

“我看那个鬼盗的弟子最近常来，左护法每次和他在一起都有说有笑的，难道他们之间……”

“据我所知，那个未默似乎和左护法曾经有过婚约。”

“真的？”

“确有其事，我听江州分舵的人说，未默曾经亲口说过，当初救教主的那枚寒玉是他的家传宝玉，是他娘留给他送给未来媳妇的。当时未默就是以聘礼的方式给了左护法，也就是说，左护法答应嫁给他了。”

“不对，我听说是左护法答应嫁给傅月，鬼医傅月才出手救教主的。”

“不是吧，我听说左护法当初是和教主去江州相亲的。”

“这事我知道！”

“我也听说了！”

“这事大家都知道，当时教主当着所有人的面亲口说的，这事整个武林都知道。”

“我听不明白了，左护法到底喜欢谁啊？”

“很简单。”一个始终旁听未曾说话的人突然开了口，一句话引得众人全部看向了他。

只见那人目视远方，以极肯定的口吻，一字一句缓缓道：“左护法原本喜欢莫七落，可后来被教主带到了祁阳山，在祁阳山上天天被教主打，不得已答应和教主相亲，结果在去相亲的路上，教主身中蝴蝶情毒。左护法怕失去功力所以不给教主解毒，骗得未默家传寒玉护住教主心脉，又假意以身相许傅月这才救了教主。”

众人一听，情节很通顺，如此说来，左护法真心喜欢的人难道是莫七落？跟着教主，实是被教主打怕了？而今教主已经强大到不需要再动用武力征服了，只需一个眼神就可以让左护法害怕得不得不与他形影不离？

好像……有那么点儿道理。

理智一点儿的人不相信这种说法，但不明所以道听途说的人就相信了这个看似合理实则荒谬的推断。

九幽教总教里里外外近千人，能与教主或左护法有交集者毕竟占少数，不了解情况的占大多数，渐渐地这种说法就被大多数人领会了去，而后口耳相传，就变成了极为可能的事实。

暗香依依就被定性为原本喜欢莫七落，后来被迫跟着顾不迷了。

可叹，当事人之一顾不迷都已得知这个谣言，暗香依依还被蒙在鼓里，估计也只有她不知道自己喜欢莫七落了。

顾不迷自然不认为她会喜欢莫七落，即便是时常出没在九幽教的未默，顾不迷也没有为难他。不只任由他自由出入，还默许了他围着暗香依依转。但唯独慕容逸，顾不迷始终没让他们二人相见。

对于他的转变，未默和暗香依依起初都有点儿难以适应。

其实暗香依依回到九幽教没多久，未默就来了，开始这两人跟防贼似的防着他，相约见面时还寻了个僻静处搞了个暗语，后来不幸还是被他发现了。毕竟是在人家的地盘上。

当暗香依依惊恐地看见顾不迷时，忙扑到未默身前试图以自己的血肉之躯阻挡他凌厉的注视，可没想到，他只瞧了一眼转身便走了。搞得暗香依依和未默望着他早已远去的背影久久难以回神，一高一矮纷纷将自己的头发抓乱，一个在前面抓，一个在后面抓，前面那个嘟囔一句："为什么呢？"后面那个跟着嘟囔一句，"怎么回事呢？"真是让人搞不明白。

后来他二人又发现，顾不迷即便看见他俩在一起也会当做没看见。渐渐地，暗香依依也不再瞒着他与未默相见，未默也不躲着他与暗香依依私会了。

其实他俩曾暗地里一起揣摩过顾不迷为什么这么做，这实在不像他的性格。照常理，他应该横眉立目地将未默扔出九幽教，至少也得扔出十里之外才是他的行事作风。可谁也不知道他是怎么想的，竟然撒手不管放任自流了。若说他不在乎暗香依依，连唯恐天下不乱的未默都不信，所以这事就成了一个不解之谜。暗香依依有心去问，又怕万一又惹得他不高兴，他改变做法岂不是自讨苦吃吗，所以干脆闷着不问。

其实，顾不迷如此做法乃是因为未默的一段话，在暗香依依坠崖时，未默曾经满脸是血的质问他："你可曾让她笑过开心过？你知道她想要什么不想要什么吗？"在暗香依依失踪两年的时间内，未默的质问日日折磨着他。每当想起都让他悔恨痛苦。如今她又重回自己身边，从今往后，只要是她想要的，只要她开心快乐，他都可以忍让退步。

谣言终究是谣言，顾不迷并未放在心上。若非未默又一次出现带来了莫七落的消息，或许，顾不迷一辈子也不会在意这个谣言。

这两年来，莫七落隐姓埋名成了一名惩奸除恶的游侠，他游历四方，扶危济困，不留姓名。而今，无论是江湖还是百姓都称呼他为青衣仗剑客。还是四处溜达的未默无意中遇到了莫七落才知道他便是青衣仗剑客。

自从得知莫七落曾为她偷钥匙，后来又家毁人亡，受有心人排挤流落江湖，暗香依依便一直记挂着他，很想知道他的近况。这次未默来说起莫七落，她心中稍有安慰。原本得知他过得平安也就罢了，岂料未默多嘴，竟然说莫七落也很想见她，而且此刻他人就在附近的集镇上。暗香依依一下子就待不住了。

当日因未默来访，顾不迷有意避出了东殿，没人知道他去了哪里。暗香依依等了一个上午也没见他回来。未默唠叨说再不走恐怕莫七落就走了，暗香依依一急便留了个纸条放在桌上，并告诉东殿守卫自己要出山一趟，方才与未默二人离去。

若是他们走君临山脉倒也无碍，可暗香依依偏偏记得当初未默带她从地下出君临山脉的奇妙，一时兴起，便又和未默从地下神不知鬼不觉地刨了出去。如此，除了东殿守卫再没有人知道未默和暗香依依出了君临山脉。而东殿守卫，一日通常三班轮换，待傍晚顾不迷回到东殿时，守卫已换过一拨。顾不迷回来之后，眼见东殿无人，以为暗香依依与未默去了其他地方尚未回来，也未追问。如此等到深夜，眼见还是无人，这才追问起暗香依依的下落。这一路问下来，他心中顿生恐惧。

东殿守卫说左护法与未默出了总教，可君临山脉守卫没人见过暗香依依与未默出教。

守卫说左护法留了字条，可他进屋去看，桌上什么都没有。

顾不迷一怒之下险些当场诛杀了东殿守卫，郑长老闻讯赶来阻止。他提醒顾不迷，未默曾经带着暗香依依从地下出过九幽教，这次很可能也是，至于桌上为何没有纸条，许是风大吹到了地上。

众人合力在屋中翻找，终于在放衣服的箱子下面找到了被风吹落的纸条。只见暗香依依在其上写道：与未默去附近村镇寻一位故人，最多三日便回，勿念。

顾不迷再不迟疑，连夜带人追出了君临山脉。

由于顾不迷有所耽搁，他出山时，未默与暗香依依已到了君临山下的小镇上。

刚好是一大清早，二人吃了些东西，便开始寻找莫七落。未默也不敢肯定莫七落是否还在小镇上逗留，不过两人玩心本就重，再加上暗香依依又在九幽教待了近四个月，此番出山倒像是出行旅游一般，看什么都欢喜。如此边找边玩，时间不知不觉就过去了。

直到日落西山，眼看天就要黑了，二人入住在镇上的小客栈中。如今没了顾不迷再住客栈，果然顺利地要到了两间上房。

第二天尚在梦中，门便被人一脚踢开，门闩碎裂的声响顿时将暗香依依惊醒过来，刚翻身坐起便看到了站在门口的顾不迷。

他幽冷的目光让她心生忌惮。

顾不迷挡在门口对身后众人道："退出去。"随他而来的九幽教众人瞬间离开了客栈，也将后面跟上来提心吊胆观望的客栈掌柜和小二一并赶了下去。

这时未默从顾不迷身后探出头来，向屋内问道："依依，你还好吧？"

顾不迷回头看向未默，未默起初还试图挺直腰板与他对视，可没一会儿便倏地跳下楼去，在楼下抻直脖子喊道："依依，有事再喊我！"言下之意，自然是没事就别喊了。

顾不迷收回了目光，看向屋中的暗香依依。

暗香依依此刻已整理好衣衫，问道："你怎么来了？"

"为何离开总教？"顾不迷关上了房门，不悦地问道。

暗香依依并没有直接回答，反而问道："你生气了吗？"

见他不答，她微感窘迫，可仔细一想又察觉到了他对自己的紧张和在乎，心底有了暖意，柔声道："其实我没想瞒你，我来此是想见一位故人，可这人的身份有些特殊，所以没有对你言明。其实……我来此是想见一见我的义兄，莫七落。"她索性全然告知，一来不想惹他生气，二来本也不想瞒他。

闻言，他面色稍缓。

她又道："我昨天有等你的，只是不知你去哪儿了，又怕大哥不会在此逗留太久，便急着出了总教。不过我给你留言了，你没看到吗？东殿的守卫没说吗？"

他点了点头，没有解释当时的具体情形以及自己以为她又一次失踪的心急和恐惧。

她继续说道："我昨天找了他一天也没找到，可能他已经离开小镇了，可是我还是想再找找。"她向他靠了过去，轻轻偎着他，喃喃低语，"不知道他现在过得好不好？在我心里，他父亲是他父亲，他是他。你也知道，当初他为了护送我进君临山脉，身负重伤，后来又因为我家毁人亡，我始终觉得亏欠他很多。其实我来此只是想见他一面，哪怕是遥遥看上一眼，只要看到他平安无事，我便安心了。"

他目光又柔了几分，又听她道："反正你都来了，不如就陪我一起找找看，好不好？"她目光晶亮地望着他，有些撒娇地说，"你若帮我找，肯定能找到！"

闻言，他眼中残存的一丝阴戾也不见了，微微抬头对窗外冷声道："你既然来了，为何不进来一见！"

暗香依依闻言一惊，窗外有人？这时便见一人自窗口跃入，此人腰悬长剑，青衣短靴，后背黑色斗笠，面上略显风霜，幸而双目有神，精神极佳。暗香依依当下一看，不是莫七落是谁？

"大哥！"暗香依依激动之下正欲上前亲近，忽觉后衣领被人扯住，脖子被勒之下顿时止住了去势。她下意识地瞥了眼扯她后衣领的顾不迷，见他面色微寒，不禁尴尬地对莫七落笑了笑，而后又转头用眼神示意顾不迷赶紧放开。顾不迷放开了她，她却再也不敢上前接近莫七落，又因有顾不迷在场，原本想说的一些话也卡在了喉咙里，只好道："大哥……请坐。"

莫七落一笑，不在乎顾不迷的防备目光，一撩衣摆，坐在了桌前。

暗香依依先小心翼翼地瞥了眼顾不迷，而后方道："大哥，这两年你过得还好吗？"

莫七落点了点头，道："两年来我四处游历，前些日子去了蜀地，最近才回到中原。原是要去看妹子七彩，路上遇到未默听说你回到了九幽教，如此便在此逗留了几日。原想可能见不到你，没想到，你竟来了。"

暗香依依一听，便道："这么说，昨日大哥就看到我了？"

莫七落点了点头，"只想看看你过得好不好，如今看来……"他看向顾不迷，意有所指地道，"我也放心了。"

"七彩她还好吗？"暗香依依问道，已知莫七彩被汤斩带走的事。

"已怀孕八个多月了，眼看临盆在即，所以我一收到消息，便从蜀地赶了回来。"

"啊？她要生娃娃了？汤斩的吗？"此言一出，莫七落面色一赧。顾不迷在后面轻哼了一声，她顿时察觉自己说错了话，忙给自己打圆场，"当然是汤斩的。嘿嘿，当然是……"

莫七落笑了笑，笑过之后却又无话可说，静默中，多有尴尬。

莫七落起身告辞，暗香依依欲言又止，其实她还有很多话想问莫七落，只是碍于顾不迷在场无法问出口。眼看莫七落要走了，她想挽留他多留几日却又不敢，只得默不作声地送莫七落出门，谁知却被顾不迷阻止。

她有些不乐意地瞪着顾不迷，莫七落见状却是一笑，道："小妹，多保重。"言罢，几个起落便远去了。

暗香依依想要追出去，却又被顾不迷拉住，只得一跺脚向他远去的方向大喊："大哥，你也多保重！"

今日一别，不知何年何月才能再见，她望着莫七落远去的身影，想到他为人正直侠义，却因被父所累，不得不隐姓埋名以斗笠遮面漂泊四海。想到他是前世的旬宇，想到旬宇醉酒后说要守护她的来生，暗香依依心中酸楚更胜。

不知不觉红了眼眶，她怔怔地望着他离去的方向，仿佛循着那条轨迹，便依稀可见他的踪迹和前生与他的夙缘。

手腕突然被顾不迷紧紧地抓住，暗香依依还来不及反应，人已被他扯入臂弯中，带离了客栈。

客栈外，未默正吃着早饭，眼见顾不迷拉着暗香依依下楼，满嘴包子地招呼道："顾琴魔，要不要吃个包子，挺香的。"

顾不迷哪有心情理会他，早已带着暗香依依和九幽教一群人走远。

当顾不迷凶神恶煞地出现在客栈时，未默就知道会是这种结果，所以当下也不在意，继续吃他的肉包子。

客栈掌柜和伙计眼见众人离去，这才抹着一头冷汗对伙计说："这群煞星可算走了，我刚看到咱们镇上的头目曲独眼唯唯诺诺地跟在后面，可见这些人来头不小啊。"曲独眼是镇上鼎鼎有名的地头蛇，手底下养了一群江湖人士，是这镇上说一不二的人物。

伙计说："还好只是把人带走了，没出什么乱子。"

掌柜的瞥了一眼还在店内大口吃包子的未默，向伙计使了个眼色。

伙计立刻提着一壶热茶上前给未默斟满，假意擦着桌子问道："这位大侠，不知方才来的都是些什么人啊？"

未默说："这你都不知道？"

"还望大侠指点。"伙计赔笑道。

"九幽教教主顾不迷和他的手下啊，就是那个琴魔顾不迷。"

"是他！"

"是他啊！"

掌柜和伙计同时惊道。

"听说此人身高八尺，腰围也是八尺，动动手指头就杀了红枫山庄六百条人命啊。"伙计惊叹道。

"噗……"未默闻言将嘴里的包子喷了出来……身高八尺，腰围八尺，那人得多胖啊？

暗香依依有些不高兴，回去的路上一句话都不说。她知道顾不迷紧张自己，可再紧张也不应该干预她见什么人说什么话，她忽然觉得有些反感，更没有心情去理会顾不迷因此会有何种想法。

回去的路上因为她的刻意疏离，以致随行所有人大气都不敢喘一声，在一片乌云密布的压抑中众人终于回到总教。

刚到总教，暗香依依便丢下众人闷头走回东殿将自己关进了屋子里，一头倒在床上不再起来。

自从她回到九幽教，几乎处处都以顾不迷为先，因熟悉他的性情，知道他并不是不讲道理之人，只要和他好说好商量，他凡事都会由着自己。可没想到莫七落这件事，他却这么不近人情。

大哥再怎么说也是她的救命恩人，好不容易见上一面，他却好死不死地在旁监视，还不让她相送，暗香依依越想越委屈，越想越不开心，越想越讨厌顾不迷。

讨厌他的强大，讨厌他事事都要管着自己，还讨厌自己遇事总是会先考虑他的感受，讨厌事事都要和他报备，讨厌自己处处被他限制，讨厌自己就算和未默在一起还要看他的眼色，讨厌慕容逸每次来探望她，她都被支往它处。暗香依依越想越烦，越想越委屈，越想越有打人发泄的冲动。

最想打的就是顾不迷！可惜他娘的又打不过他！如此只有窝在床上郁闷捶床弄乱了被褥，外加发泄地踢飞了尚未脱下的鞋子。岂料，鞋子飞出去刚好砸向正开门走进来的顾不迷。

心情糟透了的暗香依依愤恨地想，怎么没砸到他面门上！她狠狠地瞪了他一眼，可终究有些底气不足，在他的目光下变成不轻不重的冷哼，转过头去不看他。

他没有说话，只是抓着那只迎面砸过来的鞋，又拾起丢掷到角落中的另一只鞋走到了床边。他端正地将鞋子放在了床下，卸下身上的紫漆木琴放在床角，这才坐到了床边。

“我讨厌你！”她气呼呼地说。

半晌没得到对方的回应，她斜眼瞄去，见他手指轻轻在紫漆木琴上抚摸着，好似根本没听到她的话。那感觉就好像自己使尽全力打出的一拳却偏偏打在了棉花上，让她抓心挠肺地恨，恨不得嗷的一声蹦起来。

她愤恨地甩开搂在怀里险些咬上去的被子一角，以此表达自己的不满情绪。却见他依旧故我地在一旁摸着琴弦，连看都不看她一眼。

她又愤恨地将脚上的袜子也脱了个干净，扯过被子欲钻进被子里闷头睡觉，可惜被子一角被他压住，她狠狠地扯，他却不动，她再扯，他似乎有意与她较劲，还是不动。她大吼道：“出去，你给我出去！”闻言，他终于侧目向她瞧来。她打了个激灵，似被他的目光刺激到，发狠地向他吼道：“出去！”

“不出去。”他云淡风轻地说了一句。

他越是如此，她越是生气，气到极处无处发泄，便恨恨地下了床光着脚丫子气势汹汹地拾起乱丢在地上的袜子，一边穿一边说：“你不出去我出去！我不只出去，我还要离开九幽教，离开你！今后你休想管我！休想！”

“你要去哪里？”他沉声问道。

“我，我去追我大哥，然后再不回来！从今往后，我就和他海角天涯地去逍遥自在！”她一怒之下口不择言。

“你敢！”他终于被激怒了。

可她更怒！她跳到地中央指着他的鼻子吼：“我凭什么不敢！你凭什么管我！你

是我的谁啊！腿长在我身上，我要走就走，谁也管不了我！”

她转身拂袖要走，却被他一把扯住，她回手欲挣脱，他却不放。

拉扯间二人当即动起手来，虽然暗香依依武功不及顾不迷，但顾不迷并不敢伤她。又因她在气头上，蛮横地与他拼了全力，如此，顾不迷处处受制。

眼见她即将离开东殿，想到失去她的两年里自己的孤寂和痛彻心扉，他便害怕起来。

他拿起了琴，望着她渐行渐远愤怒的背影，神色变得阴戾。

他弹起了迷心叠曲。

暗香依依忽然停住了脚步。而后缓缓回身，她幽幽地望向了她，不知不觉已然泪流满面，也不知道她究竟陷入何等幻境，竟突然向他奔来，重重地扑在他怀里，而后抱着他便吻了下去。

当她清醒过来时，已被他压在床上不能动弹。

她惊醒过来，忽然明白他竟然用迷心叠曲对付自己，心中一怒，发狠地去抓他的耳朵，却被他躲过反而钳制了她的双手。她挣扎不开，只得张口去咬，怎料他躲得更快，一击未中，再要咬时，忽然看到了他近在咫尺深邃的双眼，微微一怔，停在了中途。

软软的被褥中，有丝橘子的香甜，大抵是前几日躲在被子里吃橘子，橘子皮忘在了枕头边的缘故。四目相接时，挣扎不自觉地多了一丝说不清道不明的暧昧，身体上的接触和摩擦更令人不期然地萌生了一丝旖旎。不知不觉中她不敢乱动了，而他的目光也渐渐变得幽深。

顾不迷的目光凝在她身上，心不由自主地跳得没了规律，因为她的落月迷香，他一直不敢太接近她。可此时此刻，有种莫名的思绪冲入脑海，是陌生的、是清晰的、更是兴奋的。

想到这两年的痛彻心扉，对她，他什么都能忍让，唯独不能让她离开自己，他无法忍受没有她的日子，更无法接受她去找莫七落或者任何人。如果她没有了落月迷香，那么从今往后，她就只能依靠他，只有他，也只能是他！

他道：“你哪里也不许去，从今往后，你只能有我！”

“我不！”她仍旧嘴硬。岂料，话一出口便看到了他眼底的惊涛骇浪，他望着自己的目光中有害怕、有恐惧、有不舍、有怜惜还有不顾一切的决绝！为什么？她微一闪神便被他深深地吻住。惊讶之下，脉门忽然被他按住，她顿觉浑身无力，一时再无力挣扎。暗香依依察觉到了他此刻的危险，可想逃已来不及。

圈住她腰肢的手几乎将她掐断，慌乱间，唇齿辗转，呼吸相连。他一直没有放开她的脉门，她无法聚力，像是一个被他控制的布娃娃，再无反抗之力。

她已意识到接下来会发生什么，想到身上的落月迷香，想到自己练反了落月迷香，顿时害怕起来，哀求道："不行。"他松开了握住她脉门的手，她当即试图摆脱他……却在这时琴音忽然响起，神思顿时变得恍惚，甚至产生了无法抗拒的欲念。

当下只觉浑身燥热，渴望着被他拥抱，被他抚摸亲吻，渴望好多好多……她知道自己中了迷心叠曲，却无力摆脱这种魔魅之音的控制。

身上的衣服一件件剥落，她蜷缩，躲避，更试图用身体去压住琴弦不让他继续弹下去，却全都无用，只换来炙热的肌肤相贴。她慌乱地颤抖，想要死命挣扎，可入耳的琴音让所有的挣扎变成了欲拒还迎。

她咬破了嘴唇，血渍被他吻去，胸口、脖颈被他咬得微疼，腰肢被他按住，双腿被他顶开。她害怕得全身颤抖，泪水哽咽在喉，却已没了退路。

事后，她顾不得身体疼痛，翻身坐起第一句话就是惊慌失措地问顾不迷："你没事吧？！"

顾不迷闻言一怔，神色古怪地哼了一声。便见她毫不知羞地伸手往被子底下摸，直摸得他全身发烫，才好不容易抓到他的手腕。任由她探了好一阵子，她方才开心地道："没事啊！没事啊！你没事！"或许开心过了头，她一把掀开被子，扑到了他身上，抱着他开心地又笑又叫。

他忽然想到一句话：女人心，海底针……

事后方才知道她练反了落月迷香。想到她醒来时，全然不顾自己被他用强伤害，只担心他的功力是否还在，顾不迷心里便涌起无尽怜惜。

终于等到了这一天，她将成为他的新娘。

九幽教布满了大红喜色。九幽教太大，为了布置红色，几乎将方圆十里的红布都买光了。这还不够，五大分舵四十二分堂还相继派人送来了许多红色布匹方才够用。

姜家是武林首屈一指的大家族，如今要嫁孙女，排场自然非同一般。和九幽教一样，姜家宅邸里里外外都红得不像个样子，喜帖更是遍发四方，宴请八方来宾，流水席要摆上三天三夜。不止如此，暗香依依出嫁当天姜家旗下所有酒楼，全部免费对外开放。排场大得几乎全天下都知道姜家要嫁一个孙女名叫姜素了。

其实为了这事，早先姜家还和顾不迷闹了些矛盾。

暗香依依的祖母定死了要让她从姜家风风光光地出嫁。可顾不迷却不乐意，原因很简单，按照姜家的要求，暗香依依要从姜家出嫁，就必须提前回到姜家住着，他再从九幽教带着花轿一路上吹吹打打地去接，路上至少要耗上三天。左算右算，暗香依依要离开他至少七天。

他并非不能忍这七日，只是担心她的安危，毕竟全武林都知道暗香依依就是一个内功极品大补药，而今在他身边，没人敢妄动，有心思的一看到他的心思也都死绝了，可一旦离开他，还指不定会出什么乱子呢。

暗香依依所练内功，事实证明既不能为人增加功力也不会吸人功力，这事顾不迷已经不止一次地验证过了。可他知道，世人并不知道。顾不迷自然也不会四处宣扬，所以暗香依依这身内功，表面上没人提及，但背地里定还有人在想入非非。再说，不怕一万就怕万一，武林总有些亡命之徒会不顾一切地铤而走险，还有莫见笙的余党，红枫山庄的残余也可能会借此机会兴风作浪。

顾不迷的顾虑，也正是姜言的顾虑。可姜家祖母一见愿望不能达成，便带着七大姑八大姨一起去宗庙上香烧纸，边烧边哭诉儿孙不孝，姜家一时闹了个人仰马翻。

回来后，祖母还没怎么样呢，这七大姑八大姨一个个全都受不了地病倒了，据说是被烟熏病了。长兄叔伯见不得自家媳妇受罪，只好派人又一次去了九幽教，据说是去好言相劝的，可回来的时候面色都很灰败。

祖母听说顾不迷又一次拒绝了她的要求，一气之下，穿上了一身白衣带着丫鬟故意到河边溜达了一整个下午，嘴里还念叨个没完，说什么她这么大年纪了要是不小心掉进水里肯定活不成了云云。吓得姜家上下一致通过了一个决定，命姜家最有前景、在江湖中最有威望和人脉的百事通姜言立刻去找顾不迷沟通协调。进行再一次的友好协商，协商不行再动用他的关系网进行说服教育，总之你不达目的就别回来了！姜言只好硬着头皮来了九幽教。

姜言并非常人，到了九幽教他没有去见顾不迷，而是先去见了暗香依依。作为江湖赫赫有名的百事通，他带来了所有暗香依依喜欢的东西，作为兄长，他又摆出一副兄长应有的姿态，将家里的情况尤其是祖母的情况平静地夸大其词说了一遍。后来他对暗香依依说："祖母自你离家那天起就天天念叨着你，你这次若不从姜家按照她的意愿风风光光地出嫁，恐怕祖母死后鬼魂都不会放过顾不迷的。"

暗香依依也不笨，闻言笑道："我知道，你放心，我自有办法让他同意。"

姜言笑了，他等的就是她这句话。

如今回趟姜家当真不容易，左拥右护近百人。

顾不迷亲自将她送出君临山脉，二人同乘一骑，眼看便到了白桦林即将分别，暗香依依道："左右不过七天，很快我们就能见面了。"

顾不迷点了点头，道："事事小心，等我来接你。"

也不知怎么，暗香依依忽然有点儿后悔要与他分开了，就算才七天，也有些恋恋不舍。

她窝在他胸口，小声道："我会想你的，你也要想我。"

其余随行人等包括姜言都立刻转过头去开始假装看山、看水、看河流……

暗香依依一不小心又忘了这些高手的耳朵个个都装了扩音器。

顾不迷在她额上印下一吻，点了点头。

高手们看了半天也没发现树林里有河流……可一个个仍在聚精会神有模有样地看着，好像满地都是河流。

暗香依依自离开君临山脉，便由张海等八十余名九幽教武林高手随行护卫，再加上姜言带来的帮手，一路上近百人浩浩荡荡地往姜家赶，单是马蹄留下的烟尘，都让人望而生畏。

等暗香依依到了姜家则更不得了，她所居院落更是里三层外三层地有人看守。等闲不知道的外人，还以为皇家公主住进了姜家。

这样的守卫，恐怕连只苍蝇想飞进来也要先被检查是公是母，可这样的守卫，还是防不住某些特殊人物。

此时，暗香依依和姐姐姜菲正在屋中摆弄着凤冠霞帔。

天一寸寸暗了下去，见姜菲看着自己的凤冠霞帔发呆，她试探着问道："姐姐还没有喜欢的人吗？"姜菲拒婚的事她略有耳闻，只是并不清楚内情。

姜菲回过神来，笑道："有的。只是，他不知道我喜欢他。"

"啊？那姐姐为什么不告诉他呢？"

"或许总是一再地错过，或许他已有心上人了。"

暗香依依一时没听明白，想问更多，姜菲却笑道："我先走了，新娘子要早点睡，明天有你忙的。"

暗香依依知道她不想说，如此也不便强求，便点了点头，却在她即将跨出门去的那一刻道："姐姐，其实每个人的感情路都未必一帆风顺，如今我能嫁给顾不迷，不也是历尽千辛万苦才守得云开见月明吗？姐姐，如果有机会见到你心里的那个人，记得不要轻易放手，千万不要错过。因为一次的错失，或许将是终身的悔恨。"

姜菲脚步微顿，半晌，方才点了点头，恍惚离去。

姜菲刚离去，花丛中便突然多出了一堆草，那草动了动，直到瞧见窗口的那抹身影方才停下，怔怔地看了好一会儿，又从土下伸出一双手来趴扒在地上抵住下巴，如此幽幽地注视着窗口。

未默如入无人之境，当他无声无息地出现在院落里的花丛中时，几乎没人注意到他的踪迹，除了守在内宅的张海。

忽听有人走近，未默抬起眼便看到了九幽教总教执事张海。张海武功已今非昔比，更是顾不迷亲信之一，所以此番回姜家，张海被委以重任亲自守在内宅看护暗香依依。

自未默从地下钻出，张海就发现了他，心想未默是九幽教的恩人左护法的好友，此来应该没有恶意，所以没有惊动任何人。

未默自然认识张海，知他职责所在，当下与他悄无声息地出了内宅，而后并未拐弯抹角，直截了当将所发事情告诉了他，让他提高戒备。原来果如顾不迷所料，红枫山庄余孽聚集了一批高手意图对暗香依依不利，早先设计抓住了未默，给未默下了毒药，迫使他神不知鬼不觉地从姜家把暗香依依偷运出来。未默起先并未答应，受了些苦楚，后来才勉为其难答应下来，待那些人放他走，方才去找慕容逸为他解毒，顺便告诉他有人要加害暗香依依。

慕容逸一听，忙调派人手，照他所说去指定地点守株待兔，计划在对方出现时一举剿灭了这伙人。而他则来到这里保护暗香依依的安全。

张海一听立刻让所有人提高警觉，又问未默是否要从土里出来去客房休息，未默摆了摆手，道："我就在这儿暗中保护她，你放心吧，我不会惊扰她的。"

张海犹豫了一下，见他目露惆怅，幽幽地望着屋中人影，心有所感，便打消了劝他离开的念头。

未默躲在院子里，一动不动。他看到屋中的烛火被吹熄，他听到她放下帷幔睡了下去……

明天她就要成为别人的新娘，他觉得心中甚是酸楚和不开心，可是他也知道，她嫁给了一个全心全意爱着她、她也爱的男人，原本该祝福他们，可无论如何也说不出口。甚至光是想也觉得堵得慌。他好喜欢依依，说不出为什么，就是好喜欢好喜欢，喜欢她时常与自己一样的行为作风，喜欢她陪着自己疯自己闹，喜欢自己在她眼中并非特立独行的异类而只是特别。这样的女子，普天下恐难找出第二个来。他心里清楚，自己如果装扮正常，不缺女子爱慕，可世人只喜欢皮囊表象，真正能欣赏他这个人的却寥寥无几，好不容易遇到一个，还被人抢走了。他越想越不是滋味，可一想到暗香依依失踪后，顾琴魔比自己还要生无可恋悲伤绝望，又渐渐平复了心底所起的那几分幽怨。

正觉长夜漫漫，忽见屋门打开，她自内走了出来，她竟然没有睡。

她走到院落中，静静地站在那里仰头看向夜空，夜风吹起了她的长发，那么美，那么令他难以忘怀。未默原不想打扰她，可眼见她近在咫尺，着实按捺不住，倏地窜到她脚下，吓了她一跳。

一见是他，暗香依依顿时笑道："未默！我正想着你呢，你就来了！"

门口的张海一听这话，立刻缩回了探出来的头。

一听她想着自己，未默别提多高兴了，立刻从土里蹦了出来，顾不得身上哗啦啦掉落的泥土，抓住她的手笑问："我来了好一会儿了，就是没敢打扰你。"

"说什么打扰啊，咱俩谁跟谁，我屋里有好多好吃的呢，走，跟我去吃。"她拉起未默的手就要牵进屋中去，未默却说，"不不不，我就不进去了。"

见未默扭扭捏捏的，暗香依依疑惑道："怎么了？"

未默叹道："依依，你不知道，顾琴魔现下就在城里，明儿一早就要来姜家迎亲。我虽不怕他，可我担心他知道我晚上留在你屋中，对你心生猜忌。唉，虽然咱俩做人光明磊落，可毕竟我太容易招人嫉妒了，我还是安分些，不给你添麻烦了吧。"

暗香依依扑哧一笑，想这未默一向天不怕地不怕唯恐天下不乱，还会为担心顾不迷对她有什么看法？见他神态不似往常，暗香依依便问："你说你早来了，怎不知会我一声？"

"我……"未默"我"了半天也没有下文。

"说吧，你有什么事瞒着我？"暗香依依一语道破他的心事。

未默低下头去，道："慕容逸说，这事最好别告诉你，怕你心里不痛快做不成快乐的新娘子。"

"听他胡说，你快说，你若不说，我就不理你了。"暗香依依使出撒手锏。

未默果然立刻道："我说，我说。"

如此将自己如何被人设计、如何中毒、如何遇到莫七落，如何解毒、莫七落与慕容逸去杀人，派他守在这里的事说了个清楚明白。

原来，他方才与张海所说的话有一大段都故意省略了。他被那些人抓住后，那些人给他下了药，逼他潜进姜家抓走暗香依依，他不肯那些人就折磨虐待他，想来是报复当初他折磨莫见笙的仇。中间他得了机会挣扎逃走，可惜体虚身弱没跑多远就被那些人追上，幸而遇到莫七落方才得救。后来，莫七落又带着他去找慕容逸解的毒。

这些人处心积虑要害暗香依依，在暗香依依来姜家的路上就已设伏，却被莫七落破坏，众人这才想出偏门方法，想借未默之手偷出暗香依依。三人均觉这些人留着迟早是祸患，莫七落熟悉红枫山庄互通消息的方法，查到他们今晚的行事地点，带着慕容逸去斩草除根，而他则来此负责她的安全。若有结果和突发情况，双方以信号为信，互通消息。他怕进了屋子看不到信号，所以才不肯进屋。

刚说到此处，便见远处蹿起一抹红色，未默看到那信号弹，立刻跳起来道："那些人都被他们杀了，依依，你可以高枕无忧地当你的新娘子了。"

如果在你不知道的角落，还有这么多人关心着你，守护着你，为你披荆斩棘，不求回报，你会如何？

暗香依依看着远处那抹渐渐消散的红色，红了眼眶，此生何幸，能得到这么多人的关心怜爱。她对未默说："我好想他们。"

未默一笑，神秘兮兮地道："他们马上就会来了。"

"可是……"暗香依依看着外面的守卫，"他们进不来吧？"

未默道："慕容逸那小子自有办法。"

慕容逸的确很有办法，他易容成了姜言的样子大大方方地出现在了她的面前。门外的守卫都以为是大舅哥姜言来看妹子了，自然没有阻拦，哪料到是易了容的慕容逸啊。慕容逸进屋后将脸用药水一抹，就恢复了本来面目。

守在内宅的张海明知道来者并非姜言，但想了想没有出面干涉，索性当来者就是姜言。

暗香依依见来者只他一人，当即追问起莫七落，慕容逸笑道："原本已进了姜家，可莫兄偏巧拾到了一块手帕，也不知是哪家姑娘掉的。莫兄见了那手帕发了好一会儿呆，刚巧手帕的主人来寻，我见二人神情古怪，欲言又止，想着他们或许有话要说，便先行离去。"

未默撇嘴道："我不信，你慕容逸怎么可能离开，肯定躲在哪里偷看。"

暗香依依点了点头，道："我也觉得是这么回事。"

"我真没看。"慕容逸无辜地摊了摊手。

眼见二人全都不信，慕容逸方道："好吧，我其实是想着莫兄一会儿还要我带进来看你，索性便在路上等了他一会儿，顺带着看了一下。"

未默一副被我猜中了的神气样。

"那女子是谁啊？"暗香依依问道。

"你姐姐姜菲。"慕容逸不急不缓地说出了一个让暗香依依大吃一惊的名字。

"那……他们……"暗香依依一时不知道该从何问起。

夜色下，莫七落出现在了姜家，他跟随慕容逸要去内宅见暗香依依。明日便是她大婚之喜，他却因身份所束不能出现在她婚礼上，只能趁着今夜她尚在姜家向她道一声祝福。正欲跟着慕容逸进内宅，他却在路上无意中拾到了一块丝质手帕。丝帕平展地铺在地上，其上青翠的竹叶显示着主人的骄傲，他自地上拾起，自怀中掏出带了许多年的那块手帕，竟与地上的那块一模一样。这块手帕是当初曾经救过他性命的女子所留，难道那个救了他的女子就在姜家？他正兀自睖睁，忽听慕容逸唤他，正欲离去，便看到不远处一个女子静静地望着他。

或许暗香依依说得对，不应该再错过，可姜菲仍然胆怯了。她自莫七落手中取过自己的手帕，轻轻道了声谢，便转身离去。

忽听身后有脚步声追来，姜菲微微顿了下脚步，却又发现没了声息，以为是自己幻听，心中顿时怅然若失。

终究是想他唤住自己的，终究没有想象中的那般洒脱，原来自己也如此脆弱，眼泪竟在这时不听话地在眼眶里打起了转，却在这时忽听身后莫七落道："原来是你。"

她怔在当地，便听到他的脚步声一声声接近自己。

她控制不住地开始浑身颤抖，直到他来到自己面前。

他似不知该如何开口，她却已濒临崩溃的边缘，轻声道："我等了你好久好久，莫七落，我喜欢你……喜欢了很久很久……"

如果他心里还有别人，那么她可以等，如果他还没能爱上自己，她依旧可以等，她有一生一世可以去等。直等到那么一天，与他携手同步，同看夏花冬雪，一起白发苍苍。

慕容逸自怀里掏出一物递给暗香依依，对她道："这是莫七落临走前托我送给你的。"

"大哥，他走了？"暗香依依望着莫七落所送的精致匕首难掩失望，大哥既然已经来了为何不见上一面再走，便听慕容逸道，"姜菲和他一起走了。"

"他们一起走了？"暗香依依感到微微惊讶，未默同时惊道，"他们私奔了？"暗香依依闻言顿时微赧。

慕容逸闻言，眨了眨眼道："是啊，私奔了。"

暗香依依完全没想到，大家闺秀的姐姐竟然可以为爱这么大胆和无所顾忌。

当晚，三人喝酒聊天。

暗香依依只喝了三杯酒，再不敢喝第四杯。

未默却和慕容逸你一杯我一杯，一杯接着一杯……只喝酒，不说话。

未默喝了很多酒，终于不支醉倒。

慕容逸则醉眼蒙眬地看向了她，一直看，一直看，看得她低下了头去，低声问："你在看什么？"

他以手支额，烛光下，面若桃花，姿态风流。闻言，慕容逸微微笑了起来，转头看向窗外道："时辰不早了，过不了多久，顾不迷就会骑着高头大马，抬着花轿来接你过门了。"他轻轻一笑，"从今往后，你便属于他，真真正正名正言顺地属于他。"

她不知该说什么，明明是该高兴的事，却因从他口中说出，竟有种说不出的伤感凄凉。

她抬头看向他，他是前世的舒什兰，无论前世还是今生，她都亏欠他很多，多到还不清。

见她躲过自己的目光，再次垂头不语，他笑了笑道："依依，我为你盘发吧。"

铜镜里，慕容逸站在她的身后，纤长的手指穿过她的长发，一丝一缕，缠绕在他的指端。

她问："一直想问你，为何会盘女子的发髻？"

他答："我会的东西可多了，否则如何易容成他人呢？"

"这么说，你还曾易容过女子？"

"目前还没有，不过即便是要易容成女子，也难不住我。至少，绾出的发式便比你强上许多。"

她笑了笑，知道他说的是实话，便也不觉是被他揶揄了。

火红的烛光中，他低声道："这是我第三次为你绾发。还记得我第一次为你绾发的情景吗？"

她点了点头，回忆道："记得，当时我的衣服和发饰都是你亲手帮我挑的。"当时他们身处小镇，他又特别挑剔，挑剔到她哈欠连天险些睡着。想到这里，她不由得轻笑起来。

他似也想到了一处，亦微微笑了起来，可笑过之后，却是更多的苦涩。那些过往，于她是喜悦的回忆，于他却是错失的悔恨。

铜镜中，他短暂的笑倒影在她的眼中。

她随即敛去的笑他亦没有放过，指尖微微一顿，幽幽道："我说过吗？你最适合红色。"

她摇了摇头，道："你虽未说过，可帮我买的衣服都是红色。"

他道："因为穿红色衣服的你最美。"

她垂眸不语。

他一丝一缕地绾起她的长发，好似那些曾经斑驳的记忆，倒映在铜镜中，倒映在他眼中，残留在心底，永远也无法抹去。

他低声道："依依，你会幸福，我知道。"

此时此刻能得到他的祝福，几乎是奢求。她红了眼眶，不知该如何作答。良久，暗香依依方才哽咽着近乎哀求地道："你也要幸福，一定要幸福。"

缠绕着发丝的手突然顿住。

她不敢去看铜镜，只因那里会有他。

直到身后传来开门声，她方才有胆量回头去望。

夜色苍穹，只剩下消失在门口的白衣掠影，酒醉的未默也已不见。

而她的长发，只盘起了一半。

终于到了暗香依依出嫁这天。这天姜家上下忙得人仰马翻。一方面是姜菲突然不见，只留下一封书信，言明自此追随莫七落海角天涯，无怨无悔，而毅然离开了姜家。一方面是她出嫁的喜庆和热闹，宾客盈门，热闹非常，就连襄阳王这等富贵人物也送来了厚礼。

祖母满是皱纹的脸上溢满红光。她去拜别祖母时，祖母拉着她的手，退下自己手腕上的镯子要给暗香依依戴上，原本还在极力婉拒的暗香依依忽听祖母叨咕道："我终于要见到姓顾那小子了，我一定要好好看看是什么样的小子，让我家小素这么喜欢，就连慕容那小子都瞧不上。"

暗香依依一呆，祖母便顺势将一对镯子戴上了她手腕。祖母笑瞧着她手腕上的这一对玉镯，道："唉，这还是祖母当年出嫁时，祖母的祖母给的，看看这玉，通透得好似有了灵性，它一定会保佑你与心爱之人幸福到老。"

暗香依依顿时红了眼眶，抱住了祖母软而温暖的身子。

拜别了祖母和姜家各位长辈，按照姜家这边的习俗，新娘子的脚是不能沾地的，顾不迷须入屋亲自将她抱上停在大门口的轿子。顾不迷抱起她的那一刻，她忽然笑了出来，一路稳稳地走去，听着四周各种嘈杂的人声，她只觉这一天，幸福满满。

顾不迷将她放在喜轿中时，借机低声问道："方才笑什么？"

她立刻回答："笑你笨手笨脚的呗。"

喜帕遮住了视线，看不到他此刻的模样，不过从喜帕底下她仍旧能看到他穿了一身大红色。她从来没见过顾不迷穿过除黑色、紫色之外的颜色，她好想偷看一眼，便在他正要转身出轿时，忽然扯住了他的衣袖。

他微微一顿，便看到她掀开了喜帕一角，向他偷偷望来，四目相对，一时，她竟忘了自己的初衷本是要看他穿红衣的模样，而只是望着他的目光，沉浸其中忘了其他。直到他转身出了轿，她也忘了回神。

方才，他是在笑吗？笑得那么温柔，笑得那么……幸福。

洞房花烛夜。

红盖头下，是她如花娇颜，他什么都没说，只是递过来一个酒杯，她知道这是什么，相视着对饮合卺酒，从此，你中有我，我中有你。

今夜过后，天下人都将知道，你是我的。

而我一直是你的，也将永远是你的。

婚后，她才发现原来的暗香依依竟然还有个小金库，当她发现这件事时，别提多兴奋了。

小金库是暗香依依自当左护法以来，数年积存下来的。据说，原本的暗香依依十分节俭，可不像现在这个教主夫人，越来越爱美，一天一套衣服不重样地换着穿。

暗香依依看着自己的十万两“小金库”兴奋得忘乎所以，看什么都两眼放光，嘴巴更是笑得合不上。

回到院中，她还是一副笑得不知道东南西北的模样，顾不迷看了她一眼转过头去，好半天没听到动静，再转头却不见了暗香依依的身影。他心中奇怪，左右看去，均无她的踪迹，忽见地上有一渐行渐远的影子，他惊讶地抬起了头，只见头顶上方暗香依依运起了蛤蟆纵，已向上蹿出数丈之远，俨然有登天之势。

他大叫了一声：“暗香依依！”便听空中忽然传来一句大喊，“我好有钱啊！”便见她如断线的风筝从天上掉了下来。

顾不迷慌忙伸手接住，将暗香依依稳稳地抱在了怀里。

暗香依依兴奋地从他臂弯中蹦了下来，忽然咦了一声，惊奇道：“这才眨眼的工夫，你怎么就变矮了？”

低头一瞧，这才发现，顾不迷膝盖以下都已陷进了土里。

又一年的武林大会上，慕容逸正式成为武林盟主。

自红枫山庄瓦解后，叶落宫在慕容逸的带领下飞速发展，如今已是继九幽教之后的武林第二大帮派，武林地位不容小觑。

尤其慕容逸曾在她姑姑的帮助下，暗中救了各大帮派许多人的性命，在莫见笙伏诛那日又不当众戳破，给所有人留下了颜面，武林威望今非昔比。

而顾不迷虽然武功最高，却因九幽教早先名声不好，三年前又过激地毁了整个红枫山庄，虽然一切都是莫见笙咎由自取，但顾不迷杀害了许多无辜的性命也是事实，所以他并不被武林众人推崇。再加上，他摆明了不想当盟主，众人也乐得不去提。

而他的夫人暗香依依在武林大会上，当众承认慕容逸为武林盟主。他夫人承认的武林盟主，自然也等同于他承认，他承认便等于九幽教承认，如此慕容逸当武林盟主可谓名正言顺，众望所归。

一晃两年又过去了。

飞马帮声势日渐壮大，越来越不把日渐“改邪归正”的九幽教放在眼里。

暗香依依已经是九幽教教主夫人，主要掌管九幽教财政大权，主管理事堂主所辖事务。

九幽教如今的左护法为汤斩，右护法为张海，总教执事为霍双，长老仍然为郑三步。汤斩在一年前回到了九幽教，其夫人莫七彩和孩儿也被众人接受，住进了九幽教。

听闻九幽教因飞马帮连日滋事在外声势浩大的求见，顾不迷微微蹙起了眉，看到一旁探着头想出去看热闹的暗香依依，道：“飞马帮的事交给你处理。”

暗香依依闻言一怔，她从未处理过这些事情，心中难免没底，便有些不安地嗫嚅道：“我不知道该怎么处理。”

顾不迷看着她，淡淡道：“有我。”

虽然只有简单的两个字，暗香依依却忽然觉得即便天塌下来也有他为她顶着，做不好也无所谓了，便欢喜地出去看热闹了。

不一会儿，她高高兴兴地回了书房。

顾不迷见她这么快就回来了，便问：“如何？”

暗香依依兴奋地手舞足蹈，“都被我打飞了！”

这时，门外正要奔进来的张海闻言脚步顿时止在了门外，他来此就是要告诉教主，飞马帮的人十分气愤地走了，嚷着要去找武林盟主慕容逸主持公道。

此刻见夫人正在屋中，张海想了想，向后退了一步，等着听教主的指示。岂料，教主只是嗯了一声，便再无下文。他看了看天空炽烈的太阳，觉得再进去多话，自己很可能成为今日夫人练点穴的下一个试验品，夫人那点穴功夫……刚想到这里，就听屋中夫人兴奋地道：“我今天学会了点哑穴。一口气连点了五个人都没点错！我厉害吧？”

当教主“厉害”二字出口时，张海已经两步并作一步地快速走掉了。

张海在路上碰到了汤斩，叹着气将事情来龙去脉说了一遍，汤斩听罢立刻回屋告诉莫七彩离教主夫人远点儿。

幸而教主英明，自此事后，再未让夫人管过类似事件，只在后堂算算账，管管钱。若说算账，理事堂主每次都对夫人赞不绝口。

就连暗香依依自己也说，啥都不爱管，就爱管钱。

就连郑长老亦无比感慨地说："这个家还是夫人在当啊。"财政大权都在她手里呢。所以张海也不敢得罪她啊。每次想起，没将她成亲前一晚和慕容逸、未默在一起的事告诉教主当真做对了。话说女人最是小心眼，当初走了一步险棋，却也是险中求胜啊，否则现在若被夫人嫉恨，说不定连月银也给克扣了。

暗香依依见顾不迷天天琴不离身，万分纠结。她总有意无意地问顾不迷："琴和我，你更喜欢哪个？"

她一直都知道，顾不迷是个武痴，武功对他来说一如生命，有时候她也会想，如果当初她直接告诉他落月迷香练反了，让他自己选择，是要内力还是要她，不知道他会选择什么？

越是到老，她越是想知道这个问题的答案。

所以，她便更殷勤地问他："你喜欢琴多一些，还是喜欢我多一些？"

可无论她用什么办法，耍赖也好，谄媚也罢，软磨硬泡，包括离家出走，都没能逼他回答这个问题。

夜色撩人，秋日天气微凉，她睡觉一向不太老实。今夜他又被她的手臂打到了额头上，猝然醒来，便再也睡不着。他仔细为她盖好被子，起身为自己倒了杯茶，看到被搁置在桌案上的紫漆木琴，想到睡前她孩子气的话，似十分嫉妒紫漆木琴与他曾经同床十八载，他不禁摇头失笑。

这几日，她总是有意无意地追问他，喜欢琴还是喜欢她。

他轻抚琴弦，月光如水，映在紫琴上，静而温柔。

他随手摸出藏在紫漆木琴中的琴功心法，翻开来……

第六重……

第七重……

翻到下一页，第八重。

上面写的文字，他已看过无数遍，早已熟记于心，可此刻烛火下，上面的每一个字仿佛都写着他的心事：爱恨嗔痴，身外事，忘情断欲，脱凡尘俗世，堪入八重化境。

烛光摇曳，床上的她许是嫌热，翻了个身，踢开了被子，可下一刻似乎又觉得有些冷了，又将被子抓了盖上，嘟囔了一句什么，而后又沉沉睡去。

他幽幽地看着她，合上了内功心法，无情无欲，在看到她还活着的那一刻起，便已不可能做到。

他将内功心法彻底封存起来，余生再未打开看过一眼。

顾不迷只用了十三年便练到了琴功第七重，可他余生五十年，都未能练至琴功第八重。

不知情的世人尽皆感叹道："第七重已是人类的极限，不可能有人练到第八重了。"

数百年后，翻开江湖武林志，其中记载着这样一段话：九幽教第五任教主顾不迷，仅习魔琴十三载，便至魔琴第七重，后五十余年，亦未能练到第八重，憾矣。

暗香依依喜欢游山玩水，讨厌管理教中事务。

九幽教人数众多，虽然这些年开始漂白，表面上"改邪归正"，遇事一般先是遵从教主夫人的主张"以德服人"，不行之后，再按照教主的办法用"武力解决"。如此，非但人数没有减少，反而日渐壮大，人一多，事就多，近两万人的教派，管理起来十分繁琐。所以，顾不迷也就常常脱不开身无法陪伴暗香依依出外游历。

暗香依依隔三差五地出门，有时候要数天才见她返回，他一方面担心她的安危，一方面又不喜她总是离开自己。眼见汤斩与莫七彩婚后，莫七彩又怀了第二胎，一直待在家里不敢乱动，便打起了暗香依依的主意。

在他的不懈努力下，暗香依依终于有了身孕。

原本女子怀孕不过是件小事，可请来探脉的大夫，却是天下间医术最高明的傅月，也就是慕容逸。

当慕容逸诊断出她有身孕的那一刻，慕容逸激动地握住了她的手，说了一句任谁听了都觉得莫名其妙的话。慕容逸热泪盈眶地道："我终于等到这一天了！"

随后，他转身迅速离去，好似有什么急事要赶着去办。

暗香依依和顾不迷奇怪地看着风风火火离开的慕容逸，二人面面相觑，一时搞不懂这慕容逸是受了什么刺激。

二人同时心想，这关你什么事啊?

没过几日，未默又来探望她，未默隔三岔五就来找她。顾不迷虽然不待见未默，却也从未为难过他。

未默躲在土里，见顾不迷小心翼翼地扶着暗香依依的样子，似想到了什么，当即从土里蹦了出来，一时吓了暗香依依一跳。

未默察觉到了顾不迷吃人的目光，吓得不敢说话。

暗香依依一见是未默，立刻以要吃梅子为由支开了顾不迷。

未默一见他离去，立刻恢复了生龙活虎的样子，可也才活过来一小会儿，便又小心翼翼地问道："依依，你是不是得了什么重病？"

暗香依依莫名其妙地摇了摇头，便听他嘀咕道："可方才顾琴魔对你的样子，好似你快不行了。"

暗香依依闻言顿时笑喷，笑过之后，方才羞赧地对他道："我怀孕了。"

未默一听，好半天才反应过来暗香依依这是要生娃娃了。一想到娃娃，未默顿时哇呀呀大叫起来，抓乱了头发不说，还在院中转了无数个圈。直转得暗香依依头晕，他也不说一声，就忽然纵身离去。

当顾不迷入院时，便见暗香依依看着天边的一个黑点，疑惑道："这些人都怎么了？一听到我怀孕，个个跟打了鸡血似的。"

她回头看向顾不迷，忽然意识到了什么，十分肯定地道："我怀的是你的孩子！"

顾不迷懒得理她。

怀孕的女人，似乎十分的多愁善感。

顾不迷听稳婆说，女人生孩子是一道坎，危险极大，必须保持心情舒畅，才能减轻生产的危险性。所以他处处让着她，就算她耍性子无理取闹，他也不说一句让她不顺心的话。

如此，倒也过得平安顺利。

自从听了大夫的建议，孕妇应该适当运动，到时候才好生。

晚饭后，暗香依依总是在教中四处溜达，可九幽教再大，还是有逛腻歪的一天。

这一日，暗香依依便强烈要求出山入城逛街。

顾不迷只得放下手中事，陪伴夫人出游。

一向事不关己高高挂起的暗香依依，如今走在街上，碰到夕阳西下尚未归家卖菜的老妇，也拉着她的衣袖扁着嘴扯来扯去，看到街角乞讨的小儿，也会泪眼汪汪，看到卖身葬父的更不用说了……顾不迷决定，下次出来前，一定将镇里所有这些"煽情画面"通通扫荡干净。虽然难度有些大，但他们本就干这一行出身的，自然觉得理所当然。

今日，莫七彩产子。顾不迷听闻莫七彩生子时受了不少苦，看着汤斩眼下出现的黑眼圈，心有戚戚焉。又听说女人生孩子危险极大，可谓九死一生，他就有些后悔让暗香依依怀孕了。他也曾私下里咨询过慕容逸，有没有办法不让她生孩子了？慕容逸闻言，眼睛喷火地瞪住了他，怒吼道："都六个月了，你想让她死吗？"

顾不迷还是平生头一次被人喷得如此狼狈，却仍死不承认死要面子地淡淡回了一句，“是你医术不济吧？”

慕容逸当下咬牙的声音，他都听得一清二楚。

后来不好意思问慕容逸有什么办法可以减轻她生产的痛苦，他便暗中咨询了许多名医，大夫都建议他孕妇产前应适当多运动。所以无论有多忙，他每天都陪着她走近一个时辰的路，只要她自己觉得没问题，都不会太过约束她的行踪。

终于熬到生孩子的时候了。

原本左右不过这几天，可越到这个时候暗香依依越是担心，一担心，想的东西就越多，想的东西一多，晚上就睡不着，这一睡不着，她就开始折腾。

夜深人静，她一会儿问顾不迷已经问过无数遍的话，“你喜欢女孩还是喜欢男孩？”一会儿又念叨说，“听说生孩子很疼，我好怕。”

顾不迷也睡不着了，每次都等她睡着才睡，可只要她微微翻身动弹，他立刻就会醒来。

如此下来，自己也和当时的汤斩一样，他天天顶着黑眼圈，除了暗香依依，看谁都有气。

眼看临盆在即，二人左盼右盼，可一直没有消息。暗香依依越来越心急，顾不迷表面淡定，其实早早便将慕容逸抓来教中拘着，稳婆也请了好几个随时候命，还每日都问汤斩的孩子怎么样了。因此，不只汤斩，所有人都察觉到了教主的紧张，就连郑长老都不止一次地以长辈身份劝解顾不迷，“教主不必担心，夫人生产必定顺利，母子必定平安。”

原本已经准备好了一切，可真到那一刻时，听到暗香依依一声接着一声的嘶喊，顾不迷的面色还是极差。在暗香依依的哭叫声中，顾不迷竟一时失态地抓住了同在屋外等候的慕容逸的手，抓得慕容逸疼痛难忍，几番试图挣扎甩脱都无济于事。

直到暗香依依顺利产下一子。

顾不迷觉得这个时候慕容逸已经没用了，便很不客气地将他赶了出去。慕容逸连孩子长得啥样都没能看上一眼，就被赶出了九幽教。

自孩子出生，顾不迷便时常半夜起来端详自己的儿子还有熟睡中的暗香依依，并将他们母子靠着睡在一起的样子亲笔画了下来。

未默和慕容逸先后纳了数房小妾。

二人皆生养了几个孩子。

不幸的是，都是男孩。为此，慕容逸和未默同时埋怨自己家族遗传基因太好。

暗香依依好笑地觉得，这是他二人少有的默契，如今连生女儿都比着来生。可他们想与暗香依依结为亲家的想法，始终都未能如愿。

等到老了，九幽教交给了他们的独子顾双成，他二人便四处游山玩水做起了闲人。自从暗香依依回到顾不迷身边，顾不迷再未杀过人。暗香依依起初并没有注意到这个细节，后来是听汤斩说起这事，暗香依依才去问顾不迷为什么不杀人了呢？当然她并非鼓励他去杀人，她只是好奇。

顾不迷很简单地回答她，他只是不想杀。

很多年后，暗香依依才知道真正的原因。当初未默曾经质疑过顾不迷，他从未让她笑过让她开心过，说他从来不知道暗香依依想要的是什么，顾不迷知道她不喜欢杀人，所以就再未杀过人。

二人重回祁阳山，不禁缅怀起彼此相识相知的开始。再次来到祁阳山下的戚坊镇，提及往事，想到就是在这小镇上，她的鞭子被慕容逸下了毒，想到那时顾不迷为保她一命宁可自点死穴忍受万虫钻心之苦，暗香依依便觉今日幸福当真得来不易。他们经历的每件事、走过的每一步，都那么不容易，如果当时行差踏错一步，而今也不会白头到老。

今日小镇又逢集市，再看到那个熟悉的馄饨摊，暗香依依心有所感，拖着顾不迷进去要了两碗馄饨。正吃着，便见旁边一位锦衣富贵的老者怔怔地看着自己发呆，生怕顾不迷不高兴发难，暗香依依不顾未吃完的馄饨忙拖着顾不迷走了。她由始至终没有想起，这个老者正是当日戚坊镇上为她路见不平拔刀相助的那个书生。原也是故人重逢。

而今的书生已非当年稚子，一双深邃洞视明察的眼自看到暗香依依起，便将她认出。

没想到时隔多年，同样的小镇，同样的馄饨摊，再见这个改变了自己一生命运，魂牵梦萦的女子，却已寻不回当初的悸动，老者不由得感慨万分。她非昔日少女，他非昔日书生，虽还是同样的地方，同样的两个人，却因时间的沟壑，再无可能有当日情动，只剩一抹珍藏在记忆中，忆起微笑的年少相思。

老者望着暗香依依二人远去的背影，淡淡一笑，丢下几枚铜钱付账，起身洒然离去。

暗香依依与顾不迷之子顾双成与慕容逸性情有些相似，很讨女子喜欢。年纪轻轻就已经让武林美女神魂颠倒，先后娶了三名妻子，生了三个儿子和一个女儿。说来也怪，暗香依依这孙女竟然长得十分像她年轻的时候。

这一像却是不得了。

四十三年后，又一年的武林大会上。

青衣仗剑客莫七落及飞刀门石琅作为武林评判十分受人尊重。

莫七落宣读完今年的武林大会比武规则后，比武正式开始。

慕容逸指着九幽教看台上坐在前方的娇俏女子，道：“孙子们，你们谁能娶到顾小四，我便将叶落宫及爷爷我独步天下的易容术都传给他！”一时间，慕容逸的九个孙子齐齐看向顾不迷孙女的目光只能用四个字形容：如狼似虎！

未默见状亦对身后的孙子们道：“谁能抢到她做爷爷的孙媳妇，要什么爷爷都给！”

暗香依依看着跳出来的一个个缩骨后的矬子，只看得头晕。

她回头看向自己的孙女，想起自己年轻时，不无感慨地一拂鬓边灰白发丝，碰了一下身边的顾不迷，“我和小四比谁更漂亮？”

顾不迷不答。

暗香依依横了他一眼，见他面沉如水，一指戳在他腋下，低声逼问道：“说！”

顾不迷双眉紧皱，暗中挡住她又要戳过来的手指反手握在掌心，以只有她能听到的声音道：“你。”

此生，无论历经多少个春秋，你在我心中永远是最美。

图书在版编目（CIP）数据

落月迷香 / 四叶铃兰著 . -- 南昌 : 百花洲文艺出版社 , 2019.3
ISBN 978-7-5500-2843-2

Ⅰ . ①落… Ⅱ . ①四… Ⅲ . ①长篇小说 - 中国 - 当代
Ⅳ . ① I247.5

中国版本图书馆 CIP 数据核字（2019）第 035394 号

落月迷香 LUO YUE MI XIANG
四叶铃兰　著

出 版 人　姚雪雪
出 品 人　柯利明　吴　铭
特约监制　戚兆磊
特约策划　郑心心
责任编辑　杨　旭
特约编辑　郑心心
封面设计　辰星书装
出版发行　百花洲文艺出版社
社　　址　南昌市红谷滩世贸路 898 号博能中心 I 期 A 座 20 楼　邮编 330038
经　　销　全国新华书店
印　　刷　北京万友印刷有限公司
开　　本　670mm × 980mm　1/16
印　　张　36
字　　数　464 千字
版　　次　2019 年 3 月第 1 版第 1 次印刷
书　　号　ISBN 978-7-5500-2843-2
定　　价　75.00 元（全二册）

赣版权登字　05-2019-42

发行电话　0791-86895108　　网址　http://www.bhzwy.com